Eine indische Rose

WEITERE TITEL VON SHARON MAAS

SHARON MAAS

Eine indische Rose

Übersetzt von Elena Helfrecht

bookouture

Herausgegeben von Bookouture im Jahr 2022

Ein Imprint von Storyfire Ltd.
Carmelite House
50 Victoria Embankment
London EC4Y 0DZ

www.bookouture.com

ISBN: 978-1-80314-458-0
eBook ISBN: 978-1-80314-457-3

PROLOG

1946 – VELLORE, INDIEN

DIE MENSCHEN, DIE IN AUTOS KAMEN

Sie kamen immer in Autos an, in schwarzen Hindustan Ambassadors, die wie übergroße Mistkäfer auf der mit Schlaglöchern übersäten Straße außerhalb des Zauns dahinkrochen. Hinter den grau getönten Scheiben konnte man die schwarzen Umrisse ihrer Köpfe ausmachen. Manchmal kurbelten sie die Scheiben herunter, um die kreischenden, winkenden Kinder im Vorhof zu beobachten, und manchmal winkten sie sogar zurück. Sie kamen immer als Paar: Mann und Frau – Vater und Mutter – ganz so, wie Eltern auszusehen hatten. Aber richtige Eltern, nicht solche wie Mutter Maria oder Pater Bear; und sie kamen in der Absicht, sich ein Kind auszusuchen.

Die meisten Kinder beteten dafür, zu den Auserwählten zu gehören. Anna-Marie und Luke beteten hingegen dafür, verschont zu bleiben.

Als Anna-Marie an jenem Samstag das vertraute Brummen hörte, sah sie den schwarzen Hindustan Ambassador bereits auf das Tor zukriechen. Zum Beten blieb keine Zeit mehr.

»Lauf, Luke, lauf!«, schrie sie. Blitzschnell sprangen sie auf und rannten los, zwischen den anderen Kindern hindurch und am Mädchenschlafsaal vorbei, bis sie den Hinterhof erreicht hatten. Die anderen Kinder rannten indessen lachend und kreischend genau in die entgegengesetzte Richtung auf das Tor zu. Sie strömten aus den Gebäuden heraus, rannten über den Hinterhof und versammelten sich in der Einfahrt, wo sie sich gerade noch soweit zurückzuhalten konnten, dass der Chauffeur das Tor aufbekam. Der trockene Sand knirschte unter den Reifen, als das Auto in den Hof rollte und neben dem alten, rostigen Schulbus zum Stehen kam.

Die Kinder drängelten sich eng darum herum, während sie lachten und schrien, tanzten und winkten und sich gegenseitig beiseiteschubsten.

Der Herr, ein potenzieller Vater, öffnete die hintere Tür und trat in die heiße Nachmittagssonne heraus, wo er sofort von den Kindern umringt wurde. So wie alle Herren, die in den Autos ankamen, trug auch er einen dunklen Anzug, was sie an die Engländer aus ihren Schulbüchern erinnerte. Sein Jackett stand offen, aber nun knöpfte er es über seinem dicken Wanst zu, strich die Krawatte glatt und blickte sich um. Währenddessen hielt der Chauffeur der Dame, die jetzt ebenfalls aus dem Wagen stieg, die Tür auf. Sie trug einen schimmernden Sari aus grüner Seide mit einem breiten, gelb bestickten Saum. Stirnrunzelnd und mit geschürzten Lippen kämpften sich die beiden durch die drängelnde Kinderschar, um sich hinter dem Kofferraum zusammenzufinden. Die Dame zupfte den Schulterstoff ihres Saris zurecht und zeigte über den Kopf der Kinder hinweg auf den Mädchenschlafsaal.

»Dort hinten sind zwei Kinder weggerannt«, sagte sie auf Englisch zu ihrem Mann. »Einer der beiden, ein kleiner Junge, hatte sehr helle Haut.«

Der Herr legte die Stirn in Falten. Vergeblich versuchte der Chauffeur, die Kinder fortzuscheuchen, aber sie ignorierten ihn und scharten sich weiterhin dicht um das Ehepaar, während sie den beiden mit ihren dürren Ärmchen vor dem Gesicht herumwedelten und aufgeregt kreischten: »Appa! Amma! Appa! Amma! Ammappammappa!« Der Herr streckte den Arm aus, um sich die Kleinen vom Leib zu halten, was die Kinder allerdings als freundliche Geste, vielleicht sogar als versuchte Umarmung, interpretierten und sich daraufhin wie Klammeräffchen an seinem Arm festhielten, um daran hin- und herzuschaukeln.

Da eilte auch schon Mutter Maria auf sie zu, die Hände zu einem herzlichen Namaste gefaltet.

»Willkommen, willkommen!«, rief sie und »Kinder, Kinder! Drängelt nicht so!« Sie pflückte die Kleinen vom Arm des Herrn und gab ihnen einen Klaps auf den Po. Dann wandte sie sich den Neuankömmlingen zu: »Wie kleine Affen, nicht wahr? Aber sind sie nicht *goldig!* Ich freue mich sehr, dass Sie auch eines unserer älteren Kinder in Erwägung ziehen. Die sind sonst nur schwer zu vermitteln, die armen Kleinen, und wir haben hier so viele davon! Husch, husch, Kinder!«

Schwester Magdalena hastete auf die Gruppe zu, während sie sich mit erhobenen Händen für ihre Verspätung entschuldigte. Sie scheuchte die Kinder ein Stück zur Seite und stellte sie zur Begutachtung in zwei zappelnden Reihen auf, an denen die Dame allerdings überhaupt nicht interessiert zu sein schien.

»Ich habe dort hinten zwei Kinder gesehen«, sagte sie zu Mutter Maria. »Sie sind weggelaufen. Warum?«

»Oh, das müssen Luke und Anna-Marie gewesen sein, unsere zappeligen Zwillinge.«

»Zwillinge?«

Mutter Maria lächelte affektiert und korrigierte sich.

»Nun, nicht *wirklich.* Sie sind keine richtigen Zwillinge, nur enge Freunde. Sie hängen zwar sehr aneinander, sind aber nicht miteinander verwandt. Man kann sie problemlos voneinander trennen.«

»Könnten Sie die zwei für uns herbringen? Ich würde sie

mir gerne genauer ansehen. Sie haben gesagt, einer der beiden sei ein Junge? Luke?«

»Genau, Luke. Er ist schon vier, also ein bisschen älter, aber ein ganz reizendes Kind, sehr gutmütig und aufgeweckt. Folgen Sie mir, wir sehen mal nach ihm.«

Und damit liefen sie in Richtung der Schlafsäle los und setzten derweil ihr Gespräch fort.

»Der Junge war sehr hellhäutig, sein Teint hatte fast einen Weizenton. Genau das, wonach wir suchen. Ein bisschen alt zwar, eigentlich wollten wir ja ein Baby, aber auf jeden Fall einen Jungen, und helle Haut wäre natürlich ideal.«

»Ein Junge ist ein Junge!«, unterbrach sie der Herr und winkte ab. »Da tut die Hautfarbe nichts zur Sache. Hell, dunkel, das ist doch alles das Gleiche. Hauptsache, es ist ein Junge.«

»Na, wir wollen doch sicher kein ganz dunkelhäutiges Kind, oder? Aber ja, es muss ein Junge sein, damit er irgendwann die Firma meines Mannes übernehmen kann. Wir haben bereits vier Mädchen und können keine weiteren Kinder mehr bekommen.« Anschließend erklärte sie ausschweifend die tragischen medizinischen Umstände, die eine weitere Schwangerschaft unmöglich machten, und beendete ihre Erzählung mit: »Das ist zwar bedauerlich, aber der Herrgott wird schon seine Gründe dafür haben.«

»Ja, der Herrgott hat immer seine Gründe.« Mutter Maria bekreuzigte sich. »Sie werden unseren Luke schnell ins Herz schließen. Er wird einen ausgezeichneten Christen und Geschäftsmann abgeben. Außerdem ist er ausgesprochen intelligent und musikalisch sehr begabt. Und von allen Jungen hier hat er die hellste Haut.«

»Genau danach suchen wir!«

»Der perfekte Sohn.«

»Sie hatten erwähnt, Sie stammen aus Bangalore? Also ist Ihre Muttersprache Telugu, Sie sprechen kein Tamil?«

Die Dame schüttelte den Kopf. »Nur Telugu, Englisch und ein bisschen Hindi. Sprechen die Kinder Englisch?«

Mutter Maria strahlte über das ganze Gesicht. »Aber natürlich! Die *Sacred Heart Catholic School* ist eine englischsprachige Schule, die beste in diesem Teil von Madras. Und das alles verdanken wir nur unserem geliebten Pater Bear. Er ist ein wahrer Heiliger.«

»Das wissen wir bereits. Wir haben von ihm gehört«, erwiderte der Herr. »Und genau deswegen sind wir auch hier. Wir geben Luke wieder zu Ihnen ins Internat, sobald er zwölf ist.«

Die Dame wiederholte ihre Frage von vorhin, auf die sie noch immer keine Antwort erhalten hatte. »Warum sind die beiden weggerannt, sobald sie uns gesehen haben? Ich dachte immer, alle Waisen *wünschen* sich, adoptiert zu werden?«

»Also, na ja, Luke und Anna-Marie sind da ein bisschen ... nun, ein bisschen *eigen*. Sie möchten am liebsten zusammenbleiben; das Ganze ist für sie so eine Art ein Spiel. Sobald er ... aber das tut nichts zur Sache. Kinder sind eben Kinder. *Anna-Marie! Luke!* Wo steckt ihr? Schluss mit den Spielchen! Kommt raus!«

Schließlich erreichte die kleine Gruppe den großen umzäunten Hinterhof, der im Schatten von Kokospalmen und Papayabäumen lag. Dazwischen wucherten vereinzelt Hibiskus, Bougainvillea und Oleandersträucher, die alle in der prallen Sonne schmorten. Hier und da scharrten ein paar Hühner im Sand und pickten nach Unkrautbüscheln, und an einer der Palmen war ein Kälbchen festgebunden, das die näherkommenden Besucher traurig beobachtete. Ganz am Ende des Hofes stand das Gebäude, in dem die Neugeborenen versorgt wurden: ein länglicher, niedriger Bungalow mit einer umlaufenden Veranda, die mit Palmenblättern gedeckt war. Auf einer Seite davon war ein Gemüsebeet angelegt, in dem Pillai, der Hilfsgärtner, hockte und Steckzwiebeln einpflanzte. Auf der anderen Seite befand sich ein heruntergekommener

Spielplatz mit einer Reifenschaukel, einer selbst gebauten, glatt geschliffenen Rutsche aus trockenem, grau verfärbtem Holz und einem klapprigen Klettergerüst.

Inmitten des Hofes stand ein Mangobaum, von dessen Ästen eine zweite Schaukel baumelte. Und genau diese Schaukel lieferte ihnen den entscheidenden Hinweis, denn die Seile zitterten, so als wäre daran erst kürzlich jemand auf den Baum geklettert.

Entschlossen marschierte Mutter Maria auf den Baum zu, wobei ihre ausladende Oberweite bei jedem Schritt wackelte.

»Luke! Anna-Marie! Ich weiß *genau*, dass ihr zwei euch dort oben versteckt. Kommt *sofort* hier runter!«

Die drei Erwachsenen versammelten sich unter dem ausladenden Blätterdach des Mangobaums und spähten in das verworrene Geäst hinauf, in dem die Körperteile der Kinder fragmentarisch durch das Blattwerk blitzten. Dürre, dunkelhäutige Glieder hatten sich eng um die braunen Äste geschlungen, sodass die Haut eins mit der Rinde wurde. Arme, Hände und Finger klammerten sich so fest an die Zweige, dass sie kaum vom Baum selbst zu unterscheiden waren, und zwischen dem dunklen Grün der Blätter schimmerten blütengleich vereinzelte Farbtupfer von einem verblichenen Kleid und einem alten, zerschlissenen Hemd hervor. Erst bei genauerem Hinsehen waren zwei leuchtende Augenpaare zu erkennen, aus denen die Kinder wachsam, konzentriert und wie erstarrt zu ihnen hinabblickten.

»Luke, Anna-Marie, kommt *auf der Stelle* hier runter!«, rief Mutter Maria erneut. »Wenn ihr nicht *sofort* herkommt, dann schicke ich Pillai los, um euch den Hintern zu versohlen! Ihr seid so ungezogen, ihr verdient die Güte dieser netten Leute gar nicht! Luke, hör nicht immer auf das, was Anna-Marie dir einredet! Du unartiger kleiner Junge! Komm runter!«

Die letzten Sätze sagte sie auf Tamil. Der Herr und die Dame sahen einander nur kopfschüttelnd an. Dann beugte sich die Dame zu ihrem Mann hinüber und sie tuschelten miteinander.

Anna-Marie und Luke tauschten einen vielsagenden Blick aus und lasen die Gedanken des jeweils anderen. »Kletter du runter«, sagte Luke zu Anna-Marie, ohne zu sprechen. »Und du rauf«, erwiderte sie ebenso stumm. Daraufhin setzten sie sich in entgegengesetzte Richtungen in Bewegung. Behutsam löste Luke seine Gliedmaßen von den Ästen und kletterte langsam und geschmeidig weiter nach oben. Indessen rutschte Anna-Marie, die ohnehin nie von irgendjemandem adoptiert werden würde (das hatte zumindest Pater Bear prophezeit), hinab auf den niedrigsten Ast, der lang und dick genug war, dass sie und Luke in besseren Zeiten darauf nebeneinandersitzen konnten. Von dort aus sprang sie schließlich auf den Sandboden und landete grazil direkt neben Mutter Maria.

Diese packte sie so fest am Handgelenk, dass sie sich vor Schmerzen krümmte und versuchte, die Finger von ihrer Haut zu lösen, woraufhin Mutter Maria nur noch fester zudrückte. Endlich gab Anna-Marie auf und blieb brav und ohne Gegenwehr neben Mutter Maria stehen. Schließlich lockerte sich der Griff um ihr Handgelenk.

Das Ehepaar ignorierte den Zwischenfall und blickte weiterhin nach oben, die beiden hatten nur Augen für Luke.

»Er kommt nicht runter!«, rief die Frau. »Er klettert weiter rauf!«

»Luke!«, brüllte Mutter Maria. »Wo in aller Welt willst du hin? Komm sofort herunter!« Es war seltsam, Mutter Maria so schreien zu hören, denn normalerweise sprach sie ruhig und sanft wie ein rieselnder Bach. Sie konnte durchaus böse werden, aber um ihren Zorn zu entfachen, musste man schon wirklich ungezogen sein. Meistens war sie so liebenswürdig, dass ein paar der Kinder sie sogar Mama nannten; Mama Maria.

»Schreien Sie ihn doch nicht so an«, sagte die Dame.

»Wenn Sie böse auf ihn sind, verschrecken Sie ihn nur. Sie müssen freundlich zu ihm sein, ihn zu uns locken.« Mit veränderter Stimme sprach sie weiter: »Komm, Kleiner, komm her!«, umschmeichelte sie ihn und streckte ihre Arme einladend nach ihm aus. Ihr Mann tat es ihr gleich.

»Luke!«, rief er, »kleiner Luke. Komm schon, spring in Daddys Arme! Ich fang dich auf!«

Aber alles, was sie noch von Luke zu Gesicht bekamen, waren sein kleiner Hintern in der zerschlissenen kurzen Kaki-Hose und seine dürren, hellbraunen Beine, mit denen er hastig nach oben kletterte und immer schneller in dem Gewirr aus Blättern verschwand. Behände wie ein Affe griff er nach dem Zweig über seinem Kopf und schlang die Beine darum, zog sich mit Armen und Knien hoch und kletterte auf den nächsten, dann den übernächsten Ast, weiter und weiter hinauf, bis er so weit oben in der Baumkrone saß, dass keine Spur mehr von ihm zu sehen war.

Mit schriller Stimme rief Mutter Maria nach Pillai. Pillai, ein dunkelhäutiger, schlaksiger junger Mann, der jede noch so hohe Palme mit bloßen Händen und Füßen in weniger als einer Minute erklimmen konnte, eilte vom Gemüsebeet aus herüber und kletterte auf Mutter Marias stummes Geheiß hin auf den Mangobaum. Dann verschwand auch er im Blätterdach.

Anna-Maries Herz klopfte so laut, dass sie glaubte, ihr würde jeden Moment die Brust zerspringen. Sie konnte gar nicht hinsehen; darum schloss sie die Augen so fest wie möglich und betete.

Bitte lass nicht zu, dass sie ihn mitnehmen, bitte lieber Gott, lass nicht zu, dass sie ihn mitnehmen, um Himmels willen, bitte lieber Gott, amen.

Plötzlich rief die Dame: »Da steckt er ja!«

Anna-Marie schlug die Augen auf und verrenkte sich den Hals, um nach oben zu blicken. Aber von Luke war nichts zu sehen. Die Dame musste sich getäuscht haben. Anna-Marie versuchte, ihn in Gedanken zu erreichen, aber sie war viel zu aufgeregt, als dass es hätte klappen können: Das schaffte sie nur, wenn ihre eigenen Gedanken so ruhig und friedlich wie ein stiller See, so glatt wie ein Spiegel waren. Die Dame schrie erneut:

»Dort oben ist er, James, siehst du ihn? Da, schau hin, auf dem Ast dort!«

Wieder blickte Anna-Marie hinauf. Und tatsächlich, dort oben saß Luke. Ihr Herz setzte einen Schlag aus, denn Luke war auf einen der obersten Äste geklettert, der parallel zum Boden verlief. Dort, hoch über ihren Köpfen, hielt er sich am Ende des dünnen Zweiges fest. Dieser bog sich gefährlich nach unten, bis er fast den darunter liegenden Ast berührte.

»Luke!«, schrie Mutter Maria. »Luke! Sofort kletterst du zurück! Hör auf damit! Wenn der Ast bricht, fällst du runter und stirbst!«

Irgendwo aus der dichten Baumkrone heraus rief Pillai: »Ich erwische ihn nicht, Mutter Maria. Wenn ich noch weiter klettere, bricht der Ast. Ich bin zu schwer!«

»Komm runter, komm runter! Treib ihn nicht in die Enge, sonst fällt er noch!«, rief Mutter Maria. »Luke, wenn du nicht augenblicklich herkommst, dann erzähle ich Pater Bear davon, damit er dir höchstpersönlich den Hintern versohlt!«

Das war allerdings eine Lüge, um die Gäste zu beeindrucken, denn Pater Bear legte nie Hand an die Kinder. Das würde Mutter Maria schon selbst übernehmen.

»Der arme Kleine ist ja völlig verängstigt!«, sagte die Dame. »Wenn Sie ihm drohen, machen Sie alles nur noch schlimmer. Wir sollten ihn runterlocken.« Laut rief sie nach ihm: »Mein lieber Kleiner«, setzte sie an.

»Luke«, korrigierte sie ihr Mann, »er heißt Luke, Anita. Wir müssen ihn ködern. Er weiß ja noch gar nicht, was wir ihm alles bieten können.« Darauf platzierte er die Hände trichterförmig um den Mund, legte den Kopf in den Nacken und schrie in

Richtung Baumkrone: »Luke, wie würde dir ein *richtiges* Zuhause mit *richtigen* Eltern gefallen? Was hältst du davon, bei uns in Bangalore zu wohnen?«

Mutter Maria schloss sich der neuen Strategie an und rief: »Sei ein braver Junge, Luke. Du hast ja ein solches Glück, dass dich diese netten Leute hier adoptieren möchten. Du wirst in einem großen, hübschen Haus mit einem ebenso großen Garten wohnen und jede Menge Spielsachen, leckeres Essen und Süßigkeiten bekommen, und du wirst eine *richtige* Mummy und einen *richtigen* Daddy haben und ...«

»Und in riesigen Autos mitfahren! Hast du unser schönes, großes Auto gesehen? Darin nehmen wir dich mit!«

Statt einer Antwort hagelte es nun Mangos. Kleine, grüne Früchte fielen vom Baum herunter, eine nach der anderen. Glücklicherweise traf keine davon ihr Ziel und bald schon schien Luke die Munition ausgegangen zu sein, denn der Regen hörte plötzlich auf.

»Böser, böser Junge!«, rief Mutter Maria, die ihre neue Taktik schon wieder vergessen hatte. Dann wandte sie sich an das Ehepaar: »Wissen Sie, es gibt hier auch noch andere Jungs. Der kleine Thomas zum Beispiel ist herzallerliebst.«

Der Herr und die Dame steckten die Köpfe zusammen und tuschelten wieder. Es schien so, als wollten sie Luke noch eine letzte Chance geben, denn die Dame wandte sich wieder der Baumkrone zu.

»Mein lieber, kleiner Junge«, hob sie an.

»Luke. Luke«, sagte der Herr und blickte hinauf. »Mein lieber Luke, wir ... ahhh!«

Irgendetwas rieselte dem Mann ins Gesicht, aber Regen konnte es nicht sein, denn die Flüssigkeit traf ausschließlich ihn.

»Ach du meine Güte, er *pieselt* dich an!«, rief die Dame schockiert. Der Herr, der nun vor Ekel aufheulte, vollführte einen kurzen, äußerst befremdlichen Tanz, indem er Kopf und

Gliedmaßen schüttelte und sie mit einem Taschentuch abwischte. Und während Mutter Maria Luke anschrie, musste Anna-Marie hinter vorgehaltener Hand kichern.

Luke tat ihr leid, denn er schämte sich immer so sehr, wenn er sich vor Angst einnässte. Manchmal geschah das sogar im Unterricht, wenn er die Antwort nicht wusste, sodass Pater Bear finster dreinblickte und ihn mit erhobenem Finger ermahnte. Die anderen Kinder lachten Luke dann zwar immer aus, aber nicht Anna-Marie, genauso wenig wie jetzt. Nein, sie lachte über den Mann, der gerade vom Baum und von Luke wegstolperte, vermutlich auf der Suche nach fließendem Wasser, und sie lachte über dessen Frau und Mutter Maria, die direkt hinter ihm herliefen.

Dann sah sie zu Luke hinauf und winkte ihm zu. »Die Luft ist rein, Luke!«, rief sie. »Du bist in Sicherheit.«

TEIL I

VOR DEM KRIEG

KAPITEL 1

DER TAG, AN DEM SIE STARB

1933, MADRAS, INDIEN

In der Nacht, bevor meine Mutter starb, riss mich der Ruf des Wechselkuckucks aus dem Schlaf. Dieses unheimliche Kreischen! Zwei unmittelbar aufeinanderfolgende Schreie, die sich immer lauter, immer höher, immer verzweifelter wiederholten, immer dann, wenn die Nacht am stillsten war, und die schließlich in pure Raserei, ja in eine regelrechte Spirale des Wahnsinns übergingen. Sie erfüllten mein Herz mit nacktem Grauen, obwohl ich genau wusste, wie irrational das war, schließlich war das nur der Ruf eines Vogels.

Wie immer rannte ich im Halbdunkel in Ammas Schlafzimmer und kroch zu ihr ins Bett. Ich hörte das Lächeln aus ihrer Stimme heraus, als sie sagte: »Hallo, Rosie, na komm her!« Und dann zog sie mich dicht an sich heran, woraufhin ich mich in ihre Arme schmiegte und sich mein Herzschlag wieder beruhigte. Das war ihre letzte Nacht auf Erden. Damals war ich zehn Jahre alt.

Wie immer standen wir bei Tagesanbruch auf. Ich sehe jenen Morgen noch immer so deutlich vor mir, als wäre es erst gestern passiert, so als wäre die Erinnerung daran ein kostbares Juwel, das ich in einem Schrein innerhalb meines Bewusstseins verwahre. Dann und wann schließe ich ihn auf und trete ein, um mich im Schmerz meines gebrochenen Herzens zu baden.

Der Tag hatte wie jeder andere begonnen – Amma plapperte munter vor sich hin, während sie das Frühstück für uns zubereitete: Es gab Idli, wie bei den Tamilen, denn Amma lebte gern auf die indische Art. Sie sprach so fließend Tamil, als wäre es ihre Muttersprache, und sie lachte nur darüber, wenn die Leute sie dazu aufforderten, Englisch mit mir zu reden. »Aber warum denn?«, fragte sie dann immer. »Wir leben schließlich in Indien, das hier ist unsere Heimat. Und ich bin ihre Mutter, also darf sie mich auch Amma nennen. Ich mag dieses Mummy-Getue nicht.« Außerdem kochte sie am liebsten selbst, obwohl Thilagavathi, ihre Haushaltshilfe, sie bei allem unterstützte. »Thila kann die Gerichte nicht mit Mutterliebe würzen«, pflegte sie oft zu sagen.

Während sie die Idli zubereitete, saß ich bei ihr in der Küche, beobachtete sie, lauschte ihren Worten und unterhielt mich mit ihr. Thila fegte gerade die Veranda um das Haus, das Rascheln ihres Grasbesens auf den Kacheln war eine vertraute Geräuschkulisse. Wie sonst auch hatte Amma den Teig für die Idli schon am Vortag aus gemahlenem Reis und Urid Dal angemischt. Jetzt musste sie nur noch die Dämpfplatten einfetten, den Teig in die Formen gießen und diese auf den Topf mit kochendem Wasser stellen. Und bald schon hatten wir einen ganzen Topf voller heißer, dampfender Reiskuchen.

Von der Veranda aus drangen Gelächter und Vogelgezwitscher zu uns herein. Die helle Morgensonne, die auf das Bougainvillea-Spalier fiel, erzeugte auf der Tischoberfläche ein filigranes Spitzendeckchen aus Licht und Schatten. Der Geschmack dieser Idli liegt mir heute noch auf der Zunge. Seit jenem Tag habe ich nie wieder Idli gegessen, sie sind für mich untrennbar mit Amma verbunden.

Und dann schulterte ich meine lederne Büchertasche, die mir Pa zu meinem achten Geburtstag geschenkt hatte, und Amma strich mir eine Haarsträhne hinter das Ohr, bevor sie mich zum Tor begleitete, wo Babu wie jeden Tag an der Atkinson Avenue mit seiner Fahrrad-Rikscha auf mich wartete. Ich gab ihr einen Abschiedskuss, sie umarmte mich und wir winkten einander hinterher, während sich die Rikscha immer weiter entfernte und wir uns Kusshände zuwarfen. Lange noch stand sie so da und winkte, und ich lachte und drehte mich auf dem Sitz herum, um zurückzuwinken, bis wir um die nächste Kurve in Richtung Stadt abgebogen waren. Ich erinnere mich noch gut an ihr Lächeln, an ihre Augen, die so lange auf mir ruhten, als könnte sie gar nicht genug von mir bekommen. Dieses letzte Bild von ihr, wie sie so winkend und lächelnd dastand und mir Kusshände zuwarf, hat sich wie eine Fotografie in mein Gedächtnis gebrannt.

Und als ich wieder nach Hause kam, war sie tot.

Es geschah so unerwartet, sagten sie alle. Einfach so, wie ein Blitzschlag aus heiterem Himmel. Im einen Moment war sie noch am Leben, im nächsten war sie schon tot. Man hatte sie ins Krankenhaus gebracht, um sie dort zu untersuchen.

Eine Hirnblutung, so das Ergebnis. Niemand konnte sagen, warum. Warum ausgerechnet sie? Warum ich? Warum wir?

Seit jenem Tag glaube ich nicht mehr an Gott.

Ich habe von Pa davon erfahren. Er war so bestürzt, dass er vor Schluchzen und Schniefen nur zusammenhangslose Wortfetzen herausbrachte. Noch nie zuvor hatte ich Pa weinen sehen. Er war normalerweise nicht der Typ dafür, seine Gefühle offen zur Schau zu stellen. Aber an jenem Tag schloss er mich in die Arme und weinte aufrichtig, ohne jegliche Zurückhaltung. Pa, der sonst immer so gefasst, so distanziert erschien und den sonst nichts aus der Ruhe bringen konnte, hatte sich nun in ein schluchzendes Wrack verwandelt und klammerte sich so fest an mich, als hätte ich, ein kleines Kind, die Macht, sie zurückzubringen. Ich konnte nicht glauben, was ich hörte. *Das kann nicht sein!*, schrie ich ihm entgegen. *Nein, das stimmt nicht. Sie ist nicht tot. Wo ist sie?* Ich riss mich von ihm los und rannte in ihr Schlafzimmer, aber dort war sie natürlich nicht. Sie war nirgendwo. Sie war einfach fort.

Und dann rannte ich in mein eigenes Zimmer, warf mich aufs Bett und vergrub das Gesicht im Kopfkissen, wo ich ebenfalls schrie und schluchzte; und er kam herein und stellte sich daneben. Ich erinnere mich noch daran, wie er mir im Versuch, mich zu trösten, die Hand auf den Rücken legte. Und dann hörte ich die Stimmen anderer Erwachsener, die ihm auf Englisch sagten, er solle mich ruhig lassen, mich ausweinen lassen. *Du kannst ihr da gerade nicht helfen, Rupert.* Vage identifizierte ich die Stimmen als Onkel Robert, Pas Freund aus dem *Connemara Hotel*, und Onkel Rory, seinen Kollegen, den er aus der Universität kannte.

Obwohl Pa meistens mit dem Kopf in den Wolken steckte – Amma hatte ihn immer als den typischen zerstreuten Professor bezeichnet – war er auf seine eigene Art liebenswürdig. In seinem Blick und seinen Worten lag eine Wärme, die andere dazu bewegte, ihn ins Herz zu schließen, ihn beschützen zu wollen, und so eilten sie nun alle herbei, um ihm in dieser schweren Zeit unter die Arme zu greifen. Nachbarn und Kollegen schickten ihm ganze Henkelmänner randvoll mit köstlichen Mahlzeiten, so als hätten wir keine eigene Köchin, und dazu noch Kuchen, Süßigkeiten und die ein oder andere Flasche Brandy. Oft kamen sie dabei auch persönlich vorbei. Da ich mich in meinem Zimmer verschanzte, bekam ich das natürlich nur am Rande mit, aber Thila informierte mich über alles.

Thila war fast genauso erschüttert wie Pa und ich. Amma hatte sie nicht wie eine Bedienstete, sondern eher wie eine

Vertraute, fast schon wie eine Schwester behandelt, und wie jeder andere hatte sie Amma sehr gern gehabt; aber als Inderin war sie außerdem praktisch veranlagt und hielt weiterhin das Haus in Ordnung und mich auf dem Laufenden. Das war ihre Art, dafür zu sorgen, dass ich im Hier und Jetzt blieb und nicht im Morast meiner Trauer versank: Sie plauderte über alle, die im Haus ein und aus gingen, brachte mir Essen und Tee, frischen Limettensaft und aufgeschnittene Mangos, und sie bestand darauf, mein Moskitonetz, das ich als schützendes Zelt gebrauchte, loszubinden und in einem Knoten über meinem Bett aufzuhängen.

»Sie müssen raus, Miss Rosie«, sagte sie immer wieder. »Gehen wir an den Strand, ja? Ich bereite für uns ein Picknick vor, ja?«

Aber jedes Mal schüttelte ich nur den Kopf.

»Sehen Sie nur! Lecker, lecker Vanillepudding! Hat Mrs Lindsay für Sie geschickt, Miss Rosie. Sie müssen probieren! Na los, nur ein Löffelchen!«

Aber ich lehnte ab. Manchmal brachten mich Hunger und Durst doch dazu, ein paar Bissen zu essen und ein paar Schlucke Wasser zu trinken; aber das diente nur dem Selbsterhalt und bereitete mir keine Freude. Nichts würde mir jemals wieder Freude bereiten.

Es herrschte ein einziges Durcheinander. In den nachfolgenden Tagen kamen und gingen sie alle ein und aus, sie und ihre Frauen. Vier Tage später besuchten uns Tante Jane, Pas ältere Schwester, und Onkel Thomas, ihr Mann, aus Delhi. Wie sie uns erzählten, waren sie gleich in den ersten Zug gestiegen, die Fahrt hatte drei Tage gedauert. Tante Jane wich mir nicht von der Seite und veranstaltete ein unnötiges Drama, indem sie versuchte, mich mit ihren bodenständigen, gut gemeinten Ratschlägen zur Vernunft zu bringen. Ihr fortlaufendes Bitten, ich solle mehr essen, ließ allerdings ihre Frustration durchklingen und wirkte damit eher wie eine Zurechtweisung. Schließlich ging sie dazu über, ganz unverhohlen mit mir zu schimpfen. *Jetzt reiß dich mal zusammen, Rosalind. Es ist wirklich an der Zeit, vernünftig zu werden.*

Tante Jane hatte selbst nie Kinder gehabt; sie mochte einfach keine Kinder, hatte Amma mir einmal erzählt. Da sie also keinen Funken Mütterlichkeit im Blut hatte, dachte sie in diesem Moment einzig und allein daran, was zu tun *vernünftig* und *realistisch* erschien. Aber ihr Bitten, ihre Zurechtweisungen und Ermahnungen stießen bei mir auf taube Ohren. Ich hörte gar nicht hin, es war mir völlig egal. Amma war für immer fort, und das war das Einzige, was zählte.

Eines Abends jedoch, als ich auf dem Weg ins Bad am Wohnzimmer vorbeischlich, stand die Tür einen Spaltbreit offen. Als ich aus dem gedämpften Stimmengewirr meinen Namen heraushörte, konnte ich nicht anders, als stehenzubleiben und zu lauschen.

»... aber sie standen sich ungewöhnlich nahe, Jane, und ich kann unmöglich ...«

Tante Jane schnitt Pa schrill das Wort ab.

»Rosalind muss sich wirklich langsam zusammenreißen, Rupert, genauso wie du. Solche Dinge passieren nun mal, und wenn so ein Fall eintritt, dann sollte man pragmatisch vorgehen und an die Zukunft denken. Dir bleibt wirklich nur eine Option übrig: Du musst sie auf ein Internat schicken. Und zwar in England. In den Ferien kann sie bei Beryl wohnen, deren Kinder sind schließlich kaum älter als sie. So schlägst du zwei Fliegen mit einer Klappe: Sie obliegt nicht mehr deiner Verantwortung und du ermöglichst ihr eine ausgezeichnete Schulbildung. Moira House ist eine wundervolle Adresse für junge Mädchen. Beryls Töchter sind ...«

Ich musste arg an mich halten, um nicht hineinzustürmen

und *Nein! Nein!* zu rufen, aber diesen Part übernahm Pa für mich.

»Ich schicke sie ganz sicher *nicht* nach England! Das steht völlig außer Frage! Spar dir solche Vorschläge!«

»Aber das ist das einzige Vernünftige, Rupert. Und sie würde endlich lernen, was es bedeutet, ein richtiges englisches Mädchen zu sein. Außerdem würden alle vier Großeltern auf sie aufpassen und sie anständig erziehen. Sie könnte einen Teil der Schulferien bei deinen Eltern in Greystone Park verbringen! Stell dir nur vor, wie ihr *davon* profitieren würdet! Du und Lucy habt ihr wirklich keinen Gefallen getan, hier in Madras ist der indische Einfluss einfach viel zu stark. So wie sie sich aufführt, könnte man fast meinen, sie wäre eine Eingeborene! Und du hast ihr erlaubt, ihre Mutter *Amma* zu nennen, so als wäre Lucy eine indische *Ayah!* Ganz im Ernst, Rupert, du musst ...«

Ich wollte gerade hineinstürmen und sie zu Brei schlagen, aber Pa unterbrach sie erneut.

»Lucy hat dafür gesorgt, dass sie glücklich war; das ist es, was zählt. Sie war glücklich. Und ich möchte einfach nur, dass sie wieder glücklich wird. Ich werde sie nicht nach England schicken.«

Ich musste mich zurückhalten, um nicht *Bravo, Pa!* zu rufen. Aber hinter meinem Jubel verbarg sich tief sitzende Frustration. Tante Janes Worte schmerzten, und ich ertrug es nicht, wie sie Pa schikanierte. Natürlich war ich froh, dass er für uns beide einstand, aber in Wirklichkeit war ich wütend darüber, wie er behandelt wurde. Zorn war jedoch eine Emotion, die an Tante Jane völlig verschwendet war. Ich holte tief Luft und hielt den Atem an, bis der in mir aufsteigende Wutschrei langsam verebbte. Das war eines der vielen Dinge, die mich Amma gelehrt hatte. Jetzt gerade wäre ich allerdings am liebsten in das Zimmer geplatzt, um Pa zu schütteln und zu schreien: *Ich werde nie wieder glücklich sein! Nicht ohne Amma!*

»Kinder müssen sich irgendwann mit der Realität auseinandersetzen, Rupert, sie können nicht für immer in einer Fantasiewelt leben. Lucy war viel zu verschroben, viel zu weltfremd, um eine gute Mutter zu sein. Ich möchte ja nicht schlecht über eine Tote sprechen, aber ...«

»Kein Wort mehr! Ich höre mir sicher nicht an, wie du meine Frau kritisierst, die noch nicht einmal unter der Erde liegt!«

»Rupert, jetzt beruhige dich doch. Und schrei mich nicht so an. Also, wenn du dich weigerst, sie entgegen meiner besten Empfehlung nach England zu schicken, dann bleibt dir nur noch die zweitbeste Lösung: ein indisches Internat. Ich habe gehört, *St. Hilda's* in Ooty soll für englische Mädchen einigermaßen geeignet sein. Allerdings müsstest du in den Ferien ...«

»*Sie geht garantiert nicht auf irgendein Internat!*«, polterte Pa. »Hörst du mir denn nicht zu? Rosie braucht Wärme und Zuneigung, sie braucht ein *Zuhause!* Ich schicke sie doch nicht in die Fremde! Bist du völlig übergeschnappt? Hast du denn überhaupt kein Mitgefühl, kein Verständnis dafür, was ein Kind braucht?«

Aufgeregt ballte ich die Fäuste. *Hurra!* So hatte ich Pa noch nie erlebt! Hätte ich meinen Vater mit drei Worten charakterisieren müssen, dann hätte ich ihn als *ruhig, zerstreut* und *verträumt* beschrieben. Vielleicht würde ich die Liste sogar noch um *introvertiert* und *zurückgezogen* ergänzen. Er stritt sich nie. Ganz egal, was Amma vorgeschlagen haben mochte, er war immer damit einverstanden gewesen. Andererseits hatte und hätte Amma auch nie etwas so Unerhörtes vorgeschlagen, wie mich in ein Internat abzuschieben: nicht in Ooty und erst recht nicht in England. Nirgends. Die *Banyan Tree School* reichte ihr völlig aus, und mir auch. Selbstverständlich wäre es mir damals, mit gerade einmal zehn Jahren, noch gar nicht in den Sinn gekommen, mir Wörter zu überlegen, um Pa zu beschreiben. Ich dachte nur: *Gut gemacht, Pa!* Und ich war einfach nur überglücklich, dass er voll und ganz hinter mir stand und vor diesem Drachen von einer Tante nicht einknickte. Wenn er keine Angst hatte, dann bestand für mich dazu ebenfalls kein Anlass.

Zufrieden damit, dass Pa für mich eintrat, setzte ich meinen Weg zum Bad fort und kehrte anschließend in mein Zimmer zurück, wo ich das Moskitonetz behutsam anhob, ins Bett kroch und es hinter mir wieder feststeckte. Das Mondlicht strömte durch das offene Fenster ins Zimmer und das geisterhafte, weiße Zelt wogte in der sanften Brise, die vom Meer aus hereinwehte. Das Bett mit dem weißen Netzbaldachin war eine Insel für mich, ein sicherer Zufluchtsort, an dem ich mich vor den Schrecken der Welt verstecken konnte. In jener Nacht jedoch klaffte in den dunklen Wolken der Trauer, die mich umgaben, ein Riss auf, und meine Gedanken verlagerten sich von Amma zu Pa. Was würde er jetzt nur tun? Ohne Amma wäre er verloren, so viel war mir klar.

KAPITEL 2

Pa und ich drückten unsere Liebe zueinander auf unsere eigene Art aus, aber manchmal wünschte ich mir, wir hätten Zugang zu der Gedankenwelt des jeweils anderen. Er war ein sanfter, liebenswürdiger Zeitgenosse, der in einer völlig anderen Sphäre zu leben schien, in einer Welt der Sprache, voller Bücher, Wörter und hochtrabender Ideen und den abstrakten Konzepten dahinter. Pa lehrte Englisch an der *University of Madras*, aber das diente nur dem Broterwerb.

Seine eigentliche Berufung – zumindest hatte mir das Ma erzählt – waren Fremdsprachen, vor allem die aus dem asiatischen Raum. Sie sagte immer, Pa hätte eine besondere Begabung und einzigartige Auffassungsgabe, eine angeborene Affinität gerade für die Sprachen, vor denen die meisten Engländer zurückschreckten, weil sie ihnen zu fremdartig waren. Während seiner Kindheit in Delhi sprach er schon früh fließend Englisch und Hindi und hatte sich noch zu Schulzeiten Sanskrit und Urdu beigebracht. Diese ganzen Sprachen hatte er dann in Cambridge studiert, und noch ein paar europäische obendrein – Französisch und Deutsch, wenn ich mich recht entsinne –, und seine erste Stelle im Ausland war eine

Englischprofessur in Japan gewesen, wo er sich innerhalb weniger Monate die Landessprache aneignete. Anschließend war es für ihn dann nach Kuala Lumpur gegangen, wo er sein Repertoire noch mit Malaiisch und Mandarin erweiterte.

Dort hatte er auch Lucy, meine Amma, kennengelernt, deren Vater, ein langjähriger Beamter der britischen Verwaltung, von Madras aus dorthin versetzt worden war. Mit ihr als seiner Frau kehrte er endlich nach Madras zurück, um eine ähnliche Stelle an der Universität anzutreten, und lernte hier in kürzester Zeit Tamil. In Ammas Elternhaus ließen sich die beiden dann nieder, und zwölf Jahre später kam ich zur Welt. Zum Zeitpunkt ihrer Hochzeit war er schon fünfunddreißig und sie erst einundzwanzig Jahre alt. Und als sie starb, war er dreiundfünfzig.

»Wie viele Sprachen spricht er eigentlich?«, hatte ich Amma einmal gefragt, worauf sie stirnrunzelnd an den Fingern abgezählt hatte. »Zehn auf jeden Fall«, hatte sie lachend geantwortet. »Aber mit Sicherheit habe ich noch ein paar vergessen. Wer weiß? Bestimmt versteht er auch Latein und Griechisch, und vielleicht noch ein paar südindische Sprachen wie Kanaresisch oder Telugu. Ich glaube, er weiß es selbst nicht so genau.«

Pa war davon besessen, obskure, aber bedeutsame Literatur auf Sanskrit und Tamil ausfindig zu machen und sie ins Englische zu übersetzen.

»Verlorene Liebesmüh«, hatte mir Amma erzählt. »Niemand wird diese Texte je lesen.«

»Also macht er das nur für sich selbst?«

»Genau. Die Universität hat ihm ein kleines Forschungsstipendium gewährt – also, das bedeutet, er wird von ihnen dafür bezahlt – um ganz tief in diese hochtrabenden philosophischen Gedanken einzutauchen. Ich habe einmal versucht, ein paar Seiten davon zu lesen, aber ich glaube, ich bin nicht schlau genug, um das zu verstehen. Bin wohl einfach zu doof!« Darauf lachte sie über sich. »Pa lebt in seiner eigenen Welt, aber er meint es nur gut. Er ist der liebste, beste Mann auf Erden, aber er lebt hinter einem Gedankenschleier und ist der realen Welt hilflos ausgeliefert. Und deshalb braucht er mich.«

Das stimmte. Amma war das genaue Gegenteil von Pa, sie war fröhlich, aufgeschlossen und extrovertiert: genau die Art von Mensch, der jedem ein Lächeln ins Gesicht zauberte und der auf Partys immer ein gern gesehener Gast und ständig von Leuten umringt war, weil sie lachte, scherzte und für Unterhaltung sorgte. Sie war die Art von Mensch, die man einfach – einfach nur umarmen wollte. Ich brauchte sie wie die Luft zum Atmen, und an den schrecklichen Tagen nach ihrem Tod hatte ich das Gefühl, zu ersticken, weil mir eben diese Luft fehlte. Ohne ihre Liebe und Wärme, die mich wie ein Kokon umhüllt hatten, war ich verloren. So ergeht es wohl jedem Kind, das seine Mutter verliert.

Pa und ich, wir waren beide verloren.

Pas Sieg über Tante Jane war nur von kurzer Dauer, denn sie verhielt sich wie ein Hund, der sich in einen Knochen verbissen hatte: Sie ließ einfach nicht locker. Am nächsten Tag beim Mittagessen griff sie das Thema wieder auf, diesmal allerdings in meiner Anwesenheit. Es schien zwar so, als hätte sie sich mit Pas Weigerung, mich fortzuschicken, abgefunden, aber deswegen gab sie noch lange nicht klein bei. Stattdessen änderte sie einfach ihre Strategie und gab einen neuen brillanten Einfall zum Besten.

»Ein paar Dinge wirst du hier verändern müssen, Rupert. Das, was Lucy fertiggebracht hat, schaffst du unmöglich allein. Und da du dich hinsichtlich Rosies Erziehung ja standhaft weigerst, auf gesunden Menschenverstand zu hören, musst du eben mit der nächstbesten Lösung vorliebnehmen: Du musst eine Gouvernante einstellen. Ich habe sowieso nie verstanden, warum Lucy sie mit den Einheimischen auf diese öffentliche

Kirchenschule geschickt hat. Jetzt ist ein guter Zeitpunkt für Veränderungen. Ich kann mich in Delhi nach einer geeigneten Kandidatin erkundigen; oder besser noch, Robert soll seine Kollegen im Amt danach fragen. Vielleicht ist es sogar möglich, jemanden aus England kommen zu lassen, eventuell eine ältere, unverheiratete resolute Dame mit Erfahrung ... aber nein, das würde wohl Monate dauern. Ich werde mir die Sache noch einmal durch den Kopf gehen lassen. Selbstverständlich wird es keines dieser jungen, geschwätzigen Dinger, die sind doch alle nur auf der Suche nach Heiratskandidaten. Die würden vermutlich gleich versuchen, dich um den Finger zu wickeln. Ich bin mir sicher, wir finden ganz bald jemanden, der unseren Ansprüchen gerecht wird. Und selbstverständlich musst du jetzt mehr Bedienstete einstellen. Eine Haushälterin, die sich um alles kümmert, sollte da ganz als Erstes dabei sein – eine Engländerin, versteht sich. Also, dem Himmel sei Dank ist das Haus nicht besonders groß, aber ohne Lucy, die alles im Blick behält ...«

Pa und ich tauschten einen verstohlenen Blick aus. Ein Lächeln huschte über seine Lippen und seine Augen sagten: *Mach dir keine Sorgen, mein Schatz, das werde ich nicht zulassen.* Und ich wusste, dass er das genau so meinte. Ich war in Sicherheit. Aber dieser Zustand währte nicht lange.

Pa versuchte, zu mir durchzudringen. Sobald Tante Jane nach Delhi zurückgekehrt war, bemühte er sich darum, ihrem Ratschlag zu folgen und *vernünftig* zu sein, indem er seine eigene Trauer so weit überwand, dass er mich trösten und mit mir, sehr zu meinem Entsetzen, über die Zukunft sprechen konnte. Aber wie konnte es ohne Amma überhaupt eine Zukunft geben? Sie war der Felsen, auf dem wir unser gesamtes Leben aufgebaut hatten. Sein Blick spiegelte meinen eigenen Schmerz wider, und er sah ihn mir ebenfalls an. Dort saß er also auf meiner Bettkante und blickte mit tränennassen Augen auf mich herab, während er mir über das Haar strich. So verharrten wir eine Weile, schauten uns einfach nur an, und unsere Blicke sagten alles, was es zu sagen gab.

Endlich aber sprach er. »Rosie, Liebes«, sagte er. Das war ungewöhnlich, denn normalerweise war er nicht der Typ für Kosenamen. Tatsächlich hatte er weder Amma noch mich je zuvor *Liebes* genannt, und als er schwer schluckte, schniefte und stockend versuchte, die richtigen Worte zu finden, fragte ich mich durch den Schleier meiner Trauer hindurch, welche Überraschung da wohl auf mich zukommen würde. Da ich ihn allerdings vorher belauscht hatte, konnte ich mir bereits denken, was er gleich sagen wollte.

»Rosie, Liebes. Jetzt, da Tante Jane wieder in Delhi ist, müssen wir versuchen, zur ... zur Normalität zurückzukehren. Auch wenn ... auch wenn es so etwas wie Normalität ohne sie nicht mehr geben wird.« Beim letzten Satz versteifte sich sein Gesichtsausdruck, seine Lippen zitterten und er schloss fest die Augen, um nicht von einer neuerlichen Welle der Trauer übermannt zu werden. Jener Pa stand im starken Kontrast zu dem Mann, den ich vorher erlebt hatte, der so ruhig, so zuversichtlich und unberührt von sämtlichen irdischen Emotionen durch das Leben zu schweben schien. In diesem Moment lernte ich, wie trügerisch der äußere Anschein sein kann. Hinter seiner alltäglichen Maske der Gelassenheit verbarg Pa etwas, das viel stärker war als alles, was ich mir – trotz meiner immensen Trauer – vorstellen konnte. Und obwohl ich erst zehn Jahre alt war, wusste ich, dass ich ihm helfen musste.

Also richtete ich mich auf und legte ihm die Hand auf die Wange, woraufhin er sofort über mir zusammenbrach und mich in seine Arme zog, sodass wir beide bitterlich weinten und uns wie Ertrinkende aneinanderklammerten.

Aber das half. Sobald wir uns ausgeweint hatten, sprach Pa,

und diesmal kam er nur gelegentlich ins Stocken. Ich hörte ihm aufmerksam zu.

»Tante Jane und alle meine Freunde finden, du solltest auf ein Internat in England oder Ooty gehen. Aber das willst du doch nicht, hab ich recht? Ich kann mir einfach nicht vorstellen, wie du so weit weg von ... von *dem hier* ... glücklich werden sollst.« Er unterstrich seine Worte mit einer ausladenden Armbewegung, und ich wusste genau, was er damit meinte. Und dann sprach er es auch aus: »Von *zu Hause.*«

Mein Zuhause war *hier. Hier* war Shanti Nilayam, der Ort des Friedens, wie Amma und Pa unser Zuhause getauft hatten. Zuhause – ein heiliges Wort. Und es war das einzige Zuhause, das ich je gekannt hatte: ein weitläufiger Garten mit roten Sandwegen, die sich zwischen Canna-Lilien, Hibiskus- und Oleandersträuchern entlangwanden. Hölzerne Rankgitter, die sich über die gesamte Hauswand erstreckten und an denen die ausladenden Bougainvilleablüten in Violett, in grellem Pink und leuchtendem Rot erstrahlten. Farbexplosionen so weit das Auge reichte, grell und kontrastreich, und als Gegenpol dazu das ruhige Grün des Blätterdaches über unseren Köpfen, durch das nur vereinzelt Sonnenstrahlen fielen und das zuverlässig Schatten spendete, wenn die Sonne am heißesten herabbrannte; oder auch das Grün der Kokospalmen, die dünn in den leuchtend blauen Himmel aufragten und dabei so fragil wie Streichhölzer wirkten, die man ganz leicht zwischen den Fingern zerbrechen konnte, obwohl sie tatsächlich so robust wie die Schilfpflanzen waren, die man umknicken konnte, ohne sie zu brechen.

Zuhause, das war dieser kühle Bungalow hier, eingebettet in üppiges Blattwerk und überschattet von zwei Mangobäumen auf der einen und einem Tamarindenbaum auf der anderen Seite. Zuhause, das war der prächtige Baum vor dem Anwesen, dessen herabgefallenen, leuchtenden Blüten vor dem Eingang einen roten Teppich bildeten, der sich bis zu der kleinen

Treppe erstreckte, über die man auf die breite, das Haus wie ein ruhiges Band umschließende Veranda gelangte, die stets in einen Hauch von Rosen, Jasmin und Frangipani getaucht war, den die kühle Meeresbrise aus östlicher Richtung herüberwehte.

Das weitläufige Gelände lief in einen kleinen Waldteil aus, den wir verwildern ließen und in dem ich gerne spielte. Außerdem stand ein Bereich des Gartens unserem Gärtner Babu und dessen Sohn zur freien Verfügung. Einst, zur Blütezeit der britischen Kolonialherrschaft, beherbergte unser Haus ein paar hochrangige Mitglieder des kaiserlichen Staatsdienstes. Damals wimmelte das vornehme Haus nur so von Hausdienern, Lakaien, Dienstmädchen und *Ayahs,* wie wir die Kindermädchen hier nannten, und noch immer konnte man die letzten Überbleibsel einer *Pankha* sehen, jener riesigen Fächer, die damals üblicherweise von einem uniformierten Bediensteten mittels Seilzug hin- und herbewegt wurden. Amma kam ohne all das aus. Sie wurde nur von Thila und einem Jungen unterstützt, der das Haus jeden Tag von oben bis unten putzte, oder besser gesagt von rechts nach links, denn es bestand nur aus dem Erdgeschoss und der Veranda, die uns an sonnigen Tagen Schatten spendete und wo wir uns entspannten, eine Runde Karten spielten oder einfach nur am Abend mit Freunden beisammensaßen.

Gleichermaßen verzichtete Amma auf jegliche Möbel und Dekorationen, die nicht unbedingt notwendig waren. An den Wänden hingen nur wenige, dafür aber sorgfältig ausgewählte Gemälde, und die Ausstattung war auf ein Minimum beschränkt: Natürlich gab es Betten, Schränke und Kommoden sowie einen Esstisch mit Stühlen und ein paar bequeme Sofas, aber das war auch schon alles. Die Veranda bot mit Abstand die meisten Sitzgelegenheiten, denn dort verbrachten wir den Großteil unserer Zeit – mit Ausnahme von Pa natürlich, der sein eigenes Arbeitszimmer hatte, mit einem richtigen Schreibtisch, einem Stuhl und unzähligen Regalen, die vor Büchern überquollen.

Außerdem besaßen wir ein Klavier. Amma hatte mir ein paar Lieder darauf beigebracht, aber das Singen war ihr eigentliches Talent, und das tat sie mit und ohne Begleitung, im Haus, im Garten oder am Strand.

Das Haus war nicht nur spärlich möbliert, die meisten Zimmer standen außerdem leer. Dieser Staatsdiener, der hier einst gelebt hatte, musste offenbar eine große Familie gehabt haben. Mit Amma eingerechnet, waren wir nur zu dritt. Wir bewohnten das Wohnzimmer, drei Schlafzimmer und Pas Büro, zwei Bäder vervollständigten unser Zuhause. Die Küche befand sich im hinteren Teil des Anwesens, und daneben, in einem separaten Nebengebäude, war Thilas Schlafzimmer samt zugehörigem Bad untergebracht. Ein Stückchen hinter dem Haus stand das jetzt leerstehende Gebäude, das einst das Bedienstetenquartier gewesen war – im Grunde genommen nur eine Ansammlung von Zimmern mit separatem Bad und einer Außenlatrine dahinter. Mittlerweile war das Gebäude nahezu verfallen; das Mauerwerk wirkte zwar noch intakt und stabil, war aber von Kletterpflanzen und jener Art von Unkraut überwuchert, für dessen Wurzeln Steinwände kein Hindernis darstellten. Hätte ich Geschwister gehabt, dann hätten wir dort sicher eine Menge Spaß gehabt: Vielleicht hätten wir Räuber und Gendarm oder irgendetwas Ähnliches gespielt. Aber ich war allein, und das hier war mein Zuhause.

All das schwang in Pas Geste und in jenem Wort mit, das er so bewusst ausgewählt hatte und das so viele Bedeutungsebenen beinhaltete. Zuhause war alles, was ich kannte. Es bedeutete Liebe, Familie, Mutter, Schönheit, Frieden, Sicherheit, Freude, Mutter, Farbe, Ruhe, Behaglichkeit, Mutter, Vertrautheit, Schutz, Wonne, Gelächter, Umarmungen, Herzlichkeit, Vogelgezwitscher, Blumen, Mutter ... Mutter, Mutter, Mutter. Es bedeutete all das und noch so viel mehr, mehr als es

Worte je auszudrücken vermochten, und das alles brach über mich herein, als Pa jenes Wort aussprach, und es trieb mir die Tränen in die Augen. Aber Pa – und dabei sah ich, wie er selbst mit den Tränen rang – hielt mich an den Oberarmen fest und hielt mich ein Stück von sich weg, um mich sanft zu schütteln und mich dann wieder in die Arme zu schließen, bevor er mich schließlich wieder losließ, um mir eine Frage zu stellen.

»Das würdest du nicht wollen, Rosie, hab ich recht?«

Schniefend schüttelte ich den Kopf und blickte zu ihm auf, in der Hoffnung, meine Augen könnten den Inhalt meines Herzens ausdrücken, sodass ich die Worte gar nicht erst aussprechen musste – denn ich wusste genau: Sobald ich den Mund öffnen würde, würde ich doch nur wieder in Tränen ausbrechen.

Die Worte, die mir auf der Zunge lagen, waren folgende: *Was ist ein Zuhause ohne sein Herz?* Und jenes Herz war Amma. Sie war diejenige, die dem Wort *Zuhause* seine Bedeutung verlieh. All die Dinge, die unser Haus zu einem Zuhause machten – sie stammten ausnahmslos von ihr. Ohne sie war Shanti Nilayam nur ein Haus, zwar eines mit einem wunderschönen Garten, das konnte man nicht leugnen, aber mehr auch nicht. Mit ihr hatte es seine Seele verloren.

Pa atmete tief ein. Ich erkannte, dass er genau das tat, wozu ihn Amma so oft ermahnt hatte: Er riss sich zusammen. Und ich wusste, dass sie dasselbe auch von mir verlangen würde, also versuchte ich es mit aller Kraft, sodass es mir irgendwie gelang, dem zu folgen, was er als Nächstes sagte.

»Es ist schwierig geworden, das weißt du selbst. Aber irgendwie müssen wir einen Weg finden, weiterzuleben. Wir müssen es versuchen, selbst wenn uns ein Leben ohne sie unmöglich erscheint. So hätte sie es gewollt. Hörst du gerade nicht auch ihre Stimme? *Ihr Dummerchen – natürlich kommt ihr auch ohne mich zurecht! Denkt doch nur an all die Möglichkeiten!* Genau das hätte sie gesagt, meinst du nicht, Rosie?«

Diesmal nickte ich und ließ ihn dabei nicht aus den Augen. In seinem Blick lagen ein solcher Ernst, eine solche Tragik, so viele ungeweinte Tränen, dass der Anblick mich beinahe wieder zum Weinen brachte, aber ich folgte seinem Beispiel und *riss mich zusammen,* um ihm weiter zuzuhören.

»Ich möchte, dass wir so weitermachen wie bisher, auch ohne Amma. Selbstverständlich wird uns Thila wie immer unter die Arme greifen, aber es gibt gewisse Aufgaben, die weder ich noch Thila bisher übernommen haben, weil Amma sich sonst immer darum gekümmert hat. Und jetzt ist sie nicht mehr hier. Denn das ist das Problem. Dass Amma sich hier wirklich um alles gekümmert hat. Sie hat den gesamten Haushalt am Laufen gehalten, unser Zuhause, und jetzt müssen wir das selbst tun. Ich, um genau zu sein. Ich muss lernen, wie das geht. Und dann gibt es da auch noch Dinge, die sie getan hat, bei denen ich sie unmöglich ersetzen kann, ganz gleich, wie sehr ich es auch versuche: Sie war schließlich deine Mutter, meine liebe Rosie. Aber eine Mutter kann ich für dich nie sein, ganz egal, wie sehr ich mich auch anstrenge, denn so wie wohl alle Mütter hatte sie etwas ganz Besonderes an sich ... obwohl das vielleicht doch nicht alle Mütter haben ...«

Er hielt kurz inne und ich wusste, dass er an seine eigene Mutter dachte. Amma hatte mir von ihr erzählt, von seinem Vater auch. Sie hatte ihn nur zur Welt gebracht, hatte Amma erklärt, aber sie hatte ihm nie Mutterliebe geschenkt, und das sei auch der Grund dafür, warum es ihm so schwerfiel, *uns* seine Liebe zu zeigen. »Aber er liebt uns, Rosie, das tut er! Das verspreche ich dir! Er kann es nur nicht zeigen, weil ihm das nie irgendjemand beigebracht hat! Und trotzdem trägt er die Liebe in seinem Herzen, fest eingeschlossen. Pa ist ein guter Mensch, Rosie. Eigentlich hat er das größte Herz der Welt, und deshalb darfst du auch nicht traurig sein, wenn er den Eindruck erweckt, wir seien ihm egal. Denn das stimmt nicht. Wir sind ihm unglaublich wichtig.«

Daher wusste ich also, was er damit meinte, als er sagte, nicht alle Mütter hätten diese besondere Eigenschaft. Und ich wusste, dass es ein bedeutsamer, wichtiger Moment war, als Pa mir jenes große Herz offenbarte, von dessen Existenz Amma immer so felsenfest überzeugt gewesen war, das er allerdings niemandem außer ihr je gezeigt hatte. Also nickte ich enthusiastisch, um ihm zu signalisieren, *ja, Pa, das verstehe ich, und das hätte sie so gewollt.*

»Natürlich gehst du weiterhin zur Schule. Du entwickelst dich prächtig dort, und sie hätte es sich so gewünscht. Deine Tante Jane hätte gerne, dass ich dich von der Schule nehme und stattdessen eine Gouvernante einstelle. Aber nein – denn das würde dir sicher ganz und gar nicht gefallen, Rosie. Ich wurde damals selbst von einem Privatlehrer unterrichtet und habe mir immer gewünscht, ich hätte stattdessen zur Schule gehen können. Du magst die Schule doch, oder? Deine ganzen Freunde dort? Bist du dort glücklich?«

Ich nickte, wenngleich auch zögerlich. Es gab so vieles, was Pa nicht über mich wusste, so vieles, was Amma vor ihm geheim gehalten hatte! Was die Schule anging, war Amma sehr eigenwillig gewesen. Sie wollte, dass ich in Madras bleibe und zur *Banyan Tree School* gehe, statt wie die meisten anderen Kinder in Britisch-Indien auf ein Internat zu gehen. Die ständige Gefahr, dem Internat-Druck nachgeben zu müssen, war bei uns nichts Neues, aber Amma hatte dieser permanenten Bedrohung stets getrotzt. Ich war eines der wenigen englischen Kinder in Madras, das mit zehn noch nicht im Internat war. Die meisten anderen, insbesondere die Jungen, wurden auf Schulen in England geschickt und bekamen ihre Eltern jahrelang nicht mehr zu Gesicht.

Die englischen Mädchen in Madras hatten da schon mehr Glück, denn die meisten besuchten das Internat *St. Hilda's* im Bergkurort Ootacamund, kurz Ooty, von dem Tante Jane gesprochen hatte, und dort hätte auch ich hingeschickt werden sollen, gemeinsam mit den anderen Mädchen, mit denen ich im Kindergarten gewesen war. Seit unserem sechsten Lebensjahr waren die meisten von ihnen der Reihe nach aus meinem Umkreis verschwunden. Lediglich in den Ferien kehrten sie zurück, außer während der langen, heißen Sommer, denn da leisteten ihre Mütter ihnen im kühlen Schatten der Nilgiri-Berge Gesellschaft.

Aber selbst *St. Hilda's* war Amma nicht gut genug gewesen. Sie hatte gewollt, dass ich direkt hier in Madras bleibe; und zu ihrem Glück gab es da ja die *Banyan Tree School*. Und Pater Bear.

KAPITEL 3

Pater Bear gehörte zu Pas engstem Freundeskreis – und da Pa nur wenige Freunde hatte, die ihm wirklich nahestanden, wollte das schon etwas heißen. Pater Bear war katholischer Priester. Er stammte aus Tipperary in Irland und hieß eigentlich Pater Bearach. »Das spricht man Bear-rock aus, aber ihr dürft mich gerne Barry oder Bear nennen, was auch immer euch lieber ist!«, pflegte er zu sagen.

Wir nannten ihn immer Pater Bear, weil ihn das so wunderbar beschrieb: Er war tatsächlich ein Bär von einem Mann, im wahrsten Sinne des Wortes. *Er sieht aus wie ein Bär, findest du nicht, Rosie? Ein Bär von einem Mann, und noch dazu so haarig*, hatte Amma oft gesagt. Seine roten Haare sahen buschig und ungepflegt aus, und dazu trug er einen ebenso verfilzten Bart. Die Haare setzten sich auf seinen nackten Armen und muskulösen Waden fort, die der weiße *Lungi*, den er meistens um die Hüfte gewickelt trug, nicht ganz verdecken konnte. Wie Pa kleidete er sich größtenteils in traditionelle indische Gewänder, aber beide zogen die geknöpften, kurzärmeligen Hemden der traditionellen Oberbekleidung vor und waren sogar Hosen und Anzügen, oder in Pater Bears Fall einem Priestergewand, gegenüber nicht abgeneigt, wenn es die Situation erforderte.

Nur hinsichtlich seines Charakters hinkte der Vergleich mit dem Bären, denn anders als sein tierisches Pendant war Pater Bear freundlich und einfühlsam. Er konnte zwar durchaus energisch sein, war dabei aber eher auf sanfte Art mitreißend. Und wenn er sich zu etwas entschlossen hatte, dann setzte er es auf eine sehr zurückhaltende, kooperative Art in die Tat um. Er setzte seinen Willen in der Regel mit List durch, indem er sein Gegenüber glauben machte, es wäre von Anfang an ganz allein auf die Idee gekommen. Pater Bear hätte es sogar fertiggebracht, einem Eskimo Schnee zu verkaufen. Darüber hinaus war er sehr redselig, hatte einen guten Sinn für Humor und war ein leidenschaftlicher Idealist, wenn es darum ging, den Armen und Bedürftigen zu helfen. Ähnlich leidenschaftlich glaubte er an Gott, den er anbetete und verehrte und mit dem er Zwiegesprächte führte, als wäre er real – was er in Pater Bears Augen auch tatsächlich war: der Nächste der Nahen, der nicht im Himmel, sondern direkt in seinem Herzen weilte. »Gott wurde nach dem Bild des Menschen geschaffen«, sagte er immer und stellte damit das Bibelzitat auf den Kopf. »Wir stellen uns Gott als Menschen vor, weil unser jämmerlicher Verstand sonst nicht dazu in der Lage wäre, eine solche Macht und Intelligenz zu begreifen, von der wir nur ein winziger Bestandteil sind.« Pa glaubte an etwas ganz Ähnliches, und das war es auch, wonach er in seinen verstaubten Büchern Ausschau hielt und was die beiden miteinander verband.

Als Kind lernte ich schnell, dass Pater Bear kein typischer katholischer Priester war. Er bezeichnete sich als christlichen Freigeist: Selbst in seinen Predigten sagte er ganz frei heraus, dass er das Christentum nur für einen Weg von vielen hielt, die alle zu Gott führten. Zu diesem Schluss war er nach all den Jahren gekommen, die er in Indien verbracht hatte und während derer er die Glaubensrituale und Schriften der

Hindus studiert und sich intensiv mit den Einheimischen unterhalten hatte. Die Freundschaft mit Pa war ein Resultat jener Weltanschauung. An den Abenden kam er oft in Shanti Nilayam vorbei; stundenlang saßen die beiden dann in den Korbsesseln auf der Veranda und diskutierten über Gott, Religion, Liebe, Theologie, Nächstenliebe und den Sinn des Lebens. Sie debattierten über die Besonderheiten der christlichen Theologie und verglichen sie mit den Auffassungen der historischen vedantischen Schriften, während sie an ihrem *Stengah* – Whisky Soda nippten und Pfeife rauchten.

Ich leistete ihnen dabei oft Gesellschaft, kuschelte mich in Pas Schoß und lauschte dem Dahinplätschern ihrer Gespräche, dem Zwitschern der Vögel und dem Brummen des Deckenventilators: eine Geräuschkulisse, die eine angenehme Atmosphäre von Sicherheit und Behaglichkeit erzeugte. Ich liebte Pater Bears Stimme und seinen beschwingten irischen Akzent. Solange es draußen noch hell genug war, las ich eines meiner unzähligen Bücher, aber manchmal hörte ich ihnen auch einfach nur zu, bis ich schließlich einschlief.

Zuweilen richtete Pater Bear das Wort aber auch an mich. Er mochte Kinder, und das schelmische Blitzen in seinen blauen Augen verriet mir, wenn er sich einen Spaß mit mir erlaubte, denn seine Stimme blieb dabei immer ernst, um einen in die Falle zu locken. Von ihm ging eine seltsame Anziehungskraft aus. Bei jeder sich bietenden Gelegenheit scherzte er und erzählte lustige Geschichten und religiöse Parabeln, aber es war seine starke Persönlichkeit, mit der er die Menschen für sich gewann. Ich liebte seine Geschichten und die Art, wie er sprach, mit seinem weichen, irischen Trällern.

»Hast du je vom Rarie-Vogel gehört, Rosie?«, fragte er mich einmal, als ich acht oder neun war. Ich schüttelte den Kopf. »Oh! Na, wenn das so ist, dann lass mich dir ein bisschen was über diesen Vogel erzählen. Man nennt ihn den Rarie-Vogel, weil er sich so rar macht – und es gibt ihn nur in Irland, in den verwunschenen Wicklow Mountains, um genau zu sein. Dieser winzige Vogel ist oft auf der Suche nach menschlicher Gesellschaft. In Irland erzählt man sich, er bringt Glück, und wenn man einen davon in seinem Garten herumhüpfen sieht, dann sollte man auf jeden Fall ein bisschen Futter an den Baum hängen. Und je besser man sich um den Vogel kümmert, desto mehr vertraut er einem.

Tja, und dann gab es da diesen stämmigen Burschen aus Wicklow namens Sean. Er wohnte in einer Hütte mit Garten, wo ihm der Rarie-Vogel jeden Tag einen Besuch abstattete, also tat er natürlich genau das, was von ihm erwartet wurde, und stellte Futter und eine Tränke für den Vogel in den Garten. So freundete er sich mit dem Tier an, und manchmal hüpfte die Vogeldame so nah an ihn heran, dass er sie fast schon streicheln konnte, aber nur fast. Er wusste, es musste ein Weibchen sein, denn sie hatte in dem hohen Eichenbaum vor seiner Hütte ein Nest gebaut. Und in diesem Nest lag ein einziges Ei. Sean war nämlich auf den Baum geklettert und hatte es mit eigenen Augen gesehen.

Und eines Tages brach das Ei auf und ein kleiner Babyvogel schlüpfte heraus. Sean kletterte die Leiter hoch und war völlig aus dem Häuschen! Dabei muss man wissen, dass Sean weder Frau noch Kind hatte, darum hatte er die Vogelmama und ihr Kleines auch umso mehr ins Herz geschlossen. Also fütterte er seine kleine Vogeldame regelmäßig mit Obststückchen und sah dabei zu, wie sie diese wiederum an ihr Baby weitergab. Das machte Sean sehr glücklich. Und so ging das eine ganze Weile, bis der Babyvogel irgendwann schließlich so groß wie seine Mutter geworden war. Und die Vogelmama schien sich langsam Sorgen zu machen, weil ihr Junges nicht fliegen wollte, denn wie wir ja alle wissen, muss jeder irgendwann sein Nest verlassen, genauso wie du eines Tages, kleine Rosie, obwohl das deinem Pa sicher gehörig gegen den Strich gehen wird, hab ich recht, Rupes? Also, jedenfalls wurde dieser Babyvogel immer größer und größer, bis er schließlich gar nicht mehr ins Nest passte. Sean und die Vogelmama wussten beide, dass es so nicht weitergehen konnte. Vielleicht hatte der junge Vogel Angst, weil der Ast so hoch oben hing und der Boden so weit weg war – vielleicht hatte er einfach Angst, runterzufallen und sich dabei wehzutun, oder vielleicht glaubte er einfach nicht, dass er es schaffen würde, die Flügel auszubreiten und wegzufliegen.

Tja, irgendwann wurde die Lage ziemlich ernst. Obwohl der Babyvogel jetzt fast so groß wie seine Mama war, hatte er das Nest immer noch nicht verlassen. Inzwischen waren Sean und die Vogeldame richtig dicke Freunde geworden; die beiden standen sich so nahe, dass sie gegenseitig ihre Gedanken lesen konnten, und eines Tages, als die Vogelmama auf ihn zuhüpfte, wusste Sean, dass sie ihn um Hilfe bat. Dieser kleine Vogel musste endlich losfliegen, und wenn sie ihn dafür aus dem Nest werfen mussten.

Also holte Sean die Leiter aus dem Schuppen, trug sie zum großen Eichenbaum und kletterte von Ast zu Ast, höher und immer höher, bis er endlich das Nest erreicht hatte. Und dort blickte er nach unten und dachte bei sich: ›Ach du meine Güte, da geht's ja ganz schön tief runter! Ich verstehe schon, warum der kleine Piepmatz Schiss hat! Aber trotzdem bleibt mir keine Wahl.‹

Also tippte er das Nest an, bis der kleine Vogel herausfiel; und dann breitete der Babyvogel die Flügel aus und flog davon. Und Sean war darüber so glücklich, dass er ein Lied sang – denn wie es sich so traf, war Sean außerdem Sänger, und er hatte eine schöne, laute Stimme. Und sein Lied ging ungefähr so ...«

Dann fing Pater Bear selbst lautstark zu singen an, und zwar zur Melodie von John McCormacks *It's a Long Way to Tipperary:* »It's a long way, to tip a Rarie, it's a long way to go!«

Darauf mussten Pa und ich beide lachen, und Pa lachte so selten, dass ich mich auf Pater Bears Besuche immer allein schon deswegen freute, weil er Pa zum Lachen brachte wie kein anderer.

Pater Bear war ein Mann mit Agenda, und in deren Zentrum stand damals vor allem die *Banyan Tree School.* All das hatte schon vor vielen Jahren seinen Anfang genommen, als sich die eurasischen Mitglieder seiner kleinen Gemeinde in St. Kevin's darüber beschwert hatten, dass ihren Kindern eine vernünftige Schulbildung verwehrt blieb.

In ganz Indien begegnete man Kindern mit gemischter Herkunft – meistens die Resultate von Liebschaften zwischen englischen Männern und einheimischen Frauen – mit Vorurteilen und Ablehnung. Für diese eurasischen Kinder gab es in der Gesellschaft keinen Platz, denn sie fielen in den Spalt, der zwischen England und Indien aufklaffte; in beiden Gesellschaften wurden sie von allen, die etwas auf sich hielten, gemieden. Da sie weder wirklich britisch noch wirklich indisch waren, passten sie einfach nicht in die strikte Klassenhierarchie des britischen Kolonialreichs. Als Mischlinge fielen sie durch alle Raster und waren letztlich die Ausgestoßenen eines grausamen, elitären und vorurteilsbehafteten Systems.

Aber Pater Bear setzte sich für die eurasischen Jungen ein und verschaffte ihnen Plätze in *St. Michael's,* der Armenschule, die von den *Roman Catholic Christian Brothers* betrieben wurde, einem irischen Missionswerk, das Internate in ganz Indien unterhielt. Diese spezielle Schule im Zentrum von Madras war allerdings nur für Jungen bestimmt: für arme indische und eurasische Jungs. Für die eurasischen Mädchen gab es keinerlei Möglichkeit, an Schulbildung zu gelangen.

Da von den Töchtern armer indischer Familien jedoch erwartet wurde, dass sie ihren Eltern im Haushalt, bei der Betreuung jüngerer Kinder und bei sonstigen Erledigungen halfen, während die Mütter niederen Arbeiten als Broterwerb nachgingen, wurden sie sowieso auf keine Schule geschickt. Eurasische Eltern hingegen hatten höhere Ansprüche, was ihre

Töchter anging, und seit Pater Bear mit diesem Problem konfrontiert worden war, hatte er es sich zur Aufgabe gemacht, eine Lösung dafür zu finden. Seine Gedanken wanderten zu einer gewissen Miss Annie Besant.

Zu Pater Bears Glück befand sich in Madras zufällig der Hauptsitz der Theosophischen Gesellschaft: einem Bollwerk für progressiven philosophischen Diskurs in Indien, eigentlich sogar weltweit. Zu den Zielen dieser Gesellschaft gehörte es auch, eine *universelle humanitäre Bruderschaft ohne Unterscheidung von Rasse, Glaube, Geschlecht, Kaste oder Hautfarbe* zu begründen und *die Studien der vergleichenden Religionswissenschaft, der Philosophie und der Naturwissenschaften* zu fördern.

Und so kam es, dass sich Pater Bear auf einen »kurzen Plausch« mit seiner guten Freundin Annie Besant traf. Annie, wie er sie nannte, war seit 1907 die erste Vorsitzende der Theosophischen Gesellschaft, und das Thema Schulbildung lag ihr sehr am Herzen. In Benares hatte sie bereits das *Central Hindu College* gegründet, dessen Lehrplan auf den theosophischen Grundsätzen beruhte.

Dieser kurze Plausch resultierte in einer kleinen Schule mit fünf eurasischen Mädchen im Alter von sechs bis zehn als ersten Schülerinnen. Gemeinsam mit ihrer englischen Lehrerin, einer hübschen, jungen Frau namens Miss Lydia Hull, saßen sie unter dem großen Banyanbaum inmitten des weitläufigen Geländes der Theosophischen Gesellschaft in Adyar, an der südlichen Küste von Madras, und lernten dort Englisch und Rechnen. Dieser Banyanbaum, der schon damals weltweit als der größte seiner Art galt, spendete ihnen an heißen Tagen Schatten, denn sein Netzwerk aus Ästen und Trieben, die bis auf den Boden reichten, umspannte gut dreitausendfünfhundert Quadratmeter: der perfekte Ort, um junge Mädchen zu unterrichten. »Dort werden sie Erleuchtung finden, genauso wie Buddha!«, hatte Pater Bear diese frühen Anfänge kommentiert. An regnerischen Tagen stand der kleinen Gruppe ein Schuppen auf dem Gelände zur Verfügung.

Langsam öffnete die Schule ihre Türen auch für andere Mädchen aus den unterschiedlichsten Gesellschaftsschichten der Stadt. Die englischen Mitglieder der Theosophischen Gesellschaft nahmen dies wohlwollend zur Kenntnis, und diejenigen, die selbst Kinder hatten, fanden, dass eine Privatschule für Mädchen, die nach den erhabenen Prinzipien der Theosophischen Gesellschaft lehrte, auch für ihre eigenen Töchter geeignet war. Schließlich standen *sie* über den ausgeprägten rassistischen Tendenzen der britischen Oberschicht Indiens. Warum also sollten *ihre* Töchter nicht mit den eurasischen Mädchen an der *Banyan Tree School* unterrichtet werden? Und bald schon geschah dies auch.

Von da an entwickelte sich der Rest wie von selbst. Denn die *BT School* – wie sie fortan genannt wurde – nahm auch die Töchter ausgewählter armer indischer Familien auf, die ihren Kindern eine gute Schulbildung ermöglichen wollten. Stück für Stück wurde die Schule immer größer. Der Lehrplan wurde um weitere Fächer wie Tamil, Geschichte und Geografie erweitert. Es wurden auch neue Lehrkräfte eingestellt, sowohl englischer als auch indischer Abstammung, unter anderem eine ganz reizende Dame namens Miss Aditi Subramaniam, die Tamil und Musik unterrichtete. Die Mitglieder der Theosophischen Gesellschaft zeigten sich mit ihren Spenden als äußerst großzügig, sodass die aufstrebende Schule bald schon in ein eigenes Gebäude außerhalb des Geländes umzog, wo sie fortan wachsen und gedeihen konnte. Von da an war die Institution nicht länger eine katholische Armenschule, sondern eine halbprivate Schule, die von einer Stiftung finanziert wurde, die Pater Bear mit unermüdlichem Elan gegründet hatte.

Und dort ging also auch ich zur Schule.

Als Kind wusste ich natürlich überhaupt nichts von dieser Miss Besant, aber ich wusste, dass Amma eine leidenschaftliche

Anhängerin und Verfechterin der Schule war und sie es auch gewesen war, die sich in Delhi gegen Tante Jane und Pas andere Schwester, Tante Louise, aufgelehnt hatte, die beide darauf gedrungen hatten, dass ich in *St. Hilda's* eingeschult würde. Diesen Kampf hatte Amma gewonnen. Die *Banyan Tree School* war eine hervorragende Schule und Miss Hull war eine ausgezeichnete Direktorin, genauso wie Miss Brewer eine wundervolle Lehrerin war, die mich seit meinem vierten Lebensjahr intensiv gefördert hatte. So wie wir gemeinsam lernten und miteinander spielten, wirkten wir von außen betrachtet wie eine fröhliche Gruppe. Miss Subramaniam war meine Lieblingslehrerin. Ich liebte die Musik, ich liebte ihren Unterricht, ich liebte meine Schule. Zumindest im Großen und Ganzen. Aber nicht alles war von außen sichtbar, wie beispielsweise Annabelle Relton und ihre Herrschaft des Schreckens.

Annabelle lebte am anderen Ende der Atkinson Avenue. Ihr Vater war irgendein hohes Tier in der *East India Company* und ein Mitglied der Theosophischen Gesellschaft, was ihren Status in unserer Gruppe massiv anhob. Und sie sorgte dafür, dass dies auch ja niemandem entging. Wie es der Zufall so wollte, hatte sie im April Geburtstag und ich im September. Eigentlich wäre sie also in dem Jahr, in dem sie zehn wurde, ein ganzes Jahr vor mir in die Mittelstufe versetzt worden – der Stichtag dafür war der erste September. Aber aufgrund meiner hervorragenden Prüfungsergebnisse ließ mich Miss Hull, unsere Schulleiterin, ein Jahr früher vorrücken. Damit war ich dann die Jüngste in der gesamten Stufe.

Aber zu allem Übel hatte ich in den Prüfungen auch noch besser als Annabelle abgeschnitten, was mich zur Zielscheibe vielzähliger Hänseleien machte. Von allein hätte ich nie darüber nachgedacht, ob ein anderes Kind schön oder hässlich ist oder welche Kleidung es trägt. Und wäre Annabelle nicht gewesen, dann hätte ich meine Kindheit in seliger Unkenntnis über meine Sommersprossen, meine wilden, dunklen Locken, meinen abnormal breiten Mund, meine Segelohren, meine schiefen Zähne, meine Tollpatschigkeit und meine X-Beine verbracht. Sie war es, die mich und die anderen Kinder über diese leidigen Defizite in Kenntnis setzte. Und sie war es auch, die manchmal meine Schulbücher versteckte, meine Bleistiftspitze abbrach oder Tinte über mein Heft kippte – kleine Hinterhältigkeiten, die mir nicht nur Schelte von Miss Brewer, sondern auch den Ruf einbrachten, schusselig und tollpatschig zu sein – was eigentlich überhaupt nicht der Wahrheit entsprach.

Nicht einmal Amma wusste, wie mich Annabelle subtil schikanierte. Glücklicherweise fielen Miss Brewers Zurechtweisungen nie allzu ernst aus, sie lachte einfach darüber und sagte, ich hätte meine Zerstreutheit wohl von Pa geerbt. Zu petzen wäre mir nie in den Sinn gekommen. Das alles ertrug ich schweigend.

Das aber war der Grund dafür, warum ich nicht sofort nickte, als Pa mich nun fragte, ob ich an der *Banyan Tree School* glücklich war. Aber letztendlich nickte ich doch, denn ich war zu brav, um mich zu beschweren, und hatte viel zu viel Respekt vor Ammas Entscheidung. Damit schien die Angelegenheit für Pa erledigt zu sein, denn er sagte: »Ich werde eine Haushälterin einstellen. Du bleibst hier, ich werde dich nicht auf ein Internat schicken.«

Daraufhin fiel ich ihm um den Hals und drückte meine schniefende Nase in seine Brust. Als er mich fest an sich heranzog, wusste ich, dass wir das das irgendwie durchstehen würden. Gemeinsam würden wir uns in diesem neuen, seltsamen und einsamen Leben ohne Amma vorantasten.

Aber wie trostlos das alles klang. Und wie trostlos es *war*. Verzweifelt würden wir uns darum bemühen, es zu schaffen. Mit vereinten Kräften. Es musste einfach klappen. Wir würden schon dafür sorgen.

Und wir gaben wirklich unser Bestes. Pa gab allen Kollegen

und Nachbarn Bescheid – all jenen hilfsbereiten Menschen, die uns so emsig ihre selbstgemachten Speisen, ihre Beileidsbekundungen und Hilfsangebote zukommen lassen hatten – und die Neuigkeit, dass wir nach einer anständigen englischen Haushälterin suchten, verbreitete sich in Windeseile. Innerhalb von ein paar Tagen trudelten auch schon die ersten Bewerbungen im Briefkasten neben unserem Tor ein, die wir zwischen den vielen Beileidskarten herausfischten. Ein paar davon hatten die Bewerberinnen persönlich eingeworfen, andere wiederum stammten aus weit entfernten Städten wie Bombay oder Kalkutta.

Die Mund-zu-Mund-Propaganda Britisch-Indiens entpuppte sich als äußerst effektiv, und niemand hätte ahnen können, wie viele unverheiratete Frauen nach einer Anstellung als Haushälterin suchten! Erst deutlich später hatte mir Tantchen Silvia kichernd und mit einem Augenzwinkern erklärt, dass die meisten Bewerberinnen wohl aus gutem Hause stammten und mit Fischerbooten aus England hierher geschickt worden waren, um einen Mann zu finden. »Ein junger Witwer mit einem hübschen Haus und nur einem einzigen Kind? Na, wenn das mal keine fabelhaften Aussichten für eine verzweifelte Jungfer sind, Rosie!«

KAPITEL 4

Aber dann kam uns Tante Silvia persönlich besuchen – unangekündigt – und krempelte unser Leben komplett um. Tante Silvia war Ammas beste Freundin gewesen, sie hatten sich während ihrer Zeit in Kuala Lumpur kennengelernt. Sie war die Tochter eines hochrangigen Mitarbeiters des Auswärtigen Amtes, der zuerst nach Singapur und dann nach Britisch-Malaya versetzt worden war. Ihre Kindheit hatte sie in der Nähe der Palkstraße verbracht, und erst später hatte sie die junge Lucy, meine Amma, in Kuala Lumpur kennengelernt und unter ihre Fittiche genommen. Als hübsche, junge und lebensfrohe Töchter hochrangiger englischer Beamter waren sie bei den aufstrebenden Offizieren Britisch-Indiens äußerst begehrt gewesen, und beiden Frauen hatten die Bewerber in jener Stadt zu Füßen gelegen, unter denen sie letzten Endes auch ihre große Liebe fanden: Amma entschied sich für Pa und Tante Silvia für Henry Huxley, den Besitzer einer Teeplantage.

Irgendwann trennten sich dann die Wege der beiden, die eine zog es nach Madras, die andere nach Ceylon. In Ceylon hatte Tante Silvia drei Söhne zur Welt gebracht, den ältesten direkt nach ihrer Hochzeit, den zweiten Sohn zehn Jahre später und den jüngsten ein Jahr vor meiner Geburt. Amma hingegen hatte sich nach Jahren der Kinderlosigkeit schon für unfruchtbar gehalten, als sie schließlich doch noch völlig unerwartet mit mir schwanger wurde, weshalb ich auch Einzelkind geblieben war. »Aber das macht dich nur umso besonderer, meine kleine Rosie«, hatte sie mir nach dieser Anekdote immer zugeflüstert.

Gleich nach ihrer Ankunft warf Tante Silvia alle Bewerbungen in den Müll. Wir luden keine einzige Bewerberin zu einem Vorstellungsgespräch ein. Tante Silvia kam, sah und siegte.

»Oh, Rupert, es tut mir so, so leid ... ich habe gerade erst davon erfahren! Wie schrecklich für euch beide! Und Rosie ... komm her, lass dich umarmen, Liebes!« Das tat sie dann auch sogleich, bevor sie und Pa mich auf die Veranda scheuchten, damit sie sich – zumindest dachten sie das – unter vier Augen unterhalten konnten.

Was sie dann sagte, besiegelte mein Schicksal. »Rosie muss selbstverständlich bei mir einziehen. Genau das hat sich Lucy gewünscht, ich hab es schwarz auf weiß. Hier.« Damit zog sie einen Brief aus der Handtasche, auf dem Ammas ordentliche Handschrift zu sehen war. Und tatsächlich, dort stand es schwarz auf weiß:

Liebste Silvia, ich weiß, dass wir schon darüber gesprochen haben, aber ich möchte es trotzdem noch einmal schriftlich festhalten. Falls mir irgendetwas zustößt, bevor meine geliebte Rosie volljährig ist, möchte ich, dass sie bei dir als Teil deiner Familie aufwächst. Rupes liebt sie über alles und wird garantiert widersprechen, der Gute, aber um ganz ehrlich zu sein, bezweifle ich stark, dass er ihr das bieten kann, was sie so dringend braucht: eine Familie – das Sozialgefüge, das für ein heranwachsendes Kind unerlässlich ist. Er ist durch und durch ein Akademiker, er vergräbt sich in seiner Arbeit, und es

würde ihn zerstören, aus dieser Welt herausgezerrt zu werden.
Es wird für beide am besten sein, wenn sie zu dir zieht. Sie
vergöttert dich ja sowieso …

Das stimmte.

Amma und Tante Silvia waren, obgleich sie in unterschiedlichen Ländern gelebt hatten, eng miteinander in Kontakt geblieben. Sie schrieben sich regelmäßig Briefe, aber darüber hinaus war Madras auch nicht allzu weit von Ceylon entfernt. Es war nicht einmal eine Tagesreise, die Huxleys auf ihrer herrlichen Teeplantage in den Bergen bei Kandy zu besuchen, und gelegentlich kam Tante Silvia auch mit ihren Söhnen Andrew und Victor bei uns vorbei – Graham, der Älteste, besuchte ein Internat in England. Sie war Amma so ähnlich! Tante Silvia war genauso herzlich und gesellig wie sie. Sie kam einer richtigen Tante am nächsten, denn Amma war selbst nur ein Einzelkind und Pas Schwestern … nun, je weniger man über Tante Jane, Tante Louise und Tante Beryl sprach, desto besser. Amma konnte sie alle drei nicht ausstehen. Sie bezeichnete das Trio gerne als Drachen der alten Schule, und damit hatte sich das Thema für sie auch schon erledigt.

Insgeheim – und das konnte ich mir selbst kaum eingestehen, denn es fühlte sich so an, als würde ich Pa damit verraten – konnte ich mir nichts Verlockenderes vorstellen, als ein Teil ihrer Familie zu werden und in den paradiesischen Bergen Ceylons aufzuwachsen. Und jetzt stand sie wirklich hier vor mir, um mir genau das anzubieten.

Pa allerdings reagierte völlig bestürzt. »Wie konnte sie so etwas nur sagen! Und noch dazu in einem Brief!« Für ihn war das tatsächlich Verrat – ein Verrat, den Amma an ihm begangen hatte. »Wie konnte sie nur dermaßen an mir zweifeln! Selbstverständlich kann ich für Rosie sorgen!«

»Natürlich kannst du das, mein lieber Rupert«, entgegnete Tante Silvia. »Aber nur auf Kosten deiner Arbeit. Und du weißt selbst, wie viel dir deine Arbeit bedeutet, wie sehr du es genießt, dich in diesen alten Schriften einzugraben! Das schaffst du nicht mehr, sobald du Rosie wirklich die Aufmerksamkeit widmest, die sie braucht. Du kannst ihr unmöglich die Mutter ersetzen, Rupert. Genauso wenig wie ich natürlich – aber ich kann dem wenigstens deutlich näherkommen. Ein junges Mädchen braucht mütterliche Fürsorge, keine Haushälterin!«

»Aber ich schaffe das! Wirklich! Die Haushälterin würde sich nur um das Haus kümmern und ich sorge für Rosie ... das würde ich wirklich tun!«

»Ich weiß, dass du das tun würdest. Und Lucy wusste es ebenfalls. Aber du musst verstehen, dass sie noch viel weiter gedacht hat. Eine Mutter zu sein ist weitaus mehr, als sich nur um die Bedürfnisse eines Kindes zu kümmern, Rupert. Das ... das ist deutlich subtiler. Ganz besonders bei einem Mädchen, das kurz davorsteht, die Schwelle zur Frau zu überschreiten. Das ist ... das ist einfach etwas anderes.«

Ich hockte draußen auf der Veranda, direkt unter dem geöffneten Fenster, und lauschte. Pas Reaktion zerriss mir das Herz, aber ich wusste, dass Tantchen Silvia recht hatte. Die Bücher und Schriften waren Pas Ein und Alles. Allein die Vorstellung, er würde das alles aufgeben, um Ammas mütterliche Aufgaben zu übernehmen ... nun, das erschien mir gelinde gesagt völlig undenkbar. Ich dachte an Amma, wie sie am Klavier saß und Kinderlieder mit mir sang. Amma, wie sie im Garten mit mir Verstecken spielte, Ammas Lachen, Ammas Humor. Amma, wie sie die Nachbarskinder zu meinem Geburtstag einlud und dafür Kuchen nach alten Rezepten aus ihrer Kindheit backte und Spiele veranstaltete, von denen sie genau wusste, dass wir dabei vor Freude jauchzen würden: *Alle Vögel fliegen hoch* und *Plumpsack*, *Die Reise nach Jerusalem* und *Mein linker, linker Platz ist frei*. Amma und ich, wie wir Hand in Hand zum Strand gingen, im Meer badeten und in der Brandung herumtobten. Das alles wäre für Pa Neuland.

Außerdem war ich schon zehn. Amma hatte mir davon erzählt, dass ich bald eine Frau werden würde und was genau das bedeutete, und dass sie mir dabei zur Seite stehen würde. Wie sollte Pa mir dabei helfen, eine Frau zu werden? Das wäre so schrecklich peinlich!

Nein, zwischen seinen Büchern und Schriften war Pa am glücklichsten. Die Arbeit, der er an der Universität nachging, setzte er zu Hause fort. Obwohl er sich nie beschwerte, wenn man ihn aus der Arbeit an einem Text riss, konnte man an seinem verwirrten Gesichtsausdruck und der Zeit, die er brauchte, um *ins Hier und Jetzt* zurückzukehren – oder *den Kopf aus den Wolken zu ziehen*, wie Amma immer so schön gesagt hatte –, ablesen, dass er weit weg, in einer völlig anderen Welt gewesen war. Dann druckste er immer hilflos herum und putzte erst einmal die Brille mit seinem *Lungi* – er trug dicke Gläser, die von einem altmodischen Metallgestell eingerahmt wurden, das nur von Draht und Klebeband zusammengehalten wurde –, bis er schließlich ein paarmal blinzelte und den Kopf schüttelte, wie um Spinnweben loszuwerden. »Was hast du gesagt, Liebling?«, fragte er Amma dann, die sich nachsichtig lachend wiederholte; und wenn sie ihn fragte, ob er mit ihr am Strand spazieren gehen wollte, dann kam er in der Regel mit, auch wenn er dabei permanent den Eindruck erweckte, dass er ein staubiges, altes Buch dem wogenden Meer gerade vorziehen würde.

Und trotzdem: »Pa liebt dich! Er liebt uns beide!«, pflegte Amma stets zu sagen, und ich wusste, dass sie damit recht hatte. Ich wusste, dass ihn die Liebe zu uns tief in seinem Herzen aufrecht hielt, auch wenn er uns nur einen Bruchteil seiner Aufmerksamkeit schenken konnte. Und diese Liebe beruhte auf Gegenseitigkeit. Trotz aller Zerstreutheit war er eben einfach nur Pa, die dritte Seite in unserem Dreieck der Liebe, dem Gebilde, das uns über Wasser hielt. Jetzt allerdings war eine Seite dieses Gebildes zu Staub zerfallen, und zwar die wichtigste der drei, denn Amma war nicht nur eine Stütze, sondern das Fundament. Ohne sie waren wir verloren, und Pa hatte nicht die Kraft, um die Struktur, die uns zusammengehalten hatte, zu reparieren. Also gerieten wir beide ins Schwanken. Aber während Pa sich jederzeit in seine verstaubten, alten Schriften flüchten konnte, um einmal mehr in den Worten, die ihn am Leben hielten, Trost zu finden, war er nicht dazu in der Lage, das an mich weiterzugeben, mich aufrecht zu halten und meine Entwicklung zu fördern.

So erklärte mir Tante Silvia das später, viel später; als zehnjähriges Mädchen erkannte ich solche Feinheiten noch nicht. Aber auch wenn ich Pas Mechanismen noch nicht durchschauen konnte, begriff ich schon damals instinktiv die Wahrheit: dass Pa mit mir ins Straucheln geraten, sich allein jedoch fangen würde. Ich konnte seinen Schmerz, mich zu verlieren, nachempfinden, gleichzeitig wusste ich jedoch, dass er, wenn er nur für sich verantwortlich wäre, schon zurechtkommen würde. Genauso wusste ich auch, dass ich ihn liebte und ihn schrecklich vermissen würde, aber dass Silvia meine Tage bald schon füllen würde, dass sie mir Trost spenden und das plötzliche Loch in meinem Leben wieder flicken würde. Ich wusste: Amma hatte recht.

Als ich allerdings vor jenem Fenster lauschte, fuhr mir Pas schmerzerfüllter Aufschrei wie ein Messer ins Herz: »Aber warum hat sie *dir* das geschrieben? Warum hat sie mir das nicht selbst gesagt? Wie konnte sie eine solche Entscheidung treffen? Warum, was hat sie nur dazu bewegt? Ich begreife es einfach nicht! Sie hat doch ein Testament hinterlassen ... warum hat sie es dort nicht einfach festgehalten? Die Sache offiziell geregelt? Mir davon erzählt? Warum? Warum nur?«

In jedem seiner Worte schwang der Schmerz mit, und ich wäre am liebsten hineingestürmt, um ihn in die Arme zu schließen und zu trösten. Ich spürte, wie er im Angesicht jener neuen Realität wieder ins Wanken geriet, während ich mich fast schon schuldig dafür fühlte, zum ersten Mal seit Ammas Tod wieder mit beiden Beinen fest auf dem Boden zu stehen. Eine Perspektive zu haben. Aber Pas Schmerz war der Preis dafür.

Silvia antwortete so mitfühlend wie nur irgend möglich. »Rupert, sie hat das nur aus Liebe getan – aus Liebe zu dir und zu Rosie. Sie wusste, dass es dich verletzen würde, über so etwas auch nur nachzudenken. Wie hätte sie eine solche Anweisung denn in einem Testament niederschreiben können – in einem so sachlichen, gefühllosen Stück Papier! Nein, sie wollte, dass ich es dir sage. Das hat sie sogar vor ungefähr einem Jahr mit mir besprochen. Kurz vorher hatte sie nämlich einen Traum, musst du wissen, einen dieser Albträume, die so furchtbar real erscheinen. Sie hat geträumt, dass sie von einer Welle weggerissen wurde und im Meer ertrunken ist, während Rosie allein am Strand liegen blieb, und wie sie so fortgespült wurde, schrie sie sich die Seele aus dem Leib, weil schon wieder eine neue Welle auf den Strand zurollte und Rosie mit sich zu reißen drohte, aber genau in dem Moment ist sie dann schweißgebadet aufgewacht. Seitdem hatte sie Angst, jung zu sterben und Rosie hilflos zurückzulassen.

Sie hat mir damals von diesem Traum erzählt. Ich erinnere mich noch daran, als wäre es gestern gewesen. Es war ein Tagtraum. Sie war gerade von ihrem Nickerchen erwacht, und wie immer saßen wir auf der Veranda und tranken Tee, während Rosie draußen unter der Aufsicht der *Ayah* mit Andrew spielte. Der Schrecken steckte Lucy noch immer in den Gliedern. Sie ließ sich kaum trösten oder beruhigen.

›Sylvie, wenn ich sterbe, dann nimmst du Rosie auf, ja? Und kümmerst dich um sie wie eine richtige Mutter? Rupert würde das unmöglich schaffen, das weiß ich einfach. Und sie braucht eine Mutter. Versprich mir, dass du sie bei dir aufnimmst!‹

Ich habe versucht, ihr das auszureden, ihr klarzumachen, dass sie nicht sterben würde. Aber das kann ja letztlich niemand wissen. Keiner weiß, wann ihm die Stunde schlägt. Man denkt immer, man würde ewig leben. Aber Lucy hat es gewusst. Der Traum ist ihr wirklich nahegegangen, hat sie davon überzeugt, dass sie sterben würde, und zwar schon bald. Aber ich habe dich verteidigt, Rupert. ›Lucy, Liebes‹, habe ich gesagt, ›selbst wenn das passieren sollte, und das wird es nicht, so viel kann ich dir versprechen‹ – wie schnell wir doch Versprechungen machen, die wir unmöglich halten können – ›selbst wenn das passieren sollte, wie könnte ich Rosie ihrem eigenen Vater wegnehmen? Er wäre am Boden zerstört, er würde das niemals zulassen! In so einem Fall bräuchte er sie mehr denn je!‹

Darauf hat sie gesagt: ›Ich weiß, er wäre am Boden zerstört, aber nur am Anfang. Er würde sich schon wieder fangen. Diese alten Bücher, Sylvie, ich verstehe es selbst nicht, aber daraus schöpft er Kraft. Die würde er mehr denn je brauchen. Seine Arbeit würde ihn retten. Aber beides brächte er nicht fertig. Er könnte sich nicht gleichzeitig im nötigen Maße um sich selbst und um Rosie kümmern. Es ist wirklich so, Sylvie, ich kenne ihn zu gut. Nimm Rosie zu dir, bitte tu das für mich. In den Ferien kann sie ihn ja jederzeit besuchen, oder er kommt zu euch. Es ist schließlich gar nicht so weit. Und es ist ja auch nicht so, als würdest du sie ihm für immer wegnehmen. Er wäre nach wie vor ihr Pa und sie würde ihn noch genauso lieben wie vorher auch.‹

Und Rosie habe ich auch verteidigt. Ich habe gesagt, dass Rosie dich von Herzen liebt, Rupert, und dass ich sie da doch nicht einfach von dir fortreißen könnte. Aber darüber hat sie nur gelacht. ›Rosie ist doch noch ein Kind!‹, hat sie gesagt. ›Kinder sind hart im Nehmen, die passen sich schnell an. Am

Anfang würde es wehtun, aber sobald sie ein Teil deiner wundervollen Familie wäre, hier leben würde und all das um sich herum hätte‹ – hier zeigte sie mit einer ausladenden Geste auf Haus und Garten –›sobald sie den ersten Schrecken überwunden hätte, wäre sie so heiter wie ein Fisch im Wasser. Sicher, sie würde mich vermissen und um mich trauern, aber irgendwann würde sie sich schon wieder fangen.‹«

»Ich kann nicht glauben, dass ihr zwei so beiläufig über ihren Tod und die Konsequenzen gesprochen habt!«, sagte Pa.

»Das war keineswegs beiläufig, Rupert. Das war ein ganz und gar fürchterliches Gespräch. Und ich wollte sie zuerst davon abbringen, aber Lucy meinte es wirklich todernst. Die Art, wie sie davon gesprochen hat, also, da ist es mir eiskalt den Rücken hinuntergelaufen. Und danach habe ich dann versucht, es hinter mir zu lassen, so zu tun, als hätte es nie stattgefunden; und letzten Endes hat sie sich dann ja auch irgendwann von ihrem Traum erholt und war während ihres restlichen Besuchs so heiter und vergnügt wie vorher auch. Ich hielt das Ganze damit für abgehakt. Aber dann bekam ich diesen Brief. Sie hatte alles noch einmal aufgeschrieben, so ernst war es ihr.«

»Aber der Brief ist kein offiziell gültiges Dokument. Du kannst mir Rosie nicht einfach so wegnehmen. Wenn es wirklich das ist, was sie wollte, dann hätte sie den Brief mit einem Notar verfassen sollen. Und selbst dann hätte ich als hinterbliebener Elternteil immer noch das letzte Wort. Dieser Brief ist bedeutungslos.«

»Lucy wusste ganz genau, was sie tut, Rupert. Sie ist klüger, als du ihr zutraust. Einen erbitterten Gerichtsstreit um das Sorgerecht ist das Letzte, was sie wollte, und mit einem beglaubigten Dokument hätte das durchaus passieren können. Sie wollte nicht, dass du gerichtlich durchsetzt, dass Rosie bei dir bleibt. Sie wollte deine Beteiligung, dein Einvernehmen, dein Verständnis. Sie wollte deine Zustimmung, dass das tatsächlich die beste Lösung ist.«

In diesem Moment stand ich auf und entfernte mich vom Fenster, um durch den Garten zu spazieren.

Was sie da gerade gesagt hatte, fühlte sich durch und durch richtig an, diese Empfindung durchströmte mich von Kopf bis Zeh. Tante Silvia hatte recht. Amma hatte recht. Das hier war das Richtige. Es war die richtige Entscheidung, dass ich mit Tantchen mitkam und Pa verließ, damit ich irgendwann wieder glücklich sein konnte, genauso wie er. Ich wusste, dass es nur eine Frage der Zeit war, bis Pa das ebenfalls einsah und sein Einverständnis gab. Aus dem Jenseits appellierte Amma an ihn und an mich; ich spürte ihre Liebe, ihre Sorge und ihre endlose Weisheit. Ich erinnere mich noch daran, wie sie mir vor langer Zeit einmal verboten hatte, baden zu gehen, als ich unbedingt kurz vor einem Sturm noch ins Meer gehen wollte und der Wellengang besonders stark war. Manchmal muss man andere eben zu ihrem Glück zwingen. Manchmal muss man Nein sagen und ihnen Dinge aufnötigen, die sie zuerst nicht wollen. Obwohl ich an jenem Tag geschrien und geweint hatte, hatte sie ruhig auf ihrem Nein beharrt. Und genauso mochte Pa jetzt zwar weinen und schreien – also, nicht wirklich, dafür war er einfach nicht der Typ –, aber Ammas Entscheidung war dennoch die richtige. Und auch wenn ihn niemand dazu zwingen konnte, mich mit Tantchen Silvia nach Ceylon gehen zu lassen, würde er das irgendwann ganz von selbst einsehen und sich Ammas Willen beugen. Es war das zweifellos das Richtige für Pa. Und für mich.

Bald schon verabschiedete ich mich von all meinen Freundinnen. Ein letztes Mal noch kehrte ich an die *Banyan Tree School* zurück und sagte meinen Lehrern und Klassenkameraden Lebewohl. Miss Subramaniam umarmte mich fest und sagte: »Warte mal kurz, Rosie, Liebes.« Dann verschwand sie ins Lehrerzimmer und kam mit einer langen, mit Stoff bezogenen Rolle wieder, die sie mir in die Hand drückte. Sie fühlte sich hart an und war an einem Ende offen. Lächelnd blickte ich zu Miss Subramaniam auf und ließ das Geschenk aus der Hülle gleiten. Ich wusste, was es war. Das war ihre *Bansuri,* ihre Bambusflöte, auf der sie uns manchmal etwas vorgespielt hatte.

»Die ist für dich, Liebes. Du hast so ein gutes Gehör! Vielleicht kann sie dir Gesellschaft leisten.«

Ich erwiderte ihre Umarmung und bedankte mich. Sie trocknete meine Tränen mit dem Schulterstoff ihres Saris und wünschte mir alles Gute. »Wenn eine Mutter stirbt, dann ist das immer eine Tragödie«, sagte sie noch, »aber in deinem Herzen wird sie für immer weiterleben. Und irgendwann wird sich all der Schmerz, den du gerade spürst, in Liebe verwandelt haben, und Liebe ist Glück.« Ich nickte, und ich wusste, dass sie recht hatte.

KAPITEL 5

Zwei Tage später verließen wir Madras im strömenden Regen; Tante Silvia hatte den Südwest-Monsun mitgebracht. Es war ein unglaublich trauriger Abschied: Pa weinte, als er noch kurz zu uns in den Zug stieg, um sicherzugehen, dass ich gut untergebracht war; und dann stand er schluchzend draußen am Bahnsteig und winkte uns hinterher. Ich lehnte mich aus dem Fenster und winkte so lange zurück, bis ich ihn nicht mehr sehen konnte und ebenfalls zu weinen anfing. War das wirklich die richtige Entscheidung? Würde Pa allein zurechtkommen? Brauchte er mich vielleicht nicht doch?

Aber Tante Silvia war gut darin, mich abzulenken. Diesmal erzählte sie mir die Geschichte der *Ramayana,* die davon handelte, wie Prinzessin Sita vom König der Dämonen, Ravana, in seinen Palast inmitten der Berge von Lanka verschleppt wurde und wie Sitas Ehemann, der göttliche König Rama, sie mithilfe einer Affenarmee unter der Führung Hanumans aus seinen Fängen befreite.

Natürlich kannte ich diese Geschichte bereits, denn Amma und Pa hatten sie mir vorher schon erzählt, genauso wie die

Sagen von Krishna, Arjuna und Karna, die aus der *Mahabharata*, dem bekanntesten indischen Epos, stammten. Aber Tante Silvia konzentrierte sich in ihrer Version vor allem auf Hanuman und seinen großen Sprung von Indien bis zur Insel Lanka, die wir heute als Ceylon kannten. »Als Hanuman noch ein Kind war«, erklärte mir Tantchen, »hielt er die Sonne für eine große, reife Orange, die am Himmel schwebte, und er versuchte hochzuspringen, um sie zu pflücken. Dabei sprang er so hoch, dass er sich fast an den Strahlen verbrannte, und die Sonne zeigte sich davon sehr beeindruckt.« Als Belohnung für seinen Mut und seine Klugheit schenkte ihm die Sonne Unsterblichkeit. Darauf gelang ihm endlich der Sprung von Indien bis nach Lanka, und er konnte dabei helfen, Sita zu retten.

»Und so gelangte seine Armee aus Affen bis nach Lanka, um Rama bei Sitas Befreiung zu unterstützen.«

Obgleich Tantchen eine gläubige Christin war, verspürte sie keinerlei Gewissensbisse dabei, uns Kindern – das heißt mir und ihren Söhnen – diese hinduistischen Legenden näherzubringen. Genauso wie Pa, Amma und Pater Bear hielt auch sie die Legenden und Anekdoten beider Religionen für gleichermaßen wichtig, um uns in die verborgenen Weisheiten des Lebens einzuführen und uns dabei zu helfen, zu starken und einfühlsamen Persönlichkeiten heranzuwachsen, die auch für jede noch so schwere Herausforderung gewappnet sein würden.

Aber für mich, eine Zehnjährige, waren das nichts weiter als fesselnde Geschichten, von denen ich gar nicht genug bekommen konnte. So vergingen die Stunden bis nach Rameswaram, an der Spitze der indischen Halbinsel, wie im Flug. Und während der strömende Regen draußen die Landschaft verschluckte, verbrachte ich die Zeit in Tantchens ausgeschmückten indischen Legenden. Sie hatte ein ausgesprochenes Talent dafür, mich mit ihren Geschichten von indischen Palästen, Königspaaren, magischen Ringen und Affenarmeen, die im Dschungel gegen Ravanas Dämonenarmee kämpften, von meiner Trauer abzulenken.

Von Rameswaram aus setzten wir dann mit der Fähre nach Talaimannar über, das am nördlichen Ende Ceylons lag, und von dort aus reisten wir mit einem anderen Zug die Küste entlang bis nach Colombo. Gleich nach unserer Ankunft begaben wir uns für die Nacht ins *Galle Face Hotel*, das direkt am Strand lag. Zwar besaß Tantchen ein Häuschen im Stadtteil *Cinnamon Gardens*, aber sie erklärte, für eine Nacht lohne sich das nicht.

Ich sehnte mich danach, ins Bett fallen zu können, aber noch war uns keine Ruhe vergönnt. Trotz unserer Erschöpfung bestand Tantchen darauf, dass wir uns kalt duschten und frisch machten. Im Anschluss wies sie mich dazu an, mich in Schale zu werfen, um mit ihr zum Dinner nach unten zu gehen. Gehorsam zog ich mein bestes Sonntagskleid an, das ich sonst immer zum Gottesdienst in Madras trug.

So herausgeputzt begaben wir uns in das Restaurant. Tante Silvia schien die Hälfte der überwiegend englischen Gäste persönlich zu kennen. Sie ging von Tisch zu Tisch, um ihre Bekannten zu begrüßen und mich als ihre neue Pflegetochter vorzustellen. Das gefiel mir überhaupt nicht. Ich stieß mich nicht wirklich an dem *Pflege*-Teil, aber das Wort *Tochter* machte mir sehr wohl etwas aus, denn nach wie vor war ich ausschließlich Ammas und Pas Tochter, und Tante Silvia hatte kein Recht darauf, mich einfach so für sich zu beanspruchen. Da ich allerdings nur ein Kind war, verkniff ich mir jede Bemerkung und wünschte stattdessen nur einen guten Abend.

Amma hatte immer die Bedeutung guter Manieren betont, ganz besonders, wenn man jemanden zum ersten Mal traf, und ich schien meine Sache richtig zu machen, denn alle – vor allem natürlich die Damen – riefen aus: »Oh, was für ein reizendes Kind!« oder »Was für ein hübsches kleines Mädchen!« Ich wusste nicht, was ich davon halten sollte. Woher wollten sie denn wissen, dass ich reizend war? Und wenn sie mich wirklich für hübsch hielten, warum erzählten sie das dann Tante Silvia? Und überhaupt, warum spielte irgendetwas davon eine Rolle? Wie auch immer – irgendwann nahmen wir endlich an unserem Tisch Platz, ließen uns vom Ober und den Kellnern bedienen und aßen zu Abend. Das Essen war köstlich; ich hatte mir ein Curry mit Fisch ausgesucht, das ganz anders als die Currys schmeckte, die es in Madras gab, aber trotzdem genauso gut. Tante Silvia erklärte mir, das liege daran, dass man hier andere Gewürze benutzte.

Als ich am Tisch fast einnickte, hatte Tante Silvia endlich Erbarmen und brachte mich auf unser Zimmer. Ich fiel direkt ins Bett und schlief ein, sobald mein Kopf das Kissen berührte. Am nächsten Morgen erwachte ich zum Prasseln des Regens auf dem Balkon und zum Petrichor, der mir in die Nase stieg. Ich spürte das Wetter am ganzen Körper und zitterte vor Kälte und vor Aufregung bei dem Gedanken an mein neues Zuhause – das Zuhause, das Amma für mich vorgesehen hatte.

Wir frühstückten zeitig und brachten dann unser Gepäck nach unten, denn Murugan erwartete uns bereits. Tante Silvia stellte mir Murugan als ihren Fahrer vor, den Onkel Henry vom Newmeads-Anwesen aus losgeschickt hatte, um uns mit dem Jeep abzuholen.

Aber wir fuhren nicht auf direktem Weg nach Hause, denn Tante Silvia konnte der Versuchung nicht widerstehen, mich zu einem Einkaufsbummel nach Colombo einzuladen, um mich mit hübscher Kleidung einzudecken, die meinem neuen Leben angemessener waren. Amma hatte mir immer erlaubt, mich wie eine Inderin zu kleiden: Ich trug bunte Baumwollröcke, die an der Hüfte gerafft waren, und dazu knappe, bauchfreie Leibchen, von denen ich mehrere besaß. Vorher war mir nie bewusst gewesen, dass Tante Silvia den Kleidungsstil, den Amma für mich ausgesucht hatte, eigentlich missbilligte.

Jetzt erklärte sie mir, meine Aufmachung sei für Ceylon nicht angemessen und ich hätte mich gemäß meiner englischen Herkunft zu kleiden. Und so kam es, dass wir den Morgen damit verbrachten, uns von einem Geschäft zum nächsten chauffieren zu lassen. Murugan parkte draußen und hielt uns im Anschluss den Regenschirm über die Köpfe, während sie mit mir durch das Unwetter in den nächsten Laden rannte, wo ich eine Auswahl an Kleidung anprobierte, die sie für geeignet hielt: Hemdblusenkleider aus Baumwolle mit kleinteiligen Blumenmustern und plissierten oder leicht gerafften Röcken, die an der Taille von Gürteln zusammengehalten wurden. Sie gefielen mir zwar kein bisschen, aber ich biss mir auf die Zunge. Schließlich war ich ihr Gast und außerdem nur ein Kind, es stand mir nicht zu, mich zu beschweren. Also ertrug ich alles tapfer und fragte mich indessen, wie ich in dieser Aufmachung je auf einen Baum klettern sollte. Meine langen, indischen Röcke musste ich einfach nur zusammenbinden und in meine Unterhose stecken, um so frei wie ein Junge in Hosen zu sein. Vielleicht war das auch der Grund, warum Silvia so dagegen war.

Nach unserem Einkaufsbummel war Tante Silvia hungrig, also kehrten wir zum Mittagessen wieder im *Galle Face* ein, wo sie auf eine alte Freundin traf, die gerade aus England zurückgekehrt war. Ein, zwei Stunden verstrichen, während die beiden in der Lounge saßen, um Gerüchte und Neuigkeiten auszutauschen. Schweigend saß ich neben Silvia und wartete. Und dann, plötzlich: »Ach du meine Güte, ich habe gar nicht auf die Zeit geachtet! Wie schnell sie in der Stadt doch vergeht! Wenn wir noch vor Einbruch der Dunkelheit zu Hause sein wollen, dann müssen wir uns jetzt leider auf den Heimweg machen, meine liebe Cynthia. Die Berge können sehr tückisch sein, vor allem bei Regen. Komm mit, Rosalind!«

Murugan holte uns in der Lobby ab und begleitete uns mit aufgespanntem Regenschirm zum Jeep, den er draußen geparkt hatte. Endlich fuhren wir los.

Ich hatte diesen Weg vorher schon ein paarmal mit Amma zurückgelegt, aber heute erschien mir die Strecke durch die üppigen, grünen Hügel und Täler zwischen Colombo und Kandy zehnmal länger. Daran war der Regen schuld, der so unerbittlich auf den Jeep einprasselte, dass die Scheibenwischer kaum noch mithalten konnten. In ihrem aussichtslosen Kampf gegen die Wassermassen, die an den Fenstern hinabströmten, schlugen sie vergeblich hin und her. Murugan musste sich nach vorn beugen, um überhaupt irgendetwas erkennen zu können, denn der Regen verzerrte die Sicht durch die Scheibe. Ächzend und quietschend kroch der Jeep um die engen Bergkurven herum aufwärts. Ich versuchte, die Landschaft zu erkennen, aber hinter dem Glas gab es nichts außer einheitlich grauer Nässe.

Dennoch wusste ich aus meinen Erinnerungen, dass die Hügel eigentlich über und über mit Teepflanzen bewachsen waren. Ich erinnerte mich an die tamilischen Frauen, die gebückt in den Feldern standen und Tee pflückten oder mit großen Blätterkörben auf den Köpfen die Straße entlangwanderten. Ich erinnerte mich noch an die leuchtenden Rot- und Blautöne ihrer Saris, die zwar ausgefranst wirkten, aber deren grelle, kühne Farben einer trotzigen Faust glichen, die sie gen Himmel streckten. Und ich fragte mich, welche Macht dafür verantwortlich war, dass ich in einen hellhäutigen Körper hineingeboren worden war, der mir ein Leben voller Privilegien, voller Reichtum und Status ermöglichte, während sich diese Frauen mit ihrer dunklen, fast schon schwarzen Haut in der Sonne plagen mussten. In diesem Moment wurde mir klar, dass selbst meine Langeweile ein Privileg war, und plötzlich verstand ich auch, warum sich Pa so tief in seinen Büchern vergrub, in denen er Antworten auf die Rätsel des menschlichen Daseins zu finden hoffte. Warum, warum, warum nur? Warum war ich *ich* und sie *sie*? Warum stand ich hier und sie dort? Ich fragte mich, ob Pa jemals die Antwort darauf finden würde.

All diese Gedanken gingen mir auf der schier endlosen Reise durch die Hügel von Kandy durch den Kopf, während ich trocken und geborgen im Schutz des Jeeps saß. Das rhythmische, stetige Prasseln des Regens auf dem Fahrzeugdach wiegte mich schließlich in den Schlaf. Ich schlief unruhig und wachte zwischendurch immer wieder auf, getrieben von einer seltsamen Mischung aus Langeweile, Nervosität und sinnlosem Grübeln über Fragen, auf die es keine Antworten gab. Sogar Tantchen wirkte müde; es schien ganz so, als wären ihr die Geschichten ausgegangen, und schließlich verfiel sie schnarchend in denselben unruhigen Halbschlaf wie ich. Ab und zu legten wir an den kleinen Teeständen am Straßenrand eine Trinkpause ein, und einmal fuhren wir sogar über eine enge Seitenstraße zu einem Hotelrestaurant, um uns dort eine anständige Mahlzeit zu gönnen. Abgesehen von diesen Unterbrechungen kam mir unsere Reise jedoch endlos vor.

Und dann, endlich, hatten wir es erreicht: mein neues Zuhause. Sobald der Jeep durch das schmiedeeiserne Tor auf die sandige Auffahrt abbog, erstarb der Regen plötzlich und die Wolken brachen auf, um den Blick auf die goldene Nachmittagssonne freizugeben. Freudig rief Tante Silvia: »Siehst du! Sogar die Sonne heißt dich in Newmeads willkommen! Willkommen zu Hause, Rosie!«

Das zweigeschossige Gebäude, das sie Zuhause nannte, zeichnete sich prächtig vor dem goldenen Sonnenuntergang ab, der die Tropfen auf den umliegenden Hibiskusblüten, den Lilien und den Bougainvilleen zum Funkeln brachte. Auch die Pfützen im sandigen Vorhof und der stille Wasserspiegel des randvoll gefüllten Vogelbades glitzerten golden, und daneben führten ein paar Stufen zur Veranda hinauf. Bei diesem Anblick blieb mir der Mund offen stehen.

»Ist es nicht wunderschön?«, fragte Tante Silvia. »Siehst du? Selbst das Haus lächelt dich an! Willkommen zu Hause, Rosie.«

KAPITEL 6

Ich schlief wie ein Stein, aber mitten in der Nacht wachte ich unter Tränen auf und spürte das unerträgliche Loch in meinem Herzen. Sie fehlte mir so sehr. Er fehlte mir so sehr. Was sollte ich hier, so weit weg von zu Hause? War das alles nicht doch ein schrecklicher Fehler? Es regnete jetzt wieder, und das stetige Prasseln auf dem Dach stimmte mich noch trauriger, bis es mich irgendwann wieder in den Schlaf wiegte.

Am nächsten Morgen wurde ich von einem warmen, tröstlichen Sonnenstrahl auf meiner Wange geweckt. Der Regen hatte den Kummer von letzter Nacht fortgespült. Gähnend setzte ich mich im Bett auf und streckte mich, um anschließend zum Fenster zu laufen, von dem aus ich den Obstgarten hinter dem Haus überblicken konnte. In den Obstgärten, die ich aus meinen Märchenbüchern kannte, wuchsen immer Äpfel, Birnen oder Pfirsiche – aber in *diesem* hier gab es stattdessen Orangen und Limetten, und die Blätter, die vom nächtlichen Schauer noch ganz nass waren, glitzerten in der Sonne. Auf einer Seite des Gartens wuchs ein prächtiger Mangobaum, dessen Geäst in Bodennähe nach oben hin ausfächerte: das herrlichste Kletterparadies, das ein Kind sich nur wünschen konnte. Bei diesem Anblick musste ich plötzlich an Andrew und Victor denken, also hastete ich ins Bad, um mich zu waschen und anzuziehen, damit ich meine Freunde begrüßen konnte.

Tatsächlich kannte ich die Huxley-Jungs, Tante Silvias Söhne, schon mein ganzes Leben lang. Eine meiner frühesten Erinnerungen ist, wie Amma und ich zusammen mit Tantchen und ihren Söhnen mit dem Schiff nach England reisten. Wir wollten meine Großeltern mütterlicherseits in Tunbridge besuchen, während Tante Silvia ihre Zeit mit Graham verbringen wollte, der auf ein Internat in Eastbourne ging, sowie mit ihren Schwiegereltern, die sich in England, dem Land, das sie als ihr Zuhause bezeichneten, zur Ruhe gesetzt hatten. Nicht weit von Grahams Schule besaßen sie ein weitläufiges Herrenhaus, wo Tantchen mit ihren Söhnen während ihres Aufenthalts unterkam.

Obwohl ich damals erst vier Jahre alt war, erinnere ich mich noch gut daran, wie mich das Schiff beeindruckt hat und wie die beiden Jungs und ich lachend über das Deck, über die steilen Treppen und durch die engen Gänge gerannt sind, um unseren besorgten Müttern zu entkommen (die fürchteten, wir könnten über Bord gehen). Mit Victor als unserem Anführer hatten wir uns hinter Vorhängen, unter Klavieren und in Rettungsboten versteckt, und wir hatten uns so unartig wie nur irgend möglich verhalten.

An die Begegnung mit meinen Großeltern nach unserer Ankunft erinnere ich mich hingegen weniger deutlich, aber ich glaube, sie verhielten sich recht kühl und hatten, obwohl sie froh waren, mich zu sehen, keine Ahnung, was sie mit mir anfangen sollten. Mit Tante Beryl, die aus Lewes anreiste, um uns einen Besuch abzustatten, verhielt es sich genauso. Ihnen allen gegenüber verhielt ich mich sehr schüchtern.

Selbstverständlich trafen sich unsere Mütter regelmäßig. Oft fuhren wir nach Eastbourne, was kaum eine Stunde entfernt lag, und besuchten sie im Herrenhaus von Silvias Schwiegereltern, das so günstig im Stadtteil Meads gelegen war, dass man von dort aus in fünf Minuten am Meer war.

Wie sehr ich diese Besuche doch genoss! Onkels Eltern waren so anders als die von Amma; sie liebten Kinder und wussten genau, wie sie uns bespaßen konnten. Sie hatten drei Labradore, mit denen wir oft in den South Downs spazieren gingen, und Freunde von ihnen besaßen ein paar Ponys, auf denen wir manchmal reiten durften. Wir hatten dort jede Menge Spaß. Obwohl der Strand steinig und das Wasser viel zu kalt zum Baden war (zumindest für Ammas und meine Verhältnisse), liebte ich das Meer, das so anders war als unser Ozean bei Shanti Nilayam. Den ganzen Sommer über konnte man dort am Kieselstrand sitzen und in der milden englischen Sonne gemeinsam picknicken. Für so etwas war es am Strand in Madras viel zu heiß. Und die Möwen erst, oh, diese frechen Möwen! Ständig versuchten sie, unser Essen zu stehlen, und kackten uns das ganze Auto voll, aber trotz allem liebte ich ihr heiseres Geschrei. Noch heute hallt es laut in meinem Kopf wider, dieses Rufen, das für mich untrennbar mit jenen fried-vollen Tagen in Eastbourne verbunden ist.

Aber das Beste an dieser Zeit war schlicht und ergreifend die Tatsache, dass wir sie alle gemeinsam verbrachten, und dass Graham, der große Bruder, für den sie den weiten Weg aus Ceylon auf sich genommen hatten, bei uns sein konnte. Damals, als ich Graham zum ersten Mal begegnete, kam ich aus dem Staunen gar nicht mehr heraus: als Vierjährige kam er mir so groß, so erwachsen vor! Damals muss er ungefähr sechzehn Jahre alt gewesen sein. Unsere Mütter hielten ihn für erwachsen genug, um uns – selbst mich – in seine Obhut zu geben. Ich nehme an, sie genossen es, auch mal Zeit für sich zu haben und das tun zu können, was junge Mütter während eines Urlaubs am Meer halt so trieben, wenn sie endlich mal ein paar Stunden Ruhe vor ihren schreienden Bälgern hatten. Und

Graham verhielt sich tatsächlich sehr verantwortungsbewusst. Selbst Victor gegenüber legte er eine ruhige, aber bestimmte Autorität an den Tag, die Silvia völlig abging. Vielleicht respektierte Victor ihn auch einfach nur aufgrund der Tatsache, dass er *männlich* war, denn Graham verhielt sich nicht im Geringsten herrisch oder rechthaberisch und musste trotzdem nicht wie Tantchen die Stimme erheben, um Victor im Zaum zu halten. In Abwesenheit unserer Väter fiel Graham die Rolle des männlichen Erwachsenen zu, der unsere kleine, bunt zusammengewürfelte Familie unter seine Fittiche nahm.

Mir begegnete er immer sanft und freundlich. Und wenn die anderen beiden Jungs mal wieder vorausrannten, nahm er auf meine kurzen Beinchen Rücksicht und blieb stets in meiner Nähe. Auf mich wirkte er so, als wüsste er einfach über alles Bescheid. Eines Tages waren wir südwestlich von Eastbourne in den South Downs unterwegs, und als ich den Jungs und den Hunden nachjagte, trat ich in einen Kaninchenbau und fiel der Länge nach hin. Der Sturz tat so weh, dass ich laut weinte. Graham hob mich einfach nur hoch und trug mich den ganzen Weg nach Hause, und als man mich ins Krankenhaus brachte, begleitete er mich und stellte dem Arzt Fragen, die Amma nie in den Sinn gekommen wären. Außerdem betrachtete er die Röntgenaufnahmen so interessiert, als würde er wirklich aus ihnen schlau werden, obwohl er sie, glaube ich, nicht wirklich lesen konnte. Aber er hätte es gern getan.

Seitdem hatte ich Graham kein einziges Mal mehr getroffen. Den Rest jenes glorreichen Sommers hatten wir zu fünft in Sussex und Kent verbracht, wo wir noch bis in den Herbst hinein blieben, bis wir schließlich den Rückweg nach Colombo antraten. Wie sein Vater vor ihm und ganz so, wie es bei den Huxleys üblich war, blieb Graham auf dem Internat. Tante Silvia besuchte ihn alle zwei Jahre, und ich erinnere mich noch daran, wie sie schwor, nie wieder ein Kind für seine Schulbildung »nach Hause« zu schicken. Das hier, Newmeads, *war* schließlich ihr Zuhause. Und Amma gab dasselbe Versprechen in Bezug auf mich. Nein: Victor, Andrew und ich sollten ganz in der Nähe unserer Eltern zur Schule gehen, und wenigstens einmal im Jahr besuchte Amma mit mir die Huxleys in Newmeads. Victor und Andrew betrachtete ich als meine großen Brüder, und ich konnte es kaum erwarten, sie wiederzusehen. Inzwischen hatte Graham seinen Abschluss gemacht und studierte nun mithilfe eines Stipendiums an einer Universität, ohne jemals zu seinen Eltern zurückgekehrt zu sein. Offenbar war das ein Streitpunkt zwischen ihm und seinem Vater gewesen, denn statt wie vorgesehen in die Fußstapfen Onkel Henrys zu treten und die Plantage in Newmeads zu übernehmen, hatte er sich für ein Medizinstudium entschieden. Die Aufgabe, irgendwann einmal die Plantage fortzuführen, oblag also jetzt den beiden jüngeren Brüdern.

Als ich also an meinem ersten Tag in Newmeads aufwachte, galt mein erster aufgeregter Gedanke ihnen. Nach unserer Ankunft am Vorabend hatte ich sie noch nicht zu Gesicht bekommen. Davon war ich zwar ein wenig enttäuscht gewesen, aber die Reise hatte mich so ausgelaugt, dass ich es kaum aus dem Jeep schaffte, ohne dass meine Beine nachgaben. Ich erinnere mich noch vage daran, wie mich Murugan hochnahm und ins Haus trug, um mich auf dem Bett abzusetzen, in dem ich einst mit Amma übernachtet hatte. Ich muss sofort weggedämmert sein und schlief fast die ganze Nacht über tief und fest durch.

Aber jetzt war ich wach und konnte es kaum erwarten, endlich die Jungs zu sehen. Sie waren vielleicht sogar der Hauptgrund, warum ich hier leben wollte. Schon immer hatte ich mir Geschwister gewünscht, und die Aussicht darauf, Teil dieser Familie zu werden, hatte mich ein wenig aufgemuntert. Die stetige Trauer und die schreckliche Sehnsucht nach Pa waren unfassbar anstrengend, aber die Aussicht darauf, jene glorreichen Tage von damals wiederaufleben zu lassen, entzündete in mir den Funken, den ich brauchte, um zuversichtlich in den neuen Tag mit den Jungs zu starten.

Im Bad blickte ich zunächst in den Spiegel. Die verkrusteten Tränenspuren in meinem Gesicht sahen so aus, als wären Schnecken über meine Wangen gekrochen. Ich musste schon wieder im Schlaf geweint haben. Und mein Haar war ganz verfilzt. Als ich unter die Dusche stieg und den Hahn aufdrehte, spülte das kalte Wasser nicht nur den klebrigen Schweiß, sondern auch meine innere Müdigkeit fort. Endlich fühlte ich mich wieder frisch und freute mich darauf, den Tag mit alten Freunden und in meinem neuen Zuhause zu beginnen.

Newmeads lag malerisch in einem breiten, langen Tal zwischen den grünen, samtigen Hügeln südlich von Kandy. Über die Berge zogen sich die parallelen Linien der Teepflanzen, über die vereinzelte Farbflecken gesprenkelt waren: Dort ernteten die tamilischen Frauen die Teeknospen und trugen sie in den riesigen Körben, die sie sich auf den Rücken geschnallt hatten, in die nächste Fabrik.

Das Haus selbst stand inmitten eines Waldes, der mehrere Hektar umfasste und an dessen Rand ein See lag, auf dem ich früher mit den Jungs Boot gefahren und fischen gegangen war und wo ich fast schwimmen gelernt hätte. Es war die perfekte Idylle: Oben in den Bergen war die Temperatur rund um die Uhr angenehm, nie wurde es hier so brütend heiß wie in der Stadt und im Winter blieb es erträglich kühl. Nachts wurde es sogar richtig kalt, sodass wir uns Decken, Schals und Strickjacken holen mussten; aber dennoch waren wir hier vor extremen Unwettern sicher – außer natürlich vor den Regengüssen, die der Monsun mit sich brachte.

Das Haus befand sich inmitten eines herrlichen Gartens. Die Kasuarinen, deren Nadeln sachte in der nach Blüten und Gewürzen duftenden Brise raschelten, spendeten Schatten, wenn die Sonne am höchsten stand, während die hohen Palasabäume, welche die Einfahrt säumten, den blassgelben Sand in der Blütesaison mit leuchtend roten Blättern auskleideten, sodass sich die Auffahrt in einen breiten, roten Teppich verwandelte. Die Singvögel zwitscherten und tirilierten den lieben lange Tag lang, und dann und wann flatterte sogar ein Grünsittich von Baum zu Baum.

Obwohl Tantchen und Onkel das Haus ganz bescheiden nur als ihren Bungalow bezeichneten, war Newmeads das genaue Gegenteil von Shanti Nilayam: ein veritables Herrenhaus. Das Anwesen verfügte über eine riesige Eingangshalle und eine breite Treppe, die in das Obergeschoss führte, wo mindestens sechs Schlafzimmer untergebracht waren, von denen nun eines mir allein gehörte. Im Erdgeschoss gab es mehrere Salons, ein Musikzimmer, eine Bibliothek und Onkels Arbeitszimmer. Selbstverständlich war da außerdem noch das Spielzimmer, in dem Onkel mit seinen Freunden Billard spielte oder Tantchen sich mit ihren Freundinnen auf eine Runde Bridge traf; und dann gab es da noch das Kinderzimmer, wo Sunita, eine tamilische *Ayah,* die Onkel mitsamt ihrer Familie aus Indien hierher gebracht hatte, auf mich und die Jungs aufgepasst hatte, als wir noch klein waren.

Mittlerweile war Sunita zur leitenden Haushälterin aufgestiegen, die eine regelrechte Armee von barfüßigen Hausdienern in steifen, weißen Uniformen befehligte. Dazu gesellte sich noch Onkels Kammerdiener und eine wechselnde Zahl von Küchengehilfen – je nachdem, wie viele Familienmitglieder gerade zu Hause waren. Anders als in Shanti Nilayam war hier jedes Zimmer mit schweren, dunklen Holzmöbeln ausgestattet, und auf den Anrichten, den Tischen und den hohen Kommoden stand ein Sammelsurium aus dekorativen Staubfängern, die jeden Tag blitzblank geputzt werden mussten.

»Bedienstete! Ich kann sie schon gar nicht mehr zählen! Sunita, das übernimmst du!«, rief Tantchen und fächelte sich erschöpft Luft zu. Und Sunita tat, wie ihr geheißen ward. Sie leitete nicht nur das Hauspersonal, sondern auch das Gartenpersonal an: die Gartengehilfen und die Gärtner, den Chauffeur, den *Dhobi* (wie wir unseren Wäscher nannten) und die unzähligen anderen Bediensteten, die barfüßig so leise kamen und gingen, dass man sie gar nicht hörte. Die meisten ihrer Namen brachte ich nie in Erfahrung, außer die der Hausdiener und Gartengehilfen, die von den Erwachsenen alle nur mit *Boy* angesprochen wurden. Ihre Namen prägte ich mir sorgfältig ein, denn es wäre mir peinlich gewesen, jemanden mit »Boy!« herbeizurufen, der kaum älter war als ich selbst.

Aber jetzt gerade galt meine Aufmerksamkeit den anderen Jungs, nämlich meinen Freunden Andrew und Victor.

Andrew war etwa ein Jahr älter als ich und Victor wiederum zwei Jahre älter als er. Damit waren sie elf und dreizehn. Als Älterer der beiden gab Victor immer den Ton an. Er war witzig und stets zu Scherzen aufgelegt, und er steckte voller guter Ideen, was wir tun und entdecken konnten; außerdem war er furchtlos, waghalsig und ein bisschen unartig, weswegen er uns oft in Schwierigkeiten brachte. Andrew hingegen war nachgiebiger, liebenswürdiger und generell freundlicher als Victor und bei weitem nicht so dreist.

Nun rannte ich um die Veranda herum bis in die Küche, wo Tante Silvia, Rajkumar und Sunita gerade damit beschäftigt waren, das Frühstück vorzubereiten: ein »*Full Ceylonese Breakfast*«, wie sie es nannten, das aus Eiercurry, Kartoffelcurry, Dhal, Kokos-Sambal und aufgebackenem Puri bestand.

Als Sunita mich bemerkte, grinste sie von einem Ohr bis zum anderen, wobei sie ihre strahlend weißen Zähne entblößte.

»Rosalind!«, rief sie. »Wie groß du geworden bist! Du bist ja schon fast so groß wie ich!«

Wie immer sprach sie Tamil. Ich rannte zu ihr und umarmte sie. Ich schmiegte mich eng an sie und sog ihren vertrauten Duft aus Kokos und Jasmin ein. Es fühlte sich so an,

als stünde ich in einer riesigen Wolke aus reiner Liebe, die mich
an einen Ort weit entfernt von aller Trauer trug. In meiner
Vorfreude, die Jungs zu treffen, hatte ich gar nicht an Sunita
gedacht – aber jetzt erinnerte ich mich wieder an alles. Als sie
mich aus ihrer Umarmung entließ, hatten sich in ihren großen,
braunen Augen Tränen des Mitgefühls gebildet.

»Es tut mir so leid«, flüsterte sie, »es tut mir so leid um deine
liebe Mutter.« Dann umarmte sie mich erneut.

Tante Silvia ging einen Schritt auf uns zu. »Sie ist ganz
schön gewachsen, nicht wahr? Und jetzt zurück an die Arbeit,
Sunita, du musst noch die Kokosnuss raspeln. Wie hast du
geschlafen, Rosie?«

»Wie ein Stein!«, antwortete ich und umarmte auch sie.
»Wo stecken Andrew und Victor? Ich kann's kaum erwarten,
sie zu sehen!«

»Oh!«, erwiderte sie überrascht. »Habe ich dir das nicht
erzählt, Liebes? Oder dein Vater? Ich dachte, du wüsstest
Bescheid … ich dachte … na, wie auch immer, jedenfalls sind sie
in Kodaikanal in Indien und besuchen dort die *Kadai School*,
ein Internat.«

Offenbar stand mir der Schock ins Gesicht geschrieben,
denn sofort fügte sie hinzu: »Aber über die Ferien sind sie auf
jeden Fall hier. Mach dir keine Sorgen, Liebes, das ist gar nicht
mehr lange hin. Es ist ja nicht so, als wären sie für die nächsten
Jahre in England, so wie Graham. In ein paar Wochen seid ihr
alle wieder vereint. Und in der Zwischenzeit findest du einfach
neue Freunde. Die Camerons wohnen keinen Kilometer von
uns entfernt. Sie haben eine Tochter, die ungefähr in deinem
Alter sein sollte … vielleicht ist sie auch ein bisschen jünger.
Und …«

Priscilla. Ich erinnerte mich an sie. Sie war zwei Jahre
jünger als ich und ein verwöhntes Gör, das es überhaupt nicht
mochte, barfuß herumzulaufen, ihre Kleider nass zu machen
oder ihre ordentlichen Zöpfe durcheinanderzubringen. Für sie

glich es schon einer Katastrophe, wenn sie eine Haarschleife verlor. Ich war maßlos enttäuscht, und irgendwie *spürte* ich, dass Tante Silvia die ganze Zeit über gewusst hatte, dass ich niemals mitgekommen wäre, wenn ich von vornherein gewusst hätte, dass die Jungs gar nicht hier waren.

»Aber hattest du Pa nicht erzählt, dass ihr hier einen Hauslehrer habt?« Damals war ich zu verzweifelt gewesen, um ihrem ganzen Gespräch aufmerksam zu folgen, aber ich war mir sicher, dass sie einen Privatlehrer für die Kinder der Plantagenbesitzer erwähnt hatte.

»Ja, Liebes, das habe ich ihm erzählt. Es *gibt* ja auch einen Hauslehrer – für die Mädchen. Das wären zum einen du und das Mädchen der Camerons ... wie heißt sie noch mal? Priscilla? Penelope? Irgendwas mit P jedenfalls. Und die Penningtons haben Zwillingsmädchen, die sind nur ein kleines bisschen älter als du, und dann gibt es da noch Dorothy Cook, die Tochter unseres Betriebsleiters, sie dürfte ungefähr in deinem Alter sein. Und noch ein paar andere, alle von englischen Plantagenfamilien aus der Gegend hier. Also, natürlich gibt es auch eine Schule im Dorf, aber da gehen nur die Einheimischen hin, das wäre unter unserem Niveau. Deswegen haben wir uns zusammengeschlossen und unseren eigenen Schulverband gegründet. Na, von einer Schule kann man wohl nicht gerade sprechen, aber der Mann soll sehr kompetent sein. Und später kannst du immer noch auf die Oberschule in Kandy gehen. Nun zieh doch nicht so eine Schnute, Liebes, das steht dir nicht. Du siehst ja so aus, als würdest du gleich losheulen. So schlimm kann es doch gar nicht sein ...«

Aber es war sehr wohl so schlimm. Weil ich nicht wollte, dass sie mich weinen sah, machte ich auf dem Absatz kehrt und rannte aus der Küche hinaus, was, wie ich fürchtete, schrecklich unhöflich und vermutlich noch viel schlimmer war, als zu bleiben.

Was sollte ich jetzt nur tun? Es fühlte sich so an, als hätte mir Tante Silvia den Boden unter den Füßen weggezogen. Auf dem Weg hierher hatte ich damit gerechnet, in eine Familie aufgenommen zu werden und Brüder zu haben, mit denen ich spielen konnte. Ich wusste, wie sehr sich Amma vergeblich Geschwister für mich gewünscht hatte. Und ich wusste, wie sehr sich Silvia schon immer nach einer Tochter gesehnt hatte, weswegen ich davon ausgehen konnte, dass sie mich wie ihr leibliches Kind behandeln würde.

Aber jetzt gerade wollte ich am liebsten sterben oder zumindest zu Pa zurückkehren. Durch den Garten rannte ich über die sandige Auffahrt bis zur Hauptstraße. Ich hatte kein Ziel vor Augen – ich wollte nur so weit weg wie möglich, weg von ihr, weg von dem Haus. Obwohl ich hörte, wie sie auf der Veranda stand und nach mir rief, kehrte ich nicht um. Ich wusste genau, wie unverschämt das war, aber ich rannte einfach weiter.

Die lange Auffahrt verlief in einer großen Kurve um einen kleinen Hain aus Kokospalmen herum. Die Umrisse der Palmenwedel hoben sich deutlich vom leuchtend blauen Himmel ab und thronten auf hohen, dünnen, unförmigen Stämmen. Bei meinem letzten Besuch, als ich neun war, hatten Satish und Karthik, Sunitas jüngste Söhne, uns beigebracht, wie man auf Palmen kletterte. Selbst die höchsten Bäume konnten die beiden so behände wie Affen problemlos erklimmen. Während Andrew und ich uns noch mit Gürteln an den Stämmen festgebunden hatten, war es Victor gelungen, einen der kleineren Bäume ganz ohne Hilfe hinaufzuklettern, und oben angekommen hatte er mit dem Messer, das er in den Hosenbund gesteckt bei sich trug, für uns alle ein paar Kokosnüsse abgeschnitten.

Das war typisch Victor: Er verhielt sich wie ein Einheimischer, er war frei und unbezähmbar. Außerhalb des Hauses trug er nie Hemden und rannte so barfuß durch die Gegend wie Satish und Karthik, deren Beispiel er generell folgte, wovon

Tante Silvia natürlich nichts wusste. Hätte sie ihn dabei erwischt, wie er mit einem langen, scharfen Messer hantierte, um die Kokosnüsse abzuschneiden, wäre ihr das Herz stehengeblieben – ganz zu schweigen davon, wie er die Nüsse gekonnt mit der Machete zerteilte und Löcher hineinbohrte, sodass wir den köstlichen Saft darin trinken konnten. Ich weiß noch, wie wir die Köpfe in den Nacken legten und die grünen, harten Früchte an unsere Lippen drückten, sodass uns das Wasser über die Wangen lief. Tante Silvia schimpfte immer wegen seiner schmutzigen, nackten Füße und ermahnte ihn, seine Schuhe und sein Hemd anzubehalten. Seine Füße waren genauso verhornt wie die von Satish und Karthik, und sein Teint hatte einen bronzefarbenen Ton angenommen, was ihr überhaupt nicht gefiel, genauso wenig wie die Tatsache, dass beide Jungen Tamil so fließend wie ihre Muttersprache beherrschten. Wie ich im Übrigen natürlich auch.

Aber genau *das* war ja der Hauptgrund, warum ich hier leben wollte. So sehr ich Amma auch liebte, so sehr ich die Blumen, die Lieder und die friedliche, ruhige Geborgenheit unseres Lebens in Shanti Nilayam auch schätzte, erst in der derben, wilden Welt von Newmeads blühte ich so richtig auf. Hier schien das Abenteuer hinter jeder Ecke auf mich zu warten und Victor gingen nie die Ideen für neue Heldentaten aus, sei es ein neuer Baum, den es zu erklimmen galt, oder ein Wasserfall, der nur darauf wartete, von uns entdeckt zu werden.

Und als ich also voller Selbstmitleid die Auffahrt hinabrannte, wäre ich fast mit ihr zusammengestoßen. Mit ihr, dem schmächtigen, kleinen Mädchen, das mitten auf der Auffahrt entlanglief. Die Milchkanister, die sie in beiden Händen trug, waren offensichtlich randvoll, denn unter den Deckelrändern hatten sich kleine, weiße Tröpfchen gebildet. Der Teint des Mädchens, das nicht älter als sechs sein konnte, leuchtete in einem dunklen Braun. Sie trug ein traditionelles Gewand mit einem langen, gerafften Rock, nicht unähnlich denen, die ich zu Hause in Madras getragen hatte. Nur war das einst strahlende, rot-grüne Blumenmuster ihres Rocks nun verblichen, genauso wie das kurze, geknöpfte Leibchen. Ihr dichtes, schwarzes Haar fiel ihr in einem glatten Zopf über den Rücken und reichte ihr fast bis zur Hüfte. Auf dem Kopf trug sie einen Kranz aus Jasmin und Studentenblumen. Und hübsch war sie – oh, sie war so wunderhübsch. Sie glich einem Traumbild, einer Erscheinung. Ich kam abrupt vor ihr zu stehen, und auch sie blieb stehen und blickte mich jetzt aus den größten, dunkelsten Augen an, die ich je gesehen hatte.

Gerade wollte ich sie mit *Vanakkam* auf Tamil begrüßen, als sie mir zuvorkam: »Guten Morgen, Miss!«, sagte sie in singendem Tonfall. Sie hatte eine angenehme Stimme. Nachdem ich den Gruß erwidert hatte, stellten wir einander vor – sie hieß Usha –, und ich kehrte um und begleitete sie zum Bungalow zurück, und den ganzen Weg über unterhielten wir uns.

Wir sprachen beide fließend Englisch und Tamil. Englisch war ein fester Bestandteil des Lehrplans an ihrer Schule, denn die meisten Kinder würden später einmal für englische Dienstherren arbeiten. Sie sprach fast so gut Englisch wie ich, nur mit einem singenden, ceylonesischen Akzent.

Usha war die Tochter von Rajkumar und Sunita, und sie war keineswegs erst sechs, sondern schon neun, nur ein Jahr jünger als ich. Dass ich ihr noch nie zuvor begegnet war, lag daran, dass sie bis vor Kurzem noch bei Sunitas Schwester im Dorf gewohnt hatte, damit Sunita bei Tante Silvia und ihrer Familie in Newmeads bleiben konnte. Bisher war sie im Dorf zur Schule gegangen, aber jetzt hatten ihre Eltern beschlossen, ihre Ausbildung vorzeitig abzubrechen, damit sie als Vorbereitung für die Ehe stattdessen in der Küche mithelfen konnte.

»Ehe!«, rief ich schockiert. »Aber du wirst doch nicht etwa schon heiraten! Du bist doch noch ein Kind!«

Das brachte sie zum Kichern. »Nein, natürlich nicht! Also, nicht jetzt. Aber eines Tages bestimmt.«

»Oh«, sagte ich erleichtert, aber dann fiel mir noch etwas anderes ein. »Lass mich dir damit helfen«, sagte ich und zeigte auf den Kanister, der mir am nächsten war. »Die sehen ganz schön schwer aus.«

Das schien sie zu schockieren. »Aber nein, Miss! Das geht nicht! Ich bin doch nur ein Dienstmädchen, ich kann nicht zulassen, dass Sie mir meine Arbeit abnehmen!«

»Mach dich nicht lächerlich, du bist doch nicht mein Dienstmädchen! Na komm, gib schon her.«

Als ich die Hand nach dem Tragegriff ausstreckte, zog sie den Kanister zuerst weg, aber da sie Gefahr lief, dabei die Milch zu verschütten, überließ sie ihn mir letztendlich.

Er war viel schwerer als erwartet. »Oh, der ist wirklich schwer!«, sagte ich.

Wieder kicherte sie. »Nicht so schwer wie ein Eimer voller Wasser!«

»Und du holst jeden Tag Milch?«

»Genau. Es gibt da einen Milchbauern namens Govinda. Jeden Morgen baut er seinen Stand unten an der Straße auf, und alle Frauen kaufen ihre Milch bei ihm. Die ist wirklich lecker, ganz cremig, weil er seine Kühe so gut behandelt.«

Mein Arm fing bereits an, schrecklich zu schmerzen. Also blieb ich stehen, setzte den Kanister ab, um meinen Muskeln eine Pause zu gönnen, und rieb die Hände aneinander, weil sich die Drahthenkel in meine Finger eingeschnitten hatten. Das stellte sich allerdings als dummer Fehler heraus, denn sofort ergriff Usha die Gelegenheit beim Schopf und nahm den Kanister wieder auf, um wie vorher auch mit beiden weiterzulaufen. Dabei grinste sie mich verschmitzt an. »Na, komm schon, Amma wartet auf die Milch.«

»Gib den wieder her!«

»Nein!«, beharrte sie. »Der ist zu schwer für dich, du brauchst viel zu lange. Amma wartet schon.«

Sie sprach mit einem Selbstbewusstsein und einer Bestimmtheit, die für ein so junges Mädchen äußerst ungewöhnlich waren. Überhaupt verhielten sich die Einheimischen normalerweise sehr ehrerbietig. Aber sie hatte recht, ich schaffte es nicht. Ich konnte kaum glauben, dass ein so zierliches, schmächtiges Mädchen wie sie, mit spindeldürren Ärmchen, diese schweren Kanister so spielend leicht tragen konnte.

»Du bist so stark!«, sagte ich.

»Stimmt«, sagte sie ganz sachlich. »Arbeit macht stark.«

KAPITEL 7

Im Laufe der nächsten Tage und Wochen wurden Usha und ich zu Freundinnen. Allerdings war das keine normale Kinderfreundschaft, im Rahmen derer man einfach nur miteinander spielte, denn die meiste Zeit über musste Usha arbeiten. Wenn ich also Zeit mit ihr verbringen wollte, dann musste ich mich ihren Pflichten unterordnen, und manchmal ging ich ihr dabei sogar zur Hand.

Jeden Tag brachte der Monsun mehr Regen mit sich, aber ganz egal, ob Regen oder Sonnenschein: Usha brachte zuverlässig die Milch und das Wasser herauf. Sobald der Regen eine kleine Pause einlegte, machte sie sich auf zum Brunnen. Ich begleitete sie und sah ihr dabei zu, wie sie den Eimer immer weiter in die Tiefe sinken ließ. Sobald er voll war, musste sie ihn am Flaschenzug wieder heraufziehen, wobei das Wasser über den Rand schwappte. Das war der Zeitpunkt, an dem ich ihr ein wenig helfen konnte, indem ich die Tonkrüge festhielt, während sie das Wasser einfüllte. Die bauchigen Gefäße hatten allerdings nur schmale Hälse, sodass sie aufpassen musste, beim Einschenken nicht die Öffnung zu verfehlen, die kaum mehr als sieben Zentimeter maß. Darin war sie wirklich gut, und so fühlte ich mich neben ihr ehrlich gesagt ziemlich nutzlos – ich hatte eher das Gefühl, dass sie mir einen Gefallen damit tat als umgekehrt. Wenn alle Krüge voll waren – und davon gab es wahrlich eine Menge – wuchtete sie sich die ersten beiden nacheinander auf die Hüften, schlang die Arme um die Hälse und lief so zum Haus zurück.

Das Merkwürdige daran war die Tatsache, dass ihre Hüften, weil sie ja noch ein Kind war, noch gar nicht wirklich ausgeprägt waren und sie es dennoch fertigbrachte, die Krüge mithilfe ihres Körpers so kunstvoll auszubalancieren, als wäre es die einfachste Sache der Welt. Das war immer der Moment, in dem ich mich am nutzlosesten fühlte, denn so sehr ich es auch versuchte, ich konnte ihr nicht helfen. Liebend gern hätte ich zwei der anderen Krüge getragen, aber sie wollte mich einfach nicht lassen. Abgesehen davon hatte ich ein einziges Mal versucht, einen Krug hochzuheben, und es war mir schlichtweg unmöglich gewesen, es ihr gleichzutun: Er rutschte mir einfach aus den Händen und geriet dabei gefährlich ins Schwanken, sodass das Wasser herausschwappte. Darüber lachte sie nur und füllte ihn wieder auf, bevor wir gemeinsam zum Haus zurückkehrten und ich mich ganz schrecklich dabei fühlte, so mit leeren Händen neben ihr herzugehen. Sie tat mir leid, aber so anmutig und schwungvoll, wie sie mit den Krügen in den Armen dahinschritt, schien ihr das gar nichts auszumachen. Manchmal trug sie die Gefäße sogar auf dem Kopf, was vermutlich der Grund für ihre perfekte Körperhaltung und ihre grazilen Bewegungen war. Sie konnte Lasten auf ihrem Kopf tragen, ganz ohne dabei die Hände zur Hilfe zu nehmen – etwas, was ich schon mehrfach versucht hatte, woran ich aber noch jedes Mal gescheitert war. Neben ihr kam ich mir unglaublich steif und unbeholfen vor!

Aber immerhin konnte ich ihr bei anderen Aufgaben helfen. Gemeinsam saßen wir oft auf der Veranda und berei- teten das Gemüse zum Kochen vor. Wir schälten Kartoffeln, siebten Steinchen und Käfer aus dem Reis, schälten Erbsen oder schnitten Karotten, Okraschoten und grüne Bohnen. Anfangs gefiel es weder Sunita noch Tante Silvia, dass ich Usha zur Hand ging, aber Tantchen änderte schon bald ihre Meinung, als sie endlich einsah, dass ich irgendeine Art von Beschäftigung brauchte, bis für mich in ein paar Wochen die Schule anfing –, und jemanden in meinem Alter, mit dem ich mich austauschen konnte, nachdem ich diesbezüglich von den Jungs enttäuscht worden war. Ganz besonders jetzt, da das Haus Tag für Tag unter einem dichten Regenschleier lag, wusste Silvia genau, dass Usha das effektivste Mittel gegen meine Langeweile war. Sunitas Missbilligung hingegen legte sich nicht, und wann immer sie uns nebeneinander sitzen und schwatzen sah, warf sie uns einen finsteren Blick zu. Solange Silvia damit einverstanden war, gab es jedoch nichts, was sie dagegen hätte tun können.

Und wie wir schwatzten! Nachdem Usha ihre erste Schüchternheit überwunden hatte, löcherte sie mich mit allerlei Fragen: Sie fragte mich nach meiner Zeit in Madras, nach Pa, nach Amma, nach der *Banyan Tree School*, danach, was ich wusste oder nicht wusste, und nach englischen Sitten und Gepflogenheiten. Ihre bohrende Neugier war bezaubernd: Sie wollte einfach alles wissen, und selbst die Fragen, die sie mir zu Amma stellte, fühlten sich weder peinlich noch unangenehm für mich an – obwohl sie aus dem Munde eines anderen Menschen sicher schmerzvoll gewesen wären. So konnte ich ihr mit einer mir bislang unbekannten Leichtigkeit und stillen Akzeptanz von Amma erzählen, womit sie mir sehr dabei half, meine Trauer zu überwinden.

Selbstverständlich erwiderte ich ihre Fragen, aber ihr Leben war weitaus weniger komplex als meines, und ich versuchte, alle Themen zu umschiffen, die auf Unterschiede hinsichtlich unseres Standes und Wohlstands anspielten, denn dass sie sich irgendwie unterlegen fühlte, war das Letzte, was ich wollte. Das hatten mir Amma, Pa und die Lehrer an der *Banyan Tree School* sorgsam eingebläut: Trotz unserer unterschiedlichen Lebensweise, trotz unseres Standes waren wir Engländer den Indern und Ceylonesen in keiner Weise überlegen. Meine Eltern reagierten extrem empfindlich und missbilligend auf jegliche Form jener rassistischen Arroganz, die in englischen Kreisen so weit verbreitet war. Wann immer der Rassismus seine hässliche Fratze zeigte, wiesen sie mich darauf hin und trugen Sorge dafür, dass ich solche Verhaltensweisen nicht imitierte. Dennoch waren die Unterschiede in unseren Lebenssituationen so offensichtlich, dass es schmerzte, und ich verabscheute es, gesellschaftlich über ihr zu stehen.

Ihr hingegen schien das alles nichts auszumachen, sie nahm es als selbstverständlich hin und war einfach ungeheuer entspannt, offen und natürlich. Sie stellte ihre Fragen aufrichtig und ohne falsche Zurückhaltung, sodass ich mich ihr gegenüber bald schon ebenso freimütig verhielt. Ich machte kein Geheimnis aus meinem Schrecken darüber, dass ihre Eltern bereits die Augen nach einem geeigneten Ehemann für sie offen hielten, dass sie diese Wahl für sie übernehmen würden und dass Usha dabei kaum mitreden durfte und schon so früh heiraten musste.

»Aber ich darf doch mitreden!«, erwiderte sie lachend. »Sie zeigen mir ein Foto und wenn er mir nicht gefällt, dann sage ich ihnen das und darf mir einen anderen aussuchen. Sie zwingen mich nicht dazu, jemanden zu heiraten, den ich nicht mag! Meine Eltern lieben mich, und darum werden sie auch mit Bedacht wählen. Ich vertraue ihnen.«

»Aber man kann so etwas doch nicht bloß von einem Foto abhängig machen!«, rief ich, während ich frustriert die nächste Erbsenhülse aufknackte. »Was ist denn mit Liebe? Ich würde sicher niemanden heiraten wollen, den ich gar nicht liebe!«

»Aber ich *werde* ihn ja lieben!«, gab sie zurück. »Sobald wir unser Leben gemeinsam verbringen, werden wir lernen, einander zu lieben.« Aus ihrem Mund klang das so einfach, so offensichtlich. Sie war sogar schockiert über die Tatsache, dass wir uns in England unsere Partner selbst aussuchten.

»Aber wie lernt ihr dann überhaupt jemanden kennen? Geht ihr einfach zu den Leuten hin und fragt, ob sie euch heiraten wollen? Wie kommt so etwas denn zustande?«

Zugegebenermaßen hatte ich davon keine Ahnung. Ich war erst zehn, und außer dem, was ich von Amma und Pa mitbekommen hatte, wusste ich rein gar nichts über die Ehe. Ich kannte nur die Geschichte, wie sie sich kennengelernt hatten, die hatte mir Amma nämlich bestimmt schon hundertmal erzählt.

»Na, vielleicht sieht man zum Beispiel auf einer Feier jemanden, in den man sich verliebt. Darauf bittet man dann jemanden, ob man einander vorgestellt werden kann. Und dann umwirbt der Mann die Frau und sie heiraten.«

»Was bedeutet das, jemanden umwerben?«

»Na, er geht mit ihr spazieren oder er lädt sie zu einer Bootsfahrt ein, vielleicht führt er sie auch zum Essen aus. Und er lässt sie wissen, dass er sie gern hat, und dann bittet er sie, ihn zu heiraten. Und wenn sie damit einverstanden ist, dann sagt sie ›Ja‹.«

»Aber wie lernt man denn überhaupt irgendjemanden *kennen*?«, wiederholte sie ihre Frage. »Wie könnt ihr das alles dem Zufall überlassen? Was ist, wenn man vielleicht nie jemandem über den Weg läuft, der zu einem passt? Das ist alles so ... so ...«

Sie suchte nach dem richtigen Wort, und ich kam ihr zur Hilfe: »Zufällig?« Dieses Wort war ihr nicht bekannt, also erklärte ich es ihr und sie nickte.

Usha dachte eine Weile schweigend darüber nach, während sie kopfschüttelnd die Erbsen aus den Hülsen löste. Dann sagte sie schließlich: »Ich finde unsere Art, das zu regeln, besser.«

Und nichts, was ich sagte, konnte sie von dieser Meinung abbringen.

Usha lebte gemeinsam mit ihren Eltern und ihrem jüngsten Bruder Satish in einem der kleinen Reihenhäuser auf dem hinteren Teil des Grundstücks von Newmeads, im sogenannten Gesindequartier, ein Wort, das ich zutiefst verabscheute, das ihr allerdings nichts auszumachen schien. Murugan, der Chauffeur, und seine Frau Binu bewohnten dort ebenfalls eine Hütte, genauso wie Ram, Onkel Henrys Kammerdiener, und seine Frau Anjali, die als Tante Silvias Zofe arbeitete. Anders als die übrigen Bediensteten stammten Ram und Anjali aus dem Norden Indiens; die anderen waren allesamt tamilischer Herkunft, genauso wie die Teepflücker, die auf der Plantage arbeiteten. Es war mir immer unbegreiflich geblieben, wozu man so viele Bedienstete überhaupt brauchte. Amma hatte immer nur Thila als Hilfe gehabt, die in ihrem eigenen Zimmer im Anbau wohnte, und die nicht nur putzen, sondern auch kochen konnte; und dann gab es noch unseren *Dhobi*, der uns je nach Bedarf besuchte und sich um die Wäsche kümmerte. Noch nicht einmal eine *Ayah* hatte sich um mich gekümmert, eine Bedienstete, die andere englische Mütter als absolut unerlässlich anzusehen schienen. Andererseits waren wir aber ja auch nur zu dritt, während die Huxleys, wenn sie denn alle zu Hause waren, zu fünft waren – mit mir nun sogar zu sechst.

Ushas zwei älteste Brüder waren schon verheiratet. Der eine arbeitete in Colombo, der andere in Kandy. Ihr anderer Bruder, Karthik, absolvierte gerade eine Ausbildung zum Koch im *Galle Face Hotel* in Colombo. Onkel Henry hatte ihm diese Lehrstelle verschafft. Satish, der jüngste der vier Brüder, arbeitete bei uns als Gärtner. Er hatte schon immer ein Händchen für den Anbau und die Pflege von Pflanzen gehabt, um die er sich liebevoll kümmerte, bis sie erblühten. Es war seinem grünen Daumen zu verdanken, dass sich Newmeads in solch eine bunte Oase verwandelt hatte. Alle beide, sowohl Usha als auch Satish, arbeiteten hart, und so gerne ich auch mehr Zeit mit Usha verbracht hätte, sie hatte keine Zeit für mich; also blieb mir nichts anderes übrig, als ihr bei der Arbeit Gesellschaft zu leisten – und das, ohne sie abzulenken.

Das eigentliche Problem war meine Langeweile, und Usha half mir, sie zu bekämpfen. Tantchen hatte beschlossen, dass es noch zu früh für mich war, mich der nachbarschaftlichen Lerngruppe anzuschließen – schließlich trauerte ich noch, und sie hielt es für sinnvoller, wenn ich die anderen Mädchen aus der Gruppe zuerst beim Spielen kennenlernte, damit ich mich schon vorher mit ihnen anfreunden konnte. Dennoch hatte sie kein einziges Mal versucht, mich ihnen vorzustellen. Stattdessen blieb ich ganz mir selbst überlassen. Nach den Sommerferien könnte ich mich der Gruppe anschließen, sagte sie, jetzt sollte ich mich zuerst einmal darauf konzentrieren, meine Zeit hier zu genießen und mich in meinem neuen Zuhause einzuleben. Usha gab mir die nötige Kraft, um die langen, ereignislosen Tage ohne jegliche Beschäftigung zu überstehen. Das bedeutete für mich allerdings, dass ich mich in ihr Leben einfügen musste, nicht etwa umgekehrt. Und was für sie Arbeit war, wurde für mich zum Spiel.

Manchmal gelang es ihr dann aber doch, sich für eine Weile von ihren häuslichen Pflichten zu befreien, meistens am frühen Nachmittag oder gegen Abend. Onkel Henry aß in der Teefabrik zu Mittag, die ein paar Kilometer entfernt war und über eine eigene Kantine verfügte, weswegen Usha zu dieser Zeit oft freihatte. Dann saßen wir oft gemeinsam in der von Rosen überwucherten Pergola, wo ich ihr aus meinen geliebten Märchenbüchern vorlas, und manchmal wechselten wir uns dabei sogar ab. Da sie in ihrer Schulausbildung jedoch durch ihre Pflichten im Haushalt ihrer Tante beeinträchtigt gewesen war und sich oft um ihre jüngeren Cousins hatte kümmern müssen, konnte sie nicht so flüssig lesen wie ich. Trotzdem war sie wissbegierig und lernte schnell, und ich machte es mir zur Aufgabe, dafür zu sorgen, dass sie immer genug Lesestoff hatte. So kam es, dass Usha und ich innerhalb der drei Wochen, die zwischen meiner Ankunft in Newmeads und der Rückkehr der Jungs aus Kodaikanal lagen, enge Freundinnen wurden.

Aber dann kehrten die Jungs heim.

Aufgeregt rannte ich in die Küche. »Usha! Usha! Komm schnell mit! Sie sind zurück, sie sind zurück!«

Sie wusste genau, wen ich damit meinte. Tagelang hatte ich ununterbrochen nur von den Jungs gesprochen. Ich hatte ihr davon erzählt, wie viel Spaß wir zusammen gehabt hatten und wie viel Spaß wir nun alle gemeinsam haben würden. Ich freute mich darauf, sie ihnen vorzustellen und nicht mehr das einzige Mädchen in unserer Clique zu sein.

Aber Usha betrachtete nur den Topf, in dem sie gerade rührte. »Das klingt nett«, sagte sie, ohne mich anzusehen, »aber ich muss jetzt arbeiten.«

»Das geht schon in Ordnung, komm einfach mit! Das darf sie doch, stimmt's, Sunita?«

Sunita und Usha blickten einander kurz an, aber Usha stand mit dem Rücken zu mir, sodass ich ihren Gesichtsausdruck nicht erkennen konnte. Stirnrunzelnd erwiderte Sunita: »Ich habe noch eine Menge Arbeit für Usha, und wenn die Jungs erst zurück sind, wird es noch mehr zu tun geben.«

»Oh, bitte, Sunita, bitte! Nur für ein paar Minuten! Ich will doch nur, dass sie die beiden kennenlernt! Sie kann ja gleich direkt zurückkommen, ich verspreche es!«

Wieder tauschten sie einen kurzen Blick aus. Ich nahm Usha an der Hand. »Komm schon, Usha! In ein paar Minuten bist du doch schon wieder zurück! Ich helfe dir dann auch, wenn du magst!«

Ich zog sie mit. Aber sie blickte mich nur kurz an, schüttelte kaum merklich den Kopf und wandte sich dann wieder ihrer

Mutter zu. Sunita seufzte und sagte: »Na schön, Usha. Du darfst gehen, aber nur für ein paar Minuten. Bitte komm gleich wieder zurück ... und, und ... sei höflich und brav! Vergiss nicht, wo du hingehörst!«

»Hurra!«, jauchzte ich und zerrte wieder an Usha. Sie legte den Holzlöffel ab und ließ sich vom Herd wegziehen. Ich kannte den Grund für ihren Widerwillen, also beruhigte ich sie.

»Du musst den Jungs gegenüber nicht schüchtern sein! Ich bin mir ganz sicher, dass sie dich genauso gernhaben werden wie ich! Ich weiß, du glaubst, dass es dir als Dienstmädchen nicht zusteht, mit uns zu verkehren, aber wir sind ja alle noch Kinder, da gilt das doch gar nicht. Amma und Pa haben immer gesagt, dass alle Menschen gleich sind und dass wir Weißen nicht über den Einheimischen stehen. Unsere Leben mögen sich vielleicht unterscheiden, aber nicht unser Wert, wirklich! Und ich weiß, Tante Silvia ist da etwas anderer Meinung, aber es macht ihr sicher nichts aus, ich verspreche es dir! Die Jungs werden sie schon noch überreden, dass du mit ihnen spielen darfst, genauso wie ich es geschafft habe. Denen kann sie keinen Wunsch abschlagen ... schau mal, da sind sie schon! Andrew! Victor! Wartet!«

Sie liefen gerade die Auffahrt entlang. Offenbar konnten sie es kaum erwarten, ihr Zuhause mit all ihren – all *unseren* – Geheimverstecken zurückzuerobern.

Ich ließ Ushas Hand los und rannte los, um sie einzuholen, aber dann fiel mir auf, dass sie gar nicht mitrannte, also blieb ich stehen, um auf sie zu warten, und rief erneut: »Andrew! Victor! Wartet auf uns!«

Daraufhin blieben die beiden stehen und drehten sich zu uns um, bis ich sie mit Usha eingeholt hatte, die sich ein paar Schritte hinter mir hielt. Natürlich hatte ich die Jungs schon begrüßt, als Murugan mit ihnen angekommen war und ihnen dabei geholfen hatte, das Gepäck auszuladen. Das alles war so aufregend gewesen, Tante Silvia war permanent um sie herumgetanzt und die beiden hatten geredet wie ein Wasserfall! Aber ich hatte es noch aus einem anderen Grund aufregend gefunden. Ich hatte ihnen erzählt, dass es da jemanden gab, den ich ihnen vorstellen wollte, und war dann direkt losgerannt, um Usha zu holen. Ich war ein wenig enttäuscht, dass sie nicht auf uns gewartet hatten, konnte sie aber auch verstehen – die beiden wollten endlich losziehen, und ich hatte ja eine ganze Weile gebraucht, um Usha zu holen. Sie waren einfach nur ungeduldig gewesen.

»Das ist Usha!«, rief ich, während ich auf sie zulief, und zeigte auf meine Freundin, die sich ebenfalls langsam näherte. »Sunitas Tochter.«

»Wissen wir«, erwiderte Victor stirnrunzelnd. »Mummy hat uns schon von ihr erzählt.«

»Mit ihr kann man eine Menge Spaß haben!«, sagte ich. »Und ich wette, sie klettert schneller auf Palmen als du, Victor!«

Das sagte ich mit einem Augenzwinkern, um ihn zu necken, aber er schien das überhaupt nicht lustig zu finden. Er stand einfach nur mürrisch da, während Andrew mit den Füßen im Sand scharrte. Abrupt blieb Usha in einiger Entfernung stehen.

»Was ist, wollt ihr sie denn gar nicht begrüßen?«

Endlich fiel mir auf, wie befangen sich alle verhielten. Mein Blick sprang zwischen Usha und den Jungs hin und her. Ich wusste genau, dass es sich für die beiden eigentlich gehört hätte, Usha zu begrüßen, aber das taten sie nicht. Victor blickte nach wie vor mürrisch drein und Andrew – tja, Andrew wirkte einfach nur verlegen. Ich war mir absolut sicher, dass er sich anders verhalten hätte, wenn er allein gewesen wäre, aber wenn sie zu zweit waren, folgte er immer Victors Beispiel.

Endlich schien sich Victor wieder an seine Manieren zu erinnern. Er hob die Hand zum Gruß und presste ein widerwilliges »*Vanakkam*« hervor. Dann machte er auf dem Absatz kehrt und ging weg. Andrew stand noch für ein paar Minuten da und blickte unentschieden zwischen seinem sich entfernenden Bruder und Usha hin und her. Sie faltete die Hände zu einem Namaste, senkte den Kopf und flüsterte ebenfalls: *»Vanakkam.«*

»Schön, dich kennenzulernen!«, erwiderte Andrew, wandte sich dann allerdings ebenfalls ab und rannte seinen Bruder hinterher. Und dann drehte Usha sich um und ging zurück in Richtung Haus. Ein paar Sekunden lang blickte ich abwechselnd ihr und den Jungs hinterher, bis ich schließlich »Bis dann, Usha!« rief und ihnen nachlief.

Nach diesem peinlichen Kennenlernen fühlte ich mich noch eine ganze Weile schuldig dafür, Usha im Stich gelassen zu haben. Weil ich mich aber so unglaublich darüber freute, dass die Jungs endlich zurück waren, war es bald schon so, als wären sie und ich nie Freundinnen gewesen. Ich redete mir ein, es würde ihr gar nichts ausmachen, und beruhigte mein schlechtes Gewissen mit dem Gedanken, dass immer ich es gewesen war, die ihre Nähe gesucht hatte, nie umgekehrt, und dass Usha ohnehin die Arbeit dem Spiel, die Pflicht der Freundschaft vorzog. Aber tief im Herzen wusste ich, dass ich sie fallen gelassen hatte und wie sehr ich sie damit verletzt haben musste. Dennoch trug sie diesen Schmerz nie offen zur Schau. Sobald die Ferien vorbei waren und die Jungs wieder an ihre Schule in Kodaikanal zurückgekehrt waren, setzten Usha und ich unsere Freundschaft fort, als hätten wir sie nie unterbrochen. Sie machte mir keine Vorwürfe und ich entschuldigte mich nicht. Und so entwickelten wir eine seltsame Beziehung, die wir immer dann pausierten, wenn die Jungs nach Hause kamen, und fortsetzten, sobald sie wieder in das Internat zurückkehrten. Irgendwie funktionierte das für uns.

Mit der Rückkehr der beiden war ich am Ziel meiner

Wünsche. Jetzt fühlte ich mich endlich wahrhaftig wie zu Hause. Und wie früher hieß es auch nun wieder wir gegen die Welt. Victor war unser Anführer, Andrew und ich seine treuen Gefolgsleute. Es machte den beiden nichts aus, ein Mädchen im Schlepptau zu haben, und ich wollte ständig beweisen, dass ich ihnen in nichts nachstand, und dass ich, wenn ich etwas nicht besser konnte, doch immerhin genauso gut darin war. Victor konnte ich natürlich nie das Wasser reichen, denn er war mit Abstand der Schnellste, der Stärkste, der Mutigste, der Waghalsigste und der Abenteuerlustigste von uns dreien. Aber Andrew und ich – wir waren uns in jeder Hinsicht ebenbürtig, und es erfüllte mich mit Genugtuung, dass ich es diesmal schaffte, höher als er auf die Kokospalmen zu klettern. Das lag daran, dass mir Usha, die mittlerweile fast so gut kletterte wie Satish, Nachhilfe gegeben hatte. Victor hätte es als Demütigung empfunden, wenn er von ihren Kletterkünsten gewusst hätte. Sie war so flink und geschmeidig wie ein Affe, und weil sie so klein und leicht war, schaffte sie es ganz ohne Gürtel. Aber weil ich ihm nie davon erzählte, erfuhr er es auch nie.

KAPITEL 8

Jener peinliche Vorfall mit Usha verdeutlichte den Unterschied zwischen den beiden Jungen, denn Victor und Andrew waren so gegensätzlich wie Tag und Nacht. Während Andrew sich stets freundlich und behutsam verhielt, war Victor grob, schroff und verließ sich eher auf seine Körperkraft.

Musik war ein weiteres Beispiel. Da Tantchen als junges Mädchen immer von einer Karriere als Konzertpianistin geträumt hatte, gab sie all ihren Kindern Klavierunterricht. Außerdem nahm sie auch ein paar andere Kinder von Plantagenbesitzern aus der Gegend als Klavierschüler an, und auch mir half sie dabei, meine musikalischen Fähigkeiten weiterzuentwickeln und mir höhere Ziele zu stecken. Ich war eine eifrige Schülerin und spielte ganz passabel, hatte aber kein außerordentliches Talent.

Andrew fiel das Klavierspiel leicht und er liebte den Unterricht. Er hatte eine angeborene Begabung für Musik und Lyrik.

Mit Victor verhielt es sich anders. Er rebellierte gegen den Unterricht, gegen das Klavierspielen, gegen seine Mutter. Von Anfang an hatte sie enorme Probleme mit ihm gehabt, hatte versucht, sich mit Zwang durchzusetzen, und je mehr sie ihn zwang, desto mehr lehnte er sich gegen sie auf. Sogar ich, die ich ja selbst noch ein Kind war, erkannte, dass sie die Lage durch den Zwang nur noch verschlimmerte, aber sie hielt eisern daran fest. Sie hatte es sich zum Ziel gesetzt, seinen Willen zu brechen, was ihr allerdings nicht ansatzweise gelang. Am schlimmsten verhielt er sich, wenn sie ihn mit Graham verglich.

»Graham war ebenfalls nicht besonders talentiert, aber immerhin hat er sich angestrengt!«, belehrte sie Victor. »Dazu braucht es Fleiß! Er hatte zwar keine musikalische Begabung, so wie Andrew, aber er hat den Unterricht wenigstens ernst genommen! Von Graham kannst du dir eine Scheibe abschneiden!« Und dann zwang sie ihn dazu, am Klavier zu sitzen und Tonleitern rauf und runter zu üben.

»Oh, Graham! Dein vorbildlicher Erstgeborener, dein perfekter Graham!«, pflegte Victor zu kontern. »Ich bin aber nun mal nicht Graham!« Damit schlug er dann den Klavierdeckel zu und rannte einfach davon.

»Nie wieder! Nie wieder werde ich einem Kind das Klavierspielen beibringen!«, entschied Tantchen schließlich eines Tages, und damit war das Thema ein für alle Mal erledigt.

Aber obwohl sie kaum unterschiedlicher hätten sein können, bewunderte Andrew Victor und nahm ihn sich zum Vorbild – vielleicht sogar wegen Onkel Henry, der Victor immer für seine Männlichkeit lobte und Andrew missbilligend als Weichei bezeichnete.

Das war unheimlich schade, denn tatsächlich war Andrew ein weitaus angenehmerer Zeitgenosse, und ich fand keineswegs, dass rohe Körperkraft mit echter Stärke gleichzusetzen war. Andrew war auf andere Weise, mehr in moralischer Hinsicht stark. Seine Stärke war ethischer Natur, und ich war fest davon überzeugt, dass ihn das eines Tages von den meisten anderen Männern abheben würde. Hatte man erst einmal Andrews Zuneigung gewonnen, dann hatte diese bis in alle Ewigkeit Bestand, und für die, die ihm am Herzen lagen, ging er durch Dick und Dünn und kämpfte bis zum bitteren Ende.

Ein Beispiel dafür war Flopsy, eine kleine rotbraune Katze. Kurz nach meiner Ankunft in Newmeads, zu Beginn der Ferien, besuchten wir die Carruthers, die ebenfalls eine Plantage besaßen. Ihre Katze hatte erst kürzlich geworfen, und die Kätzchen waren gerade einmal zwei Wochen alt. Alle außer einem waren gut genährt und rangen um den besten Platz an den Zitzen ihrer Mutter. Aber dieses eine Kätzchen war schwach und winzig, ein kümmerlicher Zwerg. Mr Carruthers erzählte uns, dass er es töten wollte und es nur deshalb noch nicht längst getan hatte, weil seine Tochter, die ungefähr fünf Jahre älter als ich war, ihn darum angefleht hatte. Aber er war fest entschlossen. »Die Natur sortiert die Schwachen aus, wir Menschen müssen das genauso machen«, erklärte Mr Carruthers. Mehr hatte er dazu nicht zu sagen.

Aber Andrew verliebte sich geradezu in den Winzling. Er hielt ihn im Arm und streichelte ihn, und auf dem Heimweg flehte er seine Mutter an, das Kätzchen retten und als Haustier behalten zu dürfen. Zuerst weigerte sie sich, aber nachdem Andrew unablässig bettelte und versprach, sich anständig zu benehmen, und weil er so fleißig Klavier übte und freiwillig für die Fächer lernte, in denen er schlecht war, gab sie schließlich nach. Vier Wochen später zog Flopsy zu Hause ein. Flopsy war ein erbärmliches kleines Ding, aber Andrew liebte sie von ganzem Herzen. Er küsste und herzte sie und konnte stundenlang mit ihr spielen. Er war völlig in sie vernarrt. Und trotz Victors Hänseleien liebte Andrew dieses Kätzchen wie eine Mutter ihr Kind.

Und das Tier erwiderte diese Liebe. Floppy entwickelte sich zur wohlerzogensten Katze, die ich je gesehen hatte. Sobald Andrew den Raum betrat, war Flopsy auch schon zur Stelle und huschte ihm um die Beine, bis er sie endlich aufhob, und dann schnurrte sie und schloss glückselig die Augen. Flopsys

Herz gehörte allein Andrew, niemandem sonst. Sie folgte ihm überallhin, und wo immer er sich auch aufhielt, war Flopsy ganz in der Nähe. Sie kam zu ihm, wenn er nach ihr rief, und brachte ihm tote Mäuse als Geschenk. Wenn er ein Buch las, dann legte sie sich auf die Seiten und schnurrte, bis er ihr wieder seine ungeteilte Aufmerksamkeit schenkte. Und obwohl anfangs so kümmerlich und winzig gewesen war, wuchs sie zu einer großen, kräftigen Katze heran. Flopsy erreichte ein gesegnetes Alter und schlief bis zuletzt auf Andrews Bett, ganz egal, ob er zu Hause war oder nicht.

Victor hingegen verabscheute die Katze und verzog immer den Mund, wenn er sah, wie sie sich in Andrews Schoß schmiegte und ihm den Bauch entgegenstreckte, um gekrault zu werden. Victor bevorzugte Hunde. Die Familie hielt sich zwei Mischlingsrüden, die das Anwesen bewachten, und Victor trainierte sie als Kampfhunde, die nur ihm allein gehorchten. Ganz so, wie Flopsy Andrew verehrte, vergötterten die beiden Hunde – Spike und Devil – ausschließlich Victor. Sonst mochten sie niemanden. Ich liebte Hunde ebenfalls, mehr als Katzen, und ich hätte mich liebend gerne mit den Hunden in Newmeads angefreundet, aber das erwies sich als unmöglich, denn sie knurrten jeden an, sodass ich sie irgendwann einfach in Ruhe ließ. Die beiden waren keine Haustiere, sondern echte Wachhunde, und gute Wachhunde noch dazu. Onkel hieß das gut: »Bei den Einheimischen weiß man ja nie«, sagte er oft. »So einige hier haben sich schon gegen die Plantagenbesitzer aufgelehnt und den Ast abgesägt, auf dem sie saßen. Gut, dass wir die Hunde hier haben, um Eindringlinge fernzuhalten.«

Aber trotzdem *liebte* Victor die Hunde nicht. Er tätschelte ihnen den Kopf, um sie für gutes Verhalten zu belohnen, aber das war auch schon alles. Einmal beobachtete ich, wie er nach Spike trat, der daraufhin winselnd das Weite suchte. Kein Hundeliebhaber trat nach seinen Schützlingen, so viel wusste ich. Und damals wurde mir klar, dass Victor die Hunde lediglich als Mittel zum Zweck betrachtete, um sein eigenes Machtgefühl zu stärken.

Und dann gab es da noch den Vorfall mit dem Vogel. Unglücklicherweise beschränkte sich Flopsys Jagdtrieb nämlich nicht nur auf Mäuse. Einmal legte sie Andrew einen Vogel als Geschenk vor die Füße. Der Vogel war noch am Leben, er flatterte mit den Flügeln und schnappte mit seinem kleinen Schnabel nach Luft.

»Oh, Flopsy, du böses Mädchen!«, schimpfte Andrew und bückte sich, um den Vogel aufzuheben. Vögel liebte er genauso wie Katzen, und dieses Exemplar war besonders hübsch anzusehen. Sein aufgeplustertes Gefieder war ganz blau, er war einfach herzallerliebst. »Das arme Ding!«, sagte Andrew, während er ihm den Kopf streichelte und mit ihm sprach. »Es tut mir so leid! Aber Flopsy ist nur ihrem Instinkt gefolgt, bitte sei ihr nicht böse.«

Dann ging er zu der Gruppe von Korbstühlen und fuhr damit fort, den Vogel zu streicheln und ihn zu beruhigen. Ausnahmsweise erlaubte er Flopsy nicht, auf seinen Schoß zu klettern, woraufhin die Katze, die die Missbilligung ihres Herrchen wohl spürte, sich stattdessen auf dem Schaukelsofa einrollte und döste. Ich nahm neben Andrew Platz und streichelte den Kopf des Vogels ebenfalls kurz. »Das ist ein mattblauer Fliegenschnäpper«, erklärte Andrew. Dank seines Vogelbuches konnte er die meisten gefiederten Wesen im Garten zuordnen. Die ewige Feindschaft zwischen Katzen und Vögeln war nahezu unerträglich für ihn, so viel war mir klar.

Genau in diesem Moment kam Victor zu uns und ließ sich in einen der freien Stühle plumpsen. »Was hast du denn da, Andrew?«, wollte er wissen. Andrew hob den Vogel hoch und hielt ihn schützend zwischen den Händen, sodass nur der Kopf herausblitzte »Einen mattblauen Fliegenschnäpper«, wiederholte er. »Flopsy hat ihn gefangen. Das arme Ding ist verletzt.«

»Tja, so was tun Katzen nun mal. Gib her, ich kümmere mich drum.« Er streckte die Hand nach dem Vogel aus, aber Andrew zog ihn schnell weg.

»Was meinst du damit?«, fragte er misstrauisch.

»Na, ihm den Hals umdrehen natürlich! Dazu bist du ja wohl nicht in der Lage.«

»Untersteh dich!«, rief Andrew, sprang auf und rannte weg. Ich lief ihm nach. Er steuerte die Rosenlaube an, die hinter dem hohen Rankgitter mit den violetten Bougainvillea-Blüten versteckt lag.

Andrew war den Tränen nahe. »Er wollte meinen Vogel töten!«

So empfindsam war er. Er streichelte und küsste das kleine Federbündel, bis er schließlich aufgeregt rief: »Ich kann ihn flattern spüren!« Dann nahm er vorsichtig die obere Hand weg, sodass der Vogel auf seiner geöffneten Handfläche stand. Er flatterte erneut, versuchte loszufliegen, aber fiel zu Boden. Andrew hob ihn hoch und streichelte ihn weiter. Diesen Prozess wiederholte er wieder und wieder, und bei jedem Versuch schaffte es der Vogel ein Stückchen weiter. Beim vierten Anlauf schien er dann seine ganze Kraft zusammenzunehmen und flog endlich davon.

»Siehst du, Rosie?«, sagte Andrew. »Man darf nie aufgeben! Das ist die Macht der Liebe.«

KAPITEL 9

1937–1939, NEWMEADS, CEYLON

Tante Silvias Versprechen, ich könne Pa in den Ferien besuchen, erwies sich selbstverständlich dadurch als bedeutungslos, dass das die einzige Zeit war, in der die Jungs nach Hause kamen. So stand ich vor einer weiteren Wahl: Sollte ich zu Pa nach Hause fahren oder bei den Jungs bleiben? Und ich traf eine weitere Entscheidung, die mein Gewissen belastete: Ich zog die Jungs Pa vor, genauso wie ich sie auch Usha vorgezogen hatte. Es war unverzeihlich, wie schnell ich ihn und mein altes Zuhause nicht mehr vermisste.

Während sich die Trauer um Amma wie eine chronische Wunde in meine Seele fraß, trat die Sehnsucht nach Pa schon bald in den Hintergrund, denn es gab so viel anderes, das meine Aufmerksamkeit erforderte! Langsam lernte ich – und eigentlich blieb mir auch gar keine andere Wahl –, mit der Wunde, die mir Ammas Tod zugefügt hatte, zu leben. Zwar vermisste ich ihre Gegenwart, aber der Schmerz war aushaltbar geworden. Pa hingegen hatte ich keineswegs verloren. Ich wusste, dass er genau dort war, wo er hingehörte: in Shanti Nilayam, gesund und munter an dem Ort, an dem die Erinnerung an sie noch immer am Leben war, und mit dem beschäftigt, was ihn glücklich machte. Je länger ich in Newmeads wohnte, desto stärker kristallisierte sich für mich heraus, dass ich hier mehr zu Hause war als an jenem Ort, wo Ammas Name in jedem Stein, in jedem Schatten, in jedem Moment der Stille eingraviert war und wo mich die Erinnerung immer wieder in einen Sumpf der Trauer zurückreißen würde.

Außerdem *wollte* ich überhaupt nicht mehr zurück an den Ort, an dem sie ihr Leben verbracht hatte: wo ich sie hinter jede Ecke erwartete und wo ich mich so bildhaft daran erinnerte, wie sie sich über die Rosen gebeugt hatte, um sie zu stutzen, oder wie sie lachend eine tief hängende Mango für mich gepflückt hatte. Überhaupt hatte sie andauernd gelacht und gesungen. Das Lied *English Country Garden* mochten wir beide besonders gern. Wir lernten den Text auswendig und sangen gemeinsam, und dann lachten wir immer, weil wir keine Ahnung hatten, wie die Blumen, die Vögel und die Insekten, die im Text beschrieben wurden, tatsächlich aussahen. »Wir sollten das Lied für Indien umschreiben, mit Hibiskus und Oleander!«, hatte sie einmal gesagt. Sie fehlte mir mehr, als Worte es auszudrücken vermochten, so sehr, dass es schmerzte.

Aber in Shanti Nilayam hätte ich sie noch viel mehr vermisst, denn dort konnte man ihre Präsenz noch immer spüren, obwohl sie selbst nicht mehr da war. Dort wäre ich überall von Trauer umgeben gewesen. Newmeads hingegen war frei von ihrem Einfluss, und genau darum gelang es mir hier in meinem neuen Zuhause, wieder glücklich zu werden. Amma rückte mehr und mehr in den Hintergrund. Ich würde sie nie ganz vergessen, aber in meinem neuen Zuhause suchte sie mich wenigstens nicht mehr heim.

Pa und ich schrieben einander wöchentlich. In meinen Briefen berichtete ich ihm voller Tatendrang von meinen täglichen Abenteuern. Anfangs hatte ich ihm noch von Usha erzählt, von unseren Gesprächen und unseren gemeinsamen Erlebnissen: davon, wie wir das Wasser am Brunnen in die

Krüge gefüllt und wie wir gemeinsam Gemüse geschnitten hatten. Ich berichtete ihm ausführlich von meinem neuen Leben. Und jetzt schrieb ich ihm von den Jungs und der Wahl, vor der ich stand – entweder Usha oder sie –, und davon, wie ich mit meinem Gewissen zurechtkam und was wir als Nächstes vorhatten.

In seinen Briefen hingegen fasste er sich immer kurz, und ich fand sie offen gestanden langweilig. Nie berichtete er irgendetwas Neues, denn *seine* Abenteuer erlebte er lediglich zwischen den Seiten jener alten Wälzer, von denen ich nichts verstand und die mich auch nicht interessierten. Im ersten Jahr unseres Austausches umfassten seine Briefe nie mehr als ein paar Absätze, in denen er den immer gleichen Ablauf seines Alltags schilderte, der sich fast nie änderte und den ich schon längst auswendig kannte.

In den ersten Jahren nach meinem Wegzug gab es nur hin und wieder mal so etwas wie echte Neuigkeiten: Beispielsweise verließ Pater Bear Madras, um in den ländlichen Gebieten Tamil Nadus ein Waisenhaus zu gründen, während die *Banyan Tree School*, die sich nun zu einer etablierten Schule gemausert hatte, unter der Leitung von Miss Hull florierte. Erst später änderte sich all das, und erst dann schaffte Pa es, aus seiner gleichgültigen Trägheit auszubrechen.

In jenem ersten Jahr, 1937, stattete ich Pa während der großen Ferien im August einen Besuch ab. Wie ein Paket gab mich Silvia zu Beginn an der Haustür ab und nahm mich am Ende wieder in Empfang. Ich blieb für zwei Wochen, und während dieser Zeit vertieften wir unsere liebevolle Beziehung zueinander. Ich berichtete ihm ausführlich von meinem Leben in Ceylon, während er mir aufmerksam zuhörte und gelegentlich nickte. Am Ende meiner Besuche freute ich mich jedes Mal darauf, endlich nach Hause zurückzukehren, genauso wie er sich darauf freute, wieder zwischen seinen Büchern abtauchen zu können. So kamen wir hervorragend zurecht, und der Besuch wurde zu einem alljährlichen Ritual. Im Laufe der Jahre entwickelten wir eine herzliche und vertraute Beziehung zueinander.

Inzwischen hatten wir beide eingesehen, dass Ammas vorausschauende Pläne für mich, die uns ursprünglich so viel Schmerz beschert hatten, fast schon prophetisch zu nennen waren, denn Pa und ich hatten gleichermaßen unser Glück gefunden: ich in Newmeads und er zwischen seinen alten Schriften auf Sanskrit und Tamil. Obwohl er von Natur aus einsiedlerisch veranlagt war, brauchte auch er hin und wieder ein wenig soziale Interaktion, und unsere Lösung –Kommunikation auf Distanz durch Briefe und Worte mit nur gelegentlichem physischem Kontakt, der dann auch immer auf zwei, drei Wochen beschränkt war – kam unseren jeweiligen Bedürfnissen sehr entgegen.

Amma hingegen lebte in meinem Herzen weiter. Das mag vielleicht rührselig klingen, aber es entspricht der Wahrheit. Manchmal war mir fast so, als hörte ich ihre Stimme, wie sie mir einen guten Rat gab oder wie sie mich tröstete, wenn ich traurig war. »Weine nicht, liebste Rosie, ich bin immer da und passe auf dich auf.« Oder ich hörte ihren Gesang: Wann immer ich mich schlafen legte, erinnerte ich mich an die Wiegenlieder, die sie mir vorgesungen hatte, als ich noch klein war, oder an die herzigen Liedchen, die sie mir beigebracht hatte, über englische Gärten und Singvögel und Mädchen mit hübschem, braunem Haar, und über die liebe Clementine, die für immer verloren war – *Oh, My Darling Clementine*. Manchmal summte ich die Melodien vor mich hin, um sie nicht zu vergessen, oder spielte sie auf dem Klavier. Amma war eine talentierte Sängerin gewesen, während Tantchen vor allem das Klavierspiel lag.

Die Zeit vergeht langsam, wenn man noch jung ist, aber sie verging zweifellos, denn die Jahre zogen dahin. Zu Hause gab es viele kleine Veränderungen. Wir wurden alle langsam erwachsen. Als wir zwölf waren, wechselten ich und die anderen Mädchen aus meiner Lerngruppe auf die *Somerset Academy* in Kandy, eine kleine, private Oberschule für englische Mädchen.

Zuerst wollte mich Tante Silvia auf ein Internat schicken, aber dann berichtete Mrs Cameron, Penelopes Mutter, sie werde in ihr Stadthaus in Kandy ziehen, und bot an, wir könnten unter der Woche zu fünft dort bei ihr wohnen und die Wochenenden zu Hause verbringen. Das war die perfekte Lösung. Ich ging gern zur Schule und war eine gute Schülerin, aber meine Begabungen lagen nicht etwa im sprachlichen Bereich wie bei Pa – obwohl ich auch da ganz gut war – sondern in den Naturwissenschaften, vor allem in Biologie, was sich als mein liebstes und bestes Fach herausstellte. Ich war ein aktives Mitglied der *Science Society*, der populärsten Arbeitsgruppe an unserer Schule, in der die naturwissenschaftlich orientierten Schülerinnen richtig aufblühen konnten.

In Kandy erweiterte ich auch meinen Freundeskreis, der bisher überwiegend aus Familienmitgliedern und den Kindern der Plantagenbesitzer bestanden hatte, alles Mädchen in meinem Alter. Die neuen Freundschaften taten mir gut, ich wurde aufgeschlossener und legte meine Schüchternheit Fremden gegenüber langsam ab. Aber meine beste Freundin blieb nach wie vor Usha, und obwohl wir uns nun deutlich seltener sahen, ging uns nie der Gesprächsstoff aus – und der Lernstoff, denn Usha nahm meine ausgelesenen Schulbücher dankbar entgegen. Außerdem hielt sie es mir nie vor, sie damals im Stich gelassen zu haben, um stattdessen mit Victor und Andrew zu spielen, wie ich es seitdem auch in allen anderen Ferien gehalten hatte. Sie schien zu verstehen, dass es für mich nicht leicht war, die verschiedenen Freundschaften unter einen Hut zu bekommen, und sie machte mir deswegen nie Vorwürfe.

Je älter sie wurden, desto mehr lebten sich Victor und Andrew jedoch auseinander. Wenn sie jetzt in den Ferien nach

Hause kamen, waren wir nicht mehr das unzertrennliche Trio von damals; ihre grundverschiedenen Persönlichkeiten traten immer deutlicher zutage. Victor langweilte sich zu Hause in den Bergen, und so blieb er stattdessen oft bei einem Freund in Kandy. Gott allein wusste, was er dort trieb. Manchmal erzählte er uns von Karate-Unterricht, was meines Wissens irgendeine japanische Kampfsportart war. Und selbstverständlich konnte er gar nicht anders, als mit dem Gelernten vor uns anzugeben. Eines Abends demonstrierte er also sein Können.

»Schaut her!«, sagte er und legte ein dickes Brett wie eine Brücke auf zwei senkrecht stehende Ziegelsteine. Und dann schlug er das Brett mit seiner Handunterkante entzwei, als wäre diese eine Axt.

Das verstörte Onkel.

»Und so was bringt man den Leuten in *Japan* bei? Das hast du also von den Japsen gelernt?«

Darauf lachte Victor nur. »Was das Kämpfen angeht, können wir noch so einiges von den Japsen lernen! So ein Schlag kann einen Mann umbringen, wenn man ihn nur richtig einzusetzen weiß.«

»An den Japsen sollten wir uns kein Beispiel nehmen!«, erwiderte Onkel ernst. »Die sind in China eingefallen. Das sind unsere Feinde.«

Wieder lachte Victor auf. »Ein Grund mehr, ihre Kampftechniken zu lernen. Die Engländer sind solche ... solche Hasenfüße mit ihren ganzen moralischen Bedenken!«

Auch ich war verstört, hielt mich aber mit Kommentaren zurück. Sah Victor moralische Bedenken wirklich als Schwäche an, für die man sich schämen musste?

Mit seinen blonden Haaren und den blauen Augen war der hochgewachsene Victor rein optisch mit Abstand der attraktivste der Brüder, außerdem strahlte er jenen zeitlosen Charme aus, der ihn zweifellos zum Mittelpunkt der Damenwelt machte. Als ich älter wurde, sprachen mich immer wieder mal

Mädchen aus den höheren Klassen auf ihn an und baten mich, sie ihm vorzustellen. Aber ich gab ihren Bitten nie nach. Weibliche Bewunderung, so glaubte ich, würde Victors ohnehin schon zweifelhaften Charakter sicher nicht zum Positiven verändern.

Im Umgang mit anderen legte er inzwischen eine gewisse Gefühllosigkeit – ja, sogar Arroganz – an den Tag, die uns noch weiter voneinander entfernte. Alles in allem mied ich ihn jetzt, zumal er Andrew ständig für sein weiches Herz hänselte. Andrew und ich hingegen wurden enge Freunde. Seine Empfindsamkeit erinnerte mich an Amma und Pa, und er war äußerst kultiviert. Er war musikalisch begabt, las und malte gern und schrieb Gedichte. Tatsächlich ähnelten wir einander sehr, und folglich war es nicht weiter verwunderlich, dass uns eine solch tiefe Freundschaft verband.

Graham, der Älteste, war nach seinem Schulabschluss nicht nach Ceylon zurückgekehrt, sondern hatte sich direkt in London an der Universität eingeschrieben, um Medizin zu studieren. Darum bekam ich ihn während meiner ersten Jahre in Newmeads auch nicht zu Gesicht. Aber im Jahr 1938, nachdem er sein Medizinstudium erfolgreich beendet hatte, kehrte er schließlich doch nach Ceylon zurück und schrieb sich an der medizinischen Hochschule in Colombo ein, um sich dort auf orthopädische Chirurgie zu spezialisieren. Seitdem kam er seine Eltern in Newmeads besuchen, allerdings nur gelegentlich, weil er sich mit seinem Vater nicht besonders gut verstand. Seine Mutter hingegen vergötterte ihn regelrecht, schließlich war er ihr Erstgeborener und für lange Zeit ihr einziges Kind gewesen. Sie besuchte ihn regelmäßig in Colombo, was sie oft mit Einkaufsbummeln und Treffen mit Freundinnen verband, sowie mit Vergnügungen, denen man in den Bergen von Kandy nicht nachgehen konnte: Teegesellschaften, mehrgängige Dinner im *Galle Face Hotel* und Picknicks an den Stränden der Umgebung.

Auf mich wirkte Graham extrem distanziert, und ich verspürte nie den Drang, seinen Panzer zu durchbrechen. Ich hatte noch eine vage Erinnerung an jenen gemeinsamen Urlaub in Eastbourne, als ich ihn fast schon als Vaterfigur wahrgenommen hatte, die ständig auf uns Kinder aufpasste. Jetzt schien er sich sogar noch weiter entfernt zu haben, und überhaupt lag dieser Urlaub schon so lange zurück, dass ich mich fragte, ob er sich überhaupt noch an mich erinnerte: das kleine Mädchen, auf das er damals aufpassen musste, das kleine Mädchen, das dumm genug gewesen war, in ein Kaninchenloch zu treten, sodass er es nach Hause tragen musste – ein Tag, an den ich mich nur allzu gut erinnerte. Ich war mir allerdings sicher, dass er sich selbst damals schon viel mehr für die Röntgenaufnahme meines verstauchten Knöchels als für mich und meine Tränen interessiert hatte.

Ich fragte mich, welche Art von Arzt ein solcher Mann abgeben würde. Eine solche Berufung erforderte doch wohl nicht nur medizinisches Wissen, sondern auch eine gewisse Empathie? Diese ging Graham offensichtlich ab. Er wirkte kühl, sogar ein wenig abweisend. Nein, korrigierte ich mich. Das war ihm gegenüber nicht fair, denn er hatte mich *sehr wohl* getröstet und meine Tränen mit seinem Taschentuch getrocknet. Trotz meiner Ehrfurcht vor ihm hatte ich mich bei ihm geborgen gefühlt.

Aber eigentlich dachte ich nicht viel über ihn nach, denn im Grunde genommen stellte er für mich einen Fremden, ein Enigma dar. Selbst Onkel Henry stand mir näher als er.

Insgeheim bewunderte ich jedoch Grahams Berufswahl. Andere zu heilen, was für eine wundervolle Berufung! Und insgeheim fragte ich mich, ob ich diesen Weg nicht ebenfalls einschlagen konnte, denn das *Ceylon Medical College* nahm – wie ich von meiner Lieblingslehrerin am *Somerset College* gehört hatte – seit der Jahrhundertwende auch junge Frauen auf. Stelle sich das mal einer vor, ich, eine Ärztin! Es wirkte wie ein unerreichbares Ziel – aber andererseits, warum nicht?

Tante Silvia wäre die Letzte gewesen, der ich diesen Wunsch anvertraut hätte, denn sie hielt nicht viel davon, wenn Mädchen über ein gewisses Alter hinaus noch zur Schule gingen. *Somerset Academy* bildete Mädchen nur bis zu ihrem sechzehnten Lebensjahr aus, denn ab diesem Alter wurde von ihnen erwartet, sich auf das Eheleben vorzubereiten, wofür es spezielle Privatschulen für Mädchen gab. Genau diesen Weg hatte Tante Silvia auch für mich vorgesehen.

»Sieh dir das nur an!«, rief sie eines Tages und wedelte mit einer Broschüre vor meinem Gesicht herum. Darin wurde für ein englisches Mädchenpensionat in Colombo geworben, das Hauswirtschaft als Kernfach lehrte.

»Ich werde dich begleiten!«, fuhr sie fort. »Unter der Woche können wir in meiner Wohnung in *Cinnamon Gardens* wohnen und am Wochenende nach Hause kommen.«

Im Laufe der Jahre hatte mich Tantchen sehr ins Herz geschlossen. Ich spürte, dass sie mich inzwischen wirklich als eine Art Tochter betrachtete; sie hielt sich meistens in meiner Nähe auf, und oft überredete sie mich an den Abenden zu einer Runde Gin Rommé oder Whist im Spielzimmer, oder sogar zu einer Partie Bridge, wenn ihre Freundinnen von den anderen Plantagen zu Besuch kamen und sie eine vierte Spielerin brauchten.

Mir wurde erst viel später klar, dass hinter alledem eine versteckte Absicht lag und Tantchen insgeheim weitreichende Pläne für meine Zukunft schmiedete. Zu dieser Zeit jedoch fühlte es sich so an, als spielte ich einfach nur die Rolle einer Gesellschafterin, was einer der wenigen Berufe war, zu denen junge Frauen meines Standes Zugang hatten, auch wenn das keineswegs meinen Zukunftsplänen entsprach. Ganz behutsam brachte ich sie von ihrer Hauswirtschaftsidee ab. Nein. Ich wollte sie zwar gerne glücklich machen, aber so weit würde ich dafür nicht gehen.

Stattdessen setzte ich meine akademische und insbesondere naturwissenschaftliche Schulbildung fort, indem ich für meinen Abschluss an die *Girls' High School* in Kandy wechselte. Damit war ich auf dem besten Weg, eines Tages Medizin zu studieren, was allerdings vorerst noch Pas und mein Geheimnis bleiben sollte, sodass ich Tantchen zunächst einfach nur mitteilte, dass ich weiter zur Schule gehen würde. Ich wusste, sie fühlte sich zu Hause einsam. Ohne mich war ihr langweilig und ihr blieb nichts anderes übrig, als sich die Zeit mit Solitär oder mit Liebesromanen zu vertreiben. Letztere brachten sie, glaube ich, allerdings auf seltsame Ideen.

»Rosie«, fragte sie mich eines Tages zögerlich, »gibt es da ... du weißt schon ... jemand Besonderen in Kandy? Ist das vielleicht der Grund dafür, dass du weiter zur Schule gehen möchtest?«

Es gelang mir, sie zu beruhigen. Die anderen Mädchen in meiner Klasse mochten vielleicht nichts als Jungen im Kopf haben, aber ich nicht. Ich war fest dazu entschlossen, gute Noten im Abschlusszeugnis zu bekommen, um einen Studienplatz zu ergattern. Denn zweifellos war das für ein Mädchen kein leichtes Unterfangen. Ich war mir sicher, dass junge Männer bei der Studienplatzvergabe bevorzugt würden, so viel hatten mir meine Lehrer an der *Girls' High School* verraten. »Die Konkurrenz ist groß«, hatten sie mich alle ermahnt, und ich hörte fast das Echo jenes stillen Zusatzes: »... und männlich!«

Entsprechend hatte ich für Jungs keine Zeit übrig und verspürte erst recht keinen Wunsch danach, in absehbarer Zeit zu heiraten. Eines Tages vielleicht, aber nicht jetzt. Mit derselben Gleichgültigkeit begegnete ich auch aktuellen Modetrends, und außer grundlegender Körperhygiene und ordentlicher Kleidung legte ich keinerlei Wert auf mein äußeres

Erscheinungsbild. Freundinnen hatte ich trotzdem. Zwar zogen sie mich deswegen ein wenig auf, aber ansonsten verstanden wir uns prächtig. Natürlich lernte ich nicht ununterbrochen. Gelegentlich legte ich auch eine Pause ein, um mit Freundinnen ins Kino zu gehen oder mich mit ihnen zum Spazierengehen im botanischen Garten zu treffen. So vergingen die Jahre wie im Flug.

Wie ich in einem Gespräch mit Andrew herausfand, gab es da auch noch andere Dinge, die ich Tantchen gegenüber besser unerwähnt ließ. Jene Konversation hatte ganz harmlos angefangen, aber bald schon schlug mir das Herz bis zum Hals.

»... aber was hast du vor, Andrew?«, hatte ich ihn eines Abends gefragt, als wir gemeinsam auf der Veranda saßen. »Also, mit deinem Leben, meine ich? Möchtest du auch studieren? Wie Graham?« Das war 1937 gewesen. Wie ich war Andrew also fast fünfzehn, aber über die Zukunft hatten wir noch nie zuvor gesprochen.

Er seufzte. »Ich schätze, das hängt davon ab, was Victor vorhat. Einer von uns muss schließlich die Plantage übernehmen. Zumindest hat Vater das für uns vorgesehen, auch wenn Victor nicht den Eindruck erweckt, als würde er diesem Wunsch nachkommen wollen. Ich kann ihn mir auch nicht wirklich als Plantagenbesitzer vorstellen.«

»Was, glaubst du, hat Victor stattdessen vor?«

Als Plantagenbesitzer konnte ich mir Victor ebenfalls nicht vorstellen. Nach all den Jahren, die ich Onkel beobachtet hatte, wusste ich, dass man sich dazu ebenso wie zur Medizin berufen fühlen musste. Onkel stammte aus einer großen Familie von Teeplantagenbesitzern; er selbst war auf der Plantage seines Vaters in Indien groß geworden und dann mit all seinen tamilischen Bediensteten hierhergezogen. Ein Jahr danach hatte er dann Tantchen geheiratet und Newmeads erbauen lassen.

Nach all seinem Erfolg hätte man meinen können, in seinen Adern flösse Tee. Mit Victor jedoch verhielt es sich völlig anders.

»Kann ich dir ein Geheimnis verraten?«, fragte mich Andrew.

»Na klar!«

»Mutter darf das nie erfahren, ihr bliebe vor Angst das Herz stehen. Aber du weißt, dass sich in Europa ein Krieg anbahnt, nicht wahr?«

Pa hatte das auch schon erwähnt. Offenbar gab es in Deutschland da einen Kerl, der Ärger machte. Mit den Jahren hatten sich Pas Briefe an mich zunehmend verändert. Das Weltgeschehen schien ihn aus seiner introvertierten Genügsamkeit zu reißen, und er legte mir seine Beobachtungen – und Sorgen – offen dar.

»Wir müssen Deutschland im Auge behalten«, schrieb er mir immer öfter. »Ich weiß, es ist weit weg, auf einem anderen Kontinent, aber alles, was in Europa passiert, wirkt sich auf die gesamte Welt aus. Ich kann diesen Adolf Hitler, der sich gerade an die Spitze kämpft, kein bisschen ausstehen.«

In der Vergangenheit er hatte nur einmal in der Woche Zeitung gelesen – die *Hindu* war sein Lieblingsblatt –, aber jetzt, so schrieb er mir, ließ er sie sich täglich liefern und verfolgte die politischen Entwicklungen aufmerksam. Jeder, der Pa kannte, wusste, wie außergewöhnlich es war, dass er das Weltgeschehen nicht nur vom Rande aus beobachtete, sondern sich aktiv dafür interessierte – was auch aus seinen immer länger werdenden Briefen hervorging.

»Ja, Pa hat das in ein paar Briefen erwähnt«, sagte ich jetzt zu Andrew. »Der Kerl mit dem Schnauzbart: Mr Hitler. Pa hält ihn für gefährlich. Aber das ist doch in Europa. So weit weg!«

»Die Welt ist klein, Rosie. Wenn in Europa ein Dominostein umfällt, dann wirkt sich das auf uns alle aus, sogar auf uns hier in Ceylon. Tatsächlich wünscht sich Victor das sogar. Er hat mir erzählt, dass er Pilot werden will. Also hofft er auf Krieg, damit er genau diesen Weg einschlagen kann. Als Kampfpilot.«

»Nein!«

Andrew nickte. »Ich fürchte, doch.«

»Aber wer würde sich denn einen Krieg wünschen? In Europa gab es doch gerade erst Krieg! Wer hofft danach denn auf einen zweiten?«

»Victor. Aber nicht aus politischen Gründen, sondern einfach nur, weil er gern fliegen würde. Er sieht sich als so eine Art fliegenden Kriegshelden.«

»Aber damit wird er sich noch umbringen!«

»Und genau deshalb darfst du Mutter kein Wort davon verraten.«

»Natürlich nicht. Aber ... oh, Andrew! Lass uns beten, dass es keinen Krieg gibt. Das klingt so ... so absolut lächerlich, völlig wahnsinnig!«

»Dieser Hitler-Typ klingt wahnsinnig, nach allem, was ich über ihn gehört habe.«

»Was hält dein Vater von der ganzen Sache?«

»Vater? Ach, der nimmt das gar nicht ernst. Er hält das alles nur für Hysterie und Übertreibung. Und außerdem glaubt er ähnlich wie du, wir wären davon viel zu weit entfernt, als dass wir uns Sorgen machen müssten.«

Wider alle Hoffnung hoffte ich, dass Onkel recht behalten und sich Pas Befürchtungen nicht bewahrheiten würden. Krieg! Das durfte einfach nicht passieren. Nicht einmal in Europa. Und selbst wenn doch, dann wären wir in Ceylon doch ganz bestimmt in Sicherheit. Was Andrew zufolge allerdings keineswegs der Fall wäre. Japan bedrängte China schon seit vielen Jahren und rasselte ordentlich mit dem Säbel. Tief im Herzen wusste ich, dass Victor seine Drohung wahr machen würde, sobald ein Krieg ausbrach, selbst wenn das auf einem entfernten Kontinent geschah. Und spätestens dann würde uns das alle betreffen. Ein großer, beunruhigender Schatten senkte sich über mich. Er tauchte all meine Gefühle und Gedanken in eisige Finsternis und ließ sich nicht abschütteln. Wie ein langer, schwarzer, wabernder Blutegel saugte er sich in den Tiefen meines Unterbewusstseins fest und ließ nicht mehr los.

Zu meiner Erleichterung machte sich außer Andrew niemand in Newmeads auch nur die geringsten Sorgen. Wenn es nach Tante Silvia und Onkel Henry ging, dann hätten Deutschland und Europa genauso gut auf einem anderen Planeten liegen können, und wenn ich die Situation erwähnte, lachten sie nur darüber und wischten Pas Sorgen vom Tisch.

»Rupert hatte schon immer eine lebhafte Fantasie«, verkündete Onkel Henry. »Ständig mit dem Kopf in den Wolken. Wenn er schon unbedingt in der Politik mitmischen möchte, dann sollte er sich eher mit diesem Ghandi beschäftigen als mit Hitler. Wenn du mich fragst, dann wird Ghandi die Welt zerstören, nicht Hitler. Die britische Welt, versteht sich.«

Tatsächlich befasste sich Pa tatsächlich mit Ghandi und erwähnte ihn auch in seinen Briefen. Und natürlich erzählte ich das nicht Onkel Henry, aber Pa bewunderte Mr Ghandi und dessen Ziele und hatte sogar einer seiner Reden in Madras beigewohnt. Onkel wäre zutiefst schockiert gewesen, wenn er gewusst hätte, dass Pa die indische Unabhängigkeit unterstützte: ein Verräter! Pa durfte das selbstverständlich nicht laut sagen, aber im Vertrauen schrieb er mir: »Die Inder sind im Recht. Wer sind wir, dass wir uns als kleine Insel anmaßen, wir wüssten es besser – und sogar so tun, als *wären* wir etwas Besseres? Indien muss für seine Ehre, für seine Rechte einstehen. Ghandi ist der Mann der Stunde.«

Hinterher ist man immer klüger, aber im Nachhinein glaube ich, dass Pas Befürchtungen von prophetischem Weitblick zeugten. Er muss gewusst haben, was auf uns zukam. Ich glaube, er hatte nicht nur eine vage Ahnung davon, wie sehr sich die Welt verändern würde, sondern eine Art zweites

Gesicht, eine klare Vision. Ich würde sogar so weit gehen, ihn als hellsichtig zu bezeichnen, obwohl ich an Hellsichtigkeit und derlei Quatsch eigentlich gar nicht glaube. Aber Pa *wusste* es. »Die ganze Welt geht vor die Hunde«, schrieb er mir bereits 1938, als alle anderen noch hofften und beteten, die Appeasement-Politik würde es richten.

Ein Jahr später, am ersten September 1939, fiel Hitler in Polen ein. Ich werde den Moment nie vergessen, als wir zwei Tage später um das Funkradio herumsaßen und mit angehaltenem Atem Neville Chamberlains Ansprache verfolgten:

Heute Morgen hat der britische Botschafter in Berlin der deutschen Regierung eine letzte Note überreicht, in der es heißt, sofern wir bis elf Uhr nicht von deutscher Seite hören, dass man bereit ist, die Truppen mit sofortiger Wirkung aus Polen abzuziehen, befinden sich unsere Länder im Kriegszustand. Ich muss Ihnen jedoch sagen, dass bisher eine solche Zusage nicht eingegangen ist und dass somit unser Land sich mit Deutschland im Krieg befindet.

Pa hatte recht behalten. Die Welt ging *tatsächlich* vor die Hunde, und obwohl wir in Ceylon von den derzeitigen Geschehnissen weit entfernt waren, sollten wir nicht davon verschont bleiben. Der Schatten Europas fiel auch auf uns.

1939: Das Jahr, in dem ich meinen fünfzehnten Geburtstag feierte. Das Jahr, in dem sich Andrew und Usha ineinander verliebten.

Das Jahr, in dem dieses ganze Unglück seinen Anfang nahm.

KAPITEL 10

1939

Sunita wusste genau, warum sie Usha fortan nur noch in der Küche beschäftigte und sie nicht mehr in den Wohnbereich ließ. Das war leicht zu bewerkstelligen, denn die Küche war in einem separaten Anbau untergebracht, der nur durch einen überdachten Gang mit dem Wohnhaus verbunden war, durch den die Mahlzeiten auf Händen oder Rädern ins Esszimmer gebracht wurden. Hinter der Küche befand sich der Hauswirtschaftsraum, wo die mühevolleren Essensvorbereitungen stattfanden, wie beispielsweise das Aufschneiden und Raspeln von Kokosnüssen oder das Kleinhacken von Feuerholz. Dahinter wiederum befand sich der Brunnen sowie ein Lagerschuppen, in dem Reis und andere Grundnahrungsmittel aufbewahrt wurden. Und dann gab es dort noch den kleinen Kräutergarten und abschließend das Gemüsebeet. Als die Jungs und ich noch kleiner waren, war das der aufregendste Ort zum Spielen gewesen, denn hier wuchsen die größten Kokospalmen und der verzweigteste Mangobaum, und auch der Brunnen sorgte für gute Unterhaltung. Victor hatte gern Eimer voller Wasser emporgezogen, die wir einander jauchzend über die Köpfe gekippt hatten. Als sie jedoch älter und erwachsener wurden, erwartete man von ihnen, sich von dort fernzuhalten, und sie befolgten diese Anweisung.

Dieser weniger schöne Bereich war vom Rest des Gartens abgeschirmt, und bis auf Tante Silvias Stippvisiten war ich nun die Einzige aus der Familie, die sich dort aufhielt. Meine Freundschaft mit Usha sprengte die traditionellen Grenzen zwischen Familie und Bediensteten, aber ich bekam das Unbehagen, das wir damit auslösten, nur am Rande mit. Außerdem war es mir egal.

Die Jungs hingegen übertraten diese Grenze nicht länger, genauso wenig wie Usha.

Bis sie es eines Tages dann doch tat.

Über die Jahre hinweg war Usha immer schöner geworden. Während sie langsam zur Frau heranreifte, erblühte ihre unschuldige Anmut, die mit neun schon bemerkenswert gewesen war, wie eine Rosenknospe, die sich Blatt für Blatt zu ihrer vollen Pracht entfaltet. Obwohl sie erst vierzehn war, war sie in den letzten Jahren ordentlich in die Höhe geschossen, und ihre vormals dürren Gliedmaßen wirkten nun lang und geschmeidig. Ihr dichtes, seidiges Haar, das sie sich zu einem schweren, ordentlichen Zopf zusammengebunden hatte, reichte ihr bis zur Hüfte, und die weichen, schwarzen Locken umrahmten ihr hübsches Gesicht, das man sich durchaus auf einem dieser riesigen Plakate für indische Monumentalfilme vorstellen konnte. Ihre natürliche Schönheit zog Blicke magnetisch an, man konnte sich gar nicht sattsehen an ihr, sondern wollte in ihrem Anblick regelrecht versinken. Wenn es mir schon so ging, die ich selbst ein junges Mädchen war, wie stark mussten dann erst die Gefühle sein, die sie bei einem Jungen auslöste?

Ich bezweifle, dass Andrew sie in all den Jahren zwischen ihrem ersten unbeholfenen Kennenlernen, als sie neun war, und jetzt je zu Gesicht bekommen hatte. Sunita hütete ihre Tochter wie ihren Augapfel und hielt alles Männliche von ihr fern – das wusste ich aus Ushas Erzählungen, denn wir waren nach wie vor beste Freundinnen. Ihr Bruder Karthik, der im *Galle Face Hotel* arbeitete, hatte ihr eine gute Partie verschafft: Sie sollte den Sohn des Chefkochs, einen Jungen namens Arun, heiraten, sobald dieser seine Ausbildung zum Koch abgeschlossen und eine Anstellung gefunden hatte. Es hatte noch nicht einmal einer Mitgift bedurft, eine Fotografie von Usha hatte genügt.

Als Usha – selbst überrascht davon – mir das erzählte, wurde mir klar, dass Männer so gestrickt sind, dass sie, sobald sie mit weiblicher Schönheit konfrontiert sind, diese für sich beanspruchen wollen. Sie besitzen wollen. Die Persönlichkeit, die sich hinter dem Gesicht verbirgt, spielt dabei keine Rolle. Vielleicht glauben sie ja, dass die körperliche Schönheit die geistige widerspiegelt, was, wie ich seitdem herausgefunden habe, eine grundfalsche Annahme ist, denn ein hübsches Gesicht kann schnell auch Eitelkeit befördern, und Eitelkeit wiederum führt oft zu einer Vielzahl unschöner Eigenschaften.

Aber das traf keineswegs auf Usha zu. Sie schien – nein, sie war völlig frei von Eitelkeit, und sie war sich der Macht, die sie mit ihrer Schönheit über andere – ganz besonders über Männer – hatte, gar nicht bewusst. Usha hatte viele Verehrer und Anwärter gehabt, hatte viele Fotografien begutachtet und zahlreiche Heiratsanträge bekommen, sich letzten Endes aber für besagten Arun entschieden.

»Ein *Foto*? Das ist *alles*? Willst du ihn denn vorher nicht wenigstens mal kennenlernen?«, fragte ich mit einigem Erstaunen.

Darauf lachte sie nur. »Natürlich nicht! Das würde doch alles ruinieren: diesen magischen Moment, wenn er bei unserer Hochzeit meinen Schleier anhebt und wir uns zum ersten Mal in die Augen schauen. Und von da an wird unsere Liebe wachsen. Wie wenn man einen Samen einpflanzt.«

»Also hast du ihn ganz allein nach seinem guten Aussehen beurteilt? Wie oberflächlich!«

Wieder lachte sie. »Aber nein, natürlich nicht! Gutes Aussehen spielt dabei überhaupt keine Rolle!«

»Aber du hast doch gerade gesagt ...«

»Was ich gesagt habe, ist, dass ich mir das Foto angesehen habe. Weißt du denn nicht, was *sehen* bedeutet?«

»Natürlich weiß ich das! Aber ...«

»Wirkliches *Sehen* ist mehr als nur ein oberflächlicher Blick, Rosie! Eine Fotografie fängt die ganze Persönlichkeit ein, und es ist wichtig, nicht nur auf die Äußerlichkeiten zu achten. Man muss hinter die bloße Abbildung blicken. Als ich sein Foto zum ersten Mal betrachtet habe, da habe ich ihn in mein Herz aufgenommen und ihn für eine Weile dort bei mir behalten. Und dann habe ich mein Herz befragt. So habe ich es bei allen fünf Bewerbern gemacht. Und für *diesen* Jungen, Arun, hat sich mein Herz am Ende entschieden.«

Ich schüttelte zwar skeptisch den Kopf, aber ich hielt mich zurück. Usha konnte sehr sturköpfig sein. Es hatte keinen Zweck, mit ihr zu streiten. Wir führten dieses Gespräch nicht zum ersten Mal und bislang hatte sie noch jedes Mal gewonnen. Sie ließ sich nicht davon abbringen. So war es nun also: Usha war verlobt, und als verlobte Frau musste man sie vor den Blicken anderer Männer schützen, denn Männer waren nun einmal Männer.

Doch durch eine Verkettung von Zufällen kam alles anders. Es fing damit an, dass Sunitas Mutter erkrankte, sodass Sunita eine Zeitlang zurück in ihr Dorf musste, um sich um sie zu kümmern. So gut wie das ganze Dorf arbeitete in Onkels Teefabrik; dort lebte der Großteil seiner Arbeiter, die Blätter voneinander trennten, sie in Qualitätsstufen einteilten und für den Verkauf abpackten. Entsprechend nah lag es auch an der Fabrik, die ungefähr acht Kilometer von Newmeads entfernt an der schmalen Seitenstraße lag, die von der Hauptstraße aus in

Richtung Kandy abzweigte. Jenseits des Dorfes standen in mehreren Reihen, den sogenannten *Lines,* die primitiven Häuser, in denen die Teepflücker mit ihren Familien wohnten. Ich hatte diese Hütten schon mal gesehen: einmal und nie wieder. Mir war vollauf bewusst, dass diese Unterkünfte menschenverachtend waren, dass niemand auf der Welt unter solchen Bedingungen leben sollte, erst recht nicht Menschen, die für uns arbeiteten, während wir selbst in Luxus schwelgten. Aber ich war nur ein Kind, nur ein Gast. Es stand mir nicht zu, Onkel und seine Entscheidungen zu hinterfragen. Also biss ich mir auf die Zunge.

Sunita hatte schon für Ersatz gesorgt: Eine Cousine aus einem anderen Dorf nahm ihren Platz ein und wurde genau wie Sunita von Usha unterstützt. Just in dieser Woche brach sich Andrew im Internat in Kodaikanal das Bein. Tante Silvia reiste sofort zu ihm und holte ihn im Rollstuhl zu sich, damit er sich erholen konnte.

Sunita hatte ihre Cousine nicht darüber unterrichtet, dass Usha sich nicht im Hauptwohnbereich aufhalten durfte. Warum hätte sie das auch tun sollen? Nach allem, was sie wusste, befanden sich alle drei Söhne in sicherer Entfernung von Newmeads in Colombo beziehungsweise Kodaikanal.

Und die Cousine kannte die Familie nicht. Sie wusste nicht, wie jung und attraktiv Andrew war, und dass man Usha von ihm fernhalten musste. Vielleicht dachte sie auch einfach nur nicht nach. Oder sie war zu beschäftigt, zu abgelenkt, um darauf zu achten, ein junges, hübsches, verlobtes Mädchen nicht ausgerechnet einen jungen Mann bedienen zu lassen. Aber was auch immer der Grund dafür war: Die Cousine tat genau das. Und auch Usha selbst musste vergessen haben, was sich gehörte, denn sie gehorchte der Anweisung, ohne sie zu hinterfragen. Sie kam zu uns auf die Veranda vor Andrews Zimmer, wo Andrew, ein gutaussehender Sechzehnjähriger, sein dick eingegipstes Bein gerade auf einem Schemel ausruhte.

Da ich am Samstag keine Schule hatte, leistete ich Andrew dabei Gesellschaft und bekämpfte seine Langeweile, indem ich ihm aus *Die drei Musketiere* vorlas. Selbstverständlich war er durchaus dazu in der Lage, selbst zu lesen, aber er sagte, er bevorzuge es, vorgelesen zu bekommen, und ich genoss die Geschichte genauso wie die Sonne und den warmen Luftzug, der über die Veranda wehte. Tante Silvia war gerade nicht zu Hause, sie traf sich mit ein paar Freundinnen zu einer Partie Bridge im *Planters' Club* in Kandy. Folglich war ich, wenn man die Bediensteten nicht mitzählte, mit Andrew allein zu Hause.

Als Usha näherkam, blickte ich auf und lächelte. Andrew hob ebenfalls den Kopf. Er aber lächelte nicht.

Die plötzliche Veränderung, die nun in der Luft lag, veranlasste mich dazu, die Lektüre zu unterbrechen und erneut aufzublicken. Sie schauten einander in die Augen. Ich setzte an, um weiterlesen, merkte aber sofort, dass er nicht zuhörte. Also hielt ich wieder inne und sah die beiden abwechselnd an. Sie schienen in einer Art stummem Austausch gefangen zu sein, der sich für mich langsam unangenehm anfühlte, da er viel zu lange anhielt. Usha, die einfach nur mit dem Tablett dastand. Andrew, der dort saß und sie unverwandt anstarrte. Das war unangemessen, sogar ich wusste das. Es fühlte sich zu – ich suchte nach dem richtigen Wort – zu intim an. Es fühlte sich *viel* zu intim an.

Von Liebe auf den ersten Blick hatte ich bisher nur in Liebesromanen gelesen, aber selbst ich spürte die Funken, die in jenem Moment zwischen ihnen sprühten.

Plötzlich schien Usha wieder in die Realität zurückzukehren, wo auch immer sie vorher mit ihren Gedanken gewesen war.

»Ihr Mittagessen, Master Andrew«, nuschelte sie, bevor sie das Tablett auf dem Korbtisch vor Andrews Stuhl abstellte, auf dem Absatz kehrtmachte und Reißaus nahm.

Andrew wollte aufstehen und ihr nachlaufen, vergaß dabei

aber seinen schweren Gipsverband und die Tatsache, dass er sein Bein noch nicht belasten durfte. Er geriet ins Stolpern und ich musste von meinem Stuhl aufspringen, um ihn rechtzeitig aufzufangen.

»Pass doch auf!«, rief ich. Ich stützte ihn am Arm und er ließ sich zurück auf den Stuhl sinken. Aber er hörte gar nicht zu und griff stattdessen nach seiner Krücke, die am Gittergeländer der Veranda lehnte, und noch bevor ich mich wieder gesetzt hatte, kämpfte er sich bereits zurück auf die Beine, diesmal mit Hilfe der Krücke.

»Wer ist das?«, fragte er mich.

»Das ist nur Usha. Du weißt schon, Sunitas Tochter. Du bist ihr vor ein paar Jahren schon einmal begegnet.«

Über sein Gesicht huschte ein Ausdruck der Erkenntnis und er nickte. »Oh. Stimmt ... der Tag, an dem Victor so unverschämt war.«

»Du aber auch, Andrew!«

Immerhin hatte er den Anstand, zu erröten. »Na ja, ich war noch klein und habe Victor nachgeeifert. Das ist jetzt anders ... oh, Rosie!«

»Was denn?«

»Das ist das Mädchen, das ich heiraten werde, Rosie!«

»Mach dich nicht lächerlich, Andrew. So ein dummes Geschwätz!«

»Aber ich weiß es ganz genau! Irgendetwas ist gerade passiert ... als ich sie gesehen habe ... ich ... das war wie ein Stromschlag, eine Eingebung, eine Erkenntnis. Rosie, ich muss sie einfach wiedersehen! Ich werde ihr nachgehen!«

Und damit humpelte er los. Ich sprang auf und packte ihn am Arm.

»Nein, Andrew, das darfst du nicht!«, rief ich.

»Wer behauptet, dass ich das nicht darf? Arbeitet sie in der Küche?«

»Ja, aber ...«

»Ich muss sie sehen, Rosie. Ich werde ihr nachlaufen.« Auf die Krücke gestützt, humpelte er los.

Ich stürzte auf ihn zu, um ihn aufzuhalten.

»Nein, Andrew, nein! Das darfst du nicht tun! Sie arbeitet hier!«

»Was meinst du damit, das darf ich nicht? Das hier ist mein Zuhause. Hier kann ich tun und lassen, was ich will. Und ich kann hingehen, wohin ich will! Dieses dämliche Herr-und-Diener-Getue macht mich sowieso ganz krank. Lass mich los!«

Denn inzwischen hatte ich ihn auch noch am anderen Arm gepackt, um ihn zurückzuhalten. Er versuchte, mich abzuschütteln, aber ich packte nur noch fester zu. Dort standen wir und blickten einander an. Er stützte sich auf die Krücke, hatte das gebrochene Bein angewinkelt und sein Körpergewicht auf den gesunden Fuß verlagert.

»Darum geht es doch gar nicht, Andrew! Ich kenne sie, ich bin mit ihr befreundet. Sie darf nicht mit Männern sprechen. Sie ist verlobt, sie hat schon einem anderen die Ehe versprochen!«

»Jetzt red aber mal keinen Unsinn, Rosie! Sie ist doch noch nicht einmal so alt wie du ... wie kann sie denn da schon *verlobt* sein!«

»Aber es stimmt, wirklich! Du kennst doch die Gepflogenheiten hier, Andrew. Hier arrangieren die Eltern die Hochzeiten für ihre Kinder, und zwar schon ziemlich früh.«

»Soll das heißen, dass sie ihren Zukünftigen noch gar nicht kennt? Dann kann ich sie ja noch umstimmen.«

Jetzt weinte ich fast. »Misch dich nicht ein, Andrew! Bitte, tu das nicht!«

Für einen Moment hörte er auf, sich gegen meinen Griff zu wehren, und blickte mich unverwandt an.

»Du verstehst das nicht, Rosie. Irgendetwas ist gerade mit mir passiert. Ich weiß einfach, dass ich sie heiraten werde! Ich kann es nicht erklären. Aber davon hast du doch bestimmt schon mal gehört, oder? Dass man etwas einfach weiß?«

Und tatsächlich *wusste* ich, was er damit meinte. Pa hatte mir einmal davon erzählt: Genau dasselbe war ihm in Kuala Lumpur widerfahren, als er Amma zum ersten Mal begegnet war. Sie hatte dort am Klavier gestanden und gesungen, während Tante Silvia sie begleitet hatte. Und er hatte einfach sofort gewusst, dass er sie heiraten würde. Es war ein Geistesblitz, eine plötzliche Eingebung gewesen, hatte er gesagt, genau wie jetzt Andrew. Wobei er zu jener Zeit bereits ein erwachsener Mann mit hervorragenden Zukunftsaussichten war. Andrew hingegen war sechzehn und ging noch zur Schule. Ich konnte ihn unmöglich ernst nehmen.

»Aber was ist denn eigentlich passiert? Ich weiß, wie schön sie ist, aber das kann doch nicht ... Andrew, setz dich. Wir müssen uns unterhalten. Du kannst nicht einfach hinter ihr herlaufen. Vertrau mir, das geht nicht. Ich kenne sie gut, wenn du jetzt hinter ihr herrennst, verschreckst du sie nur. Du musst sie respektieren.«

Noch immer hielt ich ihn am Arm fest und versuchte, ihn wegzuziehen, und zum Glück riss er sich nicht los. Wir standen einfach da und blickten einander an.

»Aber ich respektiere sie ja! Es geht nicht nur um ihr Aussehen, ihre Schönheit, Rosie! Das war ...« Er zögerte und suchte offenbar nach den richtigen Worten. Dann seufzte er, humpelte zu seinem Stuhl zurück und setzte sich.

»Bist du jemals irgendwem begegnet, Rosie, und wusstest einfach, dass ... als würdest du ihn erkennen und wissen, einfach wissen, dass ...« An dieser Stelle fehlten ihm wieder die Worte und er zuckte mit den Schultern. »... da war irgendetwas in ihren Augen, als wir uns angesehen haben. Ich habe sie erkannt. Ich wusste einfach, dass unsere Leben miteinander verknüpft sind. Ich kann es nicht erklären, aber es war so.«

»Aber das ist doch keine Liebe, Andrew! Du kennst sie ja

nicht einmal! Wie kannst du jemanden lieben, den du gerade erst getroffen hast?«

»Von Liebe habe ich doch überhaupt nichts gesagt! Dreh mir nicht die Worte im Mund um. Ich habe nur gesagt, dass ich sicher weiß, dass es mir vorherbestimmt ist, sie zu heiraten. Ich weiß, du glaubst nicht an Vorsehung und dergleichen, Rosie ... dafür bist du viel zu clever. Aber ich schon. Manchmal ist da was dran, manchmal spürt man eben, wie das Schicksal in einem und durch einen wirkt. Es ist ... na, man *weiß* es eben. Ein Gefühl, das so stark ist ... als wäre sie bereits ein Teil meines Lebens, ein Teil von mir! Und das ist innerhalb eines Wimpernschlags passiert – einfach so!«

Er schnippte mit den Fingern, um seine Worte zu veranschaulichen, und sah mich Verständnis heischend an. In seinen Augen lag ein Ausdruck, den ich dort noch nie zuvor gesehen hatte, und mit einem Mal wusste ich, dass er die Wahrheit sagte: Irgendetwas Einschneidendes war ihm hier gerade widerfahren und vielleicht auch Usha, und das machte mir Angst – Angst vor dem, was das für die Zukunft bedeutete. Ich hatte Angst um Andrew, um Usha und um unser schönes Leben in Newmeads. Schreckliche Angst vor den Konsequenzen.

»Und die Sache ist die«, fuhr er fort, »sie hat es ebenfalls gespürt.«

Und dann sackte er auf der Krücke zusammen. Alle Anspannung verließ seinen Körper, die Luft knisterte nicht länger, das Funkeln in seinen Augen erlosch. Als er mich nun ansah, wirkte er nicht mehr trotzig, sondern flehend.

»Du musst mir helfen, Rosie. Bitte. Du musst uns helfen.«

»Das kann ich nicht, Andrew. Wirklich. Ich kann nicht. Das verstehst du nicht. Wir können uns nicht einfach so in ihre Traditionen einmischen. Das ist alles schon von langer Hand geplant und ...«

»Und das müssen wir aufhalten.«

»Nein! Das können wir nicht! Und überhaupt, was würde

Tante Silvia dazu sagen? Sie würde dir nie erlauben, ein Dienstmädchen zu heiraten!«

»Untersteh dich, sie Dienstmädchen zu nennen! Das stimmt nicht! Sie ist genauso viel wert wie du oder ich, und ich weiß, dass Mutter ein Snob ist, aber sie kann mir nicht mein Leben vorschreiben und ...«

»Andrew, du bist gerade mal sechzehn. Du kannst noch gar nicht heiraten. Dazu müsstest du sowieso noch ein paar Jahre warten.«

»Das macht mir nichts aus. Ich kann ewig warten. Weil ich weiß, dass es irgendwann passieren wird. Aber ich muss sie einfach wiedersehen ... und zwar so bald wie möglich. Und dabei kommst du ins Spiel. Du musst das irgendwie einfädeln. Das wirst du doch für mich tun, oder? Bitte sag Ja!«

»Du weißt ja noch nicht einmal, ob sie dich überhaupt sehen möchte. Das kannst du nicht über ihren Kopf hinweg entscheiden!«

»Doch, das weiß ich. Sie möchte mich wiedersehen. Ich hab's in ihren Augen gesehen, Rosie. Du kannst dir das nicht vorstellen ... wenn du es nicht selbst erlebt hast, kannst du es dir nicht vorstellen. Das ist kein bisschen so, wie es in diesen kitschigen Schmonzetten, die Mutter liest, beschrieben wird. Es ist echt, *wirklich* echt! Das fühlt sich an wie ... wie eine Bombe! Eine Bombe, die im Herzen einschlägt. Und plötzlich weiß man es mit jeder Körperfaser. Man weiß es einfach!«

Langsam schüttelte ich den Kopf. Ich kannte doch Usha. Besser als er. Sie würde sich nie auf einen solchen Unsinn einlassen. Sie war so besonnen und sie hatte ihre Gefühle so gut im Griff; plötzliche Stimmungsschwankungen konnten ihr nichts anhaben. Usha ging in ihrem Leben ohne Umwege stur geradeaus. In ihrem Herzen war gar kein Platz für Bomben.

Er bemerkte die Skepsis in meinem Blick. »Sprich wenigstens einmal mit ihr. Versprich mir, dass du mit ihr darüber reden wirst.«

Ich seufzte. »Na schön. Aber mach dir keine Hoffnungen, Andrew. Sie ist zäh, stur und hat sehr konkrete Vorstellungen. Das wird dir nicht gefallen.«

Wie ich nicht anders erwartet hatte, sollte ich recht behalten. Ich fand Usha auf der Veranda vor der Küche, wo sie im Schneidersitz saß und unwirsch Erbsen palte, die sie mit unangemessener Heftigkeit aus den Hülsen löste und in die Messingschüssel schleuderte. Ich setzte mich neben sie und legte ihr behutsam die Hand aufs Knie. Sie sah mich an. Auf ihren Wangen schimmerten Tränen, aber ihr Blick war grimmig. Entschlossen.

»Usha«, setzte ich an, »bitte sprich mit mir.«

»Hat er dich hergeschickt?«, zischte sie durch zusammengebissene Zähne. »Nein, warum frage ich. Ich weiß ja, dass es so ist. Um dich einzumischen. Rosie, ich will nicht, dass du dich einmischst.«

»Ich mische mich doch gar nicht ein«, erwiderte ich ruhig. »Ich überbringe dir nur eine Nachricht.«

»Aber ich will diese Nachricht gar nicht hören!«

»Du weißt noch gar nicht, was sie beinhaltet.«

»Doch, das weiß ich. Genauso, wie ich weiß, dass du dich auf seine Seite schlagen wirst. Ihr Weißen seid doch alle gleich.«

Das versetzte mir einen Stich. Ich hatte die Nachricht noch gar nicht überbracht und schon stritten wir.

»Usha, ich werde immer auf deiner Seite sein. Ich habe ihm *gesagt,* dass du verlobt bist.«

»Und daran gibt es nichts zu rütteln!«

»Das weiß ich, Usha. Ich weiß. Und ich habe es ihm erklärt.«

»Und wie hat er darauf reagiert?«

»Er hat gesagt, er will dich treffen, um mit dir zu sprechen. Nur ein einziges Mal.«

»Um mich dazu zu bringen, meinen Verlobten zu betrügen!«

»Er will doch nur mit dir reden, Usha. Worte allein können keinen Schaden anrichten.«

»*Natürlich* können sie das! Ein einziger *Blick* hat dazu schon ausgereicht! Ich ... ich ...«

Tränen liefen ihr jetzt über die Wangen. Sie wischte sie sich zwar flink mit den nackten Armen fort, aber es wurden immer mehr, bis sie schließlich ihren *Dupatta,* den Seidenschal, den sie um die Schultern trug, zur Hilfe nehmen musste.

»Die Sache ist die, Rosie – und das verstehst du vermutlich nicht, weil du aus England kommst – aber es ist durchaus möglich, jemanden mit nur einem einzigen Blick zu hintergehen. Ein Blick sagt mehr als tausend Worte, verstehst du?«

Das alles kam mir schrecklich übertrieben vor, schließlich war nichts weiter passiert, als dass die beiden sich kurz angeschaut hatten. Gleichzeitig wusste ich, was Usha über die Macht der Augen dachte und darüber, was ein einziger Blick transportieren konnte. Ich erinnerte mich an das, was sie mir über den ersten Blickkontakt erzählt hatte: dass dieser einer Heirat gleichkam. Und wie wichtig es für ein Mädchen war, einem Mann nicht in die Augen zu schauen, weil eine solche Geste viel zu intim war. Das war Teil ihrer Erziehung, ihrer Kultur.

Und vielleicht war es ja gerade das, was Andrew so in den Bann gezogen hatte: Die Intimität in ihrem Blick. Andrew war schon immer sehr empfindsam gewesen. Hatte er vielleicht genau das erspürt?

»Ihr Abendländer versteht das nicht. Ihr könnt das einfach nicht verstehen ...«, hatte Usha mir einmal erklärt, »aber unser Selbst setzt sich aus mehreren Ebenen zusammen, die hinter mehreren Schleierschichten verborgen sind. Unser wahres

Selbst halten wir hinter diesen Schleiern verborgen. Und wenn man einander beim Ehegelübde in die Augen schaut, dann werden diese Schleier fallen gelassen, es wird nicht nur der Schleier der Braut gelüftet. Es ist ein Moment der reinen Erleuchtung und puren Freude. Das ist der Moment, in dem der Bund der Ehe geschlossen wird. Deshalb ist uns dieser Moment auch so heilig. Die Schleier fallen und unser wahres Selbst kommt darunter zum Vorschein. Das ist der Augenblick, in dem die Liebe geboren wird. Von da an muss sie genährt und gepflegt werden, aber sobald sie sich zum ersten Mal gezeigt hat, ist sie alles, was zählt.«

Ja, die Liebe auf den ersten Blick – hatte ich davon nicht gelesen, in vielen griechischen Tragödien, bei Shakespeare? Ein Phänomen, das sich der menschlichen Logik entzog. Aber konnte man das wirklich als Liebe bezeichnen? Das bezweifelte ich nämlich. Selbst Andrew hatte zugegeben, dass es weniger Liebe war als das Wissen, dass man zusammengehörte.

Ich nickte. »Ich verstehe schon, was du damit meinst, denn genau das ist gerade passiert. Ich habe es mit eigenen Augen gesehen, Usha. Ich war ja dabei. Ich habe euren ... Austausch beobachtet.«

»Heute haben sich zwei Seelen gefunden«, flüsterte sie, »zwei Seelen, die sich schon vorher kannten.«

»Du meinst aus einem vorherigen Leben?«

Sie nickte, aber ich wollte nicht weiter nachfragen. Das war mir zu unheimlich. Usha schien tatsächlich davon überzeugt zu sein, sie und Andrew wären zwei Seelen, die einst zusammengehört hatten und sich nun wiedergefunden hatten: Und sie war wild dazu entschlossen, dagegen anzukämpfen.

Sie schniefte. Für eine Weile wartete ich schweigend ab, bevor ich sie leise fragte: »Also, was soll ich ihm erzählen?«

»Ich kann mich nicht mit ihm treffen. Das darf unter keinen Umständen passieren. Verstehst du das denn nicht? Es darf nicht passieren! Niemals!«

»Das habe ich ihm alles schon erklärt, Usha. Dass du verlobt bist, dass alles schon geplant ist und dass sich daran nichts mehr ändern wird. Und selbst wenn du nicht verlobt wärst, weiß ich ganz genau, dass Tante Silvia das niemals zulassen würde. Ich habe sie über Mischehen reden hören. In der Hinsicht ist sie ein Snob.«

Usha lachte sarkastisch auf. »Das ist sie in *jeder* Hinsicht, Rosie. Deine Tantchen ist der Inbegriff von einem Snob.« Dann holte sie tief Luft. »Aber wie dem auch sei, Rosie, ich darf ihn nicht noch einmal treffen. Das verstößt gegen die Regeln. Ich kann nicht fassen, dass ich ihm in die Augen geblickt habe ... das war ein Unfall! Ich darf ihm nie wieder begegnen, und wenn er nicht lockerlässt, werde ich gehen müssen.«

»Gehen? Ach nein, Usha! Du kannst doch nicht fortgehen! Bitte geh nicht! Wo würdest du denn überhaupt hin?«

»Keine Ahnung.« Ohne mich anzusehen, löste sie weiter die Erbsen aus den Schoten. »Amma wird mir helfen. Ich werde ihr alles gestehen. Zum Glück kommt sie heute Abend zurück. Ich werde ihr davon erzählen, und sie wird dafür sorgen, dass ich woanders arbeiten kann. Und Rosie, du musst ihm sagen, er soll mich vergessen. Er soll den ganzen Vorfall vergessen. Er muss ihn aus seinem Gedächtnis löschen, genauso wie ich.«

Sie blickte von der Erbsenschüssel auf und sah mir ohne zu blinzeln direkt in die Augen, so als wollte sie die Endgültigkeit ihrer Entscheidung unterstreichen. Und ich sah es ihr an, sie hatte genau das getan: Sie hatte diesen Vorfall – was auch immer genau geschehen war – aus ihrem Gedächtnis gelöscht. Sie hatte sich hier und jetzt davon abgewandt, um einfach weiterzumachen. »Ich werde nicht zum Opfer meines schweifenden Bewusstseins werden! Er hat mich in einem Moment der Unachtsamkeit erwischt. Aber jetzt habe ich mich im Griff. So lautet meine Botschaft an ihn. Geh, Rosie. Geh gleich zu ihm und richte ihm das aus.«

. . .

Das tat ich auch, aber er wollte nichts davon hören. Am nächsten Morgen sah ich ihn auf seine Krücke gestützt in die Küche humpeln, wobei er Gott sei Dank nicht allzu schnell vorankam. Ich lief neben ihm her, zerrte an seinem Ärmel und flehte ihn an, es zu lassen.

Aber er ignorierte mich und betrat den Raum.

Zum Glück kehrte Usha uns gerade den Rücken zu. Sie stand am Herd und rührte in einem großen Milchtopf herum.

Sunita, die inzwischen zurückgekehrt war, stand mitten in der Küche am Tisch und knetete Teig. Sobald sie Andrew gewahr wurde, eilte sie uns mit ausgebreiteten Armen entgegen.

»Raus! Raus mit dir! Bleib bloß von meiner Tochter weg!«

Wie merkwürdig es doch war, die sonst so liebevolle, sanfte Sunita in einem solchen Tonfall mit dem Sohn der Herrschaften sprechen zu hören! Aber selbstverständlich war sie auch Andrews *Ayah* gewesen. Sie kannte ihn von klein auf, darum hatte sie ihn auch schon tausendmal ermahnt und zurechtgewiesen. Und Andrew hatte sich schon tausendmal ihrer Autorität gefügt – so auch jetzt.

Hinter Sunitas ausgebreiteten Armen sah ich, wie sich Usha kurz umwandte, um zu sehen, worum ein solches Drama veranstaltet wurde, bevor sie hastig aus der Küche flüchtete.

Bis zum Mittag war Usha verschwunden. Einen Tag später wurde sie von Parvati, einer jungen, verheirateten Frau aus dem Dorf ersetzt. Sie war Sunitas Cousine und dankbar für die Anstellung. Später erfuhr ich, dass Usha nun auf der Plantage der Penningtons arbeitete.

Es sollte Jahre dauern, bis ich sie wiedersah.

* * *

Die nachfolgenden Wochen verbrachte Andrew damit, Trübsal zu blasen und mir die Schuld an seinem Unglück zu geben. Aber dann ging das Schuljahr zu Ende und Victor kehrte aus Kodaikanal zurück, und er hatte auch schon ein Mittel gegen den Liebeskummer seines Bruders parat: Er schleifte Andrew mit nach Colombo, wo es, wie er behauptete, hübsche Mädchen wie Sand am Meer gäbe, in die Andrew sich verlieben konnte. Das Blitzen in Victors Augen verriet mir, dass seine Definition von *Liebe* um Lichtjahre von Andrews Interpretation dieses Wortes abwich. Aber dennoch ließ sich Andrew von ihm mitschleifen.

Nun waren sie alle fort: Ich war allein. Jetzt, da die großen Ferien begonnen hatten, ergriff ich die Gelegenheit beim Schopf, um Pa zu besuchen. Aber selbst in Shanti Nilayam war nicht mehr alles beim Alten.

Pa hatte sich verändert. Er hieß mich mit seiner üblichen ruhigen Herzlichkeit willkommen, aber schon am ersten Abend setzte er sich mit mir für ein ernstes Gespräch an den Tisch.

»Rosie«, sagte er, »ich habe viel nachgedacht. Wir wissen jetzt, dass deine Mutter gut daran getan hat, für ihren Tod vorzusorgen, und ich habe mich dazu entschlossen, dasselbe zu tun.«

»Pa!«, rief ich. »Du meinst doch nicht …«

Er lachte leise. »Nein, ich hatte keinen Traum oder dergleichen, nicht so wie sie. Und du bist ja jetzt auch deutlich älter, du bist keine zehn mehr. Aber genau deswegen solltest du ein bisschen mehr über unsere Verhältnisse wissen, nur für den Fall. Immerhin zieht in Europa gerade ein Krieg auf. Zwar rechne ich nicht damit, dass Indien oder Asien mit in den Konflikt hineingezogen werden, aber die Möglichkeit besteht trotzdem. Ich fürchte, die Japaner führen nichts Gutes im Schilde. Schließlich haben sie mit der Invasion Chinas einen regelrechten Krieg losgetreten. Sie stellen definitiv eine Bedrohung dar.«

»Aber doch nicht für uns, oder, Pa?«

»Momentan vielleicht nicht. Aber die Japaner haben die gleichen imperialistischen Anwandlungen wie die Deutschen. Sobald sie erst einmal Blut geleckt haben ... Sie kennen keine Gnade. Wir müssen auf alles vorbereitet sein.«

»Aber doch hoffentlich nicht auf Krieg, oder, Pa?«

»Nun, die eigentlichen Kriegsvorbereitungen überlassen wir besser unseren Politikern und dem Militär. Ich meinte damit eher eine persönliche, individuelle Vorbereitung. Ich erzähle dir jetzt das Wichtigste, was du wissen musst: Dieses Haus gehört dir. Die Eltern deiner Mutter, deine Großeltern, haben ihr das Haus zur Hochzeit geschenkt, und in ihrem Testament hat sie es dir vermacht und mir ein lebenslanges Wohnrecht eingeräumt. Was mich angeht, falls mir irgendetwas zustößt: Da gibt es gewisse Besitztümer in England, die mir als einzigem Sohn ... aber mit diesen Feinheiten musst du dich jetzt noch nicht beschäftigen. Das steht alles in diesem Ordner dort drüben«, er zeigte darauf, »der, auf dem *Rechtliches* steht. Den Namen und die Anschrift meines Anwalts findest du gleich auf der ersten Seite. Alles wurde bereits geregelt, und im Fall der Fälle kannst du selbstverständlich auf die Hilfe deiner Tanten bauen. Meiner Schwestern. Die mischen sich ja ganz gern mal ein, aber sie meinen es nur gut, wie du weißt!« Das Blitzen in seinen Augen verriet mir, dass er gerade ebenfalls an Tante Janes versuchtes Einschreiten nach Ammas Tod dachte. Wie lange das schon her war! Es kam mir wie ein anderes Jahrhundert vor.

»Aber warum jetzt, Pa? Hat das irgendeinen Grund?«

Irgendetwas in Pas Verhalten war anders, ich konnte es nicht genau festmachen: Er schien von einem neuen Funken, einer neuen Lebensenergie erfüllt zu sein. Und dieser Eindruck bestätigte sich jetzt.

»Ich habe einfach ... In letzter Zeit bin ich in mich gegangen, Rosie. Ich habe versucht, besser zu reflektieren und selbstkritischer zu urteilen. Ich war nie ein guter Vater, habe ich recht?«

»Aber Pa! Natürlich warst du das! Du bist eben nur ... na, du bist eben *du!* Und ich würde dich um nichts in der Welt eintauschen wollen!«

»Nein, nein, Rosie. Ich war ja gerade nicht wirklich ich selbst. Ständig habe ich mich nur in Büchern eingegraben. Ich glaube, all die Zeit über habe ich dort in Wahrheit nur nach mir selbst gesucht, aber in den Büchern werde ich mich wohl kaum finden. *Wer bin ich?* Ist das nicht die große Frage? *Wer bin ich wirklich?* Und wo finde ich mich? Ganz sicher nicht in diesen Wälzern.«

»Pa?« So etwas hörte ich tatsächlich zum ersten Mal. Die Bücher waren sein Ein und Alles.

»Tja, also ... Ich habe beschlossen, das ewige Lesen sein zu lassen und stattdessen endlich dem Rat der Bücher zu folgen. Die Antworten, nach denen ich suche, werde ich nicht in Büchern finden, Rosie. Sie können nur den Weg dorthin weisen. Aber die eigentliche Arbeit muss ich selbst leisten.«

»Ich verstehe es immer noch nicht.«

»Nein, das kannst du wohl auch nicht verstehen. Ich verstehe es ja noch nicht einmal selbst, aber ich bin auf einem guten Weg dorthin. Ich stehe kurz davor, es zu begreifen. Das, was mir die Bücher raten, was dort tausendfach geschrieben steht, die Grundessenz ist immer Folgendes: Die Antwort finde ich nur in mir selbst. In meinem Herzen. Genau hier.«

Er zeigte auf seine Brust. »In Wirklichkeit suche ich nur nach mir selbst. Und in all den alten, tamilischen Schriften, den *Upanishaden* und den *Veden* steht immer das Gleiche: Gehe in dich und du findest die Antworten. Es steckt alles in mir selbst, Rosie. Das Glück, die Freude, die Erfüllung. Aber dahin zu kommen ist harte Arbeit. Einen Anfang habe ich immerhin gemacht. Ich habe angefangen, zu meditieren.«

»Was, wirklich? Du?«

Ich weiß nicht genau, warum mich das so überraschte. War Pa nicht eigentlich genau der Typ dafür, so introvertiert, weltfremd und zurückgezogen, wie er war? Sicher war das nun der nächste Schritt.

»Ja, ich. Und zu meiner Überraschung hat das alles grundlegend verändert! Tatsächlich ist es ziemlich aufregend!«

»Hmmm. Wirkt auf mich eher langweilig.«

»Weil du es nur als Außenstehende betrachtest. Es nicht am eigenen Leib *erfährst*. Für mich fühlt es sich jedenfalls so an, als würde ich mich auf einen ganz neuen Weg begeben. Auf ein Abenteuer – wenn auch nur in meinem Inneren.«

Ich muss skeptisch ausgesehen haben, denn er schien das Gefühl zu haben, sich verteidigen zu müssen. »So ist es wirklich, Rosie. Sei nicht so voreingenommen!«

»Wenn du das sagst, Pa!«

»Möchtest du es gerne lernen?«

»Nein, Pa, wirklich nicht«, erwiderte ich wie aus der Pistole geschossen.

Darauf lächelte er und schien wieder ganz der Alte zu sein. Ich atmete erleichtert aus. Sein nächster Satz bestätigte diesen Eindruck.

»Wollen wir morgen ganz früh aufstehen, zum Strand spazieren und uns gemeinsam den Sonnenaufgang ansehen?«

»Au ja, Pa! Das machen wir!«

Seit Jahren schon hatten wir das nicht mehr getan. Früher war das immer Ammas und mein Ding gewesen, und in den ersten Jahren nach ihrem Tod hatten Pa und ich diese Tradition während meiner jährlichen Besuchen fortgeführt. In den letzten Jahren hatten wir dieses Ritual allerdings beide schleifen lassen, da wir lieber ausschliefen. Aber jetzt klang das wie ein wundervoller Neuanfang für uns.

* * *

Im Verlauf der nächsten beiden Wochen musste ich es selbst zugeben: Falls dieser neue Pa tatsächlich das Ergebnis dieses Hokuspokus war, den er neuerdings betrieb, dann war vielleicht doch wirklich etwas dran. Er war viel weniger zerstreut, viel weniger ... verstaubt trifft es vermutlich am besten. Als ich ihm von dem dramatischen Vorfall zwischen Andrew und Usha erzählte, hörte er mir wirklich zu und sagte mir ehrlich, was er davon hielt: Usha sei ihrem Alter weit voraus; die Sache zwischen ihnen wäre zum Scheitern verurteilt gewesen, und es sei gut, dass sie die Kraft aufgebracht hatte, zu widerstehen – und das mit gerade einmal vierzehn Jahren!

Auch über meine Zukunft sprachen wir.

Seit einem Jahr, vielleicht auch schon etwas länger, behielt ich mein Geheimnis nun schon für mich. Außerhalb der Schule hatte ich bisher niemandem davon erzählt, und jetzt war Pa abgesehen von meinen Lehrern der Erste, dem ich meinen zögerlichen Wunsch offenbarte: Konnte ich wirklich Ärztin werden? Er war sofort ganz begeistert.

»Aber *natürlich* kannst du das! Du musst sogar, Rosie! Was für eine wunderbare Idee!« Mir wurde ganz warm ums Herz, als mir klar wurde, dass er stolz auf mich war. Gab es denn irgendetwas Befriedigenderes, als zu wissen, dass man seine Eltern stolz machte? Und das, obwohl ich mein Ziel noch gar nicht erreicht hatte, obwohl es bislang allenfalls als vage Idee in meinem Kopf herumgeisterte?

Doch dann wurde er plötzlich ernst.

»Aber Rosie ... Der Krieg.«

»Aber der ist doch nur in Europa ...«

Pa schüttelte den Kopf. »Japan!«, rief er nur. »Japan kämpft immer noch gegen China, und wer weiß schon, was sie noch vorhaben? Es gibt Militärstrategen, die glauben, dass der japanische Kaiser ein Bündnis mit Hitler eingehen wird. Vielleicht greifen sie sogar Amerika an. Wer weiß das schon, Rosie, wer weiß? Ich weiß nur, dass man im Moment besser keine Zukunftspläne schmiedet.«

»Aber in Ceylon sind wir doch bestimmt in Sicherheit, Pa?«

»Wer weiß? Ich hoffe es jedenfalls. Und ich hoffe auch, dass Onkel Henry weiß, was zu tun ist, falls doch irgendwann Gefahr droht. Selbstverständlich seid ihr hier im Ernstfall immer willkommen. Hier seid ihr in Sicherheit.«

Ich seufzte. Damals glaubte ich, Pa mache aus einer Mücke einen Elefanten. Da schloss ich mich lieber Onkel Henrys Meinung an, der trotz des aufkommenden Krieges in Europa jedwede Gefahr, die davon für uns ausging, leugnete. Ich wollte nicht, dass sich irgendetwas veränderte. Also wechselte ich das Thema.

Ungefähr zu dieser Zeit brachte ich mir auch endlich bei, auf der *Bansuri* zu spielen – der Bambusflöte, die mir Miss Subramaniam zu meinem Abschied von der *Banyan Tree School* geschenkt hatte. Es war eine Querflöte, und den meisten fiel es schon schwer, überhaupt einen Laut darauf zu erzeugen, denn dazu musste man genau die richtige Menge Luft in einem speziellen Winkel durch das Mundstück blasen; aber die eigentliche Schwierigkeit bestand darin, die Luftzirkulation lange genug aufrechtzuerhalten, um damit eine Melodie zu spielen. Als Miss Subramaniam die Flöte zum ersten Mal mit in die Klasse gebracht und sie herumgereicht hatte, war ich die einzige, der das gelungen war. Ich nehme an, das war auch der Grund, warum sie mir die Flöte damals geschenkt hatte. Und nun war es an mir, zu lernen, wie man darauf spielte, damit ihr großzügiges Geschenk an mich nicht verschwendet war.

Als ich mir dann mithilfe eines alten, zerknickten Buches – *Bansuri im Selbststudium* –, das ich auf dem Markt bei einem Buchstand gefunden hatte, das Spielen beibrachte, merkte ich bald, dass ich damit nicht nur einer Verpflichtung meiner ehemaligen Lehrerin gegenüber nachkam: Es bereitete mir Freude. Ich lernte den sanften, hohlen, sehnsuchtsvollen Klang der *Bansuri* zu lieben. Er weckte tief verborgene Gefühle in mir, die ich bis dahin niemals auch nur ansatzweise erahnt hätte. Selbst meine zögerliche, unbeholfene Art zu spielen brachte mich in Verbindung mit mir selbst, mit einem *Selbst,* von dessen Existenz ich bislang nichts gewusst hatte: einem glücklichen, unversehrten, wundervollen Selbst. Einem Selbst, das sich nicht wegen des Kriegs oder der ungewissen Zukunft sorgte. Seitdem trug ich die Flöte immer bei mir.

Als sich mein Besuch dem Ende neigte, überraschte mich Pa ein zweites Mal.

»Rosie«, sagte er, »ich werde für ein paar Wochen verreisen. Nur, damit du Bescheid weißt: Ich werde dir während dieser Zeit nicht schreiben und keine Briefe empfangen. Also glaube bitte nicht, dass ich dich ignoriere.«

»Ach, wirklich? Wo geht's denn hin?«

Pa verreiste sonst nur äußerst selten. Selbst als wir noch zu dritt gewesen waren, hatte er das nicht oft getan, und seit Ammas Tod meines Wissens überhaupt nicht mehr.

»Also«, setzte er langsam an, »ich erwarte nicht, dass du das verstehst. Es hat mit dem zu tun, was ich dir erzählt habe, mit dem Abenteuer in meinem Inneren. Ich muss ein paar Leuten begegnen ... Leuten, die, na ja, den Weg bis zum Ende gegangen sind, wenn man es so formulieren will. Davon gibt es einige in Indien, und, na ja, zwei davon stechen für mich besonders heraus. Bei denen möchte ich für eine Weile bleiben.«

»Wer sind diese Leute? Und wo leben sie? Sprichst du von Gurus?«

Er zuckte mit den Schultern. »Wenn man sie so nennen möchte, ja. Die eine davon ist eine heilige Frau, die im Himalaya lebt. Dort möchte ich zuerst hin, zumindest für eine Weile. Danach komme ich wieder zurück. Der andere lebt gar nicht so weit weg, in Tamil Nadu. Von Madras aus sind das nur ein paar Stunden mit dem Bus.«

»Oh, Pa! Du weißt doch, dass das alles nur Scharlatane sind!«

Letztes Jahr waren Pa und ich bei einem Vortrag von Jiddu Krishnamurti in Madras gewesen.

Krishnamurti war ein äußerst charismatischer Redner und Autor, der während der 1920er Jahre von Annie Besant und anderen Theosophen zu einem spirituellen Weltlehrer ausgebildet worden war. Um ihn in dieser Rolle zu unterstützen, hatten sie eine Organisation namens *Order of the Star in the East* gegründet, mit der sie sich sowohl im Osten als auch im Westen intensiv für ihn einsetzten. An Krishnamurtis außergewöhnlichen Anziehungskraft und spirituellen Vision bestand kein Zweifel, und er sprach sich ausdrücklich gegen die Verbreitung von Gurus in Indien aus. Er hielt sie schlicht und ergreifend für überflüssig. Und bisher hatte ich angenommen, in dieser Hinsicht wären Pa und ich uns einig.

Krishnamurtis Rede hatte uns damals beide beeindruckt, Pa noch deutlich mehr als mich. Ich ging davon aus, dass die geplante Reise ungefähr in diese Richtung ging. Pa steckte viel tiefer drin, als ich zunächst angenommen hatte. Ich war zutiefst enttäuscht. Aber sein Entschluss stand bereits fest, und so brach er schließlich auf. Bei meiner Rückkehr nach Ceylon fühlte ich mich sehr niedergeschlagen. Ich erkannte Pa nicht wieder, und das nicht nur wegen seiner Äußerungen über den Krieg, seiner Sorge um mich und seines plötzliches Interesses für Politik; nein, einfach so loszuziehen, um von einem indischen Fakir zum nächsten zu reisen, das sah ihm überhaupt nicht ähnlich. Es ergab keinen Sinn.

Als ich zurückkehrte, geriet ich geradewegs in einen Streit zwischen Andrew und Victor. Victor machte sich gerade über

Andrew lustig.

»Du warst schon immer ein Weichei!«, rief er. »Oh, hallo, Rosie. Nun sag schon, stimmst du mir nicht zu? Findest du nicht auch, dass Andrew ein Schwächling ist?«

Ich runzelte die Stirn. »Was meinst du damit?«

Wieder lachte er. »Na, ich möchte nicht zu sehr ins Detail gehen, aber ich habe ihn mit nach Colombo genommen, um ein bisschen Spaß zu haben. Von körperlichen Freuden verstehst du sicher nicht viel, Rosie, aber für einen Jungen ist es sehr wichtig, ein richtiger Mann zu werden. Andrew ist schon sechzehn, höchste Zeit also, ihn einzuweihen ... aber ist es denn zu fassen? Er hat einen Rückzieher gemacht!«

Ich errötete, denn ich hatte schon einmal am Rande von dem gehört, worüber er sprach, über Frauen, die ihre Körper an jeden vermieteten, der ihnen genug Geld bot.

»Ich bezweifle, dass Andrew an so was Gefallen finden würde«, erwiderte ich schwach.

Victor brach in schallendes Gelächter aus. »Stimmt ja, stimmt ja! Er ist halt ein braver Junge! Völlig versponnen, mit seiner Musik und seiner Poesie. Aber darauf stehen die Mädels nicht, hab ich recht, Rosie? Mädels mögen die bösen Jungs, so wie mich. Sag ihm das, na los!«

»Aber Andrew sucht gar nicht nach einem Mädchen«, war alles, was ich herausbrachte. Victor war so einschüchternd, so aggressiv mit seinen Sticheleien. Das gefiel mir überhaupt nicht. Am liebsten hätte ich Andrew auf der Stelle woandershin gezaubert.

»Ach, stimmt ja, das hatte ich schon ganz vergessen. Er hat sich ja in dieses indische Dienstmädchen verknallt. Na, dann will ich dir mal ein Geheimnis verraten. Dienstmädchen wie die findet man wie Sand am Meer. Die muss man nicht mal dafür bezahlen.«

Dann lachte er, kniff mir in die Wange und verließ das

Zimmer. »Waschlappen, Waschlappen!«, rief er beim Hinausgehen.

Der Streit setzte sich über die nächsten Tage fort, und Victor hörte nicht damit auf, Andrew aufzuziehen und zu verspotten. Onkel Henry schlug sich dabei natürlich auf Victors Seite. Andrew müsse endlich ein richtiger Mann werden, sagte er, und wo könnte er das besser bewerkstelligen als in den Freudenhäusern Colombos? Tante Silvia hingegen stand Andrew bei, ihrem Jüngsten, aber auch sie bestand darauf, dass er *dieses Mädchen* ein für alle Mal aus seinen Gedanken verbannte.

Die Streiterei artete in einen ausgewachsenen Konflikt zwischen den beiden aus, der sich durch die gesamten Ferien zog. Ohnehin hatten wir uns seit unserer Kindheit ziemlich auseinanderentwickelt – vergangen die Zeiten, in denen Victor unsere Abenteuer in der Wildnis angeführt hatte. Victor, der nun schon fast achtzehn und im Grunde genommen ein erwachsener Mann war, verfolgte andere Interessen und verbrachte den Großteil seiner Zeit in Kandy, wo er mit Sicherheit sehr männlichen Beschäftigungen nachging. Victor und ich gingen höflich miteinander um, aber ich hatte ihn noch nie als einen Bruder angesehen, der mir so nahestand, dass ich mich ihm hätte anvertrauen können – und nun weniger denn je. Diese Rolle fiel Andrew zu.

Ich hatte Mitleid mit ihm. Noch immer war er felsenfest davon überzeugt, dass Usha diejenige war, die er eines Tages heiraten würde. Ich konnte das nicht nachvollziehen; aber andererseits hatte ich einen solchen Erkenntnisblitz auch noch nie erlebt.

Meine Aufgabe war es jetzt, Andrew auf andere Gedanken zu bringen. Und da die Atmosphäre in Newmeads äußerst angespannt war, hielt ich es für das Beste, ihn mit einem gemeinsamen Kurzurlaub abzulenken: einer Fahrt ans Meer.

Was ich an Shanti Nilayam am meisten vermisste – abgesehen von Pa, versteht sich –, war, das Meer praktisch direkt vor der Haustür zu haben. Ich glaube, dass jeder, der am Meer aufwächst, eine lebenslange Bindung dazu entwickelt und sich auf ewig nach der rollenden Brandung sehnt, nach dem lieblichen Geräusch des Wassers, das schäumend im Sand versickert, wenn die Wellen den Strand umspülen. Nach den endlosen Weiten des Meeres, das sich bis zum Horizont erstreckt; nach der Sonne, die vor dem Hintergrund dieser Unendlichkeit ihre Bahnen zieht.

»Du brauchst mal eine Auszeit«, sagte ich zu ihm, »eine Pause von allem. Lass uns wegfahren, nur du und ich. Ich war noch nie an den Stränden der Südküste, Galle, Madiha und Talalla. Du?«

»Nein, wir waren bisher immer nur in Colombo. Der einzige Strand, den ich kenne, ist der in Negombo.«

»Na, dann lass uns doch verreisen! Nur du und ich. Ein kleiner Urlaub. Lassen wir dieses ganze Gerede über Krieg und Freudenhäuser und Victors Sticheleien einfach hinter uns.«

Andrew war sofort Feuer und Flamme. »Ja!«, rief er. »Dann kann ich mich endlich auch mal wieder der Malerei widmen! Ich wollte mich schon immer einmal an einer Meereslandschaft versuchen!«

»Und ich kann Flöte üben. Vielleicht inspiriert mich das Meer ja!«

»Und vielleicht schreibe ich dabei sogar ein paar Gedichte. Liebesgedichte würde ich gerne mal versuchen.«

»Ach, Andrew!«, seufzte ich nur, versuchte aber gar nicht erst, ihn zur Vernunft zu bringen. Sollte er doch seine Liebesgedichte schreiben. Sie würden ihm eh nichts bringen.

Selbstverständlich mussten wir zunächst Tante Silvia um Erlaubnis bitten. Und wir brauchten Geld, um unterwegs in Hotels zu übernachten – günstig würde der Urlaub mit Sicherheit nicht werden. Ich hatte mein eigenes Geld – denn zusätzlich zu dem Unterhalt, den Pa meinen Pflegeeltern für mich bezahlte, überwies er mir auch regelmäßig Geld auf mein Bankkonto, das ich bisher noch nie angerührt hatte, sodass es sich dort nun schon seit Jahren anhäufte. Ich hatte nichts dagegen, nun ein bisschen davon zu verprassen.

Andrew hingegen musste seine Mutter nicht nur um Erlaubnis, sondern auch um Geld bitten. Wir gingen beide davon aus, dass es kein Problem würde, aber zu meiner Überraschung reagierte sie völlig schockiert. Ich verstand das nicht, bis sie mich zu einem Gespräch unter vier Augen in mein Zimmer bat.

»Hast du den Verstand verloren, Rosie?«, fragte sie.

Ich runzelte die Stirn.

»Wie meinst du das, Tantchen?«

»Ist das denn nicht offensichtlich? Glaubst du wirklich, ihr beiden könntet euch so mir nichts, dir nichts in einen romantischen Urlaub verabschieden und ich würde dazu auch noch einfach so meine Erlaubnis erteilen?« Dabei schnippte sie mit den Fingern.

»Romantisch? Tantchen! Nicht doch! Natürlich ist das kein romantischer Urlaub! Andrew und ich, wir sind doch wie Geschwister!«

»Ach, Rosie! Ich bin doch nicht von gestern, und du auch nicht. Du bist jetzt in einem Alter, in dem du so etwas verstehen solltest. Und das tust du auch, oder? Wenn du ehrlich bist?«

»Was soll ich verstehen? Ach, Tantchen! Ich kann nicht glauben, dass du ...«

»Hör mal, ich habe nur dein Wohlergehen im Sinn. Ich stimmte dir zu, dass Andrew und du das perfekte Paar abgeben würdet, und ich habe immer geglaubt – sogar gehofft – dass ihr beide eines Tages heiraten würdet. Na, entweder Andrew oder Victor, aber Andrew erscheint mir da wahrscheinlicher, und ...«

»Ich? Andrew heiraten? Aber Tantchen, das ist mir kein einziges Mal in den Sinn gekommen. Das ... das wäre ja geradezu *Inzest!*«

»Was für ein Unsinn, Liebes! In euren Adern fließt kein einziger Tropfen verwandtes Blut. Aber weißt du, das hätte sich deine Mutter ebenfalls gewünscht. Davon haben wir als junge Mütter schon geträumt. Als du geboren wurdest, da hielten wir das für perfekt: Ich mit den drei Jungs und du, ein kleines Mädchen, das sich eines Tages einen davon aussuchen könnte. Wenn denn alles nach Plan verlief. Die liebe Lucy fand das genial!«

»Aber Tantchen, wie ich gerade gesagt habe: Ich bin mit ihnen aufgewachsen! Sie sind wie Brüder für mich!«

»Aber sie *sind* nicht deine Brüder! Ernsthaft, Rosie, hast du denn gar keine Fantasie? Also, in deinem Alter habe ich Filmstars angehimmelt und mir vorgestellt, sie eines Tages zu heiraten, in ihren Armen zu liegen. Andrew und Victor sehen beide gut aus – beide sind ein guter Fang. Jetzt erzähl mir bloß nicht, du hättest es nie in Erwägung gezogen, dir einen von ihnen zu angeln?«

»Im Leben nicht! Nicht für eine Sekunde, Tantchen!«

»Tatsächlich habe ich immer geglaubt, Victor und du wärt perfekt füreinander. Dein Einfluss könnte ihn erden. Er ist ein bisschen wild geraten, du dagegen bist so reif.«

Dieser Gedanke war dermaßen absurd, dass ich nichts darauf erwidern konnte. Also lenkte ich das Thema stattdessen von Victor weg.

»Und was ist mit Graham?«

Sie winkte ab. »Mach dich nicht lächerlich, Rosie, Graham ist doch viel zu alt für dich ... er ist ganze zwölf Jahre älter als du.«

Das wusste ich natürlich. Graham beeindruckte mich, und ich wusste sehr wohl, dass er nicht nur hinsichtlich seines Alters in einer anderen Liga spielte. Dennoch musste ich Tantchens Argumentation auf den Zahn fühlen.

»Aber zwischen Onkel und dir liegen doch sogar mehr als nur zwölf Jahre. Und zwischen Amma und Pa auch.«

»Das stimmt, und das ist auch genau der Grund dafür, warum ich davon abrate. Außerdem habe ich für Graham schon eine andere im Auge. Für dich hatte ich entweder Andrew oder Victor vorgesehen.«

»Glaub mir, Tantchen: Das ist mir nie auch nur in den Sinn gekommen.«

»Na, das hätte es aber sollen. Das ist doch ganz natürlich. Dieses Bruder-Schwester-Gehabe, da solltet ihr beide mal ganz dringend herauswachsen. Jetzt noch mehr denn je. Dieses kleine Drama mit Usha ... Andrew muss sie endlich aus dem Kopf bekommen. Und was wäre dazu besser geeignet, als ...? Lass mich mal nachdenken.«

Dann schwieg sie für eine Weile, während ich auf der Bettkante saß und auf der Unterlippe herumkaute. Welch ein absurder Gedanke! Andrew und ich! Sie hatte offenbar den Verstand verloren. Wer hätte das ahnen können? Und doch stellte sich nun heraus, dass Tante Silvia sich offenbar schon von Anfang an in den Kopf gesetzt hatte, ich sollte eines Tages Andrew oder Victor heiraten. Erst jetzt verstand ich den Kontext so mancher ihrer Andeutungen aus der Vergangenheit. Es sah ganz so aus, als hätte sie schon die ganze Zeit über aufmerksam nach Anzeichen von romantischem Interesse bei uns dreien Ausschau gehalten. Das hatten sie und Amma sich früher, als wir noch klein waren, so ausgemalt. Ich war mir allerdings sicher, dass Amma diese romantischen Mädchenträume schnell hinter sich gelassen hatte. Anders als Tantchen, die daher unser Vorhaben eines gemeinsamen Strandurlaubs so fehlinterpretiert hatte.

Endlich ergriff Tantchen wieder das Wort.

»Meine Liebe, ich sehe jetzt, dass ich das alles völlig missverstanden habe. Die ganze Zeit über war ich davon ausgegangen, wir wären gedanklich gleichauf und du hättest dich insgeheim in Andrew verliebt. Mir wäre das an deiner Stelle sicher so gegangen! Als du also vorgeschlagen hast, gemeinsam mit ihm zu verreisen, da war ich natürlich schockiert, denn das wäre die ganz und gar falsche Herangehensweise. Mit fünfzehn bist du noch viel zu jung, um mit einem jungen Mann intim zu werden, und sobald du dich hingegeben hättest, würde er sofort das Interesse verlieren. Deshalb war ich so irritiert. Aber wie ich sehe, war das alles bloß ein Missverständnis. Na, wie dem auch sei ...«

Sie hielt inne und ich schwieg, während ich darauf wartete, dass sie fortfuhr.

»... wie dem auch sei, im Prinzip ist das ja eine gute Idee. Allerdings braucht ihr eine Anstandsdame. Wir wollen schließlich keine Gerüchte provozieren, du weißt ja, wie die Leute so sind. Ich werde euch begleiten. Wir beide können uns ein Zimmer teilen. Ein kleiner Urlaub wird uns allen guttun. Na ja, und die Meeresbrise, die romantische Atmosphäre und du im Badeanzug direkt vor seiner Nase – das sollte ihn doch wohl von diesem kleinen Luder ablenken ...«

Und nichts konnte sie vom Gegenteil überzeugen.

* * *

»Wenn es einen Himmel auf Erden gibt, dann hier!«, seufzte Andrew.

»Da stimme ich dir voll und ganz zu!«, erwiderte ich.

Wir saßen am Strand von Hiriketiya, nachdem wir vergangene Woche von Colombo aus an der Küste entlang hierhergefahren waren. Der größte Vorteil daran, Tantchen als überflüssige Anstandsdame im Schlepptau zu haben, war die Möglichkeit, uns von ihr chauffieren zu lassen. Wir waren von Stadt zu Stadt gefahren und unterwegs immer für ein, zwei Nächte am selben Ort geblieben. Heute war unser letzter Tag, bevor wir den Rückweg antraten.

Wir verbrachten eine herrliche Zeit miteinander. Andrew hatte Farben, Pinsel und Leinwand mitgenommen, und an allen Orten, an denen wir abgestiegen waren, hatte er einen anderen Ausblick auf das Meer gemalt.

»Also, was meinst du, Rosie?«, fragte er mich nach jedem vollendeten Gemälde. »Glaubst du, ich könnte als professioneller Künstler Karriere machen?«

»Hm«, erwiderte ich jedes Mal, während ich seine Werke aufmerksam studierte und mir mit gespielter Nachdenklichkeit das Kinn rieb. »Wie wär's mit ein paar großzügigen Spritzern Rot hier und da?«

Ich zog ihn gerne mit seiner Malerei auf, aber insgeheim hielt ich ihn für sehr begabt, und hier, an den wunderschönen Südstränden der Insel, brach sein Talent erst richtig hervor.

»Es war eine gute Idee, hierherzukommen«, sagte er jetzt. »Das Meer inspiriert mich.«

»Mich auch!«, gab ich zurück. Während er seine Malutensilien mitgebracht hatte, hatte ich meine *Bansuri* eingepackt und eine ganze Menge neuer fröhlicher und beschwingter Melodien komponiert. Schon immer hatte das Meer mich glücklich gemacht, aber hier war es sogar noch schöner als der Ozean, den wir in Shanti Nilayam vor der Tür hatten.

Der Strand von Hiriketiya lag in einer hufeisenförmigen Bucht und war der vermutlich schönste Strand, den wir bisher besucht hatten. Das ganze Jahr hindurch war er vor Wind und Wetter geschützt. Dank des sanften Wellenganges und Andrews geduldiger Führung lernte ich dort auch endlich zu schwimmen.

»Ich wünschte, ich müsste nicht eines Tages die Teeplantage übernehmen!«, seufzte Andrew. »Ich würde so gerne Kunst studieren und ein richtiger professioneller Maler werden.«

»Kannst du darüber nicht mit deinem Vater sprechen?«

»Im Leben nicht! Wenn Victor die Plantage nicht übernehmen möchte, fällt die Pflicht mir zu. Da gibt es kein Entkommen.«

Andrew schien sich mit seinem Schicksal abgefunden zu haben, also diskutierte ich mit ihm nicht weiter darüber, aber insgeheim fand ich es sehr schade. Ich konnte mir Andrew bildlich als unkonventionellen Künstler in der Pariser Boheme vorstellen, oder in einer Künstlerkommune in Cornwall ...

»Sobald Usha und ich verheiratet sind, werden wir hier unsere Flitterwochen verbringen!«, sagte er plötzlich und riss mich damit aus meinen Tagträumen.

»Andrew!«, rief ich aus. »Hör sofort auf damit!«

Darauf lachte er nur leise. »Du wirst schon sehen!«, sagte er und kniff mich in die Wange. »Gegen das Schicksal kann man nicht ankämpfen.«

Tantchen hielt sich derweil lieber in den Cafés der Küstendörfer auf und unterhielt sich dort mit anderen englischen Ehefrauen – den *Memsahibs* oder auch *Mems* – über Gott und die Welt. Sie begegnete dort vielen alten Bekannten und knüpfte auch einige Kontakte unter den Neuankömmlingen. Sie tat nichts lieber, als den neuen *Mems* dabei zu helfen, sich in ihrem neuen Leben zurechtzufinden. Dafür hatte sie eine Vielzahl von Ratschlägen parat und konnte den lieben langen Tag nur mit Klatsch und Tratsch verbringen. Bis auf ein kurzes »Erfrischungsbad«, nach dem sie immer schnell zurück an den Strand rannte, um sich wieder anzuziehen, weigerte sie sich, ins Wasser zu gehen, und legte sich auch nie in die Sonne – davon würde sie nur braun, sagte sie. Andrew und ich hingegen genossen die Sonne auf unserer Haut, den Sand unter unseren Füßen und das kühle Wasser, das uns umspülte.

Wie Andrew bereits angemerkt hatte, war es der Himmel auf Erden.

Als wir Ende August nach Hause zurückkehrten, erwartete mich dort schon ein Brief von Pa.

· · ·

»Meine Liebe Rosie«, schrieb er.

ich habe deinen Besuch sehr genossen und hoffe, dass auch dir
unsere gemeinsame Zeit gefallen hat. Wie du weißt, bin ich
nach deiner Abreise zu einer Art ›Pilgerfahrt‹ aufgebrochen,
die sich in der Tat als enorme Bereicherung herausgestellt und
mich in sämtlichen Belangen, über die wir gesprochen hatten,
bestärkt hat. Ich weiß, dass dir der Weg, den ich eingeschlagen
habe, missfällt und du mich vielleicht sogar für ein bisschen
verrückt hältst, aber ich bin fest davon überzeugt, dass du
meine Perspektive nachvollziehen könntest, wenn du dich
weniger vorurteilsbehaftet mit der Angelegenheit befassen
würdest ...

Aber wie dem auch sei, ich habe weitere Neuigkeiten für
dich, die dich möglicherweise ein wenig aus der Fassung bringen, und ich entschuldige mich schon einmal dafür, das nicht
näher ausführen zu können. Ich werde für eine Weile verreisen, und zwar weit fort von Shanti Nilayam. Ich werde recht
lange fort bleiben, ein Jahr vielleicht, oder sogar mehrere. Wie
lange genau weiß ich momentan noch nicht, und ich kann dir
auch leider keine weiteren Einzelheiten über meinen Verbleib
oder meine geplante Reiseroute zukommen lassen. Das hier
wird vorläufig mein letzter Brief an dich sein; bitte antworte
mir nicht, denn wenn dein Brief hier eintrifft, werde ich bereits
abgereist sein.

Ich werde den Betrieb in Shanti Nilayam auf das
Minimum zurückfahren. Thila wird hierbleiben und
weiterhin ihr Zimmer bewohnen sowie Küche und Bad
nutzen. Sie wird den Haushalt in reduzierter Weise weiter-
führen, schließlich ist das auch ihr Zuhause. Unser Gärtner
wird sich um das Grundstück kümmern. Selbstverständlich
bist du hier weiterhin jederzeit willkommen und darfst so
lange bleiben, wie du möchtest, denn vor allem ist es dein

Zuhause. Aber Thila kennt weder meine Anschrift noch meinen Aufenthaltsort. Niemand weiß davon.

Auch Pater Bear habe ich angeboten, jederzeit bei uns zu übernachten, wann immer er sich in Madras aufhält, denn er besucht die Stadt gelegentlich. Ich gebe dir seine Anschrift in der Nähe von Vellore – wie ich dir schon erzählt habe, hat er ein Waisenhaus auf dem Land eröffnet und ist inzwischen ganz dort hingezogen. Es sieht ganz danach aus, als bereitete ihm sein katholischer Orden ein paar Schwierigkeiten. Er ist ein solcher Freigeist. Meiner Meinung nach sollten sie auf ihn hören. Die Kirche könnte wirklich eine Reform vertragen, und er könnte ihnen die ein oder andere Sache darüber beibringen, was es wirklich heißt, in der Nachfolge Christi zu leben und auf Jesu Spuren zu wandeln. Es ist noch nicht lange her, dass ich ihn gesehen habe (Pater Bear natürlich – nicht Jesus!). Er hat mich hier besucht und ich habe ihm einen Zweitschlüssel gegeben. Ich hoffe, das macht dir als offizieller Eigentümerin nichts aus! Aber ich bin mir sicher, dass das für dich in Ordnung geht.

Aber ich schweife ab. Ich wollte mich nur von dir verabschieden, zumindest vorläufig. Falls es einen Notfall gibt, wende dich bitte an meinen Anwalt in Delhi, dessen Adresse ich unten für dich aufschreibe. Ich werde dir auch Tante Janes Anschrift geben, da ich mir nicht sicher bin, ob du sie schon hast.

Es tut mir schrecklich leid, daraus ein solches Geheimnis zu machen, meine Liebe, aber das ist nur zu unserem Besten. Ich wünsche dir für die kommenden Jahre von Herzen viel Kraft und Mut. Ich hoffe sehr, dass der Krieg nur auf Europa beschränkt bleiben wird und Ceylon und Indien nicht auch noch mit hineingezogen werden. Du wirst hoffentlich in Sicherheit sein ...

Darauf folgten die versprochene Liste von Adressen und

Telefonnummern sowie ein paar ermutigende Worte in Bezug auf meinen Wunsch, Medizin zu studieren, den ich weiterverfolgen solle, sobald die Umstände es zuließen. Dazu noch die Information, mit welchem Geld ich eine solche Ausbildung finanzieren und wie ich darauf zugreifen könne. Außerdem befand sich im Umschlag noch eine kurze Nachricht für Tante Silvia.

Das war alles.

Ich muss wohl nicht extra erwähnen, dass ich unter Schock stand. Insbesondere wegen dieser ganzen Geheimniskrämerei, die nur bedeuten konnte, dass er mir nicht vertraute. Dabei war es offensichtlich, wo er hinwollte und was er vorhatte: Die Struktur seines Briefes verriet ihn. Er musste sich einem dieser Gurus angeschlossen haben, von denen er mir erzählt hatte, und beschlossen haben, sein Schicksal in seine oder ihre Hände zu legen. Ich tippte auf diese angebliche »Heilige« im Himalaya, denn er hatte ja erwähnt, dass ihn seine Reise *weit fort von Shanti Nilayam* führen würde. Der andere Guru war ihm zufolge in Tamil Nadu ansässig, was nicht weit von Madras entfernt lag, also konnte ich das ausschließen.

Ich machte mir große Sorgen um Pa. War er vielleicht in irgendeine Sekte hineingeraten? Von so etwas hörte man gelegentlich: normale Leute, die von irgendeinem selbsternannten *Erleuchteten* plötzlich in den Bann gezogen wurden. Ich hatte Pa immer für viel zu besonnen gehalten, um dieser Art von weltfremdem, pseudoreligiösem Humbug auf den Leim zu gehen, aber es machte ganz den Anschein, als wären auch intelligente Leute nicht vor diesen Menschenfängern gefeit. Ihre Macht erschien mir unheimlich. Und normalerweise waren sie nur auf Geld aus. Immerhin hatte Pa dafür gesorgt, dass meine finanzielle Sicherheit dabei nicht auf dem Spiel stand.

. . .

Tante Silvia reagierte auf diese Neuigkeit nicht weniger bestürzt.

»Was ist denn plötzlich in Rupert gefahren?«, fragte sie, nachdem ich ihr den Briefinhalt erläutert hatte und sie auch die an sie selbst adressierte, weniger ausführliche Nachricht gelesen hatte. »Aber wie sagt man so schön? Stille Wasser sind tief, und still war er ja schon immer. Ständig mit dem Kopf in den Wolken, ohne jeden Realitätsbezug. Hätte er Lucy nicht gehabt, wäre der Gute wahrscheinlich einfach so davongeschwebt. Das hat Lucy genau gewusst, als sie die Vorkehrungen für den Fall ihres Todes getroffen hat. Bei ihm musste man immer irgendwie damit rechnen, dass er abheben und ins Ungewisse davonfliegen würde. Mehr so der Künstlertyp. Nicht so verwurzelt.«

Nun war es zwar in Ordnung, wenn *ich* Pas Geisteszustand anzweifelte, aber das hieß noch lange nicht, dass ich Tante Silvia schlecht über ihn reden ließ.

»Pa ist einer der besten Linguisten der Welt!«, erwiderte ich bestimmt. »Er ist eine etablierte Größe in der Literaturszene! Und er spricht *mindestens* zehn Sprachen fließend, von denen er sich einige sogar selbst beigebracht hat! Er ist ein Genie!«

»Oh, daran zweifle ich gar nicht!«, sagte Silvia und lächelte gönnerhaft. »Nur dass sein Genie nicht wirklich zu etwas gut ist. Ich würde immer einen Mann an meiner Seite wollen, dessen Genialität eher praktischer Natur ist. Einen Mann, der beispielsweise einen erfolgreichen Teehandel betreiben kann, so wie dein Onkel Henry. Ich habe Lucy damals gewarnt, aber nein. Sie hatte ihre Wahl getroffen. Diese Suppe hat sie sich selbst eingebrockt.«

»Sie hat ihn geliebt! Und sie war glücklich mit ihm! Außerdem ist seine Begabung sehr wohl praktisch, schließlich verdient er an der Universität ja Geld.«

»Ha!«, antwortete sie. »Offensichtlich hast du keine Ahnung, was man als Englischprofessor so verdient. Ohne seinen Grundbesitz in England wäre dein Vater in der Tat ein armer Schlucker gewesen. Noch nicht einmal das Haus hat ihm gehört. Dem Himmel sei Dank hatte er deine Mutter! Auf sich allein gestellt, hätte er sich für eure Familie vielleicht gerade noch irgendeine Lehmhütte in den Armenbezirken Südindiens leisten können, wo ihr dann in bäuerlichen Verhältnissen gelebt hättet. Du kannst von Glück sagen, dass du auf beiden Seiten vernünftige Großeltern hattest und wenigstens deine Zukunft finanziell abgesichert ist.«

Ihr langer Monolog machte mich wütend, denn ich wusste instinktiv, wie falsch sie damit lag. Sie mochte vielleicht recht haben, was Pas Forschung und Lehre anging, aber sie lag gründlich falsch damit, was ... nun, worin sie falsch lag, konnte ich gar nicht so genau sagen. Ich schätze, ich stieß mich vor allem an der herablassenden Art, wie sie von Pa sprach. Das war es, was falsch daran war. Tief im Herzen wusste ich, dass Pa ein anständiger Mann war, einer der besten sogar; und obwohl ich mich selbst auch schon abwertenden Gedanken über ihn hingegeben hatte, verkehrte Tante Silvia diese mit ihren kleinen Sticheleien ins genaue Gegenteil, sodass ich nun mit Zähnen und Klauen für ihn kämpfte. »Pa ist der beste, anständigste, liebevollste und durch und durch *integerste* Mann, den ich je getroffen habe!« (Onkel Henry eingeschlossen, dachte ich, sprach es aber nicht aus.) »Ich kenne niemanden, der ihm das Wasser reichen könnte! Und darauf kommt es ja schließlich an. Auf den Charakter!«

»Ha! Charakter!«, rief Tante Silvia aus. »Damit hast du den Nagel auf den Kopf getroffen. Charakterstärke. Es tut mir leid, das so sagen zu müssen, aber dein Vater hat einen ausgesprochen schwachen Charakter. Die Tatsache, dass er sich jetzt vom Acker macht, um sich irgendeiner okkulten Sekte anzuschließen, bestätigt das ja wohl zur Genüge. Noch vor einer Minute hast du das sogar selbst gesagt.«

Touché. Ich hatte ihr meinen Verdacht darüber, was er

vorhatte und wo er hinwollte, schließlich selbst mitgeteilt, und hatte dem nun nichts entgegenzusetzen. Ich selbst hatte ihr die Munition geliefert, mit der sie mich treffen konnte. Also ging ich einfach.

Aber von diesem Tag an betrachtete ich Tante Silvia nicht länger als Verbündete. Ihre Geringschätzung für Pa ärgerte mich, und ich musste mich von ihr distanzieren, um mir eine gewisse Integrität zu bewahren.

Während dieser Zeit begann ich damit, noch vor der Morgendämmerung zum Wasserfall zu gehen, um dort Flöte zu spielen. Der Wasserfall lag ungefähr fünfzehn Minuten vom Haus entfernt, versteckt in dem Wald, der Newmeads umgab. Dort an dem Abhang, der zu einem wunderschönen See im Tal hinabführte, plätscherte ein Bach über einen Felsen in einen seichten Teich hinunter, dessen Wasser kristallklar und erfrischend kalt war und in dem ich früher oft mit den Jungs gebadet hatte.

Es war nur ein kleiner Teich und ein schmaler Wasserfall, aber der Klang von Wasser, das auf Wasser trifft, war einfach herrlich: so beruhigend, so frisch und klar und rein, das unentwegte Plätschern so angenehm für Ohr und Herz, dass es alle Sorgen fortzuspülen schien.

Diese Geräuschkulisse begleitete mein Flötenspiel. Wie ein stetiger Strom aus Öl, bildete das Plätschern die Grundlage, auf der ich Tausende verschiedener Melodien improvisieren konnte, von denen eine jede so neuartig und originell war wie der anbrechende Tag. Mein Duett mit dem Wasserfall wurde zu einem allmorgendlichen Ritual, das mich belebte, sodass ich frisch in den Tag starten konnte: eine Art Meditation, die mich auf den neuen Tag einstimmte, so wie man eine Violine vor dem Konzert stimmt, ein nicht mehr wegzudenkender Teil meines Lebens.

KAPITEL 11

1939–1942

Derweil blühte ich an der *Girls' High School* weiter auf. Seit meinem letzten Gespräch mit Pa, in dem ich herausgefunden hatte, dass er mich in meinem Vorhaben unterstützte, verfolgte ich mein Ziel, Ärztin zu werden, entschlossener denn je, und viele meiner Lehrerinnen bestärkten mich darin. Tante Silvia hatte ich noch immer nichts von diesem scheinbar extravaganten Plan erzählt. Sie hatte weiterhin versucht, mich zum Besuch des Mädchenpensionats zu überreden – zumindest bis ich Pa gebeten hatte, einzuschreiten, und er ihr tatsächlich einen sehr ernsten Brief geschrieben hatte, auf den hin sie endlich aufgab.

Was sie allerdings nicht aufgab, das waren ihre Bemühungen, mich dazu zu bringen, einen ihrer Söhne zu heiraten. Statt dabei allerdings offensiv vorzugehen, hielt sie sich bedeckt, beobachtete uns und versuchte, im Hintergrund die Fäden zu ziehen. Sie war viel zu clever, als dass sie nach dem Debakel vor unserem Urlaub weitere direkte Verkupplungsversuche unternommen hätte, denn als eifrige Jane-Austen-Leserin wusste sie schließlich, dass solche zu hartnäckigen Versuche oft in einem

Desaster endeten. Offensichtlich glaubte sie allerdings, ständige Nähe sei völlig ausreichend.

Unglücklicherweise war es aber genau diese Nähe, die jedwede romantische Entwicklung im Keim erstickte – wir drei waren wie Geschwister, das war nun einmal nicht zu ändern. In meinen Augen kam keiner der beiden als Heiratskandidat infrage. Wie jedes junge Mädchen hoffte ich natürlich, mich eines Tages in einen Traummann zu verlieben, aber ganz sicher in keinen von *diesen* beiden. Außerdem kreisten meine Gedanken vorerst um ein ganz anderes Ziel: Ich wollte Ärztin werden.

Abgesehen davon machte sich Andrew auch trotz Ushas fortdauernder Abwesenheit weiterhin Hoffnungen. Man konnte ihn nicht davon abbringen, ich versuchte es schon gar nicht mehr. Obwohl er so jung war, »wusste« er einfach, dass er sie eines Tages heiraten würde. Victor hingegen war in ganz Kandy als Schwerenöter bekannt. Meine halbe Klasse hatte ein Auge auf ihn geworfen und umgekehrt, und die Gerüchte über seine grenzüberschreitenden Eskapaden waren unerträglich und verleideten ihn mir endgültig.

Und Graham, der Älteste, war für Tantchen ohnehin nie im Rennen. Für ihn hatte sie andere Pläne: Die Carruthers, unsere Nachbarn, hatten nämlich eine Tochter namens Gwen, die nur zwei Jahre jünger als er und in mehr als nur einer Hinsicht die perfekte Partie war. Zwei Plantagen, zwei Familien, die zu einer verschmelzen würden, die Vorteile lagen auf der Hand. Tantchen erzählte mir frei heraus von ihrem Plan, nahm mir aber das Versprechen ab, darüber Stillschweigen zu bewahren. Graham durfte keinesfalls davon erfahren. »Du weißt ja, wie Männer sind! Ich werde ihn behutsam in die richtige Richtung schubsen, sobald für ihn eine Hochzeit infrage kommt.« (Ich hatte zwar keine Ahnung, wie Männer waren, aber das schien Tantchen nicht weiter zu stören.) Und so lebte Graham weiter vor sich hin, ohne von den Plänen zu wissen, welche die beiden Mütter – und, wie ich glaube, auch Gwen selbst – für ihn geschmiedet hatten.

Aber wir bekamen ihn sowieso kaum zu Gesicht, da Onkel Henry es weiterhin entschieden missbilligte, dass Graham Medizin studierte, obwohl er eigentlich die Plantage hätte übernehmen sollen. Das fand ich mehr als seltsam, denn Medizin erschien mir wie die vielversprechendste Karriere überhaupt.

Ich bewunderte Graham noch immer, und zwar nicht nur wegen seiner Berufswahl und der Art, wie er sich dafür seinem Vater widersetzte, sondern in erster Linie wegen seines Charakters. Wenn er doch mal da war, schwieg er die meiste Zeit, er war unfähig zu Smalltalk und brachte sich kaum in Gespräche ein.

Für mich war Graham unergründlich.

TEIL II

DIE KRIEGSJAHRE

Ab 1942

KAPITEL 12

Als in Europa im Jahr 1939 offiziell der Krieg ausbrach, stieß Tante Silvia einen Seufzer der Erleichterung aus, weil Andrew und Victor, die nach wie vor das Internat in Kodaikanal besuchten, nicht nur nicht in England, sondern – scheinbar – auch zu jung waren, zum Kriegsdienst eingezogen zu werden. Augenscheinlich konnten es die jungen Engländer, wo immer im Empire sie auch lebten, kaum erwarten, Hitler direkt in die Arme zu laufen und auf irgendeinem französischen Kornfeld ihr Leben zu lassen.

Aber nicht ihre Jungs. Glaubte sie zumindest. Sie holte die beiden umgehend nach Hause, wo sie ihre Schulzeit an einem Internat in Kandy fortsetzen sollten. Hier in Ceylon wären sie in Sicherheit. Und da Graham als fertig ausgebildeter Arzt nun ebenfalls nach Ceylon zurückgekehrt war, war ihre gesamte Familie nun aus der Schusslinie und, wie sie selbstzufrieden glaubte, außer Gefahr.

Aber dabei hatte sie nicht mit Victor gerechnet.

Zum Zeitpunkt des Kriegsausbruchs in Europa war Victor achtzehn Jahre alt und sollte im nachfolgenden Jahr seine Abschlussprüfungen schreiben, bevor er dann an Onkel Henrys

Seite in die Verwaltung der Plantage einsteigen würde. Aber hinter dem Rücken seiner Eltern hatte er sich bereits über sämtliche Optionen informiert, er hatte mit den richtigen Leuten in den richtigen Positionen Kontakt aufgenommen und eine bis dato ungekannte Zielstrebigkeit an den Tag gelegt.

In Ceylon gab es zwar keine Wehrpflicht, aber jungen Männern sowohl britischer als auch ceylonesischer Herkunft wurde es nahegelegt, sich freiwillig zum Dienst zu melden, und ehe wir uns versahen, war Victor bereits mit dem *Commonwealth Air Training Plan* auf dem Weg nach Australien, um sich dort in Victoria zum Kampfpiloten ausbilden zu lassen. Tante Silvia, die über sein plötzliches Verschwinden nahezu den Verstand verlor, wurde erst eine Woche später per Telegramm darüber informiert. Die Konsequenzen mussten wir alle ertragen, denn die nachfolgenden Tage verhielt sie sich absolut hysterisch. Es dauerte eine geschlagene Woche, bis sie sich wieder beruhigt hatte.

Und auch Andrew, der noch immer mit seinem gebrochenen Herzen kämpfte, entwickelte eine romantische Vorstellung vom Krieg und betrachtete ihn als eine Gelegenheit, die Muskeln spielen zu lassen und sich als Mann zu beweisen, weshalb er dem *National Cadet Corps*, einer freiwilligen Jugendorganisation für Oberschüler, beitrat.

Tante Silvia raste vor Zorn. »Nein! Andrew, du bist viel zu jung für den Krieg! Das erlaube ich nicht, du bist doch erst sechzehn!«

»Ich bin kein Kind mehr, Mutter. Was hältst du davon, Vater?«, wandte sich Andrew mit flehenden Augen an seinen Vater.

»Ich halte das für eine ausgezeichnete Idee. Meine Erlaubnis hast du natürlich! Großartig! Ich bin froh darüber, dass du endlich ein richtiger Mann sein willst. Das ist die perfekte Gelegenheit für dich, deinem Königreich zu dienen, ohne dein Leben dafür aufs Spiel zu setzen.«

Im *Cadet Corps*, so Onkel, würde Andrew eine Grundausbildung in Handfeuerwaffen und Paraden erhalten, sodass er sich wie ein echter Mann, wie ein richtiger Soldat fühlen konnte, ohne sich dabei der Gefahr einer tatsächlichen Schlacht auszusetzen.

Aber vor allem, wie er laut aus der Broschüre vorlas, die Andrew ihm gegeben hatte, »wirst du in der Ausbildung – hört genau zu, genau das habe ich immer gesagt – ›Charakter, Mut, Sportgeist, Selbstvertrauen, Disziplin, Zivilcourage, Abenteuergeist, Verantwortungsbewusstsein und Kameradschaft entwickeln – allesamt Fähigkeiten, die ein gut ausgebildeter Jugendlicher mitbringen muss, um in sämtlichen Lebensbereichen erfolgreich zu sein.‹« Damit hob er belehrend den Finger.

»Ganz anders als dieser gefühlsduselige, weichgespülte Mitleidsquatsch!«, verkündete er großspurig, und ich wusste, dass er damit auf Grahams medizinische Karriere anspielte. Nach Andrews und Victors Rückkehr aus Kodaikanal hatte er neue Hoffnung in seine jüngsten Söhne gesetzt. *Sie*, so hatte er geglaubt, würden nun also seine Nachfolge antreten und irgendwann die Newmeads-Plantage übernehmen.

Aber Victor war jetzt fort, und auch Andrew hatte mit seiner Leidenschaft für Malerei, Literatur und Poesie jene »gefühlsduselige, weichgespülte« Schwäche durchscheinen lassen. Und schlimmer noch:

»Das wird dich endlich auf andere Gedanken bringen. Schluss mit diesem Schwachsinn von unpassenden Liebschaften. Wie so ein romantischer Held aus den Schmonzetten deiner Mutter!«

Für Onkel Henry war dies nun also ein erster Schritt in die richtige Richtung. Er wandte sich Tante Silvia zu:

»Dieser lächerliche Krieg ist sowieso bald vorbei. Kein Grund zur Aufregung. Großbritannien wird diesen kleinen Hitler mit eingezogenem Schwanz zum Rückzug zwingen.

Nicht lang und unsere Jungs kommen stärker und reifer als je zuvor zu uns zurück.«

Onkel selbst gehörte dem *Ceylon Planters Rifle Corps* an, einem Regiment der *Ceylon Defence Force*. Dabei handelte es sich um ein Freiwilligenregiment, das seinen Sitz in Kandy hatte und ausschließlich aus Europäern bestand – allesamt Tee und Kautschukplantagenbesitzer aus dem Bergland.

Wie die meisten dort war auch Onkel Henry zu alt für den aktiven Dienst, aber die Mitgliedschaft verlieh ihm einen Anstrich von Patriotismus und stellte ein Gefühl der Kameradschaft unter den Plantagenbesitzern her, die das Kriegsgeschehen untereinander diskutierten und ihr neu erworbenes Wissen im Anschluss an ihre Familien weitergaben. Er versicherte Tante Silvia immer wieder, dass der Krieg nicht lange andauern würde. »Bis Weihnachten ist das alles vorbei«, verkündete er. »Und hier in Ceylon kann uns sowieso nichts passieren.«

Aber das sollte sich als Fehlannahme erweisen. Weder an diesem, noch am nächsten Weihnachten war der Krieg vorbei. Die Fahrten nach Colombo, die Tante Silvia sonst mehr als alles andere genoss, wurden immer gefährlicher, denn Großbritannien hielt unsere Insel für die perfekte Basis, um der Bedrohung durch Japan entgegenzutreten. Irgendwann wurde auch das Benzin rationiert, weshalb solche Ausflüge ohnehin nur noch begrenzt möglich waren. Immer mehr Militärbasen wurden errichtet – innerhalb und außerhalb von Colombo, aber auch auf der anderen Inselseite in und um Trincomalee. Britische Panzer, Militärfahrzeuge und marschierende Soldaten wurden zu einem alltäglichen Anblick. Wie konnte man da keine Beklemmung spüren? Wie konnte man sich da keine Sorgen machen? Ich tat auf jeden Fall beides.

Andrew und ich diskutierten oft über die sich anbahnende

Bedrohung. Wie nicht anders zu erwarten, war Andrew bestens informiert, und so erklärte er mir, dass Malaya, Singapur und tatsächlich auch Ceylon über große Kautschukvorkommen verfügten. Mit steigender Kriegsgefahr würde Japan schon bald ein Auge auf diese Gebiete werfen, denn Kautschuk war eine wichtige Ressource sowohl für Flug- als auch Fahrzeuge. Für beide Fronten war Kautschuk ein potenziell kriegsentscheidendes Material.

»In den Gebieten rund um die Palkstraße«, erzählte er »soll es vor japanischen Spionen nur so wimmeln. Wir sind hier keineswegs in Sicherheit, Rosie. Die Japsen sind eine gewaltige Macht. Gnadenlos. Schlimmer als die Deutschen. Wir müssen diese Gefahr sehr ernst nehmen.«

Der Schatten, der schon seit dem Ausbruch des Krieges in Europa auf mir lag, schien mich nun ganz in seine kalten, finsteren Arme zu schließen und mich noch weiter ins Dunkel zu ziehen.

»Aber Onkel Henry sagt doch, wir wären hier absolut sicher, Singapur sei eine unbezwingbare Festung«, wandte ich ein.

»Ha!«, sagte Andrew und schüttelte den Kopf. »Dabei lässt er Siam außer Acht. Ein Angriff aus dem Norden ist mehr als wahrscheinlich. Man darf die Japsen nicht unterschätzen, Rosie. Die sind verdammt gerissen und sehr gut darin, ihre Feinde zu überlisten. Pa ist ein Narr, wenn er sie nicht ernst nimmt.«

Tante Silvias jüngere Schwester hielt sich gemeinsam mit ihrer Mutter noch immer in Kuala Lumpur auf, und ihre Briefe bestätigten Andrews Ängste.

Irgendwann war der Punkt erreicht, an dem selbst Onkel Henry seinen Kopf nicht länger in den Sand stecken konnte und alles Wunschdenken der Welt die Wahrheit nicht länger verschleiern konnte.

Am siebten Dezember 1941 bombardierten die Japaner Pearl Harbor und wurden damit unverzüglich offiziell zu unserem erklärten Feind. Der Krieg in Asien hatte begonnen.

Zwei Tage später fiel die Kaiserliche Japanische Armee dann in Malaya ein. Zwar versuchten die Truppen der Briten und des Commonwealth, Widerstand zu leisten, wurden aber zügig dezimiert. Wie ein Kartenhaus fiel die malaiische Insel Penang, welche die Briten vorher noch als Festung bezeichnet hatten, in sich zusammen, und die Basis der *Royal Air Force* in Butterworth wurde einfach dem Erdboden gleichgemacht. Für Großbritannien stellte das eine Katastrophe unermesslichen Ausmaßes dar. Schweigend und schockiert lauschten wir den Berichten der BBC. Tantchen, die um ihre Verwandten und Freundinnen in Kuala Lumpur fürchtete, schickte ein Telegramm nach dem anderen los: »Ihr müsst fliehen!«, forderte sie jeden auf. »Geht nach Singapur! Dort seid ihr sicher!«

Aber sie erhielt keine Antwort.

Uns erreichten haarsträubende Berichte über Gräueltaten in Malaya: eine britische Familie, die in ihrem eigenen Haus ermordet worden war. Zerbombte Straßen. Menschenmassen auf der Flucht in Richtung Süden, nach Singapur. Dort ruhte auch unsere letzte Hoffnung, die Halbinsel zu halten.

Onkel Henry hielt verzweifelt an seinem Vertrauen in die Unbesiegbarkeit Großbritanniens fest, und wir schlossen uns dem an. Wenn nicht er, wer sollte es dann wissen? Stundenlang saß er über die Zeitungen gebeugt: *The Straits Times, The Times of India, The Ceylon Observer und,* wann immer es ihm gelang, eine Ausgabe zu ergattern, auch *The Times of London.* Er verschlang jeden noch so kleinen Nachrichtenschnipsel über den Krieg, und wenn er gerade keine Nachrichten las, dann lauschte er der BBC. Aber egal ob Zeitung oder Funk – seine Wahrnehmung war reichlich selektiv, denn es drangen nur die

Meldungen zu ihm durch, die ihn in seiner Hoffnung bestärkten.

»Die Japsen können unmöglich Singapur einnehmen«, verkündete er und erläuterte diese Aussage bis ins kleinste Detail, als er das Dinner nutzte, um uns Vorträge zu halten, die sich vor allem aus Informationen speisten, die er im *Planter's Club* in Kandy und im *Ceylon Planters Rifle Corps* aufgeschnappt hatte: »An der ganzen Küste stehen Kanonen, ein Einmarsch über den Seeweg ist völlig ausgeschlossen. Und was die Gerüchte über einen Angriff aus dem Norden über Malaya angeht, absolut lächerlich: Malaya besteht fast nur aus Regenwald, vollkommen undurchdringlich. Und die Stadt selbst ist durch ein unüberwindbares Granitgebirge abgeschirmt. Singapur anzugreifen würden diese Schwächlinge nie wagen. Im Landesinneren steht eine hunderttausend Mann starke Kerntruppe zur Verteidigung bereit, und das wissen die verdammt noch mal ganz genau! Nein, ein solcher Ernstfall wird nie eintreten.«

Tat er aber doch.

Onkel Henry hatte recht damit, dass das an der Südküste Malayas gelegene Singapur zum Meer hin gut gesichert war. Allen Berichten zufolge waren diese Befestigungsanlagen uneinnehmbar, nicht umsonst bezeichnete man Singapur auch als das »Gibraltar des Ostens«. Es war Großbritanniens wichtigster Militärstützpunkt in Südostasien: der Schlüssel zur kaiserlich-britischen Verteidigungsplanung für dieses Gebiet und den gesamten Südwestpazifik. Durch einen direkten Angriff konnte man Singapur unmöglich einnehmen.

Ja, räumte Onkel ein, von der Landseite her war die Stadt rein theoretisch angreifbar, aber: »Ganz realistisch gesehen, ist das unmöglich!«, schnaubte er.

Wir brüteten über Kartenmaterial von der Gegend und über Diagrammen aus der Zeitung und konnten bestätigen, dass Onkel richtig lag: Um vom Norden aus bis nach Singapur zu gelangen, müssten die Japaner achthundert Kilometer dichtesten Dschungel – die gesamte Länge der malaiischen Halbinsel – durchqueren und dabei außerdem Flüsse und befestigte Stellungen überwinden. Und dann müssten sie ja immer noch Singapur selbst, das Herz der britischen Verteidigungslinie in Fernost, einnehmen. Sicher doch ein Ding der Unmöglichkeit!

In den kühnsten Träumen wäre niemandem die simple Lösung eingefallen, mithilfe derer die Kaiserliche Japanische Armee das Problem mit dem Dschungel schließlich löste: Fahrräder. Der Angriff ging als *Bicycle Blitzkrieg* in die Geschichtsbücher ein.

KAPITEL 13

1942

Das Jahr 1942 begann buchstäblich mit einem Knall, der gleichzeitig all unsere Hoffnungen zunichtemachte. Ich war achtzehn und hatte gerade meinen Abschluss an der *Girls' High School* gemacht, als die Japaner jene als uneinnehmbar geltende Festung einnahmen. Am 15. Februar fiel Singapur.

Endlich erhielt Tantchen ein Telegramm von der Insel, dem Wochen später ein Brief aus Australien folgte. Ihre Mutter und Schwester waren in Sicherheit. Sie hatten im letzten Moment einen Zug aus Kuala Lumpur erwischt und konnten direkt im Anschluss ein Flüchtlingsschiff nach Australien besteigen. Wie ihre Schwester schrieb, hatte ihr Schwager allerdings weniger Glück gehabt:

Es hat mir das Herz gebrochen, den armen Theo zurücklassen zu müssen, aber wir hatten keine andere Wahl. Auf den Schiffen waren nur Frauen mit Kindern zugelassen, die Männer mussten dort bleiben. Ich bin ganz krank vor Sorge. Ich kann nur dem Himmel danken, dass Vater schon letztes Jahr gestorben ist, denn ich glaube nicht, dass Mutter ohne ihn abgereist wäre. So viele meiner Freundinnen mussten zurück-

*bleiben, weil sie keine Kinder hatten! Oh, Silvia, was soll nur
aus ihnen werden? Was soll aus uns allen werden?*

Während dieser grauenvollen Zeit hörten Tantchen und
Onkel immer wieder von Freunden und Verwandten, die
entlang der Palkstraße stationiert waren: haarsträubende
Berichte von Bekannten, bei denen plötzlich japanischen Marodeure im Haus gestanden hatten, von Massakern, denen ganze
Familien zum Opfer fielen. Aber auch Tantchens Schwester
ließ ihr schreckliche Neuigkeiten zukommen: Eine enge
Freundin der beiden war in ihrem Zuhause, einer Kautschukplantage in Malaya, abgeschlachtet worden. Das war fast mehr,
als wir ertragen konnten, und die Angst um Tante Silvias Söhne
kam ja noch oben drauf. Aber was sollten wir machen? Uns
blieb gar keine Wahl, als es zu ertragen. Und damit zählten wir
noch zu denen, die Glück hatten.

Wobei man natürlich nie wissen konnte, ob Ceylon nicht
als Nächstes an der Reihe wäre. Würden die Japaner auch auf
unserer schönen Insel einfallen? Zumindest hatte man den
Eindruck, dass sich die Alliierten genau darauf vorbereiteten.
Immer mehr Kriegsschiffe fuhren im Hafen Colombos ein, aber
auch andere Schiffe: Schiffe, die Flüchtlinge aus Singapur in
die Stadt brachten, die alle irgendwo untergebracht werden
mussten. Auf der anderen Seite der Insel war ein Luftstützpunkt, der *China Bay Airport*, eingerichtet worden, wo, wie
Onkel uns informierte, die *Royal Air Force* vor allem Kampfflugzeuge der Modelle Spitfire und Hurricane stationieren
wollte.

»Die sind weitaus besser als diese nutzlosen Brewster Buffalos, mit denen die *Royal Air Force* versucht hat, Malaya zu
verteidigen!«, sagte Onkel, der es sich nicht verkneifen konnte,
jeden einzelnen Vorfall zu kommentieren. Vielleicht hätte man
ihn zum Oberbefehlshaber ernennen sollen, denn er schien
immer alles besser zu wissen. Aber das war letztlich nur

Ausdruck seiner Hilflosigkeit. Hier in den Hügeln Ceylons waren wir alle hilflos. Es war einfach nur schrecklich beängstigend: Waren wir als nächstes dran? Ceylon verfügte über wertvolle Rohstoffe: insbesondere kriegswichtigen Kautschuk, aber auch Tee, Edelsteine und Gewürze. Und unsere Position direkt an der Spitze Indiens war sicher auch strategisch relevant. Waren sie hinter uns, hinter Indien, hinter ganz Asien her? Hinter der ganzen Welt gar? Würde sich das Deutsch-Japanische Reich ganze Kontinente einverleiben? Meine Fantasie ging mit mir durch und zog mich in einen Strudel des Schreckens. Deutschland und Japan, die neuen Herrscher der Welt! Allein der Gedanke daran ließ mich erschaudern. Vorerst waren wir noch sicher, aber wie lange noch? Auch die Einwohner Malayas und Singapurs hatten sich in Sicherheit gewähnt. Und man hatte ja gesehen, wie es ihnen ergangen war!

Aber uns erreichten noch andere, persönlichere und umso grausamere Schreckensnachrichten. Ein guter Freund, der als Arzt im *Queen Alexandra Hospital* in Singapur gearbeitet hatte, war kaltblütig ermordet worden, genauso wie fast alle Angestellten und Patienten des Krankenhauses. Das gesamte Gebäude hatte sich in ein einziges Blutbad verwandelt. Die einst so wunderschöne Stadt war nun ein Kriegsgebiet, durch dessen Straßen und Häuser randalierende japanische Soldaten zogen, die Chinesen und Europäer selbst dann noch abschlachteten, wenn diese sich schon längst ergeben hatten.

»So viel also zu den Genfer Konventionen!«, kommentierte Onkel. »Die Japaner scheren sich einen Dreck darum. Warum auch, wenn sie diesen Krieg tatsächlich gewinnen?«

Endlich sah er ein, dass wir verloren hatten. Singapur, die angeblich uneinnehmbare Festung, war gefallen. Das japanische Kaiserreich hatte das britische Königreich in die Knie gezwungen, und Großbritannien herrschte nicht länger über die Meere.

· · ·

Und doch hatte Tante Silvia inmitten all dieser schrecklichen Ereignisse und katastrophalen Nachrichten eine Sorge, die alle anderen in den Schatten stellte.

»Glaubst du, Victor wird nun endlich heimkehren?«, fragte sie mich, aber darauf wusste ich ebenso wenig wie sie eine Antwort. Wir wussten, dass er Fliegerbomben auf deutsche Kriegsschiffe abwarf – so viel hatten wir seinen seltenen Briefen entnehmen können. Würde er jetzt näher bei uns stationiert werden? Darauf setzte Tante Silvia jedenfalls all ihre Hoffnungen. Und ihretwillen hoffte ich ebenfalls auf Neuigkeiten über seinen Verbleib. In der Zwischenzeit lauschten wir ununterbrochen dem Radio, aus dem ein Gräuel nach dem anderen drang.

Aber dann wurde für Tantchen alles nur noch schlimmer, denn im Februar folgte Andrew Victors Beispiel und zog ebenfalls in den Krieg. Dabei kam ihm seine Kadettenausbildung zugute, und so meldete er sich beim Stützpunkt der *British Army* in Kandy freiwillig als Rekrut. Ich war die Einzige, der er im Vorfeld davon erzählte. Ein paar Tage später sollte er sich bereits in Colombo registrieren lassen. Ich versuchte noch, ihm sein Vorhaben auszureden, aber alle Mühe war vergeblich: Er war fest dazu entschlossen.

»Ich habe jetzt akzeptiert, dass ich Usha nicht haben kann«, sagte er zu mir. »Vielleicht habe ich mir mit der Vorstellung, sie sei das Mädchen, das ich eines Tages heiraten würde, selbst etwas vorgemacht. Es schien mir alles so offensichtlich zu sein! Aber ich kann einfach nicht aufhören, an sie zu denken. Ich habe es so oft versucht, es gelingt mir nicht. Andere Mädchen lassen mich kalt, ich will wirklich nur sie. Also, welche Alternative bleibt mir noch? Soll ich zu Hause sitzen und Trübsal blasen? Da kann ich genauso gut als Held sterben. Ist es nicht das, was sich Vater wünscht? Dass ich ein Held werde?«

»Ach, Andrew, sag bitte so was nicht! Du findest eine andere. Bitte mach jetzt nichts Unüberlegtes!«

Aber er schüttelte nur den Kopf. »Ich will keine andere. Ich weiß schon, was Mutter sich wünscht – sie möchte, dass ich irgendein achtbares britisches Mädchen heirate, am besten gleich dich, und dass ich die ach-so-ehrbare Hierarchie, in der wundervolle Mädchen wie Usha unter Leuten wie uns stehen, aufrechterhalte. Aber da spiele ich nicht mit, Rosie, schon allein aus Prinzip. Aus *Prinzip!*«

Und da erst fiel bei mir der Groschen. Andrews Festhalten an Usha, das war seine persönliche Art, sich gegen das System aufzulehnen. Seine Eltern hatten ihm seine Rolle – alles, was er tun und werden musste – von Anfang an vorgeschrieben: die Plantage übernehmen, dem *Planters' Club* beitreten, irgendein hübsches englisches Mädchen zur Frau nehmen, die Rolle des perfekten Plantagenerben ausfüllen – eine Rolle, für die Andrew einfach nicht geschaffen war.

Mir kam ein Gespräch in den Sinn, das ich einst mit ihm geführt hatte, als wir fünfzehn waren und Usha noch nicht in sein Leben getreten war. »Wenn ich die Plantage übernehme, werde ich alles von Grund auf umkrempeln!«, hatte er damals verkündet.

»Was meinst du damit? Wie denn?«

»Na, hast du gesehen, wie die Arbeiterinnen hier behandelt werden? Diese armen Frauen, die den ganzen Tag in der prallen Sonne schuften müssen? Sie werden nach Gewicht bezahlt, Rosie, hast du das gewusst? Und sie arbeiten für einen Hungerlohn. Ich werde ihnen ein Gehalt zahlen, von dem sie wenigstens leben können. Und ich werde diese armseligen Verschläge abreißen lassen, in denen sie hausen müssen ... hast du die jemals zu Gesicht bekommen? Eine Zumutung ist das.«

Ich hatte sie tatsächlich zu Gesicht bekommen und musste ihm zustimmen. Als ich zum ersten Mal gesehen hatte, unter welch grauenvollen Bedingungen die tamilischen Arbeiterinnen leben mussten, war ich schockiert gewesen: lange Reihen heruntergekommener Verschläge, die sich nicht einmal zur Unterbringung von Vieh eigneten.

»Ich werde diese Verschläge niederreißen und stattdessen schöne, anständige und saubere Hütten für sie errichten. Außerdem werde ich mich um kostenlose medizinische Versorgung und anständige Schulbildung kümmern. Und ich werde ihnen Rente auszahlen, wenn sie zu alt zum Arbeiten sind, und ...«

Er wollte gar nicht mehr aufhören, alle Projekte aufzuzählen, die er für Newmeads geplant hatte, sobald er die Plantage erst einmal übernommen hatte.

»Das klingt mehr nach einem Wohltätigkeitsverein als nach einer Teeplantage!«, hatte ich lachend erwidert. »Du weißt schon, dass das Ganze Geld abwerfen muss, oder?«

Auch wenn ich Andrews Pläne im Prinzip großartig fand, musste ich ihn doch auf den Boden der Tatsachen zurückholen. Aber Andrew war ein Visionär. Er träumte von einer besseren Welt und hatte vor, sich substanziell an deren Errichtung zu beteiligen.

»Ich hasse es, wie sie – also, die Briten – auf die Tamilen herabschauen und sie so behandeln, als wären sie weniger wert«, hatte er gesagt. »Ich wünschte, ich könnte etwas dagegen tun! Aber was kann ich allein schon ausrichten?«

Jetzt wurde mir klar, dass Andrew keinesfalls nur ein bloßer Träumer oder Visionär war. Nein, er war ein Anarchist, wenn auch im Verborgenen. Die menschenunwürdigen Institutionen, die er so sehr verabscheute, würde er niemals offen herausfordern, sondern stattdessen von innen heraus zersetzen. Seine Rebellion fand unmerklich im Hintergrund, nicht in aller Öffentlichkeit statt. Er würde seine Pläne umsetzen, indem er eines Tages die Plantage übernahm, um sie dann völlig umzukrempeln.

Und: indem er ein Mädchen von hier heiratete, eine Tamilin aus der Klasse der Bediensteten. Gab es denn einen besseren Weg, Schockwellen durch die Gesellschaft zu senden, ohne den Leuten direkt ins Gesicht zu sagen, dass er jede einzelne dieser vorgegebenen Rollen zutiefst verachtete? Usha war sein Ausweg gewesen. Natürlich hatte er es nicht darauf angelegt, das war nicht der Grund, warum seine Wahl auf sie gefallen war. Dennoch wäre es für den *Planters' Club* und für alles, was dieser repräsentierte, ein treffsicherer Schlag ins Gesicht gewesen.

Und wenn ihm Usha verwehrt war, dann würde er eben auf andere Art rebellieren: indem er Soldat wurde und in den Krieg zog, obwohl das seiner Natur von Grund auf widersprach. Ich durchschaute ihn. Und ich konnte nichts tun, um ihn aufzuhalten. Andrew war kein Rebell, der mit offenen Karten spielte. Er musste es auf seine Art durchziehen. Auch wenn er dafür sein Leben aufs Spiel setzte.

Kurz nachdem Usha weggezogen war, hatte sie mir geschrieben, und seitdem pflegten wir einen regen Briefverkehr. Wir waren wirklich enge Freundinnen und ich vermisste sie schrecklich. Zwar hatte ich auf der *Girls' High School* auch andere Freundschaften geschlossen, aber wirklich nah fühlte ich mich nur Usha, und nun, da sie nicht mehr in Newmeads lebte, verbrachte ich den Großteil meiner Zeit allein. Inzwischen arbeitete sie als *Ayah* für eine Familie von Plantagenbesitzern in der Nähe eines Dorfes auf halbem Wege zwischen Kandy und Colombo und kümmerte sich dort um zwei Kinder, ein dreijähriges Mädchen und einen neugeborenen Jungen.

Noch immer konnte ich nicht fassen, dass sie bald einen Fremden heiraten würde, aber sie hielt eisern an ihrem Entschluss fest. Ihre Hochzeit war für den Mai dieses Jahres – 1942 – angesetzt, gleich nach ihrem siebzehnten Geburtstag und stand also kurz bevor. Offenbar hatte Usha den glücklichen Bräutigam noch immer nicht persönlich kennengelernt, denn sie war überzeugter denn je, dass der Moment der Liebe und der Wahrheit auf ihrer Hochzeit eintreten würde, sobald ihr frisch angetrauter Ehemann den Schleier lüften und ihr in die Augen schauen würde.

»In diesem Moment werden alle vorherigen Schwärmereien ausgelöscht. Davon wird dann nichts mehr zu spüren sein«, hatte sie mir vor ein paar Monaten geschrieben. Selbstverständlich stürzte ich mich sofort auf diese »vorherigen Schwärmereien«, die sie erwähnt hatte.

»Ja, das war eine eindrucksvolle Begegnung«, hatte sie in einem früheren Brief zugegeben. »Und ich muss gestehen, dass sie ein Gefühl der Liebe in mir geweckt hat, das ich nur schwer wieder hinter mir lassen konnte.«

Ich wollte sie dazu bringen, zuzugeben, dass diese starken Gefühle keineswegs eine Angelegenheit der Vergangenheit waren, und schrieb zurück: »Also denkst du immer noch an ihn?«

Ihre Antwort folgte im nächsten Brief:

Selbstverständlich denke ich immer noch an ihn! Es ist so unfassbar schwer, ihn aus meinen Gedanken zu verbannen. Hätte ich an jenem Tag doch bloß nicht den Kopf gehoben, wäre ich doch bloß nie seinem Blick begegnet! Unsere Blicke haben das angerichtet, Rosie! Blicke sind so unglaublich gefährlich! Viel gefährlicher noch als Berührungen, denn nur durch die Augen finden Seelen zueinander und gehen eine Verbindung ein, und das ist es, was sich zwischen uns ereignet hat. So etwas sollte nur mit meinem Ehemann geschehen. Es ist wie eine Hochzeit und doch anders, das ist das Schmerzhafte daran. Denn ich wollte es mir für den Tag meiner Hochzeit bewahren, an dem mein Mann, mein zukünftiger Ehemann, meinen Schleier hebt. Jetzt bleibt mir nur, wider alle Hoffnung darauf zu hoffen und unablässig dafür zu beten, dass es an meiner Hochzeit noch einmal geschehen wird, wenn Arun mir zum ersten Mal in die Augen schaut. Und dieser zweite Blick wird den ersten auslöschen.

Das war das aufrichtigste Geständnis, das sie Andrew betreffend in all den Jahren formuliert hatte, und es brach mir das Herz. Es erschien mir so ungerecht, so grausam, dass die beiden nicht zueinander kommen sollten, obwohl sie doch so eindeutig füreinander bestimmt waren! Aber wie ich nun mit Andrew sprach und von seinem Plan hörte, sich an der Front erschießen zu lassen, traf ich eine Entscheidung, von der ich genau wusste, dass sie falsch war. Und von der ich schon damals wusste, dass sie ernsthafte Konsequenzen nach sich ziehen würde.

Ich weiß nicht, was in mich gefahren war, aber ich musste es einfach tun. Es war fast so, als hätte mich ein gerechter Zorn erfasst, der mich gegen die idiotischen, heimtückischen und grausamen kulturellen und religiösen Regeln aufbegehren ließ, die diese beiden voneinander trennten. Als hätte ich das Gefühl, die Wand zwischen ihnen einreißen zu können. Vielleicht wollte ich ihnen wenigstens eine Chance verschaffen, eine winzige Chance, und gleichzeitig Andrew dadurch vor dem Tod bewahren. Vielleicht hatte ich doch auch eine hoffnungslos romantische Ader in mir, von der ich bisher nichts gewusst hatte und die mich nun dazu bewegte, leidenschaftlich für eine Sache einzutreten, von der ich eigentlich keine Ahnung hatte, denn ich war selbst noch nie verliebt gewesen. Oder vielleicht sehnte ich mich einfach nur nach etwas Schönem – danach, die Menschen, die mir am Herzen lagen, und die einander so sehr liebten, dass ihre Gefühle in all den Jahren kein Stück nachgelassen hatten, glücklich zu sehen.

Was auch immer meine Beweggründe dafür waren, ich tat es. Ich sprach es aus.

»Warte hier«, wies ich Andrew an jenem Abend an. Dann ging ich ins Haus, schlug mein Adressbuch auf und übertrug Ushas Adresse auf ein Blatt meines Notizblocks, das ich anschließend herausriss, um es Andrew zu geben.

»Hier«, sagte ich und reichte ihm das Blatt. »Fahr zu ihr.

Vielleicht könnt ihr gemeinsam eine Lösung finden. Sie liebt dich auch.«

Ich weiß nicht, was ich mir davon versprach: dass sie durchbrannten? Dass sie zusammen fliehen und heimlich heiraten würden? Dass Usha so »entehrt« wäre, dass eine traditionelle Ehe für sie nicht mehr infrage kam? Wollte ich vielleicht nur Andrew zu seiner Rebellion verhelfen?

Jedenfalls musste ich wohl wahnsinnig geworden sein, mich in eine Angelegenheit von solchem Ausmaß einzumischen.

Er dankte mir mit tränennassen Augen. »Pass auf Flopsy auf, Rosie!«, bat er mich und ich versprach es ihm. Am nächsten Tag brach er noch vor dem Frühstück auf und ließ für seine Eltern nur einen Brief zurück.

Tantchen öffnete den Umschlag am Küchentisch. Als sie die wenigen kurzen Sätze überflog, weiteten sich ihre Augen. Dann setzte, wie nicht anders zu erwarten gewesen war, das Wehgeschrei ein.

»Mein Junge! Mein kleiner Junge! Mein Jüngster! Er rennt geradewegs in den Tod!« Sie schwankte auf ihrem Stuhl so stark hin und her, dass ich schon fürchtete, sie würde das Bewusstsein verlieren und zu Boden stürzen: Sowohl Onkel Henry und ich sprangen auf, um sie zu stützen. Aber sie wurde nicht ohnmächtig, sondern hatte nur wieder einen ihrer hysterischen Anfälle.

Ich wusste sehr wohl, warum Andrew nicht den Mut gehabt hatte, sich persönlich zu verabschieden: Damit wollte er eine Szene wie diese hier, in der sie schrie, weinte und sogar mit Sachen um sich warf, vermeiden. Ich hielt es zwar für grausam, sich nicht ordentlich zu verabschieden, konnte seine Beweggründe aber nachvollziehen.

Onkel Henry trug die Neuigkeiten mit deutlich mehr Fassung. Er hob den achtlos weggeworfenen Brief auf, las ihn und sagte dann: »Sieh an, sieh an, das hätte ich Andrew gar nicht zugetraut. Eine gute Entscheidung, mein Junge, eine gute Entscheidung. Dieser Krieg wird einen Mann aus dir machen.«

»Aber was, wenn er nicht zurückkommt?«, kreischte Tante Silvia.

»Aber, aber, mein Schatz, nun beruhige dich doch«, erwiderte er, natürlich vergeblich. Doch selbst ihm war ein wenig die Farbe aus dem Gesicht gewichen.

KAPITEL 14

Burma fiel als Nächstes. Die Burmastraße war für China der einzig verbliebene Versorgungsweg über Land, und diesen wollten die Japaner kappen. Der Schlüssel dazu war die Besetzung Siams. Japan und Siam hatten Mitte Dezember 1941 einen Freundschaftsvertrag unterzeichnet, und gleich am nächsten Tag marschierten die ersten japanischen Truppen über die schmale Landbrücke, die die malaiische Halbinsel mit dem restlichen Südostasien verband, in Burma ein. Onkel Henry, der das Ohr ständig am Puls der Zeit oder am Radio oder am Hörer hatte, über den ihn die Kameraden aus dem Rifle Corps mit Informationen versorgten, erstattete uns nahezu ununterbrochen Bericht.

»Sie stoßen vom südlichen Ende Burmas aus nach Norden vor«, erklärte er uns und breitete eine weitere Karte auf dem Esstisch aus, um uns die geplante Route der Japaner zu zeigen. »Sie haben vor, diese Linie aus britischen Flugplätzen zu besetzen, über die Burma mit Malaya verbunden ist.« Er legte den Finger auf die Karte, um uns genau zu zeigen, wo sich diese Flugplätze befanden. »Jetzt, da sie Malaya unter ihre Kontrolle gebracht haben, werden sie auf Rangun vorrücken. Es läuft für sie wie am Schnürchen. Wenn das klappt, sind wir erledigt. Dann heißt es gute Nacht, britisches Weltreich.«

Onkel Henry sollte recht behalten. Die Kaiserlich Japanische Armee erreichte Rangun Anfang März. Die Stadt fiel anschließend am achten März. Singapur, Malaya, Burma ... war Ceylon als Nächstes an der Reihe? Würden wir bald dabei zusehen müssen, wie mit Bajonetten bewaffnete japanische Soldaten unter Schlachtrufen die Auffahrt entlang auf unser Haus zustürmten? Nacht für Nacht zitterte ich vor Angst. Ich mochte mir gar nicht ausmalen, was Tantchen durchmachen musste, schließlich quälte sie nicht nur die Sorge um sich selbst, sondern auch die um Andrew, um Victor. Gleich zwei ihrer Söhne hatte dieser grauenvolle Krieg in seinen Strudel gezogen. Schon seit Victor nach Europa in den Kampf gezogen war, war sie kaum mehr als ein Nervenbündel gewesen, inzwischen musste sie nahezu den Verstand verloren haben.

Dann aber geschah etwas, das ihre Stimmung ins Gegenteil umschlagen ließ: Victor hatte Fronturlaub und kam nach Hause.

Er spazierte einfach zur Tür herein, während wir gerade zu Abend aßen, und sah in seiner Uniform der *Royal Air Force* äußerst adrett aus. Von einem Moment auf den anderen wirkte Tante Silvia wie ausgewechselt. Sie sprang vom Stuhl auf, schlang die Arme um ihn und weinte vor Freude. »Mein Junge! Mein Junge!«, rief sie immer und immer wieder. Über die Schulter hinweg grinste Victor seinen Vater und mich an und verdrehte dabei demonstrativ die Augen, aber ganz offensichtlich genoss er es, so überschwänglich begrüßt zu werden.

Endlich gelang es Tante Silvia, sich von ihm loszureißen. Sie wies ihren Sohn dazu an, am Tisch Platz zu nehmen, und eilte in die Küche, um ihm etwas zu essen zu holen, was Onkel Henry die Gelegenheit verschaffte, ebenfalls seiner Freude über die unversehrte Rückkehr seines Sohnes Ausdruck zu verleihen. Er wollte alle möglichen Einzelheiten wissen, die Victor aber natürlich nicht preisgeben durfte. Im Laufe der Jahre hatte er sporadisch nach Hause geschrieben, ohne dabei aber auch nur ein einziges Mal zu verraten, wo genau er sich aufhielt oder was er dort trieb. Wir wussten lediglich, dass er flog, höchstwahrscheinlich irgendwo in Europa, dass ihm das Fliegen großen Spaß machte und er ein sehr guter Kampfpilot war.

Auch jetzt gab es nur wenig, was Victor über vergangene und zukünftige Missionen weitergeben durfte. Wir konnten nur mutmaßen, dass er nun, da der Krieg auch Asien erreicht hatte, Einsätze in der Nähe fliegen würde – zumindest deutete er das an.

»Oh, übrigens, in Colombo bin ich Andrew über den Weg gelaufen«, sagte er beiläufig. »Er grüßt euch ganz herzlich und lässt ausrichten, dass er sich für seinen plötzlichen Aufbruch entschuldigen möchte.«

»Was? Du hast Andrew getroffen! Wie geht es ihm? Was hat er dort getrieben?«

»Oh, wir sind uns sozusagen auf der Straße fast in die Arme gelaufen! Daraufhin haben wir uns in ein kleines Café gesetzt, um uns gegenseitig auf den neuesten Stand zu bringen, und dann haben wir uns noch einmal ganz kurz am nächsten Tag getroffen, weil er mir noch etwas geben wollte. Da wird mein kleiner Bruder doch tatsächlich ein richtiger Soldat! Ich hätte nie geglaubt, dass er den Mumm dazu hat. Bestimmt hättest du ihn doch ganz gerne zu Hause in Sicherheit behalten, Vater, um ihn hier in die Geschäfte einzuführen? Jetzt, da ich fort bin und Graham Arzt wird.«

Onkel Henry schüttelte traurig den Kopf. »Das war ursprünglich der Plan. Aber wie du siehst, wurde er durchkreuzt.«

Das brachte Tante Silvia vor Wut und vor Angst um

Andrew gleich wieder zum Weinen, was Victor aber sofort beiseitewischte.

»Wir befinden uns im Krieg, Mutter. Ich bin froh darüber, dass mein kleiner Bruder ein bisschen Mut an den Tag legt. Ich hatte ihn diesbezüglich schon abgeschrieben und wirklich für einen hoffnungslosen Jammerlappen gehalten.« Dann wandte er sich mir zu. »Ach, übrigens, Rosie, für dich hat er mir einen Brief mitgegeben. Ich gebe ihn dir nachher.«

Ich nickte und merkte, wie sich Spannung in mir breitmachte. Bestimmt ging es darin um das Treffen mit Usha. Ich weiß gar nicht, was ich erwartete – vielleicht, dass die beiden gemeinsam durchgebrannt waren. Aber dann wiederum war das so kurz nach seiner Verpflichtung ja wohl keine ernsthafte Option. Hätte ihn das nicht zum Deserteur gemacht? Und Fahnenflucht war eine ernste Angelegenheit. Aber bestimmt waren sie zu irgendeiner Entscheidung gekommen.

»Wie geht es ihm?«, fragte ich so beiläufig wie möglich.

»Ausgesprochen gut!«, erwiderte Victor. »So gut gelaunt habe ich ihn noch nie erlebt. Ach, und Graham habe ich auch getroffen ... bin bei ihm gewesen. Er will euch in ein paar Tagen mal besuchen kommen. Ich bin dann schon wieder weg, aber du kannst dich schon mal darauf freuen, Mutter.«

»Wie lange hast du Urlaub?«, wollte Onkel Henry wissen.

»Drei Tage noch, dann geht's zurück zum Fliegerhorst.«

»In Ceylon?«

Victor funkelte ihn an. »Du weißt genau, dass ich dir das nicht verraten darf.«

»Und dann fliegst du wieder!«, schluchzte Tantchen. »Oh, Victor, mein Liebling! Versprich mir, dass du dich nicht auf irgendwas Gefährliches einlässt!«

Er lachte auf. »Ich werde nichts versprechen, was ich nicht halten kann, Mutter! Es ist nun mal gefährlich. Jeden Tag aufs Neue.«

Onkel Henry warf ihm einen finsteren Blick zu, was Victor

aber ignorierte. Es schien ihm fast schon Freude zu bereiten, seine Mutter so zu quälen.

»Das ist ja das Aufregende daran – zu wissen, dass jeder Einsatz der letzte sein könnte. Jeden Morgen aufzuwachen, ohne zu wissen, ob man den nächsten noch erlebt. Dieser Nervenkitzel! Genau, was ich mir immer gewünscht habe. Das beschauliche Provinzleben hier ist nichts für mich. Aber das ... das ist aufregend! Da merkt man, dass man lebt!«

Ich schaute zu Tante Silvia auf. Sie war kreidebleich. Das nahm ich Victor sehr übel. Wie konnte er nur so unsensibel sein und seiner eigenen Mutter gegenüber so etwas sagen?

Aber er war noch nicht fertig. »Mach dir keine Sorgen, Mutter. Wenn man so heißt wie ich, kann ja eigentlich gar nichts schiefgehen. Wobei – ein Bekannter von mir, ein Namensvetter, ist vor ein paar Tagen erst über dem Meer abgestürzt. Ups!«

Dann brach er in Gelächter aus. Das war zu viel für Tante Silvia. Sie stand so abrupt auf, dass sie fast den Stuhl umgestoßen hätte, und lief aus dem Zimmer.

Onkel Henry schüttelte aufgebracht den Kopf. »*Musste* das unbedingt sein? Sie ist doch wegen Andrew schon ganz krank vor Sorge.«

»Tja, Vater, an den Gedanken sollte sie sich langsam mal gewöhnen. Es herrscht Krieg und unsere Feinde kennen kein Pardon. Die jungen Männer sterben wie die Fliegen. Es könnte mich ohne Weiteres treffen. Oder Andrew. Euren süßen, sensiblen, kleinen Andrew, der sich das Herz von einem indischen Flittchen hat brechen lassen.«

»Wovon redest du?«, fragte Onkel Henry.

»Moment ... Mutter und du, ihr wisst gar nichts davon? Dass er vor ein paar Tagen noch einmal bei ihr war?« Er sah mich an. »Dass *du* Bescheid weißt, weiß ich, Rosie. Ihr seid ja schließlich Busenfreundinnen, oder etwa nicht? Eigentlich hatte ich ja geglaubt, er wäre über diese kleine Schwärmerei schon längst hinweg, aber nein, offensichtlich ist er noch genauso vernarrt wie am Anfang. Ich frage mich, was da vorgefallen ist. Er wollte mir keine Einzelheiten verraten, aber … hmmm.« Dann runzelte er übertrieben die Stirn, so als dächte er über irgendetwas Andrew und Usha Betreffendes nach.

»Ich habe keine Ahnung, wovon du da gerade sprichst«, sagte Onkel Henry. »Und ich bestehe darauf, dass du jetzt sofort deiner Mutter nachgehst und sie tröstest. Ganz im Ernst, Victor, ich weiß nicht, was in dich gefahren ist. Geh und sprich mit ihr.«

»Na schön, Vater.« Er stand auf und warf mir einen Blick zu. »Bist du nachher in deinem Zimmer, Rosie? Ich würde dann mal vorbeikommen, um dir seinen Brief zu geben.« Dann verließ er das Esszimmer und ich atmete erleichtert auf. Meine Abneigung ihm gegenüber verstärkte sich immer mehr. Was hatte er nur an sich, das ich nicht leiden konnte, dem ich nicht traute? Es musste diese innere Kälte sein, über die seine guten Manieren nur oberflächlich hinwegtäuschten – und die eben manchmal doch hervorbrach. Ich musste an das erste Zusammentreffen mit Usha denken – wie schrecklich unhöflich er sich ihr gegenüber verhalten hatte, obwohl sie damals ja noch ein Kind gewesen war.

Und dann war da noch die Art, wie geringschätzig er von Andrew und seiner Liebe zu Usha sprach. Das überzeugte mich davon, dass Victor selbst noch nie irgendjemanden geliebt hatte, dass er gar nicht lieben konnte. Er liebte nur sich selbst.

Aber er hatte eine Nachricht von Andrew für mich, und darauf freute ich mich. Allein deswegen schon wollte ich mich nicht mit ihm anlegen.

KAPITEL 15

Später kam Victor in mein Zimmer. Ich hatte angefangen, an Usha zu schreiben und bereitete gerade den Umschlag vor, als Victor klopfte und sofort hereinkam, ohne meine Antwort abzuwarten. Als ich aufstand und auf ihn zuging, reichte er mir einen kleinen Umschlag. Andrews Handschrift war unverkennbar: *Rosie* stand da, sonst nichts.

Ich nahm den Brief an mich und legte ihn auf den Schreibtisch. Ich hoffte, dass Victor gleich wieder verschwinden würde, damit ich die Nachricht in Ruhe lesen konnte. Obwohl er so lange weg gewesen war, verspürte ich nicht das geringste Bedürfnis, mehr Zeit als nötig mit ihm zu verbringen, schon gar nicht nach seinem Auftritt beim Abendessen. Bevor ich normal mit ihm sprechen konnte, hatte ich mich zuerst wieder beruhigen müssen. Usha zu schreiben hatte mir ein wenig geholfen, aber bevor ich den Brief abschloss, wollte ich zuerst Andrews Nachricht lesen. Victor sollte einfach nur wieder verschwinden.

»Ich frage mich, warum er dir einen Brief schickt, wenn es gerade mal drei Tage her ist, dass er von hier weg ist. Was ist da denn los?«

»Gar nichts ist los.«

»Mich hältst du nicht zum Narren, Rosie. Als ich nach dem Mädchen gefragt habe, ist er plötzlich ganz verlegen geworden. Er hat zugegeben, dass er bei ihr gewesen war, aber mehr wollte er nicht verraten, hat bloß ein bisschen herumgedruckst. Ich dachte, die Zeit würde das Problem vielleicht lösen, nachdem die Bordelle in Colombo damals schon nicht geholfen haben.«

Er kicherte. »Der arme Andrew. Die Vorstellung hat ihn ziemlich schockiert. Der Gute scheint eine maßlos überhöhte Meinung von Frauen zu haben.«

Dann kniff er die Augen zusammen und funkelte mich an. »Also hechelt er ihr immer noch hinterher. Und diese kleine Schlampe macht ihm auch noch Hoffnungen!«

»Victor! Sprich nicht so über Usha! Du weißt überhaupt nicht, was Sache ist!«

Er schnaubte trocken. »Ich kann eins und eins zusammen-zählen. Hör mal, ich weiß ja, dass du mit ihr befreundet bist, Rosie, aber da hättest du dich nie einmischen dürfen. Das geht dich nichts an. Du bist hier nur Gast, da solltest du wenigstens unsere Familie respektieren!«

Nervös lief er im Zimmer auf und ab. Ich merkte, wie die Unruhe, die er ausstrahlte, auch auf mich überging. Was er gesagt hatte, machte mich wütend. Ich warf zurück: »Ich bin *kein* Gast! Deine Mutter ist meine Pflegemutter. Ich gehöre zur Familie, das hat sie von Anfang an gesagt.«

»Sie ist nur nett. Und manipulativ. *Sehr* manipulativ sogar. Du wirst wissen, liebe Rosie, dass sie es gerne sähe, wenn du einen von uns beiden heiraten würdest. Also, wer von uns beiden darf es denn sein? Andrew oder ich? Wobei du ja offenbar gar nicht mehr die Wahl hast, so verknallt wie Andrew ist. Aber hey, ich bin noch zu haben.«

Er gluckste anzüglich und musterte mich auf eine Weise von oben bis unten, dass ich mich in meiner Haut entschieden unbehaglich fühlte. So hundertprozentig wohl war mir in

Victors Gegenwart noch nie gewesen, selbst in unserer Kindheit nicht. Sosehr ich als Kind auch zu ihm aufgeblickt hatte, sosehr ich auch über seine verschrobenen Witze gelacht und über seine waghalsigen Aktionen gestaunt hatte, er hatte doch schon immer irgendetwas Abweisendes an sich gehabt, eine gewisse Unnahbarkeit – ich kam nie wirklich an ihn heran. Schon vor dem Bootsvorfall war das so gewesen, danach war es nur noch schlimmer geworden.

Damals war ich elf Jahre alt, es war während meines zweiten Jahrs in Newmeads. Ich hatte nie schwimmen gelernt, weil Amma es selbst nicht konnte und der Indische Ozean vor unserer Haustür so seicht abfiel, dass man eh nicht so gut hätte schwimmen können. Viel mehr als Planschen hatten wir dort eigentlich nie gemacht. Der See in dem Tal unterhalb von Newmeads war da schon ein ganz anderes Kaliber. Sowohl Andrew als auch Victor hatten dort schwimmen gelernt. Ich glaube, Satish und Karthik, Ushas Brüder, hatten es ihnen beigebracht. Dieser Ort war perfekt zum Schwimmen, denn selbst in einiger Entfernung zum Ufer reichte mir das Wasser nur bis zu den Schultern, sodass ich immer noch den Boden unter den Füßen spüren konnte.

Es gab dort einen kurzen Steg, der in den See ragte, und ein paar Jahre zuvor hatte Onkel Henry den Jungs ein Ruderboot besorgt, mit dem sie oft über den See paddelten – immer in Schwimmwesten, wie Tantchen uns jedes Mal erinnerte, wenn wir hinausrudern wollten. Meistens kam sie mit. Aber manchmal auch nicht. Und wenn sie nicht dabei war, dann scherten wir uns nicht um die Schwimmwesten. Victor behauptete, die wären nur etwas für Weicheier, und selbstverständlich stimmten Andrew und ich ihm zu. Es war leicht, mit Victor einer Meinung zu sein. Er gab uns das Gefühl, erwachsen, außergewöhnlich, anders zu sein.

An besagtem Tag ruderte Victor mit uns zum Angeln zur Mitte des Sees hinaus – keiner von uns trug eine Schwimmweste. Andrew saß im Bug, ich in der Mitte und Victor im Heck des Bootes, direkt neben dem Ruder, und jeder von uns hatte eine Angel dabei. Aber Victor hatte noch nie die Geduld aufbringen können, die man zum Fischen brauchte. Wenn er nach fünfzehn Minuten noch nichts gefangen hatte, langweilte er sich schon. Nun verkündete er, dass er schwimmen gehen wolle.

»Kommst du mit, Rosie?«, fragte er.

Ich schüttelte den Kopf. »Ich kann noch nicht richtig schwimmen.« Ich hatte schon gute Fortschritte gemacht, Andrew war ein geduldiger Lehrer. Mittlerweile konnte ich schon ganz gut auf dem Rücken schwimmen und mich treiben lassen, aber mit der Arm-Bein-Koordination haperte es noch.

»Am besten lernt man schwimmen«, sagte Victor nun, »indem man einfach hineinspringt. So habe ich es auch gelernt. Das macht der Überlebensinstinkt, man fängt dann ganz von selbst zu schwimmen an. Einfach so.« Er schnippte mit den Fingern. »Versuch es doch mal, Rosie!«

Ich schüttelte den Kopf. »Nein«, beharrte ich, »dazu fühle ich mich noch nicht sicher genug.«

»Aber die Sicherheit kommt ja gerade dadurch, dass merkst, wie du es kannst! Sag dir einfach, dass du es kannst, und dann kannst du's auch!«

Aber ich blieb bei meiner Entscheidung. »Nein.«

»Na schön, wie auch immer. Aber ich springe rein. Kommst du mit, Andrew?«

»Na klar!« Wie immer folgte Andrew Victor auf Schritt und Tritt.

»Rosie, kannst du dich dann vielleicht hier nach hinten setzen und meine Angel im Blick behalten, falls doch noch was anbeißt? Kriegst du doch hin mit zwei Angeln, oder? Ich mach meine am Boot fest, dann musst du sie nur noch einholen, falls einer dran ist.«

»Klar, kein Problem«, erwiderte ich und stand auf, um über meinen Sitzplatz hinweg in die Lücke zwischen den beiden Sitzbänken zu steigen.

Aber bevor ich wusste, wie mir geschah, stand Victor auch schon neben mir, packte mich blitzschnell an der Taille und warf mich ins Wasser.

Welche Panik! An Rückenschwimmen oder Treibenlassen war gar nicht zu denken. Ich zappelte, tauchte unter, schlug wild mit den Armen um mich. Tauchte kurz wieder auf, schnappte nach Luft, wollte schreien, konnte aber nicht. Wollte Hilfe herbeiwinken, konnte aber nicht. Versuchte zu denken, konnte aber nicht. Nur Wasser und Verschlucken und Zappeln und Sinken und Ertrinken. Aber plötzlich spürte ich, wie mich starke Arme packten und über Wasser hielten, sodass ich endlich wieder atmen konnte. Andrew tauchte neben mir auf, schlang die Arme unter meinen Achseln hindurch und zog mich mit sich. Das Boot tauchte vor mir auf, und jemand streckte mir die Hand entgegen: Victor. Ich griff danach und er zog mich lachend an Bord.

»Na, das hat ja wohl nicht so gut geklappt, was?«, gluckste er, kaum dass ich wieder im Boot war.

Andrew kletterte mir hinterher. »Das hättest du nicht tun dürfen!«, schrie er Victor an. »Sie hätte ertrinken können!«

»Ach, papperlapapp. Wenn du nicht hineingesprungen wärst, hätte ich das getan. Natürlich würde ich unsere kleine Rosie nicht einfach so ertrinken lassen!«

Dann boxte er mich scherzhaft in die Rippen, aber ich wich vor ihm zurück. Ich fand das überhaupt nicht witzig.

»Ach übrigens, kein Wort zu Mutter!«, sagte Victor beiläufig, als er die Angel einholte und wir alles für die Rückfahrt vorbereiteten.

Von diesem Tag an traute ich Victor nicht mehr über den Weg.

Mit Andrew verhielt es sich anders. Hätte ich es auch nur im Geringsten in Erwägung gezogen, mich Tante Silvias Plan zu fügen und mir einen der beiden zu »angeln«, wäre meine Wahl wohl auf Andrew gefallen – mit seinem sympathischen Lächeln, seiner Zuvorkommenheit und seiner Liebenswürdigkeit. Es war immer Andrew, der mir half, auf die schwer erreichbaren Äste des ausladenden Mangobaums im Hinterhof zu klettern; Andrew, der meine Hand hielt, damit ich nicht das Gleichgewicht verlor, wenn ich mit dem Fuß auf einem glatten Ast ausrutschte; Andrew, der mir wieder auf den Boden half; Andrew, dem ich tatsächlich am Herzen lag.

Aber trotzdem pflegten wir nur eine ganz normale Freundschaft, ohne die geringste Spur von romantischem Interesse. Er war wie ein großer Bruder für mich, schon immer gewesen. Der Gedanke an eine Beziehung mit Victor hingegen jagte mir einen eiskalten Schauer über den Rücken.

»Du bist eigentlich sogar zu einem ziemlich ansehnlichen Ding herangewachsen, Rosie.«, sagte er nun. »Vor drei Jahren warst du noch eine dieser dummen, x-beinigen Rotzgören. Aber jetzt bist du ein ziemliches Prachtexemplar!«

Ich stand noch immer vor dem Schreibtisch. Jetzt kam er auf mich zu und baute sich direkt vor mir auf. Ich wich zurück, aber er rückte einfach nach. Dann hob er die Hand. Ich dachte schon, er wolle mir an die Brust fassen, und zuckte zusammen, aber dem Himmel sei Dank tat er das nicht. Er griff nur nach meinem Haar und ließ es Strähne um Strähne durch die Finger gleiten. Was unangenehm genug war.

»Schönes, glänzendes Haar!«, sagte er und gluckste erneut. »Also, wie sieht's aus? Du und ich? Wir würden ein hübsches Paar abgeben, findest du nicht? Mutter wäre überglücklich. Wir könnten direkt die Initiative ergreifen und jetzt gleich ein Baby machen. Was hältst du davon? Wenn ich dann beim nächsten Einsatz draufgehe, hätte Mutter wenigstens noch ein Andenken an mich.«

»Du bist widerlich!«, brach es aus mir heraus. »Hau ab und lass mich in Ruhe.« Ich wandte mich ab und setzte mich an den Schreibtisch.

»Ah! Also am Briefe schreiben. Hast du dir etwa einen kleinen Schatz angelacht, kleine Rosie? Lass mal sehen ...« Er beugte sich vor und schnappte sich den Umschlag, auf den ich gerade erst die Adresse geschrieben hatte.

»Aha! Du schreibst also dieser kleinen Schlampe? Und ich nehme an, sie schreibt dir zurück. Da frage ich mich natürlich – habt ihr zwei das etwa gemeinsam ausgeheckt? Steckst *du* vielleicht dahinter, dass Andrew zu ihr zurück ist und sich nun solche Hoffnungen macht? Ich hatte eigentlich gedacht, er hätte aufgegeben, aber jetzt ... tja.«

»Gib das zurück!«, kreischte ich und schnappte nach dem Umschlag, den er mir zum Glück widerstandslos überließ. Aber dann griff er sich stattdessen meinen Block und fing an, meinen Brief an Usha zu lesen, wobei er mich mit dem anderen Arm auf Abstand hielt, während ich vergeblich nach ihm schlug.

Schließlich legte er den Brief lachend zurück auf den Schreibtisch. Er hatte wirklich inzwischen jegliche Skrupel und Manieren abgelegt – was hatte die *Royal Air Force* nur mit ihm angestellt?

»Tja, meine liebe Rosie, da du ja nicht gewillt zu sein scheinst, auf meine Avancen einzugehen, werde ich dich wohl wieder deinem eigenen Schicksal überlassen.« Er deutete eine Verbeugung an. »Auf Wiedersehen, kleine Rosie, und bis morgen!«

Kaum hatte er das Zimmer verlassen, griff ich auch schon nach Andrews Umschlag und riss ihn auf. Es steckte ein kleiner Zettel darin, auf dem nur ein paar Worte geschrieben standen:

Tausend Dank, Rosie. Unsere Begegnung hat selbst meine kühnsten Träume übertroffen, und das verdanke ich alles nur dir. Andrew.

Aber statt erleichtert und dankbar über den glücklichen Verlauf ihres Treffens zu sein, bekam ich es jetzt mit der Angst zu tun. Die Begegnung hatte selbst seine »kühnsten Träume übertroffen« – was meinte er damit überhaupt? Hatte Usha eingewilligt, ihre Verlobung zu lösen? War das zu diesem späten Zeitpunkt überhaupt noch möglich? Und was dann, jetzt wo Andrew in den Krieg musste? Was, wenn ihm irgendetwas zustieß? Was, wenn ich mit meiner Kuppelei tatsächlich eine Katastrophe ausgelöst hatte?

Vielleicht wäre es wirklich besser gewesen, keine schlafenden Hunde zu wecken. Usha nächsten Monat einfach Arun heiraten zu lassen. Und Andrew ungehindert in den Krieg ziehen zu lassen, ohne dass es ihn kümmerte, ob er lebte oder starb – nicht etwa, weil er wie sein Bruder der geborene Draufgänger war, sondern weil er jeden Lebenswillen verloren hatte. Hatte ich meine Nase tatsächlich in fremde Angelegenheiten gesteckt, die mich nichts angingen? Würde dieser Schuss nach hinten losgehen? Wenn alles aus dem Ruder lief, war das dann meine Schuld?

Ich fügte meinem Brief noch ein paar abschließende Worte hinzu:

Gerade eben habe ich einen Brief von Andrew gelesen! Er klang so glücklich, Usha, und ich freue mich, dass zwischen euch alles so gut gelaufen ist. Um ganz ehrlich zu sein, habe ich mir Sorgen gemacht, und ich weiß immer noch nicht, ob es mir überhaupt zustand, zwischen euch beiden zu vermitteln. Ich hatte nur das ganz starke Gefühl, dass ihr wenigstens eine Chance bekommen solltet, euch einmal zu begegnen – einfach nur, um zu schauen, was passiert, und um das, was zwischen euch passiert ist, auf die eine oder andere Weise zum Abschluss zu bringen. Mit einem endgültigen NEIN von dir oder ganz vielleicht doch einem JA. Andrews Brief entnehme ich, dass es Letzteres war. Darüber freue ich mich natürlich, aber gleichzeitig mache ich mir auch große Sorgen. Was wirst du jetzt tun? Er muss an die Front, und wenn du deine Verlobung auflöst, was passiert dann?

Bitte schreib mir, sobald du kannst: Ich bin auf die Einzelheiten gespannt. Wir leben in einer so ungewissen Zeit. Ich möchte dich nur wissen lassen, dass ich immer für dich da bin, ganz egal, wie deine Entscheidung ausfällt.

Und damit faltete ich den Brief zusammen, steckte ihn in den Umschlag und ging zu Bett.

KAPITEL 16

Am nächsten Tag entschloss ich mich zu einem Ausflug, nur um Victor auszuweichen. Ich schnappte mir mein Fahrrad und radelte damit den einstündigen Weg zu einer der benachbarten Plantagen, um eine meiner Klassenkameradinnen aus der *Girls' High School* zu besuchen. Als ich vor Einbruch der Dunkelheit zurück nach Hause kam, war Victor bereits fort, allerdings nicht, ohne sich vorher mit seinen Eltern gestritten zu haben.

Tantchen war außer sich vor Wut. »Er hat sich nicht einmal verabschiedet!«, rief sie aufgebracht. »Noch nicht mal einen Tag hier und schon wieder weg!«

»Und er hat einfach den Vauxhall genommen, ohne zu fragen. Dabei weiß er genau, dass wir auf das Auto angewiesen sind! Ist mit quietschenden Reifen davongefahren.« Onkel Henry schien das Fehlen des Autos mehr zu belasten als die Abwesenheit seines Sohnes, aber das schrieb ich seiner allgemeinen Unfähigkeit zu, Victor jemals die Schuld an irgendetwas zu geben, sodass er immer irgendeinen greifbaren Grund erfinden musste, um seinen Unmut zu rechtfertigen. Victors Grobheit seiner Mutter, und eigentlich allen Frauen gegenüber, schien ihm gar nicht weiter aufzufallen.

Ich tröstete Tantchen, so gut ich konnte. Hier ging es schließlich um den Sohn, nach dem sie sich so lange gesehnt hatte – da konnte ich nicht wirklich schlecht von ihm sprechen.

»Immerhin hast du jetzt Gewissheit, dass er noch am Leben ist!«, sagte ich und legte den Arm um sie. »Und wenigstens hat er euch besucht – endlich!«

»Für einen Tag! EINEN TAG!«, wiederholte sie immer wieder. »Und sobald er zurück im Dienst ist, geht alles wieder von vorne los, dieselben Sorgen wie vorher. Wie soll ich das nur überleben?«

Der letzte Satz amüsierte mich. Da saß sie also und machte sich um ihr eigenes Überleben Gedanken, während zwei ihrer Söhne im Krieg tatsächlich ihr Leben riskierten. Aber so war sie eben, und sie tat mir leid – was, wenn Victor bei einem seiner nächsten Einsätze wirklich ums Leben kam? In Kriegszeiten sollte man wirklich versuchen, sich nicht mit seinen engsten Verwandten zu überwerfen. Schließlich konnte man nie wissen. Mir gelang es allerdings selbst nicht, meinen eigenen hohen Ansprüchen gerecht zu werden, denn ich war ziemlich erleichtert, dass er nun fort war. Ich fürchtete mich regelrecht vor unserem nächsten Zusammentreffen.

Außerdem erwartete mich ein neuer Brief: von Usha! Aufgeregt riss ich den Umschlag auf.

Liebe Rosie,

Ich wollte dir nur kurz schreiben, um mich bei dir dafür zu bedanken, dass du mich mit Andrew zusammengebracht hast. Ich weiß jetzt, ich habe mich gegen etwas Großes gewehrt, etwas, das einfach sein muss, weil es bereits ist. Das ist mir jetzt klargeworden. Ich liebe ihn von ganzem Herzen und ich kann keinen anderen Mann heiraten. Heute werde ich meinen Eltern schreiben, um sie darüber zu informieren, dass die

Verlobung aufgelöst werden muss. Ich kann Arun keine gute und würdige Ehefrau sein, wenn mein Herz einem anderen gehört. Ich weiß nicht, wann ich Andrew wiedersehen werde, und es bricht mir das Herz, ihn in Gefahr zu wissen, aber ich glaube fest daran, dass unsere Liebe und meine Gebete ihn mir zurückbringen werden. Bis auf Weiteres habe ich immerhin meine Arbeit, und meine Eltern werden zwar toben, aber ich fühle mich jetzt stark genug, mich ihrem Zorn entgegenzustellen. Sie können mich nicht zur Ehe zwingen. Es fällt mir schwer, ihnen das anzutun, aber es ist nun einmal nicht möglich.

Wie dem auch sei, ich bitte dich, Stillschweigen darüber zu bewahren. Memsahib darf nichts davon erfahren. Ich bezweifle, dass Amma und Appa ihr davon erzählen werden, also liegt es allein in deinen Händen. Ich weiß, ich kann dir vertrauen.

Deine Usha

Bei diesen Worten ging mir das Herz auf, und plötzlich waren all meine Zweifel wie weggeblasen. Ja, es hatte sich tatsächlich als etwas Gutes erwiesen, die beiden zusammenzubringen. Und wie mutig Usha war! Gerade sie, die gehorsame Tochter, die die Traditionen ihrer Kultur immer respektiert hatte, brach nun mit einer solchen Entschlossenheit daraus aus! Jetzt war sie ganz allein auf der Welt, zumindest bis der Krieg enden und Andrew gesund zu ihr zurückkehren würde.

Und falls nicht? flüsterte eine nagende Stimme in mir. Doch die Antwort darauf kannte ich bereits. Falls nicht, falls alles schiefging, würde ich mich um sie kümmern. Ich würde alles tun, was in meiner Macht stand, um ihr zu helfen.

Als ich an diesem Abend ins Bett legte, fühlte ich mich unglaublich erleichtert und schlief wie ein Stein.

· · ·

Am nächsten Morgen war ich überrascht, als uns statt Sunita ihre Cousine, die gelegentlich für sie einsprang, das Frühstück servierte. Sofort fragte ich mich, ob das schon etwas mit Usha zu tun hatte – hatte Sunita die Nachricht ihrer Abtrünnigkeit bereits erhalten? Gleich stiegen wieder Schuldgefühle in mir hoch. Es stand mir wirklich nicht zu, mich in die Zukunft dieser Familie einzumischen. Aber ich verdrängte diese Gefühle und machte stattdessen meinen allmorgendlichen Gang durch die bewaldeten Hügel zum Wasserfall – zu *meinem* Wasserfall, wie ich ihn mittlerweile nannte, weil ich mir in den letzten Wochen angewöhnt hatte, bei Tagesanbruch dort Flöte zu spielen. Ich fand das beruhigend. Das Rauschen des Wassers entfaltete in Kombination mit den lieblichen Flötenklängen eine wohltuende Wirkung und wappnete mich für den bevorstehenden Tag, ganz gleich, welche schrecklichen Neuigkeiten er auch mit sich bringen mochte.

Gerade jetzt brauchte ich den Trost der Flöte mehr als je zuvor, denn ich hatte niemanden mehr: Pa, Usha, Andrew – alle Menschen, denen ich nahegestanden hatte, waren fort. Nur ich saß noch immer hier in Newmeads fest, nur ich hatte nichts wirklich zu tun. Während dort draußen der Krieg tobte und Menschen starben, saß ich hier im Schutz dieses luxuriösen Herrenhauses und lebte vergleichsweise in Saus und Braus. Die Flöte ließ mich zur Ruhe kommen, und ihre reinen, lieblichen Klänge verschmolzen aufs Schönste mit dem stetigen Rauschen des Wasserfalls. Ich hatte davon geträumt, Ärztin zu werden, aber der Krieg hatte mir diese Träume zunichtegemacht. Gab es dort draußen vielleicht noch eine andere Berufung, eine andere Lebensaufgabe für mich? Ich hoffte darauf, in dem Frieden, den mir die Musik und das Wasser brachten, vielleicht Antworten und meinen Weg zu finden.

An jenem Morgen hatte ich jedoch noch keine fünf Minuten gespielt, als ich von einem lauten »Hey!« unterbrochen wurde.

Überrascht schaute ich auf. Mit in die Hüften gestemmten Armen und wutverzerrtem Gesicht stand Satish vor mir, der jüngste von Ushas Brüdern. Ich mochte Satish, hatte ihn schon immer gemocht. Er hatte ein gutes Herz und ausgeglichenes Wesen, war immer höflich und zuvorkommend. Doch nicht so heute.

»Wie kannst du es wagen!«, schleuderte er mir entgegen. »Wie kannst du es wagen, dich in unsere Familienangelegenheiten einzumischen! Wir wissen, dass es deine Schuld ist!«

»Satish! Was? Wovon redest du?« Ich spielte die Unschuldige, was natürlich unaufrichtig war, denn in Wahrheit wusste ich sehr genau, wovon er sprach. Ich war ja wirklich bis über beide Ohren in die Angelegenheiten, ja, die Ehre seiner Familie verstrickt.

»Tu nicht so, als wüsstest du von nichts! Du weißt es ganz genau. Von wem hätte er sonst die Adresse bekommen können? Ihr Weißen, warum glaubt ihr nur immer, ihr wüsstet alles besser?«

»Ich glaube gar nicht ...«

»Du hast ja wohl gestern ebenfalls einen Brief von ihr bekommen, oder etwa nicht? Leugnen bringt nichts – ich bin schließlich derjenige, der ihn ins Haus gebracht hat. Ich weiß, dass sie dir alles erzählt.«

»Satish, bitte, beruhige dich. Können wir nicht einfach ...«

»Sag du mir bloß nicht, ich solle mich beruhigen!«, tobte er. »Weißt du überhaupt, was das für meine Familie bedeutet? Weißt du, was für eine Schande es ist, eine Verlobung aufzulösen? Wie sollen wir den Leuten je wieder in die Augen schauen? Wie sollen Karthik und ich jemals eine Frau finden, wo doch jetzt jeder von unserer Schwester weiß?«

»Aber ich will doch nur, dass sie glücklich ist!«

»Das geht dich einen Scheiß an!« Nie zuvor hatte ich Satish fluchen hören. Dass er es jetzt tat, zeigte, wie wütend er war. »Ihr Glück liegt darin, die Familienehre zu bewahren! Und die hast du gründlich zerstört! Wie sollen wir das je wieder gutmachen?«

»Sie und Andrew sind füreinander bestimmt. Es wäre nicht richtig, wenn sie Arun heiratet. Es würde ihr das Herz ...«

Er ließ mich nicht ausreden. »Wen interessiert ihr gebrochenes Herz? Das ist doch eh nur ein verdammtes Hirngespinst von euch Engländern! Sie hat das Herz ihrer Mutter gebrochen, das ihres Vaters! Alles war perfekt, und sie hat alles ruiniert. Jetzt ist sie auf sich allein gestellt. Unsere Eltern haben sie verstoßen. Sie ist nicht mehr ihre Tochter. Sie ist nicht mehr meine Schwester. Und wenn Andrew in diesem beschissenen englischen Krieg umkommt, dann steht sie dank dir ganz alleine da!«

Damit stürmte er davon und ließ mich in Schockstarre zurück. Ich hob die Flöte wieder an den Mund und versuchte, weiterzuspielen, aber meine Finger zitterten viel zu sehr und mein Atem ging viel zu hektisch, als dass ich auch nur zwei zusammenhängende Töne herausgebracht hätte. Ich wurde von Schuldgefühlen geradezu überrollt. Hätte ich jetzt noch alles rückgängig machen können, ich hätte es getan. Ich hatte mich in eine Angelegenheit eingemischt, die mich absolut nichts anging. Ich packte meine Flöte ein, stand auf und ging nach Hause.

Jetzt hatte ich keinen Zweifel mehr daran, dass ich mich tatsächlich wie ein Elefant im Porzellanladen aufgeführt hatte. Ushas Hochzeit hatte mich nicht zu interessieren, und ich war eine Närrin gewesen, sie verhindern zu wollen. Ich hätte die Finger davon lassen sollen. Ganz besonders mitten in diesem schrecklichen Krieg, dessen Ausgang noch völlig ungewiss war. Denn ich zweifelte nicht daran, dass uns noch deutlich Schlimmeres bevorstand. Wir standen erst ganz am Anfang. Möglicherweise war mein kleiner Traum, diese zwei Liebenden zueinander zu führen, einfach nur meine Art, nach Trost zu suchen und den Trümmern dieser grauenvollen Zeit wenigstens ein Quäntchen Glück abzuringen. Eine Möglichkeit, mein schweres Herz ein wenig leichter zu machen. Wie furchtbar egoistisch von mir.

KAPITEL 17

Im März 1942 wurde in den Zeitungen eine Aufforderung zur Evakuierung publiziert:

> *Hiermit wird jeder, der keinen ständigen Wohnsitz in Ceylon vorweisen kann und nicht mit kriegswichtigen Arbeiten beschäftigt ist, dazu angewiesen, sofort das Land zu verlassen, sobald Ausreisemöglichkeiten bereitstehen. Diese Anweisung gilt auch für Frauen und Kinder von Marine, Militär und Luftwaffenangehörigen.*
>
> *Was die Einwohner Ceylons betrifft, so wird nicht-ceylonesischen Frauen mit kleinen Kindern, die nicht mit kriegswichtigen Arbeiten beschäftigt sind, dringend empfohlen, auszureisen, sobald die Möglichkeit dazu besteht.*

Das war es dann wohl. Man forderte uns also auf, das Land zu verlassen. Es sei denn ... es sei denn, wir erledigten kriegswichtige Arbeiten. Das war vielleicht eine Lösung, wenn der

Gedanke mir auch nicht ganz neu war, denn ich fragte mich schon seit geraumer Zeit, ob es nicht irgendetwas gab, was ich beitragen konnte. Jetzt, da Victor und Andrew beide für unser Land kämpften und meine Studienpläne vom Krieg über den Haufen geworfen worden waren, fühlte ich mich ziemlich überflüssig.

»Ich werde nicht ausreisen!«, verkündete Tante Silvia bestimmt, nachdem Onkel Henry die Anweisung am Frühstückstisch vorgelesen hatte. »Lass mich das mal sehen.« Damit riss sie ihm die Zeitung aus der Hand, überflog die Zeilen, blickte auf und tippte energisch mit dem Finger auf die Seite. »Und ich muss auch nicht ausreisen. Da steht: *Frauen mit kleinen Kindern.* Ich habe keine kleinen Kinder, also bleibe ich. Und du auch, Rosie«, sagte sie und wandte sich mir zu. »Lass mich hier nicht im Stich. Du hast auch keine Kleinkinder.«

»Stimmt, aber ich könnte eine kriegswichtige Arbeit aufnehmen. Ich würde gerne irgendetwas tun, um unsere Truppen zu unterstützen. Egal was. Da denke ich schon länger drüber nach. Wahrscheinlich müsste ich dafür aber nach Colombo ziehen.«

»Und mich hier ganz alleine zurücklassen?«

»Das ist viel zu gefährlich, Liebes«, mischte sich Onkel ein. »Das kann ich nicht zulassen. Und, Silvia, genauso wenig kann ich das Risiko eingehen, dass du hierbleibst. Hast du nicht von dieser englischen Familie in den Bergen von Burma gehört – die mit der Kautschukplantage? Alle im eigenen Haus massakriert. Nein, nein! Ihr müsst beide so schnell wie möglich von hier verschwinden. Gleich morgen fahre ich nach Colombo und schaue, für wann ich die nächste Überfahrt buchen kann.«

Das erwies sich allerdings als nahezu unmögliches Unterfangen, denn jeder englische Ehemann auf der ganzen Insel kam auf dieselbe Idee, und als Onkel Henry schließlich vor dem Ticketschalter in Colombo stand, gab es schon längst keine Kojen mehr für Frauen und Kinder. Viele Familien aus dem Landesinneren steckten in der gleichen Bredouille; sie alle mussten spätere Überfahrten buchen, sobald die Schiffe vom sicheren Hafen aus wieder zurückgekehrt waren, um eine neue Ladung flüchtender *Mems* überzusetzen. Schließlich gelang es ihm, eine Fahrt im späten April zu buchen – zwei Monate nach dem ursprünglichen Evakuationsbefehl.

KAPITEL 18

OSTERSONNTAG, 5. APRIL 1942

Das Telefon klingelte genau in dem Moment, als wir uns am Ostersonntag zum Festmahl um den Tisch versammelt hatten. Wir waren gerade vom Gottesdienst in Kandy zurückgekehrt, und Rajkumar und Sunita hatten das Essen vorbereitet – eine Annäherung an das Ostermahl, das Onkel Henry noch aus seiner Kindheit in Eastbourne kannte.

Ich hatte ihnen schon immer gerne beim Kochen zugesehen und war fasziniert von der wortlosen Choreografie, die sie aufführten, um kulinarische Perfektion zu erreichen.

Da es in Kandy (und vermutlich in ganz Ceylon) keine Schafe und folglich auch keinen Lammbraten gab, war auf Hähnchen ausgewichen worden, was zunächst unzureichend erscheinen mochte, allerdings nur so lange, bis man das Resultat gerochen und geschmeckt hatte. Dieses Huhn war im Ganzen mariniert worden, und zwar in einer Paste aus Koriander, Kreuzkümmel, Fenchel, Bockshornklee, Senfkörnern, Kardamom, Nelken und Zimt, die man fest in Haut und Fleisch einmassiert hatte, damit sich die unterschiedlichen Aromen miteinander verbanden. Die Gewürze waren frisch gemahlen – in dem gefliesten Bereich hinter der Küche hatte Sunita sie auf dem Mahlstein mit dem Stößel zu der orangefarbenen Paste verarbeitet, mit der sich eine einfache Mahlzeit in ein Festessen verwandeln ließ. Der zimmergroße Ofen, ein riesiges Steiniglu mit vom Ruß geschwärzten Innenwänden, musste stundenlang mit brennendem Holz vorgeheizt werden, bis man endlich die glühenden Kohlen herauskratzen und das marinierte Huhn hineinschieben konnte, um es dann langsam vor sich hin braten zu lassen. Das Ergebnis, das nun vor Onkel Henry auf dem Tisch stand, sah sagenhaft aus: ein perfektes, goldbraunes Hähnchen, knusprig und saftig, das ein so köstliches Aroma verströmte, dass ich das Gefühl hatte, mein Geschmacks- und Geruchssinn würden mich direkt nach Shangri-La entschweben lassen. Wer brauchte schon Gottesdienste, wenn man das Paradies auch zu Hause haben konnte? Das Wasser lief mir im Mund zusammen.

Wir – also Onkel Henry, Tante Silvia, die Rutherfords (das Ehepaar von unserer Nachbarplantage) und ich – hatten alle um den schweren Eichentisch herum Platz genommen (tatsächlich echte Eiche, der Tisch stammte aus Onkels Elternhaus in England). Gerade hatte Rajkumar das dampfende Hähnchen vor Henry abgestellt, der bereits das Tranchierbesteck hob, um seines Amtes zu walten, als plötzlich das Telefon klingelte: schrill, unnötig laut, fast schon bedrohlich, jedenfalls kam es einem im Nachhinein so vor.

»Oje, ausgerechnet jetzt!«, seufzte Tante Silvia. Sie versuchte noch immer, so zu tun, als gäbe es keinen Krieg, und hatte *die Lage* zum unerwünschten Tischgesprächsthema erklärt. »Rajkumar, bitte geh du ran und sag, wir sind nicht zu Hause.« An uns gewandt fügte sie hinzu: »Ich hoffe, das ist nicht Marjory Craig ... die quasselt immer stundenlang, man kriegt sie einfach nicht zum Schweigen. Sie war heute nicht in der Kirche, wahrscheinlich gibt es irgendetwas über ihre Tochter zu berichten ... Hoffentlich ist nichts passiert ... nicht schon wieder Bomben auf London. Ihr Geburtstermin steht kurz bevor und Marjory muss krank vor Sorge um sie sein. Sie hat immer gesagt, sie sei froh, keine Söhne zu haben, aber eine Tochter in London, das Hitler dem Erdboden gleichmachen will, ist sicher genauso beängstigend. Mich würde mal interessieren, ob sie sich wohl evakuieren lässt?«

Es entbehrte nicht einer gewissen Ironie, wie sie sich über Marjory Craig beschwerte, obwohl sie doch selbst eine solche Tratschtante war!

Rajkumar kehrte zurück, beugte sich vor und flüsterte Onkel Henry ins Ohr: »Entschuldigen Sie vielmals, *Sahib*, aber Master Graham ist am Apparat.«

Der arme Rajkumar. Obwohl er so leise und mit größter Diskretion sprach, hörten wir alle, was er sagte, und blickten auf. Onkel Henry hatte gerade eine Hähnchenkeule abgetrennt und legte sie nun auf den Teller, der am Tisch weitergereicht wurde, bis er Mrs Rutherford erreicht hatte.

»Entschuldigt mich«, sagte er und schob seinen Stuhl zurück. Über den Tisch hinweg tauschten wir anderen fragende Blicke aus. Warum Graham wohl anrief?

Tante Silvia übernahm das Kommando. Auch sie schob den Stuhl zurück und erhob sich. »Also, ich weiß ja nicht, wie es bei euch aussieht, aber ich habe jedenfalls Hunger!«, rief sie und ging zum Kopf des Tisches, wo sie das Tranchierbesteck aufnahm, um – während sie gleichzeitig das Tischgespräch fortsetzte – dort weiterzumachen, wo Onkel Henry aufgehört hatte.

Bald schon stapelten sich Hähnchenkeulen, Flügel und Bruststücke auf unseren Tellern, und wir bedienten uns an der Gemüse und Chutneyauswahl: Es gab Okraschoten, geröstete Kartoffeln, Kürbis und Spinat. Wie immer hatten Rajkumar und Sunita ein Festmahl zubereitet, das eines Königs würdig gewesen wäre.

Tante Silvia erzählte uns gerade von der skandalösen Hochzeit irgendeiner Lady mit einem Architekten aus Ceylon – »der schwärzeste Tamile, den ihr euch vorstellen könnt« – als Onkel Henry zurückkam. Stumm blieb er auf der Türschwelle stehen, vermutlich um einen geeigneten Moment abzupassen, in dem er Tantchens Beschreibung besagten Mannes hätte unterbrechen können, aber sein Schweigen übertönte ihren Monolog, sodass sich nach und nach alle Köpfe in seine Richtung drehten und ihr Wortschwall verebbte. Als er sich unserer ungeteilten Aufmerksamkeit gewiss war, ergriff er schließlich das Wort:

»Colombo wurde bombardiert« sagte er. »Der Krieg ist in Ceylon angekommen.«

<h1 style="text-align:center">KAPITEL 19</h1>

Nach Grahams Anruf war allen der Appetit vergangen. Mir war geradezu schlecht. Nun war der Tag, vor dem wir uns alle so sehr gefürchtet hatten, also doch gekommen. Ceylon, unsere Heimat, nahm nun aktiv am Kriegsgeschehen teil.

Natürlich war uns schon lange bewusst, dass das Feuer, das bereits ganz Europa verzehrte und sich wie eine Heuschreckenplage langsam bis nach Afrika und Asien ausbreitete, irgendwann auch auf Ceylon übergreifen würde. Mit Japans Kriegseintritt und ganz besonders nach der Eroberung Singapurs, war Ceylon bereits zu einem britischen Frontstützpunkt geworden. Die *Royal Navy* hatte die *East Indies Station* nach Colombo und Trincomalee an der nordöstlichen Küste der Insel verlegt und an beiden Orten Verteidigungsanlagen errichtet, während die *Royal Air Force* ihr Basislager auf einem zivilen Flugplatz in der Nähe von Colombo aufgeschlagen hatte.

Wie schon der Bombenanschlag auf Pearl Harbor kam auch der Angriff auf Colombo aus heiterem Himmel. Er war ebenso plötzlich wie brutal und erfolgte in Wellen, die sich über den ganzen Tag verteilten. Da Ostersonntag war, hielten sich während der zweiten Angriffswelle viele Gemeindemitglieder in den Kirchen auf.

Graham hatte seinem Vater an diesem Tag nur das Nötigste berichtet: nicht *wie*, sondern *dass* es passiert war – und am wichtigsten, dass ihm selbst nichts geschehen war. Aber schon am nächsten Tag erfuhren wir mehr über die Einzelheiten, denn die *Ceylon Daily News* berichteten ausführlich über den Angriff.

Gestern um acht Uhr morgens wurden Colombo und die Vororte in mehreren Etappen von fünfundsiebzig feindlichen Flugzeugen angegriffen, die allesamt von der Meeresseite kamen. Fünfundzwanzig Angriffsmaschinen wurden abgeschossen, weitere fünfundzwanzig konnten beschädigt werden. Am Hafen und in der Umgebung von Ratmalana erfolgten Bombardierungen durch Sturzkampfflugzeuge und Maschinengewehrangriffe aus dem Tiefflug. Eine medizinische Einrichtung in den Vororten wurde ebenfalls von Bomben getroffen ...

Zu unserem großen Glück war besagte »medizinische Einrichtung« nicht das Krankenhaus, in dem Graham arbeitete, aber die Tatsache, dass der Krieg nun direkt vor unserer Haustür angekommen war, ließ sich nun nicht länger ignorieren. Wir waren nicht mehr in Sicherheit. Nicht, dass wir vor dem Angriff wirklich sicher gewesen wären, aber es bestand doch ein großer Unterschied zwischen der Angst vor einem Angriff und einem tatsächlichen Angriff. Und jetzt, da sich unsere Angst bewahrheitet hatte, fürchteten wir uns vor einer Invasion wie in Malaya, Singapur und Burma. Davor, dass japanische Soldaten mordlustig mit ihren Bajonetten über unsere schöne Insel herfallen und ein Blutbad anrichten würden. Meine Fantasie ging mit mir durch: Zitternd malte ich mir die schlimmsten Schreckensszenarien aus. Onkel Henry hatte ebenfalls Angst, aber er weigerte sich, sie offen zu zeigen. Stattdessen wiederholte er immer wieder den gleichen Satz: »Gott sei Dank schicke ich Silvia fort!«

All das kam noch zu den Sorgen dazu, die ich mir ohnehin schon um Andrew und Usha machte, seit ich mich in ihr Leben eingemischt hatte. Das bereute ich jetzt zutiefst. Ich hatte kein Recht, sie zusammenzubringen, ganz besonders nicht in einer so ungewissen, gefährlichen Zeit. Ich war mir sicher, die Japaner würden den Krieg gewinnen. Wir waren dem Untergang geweiht. Andrew würde sterben, und was sollte dann aus Usha werden? Würde ihre Familie sie wieder aufnehmen?

Angesichts all dieser Ängste erschien mir das Zerplatzen meines Lebenstraums, Ärztin zu werden – der unter diesen Umständen schlichtweg unmöglich geworden war –, absolut unbedeutend. Völlig irrelevant. Nach dem, was man von den blutrünstigen Massakern gehört hatte, wusste ich, dass wir froh sein konnten, wenn wir mit dem Leben davonkämen.

Darum war es naheliegend, mir eine andere Ablenkung zu suchen: meine Flöte. Ich flüchtete mich in die Musik. Die lieblichen, feinen Klänge dienten mir als Zuflucht, und die sanften, heilsamen Melodien liebkosten mein angsterfülltes Herz. Statt bekannte Lieder zu spielen, improvisierte ich, während ich dem Wasserfall lauschte und mich von seinem Rauschen inspirieren ließ, bis die Töne in perfekter Harmonie dazu über die Wellen tanzten.

Genau das tat ich auch drei Tage nach Grahams Anruf. Nachdem ich das Frühstück ausgelassen und mir stattdessen nur ein Glas Kokoswasser aus dem Krug im Frigidaire sowie ein paar geschälte Mangostückchen genehmigt hatte, brach ich zu meinem Lieblingsplatz auf. Dort saß ich mit geschlossenen Augen auf dem Stein vor dem Wasserfall und wiegte mich hin und her, während meine Finger auf der Flöte auf- und abtanzten. Ich gab mich der Musik ganz hin, bis sich meine Hände automatisch bewegten und ich meinen Atem nicht mehr bewusst wahrnahm. Dann brach eine neue Melodie aus mir hervor, ein reiner Ausdruck meiner Gefühle. Der Herzschmerz, die Einsamkeit, die Trauer, die Schuldgefühle, die Angst und Pas plötzliches Verschwinden: All das vermischte sich mit einer tiefgreifenden Sehnsucht nach Frieden und Glück und Liebe – einer Sehnsucht danach, von innerer Zerrissenheit befreit zu werden. Und untermalt wurde die Melodie vom Rauschen der unveränderlichen Strömung, dem *Bordun*, auf dem alles dahinfloss. So sehr ging ich in der Musik auf, dass ich gar nicht hörte, wie sich jemand näherte. Als ich jedoch mein Spiel unterbrach und die Flöte absetzte, um Luft zu holen, hörte ich plötzlich:

»Wunderschön! Das ist wirklich außerordentlich, Rosie!«

Ich zuckte zusammen und blickte auf. Kaum einen Meter von mir entfernt stand Graham Huxley. Er wirkte so entspannt, so natürlich, dass ich vermutete, dass er schon eine ganze Weile unbemerkt dagestanden hatte. Er verhielt sich nicht so kühl und distanziert wie der Graham aus meiner Erinnerung, sondern lächelte herzlich und aufrichtig, während er neben mir in die Hocke ging.

»Danke!«, erwiderte ich und lief dabei rot an; plötzlich fühlte ich mich schrecklich schüchtern. »Wann bist du denn angekommen?«

»Gestern am späten Abend. Ich habe mich ins Haus geschlichen, um niemanden zu wecken, aber ich konnte nicht gut schlafen und bin im Morgengrauen nach draußen gehuscht. Was hast du da gerade gespielt? Das war weder abendländische noch indische Musik. Wer ist der Komponist?«

Ich lächelte. »Niemand«, antwortete ich. »Ich habe nur ein wenig improvisiert, einfach so vor mich hin gespielt.«

»Wirklich? Na, dann bist *du* die Komponistin, und eine äußerst talentierte noch dazu! Wie lange spielst du schon?«

»Eigentlich schon seit Jahren. Ich habe an der Grundschule schon ein bisschen mit Musik angefangen und war auch ganz gut – Klavier und Flöte – aber nach Ammas Tod und meinem

Umzug nach Ceylon habe ich lange nicht mehr gespielt. Die Flöte habe ich trotzdem mitgebracht, und vor ein paar Jahren habe ich wieder damit angefangen. Und hier zu spielen ist einfach so schön, so beruhigend!«

»Das ist es wirklich«, sagte er. »Das Rauschen des Wasserfalls im Hintergrund, das klingt fast wie eine *Shrutibox,* oder?«

Ich strahlte über das ganze Gesicht. »Ja, genau so fühlt es sich an! Während ich diesem *Bordun*ton zuhöre, entwickelt die Musik ein Eigenleben. Deshalb fühlt es sich auch nicht so an, als hätte ich sie komponiert ... sie komponiert sich ganz von selbst. Sie bricht einfach so aus mir heraus, während ich dem *Bordun* lausche.«

»Genau so muss es sein«, erwiderte er. »Das macht echte Musiker aus. Du bist eine wahre Künstlerin. Wie du spielst ist so ... so eloquent. Als käme die Musik direkt aus deinem Herzen. Darin schwingt so viel Freude mit, aber gleichzeitig auch tiefe Trauer. Alles auf einmal. Eine bittersüße Melodie.

Ich holte tief Luft. »Ja, ich weiß.«

»Darf ich mir die mal ansehen? Sie ist wunderschön.«

Ich reichte ihm die Flöte. »Meine Musiklehrerin hat sie mir geschenkt, als ich aus Madras weggezogen bin.«

»Wie heißt dieses Instrument?«

»Das ist eine *Bansuri.* In der indischen Klassik wird sie seit Urzeiten dazu verwendet, die Sitar und Tabla zu begleiten. Bestimmt schon seit Tausenden von Jahren.«

Er studierte das Instrument, ließ seine Finger über die Löcher gleiten und hob die Flöte schließlich an die Lippen, aber ohne hineinzublasen.

»Das ist Bambus, kein normales Holz, oder?«

»Genau. Sie wurde aus einem einzigen Bambusrohr gefertigt.« Ich hielt inne, bevor ich fortfuhr. »Angeblich soll Krishna mit genau einem solchen Instrument Radha bezaubert haben ... kennst du die Geschichte?«

Er lachte leise. »Aber natürlich. Eine wunderschöne

Geschichte. Krishna, der fleischgewordene Gott, spielte auf seiner magischen Flöte, woraufhin ihm alle jungen Mädchen, denen sein Spiel zu Ohren kam, zu Füßen lagen. Aber seine Liebe galt nur Radha. Diese Legende soll die menschliche Sehnsucht nach dem Göttlichen symbolisieren. Wir alle, Mann und Frau, sollen Krishna – Gott – lieben und verehren. Auf sämtlichen Darstellungen ist Krishna mit einer Flöte wie dieser hier zu sehen.«

Nachdem er sie mir zurückgegeben hatte, verstaute ich sie in der Stoffhülle, die auf dem Stein neben mir lag. Eine Zeit lang herrschte Schweigen zwischen uns. Ich zog die Knie an, umfasste sie mit den Armen und lauschte dem lieblichen Plätschern und Gluckern des Wasserfalls neben und dem Zwitschern der Vögel über uns. Es war ein angenehmes Schweigen, sodass ich kein Bedürfnis danach verspürte, es zu brechen. Er fing jedoch an zu sprechen:

»Du machst gerade wirklich eine Menge durch. Ich habe gehört, dass dein Vater verschwunden ist.«

Ich nickte und hielt den Kopf gesenkt, aus Angst, meine Augen, in denen sich Tränen sammelten, könnten zu viel preisgeben.

»Das muss schwer für dich sein. Besonders jetzt, da der Krieg Asien erreicht hat.«

»Es ist sehr schwer«, flüsterte ich.

»Du weißt nicht, wo du ihn finden kannst?«

»Er *möchte* nicht gefunden werden, Graham. Das ist es ja, was es so schwer macht. Aber da er weiß, wo er *mich* findet, bin ich ihm offenbar egal.«

»Ach, Rosie!« Das war alles, was er darauf erwiderte, und ich war froh darüber. Froh, dass er feinfühlig genug war, um zu spüren, dass ich lieber nicht darüber reden wollte. Dass die Tatsache, dass mein Vater mich einfach so verlassen hatte, neben dem Tod meiner Mutter die tiefste Wunde in meiner Seele hinterlassen – tiefer noch als die schreckliche Angst vor einer Invasion. In all den Jahren seit seinem Verschwinden hatte ich mit niemandem darüber gesprochen, es war schwierig genug, mir das selbst einzugestehen. Ich hatte mich so gut wie möglich vom Schmerz dieser Wunde abgelenkt: mit der Schule und den Prüfungen und meinen Zukunftsplänen und seit Neuestem auch mit dem Krieg und der Kriegsberichterstattung und mit Andrew und Usha. Und dann mit dem Drama mit Victor und dann Satish. Wie unter einem Verband hatte ich meine Wunde hinter all diesen Angelegenheiten und Problemen versteckt gehalten. Aber jetzt, vor diesem nahezu Fremden, drohte alles an die Oberfläche zu sprudeln, und ich konnte nicht dagegen ankämpfen, konnte es nicht zurückhalten. Ich versuchte es nach Kräften, aber ein paar Tränen entwischten mir doch.

Er reichte mir ein Taschentuch, mit dem ich die Tränen abtupfte.

»Falls du gerne reden möchtest«, sagte er ruhig, »ich bin ein guter Zuhörer.«

Energisch schüttelte ich den Kopf.

»Es ist nicht gesund, so etwas in sich hineinzufressen«, fügte er darauf hinzu, und auf diese Bemerkung hin brach der Damm endgültig und ich fing laut und jämmerlich zu schluchzen an, mit angezogenen Knien und an die Schenkel gedrücktem Gesicht. Zitternd und mit bebendem Oberkörper ließ ich den Tränen freien Lauf.

Die ganze Zeit über schwieg er. Irgendwann legte er mir die Hand auf den Rücken und behielt sie dort. Das fühlte sich gut an, so als ob davon eine Energie ausging, die mich durchströmte und meine Gedanken wieder stabilisierte. Nach einer Weile verebbte mein Schluchzen und ich wurde langsam ruhiger und ruhiger, bis ich schließlich die Beine ausstrecken konnte. Da erst zog er seine Hand zurück.

»Tut mir leid«, sagte ich und lehnte mich vor, um sein Taschentuch in das kalte, klare Wasser zu tunken. Dann wischte ich mir mit dem nassen Stoff über das Gesicht, atmete tief ein und versuchte zu lächeln. »Ich weiß nicht, was da gerade über mich gekommen ist.«

»Ich glaube, das hast du gebraucht!«, sagte er. »Für ein aufgewühltes Herz ist Weinen manchmal die beste Medizin.«

»Du wirst es wohl wissen«, sagte ich, »du bist schließlich Arzt.«

»Ja. Und ich habe schon oft festgestellt, dass ein heiles Herz der erste Schritt zu einem gesunden Körper ist.«

»Kannst du denn Herzen heilen?«

»Nein. Ich glaube, man kann immer nur sein eigenes Herz heilen, weil das von innen heraus passieren muss. Aber ich kann dich anleiten. Manchmal braucht es nur ein paar Worte, um die Tür aufzuschließen, hinter der all der Schmerz eingesperrt ist.«

»Hast du das gerade mit mir gemacht?«

»Nicht mit Absicht«, sagte er lächelnd. »Als ich dich eben zum ersten Mal habe spielen hören, hätte ich nicht geglaubt, dass es hier überhaupt irgendetwas zu heilen gibt. Deine Musik ist erbaulich, rein, erfrischend. Wahrscheinlich trägt in erster Linie *sie* zu deiner Heilung bei. Deswegen kommst du auch regelmäßig zum Spielen hierher. Die Musik und das Wasser ...«

»Aber so schlimm habe ich noch nie zuvor geweint.«

»Vielleicht hast du nur einen kleinen Schubs gebraucht. Jemanden, der dir hilft, die Schleusen zu öffnen.«

»Vom Schleusentor zu stoßen trifft es wohl eher! Das hat sich so angefühlt, als wäre ich in die Fluten gestürzt.«

»Wie auch immer, ich wette, du fühlst dich jetzt schon deutlich besser.«

»Das schon. Aber, na ja, ein bisschen schäme ich mich auch. So gut kenne ich dich ja gar nicht, als dass ich ... na, als dass ich mich in deiner Gegenwart so gehen lassen sollte.«

»Na, aber dann sollten wir das wohl schleunigst ändern.« Er

streckte mir die Hand entgegen. »Graham Huxley, ist mir eine Freude, dich kennenzulernen.«

Lachend schüttelte ich seine Hand. »Die Freude ist ganz meinerseits! Rosalind Todd, Freunde nennen mich Rosie.«

»Prima, jetzt darfst du weinen, so viel zu willst.«

»Gott bewahre! Das waren genug Tränen für heute.« Ich hielt inne, dann fragte ich: »Wie spät ist es eigentlich?«

Er warf einen Blick auf seine Uhr. »Fast acht.«

»So spät schon! Wir sollten uns auf den Rückweg machen. Tante Silvia möchte dich sicher sehen ... nicht zu fassen, dass du sie noch gar nicht begrüßt hast! Sie wird sich so freuen!«

Er seufzte. »Als ob ich das nicht wüsste!« Darauf erhob er sich, streckte mir die Hand entgegen und half mir auf. Ich warf mir die Tasche über die Schulter und gemeinsam spazierten wir los, den Waldweg entlang.

»Die arme Tante Silvia! Seit Victor und Andrew in den Krieg gezogen sind, musste sie schon ein paar Schockmomente verkraften.«

»Und sobald wir die Zeit haben, uns in Ruhe zu unterhalten, erwartet sie gleich der nächste. Du bist die Erste, der ich davon erzähle: Ich habe mich freiwillig für das *Ceylon Volunteer Medical Corps* gemeldet. Das gehört zur *Ceylon Defense Force*, und sehr wahrscheinlich werden sie mich bald schon im Ausland einsetzen.«

Abrupt blieb ich stehen und schnappte nach Luft. »Du also auch noch! Oh, Graham, du bist der letzte ihrer Söhne, der noch übrig ist! Du kannst dich nicht einfach so in den Krieg stürzen ... das würde sie nicht überleben!«

Er blieb ebenfalls stehen, blickte mich unverwandt an und sagte: »Damit wird sie sich wohl oder übel abfinden müssen, weil es bereits geschehen ist. Woher sollte ich denn wissen, dass Andrew sich freiwillig meldet? Er ist derjenige, der hier die Stellung halten sollte. Niemand hätte von ihm erwartet, dass er Soldat wird, ich kann mir das bei ihm auch überhaupt nicht vorstellen. Victor, ja, der auf jeden Fall. Und na ja, als Arzt komme ich einfach nur meiner Pflicht nach. Aber Andrew hätte eigentlich den Teehandel hier übernehmen sollen. Ich dachte, damit hätte er sich endlich abgefunden. Als ich mich freiwillig gemeldet habe, da hätte ich ja nicht ahnen können, dass er sich vom Acker machen würde. Das weiß ich erst seit letzter Woche, als er mir in Colombo einen Abschiedsbesuch abgestattet hat.«

Wir setzten unseren Weg fort.

»Hat er dir erzählt, was so plötzlich in ihn gefahren ist?«

»Das nicht, aber als ich ein paar Tage später Victor begegnet bin, hat er mir erzählt, das hätte irgendetwas mit einem Mädchen zu tun? Einer Tamilin, wohlgemerkt. Einer verbotene Liebe, einem gebrochenen Herz und einem Todeswunsch?«

»Ja, so was in der Art.« Ich fasste die Ereignisse der letzten Woche kurz für ihn zusammen. »Ich hätte nicht Amor spielen dürfen«, seufzte ich. »Ich glaube, ich wollte einfach nur zwei Fliegen mit einer Klappe schlagen: Andrew vom Abhauen abhalten und ...«

»Zu spät, er hatte sich bereits verpflichtet. Jetzt einen Rückzieher zu machen wäre Fahnenflucht.«

»Und Ushas Familie habe ich auch noch ruiniert. Ich habe so ein schlechtes Gewissen deswegen. Sunita ist unglaublich böse auf mich, und dabei haben wir uns vorher immer so gut verstanden.«

»Aber es war allein Ushas Entscheidung, die Hochzeit abzusagen.«

»Was sie allerdings nicht getan hätte, wenn ich ihr Andrew nicht sozusagen direkt vor die Tür gestellt hätte, obwohl ich genau wusste, dass ein richtiges Treffen ... na ja, ich glaube, ich *wusste* es eben einfach und wollte sie zusammenbringen. Dabei habe ich die Konsequenzen völlig außer Acht gelassen.«

»Du hast es nur gut gemeint.«

»Aber es könnte sich noch als absolute Katastrophe für sie

erweisen. Was ist, wenn ... und ich sage das nur äußerst ungern ... aber was ist, wenn Andrew wirklich umkommt? Was dann?«

»Ein schrecklicher Gedanke, für uns alle. Aber passiert ist passiert. Jetzt heißt es hoffen und beten. Es bringt nichts, vom Schlimmsten auszugehen, das dann vielleicht doch nicht eintrifft.«

»Aber ... tut mir leid. Eigentlich hatten wir gerade von dir gesprochen und darüber, dass du ebenfalls in den Krieg ziehst. Und wie Tante Silvia das wohl aufnehmen wird.«

»Ich habe schon Angst, ihr davon zu erzählen. Sie wird durchdrehen.«

»Zum dritten Mal in wenigen Wochen.«

»Aber was soll ich sonst tun? Die Entscheidung ist gefallen und ich bereue sie nicht. Jeder Mann wird gebraucht.«

Darauf schwieg ich. Wir gingen ein paar Schritte weiter, und er musste meine Verlegenheit bemerkt haben, denn plötzlich unterbrach er die Stille: »Rosie?«

»Ja?«

»Was bedrückt dich gerade?«

»Ach ... na ja, es ist ...« Ich zögerte. Wie einfühlsam er doch war! »Als du eben gesagt hast, dass jeder Mann gebraucht wird. Da dachte ich: ›und jede Frau‹. Ich habe Berichte über die Frauen in England gelesen, die auch alle ›ihren Beitrag leisten‹, wie es dort so schön heißt. Sie arbeiten in Munitionsfabriken, fahren Krankenwagen und fliegen sogar Kampfflugzeuge. Und ich? Ich verkrieche mich hier in Newmeads und lebe in Saus und Braus.«

»Solche Aufgaben gibt es hier in Ceylon für Frauen gar nicht. Mach dir keine Vorwürfe.«

»Ja, aber ...« Ich sprach nicht weiter.

»Aber was?«

»Neulich habe ich eine Anzeige des *Department of Civil Defense* in der Zeitung gesehen. Sie suchen nach Frauen, die

Verbandsmaterial für den Luftschutz-Sanitätsdienst zusammenstellen. Freiwillige können sich im Hauptquartier der Pfadfinderinnen in Colombo melden.«

»Und das hast du vor?«

Ich nickte.

»Na, das freut mich für dich! Mit der Schule bist du ja fertig, wie ich gehört habe, also kannst du jetzt tun und lassen, was du willst. Mutter hat es in ihrem letzten Brief erwähnt und sich darüber beschwert, dass du auf keine Hauswirtschaftsschule gehen möchtest, aber das steht ja jetzt sowieso nicht zur Debatte.«

Ich lachte auf. »Das hat ohnehin nie zur Debatte gestanden. Um ganz ehrlich zu sein, Graham, wollte ich bislang immer Ärztin werden, so wie du. Ich habe gehört, dass sie am *Ceylon Medical College* jetzt auch Frauen zum Medizinstudium zulassen. Aber da hat mir der Krieg einen Strich durch die Rechnung gemacht, zumindest vorerst. Stattdessen kann ich genauso gut Verbandsmaterial herstellen. Eine gute Vorbereitung!«

»Du wirst eine ausgezeichnete Ärztin abgeben, Rosie! Wir brauchen dringend mehr Ärztinnen, das ist nur gerade ein denkbar schlechter Zeitpunkt. Wenn du also die Wartezeit mit Freiwilligendienst überbrücken möchtest, dann nur zu.«

Ich nickte. »Ja, ich glaube, das werde ich tun. Außerdem habe ich vom VAD – *Voluntary Aid Detachment* – gelesen. Dort bilden sie Frauen dazu aus, nach ihren Möglichkeiten im Krieg auszuhelfen, zum Beispiel als Pflegehelferinnen, Rettungswagenfahrerinnen, Köchinnen oder Sekretärinnen. Pflegehelferin zu sein wäre sicher eine gute praktische Erfahrung für später, wenn der Krieg vorbei ist und ich in Friedenszeiten dann endlich mein Medizinstudium aufnehmen kann.«

Irgendwie gelang es mir nun, mit Zuversicht über das Kriegsende zu sprechen, statt mich meiner Angst vor einer Niederlage gegen die Japaner hinzugeben. So viel besser und stärker fühlte ich mich.

»Das klingt auch nach einer ausgezeichneten Idee. Vom VAD habe ich schon gehört. Dort wird wichtige Arbeit geleistet.«

»Eben, und da möchte ich mit anpacken. Ich würde alles tun, vielleicht sogar Verwaltungsarbeit. Alles ist besser, als sich hier in Newmeads zu verstecken.«

»Mir geht's genauso. Deswegen habe ich mich ja auch freiwillig gemeldet.«

»Dann verstehst du mich also ... Es fällt mir so schwer, solche Entscheidungen allein zu treffen. Wenn mein Vater da wäre ... aber ist er ja nun mal nicht.«

»Mit mir kannst du jederzeit über alles sprechen, wenn du möchtest.«

»Danke ... aber du bist ja nie hier! Und jetzt sieht es so aus, als würden sie dich ins Ausland schicken. Stimmt das?«

Er zuckte mit den Schultern. »Ich habe keine Ahnung, wo sie mich hinschicken. Ich habe was von einem Lazarettschiff gehört.«

Ich erschauderte. »Aber stehen Schiffe nicht ständig unter Beschuss? Ich höre andauernd von Schiffen, die angegriffen werden, sowohl aus dem Wasser als auch aus der Luft. Es ist schrecklich, sich vorzustellen, du könntest dort draußen auf einem davon stationiert sein.«

»Manche werden attackiert, andere nicht. Reine Glückssache, schätze ich.«

»Hast du denn gar keine Angst?«

»Doch, natürlich habe ich Angst. Die vergeht wohl nie, fürchte ich. Das ist wie ein Ungeheuer, das in deinem Unterbewusstsein lauert und jederzeit bereit ist, zuzuschlagen. Aber der Trick ist, die Angst dort sozusagen an der Leine zu halten und sich nicht von ihr überwältigen zu lassen.«

Ich seufzte. »Das versuche ich ja die ganze Zeit.«

* * *

Als wir an jenem Abend nach dem Essen gemeinsam im Wohnzimmer saßen, weihte Graham seine Eltern in seine Pläne ein. Ich stand auf, um das Zimmer zu verlassen, denn ich wollte der Familie in diesem intimen Moment ihre Ruhe lassen, aber er bedeutete mir, ich solle bleiben, also nahm ich wieder Platz.

Er versuchte gar nicht erst, um den heißen Brei herumzureden. Stattdessen erzählte er geradeheraus, dass er sich freiwillig gemeldet habe und nun als Arzt im Krieg dienen werde.

»Nein!«, schrie Tante Silvia auf. »Nein, nein, nein! Das werde ich nicht zulassen! Du bist mein letzter Sohn!«

Sie wollte aufspringen, geriet dabei aber ins Straucheln und fiel zurück in den Sessel. Graham stand auf und setzte sich neben sie auf die Armlehne.

Er beugte er sich zu ihr, drückte ihr die Hand und strich ihr über den Rücken. Da fiel mir zum ersten Mal die Ähnlichkeit zwischen den beiden auf: Er hatte die gleichen freundlichen, haselnussbraunen Augen und die gleichen glänzenden, leicht gewellten, mahagonifarbenen Haare. Andrew und Victor hingegen kamen mit ihrem blonden Schopf und den graublauen Augen ganz nach ihrem Vater. Graham sprach freundlich, ohne die geringste Herablassung:

»Tut mir leid, Mutter. Es tut mir wirklich leid, aber ich muss es einfach tun. Ich muss gehen.«

»Nicht du auch noch! Bitte, nicht du auch! Wie kannst du mir das antun?«

»Ich wusste nicht, dass Andrew sich auch gemeldet hat. Aber das hätte sowieso nichts geändert. Ich muss gehen. Ich muss das tun, Mutter. Und es tut mir wirklich, wirklich leid.«

»Alle meine Söhne! Alle meine Söhne im Krieg! Was, wenn ihr alle umkommt? Was soll ich dann nur tun?«

Es brach mir das Herz. Ich saß einfach nur neben Onkel Henry und fühlte mich schrecklich überflüssig. Als wir uns kurz anblicken, bemerkte ich in seinem Ausdruck denselben fast unbändigen Schmerz wie bei Tante Silvia. Trotz der Meinungsverschiedenheiten zwischen ihm und Graham in den letzten Jahren musste er angesichts dieses zusätzlichen Abschieds genauso am Boden zerstört sein wie Tantchen.

Onkel Henry tat sein Möglichstes, sie zu trösten, aber es war vergeblich. »Du solltest stolz auf unsere Söhne sein, Silvia!«, sagte er. »Alle drei tun nur ihre Pflicht, wie echte Männer. Und Graham, ich muss sagen, dass ich sehr stolz auf dich bin. Endlich benimmst du dich wie ein Mann.«

Er stand sogar auf, ging ein paar Schritte auf Graham zu und streckte ihm die Hand entgegen. Dieser schüttelte sie zwar, aber offenbar war es ihm unangenehm, denn er ließ sie gleich wieder los, um seiner Mutter schnell weiter über den Rücken zu streicheln. Onkel Henry nahm wieder Platz. Tantchen schluchzte weiter, wenn auch inzwischen nur noch leise und mit in den Händen vergrabenem Gesicht, während Graham ihr die Hand auf den Nacken legte. Was für ein einfühlsamer Sohn er doch war, musste ich denken: der einzige, der die schlimmen Neuigkeiten persönlich überbrachte und sich im Anschluss um seine Eltern kümmerte. Die anderen beiden hatten sich einfach ohne ein Wort des Abschieds aus dem Staub gemacht, unfähig, Silvias Gefühlsausbrüche zu ertragen.

Graham beugte sich nun vor und drückte seine Stirn seitlich an ihren Kopf. Er legte ihr den Arm um die Schultern, schloss die Augen und zog sie zu sich heran: eine so sanfte, so rührende Geste. Ein Sohn, der seiner trauernden Mutter Trost spendete. Kopf an Kopf mit Graham weinte Tante Silvia nun stumm in ihre Hände. Er knetete ihr sanft mit einer Hand die Schultern. Dann nahm sie die Hände vom Gesicht und fasste ihn an der anderen Hand. Sie hielt ihn so fest, dass ihre Knöchel weiß hervortraten. Mit der anderen strich sie immer wieder über sein Handgelenk. Auf mich wirkte es so, als würde er ihr im Stillen durch seine Hände, sein Herz, und vermutlich auch durch seine Gebete Kraft schenken. In ihrem Gesicht, das sie nun wieder offen zeigte, konnte man ablesen, wie sehr sie sich darum bemühte, Ruhe zu bewahren.

Ich sah zu Onkel Henry hinüber, der auffällig hüstelte. Er warf mir einen verzweifelten, fragenden Blick zu: *Sollen wir gehen?* Ich nahm an, dass ihm die Intimität zwischen den beiden, diese nur durch ein gelegentliches Aufschluchzen durchbrochene absolute Stille enorm unangenehm war, denn eigentlich waren Körperlichkeiten zwischen Eltern und Kindern in dieser Familie eine Seltenheit. Vielleicht wollte er, dass ich irgendetwas sagte, um den Bann zu brechen, da er es selbst nicht konnte.

Aber nein, ich würde diesen Zauber nicht zerstören. Sicher, es war ein intimer Moment, aber es war keineswegs unangenehm. Auch wenn Tante Silvias Gefühle sie fast überwältigten, zeigte sie diese unverstellt und ohne Scham. Zu sehen, wie Graham diese Gefühle auffing, berührte mich. Es war ein kostbarer Moment der Heilung, der sich nicht nur auf sie beschränkte, sondern auf uns alle übergriff. Und es funktionierte. Langsam verebbte ihr Schluchzen und ihr Atem beruhigte sich. Schließlich löste sie sich von ihm, hielt seine Hände in ihren und sagte: »Bitte, Graham. Bitte komm zu mir zurück. Ich könnte es nicht ertragen, dich zu verlieren. Dieser schreckliche Krieg. Dieser fürchterliche, grauenhafte Krieg, der uns allen die Söhne raubt!«

Das war der Moment, auf den Onkel Henry gewartet hatte. »Ich finde, wir könnten alle einen Drink vertragen!«, verkündete er und erhob sich vom Sessel.

Wir zogen uns auf die Veranda zurück. Onkel schenkte sich selbst einen starken *Stengah* ein und sah zu mir herüber. »Sundowner gefällig, Rosie?«, fragte er mit erhobener Whiskyflasche. Das war das erste Mal, dass er mir gestattete, Hochprozentiges zu trinken. »Der besteht normalerweise zu gleichen Teilen aus Whisky und Soda«, fuhr er fort und reichte mir das Glas, »aber für dich gibt es eher Wasser mit ein paar

Tropfen Whisky. Diesen Krieg wirst du wohl nur mit Alkohol überstehen.«

Ich nippte vom Glas und würgte, aber dann entfaltete der Whisky seine Wirkung und ein Gefühl von Akzeptanz breitete sich in mir aus. Für Tantchen schenkte Onkel ihren Lieblingsdrink ein: Gin und Magenbitter. Beim ersten Schluck begann sie wieder zu schluchzen, aber diesmal eher resigniert, so als hätte sie sich jetzt mit dem Unvermeidlichen abgefunden. Sie würde sich den Prüfungen, die ihr bevorstanden, zwar mit Tränen, aber außerdem mit Geduld und Gleichmut stellen.

Ohnehin hätte niemand irgendetwas tun können, um sie zu trösten oder ihren Schmerz zu lindern, denn ihre Sorge war schließlich berechtigt. Jeden ihrer Söhne konnte sie jederzeit verlieren, vielleicht sogar alle drei, und an dieser Realität gab es nichts zu drehen. Mit dieser Realität sahen sich jetzt Millionen von Müttern konfrontiert, deren Söhne in diesen grauenvollen Konflikt hineingezogen worden waren. Es spielte keine Rolle, auf welcher Seite des Krieges eine Mutter stand, dachte ich. Das Grauen und die Angst waren identisch. Ich konnte mir für eine Mutter nichts Schlimmeres vorstellen, als das geliebte Kind – denn jeder Soldat bleibt für seine Mutter immer ihr Kind – ins Ungewisse fortschicken zu müssen, wo vielleicht der Tod lauerte.

Auch ich hätte am liebsten geweint. Aber dieser intime Moment gehörte *ihnen*, der Familie. Das war weder die richtige Zeit noch der richtige Ort, um meine eigene Verzweiflung vor ihnen auszudrücken. Unbemerkt stand ich auf und schlich mich fort. Ich legte mich ins Bett und weinte in mein Kissen. Ich weinte um sie, um uns alle.

KAPITEL 20

Im Laufe der nächsten Tage unterhielte Graham und ich uns oft miteinander, und ich begriff, wie falsch ich ihn bislang eingeschätzt hatte: Wie hatte ich ihn je für abweisend halten können?

Sobald ich ihm genug vertraute, um ihm das zu gestehen, lachte er sich darüber kaputt. »Ach, Rosie! Ich, abweisend, zu dir? Ganz im Gegenteil! Ich war einfach nur schüchtern! Obwohl ich dich noch kaum kannte, sollte ich dir ein großer Bruder sein. Ich hatte schlicht keine Ahnung, was in dieser Rolle von mir erwartet wurde! Was tut man denn so als großer Bruder, was sagt man da? Du warst ein so reizendes Mädchen, so intelligent, so reif ... ganz anders als die anderen Mädchen, die ich bis dahin kannte. Bei dir fehlten mir ausnahmsweise die Worte!«

Ich musste mitlachen, und verstand ihn jetzt. Was ich als Gefühlskälte interpretiert hatte, war in Wahrheit nur Unbeholfenheit gewesen. Graham war nicht gesellig, kein extrovertierter Mensch, zu dem sich andere sofort hingezogen fühlten und der selbst um jeden Preis mit anderen reden wollte. Er redete zwar nicht viel, aber wenn er sprach, dann waren seine Worte voller Mitgefühl und kamen von Herzen.

Weil er das Geschehen lieber vom Rand aus beobachtete, als im Mittelpunkt zu stehen, konnte man leicht einen falschen Eindruck von ihm bekommen, aber sobald man ihn erst einmal kannte, überhäufte er einen mit Zuneigung und Fürsorge. Tatsächlich ähnelte er in dieser Hinsicht ein wenig meinem Vater: Bei Pa verhielt es sich genauso. Hatte man das Eis bei ihm erst einmal gebrochen, dann begriff man das schnell. Deswegen hatte er auch nur wenige Freunde, aber die standen ihm – so wie Pater Bear – dafür umso näher.

Graham war vom gleichen Schlag. Ich hatte ihn für einen schlechten Arzt gehalten, weil er mir so kühl vorgekommen war. Aber jetzt musste ich meine Einschätzung revidieren, denn seine Fähigkeit, hinter die Fassade von anderen zu blicken und den inneren Schmerz zu sehen, prädestinierte ihn für die Medizin. Er hörte zu, und das Wohlergehen anderer lag ihm wirklich am Herzen.

Meine Entscheidung, ebenfalls Ärztin zu werden, schweißte uns zusammen. Bald schon erzählte er mir von seiner Theorie des Gleichgewichts zwischen Körper und Geist, und dass man oft zuerst den Geist heilen musste, damit sich der Körper erholen konnte. »Manchmal«, sagte er, »ist das einzige Problem nur die Sehnsucht nach Liebe. Ein Loch im Inneren, das es zu füllen gilt.«

»Und kannst du es füllen?«

Er lachte. »Normalerweise sehnt sich der Patient nicht nach der Liebe seines Arztes, sondern nach der Liebe eines ganz bestimmten Menschen. Eines Ehemanns, einer Mutter, eines Kindes. Aber das Mitgefühl des Arztes kann schon viel ausmachen.«

»Und dabei fügst jetzt du Tantchen so viel Schmerz zu, indem du in den Krieg ziehst!«

Sofort verschwand sein Lächeln und er runzelte die Stirn.

»Das weiß ich, aber ich kann es nicht ändern. Dieser Krieg fügt jedem Schmerzen zu, und ich fürchte, Mutter ist nur ein Opfer von vielen. Es bricht mir das Herz, aber meine Entscheidung steht fest. Davon abgesehen kann ich meinen Namen sowieso nicht mehr von der Liste streichen, selbst wenn ich es wollte.«

Ich griff nach seiner Hand und drückte sie fest. »Bitte, Graham, pass auf dich auf!«

Er erwiderte die Geste. »Ich versuche es.«

Am nächsten Tag brachte Onkel Henry Graham zum Bahnhof in Kandy, und wir anderen begleiteten ihn, um Lebewohl zu sagen. Das war der emotionalste Abschied, den ich je erlebt hatte: Tantchen brach erneut zusammen, Onkel Henry tat sein Bestes, um standhaft zu bleiben, und ich stand einfach nur tränenüberströmt da.

Graham umarmte mich. »Mach's gut, liebe Rosie. Es war mir eine große Freude, dich richtig kennenzulernen. Bitte pass für mich auf Mutter auf.«

»Komm bald zurück«, war alles, was ich hervorpressen konnte, und dann saß er auch schon im Zug und winkte uns hinter der Scheibe zu. Die Eisenbahn setzte sich dampfend in Bewegung, entfernte sich immer mehr und dann war er weg. Stumm und hilflos weinte ich den ganzen Heimweg über und wurde von einer Mischung aus Angst und Trauer gepackt. Erst jetzt fiel mir auf, wie sehr ich ihn ins Herz geschlossen hatte.

Tantchen war ein emotionales Wrack. »Ich habe alle meine Söhne verloren!«, schluchzte sie unablässig, und ich hatte größtes Mitleid mit ihr, weswegen ich nach Möglichkeit versuchte, meinen Unmut über ihr permanentes Gejammer zu unterdrücken. Zwei ihrer Söhne kämpften nun aktiv in einem tödlichen Krieg, und ihr dritter Sohn diente mitten im Gemetzel freiwillig als Frontsanitäter. Wer konnte ihr einen solchen Zusammenbruch da schon übel nehmen? Plötzlich hatte sie nur noch mich. Darum fiel es jetzt mir zu, sie zu trösten und aufzubauen. Das erwies sich allerdings als gar nicht so leicht, denn all ihre Träume zerfielen gerade zu Staub. Sie war am Boden zerstört – was sie jedoch nicht daran hinderte, mir die Schuld zu geben. Ich hätte mich mehr anstrengen sollen, behauptete sie.

»Aber du bist so ein hübsches Mädchen!«, hatte sie mir auch früher schon oft gesagt. »Du hättest so leicht ein bisschen mehr, du weißt schon, die Initiative ergreifen können. Warum nur musstest du dich ihnen gegenüber nur so ... na, so *brüderlich* verhalten? Das war von Anfang an das Problem.«

Ich wusste genau, was sie damit meinte. Fast seit meinem ersten Tag in Newmeads hatte ich alles daran gesetzt, zu den Jungs zu gehören. Mit Amma hatte das Leben aus Blumenpflücken, Strandtänzen, Schmetterlingsjagden und niedlichen Friede-Freude-Eierkuchen-Liedern bestanden, was ja auch durchaus schön und erbaulich gewesen war, aber mein Leben in Newmeads war ein solcher Bruch in meinem Leben, dass ich mich danach sehnte, all die Gefühlsduselei aus meiner Zeit in Madras hinter mir zu lassen und mich einer härteren Realität zu stellen. Ich wollte mich von einer Mimose in einen hartrindigen und tiefverwurzelten Baum verwandeln, der jedem Sturm trotzen konnte.

Mit Andrew und Victor war mir das leichtgefallen: Sie schleiften mich einfach mit, ohne mich wie ein rohes Ei zu behandeln oder groß auf meine Gefühle Rücksicht zu nehmen. Von ihnen war kein Oh-du-armer-Liebling-Gesülze zu erwarten, und das wusste ich sehr zu schätzen. Sie waren einfach nur abenteuerlustige Lausebengel gewesen, die nichts als Flausen im Kopf hatten und mit denen ich Spaß haben konnte.

In Tante Silvias Augen jedoch hätte ich mich wie ein »richtiges« Mädchen benehmen sollen, um entweder Andrew oder Victor dazu zu bringen, sich in mich zu verlieben.

»Du hättest einen von ihnen heiraten können!«, jammerte

sie jetzt. »Selbstverständlich hätte ich euch meinen Segen gegeben, ganz egal, ob du dich für Andrew oder für Victor entschieden hättest. Vielleicht hättet ihr jetzt schon ein Kind, dann hätten sie es vielleicht nicht für nötig gehalten, Hals über Kopf wie zwei Wahnsinnige loszurennen. Und ich hätte das Baby hier, um mich abzulenken und bei Verstand zu bleiben! Ich ertrage das alles nicht!«

Unter Tränen schilderte sie mir dann ihre eigene Lebensgeschichte, und endlich konnte ich sie besser verstehen. Zwei ihrer älteren Brüder hatten sich im letzten Krieg ebenfalls freiwillig gemeldet, und beide waren gefallen. Daher stammte also ihre unbändige Angst, ihre Jungs an den Krieg zu verlieren. Diese Angst verfolgte sie Tag und Nacht, sie konnte sie nicht abschütteln, und das war ja auch kein Wunder. Sie hatte ihre Brüder genauso abgöttisch geliebt, wie sie jetzt ihre Söhne liebte, und ihr Wunsch danach, wenigstens einen von ihnen mit einer passenden Frau – mit mir! – zu verheiraten, war in Wahrheit nichts anderes als ein fehlgeleiteter Versuch, ihre Söhne zu beschützen und an ein kleines Enkelchen heranzukommen, das sie bemuttern konnte. Und es war meine Schuld, dass ihr das verwehrt blieb.

Ich tröstete sie, so gut ich konnte. Jetzt war nicht der richtige Zeitpunkt, um ihr mitzuteilen, dass einer ihrer Söhne ein Schuft war: dass ich Victor verabscheute und mich keine zehn Pferde dazu bringen könnten, ihn zu heiraten. Vergeblich forderte ich sie dazu auf, lieber zu beten, anstatt sich Sorgen zu machen, und sicherte ihr meine Unterstützung zu. Ebenso wenig war jetzt der richtige Zeitpunkt, um ihr zu eröffnen, dass ich nach Colombo ziehen und meinen Teil zum Krieg beitragen würde. Jetzt, da all ihre Zukunftspläne in sich zusammenfielen, würde das wohl das Fass zum Überlaufen bringen.

Wobei ich ihr früher oder später natürlich davon erzählen musste. Als es soweit war und ich mit meinen Plänen herausrückte, brach sie erneut zusammen und flehte mich an, noch eine Zeitlang hierzubleiben. »Du bist alles, was mir noch geblieben ist!«, schluchzte sie so lange, bis ich nachgab. Sie brauchte mich. Ihr Leben wurde schließlich gerade völlig auf den Kopf gestellt.

Aber nicht genug damit, dass all ihre Söhne in diesen schrecklichen Krieg verstrickt waren. Onkel Henry hatte nun darauf bestanden, ihr eine Überfahrt erster Klasse nach Südafrika zu buchen. Das Flüchtlingsschiff sollte in zehn Tagen in Colombo auslaufen. Und wie bitterlich sie auch weinte und flehte, Onkel Henry ließ sich nicht umstimmen.

»Hier ist es einfach nicht sicher!«, beharrte er. »Ich kann nicht zulassen, dass du hierbleibst. Niemand weiß, was die Japsen als Nächstes vorhaben. Nicht einmal der Dschungel in Burma und Malaya konnte sie aufhalten.«

»Und was wird aus Rosie? Warum kann sie mich nicht begleiten?«

Ich schüttelte den Kopf und wollte gerade antworten, als Onkel Henry schon an meiner Stelle antwortete. »Du weißt genau, dass Rosie in Colombo Freiwilligendienst leisten möchte. Sie ist ein junges Mädchen ohne Kinder. Sie tut nur ihre Pflicht, und so gehört es sich auch. Also, meine Liebe: du gehst, sie bleibt. Und du wirst dabei sicher nicht einsam sein. Fast alle Plantagenbesitzer schicken ihre Frauen fort, also wirst du auf der Reise nach Südafrika garantiert Gesellschaft haben. Evelyn Carruthers nimmt dasselbe Schiff. Ich bin mir sicher, es wird euch beiden guttun, ein wenig Zeit ohne eure Ehemänner miteinander zu verbringen! Ihre Tochter kommt auch mit. Ich fände keine Ruhe, wenn du hier alleine in Newmeads festsäßest.«

Und so sollte Tantchen also, obwohl sie sich mit Händen und Füßen dagegen wehrte, nach Südafrika verschifft werden. Die nächsten Tage verbrachte ich damit, ihr dabei zur Hand zu gehen, das Haus für die neue Wohnsituation vorzubereiten. Da nur noch Onkel Henry hier wohnen würde, waren auch nicht mehr so viele Bedienstete vonnöten. Das Mobiliar im gesamten Obergeschoss musste entstaubt und abgedeckt, das Gästezimmer im unteren Stockwerk für Onkel hergerichtet werden. Einen Teil der Bediensteten schickten wir mit einer pauschalen Abfindung nach Hause, um sie für Tante Silvias Rückkehr verfügbar zu halten, was hoffentlich schon in ein paar Monaten sein würde. Nur das Küchenpersonal, die beiden Putzjungen, der Gärtner und der Chauffeur blieben im Haus.

Wie ich erfuhr, hatten sich Satish und Karthik beide freiwillig zum Dienst in den *Ceylon Armed Forces* gemeldet, genauso wie ihr ältester Bruder und ein paar Angestellte aus Onkel Henrys Fabrik, was ihm eine Menge Kummer bereitete. Aber letztendlich nahm er es stoisch hin – schließlich war es ja nur vorübergehend: »Wir werden diese Japsen schon bald wieder nach Hause schicken.«

Ja, tatsächlich: Singapur mochte an den Feind gefallen sein, aber Onkel Henrys Glaube an Großbritanniens ewige Herrschaft über Meere und Kolonien blieb unerschütterlich. Ich konnte nur hoffen, dass er damit recht behielt. Ich fürchtete um jeden, der in den Krieg involviert war: um Graham, Andrew und sogar Victor, um Satish und Karthik, um Tante Silvia, die mit dem Schiff einen Ozean überquerte, in dem es von feindlichen U-Booten nur so wimmelte, noch dazu unter einem Himmel, an dem die feindlichen Kampfflugzeuge tagein, tagaus hin- und herflogen, um nach beweglichen Zielen Ausschau zu halten. Sie alle schloss ich in meine Gebete mit ein. Ja, sogar Victor.

Die Flöte war mein einziger Trost. Ohne jene Stunden der Ruhe, die mir die Musik verschaffte, wäre ich verloren gewesen – unfähig, mir selbst zu helfen, geschweige denn einem anderen Menschen in Not, der schon hinter der nächsten Ecke auf mich wartete.

KAPITEL 21

Eine Woche nach Grahams Abreise erreichte mich ein Brief von Usha. Es war ihr erster Brief seit Wochen, ich hatte mir schon Sorgen gemacht. Auf meinen letzten Brief – den, den ich an dem Abend verfasst hatte, an dem ich mit Victor aneinandergeraten war, und in dem ich geschrieben hatte, wie sehr ich mich darüber freute, dass sie und Andrew endlich zueinandergefunden und sich ihre Liebe gestanden hatten, dass sie ihre Verlobung aufgelöst hatte – hatte sie nicht geantwortet. Seitdem hatte ich natürlich erfahren, wie viel Chaos und Kummer ich damit über ihre Familie gebracht hatte, und wie wütend alle wegen meiner Vermittlerrolle auf mich waren. Als ich also den Umschlag auf dem Silbertablett auf der Wohnzimmeranrichte sah und Ushas ordentliche, runde Handschrift darauf erkannte, schnappte ich ihn mir und zog mich damit umgehend in mein Zimmer zurück.

... es tut mir leid, dass ich dir so lange nicht mehr geschrieben habe. Oh, Rosie, meine Familie ist so wütend. Ich habe alles ruiniert. Sie hat mich verstoßen, weil ich so viel Schande über sie gebracht habe. Aber trotz allem bereue ich meine Entschei-

dung nicht. Es gibt sowieso kein Zurück mehr. Ich könnte Arun nie heiraten, wenn mein Herz einem anderen gehört.

Glücklicherweise steht die englische Familie, bei der ich lebe, hinter mir und hat mich bis jetzt unterstützt. Ich wohne in einem hübschen Zimmer und kümmere mich gern um die Kinder, im Grunde genommen geht es mir also gut. Die Mutter und die Kinder werden bald evakuiert, aber ihr Mann hat gesagt, er möchte mich als Haushälterin weiterbeschäftigen, da die derzeitige Haushälterin ernsthafte gesundheitliche Probleme hat ... die Arme.

Aber, liebe Rosie, jetzt habe ich noch ein anderes, ein viel größeres Problem. Ich kann es dir nicht schreiben. Ich muss persönlich mit dir sprechen. Kannst du mich besuchen? Und zwar möglichst bald? Ich muss wirklich mit dir reden.

Sofort machte ich mich daran, ihr zurückzuschreiben: »Ich komme, sobald ich kann.« Aber dann dachte ich mir: *So ein Quatsch,* zerknüllte den Brief und warf ihn in den Mülleimer. *Ich nehme das Auto und fahre gleich morgen zu ihr.*

Es war derselbe grüne Vauxhall, in dem Victor Hals über Kopf aufgebrochen war, und den er dann in Colombo hatte stehen lassen, damit Graham darin zurückfahren konnte. Manchmal fuhr Tante Silvia damit nach Kandy, um sich mit Freundinnen oder mit ihrer Bridge-Runde zu treffen. Und gelegentlich wurden wir damit herumchauffiert. Ich hatte erst vor einem Jahr fahren gelernt und fühlte mich immer noch ein wenig unsicher, ganz besonders auf den engen, kurvigen Bergstraßen. Da ich allerdings mit Tantchen zur Übung schon ein paarmal nach Kandy gefahren war, nahm ich für Usha all meinen Mut zusammen. Im Flurschränkchen fand ich eine Karte von Ceylon, die ich mit auf mein Zimmer nahm, um herauszufinden, wo Usha genau wohnte. Es dauerte eine Weile, bis ich den Namen des Dorfes gefunden hatte. Es lag an einer Nebenstraße, die von der Hauptstraße aus nach Nuwara Eliya abzweigte. Dort konnte ich sicher nach dem Weg zu der Plantage fragen, in der Usha lebte.

Tante Silvia würde ich anlügen müssen – ich konnte ihr unmöglich erzählen, dass ich mich mit Usha traf. Also gab ich stattdessen vor, eine Schulfreundin zu besuchen, die in der Nähe von Nuwara Eliya wohnte, und weil ich nicht gerne log, beschloss ich, nach meinem Treffen mit Usha *wirklich* bei besagter Freundin vorbeizufahren. Sie hatte mir erst kürzlich geschrieben, dass sie und ihre Familie bald evakuiert würden, und wie es der Zufall so wollte, noch dazu auf demselben Schiff wie Tante Silvia. Ich behauptete also, mich von ihr verabschieden zu wollen.

Also fasste ich mir ein Herz und fuhr am nächsten Tag früh am Morgen los. Die Sonne ging gerade über den rot blühenden Palasabäumen links und rechts der Auffahrt auf und tauchte die Welt in ihr goldenes Licht. Ich konnte mir kaum vorstellen, dass sich die Länder dort draußen gegenseitig in Schutt und Asche legten, dass sowohl Soldaten als auch unschuldige Zivilisten starben. Das alles erschien mir so surreal – aber es geschah wirklich. Ich freute mich schon, nachdem ich mit Usha über ihr Problem gesprochen hatte, ausgiebig mit meiner ehemaligen Schulfreundin über ihre Zukunftspläne reden zu können. Im Grunde genommen waren wir sehr privilegiert und relativ unberührt von der Katastrophe, die über die ganze Welt hereingebrochen war. Meine Freundin interessierte sich sehr für Politik, und ich war mir sicher, dass sie sich schon einige sinnvolle Gedanken gemacht hatte. Früher, an der *Girls' High School*, hatte sie vorgehabt, in Colombo Jura studieren, aber ich ging davon aus, dass auch sie ihre Zukunftspläne zunächst auf Eis legen musste. Was hatte sie also jetzt vor? Ich freute mich darauf, es herauszufinden.

Ich fuhr langsam und vorsichtig. In den Haarnadelkurven und immer, wenn mir doch mal ein Fahrzeug entgegenkam, umklammerte ich das Lenkrad so fest, dass meine Fingerknöchel weiß hervortraten. Aber ein paar Stunden später war ich heil in Ushas Dorf angekommen.

Ich parkte mitten im Dorf und stieg aus, um mich in einem kleinen Lebensmittelgeschäft nach dem Weg zur Somerset-Plantage zu erkundigen. Der Ladenbesitzer, ein schmächtiger Singhalese mit schütterem Haar, beschrieb mir in gebrochenem Englisch den Weg. Ich bedankte mich und fuhr wieder los.

Die Plantage war leicht zu finden. Sie lag zwischen den Hügeln versteckt und hatte, so wie Newmeads, eine lange, von blühenden tropischen Sträuchern gesäumte Auffahrt, an deren Ende ein von einer riesigen Veranda umgebener Bungalow stand, der von üppigem Bougainvillea-Gestrüpp überwuchert wurde, das das gesamte Dach in die leuchtendsten Farben tauchte. Offensichtlich hatte Usha es hier gut getroffen, was für ein wunderschönes Zuhause! Da ihre Arbeitgeber ihren Erzählungen nach ebenfalls nette, fürsorgliche Leute waren, fragte ich mich, worin wohl ihr Problem bestand, war mir aber sicher, dass wir gemeinsam eine Lösung dafür finden konnten. Ich vermutete, es hätte irgendetwas mit ihrer Familie zu tun. Es musste ungeheuer schmerzhaft für sie sein, dass ihre Eltern und Brüder den Kontakt zu ihr abgebrochen hatten. Sie war immer eine pflichtbewusste, respektvolle und äußerst gehorsame Tochter gewesen. Ihre plötzliche Rebellion musste für alle Beteiligten ein gewaltiger Schock gewesen sein, der auf beiden Seiten viel Leid verursacht hatte.

Ich parkte das Auto und stieg aus. Ein bellender Hund sprang mir entgegen, aber als ich in die Hocke ging, wedelte er mit dem Schwanz und kroch mit gesenktem Kopf auf mich zu, die Lefzen zu einem freundlichen Grinsen verzogen. Ich mochte Hunde, also kraulte ich ihn am Kopf und ging dann zum Haus, stieg über die niedrigen, breiten Stufen zur Veranda hinauf und klopfte an die Eingangstür.

Eine Sekunde später wurde sie von einem zierlichen Dienstmädchen in einem blauen Kleid geöffnet, über dem sie eine strahlend weiße Schürze trug. Als sie mich sah, sagte sie ehrerbietig: »Guten Morgen, Miss. Ich fürchte, Madame ist gerade nicht zu Hause. Möchten Sie eine Nachricht für sie hinterlassen?«

Da erst fiel mir auf, wie ungewöhnlich und vielleicht sogar unangemessen mein Besuch eigentlich war: eine Weiße, die eine Bedienstete, eine Tamilin, eine Untergebene, besuchte. Da ich dazu erzogen worden war, solche Rangunterschiede nicht ernst zu nehmen, kam es häufiger vor, dass ich diese Grenzen übertrat – und das hier war ein solcher Fall. Ich wurde rot, was ebenfalls eine unangebrachte Reaktion war, und sagte entschuldigend: »Oh, nein, nein! Ich bin nicht hergekommen, um die Hausherrin zu sprechen. Ich möchte gerne zu Miss Usha ... der *Ayah*.«

»Oh!«, rief das Mädchen erstaunt. Sie brauchte ein paar Sekunden, um diese Information zu verarbeiten, bevor sie schließlich erwiderte: »Usha ist mit den Kindern auf der hinteren Veranda. Wenn Sie mir bitte folgen möchten, Miss.«

Sie führte mich nicht durch das Haus, sondern über die Veranda, die offenbar das gesamte Haus umspannte, denn wir umrundeten eine Ecke nach der anderen. Der Bungalow schien deutlich größer zu sein, als seine Frontansicht vermuten ließ, und die Rückseite lief in einen Flügel aus, um den keine Veranda mehr verlief. Der Grundriss war L-förmig angelegt, und der lange Teil erstreckte sich nach hinten. An dieser Ecke hörte die Veranda auf, allerdings war ein Teil davon noch von einem Bambusgitter abgetrennt, in das eine Tür eingelassen war. Weil das Gitter so üppig bewachsen war, sah ich sie erst, als das Dienstmädchen die Tür öffnete und mich hindurchwinkte: Dort auf dem Boden saß Usha und spielte mit zwei kleinen Kindern, einem Mädchen von ungefähr drei Jahren und ihrem jüngeren Bruder. Das ältere Kind saß über ein Blatt Papier gebeugt, auf dem es mit Buntstiften herumkritzelte, während Usha ganz auf den Turm aus Holzbausteinen konzentriert war, den sie mit dem Kleinen errichtete. Sie blickte erst auf, als das Dienstmädchen sie beim Namen rief. Sobald sie mich sah, sprang sie auf und fiel mir strahlend um den Hals. »Du bist wirklich gekommen! Und so schnell!«, rief sie. Das sichtlich erstaunte Dienstmädchen murmelte irgendetwas vor sich hin und zog sich eilig zurück. Vielleicht war sie eine so vertraute Beziehung zwischen Weißen und Bediensteten einfach nicht gewohnt. Aber das war mir völlig egal. Ich freute mich einfach nur, Usha endlich wiederzusehen.

An der Wand stand eine Bank, und Usha fragte mich, ob ich mich mit ihr dort hinsetzen wolle, aber ich schüttelte den Kopf und sagte ihr, der Boden sei völlig ausreichend. Dann setzten wir uns auf den blanken Untergrund, so wie früher auf der Veranda in Newmeads. Offenbar hielten wir uns gerade in einem separaten Spielbereich für die Kinder auf. Die Gitterwände bildeten die erste von drei Begrenzungen, die anderen beiden Wände gehörten zum Hauptgebäude und zu dem länglichen Anbau, der aus der Rückseite des Gebäudes ins Grüne ragte. Die Veranda öffnete sich zum Garten hin, der durch niedrige Sträucher vom Hauptbereich abgetrennt wurde, sodass ein separater Spielplatz entstand, der mit einem seichten Wasserbecken, einer Sandgrube, einem Mangobaum mit Schaukel sowie einem hölzernen Klettergerüst ausgestattet war. Flache, breite Stufen führten von der Veranda aus hinab. Das Wohlergehen der Kinder lag der Familie offensichtlich sehr am Herzen, denn eine solche Anlage hatte ich noch nie zuvor gesehen. Durch die offene Tür hinter uns, die nach drinnen führte, erspähte ich ein Schaukelpferd und einen Laufstall: Das musste das Kinderzimmer sein. Die Kleinen waren wirklich bestens versorgt, und diese Tatsache kommentierte ich auch gebührlich.

»Das stimmt«, sagte Usha. »Mrs Harrison ist eine sehr nette Frau, und sie liebt ihre Kinder über alles. Sie ist oft mit mir hier draußen und spielt mit ihnen. Sie ist sehr jung und wir kommen gut miteinander aus ... auch wenn wir nie echte Freundinnen sein werden wie du und ich. Aber sie muss auch den Haushalt organisieren, was hier eine große Aufgabe ist. Eine unverheiratete Tante wohnt derzeit mit hier, und dann noch eine ältere Tochter ... ich glaube, sie ist nur ein bisschen älter als du.«

»Eine ältere Tochter? Wie das?«

»Also, Mr Harrison ist deutlich älter als Mrs Harrison. Sie ist seine zweite Frau. Aus der Ehe mit seiner verstorbenen ersten Frau sind ihm noch drei ältere Kinder geblieben: zwei Mädchen und ein Junge. Der Junge hat sich freiwillig für den aktiven Kriegsdienst gemeldet – er und das Mädchen, das gerade hier wohnt, sind Zwillinge. Die dritte Schwester ist ein wenig älter und hat in eine Kautschukplantage im Norden eingeheiratet. Mrs Harrison ist heute mit ihrer Stieftochter zu einem Einkaufsbummel nach Nuwara Eliya aufgebrochen.«

Sie zögerte. »Vielleicht kennst du das Mädchen sogar. Sie war auf derselben Schule in Kandy wie du, auf der *Girls' High School*.«

»Unwahrscheinlich, wenn sie nicht in meiner Klasse war. Und überhaupt, wie geht es dir, Usha? Du siehst toll aus!«

Das stimmte. Offenbar war sie gut genährt, denn seit ihrem Abschied von Newmeads hatte sie ein wenig zugenommen und sich von der atemberaubend hübschen Jugendlichen, die sie gewesen war, in eine ausgewachsene Frau mit weichen Rundungen entwickelt, die schöner war denn je. Ihre Augen wirkten nun noch größer, noch tiefgründiger: die Augen, die ihrer Überzeugung nach das die Eingangspforte zu einer guten Ehe bildeten. Mit diesen Augen hatte sie Andrew »geheiratet«. Ich brannte darauf, sie über das Treffen mit Andrew auszufragen, aber sie umschiffte das Thema und war offenbar noch nicht dazu bereit, mit mir über ihr Problem zu sprechen, was auch immer es sein mochte. Es gab so Vieles, worüber ich mich mit ihr austauschen wollte! Vor drei Jahren hatte ich sie zum letzten Mal gesehen, und diese Anstellung hier war mittlerweile schon ihre dritte. Während all dieser Zeit hatte sie ihre Eltern kein einziges Mal zu Gesicht bekommen, weswegen sie umso mehr daran interessiert war, ob es ihnen gut ging.

»Ich fürchte, dazu kann ich nicht viel sagen. Sunita ist mir immer noch böse. Ich bezweifle, dass sie mir je verzeihen wird. Satish hat mir ganz sicher nicht vergeben.« Ich erzählte ihr, wie Satish mich beschimpft hatte, was ihr sichtlich unangenehm war, denn sie lenkte das Gespräch sofort wieder auf ein weniger heikles Thema.

Dann bot sie mir Tee an und stand auf, um ihn zu brühen. »Kannst du hier bei den Kindern bleiben, während ich kurz in die Küche gehe? Sie ist gleich hinter der Tür da.«

Da das ältere Mädchen viel zu sehr in seine Zeichnung vertieft war, um mir Beachtung zu schenken, wandte ich mich dem kleinen Jungen zu. Ich baute mit ihm einen Bauklotzturm, den er sofort unter lautem Gelächter wieder umstieß, sodass ich einen neuen baute und dann gleich noch einen dritten. Dann war Usha auch schon mit dem Tee zurück.

Auf meine Frage nach ihrer Arbeit hier antwortete sie mir, das sei die beste Anstellung, die sie je gehabt hätte. Sie genoss es, auf die Kinder aufzupassen, und Mrs Harrison war sehr nett zu ihr. Usha fand es schade, dass sie bald abreisen mussten, aber das diente schließlich nur ihrer Sicherheit.

»Hast du feste Arbeitszeiten oder arbeitest du hier rund um die Uhr?«

»Ich kümmere mich jeden Tag bis zum Abendessen um die Kinder«, antwortete sie. »Dann esse ich noch gemeinsam mit ihnen im Kinderzimmer. Danach übernimmt dann Mrs Harrison. Sie hat Spaß daran, die Kleinen bettfertig zu machen und ihnen vor dem Einschlafen noch vorzulesen. Danach gehen sie dann ins Bett. Eines der Dienstmädchen schläft mit im Zimmer, falls die beiden aufwachen. In dem Fall ruft sie mich. Ich habe mein eigenes Zimmer, direkt neben dem Kinderzimmer. Es ist sehr komfortabel. Hier, es ist gleich das Fenster dort.« Sie zeigte auf ein Fenster mit den offenen, grünen Läden, das gerade so oberhalb der Gitterwand sichtbar war.

»Hast du an manchen Tagen auch frei?«, erkundigte ich mich und sie nickte.

»Immer sonntags. Da gehe ich meistens spazieren. Oder ich mache eine kleine Fahrradtour. Sie haben mir ein altes Fahrrad zur Verfügung gestellt, und es gibt nicht allzu weit von hier einen wunderschönen See. Dort kann man sich wunderbar entspannen. Ich habe so ein Glück!«

Aber ihr Gesichtsausdruck widersprach ihren Worten. Sie sah alles andere als glücklich aus, ihr Gesicht wirkte eher, als würde sie *verzweifelt versuchen,* glücklich auszusehen. Sie hielt eindeutig etwas zurück. In ihrem Brief hatte sie so verzweifelt gewirkt, aber jetzt versteckte sie ihre Gefühle hinter einer Maske aus belanglosem Geplauder, ohne zum Punkt zu kommen. Ihr Lächeln wirkte aufgesetzt und sie vermied nicht nur jeden Blickkontakt, sondern auch das Thema, weswegen sie mich hergebeten hatte. Also musste ich die Initiative ergreifen.

»Und ... Andrew? Ich bin so froh, zu hören, dass euer Treffen gut verlaufen ist.«

Jetzt erst blickte sie mich direkt an, und der Schmerz stand ihr ins Gesicht geschrieben.

»Ja«, sagte sie. »Ich liebe ihn.« Und dann fiel sie mir verzweifelt um den Hals und brach in lautes, unkontrolliertes Schluchzen aus.

»Oh, Rosie!«, heulte sie, »ich habe alles falsch gemacht! Und jetzt weiß ich nicht, was ich tun soll!«

»Aber warum das denn, Usha? Was stimmt nicht? Geht es um deine Eltern?«

Das Wort »Eltern« löste eine weitere Tränenflut aus. Usha brachte kein Wort mehr heraus, sie klammerte sich einfach nur noch an mich und weinte bitterlich. Das kleine Mädchen ließ ihre Zeichnung liegen, um zu uns zu kommen und Usha den Rücken zu tätscheln. »Was ist los, Usha?«, fragte sie sanft.

»Wein doch nicht, Usha!« Für ein paar Sekunden stand sie da und beobachtete uns, dann zuckte sie mit den Schultern und widmete sich wieder ihrem Kunstwerk.

Mittlerweile hatten wir auch die Aufmerksamkeit des Kleinen auf uns gezogen. Er erhob sich von seinen Bauklötzen, stapfte ein paar Schritte auf uns zu und zeigte auf uns. »Usha weinen!«, sagte er. »Usha traurig.« Ich lächelte ihn an, worauf er in den Garten tapste, dort eine Studentenblume pflückte und sie Usha brachte. »Blume!«, rief er. Aber Usha war gerade nicht dazu in der Lage, sie entgegenzunehmen, also nahm ich sie, steckte die Blüte in Ushas Zopf und bedankte mich bei ihm. Nachdem er so sein Bestes getan hatte, kehrte er wieder zu seinen Bauklötzen zurück. Was für reizende, mitfühlende Kinder!

Ich glaubte noch immer, der Grund für ihre Verzweiflung sei das Zerwürfnis mit ihrer Familie. Und da ich dafür verantwortlich war, hatte ich beschlossen, etwas dagegen zu unternehmen. Ich musste ihren Eltern irgendwie klarmachen, dass es falsch war, sie zu einer Hochzeit mit dem Falschen zu zwingen. Das mussten sie doch früher oder später einsehen! Sunita war doch normalerweise ein vernünftiger Mensch. Ich konnte mir nicht vorstellen, dass sie ihre Tochter wirklich für immer verstieß. Außerdem war Andrew ein guter Mann. Es wäre schließlich nicht die erste Hochzeit zwischen einem Weißen und einer Tamilin. Ja, zunächst würde das wohl einen Skandal hervorrufen, aber irgendwie konnte man sich doch bestimmt damit arrangieren? Ich fand das alles so ungerecht!

Oder vielleicht hatte Usha auch Angst um Andrew? Was für ein ungünstiger Zeitpunkt, sich für *ihn* zu entscheiden, ausgerechnet kurz bevor er in den Krieg zog, um für sein Land zu kämpfen! Es war durchaus möglich, dass Andrew umkam, und was wäre dann? Sie musste krank vor Sorge um ihn sein. Das ging ja sogar mir so, und Tantchens Panik hatte ich ebenfalls mitbekommen. Wenn er *wirklich* umkam – was dann? Dann musste Usha wohl das tun, was so viele andere Frauen, Verlobte und Geliebte taten: Sie würde lernen müssen, mit dem Schmerz zu leben. Vielleicht wollte sie einfach nur mit mir darüber reden, weil ich schließlich diejenige war, die sie zusammengebracht hatte. Ich stellte mir vor, wie schrecklich es sich anfühlen musste, solche Ängste verstecken zu müssen.

»Es wird alles gut, Usha. Wir werden uns irgendetwas einfallen lassen. Alles wird gut«, wiederholte ich immer wieder ganz ruhig. »Ich bin für dich da. Wir sind Freundinnen, auf mich kannst du immer zählen.«

Aber plötzlich wich Usha zurück, und ich erschrak, als ich merkte, was für ein Feuer in ihren Augen loderte.

»Hör auf, das zu sagen!«, blaffte sie mich an. »Du hast ja nicht die geringste Ahnung! Nicht die geringste!«

»Usha, ich wollte doch nur ...«

»Ich weiß, du möchtest nur helfen, aber du machst alles nur noch schlimmer. Du hast *keine Ahnung!*«

Die letzten Worte spuckte sie mir fast schon entgegen. Noch nie zuvor hatte ich Usha so aufgebracht erlebt, überhaupt hatte ich sie noch nie auch nur ansatzweise wütend erlebt. Aber bei ihrem nächsten Satz wurde mir klar, dass das keine Wut war. Sondern pure Verzweiflung.

»Ich bin schwanger!«

Bereits eine Stunde später verließ ich das Anwesen der Harrisons. Ich wollte der Dame des Hauses auf keinen Fall begegnen, denn meine Anwesenheit wäre schwer zu erklären gewesen. Nach alledem entschied ich mich dazu, meine Freundin in Nuwara Eliya doch nicht zu besuchen, denn auf belangloses Geplauder konnte ich mich jetzt nicht mehr konzentrieren, und erst recht nicht auf ein tiefgründiges Gespräch. Ich musste in Ruhe nachdenken. Ich brauchte Zeit, um Ushas Worte zu verarbeiten. Also fuhr ich direkt nach Hause.

Selbstverständlich hatten mich Ushas Worte schockiert, aber nur am Anfang. Niemals hätte ich Andrew, dem lieben, schüchternen Andrew zugetraut, Usha in der kurzen Zeit, die sie miteinander verbracht hatten, so auszunutzen. Das war das eigentlich Schockierende. Aber je mehr ich darüber nachdachte, desto nachvollziehbarer wurde es. Andrew stand kurz davor, in den Krieg zu ziehen, und es stand in den Sternen, ob er überleben würde. Nach so vielen Jahren, in denen er sich nach Usha verzehrt hatte, hatte sie ihm endlich ihre Liebe gestanden. Was für ein bedeutsamer Moment das für ihn gewesen sein musste! *Natürlich* hatte er sich von seinen Gefühlen mitreißen lassen. Er musste nicht nur von ihrem Zugeständnis überwältigt worden sein, sondern auch von der Erkenntnis, wie wenig gemeinsame Zeit ihnen noch blieb. Und dann war da noch die Tatsache – ich mochte gar nicht daran denken, aber so war es nun einmal – dass diese Begegnung vielleicht sogar seine einzige und letzte Gelegenheit war, mit ihr zusammen zu sein. Falls er starb, würde er sie nie wieder sehen. Und mit Sicherheit war sie von ähnlichen Gedanken übermannt worden. Von Gefühlen überwältigt. Von Liebe und Romantik verstand ich nur wenig, aber so stellte ich es mir vor. Ich konnte die Begegnung zwischen ihnen fast bildlich vor mir sehen. Usha hatte mir erzählt, sie wären an jenem Sonntag gemeinsam zum See gegangen. Dort musste es passiert sein.

Und jetzt das. Usha schwanger! Von Andrew! Einerseits eine so wunderbare Sache. Andererseits eine Katastrophe. Eine Katastrophe gigantischen Ausmaßes. Und, ja, auch schockierend: ein unverheiratetes, ceylonesisches Mädchen, das von ihrer Familie verstoßen wurde, und der Vater ihres ungeborenen Kindes ein junger Mann, der gerade in den Krieg gezogen war und vielleicht nie wieder daraus zurückkehrte. Keine Hochzeit, nicht die geringste Absicherung. Es wäre schon schlimm genug, wenn Andrew vor Ort gewesen wäre und sie eine Mussheirat hätten abhalten müssen. Aber als junge, alleinerziehende Mutter? Was sollte sie nur tun?

Natürlich gab es Alternativen. Ich war zwar selbst noch ein unschuldiges Mädchen, aber es war allgemein bekannt, dass es in den Städten Frauen gab, die sich um ungelegene Schwangerschaften »kümmerten«. Allerdings war ebenso bekannt, wie riskant und gefährlich diese Alternative war, denn in der Regel fanden die Eingriffe unter unhygienischen Bedingungen in irgendwelchen Hinterhöfen statt. Oft starben die Frauen dabei. Vor allem jedoch war so etwas illegal und konnte sehr ernsthafte Konsequenzen nach sich ziehen, nicht nur für die Engelmacherin, sondern auch für die Schwangere. So etwas kam nicht infrage, so viel war uns beiden klar.

Obwohl wir so lange miteinander gesprochen hatten, waren wir zu keiner Lösung gekommen, bis ich schließlich sehr bedrückt nach Hause gefahren war. Aber später am Abend kam mir eine Idee. Die perfekte Lösung – fast zu schön, um wahr zu sein. Am nächsten Morgen schrieb ich Usha gleich nach dem Aufstehen:

Meine liebe Usha,

ich weiß jetzt, was wir tun werden. Du und ich, wir fahren nach Indien. In Madras besitze ich ein Haus, in dem gerade nur unsere Haushälterin ausharrt und das ansonsten leersteht. Der Haushälterin können wir vertrauen. Ich werde dich hinbringen, dort kannst du dann wohnen und dein Baby zur Welt bringen.

Außerdem kenne ich jemanden, der dir helfen kann. Sein Name ist Pater Bear, er ist ein langjähriger Freund meines Vaters, ein Freund der Familie und katholischer Priester. Ihm würde ich mein Leben anvertrauen. Ich werde ihm schreiben, von deinem Problem berichten, und ihn bitten, uns in Madras zu besuchen. Er wird dir mit Sicherheit helfen können, die Katholiken haben mit solchen Problemen andauernd zu tun. Pater Bear betreibt ein Waisenhaus. Vielleicht kann dein Baby dort bleiben, bis Andrew aus dem Krieg zurückkehrt und ihr heiratet, dann könnt ihr euer Kind nach Hause holen! Ist das nicht eine wunderbare Idee? Ich weiß nicht, warum mir das nicht gleich eingefallen ist, als ich noch bei dir war!

Usha, ich freue mich so über diese Lösung! Gib mir nur Bescheid, wann ich dich abholen kommen kann ...

Ihre Antwort erreichte mich postwendend:

Am Donnerstag reist die Familie nach Colombo, von wo aus Mrs Harrison und die Kinder das Evakuierungsschiff nehmen. Ich werde mitkommen, um ihnen beim Verladen zu helfen. Können wir uns dort treffen?

Wie praktisch! Tante Silvia und Onkel Henry fuhren ebenfalls nach Colombo, denn Tantchen sollte ja dasselbe Schiff nehmen. Nichts wäre einfacher für mich, als sie unter dem Vorwand, mich verabschieden zu wollen, zu begleiten.

Keine Sekunde zweifelte ich daran, dass ich Usha finden würde, selbst in dem wilden Gedränge, das eine Evakuierung so vieler weißer Frauen, die zu einem neuen Abenteuer aufbrachen, mit sich bringen würde. Ich wusste, ich würde sie finden. Und ich fand sie auch.

KAPITEL 22

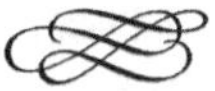

»Oh, wie wunderschön!«, rief Usha, als uns die Rikscha vor den Toren Shanti Nilayams absetzte. Ein nostalgisches Gefühl machte sich in meinem Herzen breit und trieb mir die Tränen in die Augen. Ja, es war wunderschön und ja, es war mein Zuhause – aber es stand leer. In der Vergangenheit hatte ich schon mit Ammas Abwesenheit zurechtkommen müssen, aber diesmal war auch Pa fort, sodass mir das Haus jetzt wie eine leere Hülle vorkam. Ich konnte mich nicht wirklich über meine Rückkehr freuen.

»Ach, Newmeads oder das Anwesen der Harrisons sind genauso schön!«, erwiderte ich. »Sie sind alle schön.« Engländer, die Wohlhabenden zumal, wussten auf jeden Fall, wie man selbst inmitten von Armut und Elend ein Paradies schaffen konnte, dachte ich. In nicht allzu weiter Entfernung von unserem paradiesischen Zuhause befand sich eines der hässlichsten und schmutzigsten Armenviertel in ganz Madras. Das war typisch für Indien: Ständig prallten hier die Gegensätze aufeinander. Über Indien ließ sich nichts sagen, dessen Gegenteil nicht ebenfalls zutraf. Sämtliche Extreme existierten hier dicht an dicht, bunt zusammengewürfelt, und griffen auf unerklärliche, fast schon übernatürliche Art und Weise perfekt ineinander.

»Komm mit«, sagte ich, hob meine Segeltuchtasche auf und öffnete das Tor. Usha folgte mir die sandige Auffahrt zum Bungalow hinauf, der zwischen den Bougainvilleen – wie immer in voller Blüte – fast gänzlich verschwand. Die leuchtend bunten Blüten wuchsen büschelweise am Spalier entlang und warfen ihre Schatten auf die breite Veranda.

»Thila!«, rief ich, während ich die breiten, niedrigen Stufen hinaufflief. »Ich bin zurück!«

Kurz darauf kam Thila auch schon strahlend auf mich zugerannt. »Oh, Miss Rosie!«, rief sie aus. »Ich wusste gar nicht, dass Sie kommen, sonst hätte ich ein Willkommensmahl vorbereitet und das Bett neu bezogen und ...« Dann fiel ihr Blick auf die schlanke Gestalt direkt hinter mir.

»Oh!«, sagte sie und verstummte.

»Thila, das ist Usha. Sie hat für Tante Silvia gearbeitet und wird für eine Weile bei uns unterkommen. Bitte heiße sie willkommen und sorge dafür, dass sie sich ganz wie zu Hause fühlt.«

Mir würde später noch genug Zeit bleiben, um Ushas missliche Lage und die Aufgabe, die ich für Thila vorgesehen hatte, zu erklären. Zuerst einmal mussten wir ankommen.

Thila und Usha beäugten einander und wirkten dabei zunächst ein wenig misstrauisch. Mit Sicherheit hatte ich gegen irgendeine heikle Regel der tamilischen Etikette verstoßen, indem ich eine Frau mit ins Haus brachte, die quasi selbst als Bedienstete für mich gearbeitet hatte, und dann von Thila erwartete, ihr den Respekt entgegenzubringen, der sich Gästen gegenüber gehörte.

Aber Thila wusste ja bereits, dass meine ganze Familie mit solchen gedanklichen Hierarchien keine Zeit verschwendete. Schon immer hatten wir sie als uns ebenbürtige Freundin, geradezu als Familienmitglied behandelt. Ihre Aufgabe, sich um das

Haus und die Leute darin zu kümmern, sagte für uns rein gar nichts über ihren Wert als Mensch aus. Wie Pa immer betont hatte: »Das ist nur eine Rolle. Menschen nehmen verschiedene Rollen ein, aber das ändert nichts an ihrem Wert. Der Charakter zählt.« Und jetzt bewies Thila, wie sie sich diesen Satz zu Herzen genommen hatte, indem sie Usha ihr freundlichstes Lächeln schenkte und ihr die Hand entgegenstreckte, um ihr ihre kleine Tasche abzunehmen.

»Herzlich willkommen, Usha!«, sagte sie, und ich sah, dass es von Herzen kam. »Kommt rein und setzt euch. Ich werde euch einen Tee kochen ... oder hätte ihr lieber Limettensaft?«

»Für mich bitte Saft!«, erwiderte ich. »In der Sonne ist es brütend heiß, ich brauche eine Abkühlung.«

Usha, der es offenbar die Sprache verschlagen hatte, nickte nur zustimmend, als Thila sie fragend anschaute. Ich stellte meine Tasche vorerst auf der Veranda ab, nahm Usha am Ellenbogen und führte sie ins große Wohnzimmer. Alles sah so aus wie immer, nur seltsam leer ohne Pa, der nicht hier war, um mich in die Arme zu schließen. Ich hätte weinen können. *Wo bist du, Pa?*, rief ich innerlich. *Warum hast du mich verlassen?*

Wir nahmen auf dem Korbsofa Platz. Auf dem Weg in die Küche hatte Thila den Deckenventilator angeschaltet, der träge anlief und im Beschleunigen zunächst nicht viel mehr ausrichtete, als den Staub, der sich auf den Rotorblättern gesammelt hatte, in der abgestandenen Raumluft zu verteilen. Endlich erzeugte er jedoch eine kühle Brise, die uns umspielte. Ich muss Thila noch daran erinnern, dachte ich, nasse Laken in die Fenster zu hängen, um die eindringende Hitze ein wenig abzumildern. Später. Jetzt genoss ich es einfach nur, zu Hause zu sein.

Thila kehrte mit einem Tablett zurück, auf dem eine Karaffe Limettensaft, zwei hohe Gläser und eine Schüssel Eiswürfel standen. Bei einem meiner letzten Besuche hatte Pa mir stolz eine seiner wenigen modernen Anschaffungen vorgeführt: einen Frigidaire, der besonders während der heißen, trockenen Jahreszeit ein Geschenk des Himmels war. Thila füllte Eis in die Gläser, füllte sie bis zum Rand mit Saft und reichte sie uns. Usha schien davon immer noch peinlich berührt zu sein. »Danke«, flüsterte sie, worauf Thila sie freundlich ansah.

»Immer gern«, sagte sie. »Ich hoffe, du fühlst dich hier wie zu Hause.«

»Könntest du bitte das Gästezimmer für Usha vorbereiten?«, bat ich. »Sie wird eine ganze Zeit lang hier bleiben. Ich selbst fahre in ein paar Tagen wieder nach Ceylon.«

»Ach?« fragte Thila und zog neugierig die Brauen hoch, aber ich sagte weiter nichts dazu. Noch nicht. Usha sollte sich zuerst ein wenig eingewöhnen.

»Ach!«, wiederholte Thila, und wollte sich schon umdrehen, als ihr einfiel: »Hier ist ein Brief für Sie! Ist gestern angekommen.«

Sie holte Umschlag samt Brieföffner vom Telefontisch an der Wand und drückte mir beides in die Hand. Als ich die Adresse auf der Rückseite erkannte, lächelte ich Usha zu.

»Pater Bear! Das ging aber schnell!« Ich steckte die Klinge des Brieföffners in den Falz, öffnete den Umschlag und holte den Brief heraus. Er enthielt nur das Nötigste. Wieder blickte ich auf und lächelte Usha an.

»Er kann dir helfen«, berichtete ich, »und er wird morgen herkommen. Er bittet mich, dir auszurichten, dass du dir keine Sorgen machen sollst. Alles wird gut.«

Nachdem wir uns eine Pause und ein paar frisch geschälte Mangostückchen gegönnt hatten, gingen wir gemeinsam an den Strand. Für Usha war es der erste Strandbesuch überhaupt. Vor unserer gestrigen Reise über Colombo an der Küste entlang nach Norden, von wo aus wir die Fähre nach Rameswaram genommen hatten, hatte sie das Meer noch nie zu Gesicht bekommen. Der Strand war fast menschenleer, es dämmerte bereits und die meisten Leute waren schon nach Hause gegangen. Unser Strand ging nach Osten, sodass wir dort zwar den Sonnenaufgang, aber nie den Sonnenuntergang genießen konnten. Der Himmel hatte nun ein bläuliches Grau angenommen, und auf den dunkelblauen Wellen, die den Sand umspülten, bildeten sich weiße Schaumkronen.

»Komm mit«, sagte ich, »laufen wir durchs Wasser!« Dann nahm ich sie an der Hand und rannte mit ihr auf die Wellen zu. Ich machte mir noch nicht einmal die Mühe, meinen langen Rock nach oben zu binden, sondern sprang einfach nur direkt ins Wasser und jauchzte vor Freude. Mir wurde bewusst, dass ich seit dem Bombenangriff auf Colombo wochenlang fast nur in Panik gelebt hatte. Ohne Atempause hatten sich die Sorgen nur so angehäuft: der Angriff, Tantchens Schmerz, unsere Evakuierungssorgen, Andrew, der sich Hals über Kopf der Gefahr in die Arme geworfen hatte, Victors Aggressivität, Graham, der sich ebenfalls ins Schlachtgewühl gestürzt hatte, und dann auch noch Ushas Notlage. All das hatte mich so überwältigt, dass ich mich selbst darüber völlig aus den Augen verloren hatte. Ich fühlte mich wie eine Sehne, die bis zum Zerreißen gespannt war. Und wie ich jetzt über eine schäumende Welle hüpfte, merkte ich, wie sich ein Teil dieser Anspannung löste, und ich drehte mich lachend zu Usha um und forderte sie auf, mir im Wasser Gesellschaft zu leisten. Zuerst stand sie nur zögerlich am Ufer, aber dann rannte sie los und sprang in die kleinen Wellenausläufer, die über den Sand rollten. Bald schon hüpften und tanzten wir beide – ja, wir lachten sogar! Ausgelassen und aufrichtig lachten wir und ließen in diesem kostbaren Moment das weite Meer unsere Sorgen fortwaschen. Bald schon waren wir beide klatschnass, aber das kümmerte uns nicht.

Mit der Zeit wurde es immer dunkler, aber dann durchbrach der runde, silberne Mond die Finsternis und tauchte uns in sein magisches Licht. Immer wieder verschwand er hinter den Wolkenfetzen, nur um dann wieder aufzutauchen. Der weite, mondbeschienene Himmel und das sanft rauschende Meer saugten alle Sorgen in sich auf und schienen mir zuzuflüstern: *Alles wird gut.* Wir setzten uns in den Sand, kuschelten uns aneinander, und ich legte den Arm um Usha. »Irgendwann wird alles wieder gut sein«, sagte ich zu ihr. Da war ich mir ganz sicher.

Schließlich machten wir uns auf den Weg nach Hause, wo Thila mit einem köstlichen Abendessen aus Reis und Sambar aufwartete. Anschließend gingen wir zu Bett.

In dieser Nacht schlief ich so tief wie schon seit Wochen nicht mehr.

Am nächsten Tag wartete ich nervös auf Pater Bears Ankunft. Noch immer hatte ich Thila nicht den Grund für Ushas Anwesenheit verraten und ihr mitgeteilt, welche Aufgabe ich für sie innerhalb der nächsten Monate vorgesehen hatte. Ich fürchtete mich vor ihrer Reaktion. Thila war in einem traditionellen Haushalt aufgewachsen, ein uneheliches Kind war für sie mit Sicherheit eine unerhörte Angelegenheit. So etwas kam in ihrer Welt ganz einfach nicht vor. Es war moralisch falsch. Was, wenn sie sich weigern würde, eine solch unvorstellbare Sünde auch noch zu unterstützen? Was, wenn Thila mich gar im Stich ließe? Mir wurde bewusst, dass ich die Sache in meinem naiven Enthusiasmus ganz durchdacht hatte. Ich hatte diese Entscheidung gefällt, ohne über die Konsequenzen nachzudenken, die sie für andere hätte. Wie immer spielte ich mich auf und traf anderer Leute Entscheidungen in Angelegenheiten, die mich nichts angingen.

Wegen des Stigmas, das mit Ushas unehelicher Schwangerschaft einherging, musste diese natürlich streng geheim bleiben. Die nächsten sieben Monate würde sie in Shanti Nilayam aussitzen müssen. Thila würde für sie die Einkäufe erledigen müssen. Kochen konnte Usha natürlich selbst, aber sämtlicher Kontakt zur Außenwelt musste ausschließlich über Thila erfolgen. Niemand durfte davon erfahren. Effektiv wäre Usha im Haus gefangen. Nach unserem ausgelassenen Tanz im Meer gestern war es sogar besser, wenn sie nicht noch einmal zum Strand ginge, denn zwischen all den Menschen, die dort täglich kamen und gingen, würde sie schnell als Neuankömmling herausstechen. Und sobald sich ihre Schwangerschaft körperlich stärker abzeichnete, kam es sowieso überhaupt nicht mehr infrage.

Langsam wurde mir klar, dass ich eigentlich nicht das Recht dazu hatte, Thila um einen solchen Gefallen zu bitten. Thila war schließlich Pas Angestellte, nicht meine. Und ich war kaum erwachsen, um genau zu sein war ich noch immer ein Teenager. Wie konnte ich ihr eine Aufgabe zuweisen, die sie in einen solchen Gewissenskonflikt stürzen würde? Umso dringlicher wollte ich nun mit Pater Bear sprechen, vielleicht hatte er ja noch eine andere Lösung parat. Ich meinte, mal von einem katholischen Heim für unverheiratete Mütter gehört zu haben. Vielleicht wäre Usha an einem solchen Ort besser aufgehoben? Aber allein der Gedanke daran verursachte mir Unbehagen. Nein, nein, dachte ich, Usha muss hierbleiben. Das hier ist perfekt. Aber ich brauchte Pater Bears Rat, wie wir diese Angelegenheit am besten handhaben sollten.

Pater Bear kam kurz vor dem Mittagessen an. Noch nie hatte ich mich so gefreut, ihn zu sehen.

Er kam den Weg durch den Garten hinaufgeschritten, sein Bart buschiger denn je, sein Strohhut, den er nie abnahm, noch ramponierter als sonst und sein breites Lächeln schon von

Weitem erkennbar! Als er kam, saßen Usha und ich gerade auf der Veranda in den Korbsesseln, und ich sprang auf und lief ihm entgegen, als wäre ich wieder zehn Jahre alt.

»Pater Bear!«, rief ich. »Es ist so schön, dich zu sehen! Wie geht es dir?«

»Blendend, alles bestens, und dir?«

Er sah nicht aus, als ginge es ihm blendend. Er wirkte ... erschöpft. Seit acht Jahren hatte ich ihn nicht mehr gesehen, und als ich näher an ihn heranging, sah ich, wie stark er gealtert war. Um seine Augen hatten sich tiefe Lachfalten gebildet und sein Haar war nun fast ganz ergraut, was mir aber erst auffiel, als er, höflich wie eh und je, kurz den Hut lupfte. Dann fasste er mich unter und versuchte, mich wie damals im Kreis herum-zuschleudern, was ihm allerdings nicht gelang.

»Uff!«, ächzte er. »Bist du aber groß geworden! Wo ist mein kleines Mädchen hin? Sieh dich nur an! Eine richtige Dame bist du geworden!«

Ich lachte. »Ach, weißt du, das bringen die Jahre nun mal so mit sich!«

Ich nahm ihn an der Hand und führte ihn auf die Veranda, wo ich ihm Usha vorstellte. Er musterte sie wohlwollend und interessiert.

»Rosie hat mir von deiner kleinen Misere berichtet«, sagte er, »aber keine Sorge. Es gibt Wege nach vorn, und hier wird dich niemand verurteilen.«

Ich runzelte die Stirn. Das war ja gerade der springende Punkt. Da konnte ich ihm die Lage auch gleich erklären. »Darum geht es ja gerade, Pater Bear«, sagte ich. »Ich mache mir etwas Gedanken wegen Thila. Ich möchte nicht, dass sie schlecht von Usha denkt. Was, wenn sie sich nicht um sie kümmern möchte? Was dann?«

»Na, da zerbrich dir mal nicht dein Köpfchen. Das ist alles schon längst geregelt. Aber lassen wir doch die Probleme mal beiseite, wo ich dich so lang nicht mehr gesehen habe. Erzähl mal, wie ist es dir dort auf der Insel ergangen? Ich hab' mir vielleicht Sorgen gemacht, als ich von dem Bombenangriff gehört hab' ... diese verdammten Japsen! Hatte gehofft, dass dir nichts passiert ist, aber hier bist du ja, gesund und munter. Hab' gelesen, alle Frauen und Kinder werden evakuiert?«

So sprachen wir also zuerst über mein Leben in Ceylon und tasteten uns dann langsam zu Pa vor. Ich fragte ganz unverblümt: »Weißt du, wo er steckt, Vater?«

Aber Pater Bear schüttelte nur den Kopf. »Leider nicht. Er ist einfach bei Nacht und Nebel verschwunden. Sieht ihm gar nicht ähnlich. Er ist nie gerne verreist, und dann einfach so jahrelang zu verschwinden, ohne sich wenigstens zwischendurch mal kurz zu melden, das ist ... tja. Höchst merkwürdig.«

»Ich habe immer gedacht, er wäre vielleicht einer dieser komischen Sekten beigetreten. Irgendwo im Himalaya.«

Aber Pater Bear schüttelte den Kopf. »Nein, nicht dein Vater. Der steht mit beiden Beinen fest auf dem Boden. Außerdem liebt er dich über alles ... warum sollte er dich für eine Sekte verlassen?«

Ich zuckte mit den Schultern. »Sektenmitglieder tun die seltsamsten Dinge, wie ich gehört habe. Manche verlassen sogar von jetzt auf gleich ihre eigene Familie. Ein bisschen so wie deine katholischen Mönche und Nonnen. Müssen die sich nicht auch von ihren Familien lossagen?«

Aber er beharrte auf seiner Meinung. »Ich kenne ihn besser als jeder andere, und ich garantiere dir, so etwas würde er niemals tun. Tatsächlich ...«

Daraufhin blickte er kurz zu Usha, die die ganze Zeit über schweigend dagesessen und zugehört hatte. Schon seit einer ganzen Weile hatte ich den Eindruck, dass sie uns zum Reden allein lassen wollte, da unser Gespräch nichts mit ihr zu tun hatte, dass sie aber zu höflich war, darum zu bitten, sich entfernen zu können. Jetzt verstand sie allerdings den Hinweis und erhob sich.

»Ich sehe mal nach, ob ich Thila in der Küche helfen kann«, sagte sie und verabschiedete sich mit einem Namaste. »Es war schön, Sie kennenzulernen, Pater.«

»Wir unterhalten uns später noch über die praktischen Dinge«, sagte er. »Rosie und ich wollten einander nur auf den neuesten Stand bringen.« Sie lächelte, nickte und verließ uns.

»Also, tatsächlich was?«, wollte ich wissen.

»Na ja, als ich ihn das letzte Mal gesehen habe, hat er mich explizit darum gebeten, dich im Auge zu behalten. Er hat mir deine Adresse gegeben und gesagt, du hättest meine, nur für den Fall.«

»Für welchen Fall?«

»Na, ich nehme mal an, für einen Notfall, zum Beispiel. Damals war schließlich gerade der Krieg ausgebrochen.«

»Das ist es ja gerade. Was für ein seltsamer Zeitpunkt, um einfach so zu verschwinden. Das wirkt fast so, als wäre er untergetaucht.«

»Ich glaube, wir sollten damit aufhören, wild herumzuspekulieren. Eines Tages wird sich alles aufklären, Rosie. Wir leben in seltsamen Zeiten, da tun die Leute seltsame Dinge. Ich habe da so meine Vermutungen, aber die werde ich schön für mich behalten. Eigentlich wollte ich mit dir noch über etwas anderes sprechen, worauf wir, dein Pa und ich, uns bei unserem letzten Treffen geeinigt hatten.«

»Oh, okay. Alles klar. Das würde ich tatsächlich gerne wissen.«

»Es geht um Thila. Und darum, was du vorhin gesagt hast. Dass du dir Gedanken darüber machst, ob sie Ushas missliche Lage akzeptieren und helfen wird. Und da wollte dir nur hundertprozentig versichern, dass sie das tun wird. Absolut. Und dir außerdem ein kleines Geheimnis verraten. Ich weiß, dass du es für dich behalten wirst, und du solltest davon wissen.«

»Ein Geheimnis?«

»Genau, ein Geheimnis. Usha ist nämlich nicht die erste junge Frau, die Thila in dieser Form unterstützt hat, verstehst du. Es gab da noch jemanden. Eine junge Dame mit dem gleichen Problem. Ich wollte helfen und hab' die Angelegenheit bei unserem letzten Treffen mit deinem Vater besprochen. Und da hat er vorgeschlagen, dass besagte Dame nach seiner Abreise hierbleibt und von Thila betreut wird. Und so haben wir's dann auch gemacht. Die Sache ist nämlich die: auch Thila selbst wurde genau unter solchen Umständen geboren. Warum sonst, glaubst du, ist sie unverheiratet?«

Ich runzelte die Stirn. »Darüber habe ich nie nachgedacht!«

»Das dachte ich mir schon. Und selbstverständlich muss das, was ich dir jetzt erzähle, unter uns bleiben: Thila ist ein uneheliches Kind, das in einem unserer katholischen Heime für unverheiratete Mütter zur Welt gekommen ist. Damals war ich noch ein junger Priester, der gerade voller Elan in Indien angekommen war. Ich bot jedem, der es brauchte, geistlichen Beistand an, ganz egal, ob Christ oder nicht. Schließlich dienen wir alle dem gleichen Gott, nur auf unterschiedliche Art und Weise. Also ging ich oft zu den jungen Schwangeren, um mit ihnen zu sprechen. Natürlich waren sie über ihre Situation sehr verzweifelt, da sie wussten, dass sie ihre Babys verlieren würden. Und ich hab' versucht, für ihre Babys, die zur Adoption freigegeben wurden, ein liebevolles Zuhause zu finden und den Müttern Trost und Hoffnung zu spenden. Um sie machte ich mir ganz besonders Sorgen, denn zu jener Zeit gingen in Irland schlimme Gerüchte über unverheiratete Mütter und ihre Babys um.«

Traurig schüttelte er den Kopf. »Dort sind unsagbar schreckliche Dinge passiert. Das ist auch einer der Gründe, warum ich aus Irland weggegangen bin. Ich konnte es einfach nicht ertragen. Und ich hab' eine gewisse Verantwortung verspürt, es in Indien besser zu machen. Jedenfalls ist Thilas Mutter mir ganz besonders ans Herz gewachsen, wir haben uns lange und oft unterhalten. Sie stammte aus einer angesehenen hinduistischen Familie und war sehr gebildet, es hat Spaß gemacht, mit ihr über Gott und die Welt zu sprechen. Sie durfte ihr Kind nach der Geburt nicht behalten, denn damit hätte sie Schande über die Familie gebracht. Aber sie hat mich um einen besonderen Gefallen gebeten: Ich sollte besonders gut auf die Kleine achtgeben und sie nicht aus den Augen verlieren. Das Versprechen habe ich ihr gegeben und auch gehalten. Ich habe eine fürsorgliche Adoptivfamilie für sie gefunden, ein älteres, kinderloses Paar. Leider sind beide verstorben, als Thila sechzehn war. Deine Eltern waren da gerade frisch verheiratet und suchten nach einer Haushälterin, die bei ihnen wohnt, also ...« Er zögerte kurz, dann fuhr er fort. »Jedenfalls weiß Thila über ihre Herkunft Bescheid. Darum würde sie niemals über eine Frau urteilen, die sich in der gleichen Lage befindet wie ihre eigene Mutter damals.«

»Steht sie mit ihrer Mutter in Kontakt?«

Er nickte. »Ja. Sie besucht sie an ihren freien Tagen. Aber es muss geheim bleiben, denn ihre Mutter ist mit einem angesehenen Mann verheiratet, der nichts von ihrer Vergangenheit weiß und das nicht gut aufnehmen würde. Aber so ist das Leben. Chaotisch.«

»Na, was für eine Erleichterung!«

»Aber das war noch nicht alles ...« Er zögerte wieder, und ich bemerkte, dass er nervös wurde, was ich so von ihm nicht kannte. Pater Bear war normalerweise der Inbegriff von Selbstvertrauen. Wurde er tatsächlich rot?

»Weißt du, mir ist da ein Fehler passiert. Also, eigentlich kein Fehler, denn bereuen tu ich gar nichts. Aber, tja, es ist eben passiert ...« Er unterbrach sich.

»Pater Bear, jetzt spann mich nicht so auf die Folter! Erzähl oder lass es bleiben!«

»Ich habe mich verliebt. In eine junge Inderin. Eine reizende, zauberhafte Frau. Und sie sich in mich. Wir sind uns dabei wohl ein wenig zu nahe gekommen. Ich nehme an, das lag an der heimlichen Natur unserer Beziehung. Und ...«

Wieder unterbrach er sich. Ich wartete.

»Sie wurde schwanger. Das war eine unmögliche Situation. Ich wollte nicht, dass sie in das katholische Heim für unverheiratete werdende Mütter geht. Also, ja, für die meisten Mädchen in Madras in so einer Situation ist das der einzige Zufluchtsort, aber Aditi konnte ich einfach nicht dort hinschicken. Davon hatte ich in Irland schon genug gesehen ... das können grauenvolle Orte sein. Daraufhin habe ich mit deinem Vater über die Situation gesprochen, der natürlich sehr verständnisvoll und aufgeschlossen war. ›Tja, dann muss sie eben herkommen. Nach Shanti Nilayam. Und zwar so lange wie nötig‹, hat er gesagt. Gesagt, getan. Wir haben Thila eingeweiht, die uns bereitwillig geholfen und dabei Stillschweigen bewahrt hat. Aditi ist bis zur Geburt hiergeblieben und sogar noch ein paar Wochen darüber hinaus, gemeinsam mit ihrem Baby.«

»Und dann?«

»Und dann musste sie leider wieder zurück. Sie hat ihre Eltern darum gebeten, einen Ehemann für sie zu finden ... zuvor hatte sie sich immer geweigert zu heiraten, weil sie Lehrerin werden wollte, und das ist sie auch geworden, eine ausgezeichnete Lehrerin. Aber als unverheiratete Mutter hätte sie keine Zukunft gehabt. Und da sie ihr erstes Kind verloren hatte, wollte sie noch ein zweites, also hat sie sich zur Heirat entschlossen und ihre kleine Tochter zur Adoption freigegeben. Ich hatte von einem katholischen Waisenhaus in der Nähe von Vellore gehört, das in wirtschaftlichen Schwierigkeiten war, also habe ich beschlossen, dort hinzuziehen. Zum einen, um möglichst weit weg von Aditi zu sein, und zum anderen, um unsere Tochter dort hinzubringen und sie in einer guten, liebevollen Umgebung mit sorgsam ausgewählten Nonnen aufwachsen zu sehen. Und dort lebe ich jetzt. Das Waisenhaus hat nur eine anständige Führung gebraucht.«

Ich war den Tränen nahe. »Oh, Pater Bear! Was für eine traurige Geschichte! Hättest du diese Frau nicht ... na ja, hättest du sie nicht einfach heiraten können?«

»Du meinst, das Priesteramt aufgeben? Aufs Ganze gehen? Wennschon, dennschon? Mit gehangen, mit gefangen, und wer A sagt, muss auch B sagen? Das hätte ich wohl tun können. Aber was dann? Ich hätte ja nicht einmal die Mittel gehabt, um eine Familie zu ernähren. Und unter diesen Bedingungen – als Frau eines ehemaligen Priester und allem, was da noch so dranhing – wäre es ihr bestimmt auch nicht gelungen, wieder eine Anstellung als Lehrerin zu finden. Wir haben das ausgiebig hin- und herüberlegt, das kannst du mir glauben. Ich hätte alles für sie aufgegeben. Aber wir hätten uns kein gemeinsames Leben aufbauen können, weder hier noch in Irland. Wir wären von der Gesellschaft verstoßen worden. Unser Kind wäre mit dem Stigma des Skandals aufgewachsen ... so etwas kann grausam sein.«

»Aber ... Moment mal.« Ich hielt eine Hand hoch, um ihn vom Weiterreden abzuhalten. Ich musste nachdenken. »Du hast sie gerade Aditi genannt. Ich erinnere mich nicht mehr hundertprozentig, aber war das nicht Miss Subramaniams Vorname? Ich weiß noch, wie die jüngeren Kinder sie immer Miss Aditi nannten, weil ihr Nachname zu kompliziert war ...«

Daraufhin lächelte er verschmitzt. »Gut kombiniert!« Dann aber wurde er wieder ernst. »Also, so viel dazu.«

»Und das Mädchen? Wurde sie nie adoptiert?«

Er schüttelte den Kopf. »Das konnte ich bis jetzt verhindern. Vielleicht ist das egoistisch von mir. Vielleicht ginge es ihr in einem stabilen Elternhaus mit Mutter und Vater viel besser. Aber um ehrlich zu sein, war es auch nicht besonders schwierig, das zu vermeiden. Die meisten Kinder werden adoptiert, wenn sie noch Babys sind, und die Jungs werden sowieso bevorzugt. Mit hellerer Haut, immerhin ist sie ja gemischter Abstammung, wäre es sicher anders gekommen, aber sie ist von den anderen indischen Mädchen nicht zu unterscheiden. Vielleicht ist sie nicht ganz so dunkelhäutig wie die meisten Tamilen, aber ihr Teint ist von einem ganz normalen, gesunden Braun. Sie ist immer noch bei uns: das Licht meines Lebens.«

»Weiß sie, dass du ihr Vater bist? Wissen die Nonnen davon?«

Entsetzt sah er mich an. »Um Gottes Willen, natürlich nicht! Und sie wird von mir auch auf keine Weise bevorzugt. Ich behandle Anna-Marie genauso wie alle anderen Kinder auch. Sie hat ein gutes Leben, zumindest an den Umständen eines Waisenhauses gemessen, und auch im Vergleich zu anderen Waisenhäusern. Aber sie ist ja auch gerade mal zwei Jahre alt und damit noch viel zu jung, um zu bemerken, was ihr vielleicht entgeht. Also, eine richtige Mummy und ein richtiger Daddy. Ich schätze mal, wenn sie älter wird, wird sie schon irgendwann dahinterkommen. Das tun die älteren Waisen alle. Wenn potenzielle Eltern zu uns kommen, um sich ein Kind auszusuchen, wollen sie alle dasjenige sein, welches. Aber diese Paare entscheiden sich ausnahmslos immer für ein Baby. Die älteren Kinder, ganz besonders die Mädchen, bleiben zurück.«

»Wie traurig!«

»Aber wie dem auch sei«, sagte Pater Bear und stellte sein Glas mit einer gewissen Endgültigkeit auf den Tisch. »So viel dazu. Ich wollte, dass du das weißt. Wo du dir solche Gedanken um Thilas Reaktion gemacht hast.«

Ich nickte. »Danke, dass du mir das alles erzählt hast.« Dann hielt ich inne und schüttelte langsam den Kopf. »Und es tut mir so, so leid. Du und Miss Subramaniam! Das hätte ich nie gedacht. Ich hätte geglaubt, du wärst zu alt für sie.«

»Ich sehe älter aus, als ich bin. Das liegt an den grauen Haaren und an der Wampe. Ich bin jetzt achtundvierzig. Sie ist fünfunddreißig. Sieht aber jünger aus.«

»Hat sie denn inzwischen wieder ein Kind bekommen? Du

hast ja gesagt, das war der Grund dafür, dass sie doch noch geheiratet hat?«

»Ja, wieder ein Mädchen. Sie hat einen kinderlosen Witwer geheiratet, einen nach Australien emigrierten Inder, der eine neue Frau im gebärfähigen Alter gesucht hat. Sie sind durch die Heiratsgesuche in der *Times of India* aufeinander aufmerksam geworden. Nach ein paar Fotos und Briefen haben sie dann beschlossen zu heiraten. Also ist sie ebenfalls nach Australien ausgewandert, um dort ein neues Leben als Ehefrau und Mutter zu beginnen. Sie hat gesagt, sie könne es nicht ertragen, im selben Land zu leben wie Anna-Marie, ohne sie zu sehen, sie wolle mindestens einen Ozean zwischen sich und ihr haben. Das hat sie jetzt. Mir ist zu Ohren gekommen, dass sie glücklich sein soll. Alles in allem hat sie es letzten Endes doch ganz gut erwischt. Aber ich werde sie nie wiedersehen.« Er seufzte. »Tja ... hol doch Usha zu uns, damit wir alles Weitere besprechen können.«

Und das taten wir. Usha saß die ganze Zeit nur schweigend da, hörte aufmerksam zu und nickte gelegentlich. Als es darum ging, dass sie ihr Baby ins *Good-Shepherd*-Waisenhaus geben solle, füllten sich ihre Augen mit Tränen und sie biss sich auf die Unterlippe, ohne allerdings auch nur ein Wort zu sagen. Ich sah genau, dass ihr etwas auf dem Herzen lag, also fragte ich nach.

»Wird ... wird mein Baby weggegeben?«, fragte sie. »Wird jemand kommen und es adoptieren?«

Pater Bear nickte. »Das kann leider durchaus passieren. Sobald du das Baby zur Welt gebracht und in unsere Obhut gegeben hast, musst du auch deine Rechte als Mutter abgeben, sodass wir gute Adoptiveltern finden können.«

Mitfühlend drückte ich Ushas Hand. Auch ich hatte eine Frage. »Aber was passiert, wenn der Krieg vorbei ist und der Vater des Babys zurückkommt, um Usha zu heiraten? Dann wollen sie ihr Kind doch sicher wiederhaben?« Ich sah Usha an und griff nach ihrer Hand. »Darum machst du dir Sorgen, hab’ ich recht?«

Mit feuchten Augen nickte sie stumm.

»Nun, in diesem Fall müssen wir einfach hoffen, dass das Kind dann noch bei uns ist und noch nicht adoptiert wurde. Nichts spräche dagegen, sein eigenes Kind zu adoptieren. Das wäre natürlich in gewisser Weise ein Happy End. Auch wenn man natürlich bei Paaren mit unterschiedlicher Herkunft nie so wirklich von einem Happy End sprechen kann, aber wenn es das ist, was sie sich wünschen ...«

Offenbar hatte er dabei seine eigene unglückliche Erfahrung im Kopf, aber ich ging davon aus, dass es für Andrew anders laufen würde. Wenn er nach dem Krieg die Plantage übernahm, bliebe seinen Eltern mit Sicherheit nichts anderes übrig, als seine Partnerwahl zu akzeptieren, auch wenn diese aufgrund von Ushas Herkunft skandalbehaftet wäre. Aber trotzdem waren Probleme vorprogrammiert.

Ich konnte mir bildlich vorstellen, wie Andrew in ein oder zwei Jahren – oder wann auch immer der Krieg enden würde und vorausgesetzt, er überlebte – mit ceylonesischer Frau und dunkelhäutigem Kind im Schlepptau in Newmeads aufkreuzte. Tante Silvia würde wieder Riechsalz benötigen, und die gesamte Plantagenbesitzergemeinschaft wäre in Aufruhr. Mit Sicherheit würden sie geächtet. Hatte Andrew den Mut und das Durchhaltevermögen, um mit diesen Konsequenzen zu leben? Würde Onkel Henry ihn überhaupt noch willkommen heißen? Damit wäre sein Plan, Andrew zu seinem Nachfolger zu machen, sicher durchkreuzt, die anderen Plantagenbesitzer würden das vermutlich nicht dulden. Auf all diese Fragen wusste ich keine Antwort. Was die Zukunft betraf, standen einfach zu viele Fragezeichen im Raum – und das größte davon war, wann der Krieg enden und wer von uns ihn überleben würde. Wir lebten wahrlich in einer beängstigenden Zeit.

Dann brachte Thila uns ein Tablett mit Tee und Sandwiches, und ich bat sie, sich zu uns zu setzen, weil wir etwas mit ihr zu besprechen hätten.

Gesagt, getan. Und genau wie Pater Bear prophezeit hatte, reagierte sie gelassen, und so war bald alles in trockenen Tüchern. Gemeinsam mit Usha würde ich eine Weile in Shanti Nilayam bleiben. Usha würde das Haus bis zur Geburt nicht verlassen, um Gerüchte und unangenehme Fragen zu vermeiden, und ich würde nach ein paar Tagen nach Ceylon zurückkehren, um mich dort nach kriegswichtiger Arbeit umzusehen.

Oder vielleicht auch nicht. Erst jetzt dämmerte mir, dass ich endlich eine freie Frau war. Zwar war ich erst achtzehn Jahre alt und damit noch nicht ganz volljährig, und außerdem tobte dort draußen ein Krieg, der meine Möglichkeiten massiv einschränkte, aber selbst ohne Pa war das hier trotz allem mein Zuhause – mein wahres, innig geliebtes Zuhause, und irgendwie verspürte ich kaum Lust, schon nach Ceylon zurückzukehren.

Sicher, ich wollte einen Beitrag für mein Land leisten, aber da musste es für mich doch eine nützlichere Tätigkeit geben, als einfach nur in Colombo Bandagen aufzurollen? Als ich an all die Möglichkeiten dachte, schwirrte mir der Kopf. Indien, oder besser gesagt Madras, schien von der großen Panik, die Ceylon erfasst hatte, verschont geblieben zu sein. Vielleicht gab es hier Optionen, die mir in Ceylon verwehrt blieben. Es war an der Zeit, mir ernsthaft über meine Zukunft Gedanken zu machen und zu überlegen, wie ich mich in den Krieg einbringen konnte.

Wie gerne hätte ich alles mit Graham besprochen. In Pas Abwesenheit war er derjenige, dessen Rat mir am meisten bedeutete. Pater Bear wusste zwar viel über Schulbildung, über junge, unverheiratete Mütter und über die Erziehung von Waisenkindern, aber wenn es um die Möglichkeiten ging, die sich einer jungen Frau wie mir im Krieg boten, hatte er, wie mir schien, nicht so viel beizutragen. Aber Graham war weit weg, auf irgendeinem Kriegsschiff irgendwo auf dem Indischen

Ozean, wo er ständig Gefahr lief, in die Luft gesprengt zu werden. Verglichen mit seinen Problemen waren die meinen lächerlich unbedeutend, und in Anbetracht der Gefahr, in der er schwebte, wirkte meine Zukunft geradezu rosig. Ich würde ihn mit meinen trivialen Entscheidungsproblemen nicht belästigen. Die musste ich allein bewältigen.

Das tat ich auch, und schließlich entschied ich mich dafür, einen Kurs in Stenografie und Maschinenschreiben zu belegen. Hier in der Nachbarschaft gab es eine ganze Menge guter Schulen, die Unterricht dieser Art anboten. Zuerst würde ich mir besagte Fähigkeiten aneignen und anschließend dann nach Ceylon zurückkehren, um endlich meinen Teil beizutragen – dann allerdings mit einer anständigen Ausbildung im Gepäck.

KAPITEL 23

Drei Monate später kehrte ich als ausgebildete zweisprachige Stenotypistin nach Colombo zurück. Dort bezog ich das Haus der Huxleys in *Cinnamon Gardens*, ein elegantes, zweigeschossiges Herrenhaus im Kolonialstil, das in zwei separate Wohnungen konvertiert worden war. Normalerweise belegte Graham das Obergeschoss, das nun leer stand. Im unteren Stockwerk wohnte eigentlich eine englische Familie, aber die Frau und die beiden Kinder waren bereits evakuiert worden, sodass jetzt nur noch der Mann und dessen Vater zurückblieb. Der Mann arbeitete als Apotheker in Teilzeit, sein Vater war Witwer und ein altgedienter Admiral.

Durch die Kontakte besagten Admirals und nach einigen Vorstellungsgesprächen fand ich endlich meine erste Anstellung beim *Far East Combined Bureau*. Hierbei handelte es sich um einen Außenposten der *Government Code and Cipher School*, der 1935 begründet worden war, um den japanischen, chinesischen und sowjetischen Geheimdienst- und Funkverkehr abzuhören. Ursprünglich in Hongkong angesiedelt, war er dann nacheinander nach Singapur, Colombo und Kenia verlegt worden, bis er schließlich doch wieder nach Colombo zurückkehrte. *Pembroke College*, eine indische Jungenschule, wurde als Entschlüsselungs- und Funkabhörzentrum requiriert.

Dort, in einer der vielen identischen langen, flachen Baracken, in denen diese streng geheimen, kriegswichtigen Aktivitäten stattfanden, arbeitete ich als Sekretärin für die Kryptoanalytiker. Ich musste den *Official Secrets Act* unterzeichnen und zum Dienst eine weiße Uniform tragen, was ich alles ungeheuer spannend fand: Ich arbeitete jetzt mit waschechten Spionen zusammen!

Im März kamen zahlreiche Flüchtlinge aus Singapur und Burma zu uns auf die Insel, die alle irgendwo untergebracht werden mussten, und bald schon hatten wir in beiden Wohnungen in *Cinnamon Gardens* Geflüchtete aufgenommen. Eine Mutter mit ihren drei Kindern war zu den beiden Herren ins Erdgeschoss gezogen, und in meiner Wohnung fanden Mrs Grantley und Pamela, eine Frau und ihre jugendliche Tochter, Unterschlupf. Die beiden waren mir sehr sympathisch und ich freute mich darüber, nicht mehr allein leben zu müssen. Mrs Grantleys Mann besaß eine Kautschukplantage in Singapur, und es machte sie ganz krank vor Sorge, nicht zu wissen, was mit ihm geschehen war oder geschehen würde.

»Ich habe gehört, dass alle britischen Männer ins Kriegsgefangenenlager Changi gesteckt worden sind«, sagte sie, »aber ich habe noch gar nichts gehört und bezweifle auch, dass er sich von dort aus melden darf.«

Sie erzählte mir haarsträubende Geschichten über die Japaner: Ihre Beschreibung des Massakers im *Alexandra Hospital* am 14. Februar ließ mir das Blut in den Adern gefrieren. Eigentlich hatte sie überhaupt nicht fliehen wollen, aber gerade mit einer jungen Tochter im Schlepptau hatte sie keine Wahl gehabt.

Pamela und ich verstanden uns prächtig, und wann immer ich Zeit hatte, zeigte ich ihr ein bisschen was von Colombo und der Umgebung – ihre Mutter wollte uns dabei nicht begleiten.

Als die beiden sich etwas eingelebt hatten, beschlossen sie, sich nützlich zu machen und meldeten sich freiwillig zum Kriegsdienst. Mrs Grantley war ausgebildete Krankenschwester und fand sofort eine passende Anstellung, wo sie zu langen Schichten eingeteilt wurde, während Pamela als Hilfsschwester arbeitete und hauptsächlich damit beschäftigt war, Ärzten und Krankenschwestern Arbeitsmaterialien zu bringen, Verbände aufzuwickeln und Bettpfannen zu reinigen. Wir begegneten uns nun nur noch selten, denn die beiden waren kaum noch zu Hause.

Derweil wurde das Militär in Colombo zunehmend präsenter. Überall wimmelte es nur so von Soldaten. Andauernd fuhren Kriegsflotten ein, ließen Soldaten an Land und sammelten andere ein. Wann immer Kampfflugzeuge über unseren Köpfen dahinschossen, blickte ich automatisch zum Himmel, um mich zu vergewissern, dass es nicht die Japaner waren. Alle lebten in einem Zustand ständiger Anspannung. Im *Galle Face Hotel* herrschte reges Treiben. Schon immer war es für die hier lebenden Briten der gesellschaftliche Mittelpunkt gewesen und irgendwie war es dem Hotel gelungen, auch weiterhin ein Treffpunkt für alles, was Rang und Namen hatte, zu bleiben. Verzweifelt versuchten sich die Menschen einzureden, das Leben müsse schließlich weitergehen und England werde ewig bestehen. Ich selbst ging dort eher nicht hin.

Und dann, aus heiterem Himmel, stand plötzlich Andrew mit einem Freund vor meiner Tür, beide in Uniform. Sein Freund trug Rangabzeichen auf der Schulterklappe, deren Bedeutung mir unbekannt war. Auch an seiner Brust prangten diverse Ehrenzeichen. Das Auffälligste an ihm waren jedoch seine fast nachtschwarzen Augen. Sie schlugen mich sofort in den Bann und ich musste mich arg zusammennehmen, ihn nicht anzustarren. Auch seine Haut war sehr dunkel, aber er schien weder aus Ceylon noch aus Indien zu stammen: Sein

Haar war so steif und kraus wie Moos, weswegen ich annahm, er käme aus Afrika – schließlich hatte ich schon ein paar Fotografien von Afrikanern gesehen. Aber das erwies sich als falsch.

»Darf ich vorstellen, Freddy Quint«, sagte Andrew, »oder besser, Lance Corporal Quint. Freddy, das hier ist Rosie, ich habe dir schon von ihr erzählt.« Freddy gab mir die Hand. Sein Händedruck fühlte sich warm und irgendwie vertraut an und dauerte möglicherweise eine Sekunde zu lang. Ich erwiderte sein Lächeln, und so standen wir da und lächelten einander an, während Andrew mit seiner Erklärung fortfuhr: »Er kommt aus Südamerika, aus Britisch-Guayana. Er hat Fronturlaub und kann nirgends hin, also habe ich ihn hierher eingeladen. Morgen fahren wir nach Newmeads weiter. Willst du nicht auch kommen?«

»Gern!«, erwiderte ich ohne zu zögern. »Ich komme am Samstag nach, dieses Wochenende habe ich frei.« Ich wurde derweil immer wieder magnetisch von Freddy Quints Augen angezogen, und ich musste mich zunehmend anstrengen, seinem Blick auszuweichen. Es war gar nicht so, dass er mich angestarrt hätte, aber seit sich unsere Blicke zum ersten Mal begegnet waren, schienen sie nicht mehr voneinander lassen zu wollen, und wie schon der Handschlag fühlte sich alles einfach unglaublich vertraut an. Als hätte ich ihn schon mein ganzes Leben lang gekannt und wäre nun endlich wieder mit ihm vereint. Ich hatte keine Erklärung dafür, aber jetzt konnte ich etwas besser nachvollziehen, was Usha immer über den ersten Blick erzählt hatte und warum man einem jungen Mann besser nicht in die Augen schauen sollte.

Nein, eine Sekundenhochzeit wie die, an die Usha glaubte, war es nicht. So irrational war ich nun auch wieder nicht. Dennoch war es unmissverständlich da: ein Gefühl tiefgreifender, tröstlicher Intimität. Ich musste mir einen kleinen Ruck geben, um wieder ins Hier und Jetzt zurückzufinden.

»Tut mir schrecklich leid, wo bleibt nur meine Gastfreundschaft? Kann ich euch einen Tee anbieten? *Nimbu Pani* vielleicht, oder habt ihr Hunger? Wobei ... entschuldigt, ich habe gar nichts im Haus ... oder doch! Ich glaube, ich habe noch eine Mango im Frigidaire, die könnte ich euch aufschneiden und ...«

»Nichts zu essen, danke«, sagte Freddy, »*Nimbu Pani* ist bei dieser Hitze genau das Richtige.« Das war das Erste, was er sagte, und seine Stimme erschien mir so herzlich wie seine Augen. Er sprach mit einem Akzent, den ich noch nie zuvor gehört hatte – eine Art Singsang mit fließender Intonation, es hatte beinahe schon etwas Melodiöses an sich. Ich muss gestehen, dass ich errötete. Andrew sagte nur: »Für mich dasselbe, danke.« Dann lief ich los, um die Getränke zu holen.

Unser Dienstmädchen, das hier vorher mit uns gewohnt hatte, war nach dem Bombenangriff zu ihrer Familie ins Landesinnere zurückgekehrt. Also bereiteten wir drei, die Grantleys und ich, unsere eigenen Mahlzeiten zu, und im Frigidaire hielten wir immer eine Kanne Limettensaft bereit, mit der ich *Nimbu Pani* anrühren konnte. Ich stellte drei Gläser auf ein Tablett, schenkte ein und hastete damit zurück ins Wohnzimmer, wo es sich die beiden Männer inzwischen nebeneinander auf dem Korbsofa gemütlich gemacht hatten. Ich stellte das Tablett auf dem Glastisch ab und nahm ihnen gegenüber Platz, die ganze Zeit verzweifelt darum bemüht, nicht den Neuankömmling anzuschauen, was nicht leicht war.

Zweifellos lagen Andrew unzählige Fragen auf dem Herzen, was die Entwicklungen der letzten paar Monate anging, und ich sah ihm an, dass er auf Neuigkeiten von Usha brannte, aber das musste warten. Ich ignorierte seine diesbezüglichen Fragen, denn was ich zu berichten hatte, war viel zu ernst, als dass es bei einem Gespräch, bei dem es darum ging, sich grob wieder auf den neuesten Stand zu bringen, hätte erörtert werden können. Andrew wusste noch gar nichts von Ushas Schwangerschaft und der bevorstehenden Geburt, und das war etwas, was ich ihm unter vier Augen erzählen wollte. Seiner scheinbar beiläufigen Frage, ob ich sie in letzter Zeit getroffen hätte, wich ich daher aus und lenkte das Gespräch auf das Leben in Ceylon seit dem Bombenangriff.

»Weißt du schon, dass Graham sich ebenfalls freiwillig gemeldet hat?«

»Ja, Mutter hat es mir geschrieben. Sie muss durchgedreht sein. Alle Söhne im Krieg.«

Traurig schüttelte er den Kopf.

»Du hättest das ja nicht tun müssen, Andrew«, sagte ich. »Als Teeplantagenbetreiber ist man vom Kriegsdienst ausgenommen. Dann hätte sie zumindest einen Sohn bei sich zu Hause gehabt ... das wäre ihr sicher ein großer Trost gewesen.«

»Du weißt, warum ich es tun musste.«

»Du musstest nicht, du wolltest es tun. Du bist abgehauen.«

Er lachte. »Und das bereue ich nicht. Diese Erfahrung macht mich zum Mann. Vater wird sehr zufrieden mit mir sein. Freddy ist übrigens auch abgehauen. Für eine ordentliche Einberufung war er noch zu jung.«

Die ganze Zeit über war es mir gelungen, nur Andrew anzusehen, aber jetzt schwenkten meine Augen unfreiwillig hinüber zu Freddy, wo mich sein warmer, ruhiger Blick schon erwartete. Schon wieder. Statt mich zu beruhigen, machte er mich diesmal allerdings nervös. Ich musste wegschauen und irgendetwas sagen. Das würde mich ablenken.

»Stimmt das?«, fragte ich Freddy.

»Ja. Es blieb mir ja kaum etwas anderes übrig. Meine großen Brüder haben sich alle verpflichtet ... alle sieben. Also, streng genommen sechs. Einer wurde abgelehnt, sehr zur Erleichterung meiner Mutter.«

»Das kann ich mir vorstellen!«, sagte ich. »Sieben Söhne im Krieg! Hat sie wenigstens auch noch eine Tochter?«

»Nein, keine Töchter. Das heißt ...«

Er unterbrach sich mitten im Satz und fuhr nach einer

kurzen Pause fort: »Das ist eine lange Geschichte, aber letzten Endes läuft es wohl darauf hinaus: Keine Töchter.«

»Eine lange Geschichte?« Ich wollte schon weiter nachbohren, aber sein angedeutetes Stirnrunzeln verriet mir, dass er nicht darüber sprechen wollte. Andrew musste es ebenfalls bemerkt haben, denn er wechselte jetzt das Thema.

»Also, Freddy ist mir drei Jahre voraus«, sagte er. »Er hat schon in Europa und Afrika gegen die Nazis gekämpft und ist erst vor Kurzem in Asien stationiert worden. Wir sind im selben Bataillon gelandet und haben uns auf Anhieb bestens verstanden.«

»Wo habt ihr ...«, setzte ich an, aber Andrew schnitt mir sofort und sehr entschieden das Wort ab. »Darüber können wir nicht sprechen«, sagte er. »Wir sind zu absolutem Stillschweigen verpflichtet.«

Dafür hatte ich Verständnis. Alles Militärische oblag strikter Geheimhaltung. Also fuhren wir mit seichtem Geplauder fort, während ich weiterhin verzweifelt und recht erfolglos versuchte, Freddys Blick auszuweichen, bis dieser schließlich verkündete, er sei völlig erschlagen und wolle sich hinlegen. Es gab drei Schlafzimmer in der Wohnung, eines war also unbesetzt, und ich überließ es Andrew, es ihm zu zeigen. Anschließend waren Andrew und ich endlich unter uns.

Sofort stellte er die Frage, die zweifellos schon die ganze Zeit an ihm genagt hatte.

»Hast du irgendwas von Usha gehört? Wo steckt sie? Ich habe seit sechs Monaten keinen Brief mehr von ihr bekommen und mache mir solche Sorgen.«

Das wusste ich bereits. Ich hatte mich mit Usha gestritten und ihr gesagt, sie müsse ihm von der Schwangerschaft erzählen, er habe ein Recht darauf, davon zu erfahren, aber sie hatte immer nur den Kopf geschüttelt.

»Nein«, war ihre unverrückbare Antwort. »Er würde sich nur unnötig Sorgen machen.«

Also blieb es nun an mir hängen, ihm die Neuigkeiten zu eröffnen, wovon ich alles andere als begeistert war. Ich spürte Ärger in mir aufsteigen: Warum musste sich Usha nur immer so zieren?

»Usha ist in Shanti Nilayam, in Madras.«

»Was! In deinem Haus? Das ist ja großartig! Ich hatte mir schon das Schlimmste ausgemalt! Aber warum hat sie mir bloß nie geschrieben? Warum hat sie mir das nicht selbst gesagt? Hat sie vielleicht meine Briefe nicht bekommen?«

»Die Briefe der letzten zwei Monate haben sie vermutlich nicht erreicht, nein«, sagte ich. »Ich glaube nicht, dass sie weitergeleitet wurden. Mrs Harrison, ihre Arbeitgeberin, wurde nämlich evakuiert, und ich bezweifle stark, dass Usha Mr Harrison eine Adresse hinterlassen hat, an die er die Briefe umleiten kann, beziehungsweise selbst wenn, dass er sich die Mühe machen würde.«

»Oh, ich verstehe. Also hast du ihr zur Seite gestanden, als sie ihre Anstellung verloren hat. Das ist sehr nett von dir, Rosie. Was macht sie denn in Madras? Hat sie dort eine neue Stelle gefunden?«

Ich schüttelte den Kopf. Jetzt konnte ich nicht länger um den heißen Brei herumreden.

»Nein, Andrew. Sie kann nicht arbeiten. Sie bekommt ein Baby. *Du* bekommst ein Baby.«

Als er das hörte, wich alle Farbe aus Andrews Gesicht. Fast wirkte es so, als hätte er mich gar nicht richtig verstanden.

»Ein ... ein *Baby*? Ein echtes Baby? Keins, du weißt schon, um das sie sich bloß kümmert? Als *Ayah*?«

Ich hatte das Gefühl, er würde in Ohnmacht fallen, also rückte ich ein wenig näher und nahm seine Hand. Meine Gedanken überschlugen sich, ich hatte eine Idee.

»Ja, ein richtiges Baby. In ungefähr fünf Monaten ist es soweit. Du wirst Vater, Andrew! Und gerade kam mir der Gedanke, wenn du jetzt nach Madras reisen würdest, dann könntet ihr beiden vielleicht noch vor der Geburt heiraten, damit sie das Kind nicht in ein Waisenhaus geben muss, und dann ...«

»Das kann nicht wahr sein! Das darf nicht wahr sein! Wie kann sie schwanger sein? Das verstehe ich nicht!«

»Aber du wirst doch wissen, wie Babys entstehen. Schließlich hast du selbst eines gezeugt, Andrew.«

»Nein! Nein, habe ich nicht! Hör auf, das zu behaupten! Ich habe nicht ... ich hätte doch nie ... das ist unmöglich! Wie das?«

Auf seinem Gesicht breitete sich eine Mischung aus Schock und blankem Entsetzen aus. Ungläubig riss er die Augen auf.

»Was meinst du damit?«

»Ich habe sie nicht angerührt, Rosie! Nicht so zumindest! Das würde ich nie tun, nie! Nicht vor der Hochzeit! Wir wollten ... wir hatten vor ...«

Jetzt war ich es, die unter Schock stand.

»Du hast nicht ... was willst du damit sagen, Andrew?«

Er sprach laut, deutlich und sehr bestimmt.

»Ich will damit sagen, dass ich Usha nicht angerührt habe. Jedenfalls nicht auf eine Weise, von der sie hätte schwanger werden können. Es sei denn, man kann durch Blickkontakt schwanger werden. Oder durch Händchenhalten. Denn weiter sind wir nicht gegangen. Physisch.«

»Aber wie ...?«

»Da ihr beide ja offenbar so viel Zeit miteinander verbracht habt, hat sie dir doch bestimmt erzählt, wie. Oder besser gesagt, *wer*!« Seine Stimme war hart und schneidend. Sein Gesicht kreidebleich. Sein Blick kalt, herausfordernd.

Ich kramte in meinem Gedächtnis. Hatte Usha überhaupt je erwähnt, dass Andrew der Vater war? Oder hatte sie meine Annahme einfach nur unwidersprochen gelassen? Mir wurde klar: Die ganze Zeit hatte ich munter über Andrew und seine Vaterschaft drauflos geplappert und nie hatte sie mich korrigiert. Nicht ein einziges Mal. Entsprechend war ich davon ausgegangen, sie hätten diese Grenze miteinander überschritten. In Wirklichkeit hatte sie mir die Wahrheit aber offenbar vorenthalten. Denn diese war allem Anschein nach noch ungeheuerlicher als das, wovon ich ausgegangen war. Das war eine Katastrophe.

»Sie hat mich die ganze Zeit über in dem Glauben gelassen, du wärst der Vater.«

»Tja, ganz offensichtlich war das ja auch in ihrem eigenen Interesse. Ich frage mich, wer wohl der Glückliche ist.« Er klang verbittert.

»Oh, Andrew! Bitte denk nicht gleich so schlecht von ihr! Dafür muss es eine Erklärung geben. Ich weiß, dass sie dich liebt. Das tut sie wirklich.«

Ich sagte das voller Überzeugung, aber dennoch ... Einmal mehr kam ich ins Grübeln und versuchte, mich daran zu erinnern, wie Usha seit ihrer Schwangerschaft von Andrew gesprochen hatte. Und jetzt, da sich alle Schleier lüfteten, erkannte ich, dass sich hinter ihrer verständlichen Angst vor einer ungewissen Zukunft eine unsägliche Traurigkeit abgezeichnet hatte. Vorher hatte sie immer so voller Inbrunst von Liebe und Ehe gesprochen und davon, was ihr das alles bedeute, wie unantastbar das Ehegelübde sei und wie jener Blick in Andrews Augen alles besiegelt hätte. Aber danach war mir alles, was sie gesagt hatte, irgendwie ausweichend vorgekommen, und es hatte, wie mir nun klar wurde, auch immer eine Art Verlustgefühl mitgeschwungen.

Daraufhin kam ich zu dem Schluss, dass ich es wohl schon die ganze Zeit über unterbewusst geahnt hatte und einfach nur fest dazu entschlossen gewesen war, die – zumindest meiner Meinung nach – naheliegendste, die offensichtliche Erklärung zu glauben, nämlich dass nur Andrew als Verantwortlicher für Ushas Zustand infrage kam.

Aber wenn nicht er, wer dann?

Andrew beugte sich vor, stützte die Ellenbogen auf seinen Oberschenkeln ab und vergrub das Gesicht in den Händen. Er weinte.

»Ich kann es einfach nicht glauben! Ich fasse es einfach nicht. Wie konnte sie nur?« Er sprach stockend, und unterschwellig schien er mich darum zu bitten, alles zurückzunehmen und zu sagen, dass es doch nur ein grausamer Scherz gewesen war. Mir blieb nur, ihm die Hand auf den Rücken zu legen und ihm beruhigend zuzureden. Ich wusste nicht mehr als er. Ich konnte ihm seine Fragen nicht beantworten. Ich war genauso enttäuscht und vor den Kopf gestoßen wie er. Usha hatte uns beide hinters Licht geführt. Beziehungsweise vor allem mich, mich hatte sie getäuscht, indem sie mich eine Lüge glauben ließ und meine Hilfe unter falschem Vorwand in Anspruch nahm. Ich fühlte mich hintergangen.

Aber während ich schweigend dasaß und Andrew Zeit gab, sich auszuweinen, fragte ich mich, ob das wirklich eine Rolle spielte? Ganz egal, was sie getan oder auch nicht getan hatte, an ihrer Lage veränderte das schließlich nichts. Angenommen, ich hätte gewusst, dass Andrew nicht der Vater war – hätte ich ihr trotzdem geholfen? Waren wir denn nicht Freundinnen, und war es nicht meine Aufgabe als Freundin, ihr in jeder Lage zu helfen, ohne sie zu verurteilen? Was, wenn Usha Angst davor gehabt hatte, ich würde über sie urteilen, statt ihr zu helfen, wenn sie mir alles beichtete, was auch immer sie zu beichten hatte? War ich denn nicht der einzige Mensch auf der Welt, an den sie sich wenden konnte? Wo sollte sie denn sonst hin? Was hätte sie tun sollen, wenn ich, wie sie wahrscheinlich befürchtet hatte, ihren Hilferuf tatsächlich ignoriert hätte, weil sie Andrew betrogen hatte? Sie wusste, wie nahe ich ihm stand, also musste sie wohl geglaubt haben, ich würde mich von ihr abwenden und sie fortan verachten. Hätte ich das womöglich getan? Das fragte ich mich immer wieder, aber an der Antwort gab es nichts zu rütteln: Was auch immer vorgefallen war, ich hätte sie in jedem

Fall unterstützt. Sie hätte mir ihr Geheimnis anvertrauen können. Auf meine Hilfe hätte sie uneingeschränkt zählen können.

Jetzt benötigte allerdings Andrew meine Hilfe, auch wenn meine Hand auf seinem Rücken gerade das Einzige war, was ich für ihn tun konnte.

Endlich hörte er auf zu schluchzen und erhob sich schwankend.

»Ich muss ins Bett«, sagte er. »War ein langer Tag.« Er wirkte müde und erschöpft. Freddy, der schon das Gästezimmer bezogen hatte, schlief bereits tief und fest. »Seit über einem Jahr hatte er schon keinen Fronturlaub mehr«, flüsterte Andrew mir zu, als ich ihm dabei half, ein Bett zu beziehen. »Seine Familie wohnt zu weit weg, er kann nirgends hin. Deswegen habe ich ihn mitgebracht. Morgen bekommst du die Gelegenheit, ihn besser kennenzulernen. Er ist wirklich ein anständiger Kerl, Rosie!«

Am nächsten Tag bekam ich diese Gelegenheit dann aber doch nicht. Morgens erwartete mich nur ein Zettel auf dem Küchentisch:

Wir sind früher aufgebrochen. Komm morgen nach Newmeads, wenn du magst.

Und ob ich das tun würde. Es gab noch so viel zu sagen, so viele Missverständnisse zu klären. Und dann waren da noch Freddys Augen, die mich zu meinem Zuhause in den Hügeln lockten.

KAPITEL 24

Auch ich hatte mir noch kein einziges Mal Urlaub genommen, seit ich meine neue Stelle angetreten hatte, darum stellte es auch kein Problem dar, übers Wochenende freizubekommen. Ich nahm lieber den Bus als den Zug nach Kandy, denn er hielt direkt an der Abzweigung, die nach Newmeads führte. Von dort aus war es nur noch eine halbe Stunde zu Fuß. Sonntags, am Abend drauf, wäre ich schon wieder zurück. Während der Fahrt durch das bergige Hinterland fiel mir auf, dass alle Straßenschilder entfernt worden waren, was offensichtlich ein Versuch war, die Japaner im Fall einer Invasion in die Irre zu führen. Ich hatte gehört, dass man auch in England so vorgegangen war, als man ein Vordringen der Deutschen befürchtet hatte. Trotz allem, was sich schon zugetragen hatte, hatte mir bisher nichts so deutlich vor Augen geführt, in welcher Gefahr wir tatsächlich schwebten. Vor meinem geistigen Auge tauchten ganze Horden blutrünstiger Japaner auf, die über die Hügel herfielen, ohne sich darum zu scheren, wohin die Straßen führten, solange sie nur in einem Blutbad endeten. Von den Berichten inspiriert, die ich über die Massaker in Malaya und Burma gehört hatte, ging einmal mehr meine Fantasie mit mir durch.

Immer weiter raste der Bus die engen, kurvigen Straßen hinauf, und das in einer Geschwindigkeit, bei der mir die Haare zu Berge standen. Der Fahrer schien nie abzubremsen, nur in besonders engen Haarnadelkurven tippte er mal kurz das Bremspedal an. In der Stadt verhielt es sich genauso: Die ceylonesischen Fahrer schienen ein angeborenes räumliches Vorstellungsvermögen zu besitzen, und obwohl sich viele Engländer über deren Fahrstil beschwerten, war ich genau gegenteiliger Meinung: Sie fuhren ausgezeichnet. Zu Unfällen kam es nur selten – wenn es aber doch einmal geschah, dann war das Resultat umso brutaler.

Stundenlang fuhren wir die Hügelstraßen hinauf, die sich durch die smaragdgrünen Teefelder schlängelten. Wie schön sie doch waren, mit ihren in parallelen Reihen angeordneten Teepflanzen, die Hügel um Hügel bedeckten. Die Teepflückerinnen, die in ihren leuchtend bunte Saris wie hingetupft wirkten, waren trotz der frühen Stunde schon auf den Feldern. Ich nahm an, je früher sie mit ihrer Arbeit begannen, desto mehr schafften sie, solange die Luft noch kühl war.

Die atemberaubenden Ausblicke auf die grünen, sich bis zum Horizont erstreckenden Hügel brachten mir ein wenig Gelassenheit zurück, und als der Bus schließlich an der Abzweigung nach Newmeads hielt, hatte ich mich soweit beruhigt, dass ich die Dinge wieder in Relation sah. Die Japaner waren nicht auf dem Vormarsch. Ceylon war gut geschützt. Dann fiel mir jedoch wieder das angeblich uneinnehmbare Singapur ein. Aber nein, so etwas würde hier nicht passieren. Dieses Vertrauen musste ich mir bewahren.

Als ich aus dem klapprigen Gefährt stieg und die schmale Auffahrt zu meiner Wahlheimat hinaufschritt, fühlte ich mich seltsam aufgeregt. Die Teefelder der Huxleys erstreckten sich zu beiden Seiten. Mittlerweile stand die Sonne hoch am

Himmel und ich begann zu schwitzen, also beschloss ich, gleich nach meiner Ankunft ein erfrischendes Bad an meinem geheimen Lieblingsort zu nehmen.

Andrew und Freddy waren nirgends zu sehen. Auf der Küchenveranda erhaschte ich einen Blick auf Sunita, die gerade Gewürze mahlte, mich aber geflissentlich ignorierte. Ich wusste, dass sie nach wie vor böse auf mich war, was sich wohl zu einem Dauerzustand auswuchs.

Ein schneller Blick ins Obergeschoss verriet mir, dass das Mobiliar in allen Zimmern mit Ausnahme von Onkel Henrys Schlafzimmer noch mit weißen Laken abgedeckt war. Im Erdgeschoss befanden sich zwei Gästezimmer; eines davon war schon für die beiden Männer vorbereitet. Im anderen würde ich die Nacht verbringen.

Ich zog meine durchgeschwitzten Klamotten aus, wickelte mich in einen *Sarong* und spazierte durch den Wald zu meinem Wasserfall. Dabei fragte ich mich, wo sich die Männer wohl herumtrieben. Viel gab es hier in der Gegend ja nicht zu sehen. Vielleicht hatte Andrew seinen Freund mit nach Kandy genommen, um ihm ein paar Sehenswürdigkeiten zu zeigen – aber eigentlich stand das außer Frage. Immerhin war das Benzin rationiert, da würde er ja wohl kaum eine so belanglose Spritztour unternehmen. Vielleicht statteten sie der Teefabrik einen Besuch ab. Während unseres gestrigen Gespräches war die Rede davon gewesen, dass Freddys Familie Zucker anbaute. Ihnen gehörte eine Plantage und eine Raffinerie, und er hatte großes Interesse an der Herkunft des Tees geäußert, den er schon sein ganzes Leben lang trank.

Mit dieser Vermutung lag ich allerdings falsch. Lange, bevor ich den Wasserfall erreichte, hörte ich schon ihre freudigen Rufe, ihr Gelächter und lautes Platschen. Da steckten die beiden also. Sie sprangen ins Wasser, tauchten sich gegenseitig unter und hatten offenbar den Spaß ihres Lebens. Auf keinen Fall würde ich bei diesem ausgelassenen Getobe ins Wasser gehen. Stattdessen setzte ich mich lächelnd auf einen Stein neben dem Wasserfall, wartete ab und beobachtete sie derweil. Sie waren so leidenschaftlich dabei, lachend miteinander zu balgen und sich scheinbar gegenseitig zu ertränken, dass sie mich für eine ganze Weile nicht bemerkten. Zwei so hübsche, junge Männer in der Blüte ihrer Jugend und mit kräftigen und durchtrainierten Körpern, die mit einer solchen offensichtlichen Freude im Wasser herumtobten – das war auch für mich erfrischend. Ganz besonders freute ich mich darüber, Andrew nach dem Schock angesichts Ushas Verrat wieder lachen zu sehen.

Freddy bemerkte meine Anwesenheit zuerst. »Oh!«, sagte er, »hallo!«, und watete in meine Richtung. Andrew, der seinem Blick gefolgt war, kam ihm hinterher. Sie kletterten auf den Felsen und setzten sich, triefend vor Wasser, neben mich. Ich bot ihnen den zweiten *Sarong* an, den ich als Handtuch mitgenommen hatte, aber die beiden hatten keine Lust, sich abzutrocknen.

»Rein mit dir, Rosie!«, rief Andrew. »Das Wasser ist herrlich!«

Lachend stand ich auf. »Ja, jetzt, wo ihr mir endlich Platz gemacht habt!«

»Du hättest reinkommen und mitmachen sollen!«, sagte Freddy. Seine mahagonibraune Haut glänzte, als hätte er sie eingeölt. Er lächelte über das ganze Gesicht und wirkte wie jemand, der nach langer Zeit eine schwere Bürde abgestreift hatte und nun die kostbare, neu erworbene Freude und Freiheit nach Herzenslust auskostete. Ein solches Lächeln hatte ich noch nie zuvor gesehen. Allerdings hatte ich vorher auch noch nie einen Mann getroffen, der gerade die Schrecken des Krieges hinter sich gelassen hatte – die Schlachtfelder, auf denen Blut, Gewalt und Tod an der Tagesordnung waren und wo man nie wusste, ob man den nächsten Morgen noch erleben würde – und kurz darauf in einem makellosen Paradies gelandet war. Er war ein gut aussehender Mann, stramm, gepflegt und ein wenig größer als Andrew, der außerdem auch schmaler gebaut war. Beide trugen kakifarbene Shorts. Freddys erkannte ich wieder, es war ein altes, ausgefranstes Paar von Andrew.

Als ich die Zehen ins Wasser tauchte, ließ mich die plötzliche Kälte zusammenzucken. Das Wasser kam direkt aus der Erde, sodass die Sonne es noch nicht erwärmt hatte. Aber ich zögerte nur im ersten Moment, dann holte ich tief Luft, hüpfte ins Wasser und machte mich klein, um ganz unterzutauchen, denn es war hier gerade mal einen Meter tief. In dieser Position verharrte ich, solange ich es aushielt, dann schoss ich wieder an die Oberfläche und schnappte nach Luft. Die beiden sahen mir dabei zu und lachten.

Das Bassin war zu klein, um wirklich darin zu schwimmen. Wenn man nicht darauf aus war, mit Freunden herumzuplantschen und sich gegenseitig unterzutauchen, hielt man sich hier eigentlich nicht lange auf. Am liebsten stellte ich mich immer unter den Wasserfall und ließ mir das Wasser über Kopf und Schultern plätschern. Das tat ich auch jetzt, wobei ich mich ein wenig nach vorn beugte, um mir vom Strahl den Rücken massieren zu lassen. Wunderbar. Nach all den Stunden, die ich regungslos im Bus gesessen hatte – und nach den Monaten, die ich Tag für Tag auf dem harten Bürostuhl vor mich hin getippt hatte – war eine solche Massage auch dringend nötig. Dann hob ich den Kopf, um auch mein Gesicht vom Wasser bearbeiten zu lassen, und auch das fühlte sich herrlich an, so als würden sich eine Million verspannter Muskeln lösen, als würden sich alle komprimierten Zellen endlich wieder entfalten. Als mein ganzer Körper kribbelte, kam ich wieder unter dem Wasserfall hervor und gesellte mich zu den Männern auf den Stein.

Sie waren zu einer sonnigen Stelle umgezogen, sodass ihre Haut bis auf ein paar glitzernde Tropfen beinahe vollständig getrocknet war. Ihre kurzen Hosen hatten ebenfalls zu tropfen aufgehört. Die Sonne hatte nun ihren höchsten Punkt erreicht, und ich setzte mich, noch immer in meinen *Sarong* gewickelt, neben die beiden, um die Strahlen zu genießen. Ich beschloss, mich nicht umzuziehen, sondern mich von der Sonne trocknen zu lassen und später so, wie ich war, nach Hause zu gehen. Ich war jetzt viel entspannter. Wir alle waren entspannter. Normalerweise wäre ich viel zu verschämt gewesen, um mich einem fremden Mann gegenüber so freizügig zu zeigen, mit nackten Schultern und triefendem *Sarong,* der eng an meinem Körper klebte und nur von einem Knoten über meiner Brust zusammengehalten wurde. Aber aus unerfindlichen Gründen fühlte sich das keineswegs unangemessen an, genauso wenig, wie mir Freddy fremd erschien. Es kam mir so vor, als wäre er ein Teil der Familie, als würden wir uns schon seit einer Ewigkeit kennen. Die Schüchternheit, die mich gestern in Colombo förmlich überwältigt hatte, war komplett verschwunden, vielleicht hatten Wasser und Wasserfall sie einfach von mir weggespült. Selbst Andrew schien sein Drama mit Usha schon hinter sich gelassen zu haben.

Das besorgte mich ein wenig. *Arme Usha,* dachte ich. So schnell konnte sich also die ewige Liebe eines Mannes in Nichts auflösen. Ich wusste, dass ihre Liebe weniger unbeständig war. Vielleicht war es mein weiblicher Instinkt, der mir verriet, dass sie ihn noch immer von ganzem Herzen liebte und bis in alle Ewigkeit lieben würde. Zwar hatte ich keinerlei Erklärung für ihre Schwangerschaft, aber ich wusste, es musste eine geben. Und ich würde sie finden. Jetzt, da Andrew sie im Stich ließ, würde sie einsamer sein denn je. Sie hatte nur noch mich. Und, rief ich mir in Erinnerung, Pater Bear.

Für eine Weile lagen wir einfach nur schweigend da. Die Männer hatten die Augen geschlossen (ja, ich hatte heimlich nachgesehen), während ich meine Gedanken schweifen ließ und über dieses und jenes nachdachte, bis sie schließlich immer stärker um Freddy zu kreisen begannen, der kaum zwei Meter von mir entfernt ausgestreckt auf dem sonnenbeschienenen

Felsen lag und dessen Anwesenheit mir sehr bewusst war. Die Sonne hatte jetzt den Zenit überschritten, und die Hitze ihrer Strahlen wurde vom überhängenden Blattwerk abgemildert, sodass wir in einem filigranen Geflecht aus Licht und Schatten lagen, wo es nicht zu heiß, aber dennoch warm genug war, um unsere Haut und Kleidung zu trocknen. Ich drehte mich auf den Bauch, um mir von den warmen Lichtstrahlen den Rücken streicheln zu lassen. Es war herrlich. Irgendwann verlor ich mich in meinen Träumen – und träumte von Freddys Augen. Seine Augen, die nun so sanft und warm wie die Strahlen der Sonne die Dunkelheit in mir erhellten, welche mehr und mehr zu einem festen Bestandteil meiner Selbst geworden war. Freddy brachte – auch wenn es kitschig klang, ich konnte es nicht anders ausdrücken – frischen Wind in mein Leben. Es fühlte sich so an, als wäre ich für eine ganze Ewigkeit in einem stickigen Zimmer eingesperrt gewesen und würde nun zum ersten Mal ins Freie heraustreten. Ich konnte es kaum erwarten, ihn endlich besser kennenzulernen. Aber dafür blieb mir nicht mehr viel Zeit, denn morgen würde ich bereits nach Colombo zurückkehren. Und dann würde ich ihn vielleicht nie mehr wieder sehen. Schließlich herrschte Krieg.

KAPITEL 25

Wir aßen früher als sonst zu Abend, denn wir waren alle ausgehungert. Sunita hatte ein vorzügliches ceylonesisches Hühnchencurry mit einer Schüssel Reis und mehreren Beilagen zubereitet und tat uns allen auf. Ich wunderte mich über ihr merkwürdiges Verhalten uns allen gegenüber – wo war die stets lächelnde, freundliche Sunita von damals geblieben? – bis mir aufging, dass ihr Zorn selbstverständlich nicht nur mich, sondern auch Andrew betraf, der ja schließlich der Unhold war, der Ushas Verlobung auf dem Gewissen hatte. Und Freddy war natürlich ein völlig Fremder, sodass es unangemessen gewesen wäre, ihm mit einer Freundlichkeit zu begegnen, die über die einem Gast gebührende Höflichkeit hinausgegangen wäre. Ich vermisste ihre Herzlichkeit von früher, und die Situation fühlte sich für uns alle unangenehm an, aber da wir nichts dagegen tun konnten, lobten wir ihr Essen wie sonst auch und ignorierten ansonsten ihr eisiges Schweigen und ihren Missmut. Ihr Verhalten kam mir maßlos übertrieben vor.

Am Tisch saßen jetzt nur wir drei. Onkel Henry hatte sich am Abend zuvor mit den beiden Männern unterhalten, musste aber nun den ganzen Tag über arbeiten. Andrew erzählte, er komme erst spät abends wieder nach Hause, sei dafür aber am nächsten Tag, am Sonntag, den ganzen Tag zu Hause und habe vorgeschlagen, gemeinsam in die Kirche zu gehen. Dem stimmte ich zu, schließlich hatten wir in dieser grausamen Zeit Trost und Zuspruch nötig. Flopsy sprang auf Freddys Schoß und blieb dort während der gesamten Mahlzeit sitzen, ließ sich streicheln und mit kleinen Leckerbissen füttern. Ihr Schnurren konnte ich bis an das andere Tischende hören: ein Geräusch absoluter Zufriedenheit.

Nach dem Abendessen zogen wir uns auf die westliche Veranda zurück, die von einem feinmaschigen Drahtnetz gegen Mücken umspannt war, aufgrund dessen sie sich hervorragend als Aufenthaltsort für die Abendstunden eignete. Um einen großen, runden Teppich verteilt standen dort bequeme Sessel, ein breiter Hängesessel und ein Sofa, die alle aus Korb gefertigt und mit dicken, farblich passenden Kissen bestückt waren.

Überall in dem gemütlichen Bereich standen kleine Tische herum, und bald schon machten Freddy und ich es uns bequem, er auf dem Sofa, ich auf dem Hängesessel (meinem Lieblingsplatz seit meiner Kindheit). Andrew ging nach drinnen, um uns Getränke von der Hausbar zu holen – *Stengahs* für sich und Freddy, für mich *Nimbu Pani*.

In diesen wenigen Minuten, die ich mit Freddy allein war, überkam mich eine neue Welle der Schüchternheit, die meine Fähigkeit für belanglose Plauderei völlig zum Erliegen brachte, sodass es mir die Sprache verschlug, was ihm jedoch gar nicht weiter aufzufallen schien, denn er redete weiter über Gott und die Welt, als hätte er die Funken zwischen uns überhaupt nicht gespürt. Er fragte mich nach Madras und meinem Leben dort, bekundete sein Beileid über Ammas Tod, bemitleidete mich wegen Pas plötzlichen Verschwindens und erkundigte sich nach meiner Arbeit in Colombo. Auf all seine vielzähligen Fragen gab ich ihm nur einsilbige Antworten. Glücklicherweise kehrte Andrew bald schon mit dem Getränketablett zurück, das er auf einem der größeren Tische abstellte. Er verteilte die Drinks, setzte sich zu Freddy auf das Sofa und die Atmosphäre normalisierte sich wieder. Vermutlich war sie schon die ganze Zeit über normal gewesen, und nur ich hatte sie in meiner Unbeholfenheit so angespannt wahrgenommen.

Der Abend plätscherte dahin. Ein *Stengah* folgte auf den nächsten. Die beiden Männer waren angeregt ins Gespräch vertieft, während ich einfach nur ihren Stimmen lauschte, ohne selbst etwas beizusteuern.

Mit einem Fuß bewegte ich den Hängesessel sanft vor und zurück, den anderen hatte ich unter mir angewinkelt. Dabei hielt ich mein Glas *Nimbu Pani* in der Hand und überließ die beiden ihrer Diskussion über die Feinheiten der Teeproduktion, über die unterschiedlichen Blattgrade, darüber, wie man Tee sortiert und bestimmt und für Verkauf und Export abpackt. Selbstverständlich wusste ich darüber längst Bescheid, und so mischte ich mich nicht in ihr Gespräch ein. Ich saß einfach nur da, schaukelte ein wenig vor mich hin und genoss die vertraute Atmosphäre des nächtlichen Insektenkonzerts und die einschläfernden Männerstimmen. Gelegentlich begegnete ich Freddys Blick, aber immer nur kurz, denn ich achtete darauf, sofort wegzuschauen und meinen Blick stattdessen in die Dunkelheit des Gartens hinter ihm schweifen zu lassen, die von silbernem Mondlicht durchsetzt war.

Irgendwo in der Ferne schrie ein Wechselkuckuck. Dieses Geräusch erinnerte mich immer an meine frühe Kindheit in Madras. Als ich noch kleiner war, hatte mir der Ruf dieses Vogels Angst gemacht. Er klingt kein bisschen angenehm: Sein Schrei beginnt mit einem einfachen »Ta-*Ta*-Ta«, das sich dann ständig wiederholt und dabei immer lauter, dramatischer, schriller und verzweifelter klingt und völlig außer Kontrolle gerät, so als würde gleich etwas Schreckliches geschehen. Als Kind ließ mir dieser Ruf die Haare zu Berge stehen. Meistens kletterte ich dann aus dem Bett, um mich von Amma beruhigen zu lassen.

Tagsüber lachte Pa darüber und erklärte, dass der Wechselkuckuck keine Seltenheit war. Außerdem erzählte er mir, sein Ruf werde auf Hindi als »Wo ist mein Schatz?« interpretiert, auf Marathi als »Regen zieht auf« und auf Bengali als »Meine Augen sind fort«. Damals schien mir die bengalische Interpretation die blanke Hysterie dieses gruseligen Rufs am besten widerzuspiegeln. Vermutlich rief der Vogel genau das: »Meine Augen sind fort! Ich erblinde! Hilfe!«

In Newmeads hatte ich diesen Vogel nur selten gehört, um genau zu sein, konnte ich mich nicht daran erinnern, ihn hier überhaupt je gehört zu haben. Der Vogel verstummte, aber nur, um anschließend in noch größerer Nähe noch lauter weiterzuschreien – so laut, dass Freddy aufschaute und seinen Blick in die Dunkelheit richtete. Andrew erklärte gerade, dass man frisch gepflückte Teeblätter mehrere Stunden lang zum Trocknen auslegt, weil sie beim »Welken« einen Teil ihrer Feuchtigkeit verlieren.

»Das macht die Blätter geschmeidig und flexibel, sodass sie bei der Weiterverarbeitung nicht zerbröckeln. Und ...«

»Was ist das?«, unterbrach ihn Freddy. »Dieses Geräusch. Ist das ein Vogel?«

Darauf ergriff ich zum ersten Mal das Wort. »Das ist ein Wechselkuckuck«, antwortete ich. »Hier in der Gegend habe ich bisher noch nie einen gehört.«

»Fast schon unheimlich«, erwiderte Freddy und ich nickte.

»Als Kind hatte ich eine Mordsangst davor. Wenn man mitten in der Nacht von diesem Ruf geweckt wird ... na ... da läuft es einem schon eiskalt den Rücken runter.«

Dann beschrieb ich ihm die unterschiedlichen Interpretationen des Rufs. Er lachte und imitierte den Kuckuck: »Ich habe meine Augen verloren! Wo sind meine Augen hin? Meine Augen! Oh, verdammt, meine Augen sind fort!«

Wir mussten lachen. »Auf Englisch heißt er *brain-fever bird*«, sagte Andrew. »*Brain-fever* ist genau das richtige Wort … der Schrei klingt wirklich wie im Fiebertraum! Den habe ich bislang immer nur bei dir in Madras gehört, Rosie. Ich kann mir vorstellen, dass du da Angst hattest!«

Direkt hinter dem Drahtnetz schrie der Wechselkuckuck nun unablässig, man hätte fast glauben können, er sänge extra für uns, so nah wirkte sein Ruf, immer lauter, immer schriller und verzweifelter. Schweigend hörten wir ihm zu. Irgendwann ergriff Freddy das Wort: »Ich finde, wir sollten mit der Auslegung ein wenig großzügiger sein. Vielleicht ist doch die Interpretation auf Hindi ja die richtige. *Wo ist mein Schatz?* Könnt ihr euch vorstellen, wie es sein muss, einen geliebten Menschen zu verlieren und vor Verzweiflung nur noch gequält rufen zu können: *Wo ist mein Schatz? Wo ist mein Schatz? Wo ist mein Schatz?*«

Zwischen uns machte sich ein betretenes Schweigen breit. Noch einmal schrie der Wechselkuckuck auf. Und verstummte. Stille.

Und in diese Stille hinein sagte Andrew: »Ja, das kann ich mir gut vorstellen. *Wo ist mein Schatz! Ich habe meinen Schatz verloren!*«

KAPITEL 26

Ich gähnte. Das sanfte Schaukeln des Hängesessels ließ mich langsam eindösen. Bis jetzt war mir gar nicht aufgefallen, wie erschöpft ich eigentlich war, aber da es noch zu früh war, um ins Bett zu gehen, machte ich es mir in der Schaukel bequem, indem ich die Beine anzog, einen Arm auf der Rückenlehne ruhen ließ und mich in die weichen Kissen schmiegte.

Mit geschlossenen Augen und halbem Ohr hörte ich dem dahinplätschernden Gespräch zu. Die beiden unterhielten sich einfach weiter, und als sie bemerkten, dass ich scheinbar langsam wegdämmerte, wandten sie sich dem Krieg zu. Ich konnte mir vorstellen, wie ihre Gedanken ständig darum kreisten. Außerdem glaubte ich, dass Freddy und Andrew mir die Einzelheiten ihrer schrecklichen Erlebnisse ersparen wollten, die sie wohl für zu grausam für die Ohren einer Frau hielten. Aber je angeregter sie sich unterhielten, desto aufmerksamer lauschte ich – mit geschlossenen Augen, damit sie glaubten, ich sei eingeschlafen – und desto mehr erfuhr ich von jenen Schrecken, von denen sie mir niemals erzählt hätten. Ich begriff, dass alles andere, das Geplänkel und Geplauder und die Drinks und die Geselligkeit nur eine Ablenkung von der grauenvollen

Realität war, mit der sie sich sonst Tag für Tag konfrontiert sahen. Ich hörte ihnen zu, wie sie von verschiedensten Situationen berichteten, in die sie geraten waren. Wie hatten sie bis jetzt überhaupt überlebt? Dass sie nun hier saßen und ihre Geschichten austauschen konnten, kam fast schon einem Wunder gleich, und der Gedanke an ihre baldige Rückkehr in die Schlacht versetzte mich in Angst und Schrecken.

Ich erfuhr, dass sich Freddy und Andrew während des Dschungel-Kampftrainings hier in Ceylon kennengelernt hatten. Das war interessant. Also hatte Andrew den Großteil seiner Abwesenheit hier auf der Insel verbracht. Dann sprachen sie über Burma.

Freddy sagte: »Die gesamte Brigade marschierte durch das Vorland. Wir mussten die japanischen Versorgungswege abschneiden.«

»Warst du da noch stellvertretender Kompaniechef?«

»Genau. Und überall um uns herum nur dichter Dschungel. Zwanzig Japsen haben wir im Nahkampf erledigt. Die Gurkhas haben *Ayo Gurkha!* Geschrien ... da läuft's dir kalt den Rücken runter. Sogar die Japsen haben sich ins Hemd gemacht. Diese Gurkhas haben ihre Khukuris aus nächster Nähe eingesetzt, hatte ich vorher noch nie gesehen. Gehen direkt auf die Hälse. Dann sind die Japsen abgehauen. Die toten Japsen mussten wir später dann noch begraben. Wegen der Totenstarre haben sie nicht in die Schützenlöcher gepasst, also haben die Gurkhas die Leichen einfach zerstückelt und reingestopft. Makaber, sag ich dir.«

Es folgten weitere Anekdoten. Weitere blutige Einzelheiten. Weitere Gesprächsfetzen von Gefahren, die sie überlebt hatten.

»... ich hatte Malaria. Ich war so im Delirium, dass ich gar nicht mehr mitmarschieren ...«

»Blutegel. Überall Blutegel. Diese verdammten Blutegel, Mann, Mann, Mann! Die Viecher sind in jeden noch so kleinen

Schlitz gekrochen. Wir haben Hemden und Hosen immer geschlossen gehalten, und trotzdem haben sie es irgendwie reingeschafft. Man konnte die auch gar nicht abziehen, weil sie mit dem Kopf noch in der Haut gesteckt haben. Man musste diese Mistviecher mit einer glimmenden Zigarette abbrennen.«

»Mitten in der Nacht sind die Japsen in Reih und Glied die Straße entlangmarschiert. Wir waren schon in Position gegangen, bereit, zuzuschlagen – der perfekte Hinterhalt. Es war stockdunkel, also haben wir einfach blind in die Nacht geballert. Ein paar konnten entkommen und sind weggekrabbelt, aber die meisten haben wir erwischt ...«

Und so weiter und so fort. Meinen Sandkastenfreund, den feingeistigen Andrew, so beiläufig darüber sprechen zu hören, *Japsen umzulegen,* als wäre das nicht groß etwas anderes, als Fliegen zu töten, war makaber und jagte mir einen kalten Schauer über den Rücken, und ich begriff, wie der Krieg den gesamten Charakter eines Menschen radikal verändern konnte, ihn abstumpfen ließ. Der Krieg machte einen nicht nur zäh, er ließ einen auch verrohen. Und all das hielten sie sorgfältig vor mir versteckt. Als ich es schließlich nicht mehr aushielt, blendete ich sie aus und gab mich meinen Träumen hin.

Ich wollte Freddy noch einmal unter vier Augen begegnen. Uns blieb nur so wenig Zeit. Während all der Jahre, in denen ich zu einer Frau herangewachsen war, hatte ich meine Freundinnen oft darüber reden hören, wie sie sich verliebt hatten oder mal für diesen, mal für jenen Kerl schwärmten, aber niemals hatte ich diese Art von Romantik am eigenen Leib gespürt.

Ich hatte mich so auf die Schule und meine Zukunft konzentriert, dass mir für Jungs schlicht und ergreifend gar keine Zeit geblieben war. Hatte ich meine Jugend verschwendet? Diese Zeit würde ich kein zweites Mal erleben, aber jetzt gab es immerhin einen Mann, den ich interessant fand, und da musste ich mich gleich morgen schon wieder von ihm verabschieden und ihn eine ungewisse, äußerst gefährliche Zukunft ziehen lassen. Obwohl es streng genommen ja ich war, die in den Bus nach Colombo steigen und weiterziehen würde. Morgen schon! Oh, wie wenig Zeit uns noch blieb!

Was für vielsagenden Blicke wir ausgetauscht hatten! Er musste das doch wohl auch gespürt haben? Und das, obwohl wir uns kaum kannten. Es gab so vieles, was ich über ihn herausfinden wollte – weniger Fakten als seinen Charakter, seine Gedanken und Gefühle. Was er durchmachte. Während ich ihm – hoffentlich nicht allzu auffällig! – beim Sprechen zusah, dachte ich an nichts anderes und badete regelrecht im Klang seiner Stimme. Ich hatte das Gefühl, keine einzige Minute verschwenden zu dürfen. Ob wir morgen wohl einen Moment für uns haben würden? Das müsste sich doch bestimmt irgendwie einrichten lassen. Ich nahm mir fest vor, für eine solche Gelegenheit zu sorgen. Und so hörte ich ihm weiter zu und schlief darüber ein.

Onkel Henry kam gegen neun türeknallend nach Hause und machte sich lautstark bemerkbar. Schlagartig war ich wieder hellwach und begrüßte ihn. Seit dem Tag, an dem wir Tante Silvia am Hafen Lebewohl gesagt hatten, hatte ich ihn nicht mehr gesehen, und ich wollte unbedingt wissen, wie es ihr seitdem ergangen war. An meinem Geburtstag hatte sie mir eine Karte geschickt, auf der sie nur kurz schrieb, es gehe ihr gut, und sich dafür entschuldigte, sich nicht häufiger zu melden. Ich nahm es ihr überhaupt nicht übel, denn ich konnte mir vorstellen, wie all ihre Gedanken derzeit um ihre Söhne kreisten und wie wenig ihr der Sinn danach stand, lang und breit über ihren Alltag in Durban zu berichten. Von Colombo aus hatte ich ihr ein paarmal geschrieben, um sie darüber auf dem Laufenden zu halten, wie die Stadt mit ihrem neuen Status als strategisches Militärzentrum zurechtkam. Und so fragte ich Onkel Henry gleich als Erstes: »Wie geht es Tante Silvia? Hat sie sich schon eingelebt?«

»Ja«, erwiderte er. »Sie hat mit Mrs Carruthers und deren Tochter ein Häuschen angemietet, das hat sich also wunderbar gefügt. Die Engländer dort scheinen sich bereits zu einer richtigen Gemeinschaft zusammengefunden zu haben. Selbstverständlich können sie es alle kaum erwarten, nach Hause zurückzukehren.«

»Das kann ich mir vorstellen«, sagte ich. »Es wirkt wie aus der Welt.«

»Ja, die Familie wurde in alle Himmelsrichtungen verstreut. Die Jungs stecken Gott-weiß-wo, sie sitzt dort unten in Südafrika fest und ich schlage die Zeit ganz allein in diesem Palast hier tot. Es tut gut, wenigstens euch drei hier zu haben.

»Weißt du, wie lange sie noch dort unten bleiben müssen?«

»Das weiß niemand. Vermutlich bis der Krieg vorbei ist, und wer weiß schon, wann das sein wird. Ihr Jungs habt davon mit Sicherheit eine bessere Vorstellung als ich.« Er blickte vom einen zum anderen, aber beide zuckten nur mit den Schultern. Es stimmte: Niemand konnte in die Zukunft sehen. Für jeden der beiden konnte der Krieg innerhalb eines Wimpernschlags enden – durch den Hieb eines Bajonetts oder die Druckwelle einer Bombe, in Chaos und Blutvergießen. Mein Herz bebte. Dieses endlose Warten, Warten, Warten. Immer nur warten, auf irgendetwas Schreckliches, auf ein Ende, das nie kam. Es kam einem fast so vor, als wäre schon immer Krieg gewesen und als würde auf ewig Krieg herrschen. Wie viele von uns würden überleben? Würden wir jemals wieder aufatmen können?

Zwangsläufig drehte sich das Gespräch bald schon wieder um den Krieg. Um die grauenhaften Einzelheiten, die brutalen Anekdoten. Ich hielt es nicht mehr aus. Also entschuldigte ich mich und verschwand ins Bett.

. . .

Am nächsten Morgen stand ich früh auf und schlich mich bei Anbruch der Dämmerung aus dem Haus. Ich hatte meine Flöte eingepackt und konnte es kaum erwarten, in ihren heilsamen Melodien zu baden. Ich setzte mich auf meinen Felsen und begann zu spielen. Dort gab ich mich meinem Spiel hin, bis die ersten Sonnenstrahlen durch das Blattwerk fielen und auf meine Haut trafen. Da erst öffnete ich meine Augen und sah das Licht auf dem Wasser tanzen – und Freddy, der still und leise etwas seitlich von mir saß. Er hatte sich im Schneidersitz auf demselben Felsen niedergelassen, nicht direkt neben mir, aber auch nicht allzu weit entfernt. Er beobachtete mich und lauschte.

Ich senkte die Flöte und blickte ihm in die Augen.

»Wunderschön«, sagte er. »Einfach wunderschön.«

Ich hatte nichts zu sagen. Stattdessen blickte ich ihn nur an und ließ meine Augen für mich sprechen. Usha wäre stolz auf mich gewesen. Hier und jetzt *erfuhr* ich am eigenen Leib, dass es stimmte, worauf sie immer bestanden hatte: dass man keine Worte brauchte, um miteinander zu kommunizieren. Dass man durch Schweigen mehr ausdrücken konnte als durch Sprechen. Wenn zwei Menschen die Sprache ihrer Blicke beherrschen, sprengen sie die Grenzen der Worte. Sie können einander alles erzählen. Nicht nur oberflächliches Geplauder, sondern das, was zählt, was wirklich von Bedeutung ist.

Was als Nächstes geschah, widersprach jeder Logik, jeder Moral und jeder psychologischen Theorie. Vor jenem Tag hatte ich völlig enthaltsam gelebt. Als Schülerin an der *Girls' High School* hatte ich all das Gerede von Verliebtsein und Schwärmerei nie wirklich nachvollziehen können. Nie hatte ich mich auch nur gefragt, wie es sich wohl anfühlte, jemanden zu küssen oder gar noch weiter zu gehen – was allein schon deswegen nie passiert wäre, weil ich daran überhaupt nicht interessiert war. Ich war zwar davon ausgegangen, eines Tages zu heiraten und Mutter zu werden, aber nur, weil es eben das war, was von einem Mädchen, von einer Frau, erwartet wurde. Tantchens Heiratspläne, die sie für mich und ihre Söhne geschmiedet hatte, hatte ich mir amüsiert angehört, ohne sie jemals wirklich ernst zu nehmen. Falls ich einen von ihnen tatsächlich geheiratet hätte, dann nur, weil ich ihn ausreichend mochte, um mir vorstellen zu können, mein Leben mit ihm zu verbringen und Kinder großzuziehen.

Aber in all den Jahren hatte für mich mein Wunsch, Ärztin zu werden, immer an erster Stelle gestanden. Der Krieg und mein dringendes Bedürfnis, auch etwas dazu beizutragen, hatten diesen Wunsch nur temporär auf Eis gelegt. Keinen einzigen Moment lang hatte ich mich von den alleinstehenden Männern, die mir gelegentlich über den Weg liefen, ablenken lassen. Und selbstredend standen intime Beziehungen vor der Hochzeit völlig außer Frage. Das hätte ich nicht einmal ansatzweise in Erwägung gezogen.

Aber warum hob ich dann nicht die Hand, um Freddy aufzuhalten, als er sich mir nun auf dem Felsen ohne Scheu näherte? Und als er meine Hand nahm, warum zog ich sie nicht weg? Als er mir mit der anderen Hand sanft wie eine Feder über die Wange strich, warum schlug ich sie nicht fort?

Als er mir mit seinem Gesicht so nahe kam, dass ich seinen warmen Atem auf meiner kühlen Haut spürte, warum wich ich dann nicht empört vor ihm zurück, warum sprang ich nicht auf, um ihn mit züchtiger Entrüstung zurechtzuweisen? Warum verteidigte ich nicht meine Ehre, meinen Anstand? Aber vor allem: Warum unternahm ich nicht das Geringste, um meine Jungfräulichkeit zu bewahren?

Ich kann es weder erklären noch gutheißen. Und ich verstehe nicht im Entferntesten, was an jenem Morgen dort am Wasserfall geschehen ist. Ein solches Verhalten war so untypisch für mich, dass es sich fast so anfühlte, als hätte ein anderes *Ich* von meinem Körper Besitz ergriffen und reagiert. Oh, und wie ich reagierte! Auf jene fedrig-sanfte Berührung, auf den

Gleichklang unserer Atemzüge und vor allem auf seine Augen, die so auf die meinen fixiert waren, als wären wir nicht zwei Menschen, die sich anblickten, sondern als würden wir zu einem einzigen Blick, einem einzigen Wesen, zu einer einzigen Seele verschmelzen. Und nun, da wir beide, Rosie und Freddy, nicht mehr zwei, sondern ein Wesen waren, da wir uns zu einem einzigen glückseligen, ja verzückten, Organismus verbunden hatten, wie hätten sich unsere Körper nicht miteinander vereinigen sollen?

An die Einzelheiten dessen, was danach geschah, erinnere ich mich nicht. Ich weiß nicht mehr, wie wir uns unserer Kleidung entledigt haben. Der felsige Untergrund, auf dem wir lagen, muss hart und kalt gewesen sein – aber warum habe ich diese Kälte, diese Härte nicht gespürt? Warum bekam ich von der unbequemen Umgebung nichts mit? Warum hatte ich keine Angst davor, dass uns plötzlich jemand entdecken, uns unsanft unterbrechen könnte? Wie konnte es sein, dass ich mich vor einem nahezu fremden Mann überhaupt nicht für meine Nacktheit schämte?

Warum erinnere ich mich nur noch an seine dunkle, geschmeidige Haut, die fast im Widerspruch zu den starken Muskeln, den angespannten Sehnen unter der Oberfläche stand? An die Beweglichkeit seiner langen Gliedmaßen und an die Anmut seiner Bewegungen? Warum erschien mir die Nacktheit unserer ausgestreckten, wie zu einem einzigen Wesen verschmolzenen Körper nicht sündhaft, sondern ganz und gar natürlich, als wäre es schon immer so gewesen?

Warum löste sich all mein Leid an jenem Morgen plötzlich in Nichts auf: all die Erschöpfung der vergangenen Wochen und Monate, die sich in einer immer dickeren, trüberen Schicht auf alles Liebliche, Unbeschwerte und Schöne in mir gelegt hatte; all die Angst, all die Sorgen und die Schatten, die der voranschreitende Krieg mit sich brachte; und ganz besonders die Einsamkeit der Zeit davor? Warum fühlte ich mich in

Freddys Armen plötzlich wieder ganz wie ich selbst, frei von allen Zwängen und über die Maßen schön?

Wir sprachen kein Wort. Wir kommunizierten nur mit Blicken und dann mit unseren Gliedmaßen, so als setzte sich die Sprache unserer Augen ganz natürlich in der Sprache unserer Körper fort. Jede Bewegung wirkte so sanft, so natürlich und fließend, als hätten wir sie schon tausendmal vorher geübt, als hätten wir uns schon seit Tausenden von Jahren, seit Tausenden von Leben gekannt und geliebt. Er war ich und ich war er. So einfach ist das.

Selbst heute noch entzieht sich das alles meinem Verständnis. Es ist einfach passiert.

Und niemals, nicht ein einziges Mal, keine Sekunde lang, habe ich es bereut.

Irgendwann lösten wir uns voneinander, lächelten uns schüchtern, aber wissend an, streiften uns unsere Kleidung über und machten uns, noch immer wortlos, auf den Rückweg, wobei Freddy auf dem Waldweg vorausging.

Als wir die Veranda erreichten, durchbrach die Realität des Alltags die traumartige Benommenheit, von der ich noch immer benebelt war. Onkel Henry und Andrew waren offensichtlich in ein fröhliches Gespräch nach dem Frühstück vertieft – das heißt, so fröhlich man eben sein konnte, wenn der Schrecken des Krieges als dunkler Nebel am Horizont lauerte und einer der Beteiligten kurz davor stand, erneut in jenen Schrecken einzutauchen. Sie lachten gerade über irgendeinen Witz. Das war offenbar ihre Art, vor der grausamen Realität zu flüchten, genauso, wie Freddy und ich noch vor einer halben Stunde auf unsere Art daraus ausgebrochen waren. Nun landete ich äußerst unsanft auf dem Boden der Tatsachen.

Onkel Henry begrüßte uns herzlich. »Ihr beiden habt ein köstliches Frühstück verpasst!«, sagte er und zog am Seil der

Glocke, mit der man das Küchenpersonal herbeirief. »Aber ich bin mir sicher, Sunita kann für euch etwas ebenso Köstliches zaubern.«

Andrew sah auf die Uhr. »Es ist schon spät ... was habt ihr zwei eigentlich getrieben?« Er lächelte uns verschmitzt an. Statt einer Antwort hielt ich nur meine Flöte hoch. Was gerade geschehen war, ging Andrew absolut nichts an.

»Eigentlich habe ich gar keinen Hunger«, sagte ich. »Ich werde in mein Zimmer gehen und mich noch ein Weilchen hinlegen. Gestern Nacht habe ich kaum geschlafen.« Das war zwar eine Ausrede, aber immerhin nicht gelogen. Ich hielt es nicht aus, dort mit ihnen zu sitzen und zu plaudern, als wäre gerade nichts passiert. Ich musste allein sein, um diesen Vorfall zu verarbeiten, der wie eine Bombe in mein Leben eingeschlagen hatte.

Im Anbetracht der heiklen politischen Lage von damals klingt ein solcher Vergleich vielleicht überspitzt, aber er trifft den Nagel auf den Kopf. Es *war* eine Bombe, die in mein Leben gekracht war. Aber statt mit Sprengstoff war sie mit Liebe und Licht gefüllt, es war eine wohlwollende Bombe, die mich meinem wahren Selbst, zu dem ich mich entwickelt hätte, wenn sich all das Grauen nie ereignet hätte, wieder näher brachte. Und um das alles in mich aufzusaugen, um es zu verdauen, bevor ich mich wieder der tristen, hässlichen Realität stellen konnte, musste ich allein sein.

»In einer Stunde beginnt der Gottesdienst!«, rief Onkel Henry, als ich mich umdrehte und Freddy ein letztes kurzes Lächeln schenkte.

»Ich werde rechtzeitig fertig sein«, erwiderte ich.

Und ich hielt mein Wort. Gemeinsam radelten wir zu der Dorfkapelle, in der sich die englischen Arbeiter von Onkel Henry sonntags zu einem kleinen Gottesdienst zusammenfanden. Dort nahm ich an den üblichen Gesängen und Gebeten teil, ohne ein Fünkchen Reue zu spüren – ohne den Anflug des Gefühls, gesündigt zu haben. Denn das hatte ich nicht.

Ein einziges Mal jedoch füllten sich meine Augen mit Tränen, und ich konnte meinen Gefühlsausbruch nur mit Mühe unterdrücken. Es geschah bei dem Lied, das mir immer direkt ins Herz fuhr: *Ewiger Vater schütze uns.* Der Refrain weckte jedes Mal tiefe Gefühle in mir:

> *Wir bitten Dich, mit Gnade steh*
> *Bei Menschen in Gefahr zur See!*

Und dann betete ich aufrichtig und ehrfürchtig für all unsere Soldaten, die sich wirklich in Gefahr auf See befanden. Für Männer wie Graham. Aber ich betete nicht nur für die Soldaten auf See, sondern auch für die Soldaten an Land und in der Luft – sogar für Victor. Und für jene, die sich in ein paar Tagen wieder dieser Gefahr, diesem Grauen aussetzen mussten. Für Andrew und Freddy.

* * *

Der Rest des Tages verging wie im Traum. Ich war erstaunt darüber, wie schnell Andrew seinen Schock über Ushas Betrug überwunden zu haben schien. Tatsächlich wirkte er lebhafter als je zuvor, er lachte und scherzte mit seinem Vater und lud Freddy zu einem weiteren Bad im Wasserfall ein. Diesmal begleitete ich sie nicht. Einmal sah er mir in die Augen und fragte: »Was ist los, Rosie? Du bist heute so still!«, aber ich lächelte nur und murmelte irgendetwas von Erschöpfung. Ich fragte mich, ob Freddy ihm wohl anvertrauen würde, was zwischen uns vorgefallen war, und allein der Gedanke daran ließ mich erröten. Es war nicht für fremde Ohren gedacht, es war viel zu privat, viel zu intim. Viel zu heilig.

Aber rein rational hielt ich es für wahrscheinlich. Hätte ich eine enge Freundin gehabt, dann hätte ich sicher den Drang danach verspürt, mich ihr zu öffnen und wenigstens den Teil der Erfahrung mit ihr zu teilen, den ich in Worte hätte fassen können. Wäre Usha hier gewesen, hätte ich ihr davon erzählt. Usha hätte das sicher verstanden. Das heißt, die alte Usha – die Usha, der ich vertraut hatte und von der ich angenommen hatte, dass sie Andrew in Liebe ergeben war. Nicht die Usha, die ihn hintergangen hatte. Diese Usha war mir fremd.

Viel zu früh kam der Moment des Abschieds. Andrew und Freddy begleiteten mich zur Bushaltestelle und schwatzten dabei so munter wie immer. Ich hingegen schwieg. Tatsächlich wechselte ich kein einziges Wort mehr mit Freddy. Als der Bus hielt, gaben wir uns züchtig die Hand. Und als ich ihm Lebewohl sagte, beugte er sich zu mir herab und flüsterte mir ins Ohr: »Ich schreibe dir, wenn der Krieg vorbei ist, falls ...«

Er beließ es bei diesem mehrdeutigen *falls*. Ich wusste genau, was er damit meinte. Ich nickte und stieg in den Bus. Und blickte mich nicht mehr um.

Während der gesamten Fahrt nach Colombo weinte ich. Ich wurde von einem brennenden, beißenden Schmerz verzehrt, so als hätte man mir einen glühenden Schürhaken in die Seele gerammt. Obwohl ich den Nachhall jenes Glücks noch spüren konnte, wurden diese kostbaren Erinnerungen doch bereits vom Schmerz erstickt. Und dennoch wusste ich, dass diese Erinnerungsfragmente das Potenzial hatten, für immer in mir weiterzuleben und nie ganz dem Vergessen anheimzufallen, dass sie mich durch mein gesamtes Leben begleiten würden und dass sie mir zukünftig als Messlatte dafür dienen würden, wofür es sich in meinem kurzen Leben zu leben lohnte.

Und tief im Herzen fürchtete, spürte, wusste ich, dass ich Freddy niemals wiedersehen würde.

KAPITEL 27

In Colombo ging mein Leben wieder seinen gewohnten Gang, was aber keineswegs eine Rückkehr zur Normalität bedeutete. Denn meine persönliche *Normalität* hatte sich radikal verändert, denn nun trug ich ein Wunde in meinem Herzen, die Zeit brauchen würde, um zu verheilen, wenn sie denn überhaupt je heilen würde. Und je mehr Tage verstrichen, desto stärker kristallisierte sich eine weitere Sorge heraus: Wir hatten nicht eine Sekunde an Verhütungsmaßnahmen gedacht. Was, wenn ich von Freddy schwanger war?

Mit jedem neuen Tag steigerte sich meine Sorge in eine Angst, die ich nur während der Arbeit temporär ausblenden konnte. Wenn dem wirklich so wäre, was dann? Würde ich wie Usha enden und mich in meinem eigenen Haus in Madras verstecken, um dort das Kind im Geheimen zur Welt zu bringen und es dann in ein Waisenhaus zu stecken? Sobald der Gedanke auftauchte, schob ich ihn auch schon wieder beiseite: NEIN! Niemals! Nie würde ich das Kind weggeben, das an diesem wundervollen Morgen entstanden war! Ich würde es behalten und in dem Wissen lieben, dass es die Frucht von etwas Großartigem war. Allerdings ... ich, unverheiratet, mit

Kind? Und nicht nur das, es wäre ja auch noch ein Kind mit gemischter Abstammung, eines dieser gefürchteten eurasischen Kinder, über die jeder nur mit gerümpfter Nase und hinter vorgehaltenem Fächer tuschelte! Meine eigene Schande machte mir nichts aus, aber mein Kind von der Gesellschaft verstoßen zu wissen – das wäre unerträglich.

Bei dem Gedanken daran erwachte irgendetwas in mir, und mit einem Mal wusste ich, dass ich bis aufs Blut für die Ehre und die Würde meines Kindes kämpfen würde. Ich würde mich nicht verstecken, ich würde nicht einknicken. Ich würde laut und deutlich meine Stimme erheben! Und ich würde die Menschen dazu zwingen, zuzuhören: Wie könnt ihr euch guten Gewissens als Christen bezeichnen, wenn ihr Kinder verstoßt, nur weil sie unehelich geboren, nur weil sie gemischter Abstammung sind? Sind wir nicht alle Gottes Kinder?

Aber eine Hoffnung hielt sich hartnäckig in mir: dass der Krieg wie durch ein Wunder enden würde, dass Freddy zu mir zurückkehren und wir heiraten würden. Ich wusste, wie abwegig das war, aber dennoch klammerte ich mich verzweifelt an dieses unwahrscheinliche Märchenende für mich, für uns.

Ich kam an einen Punkt, an dem ich, obwohl es keinerlei biologische Anhaltspunkte dafür gab, absolut davon überzeugt war, schwanger zu sein. Dass ich es Usha gleichtun, dass Pater Bear mir bei allem helfen und am Ende alles gut würde. Mit beiden Händen klammerte ich mich an diese Zukunftsvision – es war eine greifbare Möglichkeit, mir Freddy zu bewahren – und bereitete mich geistig darauf vor, dieser grausamen Welt unerschrocken die Stirn zu bieten, komme, was da wolle. Aber dann setzte meine Periode ein und ließ mein Wolkenschloss aus Hoffnungen und Ängsten in sich zusammenfallen. Erst da begriff ich, dass die Hoffnung viel größer als die Angst gewesen war – was hätte es schöneres gegeben, als Freddys Kind zur Welt zu bringen! Aber das war alles nur eine Illusion gewesen.

Irgendjemand hat einmal gesagt, dass das Leben für diejenigen, die einen Krieg durchleben, ohne aktiv daran teilzunehmen, für diejenigen, die das Feuer zu Hause am Brennen halten, eine scheinbar ewig andauernde, ereignislose Zeitspanne des immer gleichen Alltagstrotts ist. Und dann: Bumm! Plötzlich passiert irgendetwas Schreckliches, das das Leben völlig aus der Bahn wirft. Das kann auch etwas weniger Schlimmes, sogar etwas Gutes sein – in jedem Fall aber etwas anderes, etwas Einschneidendes, das die angespannte Monotonie der Angst unterbricht. Aber dann legt sich der Staub wieder und man steckt wieder im gleichen Alltagstrott wie vorher fest. So saß auch ich im Vorraum des Krieges und tat mein Bestes, allerdings in ständiger Sorge darum, was mein Leben wohl als Nächstes auf den Kopf stellen würde.

Bald nach Freddys und Andrews Abreise setzte der Monsun ein. Gewaltige Wassermassen stürzten vom Himmel und prasselten lautstark auf das Dach. Normalerweise liebte ich den Monsun, ich liebte die Frische, die er mit sich brachte, sowie das gemütliche Gefühl, in einer warmen, trockenen Blase vor den Elementen geschützt zu sein. Aber in diesem Jahr schlug mir der Regen aufs Gemüt. Ich konnte nichts Gutes in der näheren Zukunft erkennen. Alles erschien mir trist und grau, und der unaufhörliche Regen verstärkte das Gefühl, dass es für uns von nun an nur noch bergab gehen würde.

Das nächste Mal wurde meine Monotonie von einem Brief aus Indien durchbrochen, dessen Inhalt mich aber nur noch tiefer in die Depression stürzte.

Oh, Rosie! Mein Herz liegt in Trümmern. Ich habe mein Baby zur Welt gebracht, einen wunderschönen kleinen Jungen.

Er heißt Luke, er ist gesund und munter und ich liebe ihn so sehr, von ganzem Herzen, aber ich werde ihn weggeben müssen. Pater Bear sagt, das ist die einzige Möglichkeit. Wenn ich es tue, wird er mir helfen, wieder auf die Beine zu kommen. Wenn ich mich aber weigere, was soll dann aus mir werden? Ich darf ihn noch für ein paar Wochen stillen, um ihm einen guten Start ins Leben zu ermöglichen, aber dann werden sie kommen und ihn mir wegnehmen.

Das waren wirklich schlimme Neuigkeiten. Ich konnte mir Ushas Schmerz nicht einmal ansatzweise vorstellen. Gleichzeitig war ich ihr aber immer noch böse. Ich hatte ihr schon ewig nicht mehr geschrieben und ihr auch noch nicht berichtet, dass ich über die Unmöglichkeit von Andrews Vaterschaft Bescheid wusste. In meinem Antwortschreiben gratulierte ich und riet ihr, auf Pater Bear zu hören, da er ihr sicher helfen würde, ganz egal, wie schwierig es für sie werden würde.

Ushas nächster Brief erreichte mich vier Wochen später. Er war kurz und knapp und voller Trauer.

Luke ist fort. Eine Nonne namens Schwester Agnes ist mit Pater Bear gekommen und hat ihn mitgenommen. Sie sagte, sie werde ihn lieben und sich um ihn kümmern. Jetzt ist es also vorbei und ich muss wieder nach vorne schauen. Pater Bear hat mir geraten, irgendeine Ausbildung anzufangen, also habe ich beschlossen, Krankenschwester zu werden. Ich kann an der Krankenpflegeschule lernen, die dem Christian Medical College Hospital, dem katholischen Krankenhaus in Vellore, angegliedert ist. Wünsch mir Glück, Rosie.

Vom CMC hatte ich bereits von Pater Bear gehört. Es war im Jahr 1900 als kleines Wohltätigkeitskrankenhaus von Dr. Ida S. Scudder gegründet worden, einer amerikanischen Missionarin, die eigens Ärztin geworden war, um indischen Frauen, die durch Kaste und Religion eingeschränkt waren, frauengeführte medizinische Unterstützung zukommen zu lassen. Seitdem hatte es sich zu einer angesehenen Institution gemausert, die nicht nur in Tamil Nadu, sondern in ganz Indien bekannt war. Das schien mir für Usha ein wunderbarer Schritt nach vorne zu sein. Aber da ich ihr immer noch böse war, schrieb ich nicht zurück. Warum log sie mich über die Umstände von Lukes Empfängnis an?

Bald schon schrieb Usha erneut:

Oh, Rosie! Ich kann ihn einfach nicht vergessen, obwohl ich es wirklich mit aller Macht versuche! Er ist ein Teil von mir! Und trotzdem weiß ich, dass es die richtige Entscheidung war. Ich muss ihm ein besseres Leben ermöglichen, als ich ihm je bieten könnte. Wenn nur der Krieg schon vorbei wäre und Andrew zurückkommen würde, wir könnten heiraten und ihn gemeinsam adoptieren. Bitte schreib mir. Ich brauche den Trost einer Freundin!

Kein Wort diesmal von der geplanten Ausbildung zur Krankenschwester. Ich nahm an, das sei zweitrangig, da sie sich so sehr danach sehnte, ihrem Kind eine Mutter zu sein.

Außerdem wurde mir klar, dass sie ja noch gar nicht wusste, dass Andrew bereits über ihren Betrug im Bilde war. Ich fragte mich, was sie sich bei diesem Gerede über Heirat und Adoption eigentlich dachte. War sie sich so sicher, dass Andrew ihr vergeben, alles einfach vergessen und so weitermachen würde, als wäre nie etwas passiert? War sie tatsächlich so naiv? Ich zog sogar in Erwägung, sie durch einen Brief zum Geständnis zu zwingen, indem ich ihr schrieb, dass Andrew und ich die Wahrheit kannten.

Das war alles sehr verwirrend. Noch immer versuchte sie, mir etwas vorzumachen: Aber wie konnte sie auch nur ansatzweise glauben, auch Andrew etwas vormachen zu können? Das ergab keinen Sinn. Am liebsten wäre ich sofort nach Indien gereist, um sie zu besuchen, aber das stand vorerst außer Frage. Einmal mehr betete ich mir mein gewohntes Mantra vor: nach dem Krieg. Nach dem Krieg würde sich das alles von selbst klären. Diesen Glauben musste ich mir bewahren. Und der Tag, an dem der Krieg wirklich vorbei *war*, würde kommen. Eines Tages. Und solange hielt ich mein Schweigen aufrecht und ging nicht auf Ushas verzweifelte Bitte um Unterstützung ein. Schließlich hatte ich meine eigenen Geheimnisse und Probleme, um die ich mich kümmern musste.

Ich hatte gehofft, Freddy würde mir schreiben. Obwohl uns an jenem Tag beiden die Worte gefehlt hatten – Worte tatsächlich überflüssig, gar störend gewesen wären – war es doch sicher möglich, dass wir einander kontaktierten, sobald Zeit und Distanz unsere Emotionen abgemildert hatten und wir die Situation besser einordnen konnten.

Ich für meinen Teil hätte ihm jedenfalls gerne einen kurzen Brief geschrieben – nichts Überschwängliches, nur eine unaufgeregte Bekräftigung der Vertrautheit, die ich für ihn empfand. Nur wusste ich nicht, an welche Adresse ich schreiben sollte. Er hingegen kannte meine Anschrift, zwar nicht die in Colombo, aber jeder Brief, der zu meinen Händen nach Newmeads oder an die Huxleys geschickt worden wäre, hätte mich früher oder später erreicht. Er schrieb jedoch nicht. Oder sein Brief kam nicht bei mir an.

Andrew hingegen schrieb mir, wenn auch nur knappe, stark zensierte Briefe ohne Absender, die er von irgendeiner geheimen Militärbasis aus abschickte. So viele Worte und Sätze waren geschwärzt worden – hatte er mir etwa irgendetwas Wichtiges, Vertrauliches über Freddy geschrieben? Diese Frage ging mir nicht aus dem Kopf, und ich hoffte, dass es so war.

Aber dann, im frühen Januar 1943, erreichte mich der Brief, der auch den letzten Funken Hoffnung in mir erstickte. Wie vorher auch waren viele Passagen zensiert, aber die verbliebenen Worte verrieten mir alles, was ich wissen musste. Wie immer war der Brief an unsere Wohnung in *Cinnamon Gardens* adressiert.

»Unser gemeinsamer Freund aus Südamerika«, stand da, und auf den nächsten geschwärzten Teil folgten nur die Worte »vermisst«. Nach dem »vermisst« waren vier weitere Worte geschwärzt, aber ich wusste trotzdem, was dort stand: »Im Gefecht. Vermutlich gefallen.«

Nie zuvor hatte ein einfaches Blatt Papier in mir eine solche Verzweiflung, ein solches Leid ausgelöst. Beim ersten Überfliegen befiel mich eine eisige, winterliche Kälte – mich, die nie einen Winter, nie echte Kälte erlebt hatte. Tatsächlich zitterte ich am ganzen Körper und schien in eine Art Starre zu verfallen, in der außer dieser kalten Leere kein Gefühl mehr in mir übrig war. In mir klaffte ein Loch.

Der Brief glitt mir aus den Händen. Ich war direkt neben der Wohnungstür stehengeblieben und hatte ihn aufgerissen – so wie ich es mit Andrews Briefen in der Hoffnung auf Neuigkeiten von Freddy immer tat – gleich nachdem ich ihn mit den anderen Umschlägen aus dem Briefkasten an der Türinnenseite herausgenommen hatte. Und dann hatte ich ihn direkt an Ort und Stelle gelesen, dort auf dem ornamental gemusterten rotgoldenen Teppich aus Jaipur, den Tante Silvia vor Jahrzehnten ausgesucht hatte. Wenn ich mich recht erinnere, schnappte ich sogar nach Luft. Aber ansonsten war da nur ... Eiseskälte. Ich hatte mich in Stein verwandelt. Kalten Stein.

Ausnahmsweise war die Geflüchtete, die wir aufgenommen hatten, Mrs Grantley – oder Eileen, wie ich sie mittlerweile nannte –, zu Hause. Sie hatte an diesem Tag frei und hatte gerade erst gefrühstückt. Ihr war sofort aufgefallen, dass irgendetwas Schlimmes geschehen war, und so eilte sie direkt herbei. »Rosie! Was ist denn passiert?«, rief sie, legte mir tröstend den Arm um die Schultern, und führte mich sanft in Richtung Sofa. Behutsam drückte sie mich in die Kissen. Ich war noch immer sprachlos, konnte nicht einmal weinen. Sie warf einen kurzen Blick auf den am Boden liegenden Brief, entschied sofort, dass er gerade egal war, und bot mir eine Tasse Tee an.

»Oder vielleicht doch lieber ein Brandy?«

Ihrem letzten Vorschlag stimmte ich nickend zu. Tee würde nicht ausreichen, um mich aus meiner Benommenheit zu reißen.

Der Brandy half in der Tat, und sogar mehr als nötig, denn plötzlich konnte ich mich wieder spüren und brach sofort zusammen. Sowohl äußerlich als auch innerlich fiel ich komplett auseinander und verwandelte mich in ein laut schluchzendes Häufchen Elend. Das sah mir überhaupt nicht ähnlich. Eileen muss überrascht gewesen sein, mich, die ich sonst immer so rational und beherrscht war, so zu erleben, aber sie ließ sich nichts anmerken und beruhigte mich wie ein Baby, das eine Streicheleinheit nötig hatte.

»Aber, aber, Liebes. Warum legst du dich nicht ins Bett, das ist doch gleich viel bequemer? Dort kannst du dich ausweinen, kümmer dich gar nicht um mich! Na komm, brauchst du Hilfe?«

Die hatte ich wirklich nötig, und nichts erschien mir gerade einladender als mein Bett, obwohl es noch nicht einmal neun Uhr morgens war.

»A-aber ich muss doch zur Arbeit!«, stammelte ich, während ich mit ihrer Hilfe aufstand und in mein Zimmer schwankte.

»Blödsinn!«, antwortete sie. »Ich werde anrufen und sagen, dass du krank bist. Das stimmt ja auch. Die Arbeit kann warten. Und jetzt musst du mir sagen, was du brauchst, Liebes. Ich kann dich gerne in Ruhe lassen, während du dich ausweinst und hoffentlich irgendwann einschläfst. Oder, falls dir das lieber ist, bleibe ich hier neben dir sitzen und du kannst mir erzählen, was los ist. Geteiltes Leid und so. Aber ganz wie du möchtest, Liebes.«

Ich entschied mich fürs Reden. Sie war die Erste, der ich überhaupt von Freddy erzählte – mit wem hätte ich auch sonst über ihn sprechen sollen? –, und aus irgendeinem Grund war es hilfreich, alles in Worte zu fassen und einem anderen Menschen anzuvertrauen. Es half dabei, endlich den schrecklichen Druck loszuwerden, der sich seit jenem besonderen Wochenende in mir aufgebaut hatte. Ich erzählte ihr alles – ich schüttete ihr mein ganzes Herz aus, wie man so schön sagt. Mir war vorher nie bewusst gewesen, wie passend dieser Ausdruck war, und wie unglaublich heilsam es sein konnte, einem Vertrauten seine intimsten Geheimnisse zu offenbaren.

Sie war die beste Vertraute, die ich mir hätte wünschen können. »Und das war dein erstes Mal, Liebes?«, fragte sie, und als ich darauf nur nickte, antwortete sie, ohne mich zu verurteilen: »Das erste Mal ist für die meisten Mädchen und Frauen ein entscheidender Wendepunkt. Es fühlt sich so an, als hättest du jemanden in dein tiefstes Inneres blicken lassen, nicht wahr? Und dann kommt noch die Angst hinzu, dass er das vielleicht nicht zu schätzen weiß, dass er dein Opfer nicht respektiert, es für selbstverständlich hält. Aber in deinem Fall scheint es sogar noch mehr als nur das zu sein. Es erscheint mir regelrecht ...«

Sie suchte nach dem richtigen Wort, also kam ich ihr zur Hilfe. »Magisch«, sagte ich. »Es war magisch. So als hätten wir unter einem Zauber gestanden, der nicht von dieser Welt war. Als wären wir plötzlich in einem Märchen gelandet. Nein, selbst das klingt zu kindisch, das trifft es nicht. Ich kann es nicht beschreiben, Eileen. Ich finde nicht die richtigen Worte dafür. Es war ganz anders, als ich erwartet hätte. Also, natürlich hatte ich davon gelesen, aber niemand hat mir je gesagt ...«

Wieder brach ich schluchzend zusammen und sie tätschelte mir den Rücken. »Und jetzt ist er tot!«, rief ich. »Gefallen! Das darf nicht wahr sein!«

»Na, *vermutlich* gefallen.«, erwiderte sie. »Das heißt, es gibt schon noch Hoffnung. Wir Frauen, die wir zurückbleiben, wir dürfen die Hoffnung nie aufgeben, wir müssen sie immer aufrechterhalten, denn ohne Hoffnung bleibt uns gar nichts mehr. Auch ich bin eine Hoffende.«

Da erinnerte ich mich daran, dass ihr eigener Mann im Gefängnis von Changi inhaftiert war und dort vermutlich unter menschenunwürdigen Bedingungen vor sich hin vegetierte, und plötzlich kam mir mein Gefühlsausbruch schrecklich egoistisch und belanglos vor. Sie war nie zusammengebrochen – warum also ich?

»Tut mir leid«, sagte ich. »Du musst mich für so kindisch halten. Ich kenne ihn ja noch nicht einmal richtig – wir sind uns ja gerade einmal drei Tage lang begegnet – und schon führe ich mich wie eine verwöhnte Primadonna auf. Und du – dein Mann, dein George ...«

»Nein, nein, man darf nie vergleichen. Und man darf die Intensität von Gefühlen nie kleinreden. Zu solchen intensiven Emotionen in der Lage zu sein – das ist keine Schwäche, sondern etwas Positives. So etwas widerfährt nur Menschen, die noch nicht durch Unglück, Ablehnung, Lieblosigkeit oder die Schrecken dieses furchtbaren Krieges abgestumpft sind. Feinfühligkeit ist etwas Wundervolles. Wir dürfen nur nicht zulassen, dass sie zu einer Schwäche *wird*, indem wir ihr die Kontrolle über unser gesamtes Leben geben, indem wir uns von ihr beschneiden lassen. Ich glaube, dass wir beiden da durchkommen werden. Weine so viel du willst, Liebes, ich bin für dich da. Aber wir dürfen uns vom Schmerz nicht zerstören lassen. Wir müssen an ihm wachsen. Dann kann der Schmerz zu einem fruchtbaren Boden werden, aus dem ein neues, ein besseres Leben erwächst. Dann lässt er uns wachsen. Reifen. Selbst der Verlust eines geliebten Menschen kann ein solcher Nährboden sein.«

Aber ich war noch nicht bereit für ihre besonnenen

Gedanken über geistiges Wachstum und ein besseres Leben. Noch nicht. Im Moment wollte ich mich einfach nur in meiner Trauer, in meiner Hoffnungslosigkeit suhlen. Ein besseres Leben daraus erwachsen zu lassen – das musste noch etwas warten.

KAPITEL 28

Und doch gelang es mir innerhalb der nächsten paar Wochen irgendwie, mich allmählich wieder zu fangen. In erster Linie stürzte ich mich Hals über Kopf in die Arbeit. Ich blendete die Welt aus und arbeitete ohne Unterlass. Eileen fand das jedoch nicht ausreichend: »Nur Arbeit ohne Vergnügen ist keine Lösung«, verkündete sie. »Meine Liebe, es wird Zeit für ein bisschen altbewährten Spaß.«

Ihrer Ansicht nach bedeutete das, ich sollte mich nach Freddys Verlust mit anderen Männern ablenken. Da ich allerdings in einer so behüteten Umgebung aufgewachsen war, reagierte ich auf männliche Annäherungsversuche immer sehr schüchtern.

»Zerbrich dir darüber mal nicht den Kopf«, sagte sie, »überlass das einfach mir. Nichts ist leichter, als da was für dich zu arrangieren.« Bald schon fand ich heraus, was sie mit »arrangieren« gemeint hatte. Unter den Auslandsbriten in Colombo, und überhaupt in ganz Ceylon, waren junge Frauen schon immer knapp gewesen. Wir waren eh schon in der Minderzahl, und nach dem Angriff auf Pearl Harbour waren noch mehr junge Soldaten ins Land geströmt, sodass – nun, es mangelte jeden-

falls nicht an Männern, die mich liebend gerne ausführen wollten, und Eileen erwies sich als äußerst effiziente Kupplerin. Die
Männer hielten nach Liebschaften und Ehefrauen Ausschau,
und Eileen fand, ich sei die perfekte Kandidatin. Ich musste
mich nur öfter unter Leute wagen. Sie war fest entschlossen,
mich in die Gesellschaft einzuführen.

Bei ihrer Tätigkeit im Erste-Hilfe-Zelt war sie permanent
von Ärzten und männlichen Patienten im heiratsfähigen Alter
umgeben. Wann immer diese mit ihr flirteten, was unvermeid-
lich war, winkte sie lachend ab und sagte, sie sei sowieso zu alt
und außerdem vergeben, habe aber eine reizende junge Freundin, die zufälligerweise alleinstehend sei – mich. Widerstre-
bend befolgte ich ihren Rat.

Ich besuchte Partys und Tanzveranstaltungen, ließ mich
zum Dinner ausführen und gelegentlich machte ich sogar Bade-
ausflüge nach Galle. Ich traf mich mit einem Mann nach dem
anderen. Und ja, es machte durchaus Spaß. Aber diese paar
Monate lehrten mich, dass zwischen *Spaß* und *Glück* ein
gewaltiger Unterschied besteht. Spaß ist ein vorübergehendes
Vergnügen, das von irgendeinem externen Ereignis ausgelöst
wird: Tanzen, Schwimmen, einem schönen Essen im *Galle
Face Hotel*. Spaß hängt davon ab, dass man etwas tut, er wird
durch äußere Umstände bedingt. Glück ist etwas ganz anderes.
Glück entspringt aus dem tiefsten Inneren, es ist ein integraler
Bestandteil des eigenen Selbst, es steht für sich, ist ganz und gar
autonom und bedarf keiner Stimulation von außen. Um glücklich zu sein, muss man gar nichts tun. Glück ist unabhängig, es
ist einfach da, ausgelöst von der Macht der Liebe – davon,
jemanden zu lieben und zu wissen, dass es den geliebten
Menschen gibt, ganz egal, ob nah oder fern.

Ich hatte keinen Zweifel daran, dass sich Liebe so anfühlte,
dass Liebe und Glück ein und dasselbe waren und dass man,
solange man sich die Liebe im Herzen bewahren konnte, glücklich bliebe, selbst wenn man sich vor Sehnsucht nach dem

geliebten Menschen verzehrte. Aber jetzt, da mir das genommen worden war, konnte ich kein Glück mehr empfinden. Und das würde sich lange nicht ändern.

Aber Spaß konnte ich haben. Und Spaß hatte ich. Zuerst nur, um Eileen einen Gefallen zu tun und sie ruhigzustellen, aber dann auch um meiner selbst willen, denn Spaß machte nun einmal Spaß. Er war eine willkommene Abwechslung und auf jeden Fall angenehmer als zu grübeln, zu trauern und mich in meinem Elend zu suhlen. Die jungen Männer, die mich mal hierhin, mal dorthin ausführten, waren ebenfalls auf Ablenkung aus. Sie wollten lachen und scherzen und ausgelassen sein und tanzen und rauchen und trinken, und all das taten wir gemeinsam.

Und dennoch erinnere ich mich an kaum einen Namen, definitiv an keinen einzigen Nachnamen. Es gab einen Geoff und einen Roland und einen Charles und einen Soames, aber sie glichen einander wie ein Ei dem anderen, keiner von ihnen stach heraus. Alle hätten sie die Beziehung zu mir gerne vertieft, sie wachsen und gedeihen lassen – aber das wollte ich nicht. »Meine Tanzkarte ist schon voll«, sagte ich scherzhaft, um weitere Einladungen auszuschlagen, so als wäre ich die Protagonistin eines Jane-Austen-Romans auf einem Ball des Landadels.

Wir Mädchen und junge Frauen waren damals so in der Überzahl, dass wir freie Auswahl hatten. Die Männer wussten darum und trugen solche Zurückweisungen mit Fassung. Ich wünschte ihnen nur das Beste. Gelegentlich gaben die Männer mir gegenüber mehr von sich preis, sprachen von ihren Ängsten und ihren Familien, und in solchen Momenten fühlte ich mich jedes Mal schuldig, denn ich wusste, wie viel Kraft und Hoffnung ihnen eine Geliebte für den nächsten Einsatz geben würde, einen Grund zu überleben. Aber ich wollte ihnen nichts vormachen und fand es weniger herzlos, sie ziehen zu lassen, damit sie ein reizendes Mädchen finden konnten, das wirklich für sie da wäre und auf sie warten würde. Zu beten war das Einzige, was ich für sie tun konnte. Und das tat ich auch. Nach jeder Verabredung kniete ich mich, bevor ich schlafen ging, neben mein Bett und betete aufrichtig um den Schutz des jeweiligen jungen Mannes. Was aus ihnen wurde, erfuhr ich nie. Sie kamen an, genossen ihren kurzen Fronturlaub, die kostbaren Momente der Unbeschwertheit und Ablenkung, und stürzten sich dann wieder ins Gefecht. Es war ganz und gar entsetzlich für die Armen, und ich konnte nur hoffen, dass ich ihnen wenigstens ein paar schöne Erinnerungen bescherte. Es war herzzerreißend tragisch. Der Spaß, den wir zusammen hatten, war in Wahrheit nichts anderes als eine dünne Goldschicht auf einem stinkenden Misthaufen.

Aber dann: bumm. Bumm. Bumm. Drei absolut katastrophale Ereignisse machten das Jahr 1943 zu einem Unglücksjahr sondergleichen. Denn dies war das Jahr, in dem uns der Krieg auch zu Hause in Newmeads einholte, und das auf die persönlichste aller Arten. Dies war das Jahr, in dem der Krieg den Huxleys ihre Söhne nahm. Alle drei.

Andrew erwischte es zuerst. Ich erfuhr davon durch einen Anruf von Onkel Henry. Er hatte ein Telegramm erhalten, das er mir laut vorlas: »Im Gefecht vermisst. Vermutlich in Gefangenschaft.«

Armer Onkel Henry! Er weinte sogar am Telefon. »Wie soll ich ihr das nur beibringen? Was soll ich nur sagen?«, schluchzte er.

»Hat sie ein Telefon? Kannst du persönlich mit ihr sprechen? Soll lieber ich es ihr sagen?«

Nein, nein und nochmals nein. Die einzige Möglichkeit, Tantchen darüber zu informieren, war, ihr ein ebensolches Telegramm zu schicken, was Onkel Henry grausam fand, und dann einen Brief folgen zu lassen. Egal, wie man es drehte und wendete, es blieb entsetzlich. Tante Silvia, die sich weit von zu Hause und von ihrem Ehemann entfernt in Südafrika aufhielt, würde die Nachricht, vor der sie schon die ganze Zeit Angst gehabt hatte, auf die denkbar unpersönlichste und gefühlloseste Art und Weise erfahren: durch ein Telegramm.

»Aber was soll ich bloß sagen, Rosie? Wie um *Himmels* willen kann ich ihr das nur beibringen? Sie ist ganz alleine dort unten! Das wird sie umbringen!«

»Aber warum? Wie, was ist überhaupt passiert?« Vor Schock konnte ich nur ein paar dumme Fragen stottern. Zwar wussten wir alle, dass so etwas nicht nur möglich, sondern sogar wahrscheinlich war. Aber wenn es einen dann tatsächlich trifft, ist man trotzdem fassungslos, dann raubt es einem den Atem.

»Ich weiß es nicht und es spielt auch keine Rolle ... wir werden es nicht erfahren, bis das alles vorbei ist. Das Problem ist, wie ich es Silvia beibringen soll. Ich weiß nicht, was ich sagen soll! Das verkraftet sie nicht!«, wiederholte er.

Ich musste sachlich bleiben, denn Onkel Henry hatte einen hysterischen Anfall, was normalerweise Tantchens Spezialität war.

»Ich muss ihr ein Telegramm schicken, aber ich weiß nicht, was ich SCHREIBEN soll!«

»Ich komme am Wochenende nach Hause«, sagte ich. »Wir formulieren das zusammen.«

Gesagt, getan. Ich fand Onkel Henry in einem Zustand völliger Verwirrung vor. Er rannte ganz allein in dem riesigen Haus umher, ohne seine Frau, die ihn trösten konnte ... andererseits hätte ihm Tante Silvia wohl sowieso nicht viel Trost spenden können, und wenigstens hatten wir so die Gelegenheit, sorgfältig darüber nachzudenken, wie man ihr die Nachricht so schonend wie möglich beibringen konnte.

»Ich finde«, sagte ich, »statt ihr einfach ein Telegramm zu schicken, sollten wir eine ihrer Freundinnen dort informieren, damit *die* ihr die Nachricht dann schonend überbringen kann.

In einem solchen Moment sollte sie auf keinen Fall allein sein. Wie heißt die Freundin noch gleich, mit der sie die Reise angetreten hat? Mrs Carruthers? Hast du nicht erzählt, dass sie in Durban zusammenwohnen? Ihr könnten wird doch das Telegramm schicken und alles erklären.«

Onkel Henry schniefte. »Ja, das stimmt. Gute Idee. Aber was für eine schreckliche Bürde, die wir ihr da auferlegen! Ohne sie überhaupt vorher zu fragen!«

»Sie wird Verständnis haben ... wozu hat man schließlich Freunde? Viel anderes bleibt uns gar nicht übrig. Wir können einfach nicht riskieren, dass Tantchen allein ist, wenn sie das Telegramm erhält ... sie könnte ohnmächtig werden. Sie braucht Beistand. Komm, Onkel, setzen wir uns dran.«

Am Ende fiel unser Telegramm sehr knapp aus, aber es brachte die Nachricht auf den Punkt und klang, wie ich hoffte, mitfühlend und vielleicht sogar ein wenig hoffnungsvoll:

TRAURIGE NACHRICHT FÜR SILVIA HUXLEY STOPP BITTE MOEGLICHST SCHONEND BEIBRINGEN STOPP SOHN ANDREW MIA STOPP VERMUTLICH IN GEFANGENSCHAFT ALSO NICHT ALLES VERLOREN STOPP HOFFEN ER IST BIS KRIEGSENDE ALS POW SICHER STOPP MUT UND HOFFNUNG NICHT AUFGEBEN UND FUER GUTES ENDE BETEN STOPP ROSIE BEI MIR STOPP BETEN GEMEINSAM STOPP BRIEF FOLGT STOPP HENRY

»Glaubst du, sie weiß, dass MIA für *Missing in Action*, also ›im Gefecht vermisst‹ und POW für *Prisoner of War*, also ›Kriegsgefangener‹ steht?«, fragte ich. Tantchen hatte nie viel Interesse am Fachjargon des Krieges gezeigt, also hatte ich meine Zweifel daran, aber Onkel Henry versicherte mir, dass sie trotz ihrer Tendenz, schlechte Nachrichten auszublenden, doch immer auf dem neuesten Stand war, was den Verbleib ihrer Söhne und die damit verbundenen Gefahren anging.

»Das kennt sie«, antwortete er. »Aber sie wird vom Schlimmsten ausgehen. Das tut sie immer. Und überhaupt wissen wir ja, wie die Japsen mit ihren Kriegsgefangenen umspringen.«

»Trotzdem dürfen wir die Hoffnung nie aufgeben. Zumindest ist das besser als das grässliche *Vermutlich gefallen*. Diese *Endgültigkeit* ...« Ich beendete den Satz nicht. Wir wussten beide, dass sie dort draußen noch zwei andere Söhne hatten.

KAPITEL 29

Und es dauerte nicht lange, bis der Nächste fiel. Diesmal erwischte es Graham. Wir wussten alle, dass Graham als Schiffsarzt an Bord des Schlachtschiffs *Princess of Jaipur* diente, das im Gebiet der Palkstraße unterwegs war und bereits zwei heftige Gefechte mit japanischen Schiffen überstanden hatte. Letztes Jahr war es außerdem nur knapp einem U-Boot-Angriff entgangen.

Anders als Andrew und Victor hatte uns Graham seit Dienstantritt regelmäßig und zuverlässig geschrieben. Natürlich durfte er vieles nicht schreiben und seine Briefe wurden immer stark geschwärzt, aber allein die Tatsache, dass der Kontakt nie abriss, sorgte dafür, dass er immer in unseren Herzen, in unseren Gedanken und unseren Gebeten blieb – was nicht heißen soll, dass die anderen nicht in unseren Herzen, Gedanken und Gebeten waren, aber indem Graham sich so aktiv in Erinnerung rief, fühlte es sich fast so an, als wäre er trotzdem in unserem Leben präsent. Ich war besonders froh und dankbar darum, dass er mich seit unserer Begegnung am Wasserfall mit offenen Armen in die Familie aufgenommen hatte und auch mir wie einem Familienmitglied schrieb, während Andrew – dem ich eigentlich viel näherstand und mit dem ich schon immer befreundet gewesen war – unsere Korrespondenz eher vernachlässigte und sich nur sporadisch meldete. Ich schätze, das entsprach einfach ihrem Charakter: Während Graham sich stets zuverlässig und erwachsen verhielt, war Andrew ein sentimentaler Träumer, der die Realität manchmal aus den Augen verlor.

Diesmal war es Tantchen, die als Erste davon erfuhr und uns anschließend informierte; zunächst Onkel Henry, der dann wiederum mich benachrichtigte. Aus verzweifelter Trauer um Andrew hatte Tantchen nachts nicht mehr schlafen können. Inzwischen klebte sie fast krankhaft am Radio, um BBC-Berichte zu hören, und hatte so auch in jener Nacht das Radio angeschaltet. Und da hatte sie es gehört. Natürlich war die Nacht sowohl für sie als auch für uns ruiniert. Es gelang ihr, ein interkontinentales Ferngespräch zu Onkel durchstellen zu lassen.

»Die *Princess of Jaipur* wurde torpediert!«, brüllte sie durch die Leitung. »Graham! Mein Baby! Mein erstes Baby! Er ist tot! Sie haben ihn mir genommen!«

Der Anruf wurde von der Vermittlung unterbrochen, aber alles war gesagt. Sofort rief Onkel mich an.

»Grahams Schiff wurde torpediert, Rosie. Sie haben ihn uns genommen.«

Ein kalter Schauer durchlief meinen gesamten Körper.

»Graham? Nein! Nein, nein, nein!«

Ich schluchzte in den Hörer. Dann gab Onkel Henry mit beherrschter, ruhiger Stimme Wort für Wort wieder, was Tante Silvia gesagt hatte. Obwohl sie immer vorgab, kein Interesse am genauen Kriegsgeschehen zu haben, hatte sie über die exakte Position des Schiffs, auf dem ihr Sohn stationiert war, Bescheid gewusst und die letzten Wochen in permanenter Angst verbracht.

Onkel Henrys Gefasstheit war trügerisch. Als ich am

Wochenende überstürzt nach Newmeads zurückreiste, fand ich einen Mann vor, der vor Schmerz schier verging. Mit zerzaustem Haar und einem Glas *Stengah* in der Hand wanderte er unruhig in seinem Arbeitszimmer auf und ab. Nie zuvor hatte ich ihn so aufgewühlt erlebt. Was sollte ich zu einem Mann sagen, der gerade seinen Sohn verloren hatte?

Aber es schien schon zu helfen, einfach nur da zu sein und an seinem Schmerz Anteil zu nehmen. Als ich sein Arbeits-zimmer betrat, stellte er das Glas auf dem Schreibtisch ab, um schnellen Schrittes auf mich zuzugehen und mich bei den Händen zu nehmen.

»Rosie, Rosie, was bin ich froh, dass du gekommen bist. I-ich weiß gar nicht, was ich sagen soll, was ich jetzt tun soll! Erst Andrew, jetzt auch noch Graham!«

»Ich weiß, Onkel, ich weiß!« Ich hatte selbst Mühe, die Tränen zurückzuhalten, aber es war zwecklos. Schließlich brach es aus mir heraus. Onkel Henry nahm mich in den Arm.

»Na, na, Liebes. Weine doch nicht. In dieser schrecklichen Zeit müssen wir alle stark bleiben.«

Mich zu trösten schien auch ihn zu trösten. Nachdem er mir einen starken Gin Tonic eingeschenkt hatte, zogen wir uns in die Dunkelheit des Salons zurück.

»Wie geht es Tantchen?«, fragte ich, sobald ich mich nach ein paar Schlucken ein wenig gefasster fühlte. Graham, tot! Zum ersten Mal fiel mir auf, wie sehr ich ihn ins Herz geschlossen hatte, wie viel er mir tatsächlich bedeutete. Mein lieber, lieber Graham! Er war das Rückgrat der Familie, wurde mir bewusst, von allen der Stärkste, der Leim, der die Familie zusammenhielt, was mich einschloss. Wenn er wirklich und wahrhaftig tot war – was sollten wir dann nur tun? Wie sollte Tantchen das nur verkraften?

»Überhaupt nicht gut. Sie hatte einen Nervenzusammen-bruch, sagt Mrs Carruthers. Heute Morgen habe ich ein Tele-gramm von ihr erhalten.«

Wir redeten lange miteinander, aber letzten Endes gab es keine Worte, die unseren Schmerz hätten mildern können.

Immerhin waren wir nicht allein, was wenigstens etwas half. Die Nachricht verbreitete sich wie ein Lauffeuer und bald schon wurden wir von Onkel Henrys Freunden, anderen Plantagenbesitzern, mit Beileidsbekundungen überhäuft. So wie uns hatte auch sie die ein oder andere schlimme Nachricht erreicht, und ebenso wie wir kämpften auch sie mit der schrecklichen Situation, von ihren Frauen und Kindern getrennt zu leben. Diejenigen, die Verluste erlitten hatten, fanden in ihrem gemeinsamen Kummer zusammen. Sie besuchten sich gegenseitig und versammelten sich in ihren Clubs und Kirchen, um einander in dieser tragischen Zeit eine Schulter zum Anlehnen und Ausweinen anzubieten. Ich konnte mich diesen Versammlungen nicht anschließen, denn ich merkte schnell, dass sie überwiegend aus konservativen alten Männern bestanden. Also musste ich den Schmerz, Graham verloren zu haben, ganz allein ertragen.

Aber die Tragödie hatte Onkel Henry und mich einander nähergebracht. Während wir vorher eine höfliche, aber doch distanzierte Beziehung zueinander gepflegt hatten, schuf die gemeinsame Trauer eine emotionale Basis, eine Art sicheren Raum, in dem wir beide offen über unsere Gefühle sprechen, unsere Ängste und Hoffnungen zum Ausdruck bringen konnten.

Während wir bei Andrew nach Kräften versuchten, uns gegenseitig Mut zu machen (»Wir dürfen die Hoffnung nicht aufgeben!«, sagten wir uns immer wieder), schien bei Graham wirklich nicht der geringste Hoffnungsschimmer mehr übrig zu sein. »Keine Überlebenden«, lautete der schmerzliche Bericht. Auch auf der Arbeit ließ sich nichts Besseres in Erfahrung bringen. Dort arbeitete ich nämlich mit Marineoffizieren zusammen, die, da sie über meine Situation Bescheid wussten, alle versuchten, herauszufinden, was eigentlich genau geschehen war und ob es Überlebenschancen gab.

Absolut null.

Ein paar Tage später erhielt Onkel Henry das Bestätigungstelegramm.

IM GEFECHT VERMISST. VERMUTLICH GEFALLEN.

Jetzt war es also endgültig.

Mir entging nicht im Geringsten, dass von den drei Huxley-Söhnen nun nur noch der am Leben war, den ich am wenigsten mochte. Victor. Derjenige, der sich am meisten in Gefahr begab. Derjenige, dessen Tod am wahrscheinlichsten war, derjenige, der sogar damit prahlte, wie oft er dem Tod ins Auge blickte, forderte das Schicksal noch immer heraus. Aber dann nahm auch Victors Geschichte eine unerwartete, schreckliche Wendung.

Diesmal war es Onkel Henry, der mir einen Besuch abstattete. Er hielt sich wegen irgendeiner Versammlung in Colombo auf und übernachtete für ein paar Tage in der Wohnung in *Cinnamon Gardens*. Während seines Aufenthalts führten wir das Ritual fort, das wir in Newmeads begonnen hatten, uns abends bei ein paar *Stengahs* über den Krieg, die Verluste und unser Leid auszutauschen. So saßen wir auch jetzt auf dem Balkon und betrachteten die Trümmer, die uns vom Leben der Jungs noch geblieben waren. Onkel Henry war nun dazu übergegangen, in Erinnerungen zu schwelgen, und redete von der Zeit, in der sie noch jung und unbeschwert gewesen waren, von den Unterschieden zwischen den beiden und von den Hoffnungen, die Tantchen in jeden von ihnen gesetzt hatte.

»Silvia hat immer gehofft, Victor würde früh heiraten«,

erzählte er an einem dieser Abende. »Er war so ein wilder Kerl! Sie dachte, ein ruhiges, vernünftiges Mädchen würde ihm guttun.« Er lächelte schief. »Ein Mädchen wie du. Sie ist eine leidenschaftliche Kupplerin, hast du das gewusst?«

»O ja«, erwiderte ich, »aber ich und Victor? Niemals!«

»Du magst ihn nicht besonders, oder?«, stellte er sachlich fest. Ich wollte es nicht abstreiten, denn schließlich stimmte es. Der Mut und die Führungsqualitäten aus seiner Kindheit hatten sich in seiner Jugend in Feindseligkeit und in seinem Erwachsenenleben in pure Aggression verwandelt. Es war zwecklos, das zu leugnen, genauso wie die Tatsache, dass mir seine Streitlust und sein Mangel an Empathie sauer aufstießen. Beides hatte er Tantchen – und mir – bei seinem letzten Besuch zu Hause bewiesen. Jene katastrophale Begegnung hatte einen bitteren Nachgeschmack bei mir hinterlassen, und ich hatte ihm noch immer nicht verziehen. Wann immer ich an Victor dachte, drängte sich dasselbe Bild vor mein geistiges Auge: dieses spöttische Grinsen, während er seine grotesken Andeutungen machte. Ich konnte den Gedanken nicht abschütteln: Warum hatte es stattdessen nicht ihn erwischt? So etwas durfte man nicht denken, das wusste ich, aber ich konnte nichts dagegen tun. Ich mochte ihn nicht.

Onkel Henry fuhr fort: »Ich mache dir keinen Vorwurf. Ich weiß selbst, dass er nicht gerade ein Märchenprinz ist.«

Ich gab ein vage zustimmendes Geräusch von mir. Da ich Victor vor seinem eigenen Vater schlecht kritisieren konnte, hielt ich mich lieber zurück. Onkel redete scheinbar ziellos weiter.

»Seltsamerweise war er bei den Mädchen allerdings immer sehr beliebt. Er soll ja ein ziemlicher Schwerenöter sein, wie ich gehört habe. Was ist es nur, das die Frauen immer so zu Schurken hinzieht?«

Da musste ich ihm widersprechen. »Das stimmt nicht!«,

protestierte ich. »Nichts widert mich mehr an als ein Mann, dem es an grundlegendem Anstand mangelt!«

»Aha! Also würdest du zustimmen, dass es Victor an grundlegendem Anstand mangelt.«

Ich zuckte kaum merklich mit den Schultern und hoffte, das würde als Antwort genügen, denn ich konnte unmöglich zustimmen, wenn es doch um Victor, um seinen letzten noch verbliebenen Sohn, ging. Mein Schweigen fasste Onkel Henry als Aufforderung auf, weiterzureden.

»Mir sind da ein paar unschöne Gerüchte über Victor zu Ohren gekommen«, sagte er. »Und ich habe mich gefragt, ob es in Ordnung für dich ist, wenn ich die mal anspreche. Ich bin mir nicht ganz sicher, ob man über derlei Dinge mit einem jungen Mädchen reden sollte, aber ... nun, die Sache beschäftigt mich schon eine ganze Weile, und eine weibliche Perspektive würde mir weiterhelfen.«

»Aha?«

»Also, weißt du, einer der anderen Plantagenbesitzer hat sich neulich mit mir unterhalten. Er hat auch einen Sohn verloren, also haben wir uns gegenseitig unser Mitgefühl ausgesprochen. Aber außerdem hat er noch eine Tochter, sie dürfte nur ein bisschen älter als du sein, glaube ich. Sie war auch an der *Girls' High School*. Offenbar war Victor einer ihrer Verehrer. Er hat ihr Hoffnungen gemacht, sie kannten sich schon seit ihrer Schulzeit in Kandy. Wie auch immer, erinnerst du dich noch daran, wie Victor nach seinem Fronturlaub – du weißt schon, seinem letzten Besuch hier – vorzeitig abgerauscht ist und seine Mutter damit in Verzweiflung gestürzt hat? Jedenfalls ist er damals direkt zu besagtem Mädchen gefahren. Sie wohnt in der Nähe von Nuwara Eliya, also nicht allzu weit weg. Vielleicht erinnerst du dich noch daran, dass er unser Auto genommen hat. Selbstverständlich wurde er von dem Mädchen und dann auch ihren Eltern mit offenen Armen empfangen. Wobei die Frau gar nicht die leibliche Mutter ist, der Mann hat sie als

Witwer geheiratet und hatte schon ältere Kinder aus erster Ehe. Natürlich hat sich Victor dabei nur von seiner besten Seite gezeigt ... wenn er möchte, kann er ja durchaus charmant sein.

Jedenfalls hat mir besagter Freund erzählt, dass er nachts etwas gehört hat, was wie ein Schrei klang. Nur ein kleines, gedämpftes Geräusch, so als wäre es erstickt worden. Also ist er aufgestanden, um der Sache auf den Grund zu gehen. Und zu seiner großen Überraschung hat er seltsame Geräusche aus dem Zimmer des Kindermädchens gehört ... eine junge Tamilin, die mit im Haus wohnt und sich als *Ayah* um die beiden kleinen Kinder kümmert. Er wusste nicht, was er tun sollte – er konnte ja schlecht einfach so hineinplatzen – also hat er ganz sacht an die Tür geklopft und ihren Namen gerufen.

Und zwei Sekunden später kam ihm aus der Tür kein Geringerer als unser Victor entgegen. Er hat wohl ziemlich verlegen gewirkt und sich gerade das Hemd in die geöffnete Hose gesteckt. Und dann hat er meinen Freund ganz nonchalant angegrinst, hat ihm zugezwinkert und gesagt: ›Das bleibt zwischen uns Männern, ja?‹, als wäre die Angelegenheit damit geklärt.«

An dieser Stelle verstummte Onkel Henry abrupt. Vor Schock hatte es mir die Sprache verschlagen. Ich war fassungslos. Endlich gelang es mir, eine einzige Frage hervorzupressen, obwohl ich die Antwort darauf schon längst kannte.

»Wie heißt die Familie, Onkel Henry?«

»Harrison.«

Zwischen uns herrschte Stille. Während ich meinen *Stengah* in einem Zug austrank, zitterte ich vor Wut und Entsetzen. Dann nahm Onkel Henry den Faden wieder auf.

»Die Sache ist die ... mein Freund wusste nicht, was er davon halten sollte. Hatte ihn das Mädchen in ihr Zimmer gebeten? Hatte sie so lange mit ihm geflirtet, bis er erregt genug war, um ... na ja, um einen Schritt weiterzugehen? So sind Jungs nun mal. Hatte sie einen schlechten Charakter? Sollte er

sie fristlos entlassen? Oder – was deutlich schlimmer wäre –
hatte Victor sie bedrängt?«

Schließlich brachte ich noch eine weitere Frage hervor:

»Was hat Mr Harrison getan?«

»Na, er hat gar nichts getan. Die Sache hat sich von selbst
erledigt. Kurz nach dem Vorfall kam die Anweisung, dass seine
Frau und die Kinder evakuiert werden sollten, also sind sie
abgereist und haben das Mädchen zurückgelassen. Er musste
gar nichts machen. Es war ja auch nur ein einziger kleiner
Zwischenfall, aber er fand, als Victors Vater sollte ich davon
erfahren. Unter Freunden. Das ist die ganze Geschichte.«

Aber das war bei Weitem nicht die ganze Geschichte.

Dieser einzige kleine Zwischenfall hatte dazu geführt, dass
nun irgendwo in Indien ein kleiner Junge in einem Waisenhaus
aufwuchs und das Leben einer jungen tamilischen Frau durch
Victor Huxleys Schuld komplett zerstört war. Und ich war der
einzige Mensch, der die ganze Wahrheit kannte. Außer Usha
natürlich. Und Usha würde nie darüber sprechen.

Innerlich brodelte ich vor Wut, aber ich wusste, dass ich
meinen nächsten Zug mit größter Vorsicht planen musste.
Victor war Onkel Henrys geliebter Sohn, also wusste ich genau,
wem seine Loyalität galt. Darum wählte ich meine nächsten
Worte mit Bedacht:

»Und das Mädchen ... was ist aus ihr geworden? Hat sie, na
ja, du weißt schon ... hat sie sich je über sein Verhalten
beschwert?«

»Tja, Liebes, und genau da ist der Haken. Deswegen
spreche ich überhaupt mit dir darüber. Es ist schließlich ein
sehr heikles Thema, das man normalerweise nicht mit einer
Frau besprechen würde. So etwas klären Männer normaler-
weise untereinander. Aber wie der Zufall so will ist das
Mädchen, die *Ayah,* ausgerechnet das Mädchen, das bis vor
Kurzem noch bei uns in Newmeads gearbeitet hat. Sunitas
Tochter. Sie hat in der Küche ausgeholfen, ich erinnere mich

sogar an sie. Ein hübsches junges Ding, wenn ich mich recht entsinne. Nun, normalerweise mische ich mich ja nicht in die Angelegenheiten unserer Bediensteten ein, aber ich weiß noch, wie Silvia sich über die freundschaftliche Beziehung beschwert hat, die sich zwischen dir und einem unserer Dienstmädchen entwickelt hat, und ich glaube, damit meinte sie genau dieses Mädchen. Sie nannte das eine ›unangemessene Freundschaft‹, konnte damals aber nicht wirklich etwas dagegen unternehmen. Und dann war da ja noch diese Sache mit Andrew.«

»Diese Sache mit Andrew?« Ich musste Unwissenheit vortäuschen, denn ich hatte keine Ahnung, wie viel Onkel Henry oder Tante Silvia von jener *Sache* tatsächlich mitbekommen hatten.

»Na ja, du weißt schon. Eine kleine Liebelei. Ein Techtelmechtel, oder wie auch immer ihr jungen Leute das heutzutage nennt. Natürlich war Andrew damals noch ein junger Bursche und darum leicht zu verführen. Also wirkt es auf mich so, als nähme es dieses Mädchen mit der Moral nicht ganz so genau, als wäre sie ein ziemliches Flittchen. Das ganz gerne mal junge Männer verführt, und so weiter. Wer kann ihnen da schon einen Vorwurf machen, wenn sie der Versuchung dann erliegen? Dazu braucht es ja nicht viel. Aber ich schätze, ein braves Mädchen wie du hat mit so etwas nicht viel am Hut.«

Innerlich brodelte ich immer mehr, aber um herauszufinden, was er sonst noch zu sagen hatte, schwieg ich.

»Also, Rosie, um damit zu meiner eigentlichen Frage zu kommen: Stehst du mit dem Mädchen noch in Kontakt? Ich habe gehört, ihr schreibt euch noch Briefe?«

»Warum fragst du, Onkel?«

»Nun, weil an der Geschichte doch noch etwas mehr dran ist. Es sieht so aus, als hätte Mrs Harrison das Mädchen, so wie du auch, ziemlich ins Herz geschlossen, eine freundschaftliche Beziehung zu ihr unterhalten. Nie eine gute Idee, mit Bediensteten anzubandeln. Jedenfalls ist Victor am nächsten Morgen wohl noch vor Tagesanbruch aufgebrochen und hat den Harrisons einen Brief hinterlassen, in dem er ihnen für ihre Gastfreundschaft gedankt hat und so weiter und so fort. Aber als Mrs Harrison das Mädchen danach zu Gesicht bekommen hat, hat sie bemerkt, dass ihr Gesicht, Hals und, wie sie später noch herausgefunden hat, auch ihr Körper mit schlimmen Blutergüssen übersät waren. Also hat sie das Mädchen zur Rede gestellt, das natürlich zuerst nicht mit der Sprache herausrücken wollte, aber im Prinzip war es wohl offensichtlich, dass sie sehr brutal missbraucht worden sein musste. Schließlich hat Mrs Harrison sie dann doch noch dazu gebracht, zuzugeben, was sie bereits vermutet hatte: nämlich, dass Victor sich ihr aufgezwungen hatte.«

Ich schnappte nach Luft, und diesmal war mein Schock echt. Obwohl ich bereits eins und eins zusammengezählt hatte, war es schrecklich, nun bestätigt zu bekommen, dass Victor Usha dermaßen brutal vergewaltigt hatte.

»Mrs Harrison war davon so angewidert, dass sie ihren Mann dazu gedrängt hat, rechtliche Schritte gegen Victor einzuleiten. Ihn wegen Vergewaltigung anzuzeigen. Ich weiß nicht, was da in sie gefahren war ... sich so gegen einen geschätzten Gast des Hauses zu wenden, und das, obwohl es ja doch nur ein Dienstmädchen betroffen hat. Gott sei Dank hat sich Mr Harrison als echter Freund erwiesen und sich geweigert. Wir Engländer müssen schließlich zusammenhalten. Aber er fand es nur recht und billig, dass ich über die Gefahr in Kenntnis gesetzt wurde. Selbst wenn Mrs Harrison den Vorfall nicht meldet, könnte es immer noch das Mädchen tun.«

»Und hat sie es getan?«

Ich wusste, dass sie nichts gemeldet hatte. Aber ich wollte ergründen, wie weit Onkel Henry in seiner Perfidie tatsächlich gehen würde. Ich spürte genau, dass er versuchte, alles so zu drehen, dass Victor unbeschadet da herauskommen würde. Sollte dieser »Zwischenfall« je an die Öffentlichkeit gelangen, dann würde er die Schuld allein Usha in die Schuhe schieben, und unser voreingenommenes Rechtssystem würde selbstverständlich wie immer die englische Seite bevorzugen.

»Nicht, dass ich wüsste. Aber deswegen wende ich mich ja an dich, Rosie. Ich gehe davon aus, dass du trotz deiner früheren Freundschaft mit diesem Mädchen immer auf der Seite der Familie stehen wirst. Denn wir sind ja immerhin auch deine Familie, und Victor ist ja fast so etwas wie ein Bruder für dich.«

»Also, Onkel, du kannst dir sicher sein, dass ich keinen Kontakt mehr zu Usha habe.«

»Also weißt du nicht, was aus ihr geworden ist? Und wo sie nach Mrs Harrisons Evakuierung hingegangen ist? Sie haben es zwar geschafft, die ganze Sache während ihrer restlichen Zeit in Ceylon unter den Teppich zu kehren, aber man muss sich doch fragen, was aus dem Mädchen geworden ist und ob sie noch Groll gegen Victor hegt und vorhat, Anzeige zu erstatten ... irgendwann mal, und sei es auch erst in ein paar Jahren. Victor ist jetzt der einzige Sohn, der uns geblieben ist. Angenommen, er überlebt den Krieg – worauf wir alle hoffen und wofür wir alle beten –, dann würde er eines Tages Newmeads erben, und eine solche Anschuldigung könnte, selbst wenn sie sofort widerlegt wird, seinen Ruin bedeuten. Also habe ich mich gefragt ...«

Er hielt inne. Ich war ungeduldig, den Rest dessen zu hören, was er zu sagen hatte. »Ja?«, hakte ich nach.

»Ich habe mich gefragt ... ob du vielleicht noch Kontakt zu ihr hast ...« Auf diesen Satz hin atmete ich erleichtert auf. Meine Antworten auf seine letzten Fragen hatte er gar nicht erst abgewartet: Was aus Usha geworden und wo sie nach der Evakuierung hingegangen war. Zu lügen wäre mir schwergefallen. Onkel Henry hielt inne, um auf meine Reaktion zu warten, und als diese ausblieb, fuhr er fort.

»Falls dem so wäre, könntest du sie ja darüber in Kenntnis setzen, dass erstens jede Anschuldigung dieser Art aussichtslos ist, da Mrs Harrison nicht als Zeugin für sie eintreten wird. Dafür wird ihr Mann schon sorgen. Und dass zweitens unsere Familie dazu bereit wäre, ihr Schweigen reich zu belohnen.«

Damit waren wir also endlich am Kern der Sache angelangt: Ushas Schweigen sollte erkauft werden. Ich fragte mich, wie Onkel Henry darauf reagieren würde, wie viel er ihr bieten würde, wenn er wüsste, dass Usha sogar Victors Kind zur Welt gebracht hatte. Was seine Kameraden dazu wohl sagen würden? Dass er der Großvater eines Mischlingskindes war?

Dieses Wissen würde ich allerdings für mich behalten. Solange wie nötig. Solange mein Schweigen Usha dienlich war. Notfalls auch für immer.

Es gab nur einen anderen Menschen, der ein Recht darauf hatte, davon zu erfahren, und das war Andrew. Aber Andrew war »im Gefecht vermisst, vermutlich in Gefangenschaft«. Vielleicht war er auch tot. Höchstwahrscheinlich sogar. Sowohl er als auch Freddy.

Es erschien mir so, als wären all unsere Schicksale untrennbar miteinander verwoben: meines, Freddys, Andrews, Ushas. Victors.

Nach diesem Krieg würden wir alle mehr wissen. *Wann auch immer das war.*

Vorerst sagte ich nur: »Ich schwöre, dass ich keinen Kontakt mehr zu Usha habe, Onkel.«

Was zu diesem Zeitpunkt ja tatsächlich der Wahrheit entsprach. Aber noch während ich den Satz aussprach, wusste ich, dass dieser Zustand nicht lange anhalten würde. Ich hatte Usha bitter Unrecht getan, und es war an der Zeit, wieder mit ihr in Kontakt zu treten. Pater Bear würde wissen, wo ich sie finden konnte. Ich musste mich bei ihr entschuldigen.

KAPITEL 30

Und dann fiel Victor, und zwar im wahrsten Sinne des Wortes. Wir erfuhren nur, dass sein Flugzeug über dem Pazifik, in der Nähe der Andamanen, abgeschossen worden war. Die anderen Piloten seines Geschwaders berichteten von einer Explosion, von einem Feuerball, der in den Ozean stürzte. Einen Piloten, der mit einem Fallschirm abgesprungen war, hatten sie nicht gesehen.

Diesmal gab es keine Überlebenschance. Kein »vermutlich gefallen«.

Außerdem erfuhren wir es diesmal weder in einem Telegramm noch aus dem Radio.

»Persönlich überbracht!«, berichtete Onkel Henry am Telefon. »Von zwei hochrangigen Offizieren des *State Emergency Operations Centers* in Kandy. Sie sind gestern Abend in einem Jeep hier hergefahren gekommen.«

Seine Stimme zitterte, und ich wusste, dass er mit aller Macht versuchte, einen Gefühlsausbruch zu unterdrücken. Jeder wusste, dass Victor sein Lieblingssohn gewesen war.

Da ich inzwischen wusste, was ich wusste, war mein Verhältnis zu Victor mehr als abgekühlt, sodass die Nachricht von seinem Tod trotz unserer früheren Freundschaft widerstreitende Gefühle in mir auslöste. Gerne hätte ich um meinen alten Spielgefährten getrauert, unseren unerschrockenen Anführer bei allen Abenteuern, mit dem ich gelacht und herumgealbert hatte, mit dem ich auf Bäume geklettert und in das eisige Wasser beim Wasserfall gesprungen war. Aber das konnte ich nicht, denn der Junge von damals existierte nicht mehr. Seinen Platz hatte stattdessen eine dunklere, boshaftere Version seiner selbst eingenommen: ein Mann, der vom Krieg, vom sinnlosen Töten und von der schrecklichen Gewalt so abgestumpft war, dass ihm jegliches Anstandsgefühl abhandengekommen war. Dieser Mann, der mich ohne jede Emotion in meinem eigenen Zimmer herausgefordert und meine Freundin brutal vergewaltigt hatte, war nicht mehr mein Freund, und als ich von seinem Ableben erfuhr, spürte ich nicht die geringste Trauer um ihn.

Aber um Onkel Henry machte ich mir sehr wohl Sorgen. Obwohl Victor strenggenommen kein leiblicher Verwandter war, schaffte ich es, Sonderurlaub zu bekommen. Und auch um Tante Silvia machte ich mir Sorgen, denn jetzt standen Onkel und ich vor der schrecklichsten Aufgabe: Wir mussten ihr die schlimmste aller Nachrichten überbringen. Nicht mehr *vermutlich in Gefangenschaft*. Nicht mehr *vermutlich gefallen*. Diesmal war es unabgemildert der ungeschönte Tod, dem sie, dem wir alle ins Gesicht blicken mussten, und das mussten wir ihr beibringen.

Drüben in Südafrika hatte sich Evelyn Carruthers indessen für Tantchen als wahre Freundin in der Not erwiesen. Sie waren nun alle zusammen in einen Bungalow mit Garten gezogen: Tante Silvia, Mrs Carruthers und deren Tochter Gwen. Im Exil waren die zwei älteren Damen zu echten Freundinnen geworden. Während der beiden vorangegangenen Katastrophen hatte Mrs Carruthers Tantchen von ganzem Herzen und nach Leibeskräften unterstützt. Diese dritte würde nun die letzte und schwerste Prüfung werden. Denn nicht genug damit, dass Victor wirklich unwiderlegbar, mit absoluter Sicherheit und ohne jeden Hoffnungsschimmer tot war, er war außerdem auch der letzte ihrer Söhne, das letzte ihrer Kinder. Wie konnte eine Mutter eine solche Nachricht je verkraften? Für Onkel Henry war es fast noch schlimmer, die Hiobsbotschaft durch eine Mittlerin überbringen lassen zu müssen, als sie selbst zu erfahren, egal wie feinfühlig und sanft diese Mittlerin auch sein mochte.

Ich litt mit allen mit: mit Onkel, mit Tantchen, mit Mrs Carruthers. Aber es gab nichts, was ich hätte tun können. Ich kann mir kein schlimmeres Los vorstellen als das einer Mutter, deren Söhne in den Krieg ziehen und darin umkommen. Drei perfekte Kinder zur Welt gebracht zu haben, nur um sie im Schlund des Konflikts untergehen zu sehen: was für ein grauenhaftes Schicksal.

Ich fand, Usha sollte erfahren, dass ihre Nemesis tot war. Außerdem musste ich ihr dringend mitteilen, dass ich wusste, wer der Vater ihres Babys war und wie sich alles abgespielt hatte. Und ich musste sie um Vergebung dafür bitten, je an ihr gezweifelt zu haben.

Das alles schrieb ich ihr in einem langen Brief. Ich berichtete ihr, dass Victor tot war und Andrew wahrscheinlich auch. Da ich nicht gewusst hatte, wie ich die ganze Sache ansprechen sollte, ob ich sie mit meinem Wissen hätte konfrontieren oder doch besser schweigen sollen, gleichzeitig aber auch das Bedürfnis gehabt hatte, ihr als Freundin zur Seite zu stehen, hatte ich ihr seit Ewigkeiten schon nicht mehr geschrieben. Alles war so furchtbar kompliziert. Wir alle klammerten uns an die Hoffnung, dass Andrew aus der Gefangenschaft heimkehren würde, und ich wusste, dass auch Usha sich an diese Hoffnung klammern würde. Und nachdem ich nun wusste, dass sie ihn nie betrogen hatte, hatte ich umso mehr Mitleid mit ihr. Selbst wenn Andrew überlebte, wie würde die Zukunft für ihn aussehen? Für Usha, für sie gemeinsam, für Victors Kind?

In dem Wissen, dass er den Brief weiterleiten würde, adressierte ich ihn an Pater Bear im Waisenhaus von Vellore.

Meine liebe Usha, es gibt so vieles, was ich dir erzählen muss, ich weiß gar nicht, wo ich anfangen soll. Ich weiß alles, Usha. Ich kenne jetzt die Wahrheit, die ganze Wahrheit darüber, was dir zugestoßen ist und wer Lukes Vater wirklich ist. Ich weiß jetzt, dass es nicht Andrew ist. Letzteres wusste ich schon länger und habe es dir sehr übel genommen, habe dir aber beides nie gesagt und muss mich nun bei dir entschuldigen, weil ich dich so verkannt habe. Ich weiß, dass Victor der Vater ist. Ich weiß, dass er dich vergewaltigt hat. Und dafür hasse ich ihn unendlich! Aber jetzt ist er tot. Darüber wirst du sicher erleichtert sein.

Aber Usha, das ist noch nicht alles. Der Krieg hat die Huxleys hart getroffen. Ich weiß gar nicht, was ich sagen soll. Wir haben auch Andrew verloren. Möglicherweise ist er in Gefangenschaft, aber sicher lässt es sich nicht sagen. Im Moment können wir einfach nur hoffen und beten. Ich wünschte, ich könnte jetzt bei dir sein, um dir zur Seite zu stehen ...

Ihre Antwort fiel sehr knapp aus.

Ich habe Andrew schon immer geliebt und werde ihn immer lieben. Ich spüre mit großer Sicherheit, dass er am Leben ist und zu mir zurückkommen wird. In dieser Hoffnung lebe ich.

Ja, das Kind ist von Victor. Ich habe versucht, meinen Sohn aus meinem Herzen zu verbannen, aber ich schaffe es nicht. Ich weiß nicht, was die Zukunft bringen wird. Das liegt alles in Gottes Hand. Ich hoffe, dass wir uns irgendwann wiedersehen werden, Rosie, denn ich liebe dich.

Ja, das Jahr 1943 war für uns alle eine einzige Tragödie, ein echtes *Annus horribilis*. Und es traf nicht nur uns: Auch Sunita bekam die Zerstörungskraft des Krieges mit Wucht zu spüren. Nach wie vor arbeitete sie für Tantchen und Onkel. Was hätte sie sonst auch tun können? Onkel Henry hatte ihre Familie, sie und Rajkumar, aus Indien mitgebracht, als er die Plantage übernommen hatte. Das Drama um Usha war offenbar vergeben, wenn nicht sogar vergessen, und selbst mir gegenüber schaffte sie es inzwischen wieder, sich höflich und nett zu verhalten.

Aber in diesem Jahr kam Yogesh, Sunitas und Rajkumars ältester Sohn, der sich freiwillig zum Dienst in einem Infanteriebataillon der *Ceylon Defence Force* gemeldet hatte, in Burma ums Leben. Karthik, ihr anderer Sohn, überbrachte ihr die Nachricht mitten am Tag. Onkel Henry und ich saßen gerade auf der Veranda, als wir ihren Aufschrei hörten, und als wir in die Küche rannten, fanden wir sie schluchzend und bebend auf dem Boden vor. Karthik informierte uns über die schlimmen Neuigkeiten.

»Er hinterlässt eine Witwe und einen kleinen Jungen, Sir«, sagte Karthik. »Es ist eine Katastrophe.«

»Sie muss unbedingt nach Hause«, erwiderte Onkel Henry ohne zu zögern. »Sie bekommt die Woche frei.«

»Dann werde ich einspringen und für Sie kochen, Sir. Ich bin ... ich war ein professioneller Koch im *Galle Face*.«

»Du *warst*?«

»Ja, Sir. Ich wurde entlassen, gibt gerade nicht so viel zu tun.«

»Na schön. Wir freuen uns darauf, dich bei uns zu haben.« Und so kam es, dass Karthik, den ich schon mochte, seit wir als Kinder zusammen gespielt hatten, bei den Huxleys anfing. Eine Woche später kehrte auch Sunita wieder an die Arbeit zurück, aber sie hatte sich verändert: Sie ging gebückt und ihre Wangen waren eingefallen, als hätte sie tagelang nichts gegessen. Sie war nur noch ein Schatten ihrer selbst.

* * *

Dennoch ging das Jahr noch einigermaßen gut zu Ende. In Europa hatte sich das Blatt endlich gewendet und es kristallisierte sich deutlich heraus, dass die Nazis den Krieg verlieren würden. Die Alliierten siegten, zumindest in Europa.

Hier in Asien war der Ausgang weitaus ungewisser, aber wir klammerten uns an die Nachrichten der BBC wie an einen Rettungsanker, und in unseren Herzen keimte allmählich die Hoffnung, eines Tages ebenfalls aufatmen zu können.

Und dann wurde endlich auch der Evakuierungsbefehl aufgehoben und Tante Silvia kam mit Mrs Carruthers, Gwen und allen anderen *Mems* aus dem Exil zurück. Schiffe voller Frauen und Kinder fuhren in den Hafen Colombos ein und die Männer strömten in Scharen zu den Anlegestellen, um ihre lange vermissten Frauen und Kinder wieder in die Arme zu schließen. Es herrschte große Freude, ja sogar Ausgelassenheit, und die Weihnachtssaison im *Galle Face Hotel* war so fröhlich wie nie zuvor.

Bei ihrer Ankunft trug Tante Silvia einen Schleier und schwarze Trauerkleidung. Ich stand mit Onkel Henry am Dock, um sie abzuholen. Seltsamerweise warf sie sich zuerst mir in den Arm und umklammerte mich eine Weile schwankend, bevor sie sich schließlich Onkel Henry zuwandte und unter einem Sturzbach von Tränen in seinen Armen zusammenbrach.

Sie besuchte keine einzige Feier. Stattdessen verbrachten sie und Onkel Henry einen ruhigen Abend bei mir in *Cinnamon Gardens*. Am nächsten Tag kehrten sie gebrochenen Herzens nach Newmeads zurück. Es gab nichts, was ich sagen oder tun konnte, um ihr Leid zu mildern. Dieses Tal der Schatten mussten sie ganz allein durchqueren. Immerhin waren sie endlich wieder vereint. Vereint und kinderlos. Wie leer Newmeads Tante Silvia nun erscheinen musste! Ich hatte solches Mitleid mit ihr.

Zu meiner Überraschung forderten sie mich auf, sie zu besuchen. Ich hatte geglaubt, sie würden mit ihrer Trauer allein sein wollen, aber das Gegenteil war der Fall. Sie wollten mich an ihrer Seite haben. Obwohl ich streng genommen kein wirkliches Familienmitglied war, gehörte ich doch so sehr dazu, dass ich an ihrem Schmerz aufrichtig Anteil nahm und ihn so ein wenig mildern, ein wenig abfangen konnte. Sie hatten alles verloren. Sie hatten drei Jungen großgezogen, nur um sie alle sterben zu sehen. Was blieb ihnen da noch? Eine Teeplantage, ja, und natürlich ihr eigenes Leben, das aber nun leer war ohne die Familie, in die sie so viel Zeit und Liebe investiert hatten. Dennoch blieben ihnen noch zwei blasse Hoffnungsschimmer: Andrew, vermutlich in Gefangenschaft, und, noch blasser, Graham, vermutlich gefallen. An diese beiden Hoffnungsschimmer, besonders an den stärkeren der beiden, klammerten sie sich, als hinge ihr Leben davon ab.

»Wenn er gefangen genommen wurde«, erklärte Onkel Henry immer wieder, »werden sie ihn nach Singapur ins Kriegsgefangenenlager Changi gebracht haben. Nach dem Krieg wird er gemeinsam mit den anderen britischen Gefangenen freigelassen werden.«

»So wird es sein«, antwortete Tantchen dann immer, und zwar mit deutlich größerer Überzeugung als damals, als wir zum ersten Mal mit der Nachricht konfrontiert worden waren. Ursprünglich hatte sie nicht daran geglaubt, dass die Japaner auch nur einen Kriegsgefangenen am Leben lassen würden. Aber jetzt *musste* sie daran glauben.

Und ich bestärkte sie in dieser Hoffnung. »Bestimmt war es so«, bekräftigte ich immer und immer wieder. Und so lebten wir von Tag zu Tag und hielten uns gegenseitig die Hoffnungsschimmer am Glimmen.

Nach wie vor arbeitete ich in Colombo, aber jetzt kehrte ich jedes Wochenende an den Ort zurück, der mir ein Zuhause geworden war: an den Ort, an dem ich nun wahrhaftig als Tochter empfangen wurde. Und mehr denn je sehnte ich mich nach dem Ende dieses fürchterlichen Krieges. Für die Daheimgebliebenen, die verzweifelt auf Neuigkeiten von ihren Lieben warteten, war es die reinste Folter.

KAPITEL 31

Irgendetwas musste ich wegen Tante Silvia unternehmen. Es wurde von Tag zu Tag schlimmer. Als ich eines Wochenendes in Newmeads ankam, stellte ich fest, dass sie es den ganzen Tag noch nicht aus dem Bett geschafft hatte. Sie lag oben im Schlafzimmer, hatte die Decke bis zum Kinn hochgezogen und die Vorhänge geschlossen. Das Moskitonetz, das in einem Knoten über dem Bett hing, war der einzige Hinweis auf die fortgerückte Tageszeit. Sie war noch im Nachthemd und roch ungewaschen. Die Luft war heiß, stickig und muffig, und der Deckenventilator tat nichts anderes, als sie sinnlos durch den Raum zu wirbeln. Es war grauenhaft.

»So verhält sie sich schon seit Tagen«, gestand mir Onkel Henry. »Ich weiß nicht, was ich tun soll. Es ist fast so, als hätte sie das Leben aufgegeben.«

Onkel Henry selbst war es immerhin gelungen, weiterzumachen; schließlich hatte er noch die Plantage zu verwalten, und selbst, wenn er nun keinen Erben mehr zu haben schien, stellte das doch eine Ablenkung und einen Grund für ihn dar, jeden Morgen aufzustehen. Sobald er am Abend nach Hause kam, trank er genug *Stengahs,* um zu vergessen, und verkroch sich anschließend gleich ins Bett. So versuchten sie auf unterschiedliche Art zu vergessen: Tante Silvia flüchtete sich in den Schlaf, Onkel Henry in Alkohol und Ablenkung.

Und Ablenkung, da war ich sicher, war auch das, was Tantchen dringend nötig hatte, um den lähmenden Fängen des Schlafes entkommen zu können. Allerdings würde diese Ablenkung stark genug sein müssen, um sie aus dem finsteren Nebel zu reißen, der sie umgab. Ich brauchte nur einen einzigen Schritt in ihr Zimmer zu setzen, um mich sofort deprimiert zu fühlten. Irgendetwas musste ich dagegen unternehmen, aber was? Auf der Suche nach irgendeiner Inspiration zerbrach ich mir förmlich den Kopf.

Und die Inspiration stellte sich tatsächlich ein, wenn auch nicht durch mich, sondern durch Sunita.

Sunita kümmerte sich um Tantchen. Sie brachte ihr Essen, putzte ihr Zimmer und wusch sie jeden Morgen notdürftig im Bett. Tante Silvia stand wirklich nur auf, um nebenan auf die Toilette zu gehen, die Sunita ebenfalls reinigte. Sie hatte einen sechsjährigen Jungen bei sich, ihren Enkel, den Sohn von Yogesh, ihrem Ältesten, der im Krieg gefallen war. Seine Witwe war bei Sunita eingezogen und arbeitete in der Teefabrik, also kümmerte sich Sunita um den Kleinen, wenn er nicht in der Schule war. Er war ein reizender kleiner Junge, der seiner Großmutter gerne im Haushalt zur Hand ging. Sein Name war Kannan.

Bald schon fand ich heraus, dass Kannan ein aufgewecktes, wissbegieriges Kerlchen war und hervorragend Englisch sprach. Sunita erzählte mir, dass er die Dorfschule besuchte, wo auf Englisch unterrichtet wurde – sie war von den hiesigen Plantagenbesitzern gegründet worden, um die nächste Generation von Arbeitern heranzuziehen, die des Englischen mächtig wären.

An meinem ersten Tag zu Hause an jenem zweiten Wochenende hörte ich jemanden auf dem alten Klavier klimpern, das Tantchen vor Jahrzehnten aus England hatte kommen lassen und auf dem sie nicht mehr gespielt hatte, seit ... seit wann eigentlich? Als ich darüber nachdachte, stellte ich fest, dass sie seit Kriegsbeginn nicht mehr gespielt hatte. Wie hatte mir das nur entgehen können?

Neben der Familie war das Klavier schon immer Tantchens größte Leidenschaft gewesen. Sie hatte von klein auf gespielt und war schon als junges Mädchen außergewöhnlich talentiert gewesen. Noch zu Hause in England hatte sie schon Kindern Klavierunterricht gegeben, obwohl sie selbst noch ein Teenager war, und als sie dann zu ihren Eltern nach Kuala Lumpur gezogen war, erfreute sie sich bei den englischen Damen vor Ort als Klavierlehrerin für deren Kinder größter Beliebtheit. Sie war eine ausgezeichnete Lehrerin gewesen, ich weiß noch, wie Amma immer davon erzählt hatte. Und Amma hatte mit ihrer wunderschönen Stimme in Tantchen bald eine ausgezeichnete Partnerin gefunden. Gemeinsam wickelten sie ihre Landsleute auf jeder Party und jeder sozialen Veranstaltung um den Finger, Tantchen an den Tasten und Amma mit ihrem Gesang. So hatten sie meines Wissens auch ihre Ehemänner gefunden. Zwei hübsche, fröhliche, aufgeweckte achtzehnjährige Mädchen, die eine mit der Stimme eines Engels und die andere mit außergewöhnlich geschickten Fingern, die sie über die Klaviertasten tanzen ließ: Sie waren die beliebtesten Mädchen in ganz Kuala Lumpur. Lucy und Silvia. Jeder liebte die beiden.

Die Ehe hatte das Duo schließlich auseinandergebracht, und die Kinder hatten ihr Übriges getan. Im Laufe der Jahre waren Gesang und Klavierspiel für beide zum bloßen Hobby verkommen, dem sie sich widmeten, wenn sie mal ein bisschen Zeit übrig hatten. Gelegentlich, um andere zu unterhalten, aber größtenteils zur eigenen Zerstreuung.

Aber seit Kriegsausbruch, seit sich Victor in den Dienst der Armee gestellt hatte, war das Klavier verstummt. Und jetzt hörte ich wieder seine Klänge. Es war nur ein zögerliches Klimpern in den oberen Oktaven, keine richtige Melodie. Ich eilte los, um der Sache auf den Grund zu gehen, und da sah ich ihn: Kannan, der am geöffneten Klavier stand und die Finger seiner rechten Hand über die schwarzen und weißen Tasten tanzen ließ.

Leise trat ich von hinten an ihn heran. »Hallo Kannan!«, sagte ich. Er zuckte zusammen, blickte verängstigt zu mir auf, um dann schnell – aber vorsichtig, wie mir auffiel – den Deckel zu schließen.

»Tut mir leid, Miss«, murmelte er.

»Nein, nein!«, erwiderte ich hastig. »Ich bin nicht hier, um mit dir zu schimpfen! Ich freue mich, dass du dich für das Klavier interessierst. Hast du schon mal jemanden spielen hören?«

Er schüttelte den Kopf. »Nein, Miss.«

»Soll ich dir etwas vorspielen?«

»Ja, bitte, Miss!«

»Also gut!« Ich öffnete den Deckel wieder, setzte mich auf den Hocker und spielte dann eines der Lieder, die mir Amma vor so langer Zeit beigebracht hatte, und sang auch dazu. Das weckte schmerzliche Erinnerungen an damals, als Amma und ich in Shanti Nilayam gemeinsam am Klavier gesessen hatten, ich spielend, sie singend, genau dieses Lied. Es war zwar nicht besonders kindgerecht, wie ich fand, aber es war das erste, das mir in den Sinn gekommen war.

> *Early one morning,*
> *Just as the sun was rising,*
> *I heard a young maid sing,*
> *In the valley below.*
> *Oh, don't deceive me,*
> *Oh, never leave me,*
> *How could you use*
> *A poor maiden so?*

Als ich das Lied beendet hatte, blickte ich zu ihm auf. Seine Augen leuchteten. »Wirklich schön!«, sagte er.

»Soll ich noch eins singen?«

»O ja, bitte!«

Also sang ich ihm *English Country Garden*, ein weiteres Lieblingslied aus meiner Kindheit, vor:

How many different sweet flowers grow
In an English country garden?
We'll tell you now of some that we know
Those we miss you'll surely pardon
Daffodils, heart's ease and flox
Meadowsweet and lady smocks
Gentian, lupine and tall hollihocks
Roses, foxgloves, snowdrops,
Blue forget-me-nots
In an English country garden.

Kannan sah mich besorgt an. »Die ganzen Wörter kenne ich überhaupt nicht!«, gestand er mir und wirkte ernstlich beunruhigt. Damit meinte er die Blumennamen, die in dem Lied vorkamen.

Ich lachte. »Natürlich kennst du die nicht! Das sind ja auch englische Blumen.«

»Ach so«, erwiderte er. »Aber es ist ein schönes Lied!«

»Als ich in deinem Alter war, habe ich es oft mit meiner Amma gesungen, und außer den Rosen kannte ich die Blumen auch nicht. Meine Amma allerdings auch nicht. Sie hatte das Lied wiederum von *ihrer* Amma gelernt, die noch in England aufgewachsen war. Aber ich habe eine Idee. Vielleicht können wir es umschreiben und diese ganzen Blumen durch solche ersetzen, die wir kennen?«

»Au ja! Das machen wir!«

Was für ein reizendes Kind er doch war!

»Also schön!«, sagte ich bestimmt. »Dann fangen wir am besten mit einer Liste an. Ich hole etwas zum Schreiben.«

Ich eilte in mein Zimmer und kam mit Stift und Notizblock zurück. »Und jetzt, Kannan, nennst du mir alle Blumen, die du kennst. Was ist deine Lieblingsblume?«

»Die Rose!«, sagte er wie aus der Pistole geschossen. »Aber Bougainvillea mag ich auch sehr gerne, und Jasmin riecht so gut, und Studentenblumen sind so hübsch, sie sehen wie kleine Sonnen aus, und ...«

»Warte, warte, nicht so schnell! Ich komme ja gar nicht mit!«, unterbrach ich ihn lachend und schrieb eilig die Namen auf unsere Liste. Er kannte Blumen, von denen ich noch nie gehört hatte, und schien ein eifriger kleiner Gärtner zu sein. Bald schon hatten wir eine Liste von mindestens zehn Blumen erstellt.

»Das sollte reichen!«, sagte ich schließlich und ging die Liste durch.

Kannan tat es mir gleich. »Nichts davon reimt sich. So wird das nicht klappen!«

Wie scharfsinnig er doch war! »Das macht nichts«, erwiderte ich. »Es gibt viele Lieder und Gedichte ohne Reime. Es wird also vielleicht nicht *ganz* so wie die englische Version klingen. Aber wir können immerhin einen guten Rhythmus finden, um das auszugleichen.«

»Was ist ein Rhythmus?«

Also erklärte ich ihm Rhythmus, Takt und Metrum, während er verständig nickte.

Gemeinsam schoben wir die bekanntesten Blumennamen im Text hin und her, um einen passenden Rhythmus zu finden. Kannan war genauso eifrig bei der Sache wie ich und hatte intuitiv ein gutes Gespür für das Metrum. Er zählte die Silben, klopfte dazu im Takt und summte die unterschiedlichen Versionen vor sich hin, während ich die Melodie dazu spielte. Wir hatten sogar eine kleine Meinungsverschiedenheit: Ich wollte den Titel, *English Country Garden*, durch *Ceylon Mountain Garden* ersetzen, aber er bestand darauf, dass Ceylon ein Eigenname war und wir stattdessen ein Adjektiv benutzen mussten, im Englischen also *Ceylonese*, und dass diese Blumen darüber hinaus auch nicht *ausschließlich* in den Bergen wuchsen. Was für eine durchdachte Argumentation! Am Ende las sich unser Liedtext wie folgt:

> *How many different sweet flowers grow*
> *In a Ceylonese garden?*
> *We'll tell you now of some that we know*
> *And those we miss you'll surely pardon*
> *Frangipani, forest flame*
> *Oleander, marigold*
> *Hibiscus, crocus, jasmine and rose*
> *Lily, lotus, ixora, bougainvillea*
> *In a Ceylonese garden.*

»Und jetzt müssen wir es spielen und dazu singen!«, rief ich, was wir auch sofort in die Tat umsetzten. Ich spielte und beide sangen wir. Er hatte eine reizende, hohe Stimme und traf die Töne genau. Als wir fertig waren, leuchteten seine Augen.

»Miss?«, fragte er zögerlich.

»Ja, Kannan? Ach, und warum nennst du mich nicht einfach Tantchen Rosie? Das klingt doch viel netter als Miss!«

»Wirklich?«

»Ja, wirklich. Also, was wolltest du mich fragen?«

Wieder zögerte er. »Ich wollte fragen, Miss ... Tantchen Rosie ... ob ich auch versuchen darf, das Lied zu spielen?«

»Aber natürlich! Ich bringe es dir bei!«

Er strahlte über das ganze Gesicht. »Ich glaube, ich weiß schon, wie es geht!«, sagte er. »Schau nur!«

Dann legte er seine rechte Hand auf die Tasten und gab die

Melodie tatsächlich perfekt wieder, zwar ohne die Begleitung, aber immerhin.

»Kannan, das ist ja großartig! Wie klug du bist!«

Er strahlte noch mehr. »Vielleicht kann ich sogar lernen, mit beiden Händen zu spielen!«

»Natürlich kannst du das! Ich kann es dir beibringen. Oder ...«

Und da kam sie mir plötzlich, die Idee: die Lösung für Tante Silvias Misere. Ich sah Kannan an und klappte den Klavierdeckel zu.

»Also, Kannan, ich weiß was. Lass uns morgen mit einer richtigen Unterrichtsstunde anfangen, in Ordnung? Um zehn?«

Seine Augen leuchteten so freudig, dass ich ihn am liebsten umarmt hätte. Zwar ließ ich es bleiben, aber ich wusste, eines Tages würde ich es tun.

Am nächsten Morgen, gleich nachdem Sunita das Frühstückstablett aus Tantchens Zimmer geholt hatte, stürmte ich zu ihr hinein und sang dabei genau dieses Lied. Wie immer war es dunkel im Zimmer, die kleine Nachttischlampe neben Tantchens Bett war die einzige Lichtquelle, so wollte sie es haben. Sie hatte Sunita verboten, die Vorhänge zu öffnen, von den Fenstern ganz zu schweigen.

Aber nicht mir.

Also riss ich die Vorhänge auf, sodass Sonnenlicht hereinfiel, und drehte mich zu Tantchen um.

»Guten Morgen, Tante Silvia! Raus aus den Federn!«

Sie rieb sich die Augen und stöhnte. »Lass das, Rosie. Was soll das? Du weißt ganz genau, dass ich nicht ...«

»Aber heute ist nicht alle Tage, Tantchen. Ich habe einen Plan! Und der wird dir gefallen!«

»Oh, Rosie, ich bitte dich. Was zur Hölle ist nur in dich gefahren? Du weißt, dass ich nicht ...«

»O doch, das wirst du! Und als Erstes wirst du dir jetzt eine schöne Dusche gönnen. Das Wasser ist noch ein bisschen kalt, aber Sunita heizt gerade einen großen Topf voll für den Duschtank auf, damit bringen wir das Wasser genau auf die richtige Temperatur für dich. Es wird dir gefallen, dich endlich wieder frisch und sauber zu fühlen!«

Selbstverständlich war das ein Bluff. Ich hatte den kühnen Entschluss gefasst, Tantchens Trübsinn zu ignorieren und ihr schlicht und ergreifend keine Wahl zu lassen. Ich wollte sie mit dem ins Zimmer strömenden Sonnenlicht, mit frischer Luft und Musik anstecken. Die Idee dazu war mir in den frühen Morgenstunden gekommen, als ich darüber nachgedacht hatte, wie sich mein Plan am besten in die Tat umsetzen ließe. Ich wusste, dass es das Richtige war, Tantchen gar nicht erst die Wahl zu lassen und sie einfach vor vollendete Tatsachen zu stellen. Nicht mit ihr zu diskutieren, nicht ihrem Trübsal nachzugeben, sondern sie einfach aufzuwirbeln und sie ohne viel Aufhebens direkt mitten ins Herz des Geschehens zu schubsen.

Ich öffnete die Tür und rief: »Sunita! Wir sind bereit!«

»Ich bin schon unterwegs, Miss.«

Sunita kam mit einem Eimer voller heißem Wasser herein. Sie deutete eine Verbeugung in Tantchens Richtung an und rauschte an ihr vorbei ins angrenzende Badezimmer. Ich hörte das Rauschen des Wassers, als sie es in den Tank über der Dusche goss. Sobald das erledigt war, eilte Sunita wieder in die Küche zurück.

»In Ordnung, Tantchen, die Dusche steht bereit. Lass mich dir beim Aufstehen helfen.«

Ich ging zum Bett hin und reichte Tante Silvia die Hand. Ich wusste, dass ich es mit meinem plötzlichen herrischen Verhalten ein wenig übertrieb, aber ich spürte instinktiv, dass das die einzige Möglichkeit war, etwas bei ihr zu erreichen. Es war fast so, als hätte plötzlich eine natürliche Autorität von der braven, fügsamen Nichte, die ich normalerweise war, Besitz ergriffen, eine Autorität, die Tante Silvia so überrumpelte, dass sie gar nicht anders konnte, als sich ihr zu fügen. Die Situation war für mich genauso ungewohnt wie für sie. Ich handelte rein instinktiv, und vielleicht ist das auch der Grund, warum sie mir nicht widersprach.

Sie nahm meine Hand. Sie stand auf! Und die ganze Zeit über murmelte sie: »Rosie, ich glaube wirklich nicht, dass ...«

»Tu es einfach, Tantchen. Ich weiß, du kannst es. Falls du Hilfe brauchst, ruf mich einfach. Nein, den Bademantel brauchst du gar nicht erst, in der Dusche musst du dich sowieso ausziehen. Aber du kannst ihn für hinterher mitnehmen, wenn du möchtest. Jetzt komm. Ich suche dir in der Zwischenzeit etwas frische Kleidung heraus.«

Ich führte sie ins Bad, hängte ihren Bademantel an den Haken, sorgte dafür, dass Seife und frische Handtücher griffbereit lagen und ließ sie dann allein. Zu meiner Freude hörte ich schon wenige Sekunden später das Wasser laufen. Es klappte! Sie duschte sich tatsächlich!

Ich öffnete ihren Schrank und wählte drei ihrer Lieblingskleider aus, die ich auf dem Bett ausbreitete, sodass sie bei ihrer Rückkehr aus dem Badezimmer gleich bereitlagen. So konnte sie wenigstens ein wenig mitentscheiden, was sie anzog. Zur Auswahl standen drei hübsche, weiche, geblümte Baumwollkleider. Wer konnte in einem so reizenden Blümchenkleid schlechte Laune haben? Dazu noch Unterwäsche und einen Unterrock. Alles griffbereit nebeneinander. Früher hatte Tantchen eine Zofe gehabt, die das alles für sie übernommen hatte, aber diese Zeiten waren längst vorbei.

Als die Dusche verstummte und sich die Badtür öffnete, zog ich mich auf die Veranda hinter den Flügeltüren zurück und rief: »Ich bin hier, falls du mich brauchst, Tantchen! Ich komme wieder, sobald du fertig bist.«

Danach war alles Routine. Tantchen zog sich selbstständig an, und als ich ins Zimmer zurückkehrte, sah ich sie bereits am Schminktisch sitzen, wo sie ein Fläschchen ihrer Lieblingsgesichtscreme *Oil of Olay* aufschraubte.

»Meine Haare sind ganz durcheinander!«, klagte sie.

»Wenn doch nur Anjali noch hier wäre ... sie war die Einzige, die sie bändigen konnte. Meinst du, ich müsste mal zum Friseur, Rosie?«

Sie nahm ein paar Strähnen zwischen die Finger, die sie genauer begutachtete. Dann roch sie daran. »Puh! Und eine gründlichere Haarwäsche! Vielleicht sollte ich *Maybelle's* in Kandy einen Besuch abstatten ...«

Ich jubelte innerlich. *Maybelle's* war schon seit mehr als zwanzig Jahren ihr Stammfriseur. »Ja, darüber sollten wir auf jeden Fall nachdenken«, erwiderte ich. »Aber heute helfe ich dir, deine Frisur in den Griff zu bekommen.«

»Für heute reicht ein Dutt.«

Es gelang mir, ihr Haar zu entwirren. Mittlerweile wirkte Tantchen schon fast wieder normal, zumindest oberflächlich. Sie war stark abgemagert, sodass ihr das Kleid, das sie sich ausgesucht hatte (das hübscheste von den dreien, wie ich fand, mit einem Muster aus gelben Blumen auf grünen Ranken vor weißem Hintergrund), lose von den Schultern hing. Auch der Gürtel saß viel zu locker. Ihre Augen, die früher immer Energie versprüht hatten, wirkten jetzt trübe, leblos und völlig desinteressiert. Ihr Interesse zu wecken, war nun meine Aufgabe.

Sie wusste genau, dass irgendetwas Ungewöhnliches vor sich ging.

»Also, Rosie, was ist das für ein Plan, den du da ausgeheckt hast? Ich hoffe, es ist nichts Albernes, denn sonst werde ich mich gleich wieder ins Bett legen!«

Ich lachte. »Überhaupt nichts Albernes, Tantchen! Es wird dir gefallen! Und jetzt komm mit!«

Ich warf einen kurzen Blick auf die Uhr auf der Anrichte. Zehn nach zehn. Ein bisschen spät, aber das war schon in Ordnung. Sunita würde dafür Verständnis haben. Ich nahm Tantchen an der Hand und führte sie in den Salon am anderen Ende des Hauses. Sobald wir eintraten, bewegte sich etwas in der gegenüberliegenden Ecke. Dort am Klavier saß Sunita und hatte Kannan auf dem Schoß, den sie jetzt herunterschob, um selbst aufzustehen. Sunita blickte uns besorgt an.

»Guten Morgen, Ma'am, es tut mir leid, aber ...« Offenbar verängstigte sie diese von mir herbeigeführte Abweichung von ihren üblichen Pflichten. Aber heute gab ich den Ton an, was ich ihr auch klarmachte.

»Alles in Ordnung, Sunita, du darfst gehen«, sagte ich zu ihr, und schon eilte sie davon, so als fürchtete sie, Tantchen würde ihr jeden Moment mit einer Peitsche nachjagen.

»Was geht hier vor sich?«, fragte Tante Silvia völlig verwirrt. »Wer ist dieser Junge?«

»Er heißt Kannan«, erklärte ich ihr, »er ist Sunitas Enkel. Und jetzt möchte ich, dass du dich hinsetzt, Tantchen, und zwar hier ...«, damit begleitete ich sie zum bequemsten Sessel, dem neben dem Klavier, »... und einfach nur zuhörst.«

Dann nahm ich auf dem Klavierhocker Platz, bedeutete Kannan, sich neben mich zu stellen, und dann sangen wir gemeinsam *Ceylonese Garden* und ich spielte dazu. Wir sangen nur die erste Strophe. Ich hatte mir fest vorgenommen, auch den Rest des Liedes noch umzuschreiben und die englischen Vögel und Insekten mit ceylonesischen zu ersetzen, aber alles zu seiner Zeit.

»Das haben Kannan und ich zusammen geschrieben. Und er möchte auch lernen, wie man es spielt, mit beiden Händen. Er hat schon mal angefangen. Zeig es ihr, Kannan!«

Und Kannan setzte sich ans Klavier und spielte die Melodie mit seiner Rechten, während er dazu sang. Er war meiner Aufforderung gefolgt und hatte den Text gestern Abend wirklich noch auswendig gelernt.

»Tantchen«, sagte ich, als er fertig war, »dieser Junge hat echtes musikalisches Talent. Er braucht eine Lehrerin. Und wer könnte das besser als du? Was meinst du dazu?«

Ich sah sie an. Mein Herz schlug mir so laut und schnell in der Brust, dass ich es hören konnte. Dies war der Moment der

Wahrheit. Sie aus ihrer trübsinnigen Lethargie zu reißen, war noch leicht gewesen. Ich war einfach nur mit einer natürlichen Autorität aufgetreten und hatte damit den Teil in ihr geweckt, der in das Licht der Normalität zurückkehren *wollte*. Ich hatte sie aus dem Bett gelockt, die Sonne in ihr Zimmer gelassen und sie dazu gebracht, zu duschen, sich anzuziehen und sich die Haare zu kämmen. Das war der einfache Teil gewesen. Aber die Musik – nun, das war eine ganz andere Nummer.

Musik. Und Kannan.

Die Musik stellte die erste Hürde dar. Die zweite war Kannan selbst. Alle Kinder, die sie bisher unterrichtet hatte, waren englischer Herkunft gewesen. Tantchen war nicht wie Amma. Sie war nicht der Ansicht, dass uns die Menschen aus Ceylon ebenbürtig waren oder dass sie die gleichen Dinge lernen sollten wie wir. Ich erinnerte mich noch gut an ihre abschätzigen Kommentare über ein Schulorchester der *Girls' High School*, das aus dunkelhäutigen ceylonesischen Mädchen zusammengesetzt war, die Geige, Cello, Flöte und auch sonst alles spielten. Sie hatte nur die Nase gerümpft und gesagt, sie sollten sich doch lieber auf ihre eigenen Instrumente beschränken.

Und jetzt versuchte ich, ihr einen kleinen ceylonesischen Jungen aufzudrücken. Einen Jungen mit einer wunderschönen Stimme, der durch bloßes Zuschauen gelernt hatte, eine einfache Melodie zu spielen – was sie ja aber noch nicht einmal wusste. Sie hatte ihn nur diese eine Strophe singen und spielen hören. Und jetzt sah sie den erwartungsvollen Glanz in seinen Augen, mit dem er sie ansah und um ihre Zusage bettelte. Wie würde sie darauf reagieren?

Von ihren nächsten Worten hing alles ab: War meine Strategie aufgegangen? Hatte der Plan funktioniert, der mir, seit wir gestern gemeinsam gespielt und gesungen hatten, im Kopf herumspukte? Ein Neuanfang für Tantchen. Musik. Ein Kind, das sie unterrichten konnte. Eine Möglichkeit, ihr verschüttetes

Talent, ihre verschüttete Leidenschaft auszugraben, damit sie beides an einen anderen Menschen weitergeben konnte. Hatte es geklappt?

Als sich unsere Blicke trafen, wusste ich sofort, dass sie angebissen hatte. Es hatte geklappt. Denn jetzt lächelte Tante Silvia, und ihre Augen lächelten mit. Ich hatte gar nicht gemerkt, dass ich die Luft angehalten hatte. Aber jetzt atmete ich aus mit einem erleichterten Seufzen, das ihr sicher nicht entging. Alles war gut. Mein Plan war aufgegangen.

KAPITEL 33

Im folgenden April – 1944, zwei ganze Jahre nach dem Bombenangriff auf Colombo – wurde ich in das Büro meines Vorgesetzten gerufen. Er war ein hochgewachsener, aufrechter Mann in seinen Fünfzigern, der sich oft sehr ruppig gab, aber hinter dessen rauen Fassade ich einen weichen Kern vermutete. Er lobte selten, und wenn, dann immer sehr zurückhaltend und ohne zu lächeln, wobei in seiner Stimme aber eine ruhige Herzlichkeit lag.

So auch jetzt. »Guten Morgen, Miss Todd«, sagte er, nachdem er auf den Stuhl gegenüber seines Schreibtisches gedeutet hatte. Ich nahm Platz und erwiderte seinen Gruß. Nach ein paar einleitenden Worten über ein paar Einzelheiten meiner Arbeit, die alle mit dem Abtippen von Berichten über die Chiffrierarbeiten in dieser Abteilung zu tun hatten, kam er zur Sache. Er durchforstete den Papierstapel, der auf dem Schreibtisch vor ihm lag, und zog schließlich ein Blatt hervor, das er hochhielt. Ich erkannte es als mein Abschlusszeugnis der Sekretariatsfachschule, die ich in Madras besucht hatte.

»Wie ich sehe, sprechen Sie nicht nur fließend Tamil, sondern Ihre Qualifikationen als Stenotypistin beinhalten auch ein Diplom als Fremdsprachensekretärin mit besonders guten Noten im Übersetzen und Dolmetschen.«

Ich nickte. »Das ist richtig. Tatsächlich bin ich zweisprachig aufgewachsen.«

Er strich sich über den Schnurrbart, was, wie ich inzwischen herausgefunden hatte, ein Zeichen seiner Zufriedenheit war.

»Verstehe ... verstehe.«

Ich wartete. Offenbar war das noch nicht alles.

»Also, Miss Todd, in dieser Funktion könnten Sie uns von großem Nutzen sein. Ich werde Sie einem gewissen Mr Henderson für ein weiteres Vorstellungsgespräch empfehlen. Sie werden in Kürze von ihm hören.«

Das war alles. Die Besprechung war ebenso schnell vorbei, wie sie einberufen worden war, und ich wusste noch immer nicht, was jetzt, außer meinen Tamilkenntnissen, von mir erwartet wurde. Nachdem er mich höflich aus seinem Büro entlassen hatte, nickte ich ihm zu, gab ihm die Hand und ging.

Am nächsten Tag bat mich Mr Henderson zu einem Gespräch. Das Treffen sollte offenbar recht unauffällig in einem Privathaus in Kotikawatta stattfinden, einem östlich des zentralen Geschäftsviertels von Colombo gelegenen Vorort, einem reinen Wohngebiet. Auf Anweisung nahm ich mir ein Taxi und wurde vor einem sehr durchschnittlichen, unscheinbaren Bungalow abgesetzt, der ein bisschen abseits der Straße kaum einsehbar hinter einem Gewirr aus grünen Sträuchern und Bäumen lag. Ich trat durch das Tor, lief einen von Unkraut überwucherten Sandweg entlang und klingelte. Die Tür wurde mir sofort von einem Mann mit rotem Bart geöffnet, dessen Kleidung genauso nichtssagend wirkte wie das Haus selbst. Etwas verbraucht, wie ich fand – die Kleidung, nicht der Mann selbst, dessen aufmerksamer, strahlender Blick in einigem Kontrast dazu stand. Seine Augen glänzten förmlich.

Er stellte sich mir als Mr Henderson vor.

Es schien ganz so, als wären wir allein im Haus. Er begrüßte mich höflich und führte mich ins Wohnzimmer, das nur spärlich mit einer dreiteiligen Sofagarnitur möbliert war: einem Sofa mit Holzrahmen und zwei Sesseln mit verstellbaren Rückenlehnen, dazu einigen dicken, fast neu wirkenden Kissen. Die Sitzmöbel standen um einen länglichen Sofatisch mit Glasplatte herum, auf dem ein Stapel aus Akten und Dokumenten lag. Das Zimmer wirkte unbewohnt.

Auf Mr Hendersons Aufforderung hin nahm ich auf einem der Sessel Platz. Er setzte sich gegenüber von mir hin und nahm eine grüne Mappe vom Tisch, auf der ich meinen Namen las. Darin klemmten eine Menge Blätter. Er öffnete die Mappe und blätterte durch die Seiten. Dann blickte er zu mir auf und begann mit einem regelrechten Kreuzverhör. Ich war überrascht, wie viel er bereits über mich wusste, und das offenbar sogar aus dem Gedächtnis, denn er musste nur sehr gelegentlich mit einem Blick auf die Dokumente aus der Mappe nachhelfen: Wie meine Eltern hießen, dass meine Mutter gestorben war und wann. Pas Beruf. Wann und warum ich nach Newmeads umgezogen war, welche Beziehung ich zu Tante Silvias Familie und speziell ihren Söhnen pflegte. Wann ich zwischendurch in Madras gewesen war. Dass Pa verschwunden war. In welchem Zeitraum ich in Madras als Sekretärin ausgebildet worden war. Meine aktuelle Anstellung, meine Anschrift, mit wem ich dort zusammenwohnte.

Nur eines wussten sie – irgendwie nahm ich Mr Henderson sehr schnell als eine Art Sprachrohr eines größeren, mysteriösen Kollektivs wahr – nicht: Sie wussten nichts über den ursprünglichen Anlass meines Besuchs in Madras im Jahr 1942. Sie wussten nur, dass ich mit Usha dorthin gereist und ohne sie zurückgekehrt war.

»Sie haben mich also ausspioniert«, sagte ich scherzhaft, um die spannungsgeladene Atmosphäre aufzulockern. Aber

Mr Henderson wirkte nicht sonderlich humorvoll, genau genommen schien ihm das Konzept von Humor völlig fremd zu sein. Er lachte nicht.

»Bitte bleiben Sie ernst, Miss Todd. Wir wissen, dass Sie mit dieser jungen Tamilin gereist sind, dass Sie zwei Plätze im Zug nach Talaimannar reserviert und bezahlt haben und von dort aus mit der Fähre nach Rameswaram und danach weiter nach Madras gereist sind, wo Sie dann gemeinsam in Ihrem Haus gewohnt haben, Sie und das Mädchen namens Usha Chettiar. Die Chettiars sind eine tamilische Familie aus Indien, die für Ihre Pflegefamilie arbeitet. Mr Huxley hat diese Familie nach seiner Hochzeit bei seinem Umzug nach Ceylon dorthin mitgenommen. Warum haben Sie das Mädchen nach Indien gebracht? Ist sie je von dort zurückgekehrt? Wir müssen diese Einzelheiten wissen.«

»Nun, das ist eine eher private Angelegenheit.«

»In Kriegszeiten müssen private Angelegenheiten dem Wohl der Öffentlichkeit untergeordnet werden«, sagte er streng. »Seit diesem Ghandi und seinen Forderungen nach Unabhängigkeit kommt es bei den Tamilen in Indien immer wieder zu Unruhen. Wir müssen sicherstellen, dass alle Personen, mit denen Sie Umgang haben, einen absolut lupenreinen Hintergrund haben. Es könnten Verräter darunter sein.«

Zum ersten Mal verspürte ich einen Anflug von Nervosität. Er war so unglaublich ernst. Ich musste Usha verteidigen, musste jeden noch so kleinen Zweifel an ihrer Loyalität ausräumen. Also erzählte ich ihm die Wahrheit.

»Usha hat bis Anfang 1942 für die Huxleys gearbeitet. Wir waren befreundet. Als sie in eine kompromittierende Lage geraten ist, hat sie mich um Hilfe gebeten. Daraufhin habe ich sie mit nach Madras genommen und sie in meinem Haus einquartiert, wo sich eine unserer Angestellten bis zu ... ähm ... bis zu ihrer Niederkunft um sie gekümmert hat. Das ist alles.«

Diese Erklärung schien ihn zufriedenzustellen. Er klappte die Mappe zu und sagte: »Nun, Miss Todd, danke, dass Sie diese Sache geklärt und unsere bisherigen Informationen über sie bestätigt haben.«

Mir fiel auf, wie er das Wort *uns* benutzte, was meine Vermutung über das Kollektiv, das hinter ihm stand, bestätigte. Hüstelnd nahm er eine weitere Mappe vom Stapel. Jetzt lenkte er das Thema auf meine Arbeit für das *Far East Combined Bureau*.

»Wir haben uns gefragt, ob Sie bereit wären, was wir sehr hoffen, künftig in einer doch deutlich sensibleren Angelegenheit für uns zu arbeiten«, sagte er jetzt. »Den *Official Secrets Act* haben Sie bereits bei Antritt Ihrer Stelle im *Far East Combined Bureau* unterzeichnet. Wir würden es sehr begrüßen, wenn Sie nun noch etwas tiefer in die Geheimdienstarbeit einsteigen könnten.«

Meine Nackenhaare stellten sich auf. Also tatsächlich echte Spionagearbeit! Wie aufregend. Ich lächelte und nickte.

»Es geht um eine Abteilung des britischen Geheimdienstes namens *Force 136*«, fuhr er fort. »Das ist ein Deckname. Ursprünglich war die Abteilung als Archivstelle der Indien-Mission getarnt. Ihr Hauptquartier wurde erst vor Kurzem nach Kandy verlegt. Die *Force 136* arbeitet eng mit dem *South East Asia Command*, Ihrem derzeitigen Arbeitgeber, zusammen. Im Grunde handelt es sich um die fernöstliche Abteilung der britischen nachrichtendienstlichen Spezialeinheit *Special Operations Executive*, der SOE. Von der SOE haben Sie wahrscheinlich noch nicht gehört. Die Einheit hat in Europa schon hervorragende Arbeit geleistet. Mit ihren Agenten sabotiert sie die Operationen der Nazis und trägt so entscheidend zum Sturz Hitlers bei. Die Agentinnen und Agenten wurden mit Fallschirmen in die besetzten Gebiete eingeschleust, um die Pläne des Feindes zu durchkreuzen.«

An dieser Stelle musste er geradezu schmunzeln.

»Sie werden ja ganz bleich, Miss Todd, das müssen Sie nicht. Keine Sorge, wir werden sie nicht per Fallschirm nach Burma schicken, um sich den Japanern in den Weg zu stellen. Nein, für Sie haben wir reine Büroarbeit vorgesehen. Übersetzungen, Berichte auf Englisch und Tamil abtippen, mit unseren Agenten in Kandy zusammenarbeiten.«

»In Kandy?«

»Genau. Im Laufe der nächsten Woche müssten Sie nach Kandy umziehen.«

»Und wo werde ich wohnen?«

»Lassen Sie das unsere Sorge sein. Wir kümmern uns um alles. Nur eine Sache müssen Sie wissen: Die ganze Sache ist streng vertraulich. Niemand, absolut niemand, darf von ihrer Tätigkeit erfahren. Wir werden für Sie eine zivile Beschäftigung als Deckmantel zurechtlegen, die Sie als Grund dafür aufführen können, dass Sie Ihre Stelle in Colombo kündigen. Kein Wort zu Ihren Pflegeeltern oder zu Ihren Freundinnen in Kandy – von denen es, wir mir scheint, eine ganze Menge gibt.«

Ich nickte. »Das stimmt, ich bin dort zur Schule gegangen.«

»Und Sie müssen bei Ihrer neuen Beschäftigung stets mit absoluter Diskretion vorgehen. Absolut keine Privatgespräche. Wenn Sie unter Ihren Kollegen einen Ihrer früheren Bekannten wiedererkennen, müssen Sie das ignorieren und die betreffende Person wie einen völlig Fremden behandeln. Haben Sie mich verstanden?«

Ich nickte. »Verstanden.« Ein Schauder der Aufregung durchfuhr mich. Ich hatte den Eindruck, nun ins geheime Zentrum des Krieges gezogen zu werden. Endlich konnte meinen Beitrag dazu leisten, die Japaner zu stürzen. Vielleicht nur einen kleinen Beitrag, aber doch immerhin einen Beitrag. Damit wäre ich ein kleines, aber essenzielles Zahnrad in der Maschinerie, die diesen schrecklichen Krieg beenden würde.

Allein das Wissen darum, dass ich gebraucht wurde, dass ich ausgewählt worden war, gab mir die Motivation, die ich so dringend gebraucht hatte. An diesem Abend kehrte ich nicht nur mit Unmengen von Instruktionen, sondern auch mit neuem Selbstvertrauen zurück, das mich regelrecht beflügelte.

KAPITEL 34

Ganz so, wie Mr Henderson angekündigt hatte, wurde ich in der Woche drauf von einem Chauffeur nach Kandy gebracht, um dort meine neue Stelle anzutreten. Als ich Tante Silvia und Onkel Henry am Telefon über die Neuigkeiten informierte, freuten sie sich darüber, dass ich jetzt in ihrer Nähe wohnte und sie demzufolge vermutlich öfter besuchen konnte.

Ich war ausdrücklich angewiesen worden, Erkundigungen nach meiner Arbeit ausweichend zu beantworten. Normalerweise reiche es, die Stirn zu runzeln und vage den Begriff *Kriegsarbeit* fallen zu lassen, um den Fragenden zu verstehen zu geben, dass meine Arbeit vertraulich war, was natürlich sogar der Wahrheit entsprach. Außerdem sollte ich gelegentlich den Namen *Lord Mountbatten* in meine Gespräche einfließen lassen und andeuten, dass ich für oder sogar mit ihm arbeitete. Tatsächlich wusste ich damals nichts davon, aber just zu dieser Zeit wurden im Botanischen Garten von Kandy die ersten Pläne zur Rückeroberung Burmas geschmiedet, und Lord Mountbatten selbst residierte im *Swiss Hotel* vor Ort, persönlich begegnet bin ich ihm allerdings nie.

Mein Arbeitsplatz befand sich auch in einem völlig anderen

Teil von Kandy. Es schien eine Art verlassener Bürokomplex zu sein, der von außen nichtssagend und heruntergekommen aussah. Über dem Haupteingang an einer vielbefahrenen Straße hing ein Schild mit der Aufschrift *Kandy Financial Strategies*. Von einer Seitenstraße aus gab es noch zwei Nebeneingänge, die ich benutzen sollte. Die Sicherheitsvorkehrungen waren äußerst streng: Hinter jeder Tür stand ein uniformierter Wachmann, der jedes einzelne Mal, wenn wir das Gebäude betraten, unsere Ausweispapiere überprüfte.

An meinem ersten Tag wurde ich eine Treppe hinauf und anschließend durch einen schier endlosen Korridor begleitet, dessen schmucklose Wände auf beiden Seiten von Türen gesäumt waren, die, bis auf zwei Türen gegen Ende, hinter denen sich die Toiletten befanden, allesamt unbeschildert waren. Meine Begleitperson war ein hochgewachsener, schlanker Wachmann in Uniform, der kein einziges Wort sagte, sondern mir nur stumm eine der Türen aufhielt und mir einzutreten bedeutete. Was ich tat. Die Tür fiel hinter mir ins Schloss.

Ich fand mich in einem geräumigen Büro wieder, das in zwei Räume unterteilt war. Der vordere Raum war offenbar eine Kombination aus Empfang und Sekretariat. Die Wände wurden von grauen Aktenschränken gesäumt und in der Mitte stand ein großer Schreibtisch, auf dem eine Schreibmaschine thronte. Davor stand ein reichlich sperriger Bürostuhl. Sollte das etwa mein Büro sein? Was für ein Unterschied zu der Schreibzentrale, in der ich in Colombo gearbeitet hatte! Durch die geöffnete Tür zum hinteren Raum konnte ich einen noch imposanteren Schreibtisch erspähen, von dem sich gerade ein hochgewachsener Mann erhob, der jetzt auf die Tür zulief, um mich zu begrüßen.

Ich konnte es nicht glauben. Fast hätte ich mir die Augen gerieben, um sicherzugehen, dass ich nicht träumte. Das konnte doch nicht – es war unmöglich – und doch war es wahr!

Fast hätte ich laut geschrien: »Pa!« Aber noch bevor mir das Wort über die Lippen kommen konnte, hatte er schon den Zeigefinger an den Mund gelegt, sodass mir die erste Regel meiner neuen Anstellung wieder einfiel: absolute Diskretion und niemals durchblicken lassen, wenn ich jemanden erkannte. Aber Pas Augen glänzten, und mir fiel von einem Moment auf den anderen ein riesiger Stein vom Herzen.

Alles war gut. Und es war auch die ganze Zeit über gut gewesen. *Das* war es also, was Pa von Anfang an getan hatte. Und wenn man bedachte, mit wie vielen Schichten der Geheimhaltung selbst ich, die ich in der ganzen Sache hier ja nur eine völlig unbedeutende Nebenrolle spielte, umgeben worden war, lag es völlig auf der Hand, dass er sich mir damals, im Jahr 1939, unmöglich hätte anvertrauen können. Er hatte gar keine andere Wahl gehabt, als einfach so zu verschwinden, selbst wenn er damit meine schlimmsten Befürchtungen geweckt hatte.

Am liebsten wäre ich ihm um den Hals gefallen, hätte ich mich in seiner Umarmung vergraben, um alles wieder so werden zu lassen, wie es vor dem Krieg gewesen war, aber ich wusste, dass ich ab jetzt seinen Anweisungen folgen und meine Rolle weiterspielen musste, auch wenn wir allein im Raum waren. Er streckte mir die Hand entgegen.

»Ich freue mich, Sie kennenzulernen, Miss ... Todd, richtig?«

Ich lächelte und nickte. Dann stellte er sich mir vor.

»Ich bin Mr Pemberton. Für die absehbare Zukunft werden wir in diesem Büro zusammenarbeiten. Ich möchte noch hinzufügen, dass Sie, Miss Todd, gezielt aufgrund ihrer Sprachkenntnisse für diese Aufgabe ausgewählt wurden, da Sie Tamil nicht nur mündlich auf muttersprachlichem Niveau beherrschen, sondern auch auf der Schreibmaschine. Ich werde Ihnen jetzt ein wenig erklären, was Ihre Arbeit hier beinhaltet.«

Wie sich herausstellte, war meine Aufgabe ziemlich einfach – zumindest theoretisch.

»Wir haben einen Maulwurf«, sagte er. »Irgendjemand in einer der zahlreichen Militär-, Marine- und RAF-Stützpunkte in Colombo und Trincomalee ist ein Spion. Immer wieder fallen vertrauliche Informationen über die nächsten Schritte der Alliierten, insbesondere die auf See, in die Hände des Feindes, und wir müssen herausfinden, wo die undichte Stelle, wer der Schuldige ist, ohne Verdacht zu erregen. Wir müssen den Maulwurf ausfindig machen.«

Neben den speziell ausgebildeten Geheimdienstmitarbeitern, die vor Ort hochsensiblen Hinweisen nachgingen, so erklärte er mir, gab es auch noch andere Arten von Spionage – und genau da sollte ich ins Spiel kommen.

»Ihr Job ist ganz einfach: Sie werden private Korrespondenz sichten und darin nach Hinweisen suchen, die auf Loyalität zum Feind hindeuten – und zwar nach den allerkleinsten Hinweisen, nach allem, was ein Zeichen dafür sein könnte, dass irgendetwas nicht so ist, wie es scheint.«

»Private Korrespondenz? Wie soll das denn gehen? Sobald die Briefe im Briefkasten sind, kommt man doch nicht mehr an sie dran!«

Pa – oder vielmehr Mr Pemberton – schmunzelte. »Da haben wir so unsere Methoden«, war alles, was er dazu sagte. »In unseren Büros arbeiten eine Menge tamilischer Muttersprachler. Und da kommen jetzt Sie ins Spiel. Wir vermuten, dass eine feindliche Zelle in Madras mit unserem Mann – oder unserer Frau – in Colombo in Kontakt steht. Wie Sie wissen, arbeitet die *Free-India*-Bewegung mit den Japanern zusammen, und genau da liegt der Knackpunkt unserer Theorie: Wir vermuten, dass Informationen aus Ceylon nach Madras übermittelt werden. Ich möchte, dass Sie jeden Brief, den wir Ihnen geben, aufmerksam lesen und nach allen Hinweisen und Ungereimtheiten Ausschau halten. Diese werden Sie dann an mich weiterleiten, damit ich sie genauer unter die Lupe nehmen kann. In Kurzform ist das alles, Miss Todd. Ich bin mir sicher, Sie werden wunderbare Arbeit leisten.«

Es fühlte sich seltsam an, wenn Pa mich Miss Todd nannte; noch seltsamer aber erschien mir die gesamte Situation, in der ich mich nun wiederfand: mit meinem Vater, den ich irgendwo in einer Höhle im Himalaya vermutet hatte, plötzlich mitten in eine Mission des britischen Geheimdienstes verstrickt zu sein. Ich hatte so viele Fragen an ihn! Wo hatte er sich während der ersten Kriegsjahre aufgehalten? Doch wohl nicht in Ceylon? In Indien vielleicht, vielleicht sogar in England? Und warum war ich jetzt hier? Wie waren sie darauf gekommen, uns wieder zusammenzuführen? Hatte Pa mich etwa die ganze Zeit im Blick gehabt und immer gewusst, wo ich gerade war und was ich gerade tat? Plötzlich schien alles im Bereich des Möglichen zu sein. Aber jetzt war nicht der richtige Zeitpunkt, um Fragen zu stellen. Das war mir sorgfältig eingetrichtert worden: Meine Arbeit hier war streng vertraulich. Keine persönlichen Gespräche, keine Freundschaften, nichts Privates. Wir waren Kollegen und nicht mehr. Ich war jetzt seine Untergebene, nicht seine Tochter.

Aber trotzdem fühlte ich mich sofort geborgen, glücklich und stolz. Man hatte mich ausgewählt, befördert, wie es schien, um einer hochsensiblen Arbeit nachzugehen.

Meine Wohnsituation musste noch geklärt werden. Die Lösung dafür war einfach. Man hatte ein kleines Hotel requiriert und zu einer Pension für alleinstehende, arbeitende junge Frauen umfunktioniert, alles Engländerinnen, die *ihren Beitrag leisteten*: ein Personalwohnheim sozusagen. Dort schliefen und kochten und aßen wir gemeinsam und genossen unsere freie Zeit. Die jungen Frauen arbeiteten nicht ausschließlich für die *Force 136*, sondern auch für verschiedenste andere britische Organisationen in Kandy. Wir waren eine bunt zusammengewürfelte Truppe. Ich teilte mir das Zimmer mit einer netten, jungen Frau aus Birmingham, die in Lord Mountbattens Büro arbeitete und sehr stolz darauf war. Ich war das einzige Mädchen »aus örtlichem Anbau«, wie sie scherzhaft über mich sagten – alle anderen waren mit dem Schiff aus England angereist, und ein paar von ihnen hatten Schwierigkeiten damit gehabt, sich mit Klima und Kultur zurechtzufinden.

Im Großen und Ganzen verstanden wir uns gut miteinander. Es stellte sich heraus, dass ich bei den anderen ziemlich beliebt war, denn da ich meine Schulzeit in Kandy verbracht hatte, kannte ich hier ein paar hübsche Cafés und Restaurants – wobei wir es uns mit unserem niedrigen Gehalt kaum leisten konnten, essen zu gehen – und wusste sogar, wo man englische Männer kennenlernen konnte. Nur dass es leider im Moment halt kaum noch Männer in unserem Alter gab.

Mein Leben in diesem Jahr war sehr eintönig. Man sollte meinen, im Krieg für den Geheimdienst zu arbeiten, wäre aufregend und voller Intrigen, aber von einer Mata Hari war ich weit entfernt. In Wahrheit bestand meine Aufgabe nur darin, Brief um Brief auf Englisch oder Tamil nach Hinweisen zu durchsuchen, manchmal auch von der einen in die andere Sprache zu übersetzen und dann wegzusortieren. Pa, der wichtigeren Arbeiten nachging, bekam ich nur selten zu Gesicht, und nur sehr gelegentlich war ich mal nebenan bei ihm im Büro. Was genau er tat, fand ich nie heraus, ich wusste lediglich, dass es wichtig war. Ich wünschte, ich könnte ebenfalls irgendetwas Wichtiges, etwas Bahnbrechendes tun, das entscheidend zum Krieg beitrug, zum Beispiel irgendein zentrales Geheimnis aufdecken, das den gesamten japanischen Geheimdienst lahmlegen und wie ein Kartenhaus einstürzen lassen würde. Aber das sollte wohl nicht sein. Dieses letzte Jahr, 1944, wurde für uns Zivilisten in Ceylon die Ruhe vor dem Sturm.

Die Monate vergingen nur schleppend, und die Nachrichten, die uns von zu Hause aus erreichten, waren der einzige Lichtblick: Wir klammerten uns an die BBC-Berichte, die verkündeten, dass die Ära der Nationalsozialisten tatsächlich zu Ende ging, dass der Schrecken bald der Vergangenheit angehören würde, zumindest in Europa. Hier in Asien waren die Aussichten hingegen so finster wie eh und je, und auch in Newmeads herrschte, trotz Tantchens neuer Tätigkeit als Kanaans Klavierlehrerin, noch immer gedrückte Stimmung. Mehr und mehr grauste mir vor den Wochenenden zu Hause. Tante Silvia und Onkel Henry waren nur mehr Schatten ihrer selbst und schienen sich komplett auf meine Aufmunterungsversuche zu verlassen. Pa half mir dabei, eine Schallplattensammlung zu ergattern, von der ich mir erhoffte, sie würde die Stimmung zu Hause heben: Glenn Miller, Vera Lynn und die Andrew Sisters.

Ich legte eine Platte nach der anderen ins Grammofon ein, und tatsächlich brachte der Big-Band-Sound von Glenn Miller ein wenig Leben in das trostlose Schweigen, das sich nach dem Abendessen meist breitmachte. Onkel Henry forderte Tantchen sogar zum Tanzen auf, und ich lachte und klatschte, während er mit ihr durch das Zimmer wirbelte. Nach dieser Schallplatte legte ich gleich eine weitere auf, was sich allerdings als großer Fehler erwies. Ich hatte nicht genau hingeschaut, und so ertönte nun Vera Lynns *We'll Meet Again*. Tantchen schrie gequält auf, riss sich von Onkel Henry los und flüchtete ins Schlafzimmer. Ich eilte ihr nach und lief direkt hinter ihr, als sie sich mit einem regelrechten Weinkrampf aufs Bett warf.

»*We'll meet again?* Nie werden wir uns wiedersehen! Ich werde sie nie wiedersehen!«, schluchzte sie. Innerlich weinte auch ich. Ich weinte um Freddy, um Graham, um Andrew. Um die Abertausenden von verlorenen Leben in Singapur, in Burma, zu Wasser und in der Luft, die von den Japanern zerbombt und torpediert und zu Tode gefoltert worden waren. Für Victor vergoss ich keine einzige Träne. Ihn hasste ich. Er hatte sein Schicksal redlich verdient. Gott sei Dank musste ich ihn nie wiedersehen. Aber um alle anderen trauerte ich, und die Sentimentalität dieser Schallplatte ließ mich die Trauer spüren wie nie zuvor.

Tantchen duldete *We'll Meet Again* noch nicht einmal im Haus, also nahm ich die Schallplatte am Sonntag wieder mit nach Kandy, wo ich sie meinen Mitbewohnerinnen schenkte, die sich darüber sehr freuten. Drei von ihnen hatten Geliebte, die in Europa kämpften, und alle hatten sie Brüder, Väter oder Bekannte, die in Lebensgefahr schwebten. Wir alle kannten Jungen und Männer, die im Krieg gefallen waren. Gemeinsam weinten wir und spielten die Platte immer und immer wieder ab. Der Schmerz, den sie auslöste, war bittersüß – ein sehnsüchtiger Schmerz, der durch Mark und Bein ging, die Art von Schmerz, der man sich, obwohl es schrecklich brennt, wieder und wieder aussetzt.

In Kandy gab es außerdem ein Kino, das uns wenigstens für ein paar Stunden in eine andere Welt entführte, in der wir die düsteren Zeiten, in denen wir lebten, vergessen konnten. So verloren wir uns in den dramatischen Geschichten von *Rebecca* und *Jane Eyre* und lachten in Komödien wie *Der Mann, der zum Essen kam* und *Atemlos nach Florida*, bis wir uns die Bäuche hielten. Aber am meisten bewegten uns die Filme, die uns zum Weinen brachten, und das waren Filme, die in denen wir unseren eigenen Schmerz und die Ungewissheit unserer Zeit wiedererkannten: Kriegsfilme. *Wem die Stunde schlägt* und *Casablanca* waren unser aller Lieblingsfilme. Wir weinten gerne.

Ich versuchte, Tante Silvia und Onkel Henry zu einem Kinobesuch in Kandy zu überreden. Ich dachte, eine Komödie, die sie so richtig zum Lachen brachte, würde ihnen beiden guttun, aber sie weigerten sich, und letzten Endes erkannte ich, dass sie nicht lachen wollten. Dass Gelächter in einer Zeit, in der Söhne in lodernden Feuerbällen vom Himmel stürzten oder im Dschungel von Burma von feindlichen Bajonetten durchbohrt wurden, schlicht unangemessen war – zumindest für Eltern, die sich gerade in tiefer Trauer befanden. Aber diese Einsichten musste ich mir als junges Mädchen mit wenig Lebenserfahrung selbst erarbeiten. In die Rolle als Tante Silvias und Onkel Henrys emotionale Unterstützerin musste ich erst hineinwachsen.

Der einzige Lichtblick in meinem Leben – abgesehen davon, endlich mit Pa wiedervereint zu sein – war, dass meine Freundschaft mit Usha durch einen regen Briefwechsel neu entflammt war. Usha hatte inzwischen ihre Pflegeausbildung beendet und arbeitete jetzt am *Christian Medical College Hospital* in Vellore, das sich zu einem der angesehensten Krankenhäuser in ganz Indien gemausert hatte. Sie arbeitete auf der Männerstation und betreute Verletzte, manchmal auch Kriegsversehrte. Usha hatte in den letzten paar Jahren eine gewaltige Entwicklung durchgemacht: Sie war erwachsen geworden. Ihre Briefe ließen keinen Zweifel daran.

Um ehrlich zu sein, beneidete ich sie sogar, denn inzwischen war *sie* die besser Ausgebildete von uns beiden. Nach wie vor wollte ich unbedingt Ärztin werden, was aber zu jener Zeit schlicht und ergreifend nicht möglich war. Usha hingegen hatte es geschafft, nicht nur ihre Ausbildung zur Krankenschwester zu beenden, sondern auch in ihrem Beruf zu arbeiten. Ich war stolz auf sie, aber gleichzeitig nagte auch mein eigener »unfertiger« Zustand an mir. Aber ich schob meinen stets neu aufkeimenden Neid immer wieder beiseite: Das war ein Charakterzug, den ich an mir nicht mochte und den ich unbedingt überwinden wollte. Schließlich handelte es sich hier nicht um einen Wettstreit. Ich freute mich für Usha, aber in anderer Hinsicht tat sie mir furchtbar leid.

Noch immer litt sie enorm unter dem Verlust ihres Sohnes. Luke, so hatte sie mir erzählt, wurde in Pater Bears Waisenhaus bestens versorgt. Mit aller Macht hatte sie versucht, ihn aus ihrem Herzen zu verbannen, schließlich war er das Resultat einer Vergewaltigung, ein Kind, dass sie eigentlich überhaupt nicht hätte lieben sollen. Aber sie liebte ihn nun mal.

»Ich kann nicht anders!«, schrieb sie mir einmal, und ich konnte das Salz ihrer Tränen zwischen den Zeilen spüren.

Ich weiß, dass ich ihn nach seiner Geburt weggegeben habe, aber ich kann ihn nicht aus meinem Herzen verbannen. Dort hat er einen festen Platz, Rosie, und den wird er immer haben. Manchmal schleiche ich mich zum Waisenhaus, um ihn heimlich über den Zaun hinweg beim Spielen mit den anderen Kindern zu beobachten, und es zerreißt mir das Herz. Ich weiß, ich werde ihm nie eine Mutter sein können – aber ich bin seine Mutter und werde es immer sein! Er kann nichts für die Art, auf die er gezeugt wurde. Und ich hasse zwar seinen Vater, aber ihn kann ich einfach nicht hassen, sosehr ich es auch versuche. Ich weiß, es ist falsch, darauf zu hoffen, dass er nie adoptiert wird, aber genau dieser Hoffnung gebe ich mich hin, denn das ist meine einzige Chance, mich ihm eines Tages zu erkennen zu geben. Wenn er erwachsen ist.

Was Andrew betraf, blieb sie optimistisch.

»Er ist nicht tot!«, schrieb sie. »Wäre er tot, würde ich es im Herzen spüren. Ich wüsste es. Ich weiß, dass er am Leben ist und zu mir zurückkehren wird. Wir sind miteinander verbunden. Er wird zurückkehren.«

Ich fragte sie nicht danach, wie sie seine Reaktion einschätzte, sobald er davon erführe, dass sein eigener Bruder seine Geliebte vergewaltigt hatte. Sie schien davon auszugehen, dass das kein Problem darstellen würde. Usha hatte allerdings auch nur sehr wenig Erfahrung mit Männern. Zwar hatte ich kaum mehr Ahnung als sie (und das bisschen, was ich wusste, stammte aus Romanen), aber immerhin wusste ich doch, dass Männer kompliziert waren, wenn es darum ging, dass sie möglicherweise nicht die einzigen waren, mit denen ihre Frau Umgang gehabt hatte. Dennoch versuchte ich, mich Ushas Hoffnung auf Andrews Rückkehr anzuschließen. Ich hoffte, dass das schreckliche Telegramm mit seinem »vermutlich in Gefangenschaft« recht hatte, dass er sich wirklich in japanischer Kriegsgefangenschaft befand und eines Tages gesund zu uns zurückkehren – und wieder mit Usha vereint würde. Wie Onkel Henry und Tante Silvia auf Letzteres reagieren würden, stand in den Sternen, aber ich ging stark davon aus, dass sie einen lebendigen Andrew einem toten vorziehen würden – selbst wenn dieser mit einer Einheimischen verheiratet wäre. Mehr als hoffen und beten, dass alles gut ausgehen würde, konnte ich nicht tun.

Und ich trauerte unverändert mit ganzem Herzen um Freddy. Ich gab die Hoffnung nicht auf, dass auch er lebendig aus den Flammen des Krieges zu mir zurückkehren würde, damit wir bis an unser Lebensende miteinander glücklich sein könnten. Aber anders als Usha hatte ich keine Zuversicht, kein instinktives Wissen darüber, dass der Mann, den ich liebte, noch am Leben war. Alles, was mir blieb, war die Hoffnung.

Weihnachten 1944 war eine traurige Angelegenheit in Newmeads. Niemandem von uns war feierlich zumute, und wir versuchten noch nicht einmal, uns den Anschein zu geben. Zum ersten Mal in ihrem Leben gingen Tantchen und Onkel am ersten Weihnachtsfeiertag weder in die Kirche noch lauschten sie der Übertragung des Weihnachtsgottesdienstes im Radio. Sie schienen beide immer tiefer im schwarzen Morast ihrer Trauer zu versinken, und ich sah es als meine Aufgabe an, sie so weit wie möglich herauszuziehen, was mir aber nicht gelang. Sie steckten zu tief fest, und anstatt sich von mir herausziehen zu lassen, kam es mir so vor, als zögen sie auch mich noch mit hinein. Die Gesellschaft mancher Menschen lässt sich nur schwer ertragen, aber ich war die Einzige, die sie noch hatten.

Und der Einzige, den *ich* noch hatte, war Pa. Obwohl wir die Scharade von Vorgesetztem und Angestellter aufrechterhielten, obwohl er mich immer förmlich mit Miss Todd ansprach, bestand zwischen uns ein starkes Band. Er war mein Anker, mein Fels in der Brandung, an dem ich mich festhalten konnte. Und wieder waren es seine Augen, die mir Kraft spendeten. Es erschien mir fast so, als könnte er in mir lesen wie in einem Buch, als könnte er meine Verzweiflung erkennen und mich mit einem einzigen Blick aus jenen finsteren Tiefen emporziehen. Wie sehr hätte ich mir gewünscht, ihn nach Newmeads einladen zu können, um Tantchen und Onkel aufzuheitern, aber das kam natürlich nicht infrage. Am Ende schaffte ich nicht mehr, als am 25. Dezember ein halbwegs weihnachtliches Mittagessen auf die Beine zu stellen. Natürlich gab es keine Geschenke, und erst recht keinen Baum, keine Weihnachtslieder oder Bibellektüre – alles Traditionen, ohne die Weihnachten in Newmeads früher undenkbar gewesen wäre.

Und so ging das Jahr 1944 trostlos zu Ende und ging fließend in das Jahr 1945 über. Aber während sich der Krieg in Europa endgültig seinem Ende näherte, gab es in Asien keinerlei Anzeichen für einen Waffenstillstand. Uns allen schien es so, als würde alles Monat um Monat und Jahr um Jahr immer nur weitergehen, mit weiteren Toten, noch mehr Trauer und ohne jegliche Zukunftsperspektive. Unser Lebensmut war erloschen, und wir konnten keinen Grund dafür finden, ihn neu zu entzünden. Wir hatten keine Hoffnung mehr.

TEIL III

NACH DEM KRIEG

1945

Und dann, scheinbar aus heiterem Himmel, erreichten uns die ersten Nachrichten über den Äther – und sie waren durchwegs positiv. Dieses Jahr war anders als die Jahre zuvor. Es wurde ein Jahr, in dem wir ständig vor dem Radio hockten, um von den sich überschlagenden Ereignissen zu hören, die sich in einem anderen Erdteil abspielten, in einem vom Krieg zerrissenen Europa, das sich endlich aus Hitlers eisernem Griff befreite. Mit jedem Monat, mit jeder neuen Nachricht wuchs unsere Hoffnung. Nun, da der Krieg in Europa so kurz vor dem Ende stand, würde Asien doch sicher bald nachziehen? Wenn Hitler den Krieg verlor, dann wurden doch sicher auch die Japaner bald zur Kapitulation gezwungen? Wir konnten nur darauf hoffen – und weiterhin am Radio kleben, Zeitungen kaufen und jeden Bericht hundertfach verschlingen. Kein Monat verging ohne einen neuen Sieg.

Ende Januar hörten wir davon, dass die deutsche Armee auf dem Rückzug war. Das markierte den Anfang vom Ende. Anfang März überquerten dann die britischen und amerikanischen Truppen den Rhein, und noch etwas später in diesem Jahr fiel die letzte Bombe auf Berlin.

Und dann geschah alles Schlag auf Schlag: Wien wurde von der Roten Armee eingenommen; im April die Nachricht, dass sich Hitler in einem Bunker in Berlin verschanzt hatte. Und dann, endlich, am 30. April: Hitler selbst war tot, und die Frau, die er kurz zuvor noch geheiratet hatte, Eva Braun, ebenfalls. Sie hatten sich beide mit Giftkapseln das Leben genommen.

Der Mai war ein glorreicher Monat. Zuerst ergab sich Berlin der russischen Armee, und dann folgte eine Kapitulation auf die nächste, bis das Deutsche Reich schließlich vollends zerschlagen war. Und am achten Mai war es endlich so weit: Sieg in Europa! Der Tag der Befreiung war gekommen.

Oh, und was für ein Tag das war! Mir war klar, dass Tantchen und Onkel, wenngleich offensichtlich erleichtert, nicht in Feierstimmung wären. Aber ich wollte feiern, und wie! Und die Mädels auch, und da wir den Tag freibekommen hatten, machten wir uns zusammen auf den Weg nach Colombo, ins Zentrum des Trubels.

Wir waren jung und lebendig und spürten zum ersten Mal seit Jahren unbändige Freude. Wir ließen uns von der Welle der überschäumenden Euphorie mitreißen, von fremden Soldaten auf der Straße umarmen und küssen und uns auf Partys von ihnen herumwirbeln und warfen lachend und kichernd die Beine in die Luft. Mindestens zu zehnt stiegen wir in der Wohnung in *Cinnamon Gardens* ab und feierten, fast ohne zu schlafen, zwei Tage lang durch.

Und dann mussten wir zurück nach Kandy, zurück an die Arbeit, jetzt allerdings mit frischer Motivation und einem Dauergrinsen im Gesicht, denn wir spürten, dass sich das Blatt endlich auch in Asien gewendet hatte. Der Geruch des Sieges lag schon in der Luft, zeitgleich mit den Nachrichten aus Europa.

Und so war es auch. Wie in Europa gab es Monat für Monat neue Siege zu feiern. Der erste davon war die dreitägige

Bombardierung der Insel Iwojima durch die amerikanischen Streitkräfte, die ein paar Tage später auf der Insel an Land gingen, um ihre Flagge auf dem Gipfel des Mount Suribachi zu hissen.

Am ersten April nahmen die amerikanischen Truppen die Insel Okinawa ein, die letzte Verteidigungslinie der Japaner. Damit ging eine der blutigsten Schlachten des Zweiten Weltkrieges zu Ende. Der japanische Kommandant der Verteidigungskräfte in Okinawa – dem ich noch nicht einmal die Ehre erweisen werde, ihn beim Namen zu nennen, abgesehen davon, dass ich den sowieso vergessen habe, genauso, wie er auch von der Geschichte vergessen werden wird – zog es vor, sich das Leben zu nehmen, als sich zu ergeben. Das war der Anfang vom Ende der Kaiserlichen Japanischen Armee.

Es fiel mir schwer, mich über das zu freuen, was als Nächstes geschah – denn über den Tod unschuldiger Zivilisten werde ich mich nie freuen können – und doch bedeutete es das finale Ende des Krieges.

Wieder erfuhr ich über Onkel Henry davon, der Tag und Nacht schlaflos vor dem Radio hockte.

Der Anruf erreichte mich am frühen Morgen des sechsten August.

»Rosie!«, rief er in den Hörer, den er mit seiner Aufregung fast zum Vibrieren brachte. »Der Krieg ist vorbei! Aus und vorbei!«

»Vorbei? Was meinst du damit? Hat Japan kapituliert?«

»Noch nicht, aber das werden sie bald tun! Sie haben die Bombe abgeworfen, Rosie! Die Atombombe! Von der ich dir erzählt habe. Man kann damit auf einen Schlag eine ganze Stadt auslöschen, und genau das ist passiert! Die Amerikaner haben sie über Hiroshima abgeworfen. Sie haben die gesamte Stadt dem Erdboden gleichgemacht. Der Krieg ist vorbei.«

Eine Welle des Schocks erfasste mich. »Die Stadt wurde ... dem Erdboden gleichgemacht? Von einer Bombe?«

»Ja, genau, von der Atombombe!«

»Sie haben eine Bombe über der Stadt abgeworfen und sie dem Erdboden gleichgemacht?« Noch immer konnte ich die Ungeheuerlichkeit, das ganze Ausmaß des Grauens nicht fassen.

»Ja, Rosie, bist du schwerhörig? Die ganze Stadt – vernichtet. Nur noch Schutt und Asche.«

»Männer, Frauen, Kinder ... Zivilisten? Alle vernichtet?«

»Rosie! Was ist los mit dir? Begreifst du denn nicht, was das bedeutet? Das bedeutet, es ist vorbei. Endgültig vorbei! Jetzt werden sich die Japaner ergeben – garantiert.«

»Ja, ja, Onkel Henry. Jetzt habe ich begriffen.«

Wie betäubt legte ich den Hörer auf die Gabel. War das Ende des Krieges tatsächlich eine gute Nachricht, wenn es Tausenden von Menschen das Leben gekostet hatte – unschuldigen Menschen, sogar Kindern, alle tot, innerhalb von Sekunden vernichtet?

Schätzungsweise zweihunderttausend Menschen kamen in Hiroshima ums Leben. Auch später noch, inmitten der Feierlichkeiten zur Kapitulation Japans, blieb ich fassungslos. War die Menschheit mit dieser Fähigkeit, Tausende, vielleicht sogar Millionen von Unschuldigen auf einen Schlag zu vernichten, in eine neue, extrem gefährliche Ära eingetreten? Das gab mir sehr zu denken, und ich sehnte mich nach einer philosophischen Diskussion mit Pa, wofür es aber selbstverständlich noch zu früh war.

Am neunten August warfen die Amerikaner eine weitere Atombombe ab, diesmal über der Militärhafenstadt Nagasaki. Wieder starben zweihunderttausend Unschuldige. Und wieder konnte ich mich, anders als Onkel, nicht rückhaltlos darüber freuen.

Am 15. August erreichte uns dann endlich die Nachricht,

auf die wir alle so fieberhaft gewartet hatten: Japan hatte kapituliert.

Die Feierlichkeiten, diesmal die endgültigen, begannen von Neuem: So etwas wie den *V-J Day* hatte es in Colombo noch nie gegeben. Die gesamte Stadt war völlig aus dem Häuschen! Zum zweiten Mal in diesem Jahr reisten die Mädchen und ich nach Colombo, um an den Feierlichkeiten teilzunehmen. Die ganze Stadt wimmelte nur so von Soldaten, jede von uns hatte fünf davon in jedem Arm! Vorerst verdrängte ich meinen Schock über Hiroshima und feierte einfach mit.

Oh, wie ausgelassen wir tanzten und feierten! Die Freude dieser Tage kann man mit Worten kaum beschreiben, sie schäumte über wie eine Champagnerflasche, die man so lange geschüttelt hatte, dass der Korken heraussprang. Es war herrlich. All die trüben Jahre des Schreckens und der Hoffnungslosigkeit, Jahre des Wartens auf ein Ende, das nie zu kommen schien: Sie fielen einfach von uns ab und lösten sich in Nichts auf, denn nun *war* das Ende schließlich doch gekommen, und wir waren noch am Leben. Selbst diejenigen von uns, die geliebte Menschen verloren hatten, verdrängten ihre Trauer für eine Weile und freuten sich stattdessen darüber, dass nun keine weiteren Leben mehr verschwendet wurden, dass das sinnlose Töten ein für alle Mal vorbei war und keine jungen Männer mehr in Särgen heimgeschickt wurden – wenn sie denn heimgeschickt worden waren, denn zahllose Gebeine waren auch auf fremdem Boden verschollen oder auf den Grund des Meeres gesunken.

All das gehörte nun der Vergangenheit an. Und jetzt war es an der Zeit, die letzten Trümmer aufzusammeln. Zeit, sich den schwierigen Wahrheiten über unsere Jungs zu stellen. Zeit, in den eintönigen Alltagstrott zurückzukehren. Für uns bedeutete das die Rückkehr nach Kandy, für mich die Rückkehr in das graue Büro, wo mein einziger Lichtschimmer darin bestand, gelegentlich Pa zu Gesicht zu bekommen und ein vielsagendes

Zwinkern oder die Andeutung eines Grinsens mit ihm auszutauschen.

Der Krieg war zwar vorbei, aber es war darum nicht weniger dringend geworden, die Verräter zu enttarnen, die versucht hatten, die Bestrebungen der Alliierten zu untergraben, weshalb die Arbeit in *Force 136* so weiterlaufen würde wie bisher. Und nach wie vor landeten ordnerweise abgefangene private Briefe auf meinem Schreibtisch, deren Verfasser des Verrats verdächtigt wurden.

Eines Tages stieß ich auf etwas, das mein Misstrauen weckte. Eine Kleinigkeit nur, aber doch ohne Zweifel ein mögliches Alarmsignal.

Die kompromittierende Stelle befand sich in einem Brief eines Büroangestellten namens Ralph Baker von der Entschlüsselungs- und Funkabhörzentrale *Pembroke College* in Colombo, wo ich vor meiner Versetzung nach Kandy ebenfalls gearbeitet hatte. Ich war ihm schon ein paarmal begegnet. Zwar hatten wir nie im selben Büro gearbeitet, aber gelegentlich hatten sich unsere Wege dennoch gekreuzt, und ich hatte ihn als recht sympathischen Mann mittleren Alters in Erinnerung, der mit seinen Geheimratsecken, seinem schütteren, mausbraunen Haar und den dicken Brillengläsern einen eher unscheinbaren Eindruck machte. Er war niemand, den man auf Anhieb der Spionage verdächtigen würde. Vor seiner Versetzung nach Colombo vor einem Jahr war er im *Indian Civil Service* tätig gewesen. Er war mit einer Engländerin verheiratet, mit der er drei Kinder hatte, die er seit Ausbruch des Krieges nicht mehr gesehen hatte. Mr Bakers Familie lebte in Delhi, wo er vorher ebenfalls gewohnt hatte, und er stand mit seiner Frau in regelmäßigem Briefkontakt. In einem langwierigen Prozess, der, wie ich vermute, daraus bestand, die Briefe abzufangen, sie vorsichtig zu öffnen, Abschriften anzufertigen, sie dann wieder zu versiegeln, die Originale an den ursprünglichen Adressaten zu schicken und die Abschriften an unser Büro weiterzuleiten, gelangte seine Akte irgendwann auf meinem Schreibtisch, eine Akte voller Briefe, die bis ins Vorjahr zurückreichten. Mit meiner Lektüre war ich gerade im Dezember 1944 angelangt.

Als ich einen der Briefe las, musste ich plötzlich stutzen. Ich las ihn ein zweites Mal und hatte irgendwie ein komisches Gefühl. Irgendetwas ... stimmte nicht. Ich wurde nicht ganz schlau daraus. Ich nahm den Brief und klopfte an die Tür zum Nebenzimmer.

»Herein!«, hörte ich und trat ein. Pa saß an seinem Schreibtisch, blickte auf und lächelte mich an.

»Miss Todd!«, sagte er. »Was kann ich für Sie tun?«

»Guten Morgen, Mr Pemberton. Es geht um diesen Brief hier. Irgendetwas daran kommt mir seltsam vor.«

Er bedeutete mir mit einer Handbewegung, Platz zu nehmen, und streckte die andere nach dem Brief aus. Er las ihn sich durch und runzelte er die Stirn.

»Ich verstehe, was Sie meinen«, sagte er und las laut vor. »›Einmal mehr muss ich Weihnachten ohne Euch, ohne meine Familie verbringen. Ich kann Dir gar nicht sagen, wie sehr ich Dich und die Kinder vermisse. Bitte wisst, dass ich in Gedanken bei Euch sein werde, wenn Ihr Heiligabend feiert. Der kleine Matty ist noch zu jung, um zu begreifen, was los ist, aber ich werde mir das Leuchten in Annies und James' Augen vorstellen, wenn das Glöckchen erklingt, um die Ankunft des Christkinds zu verkünden. Allein schon beim Schreiben dieser Zeilen durchläuft mich ein wohliger Schauer. Wie sehr wünschte ich mir doch, bei euch zu sein, die Kerzen am Baum anzuzünden und die strahlenden Gesichter mit eigenen Augen zu sehen ...‹«

»Er ist kein Engländer«, stellte ich fest. »Da wird kein englisches Weihnachten beschrieben, auch kein indisches.«

Pa blickte mich ernst an. »Das ist ein deutscher Brauch. In

Deutschland bringt das Christkind am Heiligabend die Geschenke. Gut gemacht, Miss Todd. Den Rest können Sie mir überlassen.«

Beschwingt verließ ich sein Büro. Ich mochte zwar nur ein kleines Rädchen im Getriebe der Kriegsmaschinerie sein, aber gerade, so schien es, hatte ich auf meine Art einen kleinen Beitrag dazu geleistet, etwas Licht in das Dunkel des Untergrunds zu bringen, in dem Verräter dem Feind Informationen zuspielten. Zu wissen, dass ich soeben dabei geholfen hatte, eine solche Schattengestalt zu erwischen – nun, das bereitete mir große Freude.

Ein paar Wochen später kam alles ans Licht, und Pa informierte mich über die Ergebnisse: Ralph Baker war in Wahrheit der Sohn von Ralf Bäcker, einem Deutschen, der Ende des neunzehnten Jahrhunderts eine Engländerin geheiratet hatte und mit ihr nach Liverpool gezogen war. Dieser Herr Bäcker hatte daraufhin seinen Namen anglisiert und die britische Staatsbürgerschaft angenommen. Als Ralph Baker hatte er bis zum Ersten Weltkrieg ein weitgehend unauffälliges Leben geführt. Er hatte ernstlich versucht, sich in England zu integrieren, hatte aber dennoch auch nach seinem Umzug nach England noch ein paar deutsche Traditionen beibehalten. Außerdem hatte er mit seinen Kindern stets Deutsch gesprochen, sodass Ralph Junior heimlich zweisprachig war.

Allem Anschein nach war Ralph Senior ein rundum loyaler englischer Patriot und meldete sich sogar freiwillig, um für die Briten in den Krieg zu ziehen. Allerdings war er schon früh in Kriegsgefangenschaft geraten und zunächst in ein Durchgangslager gebracht worden, wo die erste riesige Welle von Gefangenen inhaftiert wurde, um anschließend auf verschiedene Internierungslager verteilt zu werden. Es handelte sich um ein Durchgangslager für alliierte Kriegsgefangene im ehemaligen

Europäischen Hof in Karlsruhe. Dieses Lager wurde von den Häftlingen als »*Listening Hotel*« bezeichnet, da es sich um ein Verhörzentrum handelte, das den Deutschen hauptsächlich der Informationsgewinnung diente.

Um seine eigene Haut zu retten und in der Hoffnung auf bessere Haftbedingungen gab sich Ralph Baker Senior den Offizieren im Europäischen Hof als Deutscher zu erkennen. Dennoch wurde er in ein Internierungslager in Brandenburg verbracht, wo er seine Zeit absaß, bis er schließlich nach Ende des Krieges wieder freigelassen wurde. Seine kulturellen Wurzeln und seine Loyalität waren dem deutschen Geheimdienst nun aber bekannt.

Ralph Junior absolvierte eine Ausbildung zum Buchhalter, führte ein unauffälliges, anständiges Leben, heiratete eine Engländerin und gründete mit ihr eine Familie. Aber wie schon sein Vater vor ihm erhielt auch er ein paar deutsche Traditionen aufrecht, die ihm so in Fleisch und Blut übergegangen waren, dass ihm gar nicht bewusst war, dass es sich dabei um deutsches, nicht um englisches Brauchtum handelte, daher auch die deutsche Weihnachtstradition des Christkinds, das den Kindern die Geschenke am Heiligabend bringt. Seine englische Frau hatte diesen Brauch übernommen, er war zu einem festen Bestandteil des Familienlebens geworden, weshalb er ihn seiner Frau gegenüber in dem Brief auch erwähnte, ohne sich etwas dabei zu denken.

Im Jahr 1939, kurz nach Ausbruch des Krieges, hatte der deutsche Geheimdienst Ralph ausfindig gemacht und rekrutiert. Zu dieser Zeit erschien es wahrscheinlich, dass Deutschland den Krieg gewinnen würde, also hatte sich Ralph aus Angst um seine Familie anheuern lassen. So einfach war das.

Und jetzt hatte man ihn erwischt, festgenommen und verhört. Er gestand alles. Tatsächlich hatte er, verschlüsselt und via Funk, Informationen über die britische Marinestrategie im Indischen Ozean an den Feind weitergeleitet. Und ich hatte dazu beigetragen, ihn auffliegen zu lassen. Das gab mir Auftrieb. Vorher hatte ich mich so nutzlos gefühlt: Während die Jungs, mit denen ich aufgewachsen war, dort draußen ihr Leben riskierten und sich aufopferten, saß ich zu Hause oder im Büro vor meiner Schreibmaschine in Sicherheit. Darüber hatte ich schon oft mit den anderen Mädchen diskutiert, manchmal bis spät in die Nacht hinein.

Sie hatten versucht, mich davon zu überzeugen, dass meine Schuldgefühle unangebracht seien, dass wir Frauen zu Hause eine wichtige Rolle im Kriegsgeschehen übernähmen. Dass es schließlich lebenswichtig sei, das »Herdfeuer« am Brennen zu halten, damit die Welt, für die unsere Jungs kämpften, nicht aus den Fugen geriet; damit sie etwas hatten, für das es sich zu kämpfen lohnte, eine heile Welt, in die sie irgendwann zurückkehren konnten, eine Welt, die wir so reibungslos wie möglich am Laufen hielten: wir, die Frauen, und die Männer, die zu alt für die Schlacht waren. Wir gaben ihnen Hoffnung, Stabilität und Kontinuität. Wir durften uns nicht kleinreden, denn das, was wir leisteten, war wichtig. Keine Aufgabe war unwichtig.

Und letzten Endes musste ich ja auch zustimmen. Aber auf die Gefangennahme von Ralf Bäcker war ich trotzdem besonders stolz. Ich hatte eine kleine, aber essenzielle Schraube entfernt, die die japanische Kriegsmaschinerie zusammengehalten hatte. Der Krieg war zwar vorbei, und von der Information hing nicht mehr ganz so viel ab, wie es zwei oder drei Jahre eher der Fall gewesen wäre, aber ich hatte dabei geholfen, einen Spion zu enttarnen. Und das fühlte sich gut an.

KAPITEL 37

Die Arbeit lief so weiter wie bisher; die Kriegsmaschinerie aufzulösen, dauerte seine Zeit. Aber jetzt erreichten uns neue Informationen über das, was den Männern, die wir verloren hatten, zugestoßen war, und eines Tages stürmte Pa freudestrahlend in mein Büro.

»Rosie! Rosie, Liebling!«, rief er. Mittlerweile hatte sich alles deutlich entspannt, also brauchten wir auch unsere Scharade nicht mehr aufrechterhalten. Er sprach mich mit Rosie an und ich nannte ihn Pa. Ich blickte von den Tasten auf. Als ich seinen Gesichtsausdruck sah, sprang ich mit klopfendem Herzen auf. Ich wusste, dass irgendetwas Bedeutsames geschehen war.

»Was ist los, Pa?«

»Es geht um Graham! Graham Huxley! Er ist am Leben!«

»Nein! Also, o mein Gott! Wie? Wo? Woher weißt du das?«

»Ich kenne jemanden, der beim Roten Kreuz in Colombo arbeitet, ein hohes Tier. Bei dem habe ich eine Sonderanfrage eingereicht. Ich habe ihm die Namen der Huxley-Jungs genannt und ihn gebeten, Augen und Ohren offenzuhalten und mich zu informieren, wenn es Neuigkeiten von ihnen gibt –

ganz egal, ob gute oder schlechte. Grahams Name ist auf einer Liste von Inhaftierten aus dem Kriegsgefangenenlager Changi in Singapur aufgetaucht. Er ist am Leben, Rosie, und er kommt nach Hause!«

»Wann? Oh, Pa! Das ist einfach nur ...« Ich war sprachlos. Tränen schossen mir in die Augen und mein Herz fühlte sich an, als würde es gleich zerspringen; mir war, als schwebte ich auf einer Wolke der Erleichterung. Ich rannte auf Pa zu und fiel ihm um den Hals. Mir war gar nicht bewusst gewesen, wie sehr mir Graham am Herzen lag. Offensichtlich hatte ich meine Trauer verdrängt – aber jetzt machte meine Erleichterung alles wieder wett.

»Das müssen wir Tantchen und Onkel sagen! Jetzt gleich!«

»Aber natürlich! Komm mit in mein Büro, Rosie, dann kannst du es ihnen persönlich erzählen.«

Es gibt kein schöneres Gefühl im Leben, als Eltern die Nachricht zu überbringen, dass ihr totgeglaubtes Kind noch am Leben ist. Ihre Freude brachte den Hörer zum Beben, und an beiden Enden der Leitung schrien wir: »Er ist am Leben! Ja! Er kommt nach Hause!«

»Aber wann? Wann?«, schrie Tantchen aus dem Hörer.

»Ich weiß es nicht! Wir müssen einfach abwarten!«, brüllte ich zurück. Und dann war Onkel Henry an der Reihe. Pa sprach mit ihm.

»Laut meinen Informationen«, sagte Pa, »wurden nach der bedingungslosen Kapitulation die Kriegsgefangenen aus allen japanischen Lagern in Burma und Malaya und Gott weiß wo nach Singapur gebracht. Im Kriegsgefangenenlager Changi sind jetzt ungefähr siebzehntausend Männer untergebracht, von denen die meisten zunächst einmal ärztliche Versorgung benötigen. Wir haben Grahams Namen nur entdeckt, weil er selbst Arzt und daher in der Personalliste aufgeführt ist. Ich kann mir vorstellen, dass es eine Weile dauert, bis sie ihn freilassen.«

Pa sprach ein paar Minuten mit Onkel Henry, aber dann waren wieder Tantchen und ich an der Reihe, während Pa mir vom Schreibtisch aus zugrinste. Irgendwann beruhigte sich meine Euphorie und ich legte den Hörer breit grinsend auf die Gabel zurück.

Nun war es nur noch eine Frage der Zeit.

Inzwischen war ich fast schon ein wenig zu optimistisch geworden. Wenn Graham von den Toten auferstehen konnte, warum nicht auch Andrew oder Freddy? Zumindest Andrew musste noch nicht einmal aus dem Reich der Toten, sondern nur aus der Kriegsgefangenschaft zurückkehren.

Bei Graham hatte es geheißen, er sei *vermutlich gefallen*, was mir neue Hoffnung gab, dass es bei Freddy ebenso glücklich ausgehen konnte. Und von Andrew war ja sogar gesagt worden, er befinde sich *vermutlich in Gefangenschaft,* was ja wohl weniger schlimm war als *vermutlich gefallen*. Wenn Graham den Torpedobeschuss seines Schiffes hatte überleben können, dann konnten Freddy und erst recht Andrew auch noch am Leben sein, schlussfolgerte ich. Und hoffte. Und betete. Mehr konnte ich nicht tun.

Wir fuhren alle nach Colombo, um ihn gemeinsam in Empfang zu nehmen: Onkel Henry, Tante Silvia und ich. Die Nacht wollten wir in der Wohnung in *Cinnamon Gardens* verbringen. Eileen Grantley und ihre Tochter Pamela waren mittlerweile ausgezogen. Sie hatten die traurige Bestätigung erhalten, dass Mr Grantley einer der Unglücklichen war, die ihre Zeit im Kriegsgefangenenlager Changi nicht überlebt hatten, und daraufhin vor einem Monat ein Schiff zurück nach England genommen. Es war ein trauriger Abschied gewesen. Jetzt wohnte ich allein in der Wohnung, und Graham, so hatten wir beschlossen, sollte zuerst hierherkommen, um von seinen Eltern – und von mir – in Empfang genommen zu werden, bevor er die langwierige Reise über die gewundenen Straßen ins Landesinnere antrat. Allerdings weigerte ich mich, ihn am Hafen willkommen zu heißen: Das war etwas, das eindeutig nur seinen Eltern vorbehalten war – bei einem so intimen Moment wollte ich nicht stören. Ich würde sie in der Wohnung erwarten.

Obwohl sie auf meine Anwesenheit bestanden, fühlte ich mich dabei eindeutig unwohl. Ich fühlte mich völlig fehl am Platze. Wäre ich wirklich seine Schwester gewesen, wäre das anders gewesen – aber ich kannte Graham ja kaum. Ich hatte immer zu ihm aufgeschaut, weil er Arzt war, was ich selbst so gerne sein wollte, er schien mir unerreichbar zu sein, als gehörte er einer ganz anderen Welt an. Unsere morgendliche Begegnung am Wasserfall und die ermutigenden Gespräche im Anschluss hatten unsere Beziehung zwar halbwegs normalisiert, aber dennoch hatte ich meine kindliche Heldenverehrung Grahams noch immer nicht ganz überwunden. Ich sah uns nicht als ebenbürtig an.

Umso erstaunlicher erschien es mir, als der ausgemergelte, hinkende, abgemagerte Graham hinter Tantchen und Onkel zur Tür hereinkam und seine Eltern buchstäblich links liegen ließ, um mir, halb rennend, halb humpelnd, um den Hals zu fallen. Und bevor ich überhaupt wusste, wie mir geschah, hatte er mich schon an sich gerissen, hielt mich fest an sich gedrückt und bebte vor … ja, vor was? Ich wusste es nicht, ich konnte es nicht verstehen, aber er bebte wirklich, und hätte ich ihn nicht als vernünftigen, bodenständigen, rationalen Mann gekannt, hätte ich es für Weinen gehalten. Alles, was ich spürte, war eine wundervolle, warme Welle der Erleichterung, die mich durchströmte. So standen wir eine gefühlte Ewigkeit da. Ich weiß nicht, was Tantchen und Onkel von dieser verwegenen und so unangebrachten Umarmung hielten, die allem widersprach, was sie über unsere Beziehung gewusst hatten. Aber als wir uns aus unserer Umarmung lösten, waren die beiden schon verschwunden, vermutlich um Grahams spärliches Gepäck in sein Zimmer zu bringen und um in der Küche ein paar Drinks vorzubereiten. Graham nahm mich bei der Hand und führte mich zum Sofa, wo wir uns beide hinsetzten, und ohne meine Hand loszulassen, sagte er zu mir: »Rosie, Rosie. Rosie! Mein wundervolles, wundervolles Mädchen!«

Das traf mich wie ein Schlag. Seit wann war ich sein wundervolles Mädchen?

KAPITEL 38

Ich war mir nicht sicher, ob ich mir das nur einbildete, aber für den Rest des Tages und auch während unserer Heimreise am nächsten Tag verhielt sich Tante Silvia mir gegenüber distanzierter als sonst. Tatsächlich wechselte sie die ganze Zeit über kein einziges Wort mit mir. Ich schob es auf ihre Aufregung nach Grahams wundersamer Rückkehr. Sie sprach nur mit Graham, mich ignorierte sie völlig, sie wünschte mir noch nicht einmal einen guten Morgen, als wir am Frühstückstisch zusammenkamen, sondern plauderte unablässig immer nur munter weiter mit Graham.

Ja, Tante Silvia war wieder ganz die Alte. Überhaupt hatte sie sich im Laufe der letzten beiden Monate, seit sie angefangen hatte, Kannan Klavierunterricht zu geben, erstaunlich gut erholt.

Er war aber auch ein ganz entzückender Schüler. Er hatte ein bisschen was von Andrew, dessen natürliche Begabung für Musik er offenbar teilte, und ein bisschen was von Graham, denn wie er ging er mit Beharrlichkeit und unerschütterlicher Disziplin an die Sache heran und widmete sich auch den langweiligeren Aspekten des Instrumentlernens – zum Beispiel

Tonleiterübungen und dem Notenlesen – mit äußerster Sorgfalt. Andrew hingegen hatte beides nicht ausstehen können.

Außerdem schien Kannan einen magischen Hebel in Tantchens Psyche umgelegt, das sprichwörtliche *Sesam öffne dich!* gefunden zu haben, das sie sozusagen über Nacht in einen völlig anderen Menschen verwandelte. Plötzlich stand sie morgens ganz von selbst auf, kümmerte sich wieder um ihr Äußeres, nahm das Frühstück und andere Mahlzeiten mit ihrem Mann – und wenn ich da war, auch mit mir – am Tisch ein, führte auch wieder Gespräche (solange man dabei das Thema Krieg und ihre Söhne großräumig umschiffte) und gab sogar Sunita wieder Anweisungen. Und wie immer verstanden wir uns prächtig, sie behandelte mich so herzlich wie eine leibliche Tochter.

Dass sie mir seit Grahams Rückkehr die kalte Schulter zeigte, war darum umso überraschender, aber immerhin war ihr Sohn sozusagen von den Toten auferstanden, also nahm ich das nicht persönlich. An diesem Abend jedoch begann ich zu begreifen, dass doch mehr dahintersteckte. In all den Monaten seit ihrer Rückkehr und dem Ende des Krieges hatte sie keine Gäste mehr empfangen: keine Dinnerparty, keine Teegesellschaft, und genauso wenig hatte sie Einladungen zu solchen Veranstaltungen angenommen. Aber gleich an unserem ersten gemeinsamen Abend in Newmeads hatte sie schon niemand Geringeren als die Carruthers zu einem elaborierten Dinner eingeladen: ihre gute Freundin Evelyn, deren Mann Frank und deren Tochter Gwen.

Und da fiel bei mir der Groschen. Schon seit Jahren hatte Tantchen kein Geheimnis daraus gemacht, dass sie fand, Graham und Gwen wären füreinander bestimmt, und wie es aussah, sollte diese Dinnerparty diese Verbindung besiegeln. Gwen, eine äußerst hübsche junge Dame, der die Verehrer höchstwahrscheinlich scharenweise hinterherliefen, wirkte an dem Abend aufgekratzt und erzählte lebhaft und freimütig von ihrem Leben in Südafrika und davon, wie viel Spaß die unverheirateten Mädchen dort trotz des Mangels an geeigneten jungen Männern gehabt und welche Partys sie besucht hatten und wie bedauerlich es doch gewesen war, dass der Krieg ihnen so den Spaß verdorben hatte.

Ich für meinen Teil empfand es als ziemlich taktlos, so über Partys und den Mangel an jungen Männern zu sprechen, wo ihr doch ein ebensolcher junger Mann, der die Hölle auf Erden tatsächlich *miterlebt* hatte und daraus zurückgekehrt war, am Tisch gegenübersaß. Aber Gwen, eine klassische Schönheit mit blonden Locken, bemerkte das überhaupt nicht, plapperte ungeniert weiter und bot sich nachgerade auf dem Silbertablett an.

Evelyn, die ich während der Zeit, in der sie sich in Südafrika um Tantchens psychisches Wohlbefinden gekümmert hatte, eigentlich als sehr empathische Frau kennengelernt hatte, die mit beiden Beinen fest auf dem Boden stand, schien in Bezug auf ihre Tochter allerdings Scheuklappen zu tragen und war offensichtlich ebenso wie Tantchen darauf erpicht, die beiden miteinander zu verkuppeln. Während Gwen also munter weiterschwatzte, hing Evelyn strahlend an ihren Lippen, als bestünde ihr Wortschwall aus purem Gold. Und Tantchen schloss sich dem verbalen Beifall für Gwen ebenfalls an.

»Gwen und ihre Mutter waren mir bei allem, was ich während der Evakuierung durchmachen musste, eine solche Stütze!«, schwärmte sie. »Ich weiß gar nicht, wie ich das ohne die beiden je durchgestanden hätte – die liebe Gwen hat mich dabei besonders getröstet – fast wie eine richtige Tochter!« Sie griff über den Tisch nach Gwens Hand und drückte sie fest, und die beiden lächelten einander zu, als hüteten sie ein großes, intimes Geheimnis – und das nach Gwens Monolog darüber, wie viel Spaß sie während ihres Aufenthalts in Durban gehabt hatte.

Als ich das hörte, schrumpfte ich in meinem Stuhl zusammen, riss mich aber sofort am Riemen. Ich spürte einen Anflug von Eifersucht – immerhin hatte ich Tantchen doch wohl ebenfalls geholfen, insbesondere nach ihrer Rückkehr nach Hause, aber auch, indem ich überhaupt erst auf die Idee gekommen war, die Carruthers mit einzubinden, um ihren Schock etwas abzumildern. Aber mich ignorierte Tante Silvia den ganzen Abend, was mich zugegebenermaßen verletzte. Aber da musste ich drüber wegkommen, und auch über das nagende Selbstmitleid aufgrund der, wir mir schien, ungerechten Art und Weise, wie der Beitrag der »lieben Gwen« in den Mittelpunkt gestellt wurde.

Ich schimpfte mich selbst: *Eifersucht steht dir nicht, Rosie!* Auf diesen Gedanken hin versuchte ich, mich Gwen gegenüber ein wenig herzlicher zu verhalten. Vielleicht hatte sie Tantchen in Südafrika ja wirklich enorm geholfen – woher sollte ich das wissen?

Dennoch war ihre Kuppelei und Gwens maßlose Überhöhung schrecklich durchschaubar, ja geradezu *lächerlich* offensichtlich. Jeder, außer Graham selbst, bekam es mit. Seine Manieren waren wie immer tadellos, aber entweder war er tatsächlich ein grandioser Schauspieler, oder er bemerkte tatsächlich noch nicht einmal die auffälligsten Anspielungen und Bemerkungen der beiden Mütter und der fraglichen jungen Dame – sehr zu meinem Erstaunen schlug Tantchen sogar unumwunden vor, Graham solle Gwen zum bevorstehenden Weihnachtsball im *Planters' Club* in Kandy ausführen. Dieser Mangel an Feingefühl trieb sogar mir die Röte ins Gesicht. Graham allerdings reagierte äußerst galant und taktvoll. Er lächelte die drei Damen an, die ihn alle miteinander erwartungsvoll anschauten, und erwiderte höchst gelassen und charmant: »Ich fürchte, ich wäre Gwen kein guter Tanzpartner – mein rechtes Bein ist völlig ruiniert. Ich schaffe es ja kaum, ans andere Ende des Zimmers zu humpeln! Nein, mit einer unversehrten Begleitung hätte sie wohl deutlich mehr Spaß.«

»Ach, aber junge Männer sind momentan doch solche Mangelw... au!«

Mitten im Satz schrie Evelyn kurz auf. Es war offensichtlich, dass Frank Carruthers, der neben ihr saß, sie in den Oberschenkel oder sonst einen unter dem Tisch verborgenen Körperteil gekniffen hatte, denn jetzt hüstelte er übertrieben und fiel ihr ins Wort: »... hatte dich nicht dieser nette junge Mann aus Kandy, du weißt schon, der Manager des *Royal Hotels* – ein so anständiger Kerl! – schon zum Ball eingeladen, Gwen? Hast du ihm denn noch gar nicht zugesagt?«

»Oh, aber ...«

Doch Frank nutzte das Ablenkungsmanöver aus und fuhr fort. Wenigstens ihm schien der unbeholfene Versuch der drei Damen, Gwen mit Graham zu verkuppeln, peinlich zu sein, und so setzte er nun zu einer wahren Lobeshymne auf jenen jungen Mann an, der, obschon im wehrfähigen Alter, nicht hatte einrücken müssen, weil er aufgrund seines kriegswichtigen Berufs vom Kriegsdienst befreit gewesen war.

Ich empfand diesen Besuch als extrem anstrengend und fiel am Abend ausgelaugt ins Bett. Das konnte ich mir nicht erklären, denn schließlich hatte ich ja den gesamten Abend über kaum gesprochen – niemand hatte mich beachtet, außer Graham, der gelegentlich zu mir herübergeschaut und mich angelächelt hatte, was ich jedes Mal erwidert hatte, wenn auch gezwungen und unnatürlich. Aus irgendeinem Grund fühlte ich mich deprimiert, ohne wirklich zu wissen, wieso. Wie schnell meine Erleichterung über Grahams Rückkehr doch verflogen war.

Wann immer ich mich in Newmeads aufhielt, bestand der Höhepunkt meines Tages im frühmorgendlichen Besuch am

Wasserfall mit meiner treuen *Bansuri*. Der Wasserfall zog mich an wie ein Magnet, und zu dem Klang von auf Fels plätscherndem Wasser zu spielen, munterte mich verlässlich auf. So war es auch am Tag nach Grahams Ankunft. Weil sich meine düstere Stimmung vom Vorabend über Nacht nicht aufgelöst hatte, stand ich in der Hoffnung, eine frühmorgendliche Dosis reiner, lieblicher Musik würde das Problem beheben, schon vor Tagesanbruch auf. Und so lief ich durch den Wald in Richtung Wasserfall. Es war noch recht dunkel und ziemlich kühl, also wickelte ich mich in einen warmen Kaschmirschal und nahm neben meiner Flöte auch eine warme Wolldecke mit, die ich mir auf dem kalten Felsen unterlegen wollte. Ich ließ mich an meiner Lieblingsstelle nieder, packte die Flöte aus, wärmte sie mit meinem Atem ein wenig an und begann zu spielen. Bald schon entfalteten die hohlen, lieblichen Klänge der *Bansuri* ihre magische Wirkung.

Ich fühlte mich erleichtert, erfrischt, geheilt. All die schartigen, kantigen Stellen in meinem Inneren wurden wieder glatt geschliffen. Der ganze unerklärliche Kummer von gestern Abend fiel einfach von mir ab, und wie von Zauberhand brachten mich die Melodien wieder zurück in meine Mitte, Melodien, die sowohl von außen als auch direkt aus meinem Inneren kamen und in der Stille widerhallten, Melodien, die etwas Großartigem, Majestätischem zu entspringen schienen und dies auf mich übertrugen. Ein Klang, der so herrlich lebendig, kräftig und klar war, dass er mich ganz und gar in seinen Bann zog und mir das Gefühl gab, ebenfalls lebendig, kräftig und klar zu sein. Was auch immer am Vorabend mein Gemüt beschwert hatte, dieser Klang wusch es einfach fort. Ich ließ mich von der Musik davontragen und fühlte mich schön und vollkommen.

Schließlich legte ich die Flöte in meinen Schoß und hielt inne. Ich holte tief Luft. Wie immer hatte ich mit geschlossenen Augen gespielt, und erst jetzt schlug ich sie auf.

»Oh!«, rief ich und zuckte erschrocken zusammen.

Auf einem Felsen mir gegenüber saß Graham. Er lächelte.

»Das war wunderschön, Rosie!«, flüsterte er.

»Danke!«, antwortete ich, etwas verlegen über den heimlichen Zuhörer. »Bist du schon lange hier?«

»Keine Ahnung!«, antwortete er lachend. »Wenn du spielst, verliere ich jedes Zeitgefühl. Es fühlt sich fast so an, als wäre ich schon ewig hier, als wärst du ein fester Bestandteil dieses Ortes.«

»Na ja, wenn ich in Newmeads bin, komme ich jeden Morgen her.«

»Ich weiß. Deswegen bin ich hier.«

Zwischen uns herrschte einen Moment lang Stille, während ich über seine Worte nachdachte.

»Du bist extra gekommen ... um mich spielen zu hören?«

»Genau. Um dich spielen zu hören. Du bist wirklich eine Zauberin, Rosie. Deine Musik hat heilende Wirkung. Bei meiner Rückkehr trug ich so tiefe Wunden in mir, aber jetzt fühlte ich mich wie neu geboren, fast so, als hätte es diesen Krieg nie gegeben.«

»Oh! Das ist so lieb von dir. Danke.«

»Das ist nur die Wahrheit.«

»Ich danke dir.«

Was hätte ich sonst sagen sollen? Nichts weiter. Für eine Weile saßen wir einfach nur schweigend da. Ich schloss wieder die Augen und genoss das reine Glück, das mich durchströmte und das in sich vollkommen war. Und dann sagte er: »Rosie?«

Ich schlug die Augen auf. »Ja?«

»Außerdem bin ich hergekommen, um mit dir zu sprechen. Unter vier Augen.«

»Oh!«, war alles, was ich hervorbrachte, schon zum dritten Mal an diesem Morgen. In meinem Hals bildete sich ein Kloß, der sich nicht herunterschlucken ließ.

Wieder folgte ein kurzer Moment des Schweigens. Nur das Wasser plätscherte weiter dahin.

»Rosie?«

»Ja?«

»Würdest du mich heiraten?«

Hätten die Japaner in diesem Moment direkt über mir eine Bombe abgeworfen, hätte ich nicht schockierter sein können. Ich schnappte laut nach Luft und muss ihn angestarrt haben wie der personifizierte Schreck.

Er schmunzelte. »Tut mir leid, dich damit einfach so ohne jede Vorwarnung zu überrumpeln. Ich weiß auch nicht, dieses ganze Balzverhalten und Hofgemache liegt mir einfach nicht, ich kann nicht gut charmieren und flirten und mich langsam herantasten. Ich weiß nur, dass ich das unbedingt möchte. Darum kreisen meine Gedanken schon seit Monaten, seit Jahren. Ich weiß es seit unserer letzten Begegnung und … na ja … ich weiß auch, dass es wahrscheinlich ziemlich unhöflich von mir ist, einfach so damit herauszuplatzen. Ich sollte wohl zuerst dein Herz gewinnen, so macht man das eigentlich. Ich fürchte nur, ich bin kein Romantiker und verstehe nicht viel davon, wie man eine Frau umwirbt. Dafür weiß ich allerdings mit absoluter Sicherheit, dass ich nur dich will. Warum sollte ich dir das also nicht einfach direkt sagen? Mir ist bewusst, dass du mich nie auf diese Art betrachtet hast. Aber könntest du nicht jetzt damit anfangen? Könntest du dich nicht ein bisschen auf mich einlassen und mir eine Chance geben? Ich liebe dich, ich liebe dich wirklich. Ich glaube, meine Liebe für dich hat mich am Leben gehalten. Und ich möchte, dass du das weißt. Ich liebe dich, Rosie. Und nichts würde mich glücklicher machen, als zu wissen, dass du mich auch liebst.«

»Oh, aber …« Was sollte ich darauf nur sagen? Ich war bis in meine Grundfesten erschüttert. In meinem ganzen Leben hatte ich mir Graham nicht ein einziges Mal als meinen zukünftigen Ehemann vorgestellt. Über Andrew und Victor hatte ich wenigstens nachgedacht, wenn auch nur wegen Tantchens Kuppelei, und aus unterschiedlichen Gründen hatte ich beide ausgeschlossen. Aber Graham? Nicht einmal Tantchen hatte ihn mir als Heiratskandidaten vorgeschlagen. Ich hatte das Gefühl, dass sie schockiert darüber wäre, ganz besonders nach dem Debakel von gestern Abend.

Ich war sprachlos, konnte kaum atmen. Ich konnte nur langsam den Kopf schütteln.

Grahams Gesichtszüge entgleisten. »Ist das ein Nein? Du ziehst es nicht einmal in Erwägung? Gibt es einen anderen? Ich weiß ... ich weiß, dass Mutter versucht hat, dich mit Victor zu verkuppeln ... sie kann einfach nicht anders, als alles auszuplaudern. Warst du in ihn verliebt? Wart ihr einander schon versprochen? Trauerst du noch? Aber, ach, Rosie! Das Leben geht weiter und ...«

»Nein, nein, nein! Nicht Victor! Der stand nie zur Debatte! Tantchen muss wahnsinnig gewesen sein, das überhaupt vorzuschlagen!«

Er atmete hörbar aus. »Allerdings! Denn für Victor bist du viel zu gut. Also ist es Andrew? Er war Mutters zweite Wahl für dich. Sie hat dich wohl als eine Art Wundermittel für die beiden gesehen: Victor, der Wilde, und Andrew, der Träumer. Und dann du, die Vernünftige, die ihre Söhne vielleicht retten könnte. Ich weiß, dass du und Andrew euch nahestandet ...«

»Nein, nein, Graham. Andrew ... ist es auch nicht. Es ist keiner von beiden ... es ... es ist nicht ...«

Just in diesem Moment durchbrach der nervenzerreißende Schrei des Wechselkuckucks die frühmorgendliche Stille – heiser, völlig verstört und so laut, als säße er direkt hinter uns im Wald jenseits des Wasserfalls. Und dann erinnerte ich mich daran, was Freddy zu diesem Schrei der Verzweiflung gesagt hatte: *Wo ist mein Schatz? Könnt ihr euch vorstellen, wie es sein muss, einen geliebten Menschen zu verlieren und vor Verzweiflung nur noch gequält rufen zu können: Wo ist mein Schatz? Wo ist mein Schatz? Wo ist mein Schatz?«*

So war es mir ergangen, ich hatte einen geliebten Menschen, meinen »Schatz« verloren, und seit dem Tag, an dem ich von Freddys Verschwinden erfahren hatte, hatte mein Herz ebenso verzweifelt wie jener Vogel nach ihm gerufen: *Wo ist mein Schatz? Wo ist mein Schatz? Wo ist mein Schatz?*

Da brach es aus mir heraus: Ich weinte. Ich weinte um Freddy, bitterlich und ohne Zurückhaltung, ich weinte, wie ich noch nie zuvor geweint hatte, schüttelte langsam den Kopf und flüsterte: »Es tut mir leid. Es tut mir so leid, aber ich kann nicht. Ich kann einfach nicht.«

Ich musste mich zusammenreißen. Er verdiente eine zusammenhängende, sachliche Antwort. Also schniefte ich und wischte mir mit einer Hand die Tränen aus dem Gesicht, woraufhin mir Graham wie schon beim letzten Mal ein Taschentuch aus der Tasche zog, mit dem ich mir das Gesicht richtig abtrocknen konnte. Wie konnte es sein, dass ich an beiden unserer Treffen hier unten am Wasserfall weinen musste und mir Graham beide Male sein Taschentuch reichte? Er muss mich für eine richtige Heulsuse halten, dachte ich, und sagte dann: »Oh, Graham, vielen, vielen Dank. Das ist wirklich das Schönste, was je irgendjemand zu mir gesagt hat. Und du bist einer der wunderbarsten Menschen, die ich kenne. Danke, dass du dir vorstellen könntest, mich zur Frau zu nehmen. Aber die Sache ist die ... ich muss mich erklären. Ich kann nicht, ich kann einfach nicht ...«

Ich schniefte und schnäuzte mich laut, fast schon undamenhaft, in sein Taschentuch. Dann blickte ich ihm direkt in die Augen und sagte so ruhig ich konnte: »Es gibt wirklich einen anderen, Graham, und deshalb kann ich das, worum du mich bittest, nicht einmal in Erwägung ziehen. Nicht jetzt. Nicht bis ich ... nicht bis ich Klarheit habe.«

»Ah«, sagte er, nichts weiter. Wieder setzte der Wechselkuckuck zu einer Serie von Schreien an und wurde dabei mit jeder neuen Sequenz lauter und panischer, und ich konnte mein Bedürfnis danach, in diesen Verzweiflungsschrei einzufallen, nur so gerade eben unterdrücken.

Eine Weile saßen wir schweigend nebeneinander. Das Gurgeln und Plätschern des Wassers auf den Felsen wirkte irgendwie tröstlich, es beruhigte meine innerliche Zerrissenheit, und ich hoffte, dass es auch die Enttäuschung zu lindern vermochte, die ich in Graham ausgelöst hatte. Unser Schweigen hatte etwas Freundschaftliches an sich, keiner von uns verspürte das Bedürfnis, es zu brechen. Es fühlte sich so an, als würde mein eigenes zerbrochenes Herz langsam wieder zusammengeflickt, wie in einer Operation, die ich nicht sehen, nur spüren konnte. Als hätte ein stummer Heilungsprozess eingesetzt. Der vormals brennende Schmerz der Verzweiflung darüber, nichts über Freddys Verbleib oder Schicksal zu wissen, ging nun in eine Art Akzeptanz über. Ich akzeptierte die Tatsache, dass mein eigener Schmerz nichts an seinem Schicksal ändern würde, und dass ich ihn genau darum *überwinden* musste. Ich spürte, dass mein eigener Heilungsprozess auf mysteriöse, fast schon esoterische Art auch ihm helfen konnte. Wo auch immer er sich befand. Egal ob er tot oder lebendig war. Mehr jedenfalls als dieses ständige Stochern in meiner inneren Wunde. Zu dieser Einsicht gelangte ich allmählich, während wir beide schweigend dasaßen und nichts weiter taten, als dem Plätschern des Wasserfalls zu lauschen.

Und dann kam ich zu einer weiteren Einsicht. Ich nahm die *Bansuri* aus meinem Schoß und fing wieder zu spielen an. Als meine Finger sanft über die Flöte tanzten und mein Atem sie zum Leben erweckte, strömte meine Seele, mein ganzes Sein, in das längliche Holzrohr, und die Musik, die daraus hervorbrach, war so wunderschön, so herrlich, so eindringlich in ihrer Zerbrechlichkeit, so flüchtig und doch zeitlos, dass sie mich ganz von meinem Schmerz befreite. Und da wurde mir klar, dass meine Verbindung zu Freddy einen Wendepunkt erreicht hatte. Diese Musik war das Gegenmittel zu dem deliriösen Schrei des Wechselkuckucks. Die Melodie berührte mich so stark, dass ich eine Gänsehaut bekam. Es war eine Melodie, die nicht aus mir herauskam, sondern mich durchdrang, die ich nicht als mein eigen bezeichnen konnte. Sie war bittersüß, übernatürlich und ergreifend – so einzigartig und vergänglich wie ein Regenbogen. Ich hatte sie nicht komponiert, sie gehörte mir nicht. Diese Melodie gehörte nur sich selbst.

Die Musik kam an ihr Ende. Ich setzte die Flöte ab und begegnete Grahams Blick, und es fühlte sich gut, einfach nur gut an. Er lächelte und richtete sich dann langsam auf. »Wollen wir frühstücken gehen?«

Ich erwiderte sein Lächeln und nickte. Er reichte mir die Hand und half mir auf. Zusammen gingen wir zurück nach Hause.

KAPITEL 39

Jene eindringliche Melodie verfolgte mich noch den ganzen Tag. Noch lange, nachdem ich das Flötenetui an den Haken in meinem Zimmer gehängt hatte, hallte das Lied in meinem Herzen nach und riss mich vollends aus der Melancholie, die mich vorher umgeben hatte. Graham und ich genossen unser gemeinsames Frühstück mit Tantchen und Onkel, und danach zog ich mich mit einem Buch auf die Veranda zurück. Nach einer Weile gesellte sich Graham zu mir. Ich legte das Buch beiseite und wir redeten.

Es war fast so, als hätte er mir nie einen Antrag gemacht, und er wirkte nicht im Mindesten von meiner Zurückweisung gekränkt. Mit ihm zu sprechen fühlte sich vollkommen natürlich an. Unser Gespräch fand ganz von selbst zu Andrew, dem Bruder, auf dessen wundersames Überleben wir alle hofften. Grahams Rückkehr hatte natürlich auch unsere Hoffnung für Andrew befeuert, hatte sie doch bewiesen, dass letzten Endes doch alles möglich war. Die Fesseln des Krieges lösten sich nur langsam und noch immer waren nicht alle Schicksale geklärt, noch immer wartete man auf Nachricht davon, wer überlebt hatte und wer gefallen war. Mehr als warten und hoffen konnte man nicht tun.

»Es sah Andrew überhaupt nicht ähnlich, Soldat zu werden«, seufzte ich. »Er hätte nie in den Krieg ziehen sollen. Stattdessen hätte er lieber hierbleiben und Onkel Henry zur Hand gehen sollen. Aber niemand hätte ihn von seinem Vorhaben abbringen können.«

»Andrew konnte schon immer stur sein«, stimmte Graham mir zu. »Aber ich glaube, in diesem Fall hatte es auch irgendetwas mit einem Mädchen zu tun.«

»Ja.« Ich hielt kurz inne. »Mit Usha.«

»Usha.« Er dachte eine Weile nach, bevor er fortfuhr. »Das ist doch die Tamilin, oder? Die er heiraten wollte?«

»Ja, genau.«

Und dann sprudelte alles aus mir heraus. Was für eine Erleichterung, endlich mit jemandem über sie und Andrew sprechen zu können, noch dazu mit jemanden, der sie nicht nur beide kannte, sondern sie auch nicht verurteilen, der weder Usha verteufeln noch Andrew die Schuld an allem geben würde! Viel zu lange hatte ich diese Bürde schon alleine mit mir herumgetragen. Nicht nur die Bürde ihrer verbotenen Liebe, sondern auch das Wissen um die Schwangerschaft, Andrews Schock, Ushas Loyalität. Die Vergewaltigung.

Ich musste Graham einfach erzählen, was Onkel Henry mir über Victor gesagt hatte. Die Last war zur schwer für mich. Sie zu teilen verschaffte mir nicht nur eine enorme Erleichterung, sondern ermöglichte mir auch, mit jemandem, der im Unterschied zu Onkel Henry Usha nicht verdammen würde, über die Konsequenzen zu sprechen. Ich wusste einfach instinktiv, dass Graham die Lage gerecht beurteilen würde. Und so war es auch.

»Was für ein widerwärtiger ... was für ein Schuft!«, stieß er hervor. »Ich kann nicht glauben, dass mein eigener Bruder zu einer solchen Abscheulichkeit in der Lage ist!«

»Victor ist kein sehr netter Zeitgenosse«, sagte ich. »Er war schon immer eher aggressiv, und die Zeit, die er im Krieg verbracht hat, scheint es nur noch schlimmer gemacht zu haben. Auch mir gegenüber hat er sich sehr unverschämt und grob verhalten. Er hat ein paar sehr geschmacklose Kommentare von sich gegeben.«

»In manchen Menschen bringt der Krieg das Beste zum Vorschein, in anderen das Schlechteste. Der Krieg macht Männer zu Helden – aber einige eben zu Kriminellen.« Frustriert schüttelte Graham den Kopf. »Das arme Mädchen! Bist du mit ihr noch in Kontakt? Wie geht es ihr? Wo lebt sie? Was ist mit dem Kind passiert?«

Ich berichtete ihm, was ich wusste. »Der kleine Junge ist in einem Waisenhaus in der Nähe von Vellore bestens versorgt. Er muss jetzt an die vier Jahre alt sein. Und Usha hat sich eigentlich ziemlich gut entwickelt. Sie war schon immer sehr intelligent und jetzt ist sie eine fertig ausgebildete Krankenschwester.«

»Wie steht sie zu dem Kind?«

»Tja, da er ja das Resultat einer Vergewaltigung ist, hat sie verständlicherweise versucht, den Kleinen aus ihrem Herzen zu verbannen, ihn zu vergessen. Aber sie hat mir erzählt, dass ihr das nicht gelingt. Trotz allem ist sie seine Mutter und er ihr Sohn. Sie sagt, dass sie Tag und Nacht nur an ihn denkt und manchmal das Waisenhaus besucht, um ihm vom Zaun aus beim Spielen zuzusehen.«

»Das bricht einem das Herz«, erwiderte Graham. »Und er ist mein Neffe! Ich werde mich der Sache annehmen, ganz egal, ob Andrew zurückkehrt oder nicht.«

»Aber selbst *wenn* Andrew überlebt hat, wissen wir noch lange nicht, wie er reagieren wird, wenn er davon erfährt. Männer sind ... Männer können in solchen Angelegenheiten sehr kompliziert sein. Du weißt schon, eifersüchtig.«

Er lachte trocken. »Weise Worte aus dem Munde einer jungen Dame, die sich mit Männern auskennt!«

Ich schnaubte. »Ich lese eben viel.«

»Nun, was Andrew angeht, magst du sogar recht haben. Schließlich ist er genau das Gegenteil von Victor. Übersensibel geradezu. Könnte schon sein, dass seine große Liebe zu ihr den Schock nicht übersteht, wenn er die schreckliche Wahrheit erfährt, dass seine Geliebte von seinem eigenen Bruder vergewaltigt wurde – und dann auch noch dessen Kind zur Welt gebracht hat.«

»Aber das ist immer noch besser, als zu glauben, sie sei ihm untreu gewesen.«

»Für ihn vielleicht. Aber nicht für sie. Wir müssen irgendetwas unternehmen. Victor ist tot, also kann sie keine Anzeige erstatten. Aber das Kind ... dass es jetzt in einem Waisenhaus aufwachsen muss. Wie schrecklich. Wenn sich die Lage beruhigt hat, muss ich den Kleinen besuchen. Und mit ihr würde ich mich ebenfalls gerne treffen, wenn das möglich ist. Sie verdient unsere Hilfe.«

Für eine Weile schwiegen wir. Dann fügte Graham hinzu: »Rosie, würdest du mich nach Indien begleiten? Um sie beide zu besuchen, das Kind – wie heißt es überhaupt? – und Usha? Ich finde wirklich, dass ich irgendetwas für sie tun muss. Dafür sorgen muss, dass es den beiden gut geht. Ich fühle mich irgendwie ... in der Verantwortung. Würdest du das tun?«

»Ihr Sohn heißt Luke, und liebend gerne!«, antwortete ich, ohne zu zögern. »Aber du trägst da wirklich keine Verantwortung.«

»Doch, die trage ich sehr wohl, genau wie Victor, wenn er überlebt hätte. Ein Vater zu sein, und sei es auch nur im körperlichen Sinne, ist eine große Verantwortung, und da Victor nicht mehr am Leben ist, müssen wir als seine Familie diese Verantwortung für Luke übernehmen.«

In diesem Moment wurde mir bewusst, dass Graham von den drei Brüdern der beste war. Überhaupt der beste Huxley. Und dass er eines Tages eine Frau sehr glücklich machen würde. War es dumm von mir gewesen, ihn sofort zurückzuweisen? Und warum überhaupt? Wegen eines Erlebnisses, dass sich vor Jahren zugetragen und das weniger als eine Stunde gedauert hatte? Wegen eines Mannes, den ich nicht einmal drei Tage gekannt hatte? Wegen eines Mannes, der höchstwahrscheinlich tot war?

* * *

Den Rest des Tages dachte ich über all diese Dinge nach. Ich dachte an Freddy und an meine Gefühle für ihn. Selbst falls er überlebt hatte, falls er zu mir zurückkehrte und wir einfach dort weitermachen konnten, wo wir unterbrochen worden waren, war ich damit nicht wie diese typischen naiven, sentimentalen, leichtsinnigen Mädchen aus Tantchens Romanen, die sich Hals über Kopf in den attraktiven Fremden verliebten, der sich dann doch als Schwerenöter entpuppte – was jedem Leser, so auch mir, schon auf zehn Kilometer Entfernung auffiel, sodass man der Protagonistin gedanklich zurief: »Lass dir Zeit, lern ihn doch erst einmal kennen! Sei vorsichtig!«

Sollte man seinen Auserwählten nicht erst einmal richtig kennenlernen, bevor man ihn als *den Einen, den Einzigen* bezeichnete? Waren blinde Leidenschaft und schwindelerregende Euphorie, wie ich sie erlebt hatte, eine stabile Basis für ein ganzes gemeinsames Leben? So langsam begann ich das zu hinterfragen und bekam da so meine Zweifel. Ernsthafte Zweifel.

Entsprechend erleichtert war ich, als Graham am nächsten Tag ganz von selbst auf das Thema zurückkam. Er war morgens nicht zu mir an den Wasserfall gekommen, was mich seltsamerweise enttäuscht hatte. Ich mochte es, wenn er mir zuhörte, und ich genoss seine Anerkennung für mein Musizieren. Davor hatte ich immer nur für mich allein gespielt. Es war schön gewesen, für ihn zu spielen und zu wissen, dass sich die Musik, die aus meinem Herzen strömte, in seinem fortsetzte.

Als wir nun wieder auf der Veranda in unseren Korbsesseln saßen, sagte Graham aus heiterem Himmel: »Also, Rosie, würdest du mir vielleicht von diesem *anderen* erzählen?«

Ich muss schockiert ausgesehen haben, denn er musste lachen. »Ach, weißt du, ich bin einfach nur neugierig. Wer ist mein Nebenbuhler, der mit mir um deine Hand konkurriert?«

Ich errötete und merkte, wie mich ein warmes Gefühl durchströmte. Es fühlte sich gut an, ihn so von sich und Freddy sprechen zu hören. Wie ein zwar zurückgewiesener Verehrer, der sich durch diese Zurückweisung jedoch nicht unterkriegen ließ, sondern versuchte, der Angelegenheit mit Humor gegenüberzutreten. Kein verletzter Stolz, nur anspruchslose Würde. Das gefiel mir. Und wenn Graham eigentlich der Letzte war, dem ich die Sache mit Freddy hätte anvertrauen sollen –, er war nun einmal gleichzeitig auch der *Beste*. Niemand sonst wäre wie er dazu in der Lage gewesen, mir dabei zu helfen, meinen Gefühlen auf den Grund zu gehen und herauszufinden, was ich jetzt tun sollte. Ich wusste instinktiv, dass Graham diese Angelegenheit, egal was ich ihm über Freddy erzählen würde, sachlich und gerecht beurteilen und sich dabei nicht von seinem Eigeninteresse beeinflussen lassen würde.

»Er ist ein Freund von Andrew«, fing ich also an. »1942 hat Andrew ihn mit hierher gebracht, als sie beide auf Fronturlaub waren.«

Und dann sprudelte alles nur so aus mir heraus, von Anfang an. Diese unmittelbare Anziehungskraft zwischen Freddy und mir, unsere langsame Annäherung, die in dieser wunderbaren, plötzlichen körperlichen Vereinigung am Wasserfall gipfelte, die mir selbst heute, Jahre später, als so überirdisch im Gedächtnis geblieben war, dass ich sie noch immer als den reinsten Ausdruck der Liebe betrachtete. Eine Erfahrung, der nichts jemals gleichkommen konnte.

Die anschließende Stille zwischen uns, ein angenehmes Schweigen, das mit dem einvernehmlichen Wissen einherging, dass Worte dem nichts hinzuzufügen hatten. Dann der Abschied. Und schließlich die Nachricht von Freddys Verschwinden.

»Ich verstehe«, sagte Graham. »Und du hast das Gefühl, dieser Liebe treu bleiben zu müssen. Deiner großen Liebe, sozusagen. Ob er noch am Leben ist oder nicht.«

»Genau. Denn was ist, wenn er *wirklich* noch lebt und an mich denkt, Graham? Was, wenn diese Erinnerung alles ist, was ihn durchhalten lässt, was ihn noch am Leben hält? So wie du ja auch gesagt hast, der Gedanke an mich habe dich durch deine Zeit in Changi gebracht? Was dann?«

»Du hast völlig recht! Es stimmt, dass der Gedanke, die Erinnerung an einen geliebten Menschen der Rettungsanker sein kann, der einen Mann am Leben hält. Und es spricht sehr für dich, Rosie, dass du darum weißt und deine gesamte Zukunft dafür aufs Spiel setzt.«

Ich spürte, dass er noch mehr sagen wollte, aber er sprach nicht weiter.

»Das klingt, als gäbe es da noch ein *Aber,* nicht wahr? Du hast Vorbehalte.«

Er zuckte nur mit den Schultern und gab einen bestätigenden Laut von sich. »Ja, es gibt ein *Aber* ... Aber ...« Hier grinste er. »Mehr werde ich dazu nicht sagen. Als ein Mann, der ein gewisses Eigeninteresse am Ausgang dieser Geschichte hat, steht es mir nicht zu, mich dazu zu äußern.«

»Oh, aber ich bitte dich darum! Ich schätze deine Meinung, Graham!«

»Nein, tut mir leid. Das steht mir nicht zu. Aber eine Frage hätte ich noch ...«

»Ja?«

»Du hast gesagt, er sei aus ... Südamerika?«

»Genau. Britisch-Guayana.«

»Und hat er dort Familie?«

»Ja, eine große Familie sogar. Er hat was von sieben Brüdern gesagt!«

»Also, Rosie, wenn wir mal vom Idealfall ausgehen, dass er also wirklich zu dir zurückkehrt und ihr heiratet ... wirst du dann mit ihm nach Südamerika ziehen oder wird er zu dir nach Ceylon kommen?«

Darauf schwieg ich. Er hatte mich eiskalt erwischt. Das war die Stelle, über die ich in meiner Fantasie jedes Mal wieder stolperte. Die Szenarien, die ich mir für Freddy und mich ausmalte, endeten immer mit unserem überglücklichen Wiedersehen – damit, wie wir einander in die Arme fielen. Manchmal stellte ich mir auch noch unsere Hochzeit vor, ich im weißen Brautkleid, ein Blumenmeer. Aber ein gemeinsames Leben: wo wir wohnen würden, wie sich die Realität unseres Alltags gestalten würde ... das hatte ich jedes Mal verdrängt.

Jetzt sagte, vielmehr stammelte ich: »Darum würden wir uns Sorgen machen, wenn es so weit ist.«

Das schien er als Antwort zu akzeptieren. Er nickte. Und dann platzierte er aus heiterem Himmel seinen letzten Schlag unter die Gürtellinie: »Als ich letztes Mal hier war, Rosie, noch bevor ich in die Armee eingezogen wurde und bevor du Freddy kennengelernt hast, da wolltest du noch unbedingt Medizin studieren. Ich hoffe sehr, dass du diesen Plan nicht aufgibst ... du wärst eine wundervolle Ärztin.«

Und mit dieser Bemerkung hatte mich Graham Huxley vollständig überwältigt. Aber er musste meine schreckliche Verlegenheit bemerkt haben, denn er begegnete ihr mit einem geschickten Themenwechsel.

»Vater hat mir erzählt, wie sehr du Mutter dabei geholfen hast, ihre Depression zu überwinden«, sagte er. »Er hat erzählt, wie du ihr eine sinnvolle Aufgabe gegeben hast, um sie von ihren Sorgen abzulenken. Genau das ist die Empathie, die einen guten Arzt ausmacht. Und du besitzt sie. Das ist mir immer schon aufgefallen. Das ist es, was ich am meisten an dir liebe. Und Mutter schätzt dich ebenfalls, auch wenn sie es nicht immer zeigt.

Ich strahlte über das ganze Gesicht, als ich das hörte. Es fühlte sich wundervoll an, von Graham gelobt zu werden.

KAPITEL 40

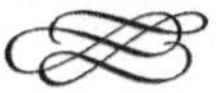

Aber die Freude war nur von kurzer Dauer. Eine kurze Streicheleinheit für mein Ego reichte nicht aus, um die Wogen des Zweifels zu glätten, um die Fragen zu unterdrücken, die die Gewissheit hinsichtlich meiner Liebe zu Freddy ins Wanken brachten. Denn ja: Was ich mit ihm erlebt hatte, war zweifellos außergewöhnlich gewesen. In dieser kurzen Zeit hatten wahrhaftig zwei Herzen, zwei Seelen zueinander gefunden, oder was es auch immer ist, das uns zu Menschen macht. Aber angenommen, er hätte den Krieg tatsächlich unbeschadet überlebt, angenommen, er würde zu mir zurückkehren und wäre dazu bereit, dort weiterzumachen, wo wir aufgehört hatten, oder anders ausgedrückt: Wenn man vom bestmöglichen Szenario ausging – würde das ausreichen, um uns ein ganzes Leben lang zusammenzuschweißen? War das ein solides Fundament für eine Ehe? Verhieß eine vollkommene körperliche und geistige Vereinigung automatisch eine glückliche gemeinsame Zukunft? Verlieh uns das die Reife, die Ausdauer, die Geduld und Stärke, die man für eine glückliche Ehe brauchte?

Eines wusste ich gewiss: In den Jahren, bevor ich Freddy kennengelernt hatte, selbst schon als in Liebesdingen noch völlig unerfahrenes junges Mädchen hätte ich diese Vorstellung lächerlich gefunden. Ich erinnerte mich noch gut daran, wie ich für den sentimentalen Unsinn, den die anderen Mädchen in meiner Umgebung von sich gaben, wenn sie sich in lebhaft ausgeschmückten Beschreibungen der Gefühle ergingen, die ihr jeweiliges Herzblatt gerade in ihnen auslöste, nur ein genervtes Augenrollen übrig gehabt hatte. Wie oft hatte ich versucht, ihnen klarzumachen, dass sie ihre Gefühle im Zaum halten mussten, um nicht von Einhörnern auf Regenbögen davongetragen zu werden? Und wie oft hatte ich versucht, Andrew davon zu überzeugen, dass das, was er für Usha empfand, keinesfalls Liebe sein konnte?

Ich war immer die Vernünftige. War das nicht auch der Grund dafür, warum Tantchen mich mit Andrew oder Victor zusammenbringen wollte?

Ich war die »Anständige«, die nie vom rechten Weg abkam, die mit beiden Beinen fest auf dem Boden stand und bei der man nicht befürchten musste, dass die Fantasie mit ihr durchging. Sie hatte mich als eine Art »Heilmittel« für einen ihrer jüngeren Söhne angesehen. (Ihr Ältester hatte ein solches »Heilmittel« offensichtlich nicht nötig. Darum hatte sie ja auch andere Pläne für ihn. Im Anbetracht ihrer Wahl von Gwen, hatte sie für ihn wohl eher eine etwas unbekümmertere Partnerin vorgesehen.)

Aber dann war ich von meinem hohen Ross gestürzt und hatte mich verliebt. In Freddy. Wäre mein Leben ein Roman gewesen, hätte ich *diese* Charakterentwicklung als absurd verlacht. Ich hätte dem Autor vorgeworfen, sich ein wenig zu viel künstlerische Freiheit herausgenommen zu haben. Doch in meinem Fall hatte das Leben die Kunst nachgeahmt; das Unmögliche war geschehen, die Realität war von einer Erfahrung über den Haufen geworfen worden, die außergewöhnlicher und intimer war als alles, was ich mir in meinem kühnsten Träume hätte vorstellen können. Das menschliche Bewusstsein ist tatsächlich ein Wunder. Was verbirgt sich dort in unseren tiefsten Tiefen, wovon wir nicht einmal ansatzweise etwas ahnen? Meine Vereinigung mit Freddy war jedenfalls von außergewöhnlicher Tiefe gewesen.

Die Einzigartigkeit dieser Begegnung konnte ich nicht leugnen. Es war wirklich so gewesen. Aber reichte das aus? Und – wie Graham schon angedeutet hatte – war das genug, um meinen einst so brennenden Wunsch danach, Ärztin zu werden, auszulöschen? Jetzt erst fiel mir auf, wie stark mein damaliger Ehrgeiz seit meiner Obsession mit Freddy nachgelassen hatte. Denn eine Obsession war es wirklich. Und jede Obsession ist, ganz unabhängig vom Objekt der Begierde, ungesund.

All diese Gedanken drehte und wendete ich in meinem Kopf hin und her, vor und zurück. Und zu meinem Erstaunen kam ich dabei zu dem Schluss, dass ich meiner Obsession bei Weitem nicht so stark unterlag, wie ich zuerst angenommen hatte. Ich entfernte mich einen Schritt von dem Gedanken *Rosie liebt Freddy* und versuchte, ihn so neutral wie möglich zu beurteilen, wie ein Wissenschaftler, der eine interessante Mikrobe beobachtet, oder wie ein Arzt, der eine Wunde untersucht. Ich versuchte, diese Rosie-liebt-Freddy-Angelegenheit möglichst unvoreingenommen aus der Distanz zu betrachten. Und ich merkte, wie die Obsession, allein dadurch, dass ich sie auf diese Weise betrachtete, immer schwächer wurde und die Macht über mich verlor.

In dieser Nacht wälzte ich mich unruhig hin und her, geplagt von dem inneren Zwang, an Freddy festzuhalten, einem Zwang, der durch ein komplexes Gefühlswirrwarr aus Schuld, Gewohnheit und schlicht Einsamkeit noch verstärkt wurde, von meinem neu entdeckten Bedürfnis danach, die Sorte loyaler, geduldiger Frau zu sein, die ihrem geliebten Soldaten durch Dick und Dünn treu bleibt, deren Treue ihn am Leben hält, deren unverrückbare Ergebenheit das Schiff ist, auf dem er zurückkehren wird. Ja, ein solches Schiff hatte ich sein wollen. Es war eine selbstverliebte, schwelgerische Vorstellung meiner selbst.

In diesem Zustand erschien es mir unmöglich, Graham zu sehen. Ich musste zuerst gründlich darüber nachdenken. Das alles war zu komplex und ich musste in mich gehen, ohne mich von außen beeinflussen zu lassen. Graham verwirrte mich nur. Ich brauchte Abstand.

Entsprechend erleichtert war ich nach der Rückkehr von meinem morgendlichen Flötenspiel, dass Tantchen und Graham nach einem vorgezogenen Frühstück schon unterwegs waren. Tante Silvia hatte einen Zettel für mich hinterlassen: Sie trafen sich mit Evelyn und Gwen in Kandy, wo sie ein bisschen durch die Läden ziehen und anschließend im Club zu Mittag essen wollten. Dafür war ich sehr dankbar, denn ein Tag nur für mich allein war genau das, was ich brauchte.

Ich entschied, dass es mir guttun könnte, mich ins Gebet zu vertiefen. Als ich allerdings mit dem Fahrrad in unsere Kapelle fahren wollte, merkte ich, dass es einen Platten hatte. So ein Mist! Dann erinnerte ich mich an einen anderen Ort der Ruhe: einen von Newmeads aus nur fünfzehn Fußminuten entfernten kleinen Schrein an einer Seitenstraße, die von der Verbindungsstraße zwischen Kandy und Colombo abzweigte. Es war ein dem elefantenköpfigen Gott Ganesha geweihter Hindu-Schrein, zu dem Usha mich ein paarmal mitgenommen hatte. Es hatte sich für mich nie falsch angefühlt, in einem Hindu-Tempel zu beten. Pa hatte mir die Haltung vermittelt, dass alle Religionen nur unterschiedliche Pfade zu ein und derselben höheren Macht waren, die wir *Gott* nannten, und demselben Grundbedürfnis nach innerem Frieden, Liebe und Geborgenheit entsprangen und dass alle Gebete, ganz egal, an wen sie gerichtet waren, letztlich nur ein inneres Streben nach Frieden darstellten.

Also ging ich angemessen gekleidet die Auffahrt in Richtung Hauptstraße hinab, zog mir, als ich am Schrein angekommen war, die Schuhe aus und trat ein. Kurz vor mir musste schon jemand hier gewesen sein, denn im Halter vor der steinernen Statue brannten noch ein paar Räucherstäbchen, deren weiße Rauchschlieren sich nach oben kräuselten und die Luft in dem beengten Schrein mit einem kräftigen, süßlichen Sandelholzduft erfüllten. Zu Füßen der Statue lagen Blüten, Studentenblumen und Jasmin. Die Steinfigur war riesig, der Elefantenkopf genauso groß wie der dickbäuchige Körper, der Rüssel so lang, dass er bis in den Schoß des im Schneidersitz sitzenden Gottes reichte und sich dort einrollte. Usha hatte mir erklärt, dass hinduistische Götter streng genommen keine richtigen Götter sind, sondern vielmehr nur Teilaspekte der heiligen Kraft »Brahman« repräsentieren und den Menschen Wege zu einem Verständnis von Dingen eröffnen, die außerhalb der menschlichen Vorstellungskraft liegen. Ganesha zum Beispiel repräsentiere die Überwindung von Hindernissen.

Wie Usha es mir gezeigt hatte, legte ich die Handflächen aneinander, schloss die Augen, setzte mich im Schneidersitz auf den steinernen Boden des Schreins und lehnte mich mit dem Rücken an die Wand. Dann betete ich. Ich betete inständig, dass alle Hindernisse, alle schweren, unerträglichen Bürden, die auf meinen Schultern und den Schultern unserer Familie, des Landes und der ganzen Welt lasteten, von uns gehoben würden: eine Last, die mir zu schwer war. Gedanklich hob ich sie mir von den Schultern und übergab sie in größere, fähigere Hände, und langsam, allmählich, veränderte sich irgendetwas in mir. Es fühlte sich so an, als wäre ich mit dieser unsagbaren Last in einen Zug gestiegen und hätte sie dort abgelegt, und der Zug setzte seine Reise nun fort und trug sowohl mich als auch meine Last. Dieses Gefühl der Entlastung verwandelte sich langsam in einen tiefen inneren Frieden. Genau das war es, wonach ich gesucht hatte. Ich gab mich diesem Frieden hin.

Nach zwei Stunden machte ich mich gestärkt und erfrischt wieder auf den Heimweg. Auf der schmalen Hauptstraße überholte mich ein Militärtransporter, der zu meiner Überraschung direkt vor mir anhielt. Ein zerzaust wirkender Mann stieg herab und ließ sich von jemandem im Fahrzeug eine Krücke reichen, sodass er mir vorübergehend den Rücken zukehrte. Dann fuhr der Transporter davon, während sich der Mann endlich umdrehte, um eilig auf mich zuzuhumpeln. Aber obwohl er mir nun zugewandt war, erkannte ich ihn nicht, sein Gesicht war hinter einem wilden Bart verborgen, und seine Kleidung – kakifarbene Shorts und ein ausgeblichenes blaues Hemd – schien ihm viel zu groß und hing schlaff von seinem hochgewachsenen, knochendürren Körper. Dennoch erinnerte mich diese zerlumpte Gestalt irgendwie an Graham, wie er bei unserem ersten Wiedersehen vor wenigen Tagen in der Wohnung in *Cinnamon Gardens* gekommen und mir in die Arme gefallen war. Nur dass Graham ganz klar als Graham zu erkennen gewesen war, weil sein Gesicht nicht zur Hälfte von einem roten Bart verdeckt wurde, wie bei diesem Kerl hier. Doch genau wie Graham stürzte er jetzt, kaum dass der Transporter losfuhr, torkelnd und hinkend auf mich zu und rief meinen Namen: »Rosie! Rosie!«

Und dann schloss er mich in die Arme, und sofort erkannte ich ihn als Andrew, und wie vor ein paar Tagen bei Grahams Rückkehr zersprang mir fast das Herz vor Freude. So überwältigt war ich, dass es mir vollständig die Sprache verschlug. Ich versank in seiner Umarmung und gab mich der immensen Erleichterung und Dankbarkeit hin. Es war so eine Gnade, und plötzlich verstand ich erst so richtig die Bedeutung dieses Worts, denn ich wurde nun mit einer solchen Kraft davon erfüllt, dass es mich geradezu davontrug. Meine Freude kannte keine Grenzen.

Andrew war wieder zu Hause.

Später, nachdem Andrew gegessen, gebadet, sich rasiert und sich umgezogen hatte, war er endlich ansprechbar. Als er sich zu mir auf die Veranda gesellte, wäre er fast über Flopsy gestolpert, die überglücklich um seine Beine schnurrte.

»Aber das verstehe ich nicht«, sagte ich. »Pa hatte doch die Listen – vom Roten Kreuz, von der Armee und von Changi – er hat alle nach deinem Namen durchsucht. Graham hat er gefunden, dich nicht.«

»Ich weiß«, erwiderte Andrew und hob sich Flopsy auf den Schoß. »Ich habe es nicht auf die Listen geschafft – zumindest nicht unter meinem echten Namen. Irgendjemand muss meinen Namen wohl mit einer ziemlichen Sauklaue von der Erkennungsmarke abgeschrieben haben, sodass im weiteren Verlauf dann Huxley zu Haxley wurde. Da ich im Krankenhaus monatelang bewusstlos war, konnte ich das nicht korrigieren. Ich wusste es ja selbst nicht, bis sie auf dem Schiff durchzählten und ich nicht aufgerufen wurde, während ein gewisser Haxley, A. nirgendwo zu finden war. Na, jetzt bin ich jedenfalls hier.«

»Und wie geht es dir, Andrew?«, fragte ich. Was für eine dämliche Frage. Ich hatte sie lediglich aus meinem britischen Höflichkeitsreflex heraus gestellt und wusste sofort, dass er mir nicht mit einem konventionellen »Gut, danke der Nachfrage!« antworten würde. Es war nicht zu übersehen, dass er nicht mehr der Andrew von früher war, der unbeschwerte, stattliche, gesunde junge Mann, den ich fast so gut gekannt hatte wie mich selbst. Dieser Mann hier war mir beinahe völlig fremd. Ein unangenehmes Schweigen legte sich über uns. Und schließlich sagte er: »Ich bin ein Wrack, Rosie. Ein absolutes Wrack. Monatelang war ich halb tot, ich konnte nicht einmal die Augen öffnen. Und das sind nur die körperlichen Folgen ...«

»Oh, Andrew!« seufzte ich, mehr konnte ich nicht sagen. Ich fragte nicht weiter nach. Er würde mir seine Geschichte später schon noch erzählen, zumindest die Teile, die zu erzählen er bereit war. Wir hatten alle Zeit der Welt.

Inzwischen hatten wir auf der Korbschaukel auf der Veranda Platz genommen. Auf dem Tisch vor uns stand ein Krug mit *Nimbu Pani*, daneben ein paar aufgeschnittene Mangostücke und andere ceylonesische Snacks. Es war offensichtlich, dass Andrew aufgepäppelt werden musste, und Sunita, die ihm sein Fehlverhalten mit ihrer Tochter offenbar gänzlich verziehen hatte, versorgte ihn nur zu gerne mit allerlei Nahrhaftem und kam immer wieder mit neuen Tellern zu uns heraus, jede Speise leckerer als die vorherige. Andrew aß und erzählte dabei, wie es ihm ergangen war.

»Ich habe an der Bahnstrecke mitgearbeitet«, berichtete er. »Zwischen Thailand und Burma. Die Hölle auf Erden.«

Gerüchteweise hatte ich schon von der Thailand-Burma-Eisenbahn gehört, Pa hatte mir von der rund vierhundertfünfzehn Kilometer langen Bahnstrecke zwischen Burma und Thailand erzählt, an der das japanische Kaiserreich seit 1940 gearbeitet hatte, um Truppen und Waffen für den Burma-Feldzug transportieren zu können. Pa hatte von den grauenhaften Bedingungen gesprochen, unter denen die alliierten Zwangsarbeiter dort schufteten. Wie Fliegen seien sie gestorben, hatte er erzählt, sobald der Geheimdienst davon erfahren hatte. Selbstverständlich hatte er die entsprechenden Listen ebenfalls nach den Huxley-Söhnen abgesucht.

»Die Hölle auf Erden«, wiederholte Andrew, »mehr möchte ich dazu gerade nicht sagen. Ich werde später davon berichten, wenn alle dabei sind. Ich will das nicht zweimal erzählen müssen. Außerdem interessieren mich *deine* Neuigkeiten. Gibt es Nachrichten von Graham, Rosie? Oder von Victor? Haben sie überlebt? Wie geht es Mutter? Ist sie schon aus Südafrika zurück?«

Ich lachte über seine Ungeduld und erzählte ihm zunächst von den guten Neuigkeiten: dass auch Graham lebte und aus der Gefangenschaft entlassen worden war.

»Er ist vor drei Tagen zurückgekehrt«, sagte ich und berichtete ein wenig davon, wie es Graham im Krieg ergangen war. »Wir konnten es gar nicht glauben, wir hatten ihn für tot gehalten. Und dich eigentlich auch, Andrew. Tantchen wird ihr Glück kaum fassen können, wenn sie nach Hause kommt und dich hier sieht!«

»Ich kann es nicht erwarten, Mutter zu sehen«, sagte Andrew. »Und Vater. Ich werde ihn nachher in der Fabrik überraschen.« Dann hielt er inne. »Und Victor? Er hat es nicht geschafft?«

Ich schüttelte den Kopf. »Nein. Victors Flugzeug wurde abgeschossen. Er ist tot, Andrew.«

Für eine Weile herrschte Schweigen, während Andrew diese Neuigkeit verarbeitete. Seine Augen blieben zwar trocken, aber es war offensichtlich, dass er sehr betroffen war. Er und Victor hatten einander als Kinder sehr nahegestanden. Victor war immer sein Held gewesen, der große Bruder, zu dem er aufgeblickt hatte.

Als ihm die ganze Tragweite bewusst wurde, schluckte er hörbar und vergrub das Gesicht in den Händen. Ich legte ihm tröstend die Hand auf den Rücken und ließ ihm einen Moment zur Besinnung. Ich wusste, dass er die Tränen unterdrückte. Dann schüttelte er sich, so als würde er sich körperlich im wahrsten Sinne des Wortes zusammenreißen, und sagte: »Letztlich haben wir nichts anderes erwartet. Als dass Victor derjenige sein würde, den es erwischt. Er war immer der Risikobereiteste von uns. Obwohl man von ihm andererseits auch irgendwie erwartet hätte, er würde dem Tod ein Schnippchen schlagen und trotzdem überleben.«

»Seit er in den Krieg gezogen ist, hat Victor den Tod an jedem einzelnen Tag herausgefordert« sagte ich. »Er hat dem

Kriegsstier ein rotes Tuch vors Maul gehalten und ihm zugerufen: ›Hol mich doch, wenn du dich traust‹. Er muss wirklich geglaubt haben, er würde ungeschoren davonkommen. Sein Wagemut war nicht bloß heiße Luft – er hat wirklich geglaubt, sein Name brächte ihm Glück: Victor, der Sieger.«

Andrew nickte, und in Gedanken fügte ich hinzu: *Ja, Victor hat wirklich geglaubt, er könnte mit allem ungeschoren davonkommen. Er hat geglaubt, dass normale Regeln, selbst die Gesetzmäßigkeiten von Leben und Tod, für ihn nicht gelten. Dass er sich einfach folgenlos nehmen kann, was er haben will. Sogar Usha.*

Und als könnte er meine Gedanken lesen, brach Andrew das Schweigen. »Und Usha?«, fragte er. »Hast du noch Kontakt zu ihr? Wo ist sie? Wie ist es mit dem Baby weitergegangen?«

Und *da endlich* kamen ihm die Tränen. »Ich kann sie einfach nicht vergessen. Ich habe nie aufgehört, sie zu lieben. Allen Widrigkeiten zum Trotz, sogar unter Todesqualen. Selbst, als ich keine Hoffnung mehr hatte, als ich glaubte, ich würde es nicht schaffen, hat mir der Gedanke an sie die Kraft gegeben, um alles irgendwie durchzustehen. Was sie getan hat, spielt keine Rolle. Es ist mir egal. Ich liebe sie, Rosie. Und ich kann einfach nicht glauben, dass sie mich betrogen hat. Aber es ist auch egal. Ich liebe sie. Und falls sie mich auch noch liebt ... Ich muss sie sehen, bitte richte ihr das aus.«

Ich zögerte. Sollte ich ihm erzählen, was Victor seiner Geliebten angetan hatte? Nein, das brachte ich nicht übers Herz. *Nicht jetzt*, dachte ich. Es war nicht der richtige Zeitpunkt, er hatte ja gerade erst von Victors Tod erfahren und brauchte erst einmal Zeit, um ihn zu betrauern. Abgesehen davon war es auch nicht an mir, zu entscheiden, ob er überhaupt davon erfahren sollte.

Aber dann drängte sich mir ein zweiter Gedanke auf: *Er muss erfahren, was Usha zugestoßen ist. Dass sie unschuldig ist.* Wobei es ausreichte, wenn er grundsätzlich wusste, was ihr zugestoßen war. Wer ihr das angetan hatte, konnte ich verschweigen. Zumindest heute. Solange er noch um seinen Bruder trauerte. Es genügte, wenn er wusste, dass Usha ihm immer treu geblieben war.

Also erzählte ich ihm davon: »Usha hat dich nicht betrogen, Andrew. Sie wurde vergewaltigt.«

Andrew schnappte nach Luft. »Was? Nein! Wer hat das getan? Wie? Wann?«

»Da, wo sie gearbeitet hat. In der Somerset-Plantage. Kurz nachdem du weggegangen bist.«

»Aber wie? Und wer? Das Schwein bringe ich um!«

Wohl kaum, der ist schon längst tot, dachte ich bei mir, stotterte mir aber nur irgendetwas über einen Gast des Hauses zurecht und gab vor, nichts Genaueres zu wissen. Glücklicherweise kam er gar nicht dazu, weiter nachzufragen, denn in diesem Moment ertönte das vertraute Knirschen der Reifen auf dem Kies.

Ich sprang auf. »Sie sind zurück!«, rief ich. »Andrew, Tantchen ist zurück! Komm mit!« Ich hüpfte die niedrigen Verandastufen hinab, rannte auf das Auto zu und riss die Hintertür auf.

»Tantchen! Tantchen!«, schrie ich. »Er ist zurück! Andrew ist zu Hause! Er lebt!«

So hastig versuchte Tante Silvia aus dem Auto zu steigen, dass sie dabei um ein Haar bäuchlings auf die Auffahrt gestürzt wäre. Während ich ihr wieder auf die Beine half, kreischte sie die ganze Zeit seinen Namen, und dann stürzten sie aufeinander zu, Andrew humpelnd auf seiner Krücke und Tantchen mit weit ausgebreiteten Armen und unablässig schluchzend, bis sie einander endlich erreicht hatten. Sie schlang ihre Arme um ihn und wiegte ihn wie ein kleines Baby hin und her, während sie unablässig schluchzte und immer wieder seinen Namen hervorpresste. Auch in meinen Augen brannten nun Tränen und ein wohliges Gefühl breitete sich in mir aus. Als sich eine Hand auf meine Schulter legte, blickte ich auf. Neben mir stand Graham, der inzwischen ausgestiegen und zu mir gekommen war.

»Na, das ist ja mal ein Anblick, den ich sicher nie wieder vergessen werde!«, sagte er und lächelte mich an. »Mutter und Sohn, endlich wieder vereint.«

»Ein wahres Wunder!«, erwiderte ich.

Völlig aufgelöst schluchzte Tante Silvia weiter: »Mein zweiter Sohn ist heimgekehrt! Mein Baby!«

Sie klammerte sich an ihn, als würde sie ihn nie mehr loslassen wollen, und wiegte ihn weiter hin und her.

Später stattete Andrew seinem Vater in der Fabrik einen Besuch ab, um ihm die gute Nachricht persönlich zu überbringen. Ein schnöder Anruf wäre einem so großen Ereignis wie seiner Heimkehr nicht gerecht geworden. Graham fuhr ihn zur Fabrik und Tantchen begleitete die beiden – offenbar wollte sie für keine Sekunde von Andrews Seite weichen.

Nach dem Abendessen bekamen wir dann endlich die Geschichte zu hören, die Andrew den ganzen Tag zurückgehalten hatte, damit er sie nur einmal und dann nie wieder erzählen musste. Später sagte er, es habe sich so angefühlt, als hätte er eine glühende Kohle mit bloßen Fingern aus dem Feuer ziehen müssen. Es musste sein, das wusste er. Die Tür, hinter der sich jener Schrecken verbarg, musste an diesem Abend geöffnet werden, um uns einen kontrollierten Blick darauf zu gewähren, bevor er sie für immer zuschlagen, verschließen und den Schlüssel fortwerfen konnte.

»Die Arbeit an der Eisenbahnstrecke war die Hölle auf Erden«, sagte er noch einmal. »Das könnt ihr euch nicht vorstellen. Wir – also unser Trupp – mussten eine Schneise durch den Dschungel schlagen und den Boden für den nächsten Trupp vorbereiten, der dann die Schienen darauf verlegt hat. Wir hatten zwar ein Lager, aber, tja ... das war nur eine freie Lichtung, wir mussten auf der nackten Erde schlafen, ohne Schutz vor dem Regen. Im Dschungel, diesem schrecklichen, dichten, stinkenden Dschungel. Nur die wenigsten von uns haben überlebt. Wer nicht an Fieber oder Blutvergiftung gestorben ist, wurde von den Japsen umgebracht. Die haben uns getötet wie die Fliegen, als wären wir bloß lästiges Ungeziefer. Wir haben in erbärmlichen Erdlöchern gehaust, wir hatten keine Zelte, kein gar nichts. Zum Essen haben wir ein paar Körner Reis bekommen, das war alles. Ich möchte nie wieder Reis essen müssen, Mutter. Solange ich hier bin, lass bitte nie wieder Reis servieren.

Am schlimmsten war es, die von uns gefällten schweren Teakstämme zum improvisierten Sägewerk zu schleppen, um sie dort zu Eisenbahnschwellen zu verarbeiten. Das war echte Knochenarbeit, und wenn man zu langsam war oder ins Wanken geriet, wurde man von den Japsen geprügelt und getreten und gezwungen, weiterzumachen, bis man umfiel.

Ich weiß gar nicht, wie viele Krankheiten ich mir dabei eingefangen habe. Beriberi, Pellagra, Dysenterie, Malaria, Dengue-Fieber, Schwarzwasserfieber, Tropengeschwüre – was immer ihr euch vorstellen könnt, ich hab's gehabt.«

»Ich werde dich nach Kandy ins Krankenhaus bringen, damit du dich dort durchchecken lassen kannst«, sagte Graham besorgt. »In Changi war es genauso.«

»So viele sind gestorben! So viele!«, fuhr Andrew fort. »Und wisst ihr, was das Schlimmste war? Einen Leichnam zu einem Erdloch zu tragen und ihn ohne Zeremonie, ohne Gebet oder Lied, ohne das Wissen seiner Familie und seiner Geliebten einfach so zu verscharren. Wer starb, war nur noch totes Fleisch, ein zerstörter Körper. So viele Hoffnungen und Träume ein für allemal ausgelöscht.«

An dieser Stelle brach Andrew in Tränen aus. Ich konnte mir nicht ansatzweise vorstellen, was er alles durchgestanden, wie sehr er gelitten hatte. Seine Mutter setzte sich zu ihm aufs

Sofa und legte ihm den Arm um die Schulter. Auch Flopsy versuchte, ihn zu trösten, und stupste ihn behutsam mit der Pfote auf die Wange, was ihn aber nur noch mehr zum Weinen brachte.

Graham sagte: »Das Problem war, dass die Japsen so viele Kriegsgefangene hatten – Tausende und Abertausende –, dass sie gar nicht mehr wussten, was sie mit ihnen anfangen sollten. Sie waren völlig überfordert – wohin damit? Womit ernähren? Also haben sie sich diese schrecklichen, nutzlosen Aufgaben ausgedacht, einfach um sie loszuwerden. Sie *wollten,* dass die Gefangenen in Scharen starben. Sie haben Schiffe voller Frauen und Kinder torpediert, nur um sich ihrer zu entledigen. Sie haben sie leiden und sterben lassen, um sich nicht kümmern zu müssen. Schiffe wurden von ihnen bombardiert, obwohl sie weiße Flaggen gehisst hatten. Die Lager waren das reinste Chaos, die Gefangenen wurden krank und starben wie die Fliegen. Ich war einer der wenigen, die noch Glück hatten. Ich habe nur deswegen überlebt, weil sie mich als Arzt ein wenig besser als die anderen behandelt haben.«

Dann fuhr Andrew fort: »Sie waren davon überzeugt, den Krieg zu gewinnen. Du kannst dir diese Grausamkeit nicht vorstellen, Vater. Eine ganz andere Art von Unmenschlichkeit als bei den Nazis, habe ich gehört. Hitler ist methodisch vorgegangen – das war systematische, kalt durchgeplante Brutalität. Aber bei den Japanern war es rohe Gewalt. Völlig unberechenbar und willkürlich, heute so, morgen so. Am einen Tag wurde man von der Wache noch halb tot geprügelt, am nächsten bekam man eine Zigarette angeboten. Aber zum Kriegsende hin haben sich die Zustände gebessert, weil sie irgendwann wussten, dass sie verlieren würden und sich vor dem internationalen Gerichtshof verantworten müssten.«

Andrew hörte auf zu weinen und schnäuzte sich in das Taschentuch, das seine Mutter ihm gereicht hatte. »Gegen Ende des Krieges war ich ein solches Wrack, dass ich weder laufen noch sprechen noch denken konnte. Ich war eine wandelnde Leiche. Ich wusste nicht, dass der Krieg vorbei war, und es wäre mir auch egal gewesen. Nach der Kapitulation der Japaner wurde ich in ein Kriegslazarett gebracht: *Tamarkand Bridge*, wie ich später herausgefunden habe. Zwischendurch war ich mal kurz bei Bewusstsein, ich lag auf einer notdürftigen Pritsche in einer Palmhütte. Ein sonnenverbrannter Engländer, der nichts anhatte außer weiße Shorts, ist an mein Lager gekommen und hat gesagt, alles würde wieder gut werden. Ich habe ihm kein Wort geglaubt. Damals wusste ich noch nicht einmal, was mit mir los war. Ich bin immer wieder ins Delirium abgedriftet, hatte am ganzen Körper Schmerzen, Wunden, ein offenes Geschwür. Man hat mir erzählt, ich schwebte nicht länger in Lebensgefahr, aber das war mir egal. Um ganz ehrlich zu sein, wollte ich sogar sterben. Ich war wochenlang dort. Monatelang. Ich habe jegliches Zeitgefühl verloren. Dort ist es auch zu der Namensverwechslung gekommen. Ich wusste nicht, dass ich offiziell als Andrew Haxley bekannt war, weil ich den Großteil der Zeit nicht bei Bewusstsein war.

Dann haben sie mich in ein anderes Lager verlegt, einmal mit dem Zug quer durch Siam. Irgendwann bin ich dann in Changi gelandet. Der Krieg war schon längst vorbei, aber die Rückkehr von Tausenden von Kriegsgefangenen zu organisieren und abzuwickeln – das hat halt eine Weile gedauert. Na, jetzt bin ich ja endlich hier.«

»Wieder zu Hause«, ergänzte Tantchen, »Wo du hingehörst.«

Wieder bestupste Flopsy seine Wange mit ihrem Pfötchen, und wieder brach er in Tränen aus. »Ich möchte mich jetzt hinlegen«, sagte er. »Ich könnte tausend Jahre einfach nur schlafen.«

»Schlaf, so lange du möchtest«, erwiderte seine Mutter. »Wir erwarten dich, wenn du aufwachst. Du bist jetzt zu Hause. Zu Hause und in Sicherheit.«

KAPITEL 41

Es dauerte mehrere Wochen, bis Andrew wieder halbwegs er selbst war, und noch weitere Wochen, bis er das Haus verlassen konnte. An seinem zweiten Tag zu Hause erlitt er einen Nervenzusammenbruch. Es schien fast so, als würde sich das Trauma, das er bewusst in den tiefsten Kerkern seines Bewusstseins weggeschlossen hatte, wehren und versuchen, die Wände, Türen und Gitterstäbe darin einzureißen, um den oberflächlichen Frieden, den er endlich gefunden hatte, zu zerstören, um ihn heimzusuchen, ihn zu bedrängen und zu foltern. Er schrie, als litte er Todesqualen. Er wand sich kreischend auf seinem Bett. Er rollte sich in Embryonalstellung ein und verzog das Gesicht zu einer Grimasse, so als würde er einen Schrei reinen Entsetzens zurückhalten. Wir konnten nichts tun, um ihm zu helfen, und nichts, was wir sagten, verschaffte ihm Erleichterung. Tantchen lief unruhig im Flur vor seinem Zimmer auf und ab, brachte ihm seine Leibgerichte, weinte, streichelte sein Haar, seinen Rücken, seine Wangen, aber er stieß sie weg und brüllte sie an, sie solle ihn in Ruhe lassen. Ich näherte mich ihm ebenfalls, aber auch mich stieß er fort. Ich wusste, dass es am besten war, ihn in Ruhe zu lassen, und dass es irgendwann vorübergehen würde.

Es war Graham, der ihm auf seine Weise half. Graham saß einfach nur in einiger Entfernung zum Bett auf einem Sessel in Andrews Zimmer, hatte ein Glas Wasser neben sich auf einem Beistelltisch stehen und wartete.

Gegen Mittag keuchte Andrew, als wäre er am Verdursten, und als er nach Wasser verlangte, gab Graham ihm das Glas. Danach schlief Andrew ein.

»Wie hast du das geschafft?«, fragte ich, als Graham aus dem nun stillen Zimmer trat.

»Ich habe ihm Beruhigungsmittel gegeben«, antwortete er. »Es wird eine Weile dauern, aber irgendwann wird er darüber hinwegkommen. Wir müssen Geduld haben und dürfen ihn zu nichts zwingen.«

Es war wunderbar, zu sehen, wie liebevoll sich Graham um seinen kleinen Bruder kümmerte. Eigentlich kannten sich die beiden kaum. Zum Zeitpunkt von Andrews Geburt war Graham bereits in England auf dem Internat, und bis auf eine Handvoll Reisen mit seiner Mutter nach Eastbourne hatte Andrew ihn als Kind nie gesehen, und auch als Erwachsene waren sie sich zwischen Grahams Rückkehr nach Ceylon und dem Kriegsausbruch im Jahr 1942, als beide für die Alliierten in den Krieg zogen, nur ein paarmal begegnet.

Die nächsten Tage schlief Andrew durch. Dann wachte er auf und weinte und kam schließlich – zunächst noch unrasiert, ungekämmt und im Schlafanzug – herausgetapert und kehrte dann allmählich ins Reich der Lebenden zurück.

Unter Grahams Aufsicht kamen er und Andrew wieder zu Kräften, was sie insbesondere Sunitas Kochkünsten und den Nahrungsergänzungsmitteln zu verdanken hatten, die Graham aus Kandy bestellt hatte. Einmal pro Woche begaben sie sich beide zu einem Physiotherapeuten in Kandy, was sie dringend nötig hatten. Zu Hause leitete Graham Andrew zu täglichen Übungen an, um seine verkümmerten Muskeln wieder aufzubauen. Sie gingen schwimmen, liefen über die Hügel und fuhren Fahrrad. Beide legten Gewicht zu und sahen nach zwei Monaten langsam wieder wie gesunde Erwachsene aus.

Während dieser Zeit kamen Graham und ich uns näher. Wir hatten einander viel zu erzählen. Es war so schön, einen echten Freund zu haben, jemanden, mit dem ich all meine Gedanken, Zweifel und sogar Träume teilen konnte. Graham verurteilte mich nie. Ich konnte ihm einfach alles erzählen, Dinge, die ich ansonsten nur einer sehr engen Freundin ohne Scham anvertraut hätte. Obwohl ich um seine Gefühle für mich wusste, konnte ich mit Graham über Freddy sprechen, ohne dass er auch nur ansatzweise eifersüchtig wurde. Er versuchte aufrichtig, mir dabei zu helfen, meine Zweifel zu sortieren, mein Loyalitätsgefühl auszuloten und ganz allgemein meinem Bedürfnis, das Richtige zu tun, nachzukommen. Graham hatte Verständnis dafür, dass ich mich einer gemeinsamen Zukunft mit ihm erst dann öffnen konnte, wenn ich in Bezug auf Freddy Frieden gefunden hatte.

»Das klingt schrecklich«, sagte ich, »aber selbst das Wissen um seinen Tod wäre erträglicher als dieser permanente Zustand der Ungewissheit. Denn stell dir nur mal vor, er würde wie du und Andrew tatsächlich zurückkehren, nur um dann herauszufinden, dass ich ihn aufgegeben habe? Was hättest du an seiner Stelle dann getan, Graham?«

»Das weiß ich ehrlich gesagt nicht«, antwortete er, »aber ich hoffe doch, ich wäre Manns genug, um Verständnis dafür zu haben, dass du dich nicht ewig an eine vage Hoffnung klammern und auf mich warten kannst. Ich würde gerne glauben, ich hätte genug Anstand, um zu akzeptieren, dass du dein eigenes Leben leben musst, und um dir alles Gute zu wünschen, ganz egal, wofür du dich auch entscheidest.«

Noch während er das sagte, wusste ich, dass sich Graham ohne jeden Zweifel genau so verhalten würde und nur zu bescheiden war, sich eine so edelmütige Reaktion geradeheraus zuzuschreiben. Und ich wusste, ich war eine Närrin, so an Freddy festzuhalten – und noch nicht einmal an Freddy selbst, sondern an einer ganz bestimmten Vorstellung von Freddy, an einer Erinnerung, die ich inzwischen nur mit Mühe aufrechterhalten konnte. Ich wusste, dass es das einzige Vernünftige war, loszulassen und nach vorne zu sehen, zu begreifen, dass ich mit Graham einen Mann vor mir hatte, wie ich ihn mir nie zu träumen gewagt hätte. Einen Mann, der auf mich wartete und mich verstand, wie mich nie zuvor ein Mann verstanden hatte und wie mich kein anderer Mann je verstehen würde. Was wünschte ich mir mehr? Mit wem, wenn nicht mit ihm, konnte ich mir eine gemeinsame Zukunft aufbauen? Und auch, wenn mich mit Graham nicht dieselbe Leidenschaft verband wie mit Freddy – was nützte Leidenschaft schon auf lange Sicht? Was heute war, konnte morgen schon vorbei sein. Wie bei Freddy.

Außerdem wusste ich, dass ich ihn liebte. Dass ich ihn schon immer geliebt hatte, noch bevor ich mir dessen überhaupt bewusst war.

Und dass mehr, viel mehr zur Liebe gehörte als ein kurzer Moment der Leidenschaft. Aber dennoch ...

Dennoch klammerte ich mich an die Erinnerung mit Freddy. Oder besser gesagt: klammerte sich die Erinnerung an mich und machte sich immer dann bemerkbar, wenn ich versuchte, sie abzuschütteln. Ich konnte mich einfach nicht von ihr lösen. Es war eine Frage der Schuld, der Moral, sogar der Pflicht. Ich konnte einfach nicht loslassen. Denn: *Was, wenn Freddy tatsächlich zurückkehrte?* Es fühlte sich so an, als würde ich an einem Phantom festhalten, an einem körperlosen Geist, der für mich trotzdem so klar sichtbar war, als stünde er direkt vor mir. Ich konnte ihn nicht aus meinen Gedanken verbannen.

Es gelang mir einfach nicht. Er hatte sich regelrecht in mich eingebrannt.

»Ich brauche Zeit, Graham«, war alles, was ich sagen konnte, worauf er geduldig und verständnisvoll nickte.

In der Zwischenzeit half er mir bei einem anderen Aspekt meiner Zukunftsplanung: nämlich bei der Bewerbung für mein Medizinstudium. Ich hoffte, mich gleich im September einschreiben zu können, sobald die Universität in Ceylon den akademischen Betrieb wieder aufnahm. Dieser Gedanke war eine willkommene Ablenkung von Freddy und Graham. Das war ein Weg nach vorne, eine Richtung, die mein Leben einschlagen konnte, ganz egal, was passierte. Außer ... außer Freddy kehrte zurück. Was dann? Immer wieder wurde ich von Zweifel und Unentschlossenheit geplagt.

Wir drei, Graham, Andrew und ich, verbrachten viel Zeit damit, uns von Neuem kennenzulernen und herauszufinden, wie sehr wir uns alle verändert hatten, um Schritt für Schritt eine neue, beständige und bereichernde Beziehung zueinander aufzubauen. Und eines Tages sprach ich dann doch das Unaussprechliche aus. Ich musste es einfach tun.

»Ich nehme an, du weißt nichts von Freddy«, sagte ich zu Andrew. Ich tarnte meine Frage als Aussage.

Er schüttelte den Kopf. »Nein. Aber woher auch? Woher sollte irgendjemand von uns etwas von ihm wissen?«

»Na ja, ich hatte Pa darum gebeten, in den verschiedenen Listen der Überlebenden nach seinem Namen Ausschau zu halten. Changi, der Schienenbau, die ganzen anderen Lager. Keine Spur von ihm.«

»Am ehesten würde es sich lohnen, bei seiner Familie nachzufragen. Falls es gute Neuigkeiten gibt, wären sie die Ersten, die davon erfahren würden. Bei seiner Mutter in Britisch-Guayana. Bei seiner ...« Er hielt abrupt inne und ein seltsamer Ausdruck lag in seinen Augen.

»Was wolltest du gerade sagen?«, fragte ich, als er den Satz nicht beendete.

Andrew seufzte. »Tut mir leid, Rosie. Das ist mir einfach so herausgerutscht. Ich muss es dir einfach sagen, alles andere wäre unfair. Ich hatte versprochen, nichts zu sagen, aber ich muss einfach.«

Ich schauderte. »Was musst du mir sagen?«

»Fast wäre mir gerade ›bei seiner Frau‹ herausgerutscht. Freddy ist verheiratet, Rosie. Zu Hause wartet eine Frau auf ihn.«

Ich war fassungslos. »Verheiratet! Aber wie kann das sein? Er ist doch noch so jung! Du hast gesagt, er ist mit sechzehn in den Krieg gezogen!«

»Ja ... das stimmt auch. Sie waren beide sechzehn, sie waren schon seit ihrer Kindheit befreundet und hatten sich ineinander verliebt. Als Freddy sich zum Kriegsdienst gemeldet hat, haben sie schnell noch geheiratet. Offenbar war diese überstürzte Hochzeit hauptsächlich ihre Idee, er hat ihr zuliebe eingewilligt, um sie vor ihren Eltern zu schützen und sicherzustellen, dass sie bei seiner Mutter leben könnte. Er selbst hatte keine Eile, es war nur zu ihrem Schutz.«

»Aber ... warum hat er dann, mit mir, mich, überhaupt ...?«

Ich war so geschockt, dass ich noch nicht einmal einen vernünftigen Satz hervorbringen konnte. Meine Stimme zitterte vor Verzweiflung.

»Du musst ihn verstehen, Rosie. Wir waren im Krieg. Freddy hat tapfer die abscheulichsten Situationen durchgestanden und war dabei immer ganz auf sich allein gestellt. Jahrelang hatte er nicht die Möglichkeit gehabt, nach Hause zurückkehren, hat niemanden gesehen, der ihm nahestand, niemanden, der ihn mal liebevoll berührt hätte. Er war völlig ausgehungert nach Liebe, nach körperlicher Zuneigung, und dann warst da plötzlich *du* und hast ihm mehr gegeben, als er je zu hoffen gewagt hätte.

Außerdem: Er hat mir anvertraut, dass ihm bewusst ist, dass er viel zu jung geheiratet hat, und er, falls möglich, die Ehe annullieren lassen möchte. Er hat mich gebeten, dir nichts davon zu sagen. Du würdest dich nur hintergangen fühlen, hat er gesagt, und das war keinesfalls seine Absicht. Du warst ... du bist ihm sehr wichtig, Rosie. Es war nicht nur eine bedeutungslose Zufallsbegegnung. Wenn er noch am Leben und dazu in der Lage wäre, würde er sich auf jeden Fall bei dir melden, da bin ich mir ziemlich sicher. Deswegen glaube ich auch, dass er nicht mehr lebt. Dass er irgendwo im entlegenen Dschungel in Burma gefallen ist, ein namenloser Toter. Ich entschuldige mich für meine Unverblümtheit, aber ich finde, das solltest du wissen. Er hatte wirklich vor, zu dir zurückzukehren. Aber vorher hätte er zu Hause noch einige Dinge regeln müssen.«

Ich holte tief Luft. Innerhalb weniger Minuten war es Andrew gelungen, meine Zweifel und meine Unentschlossenheit mit einem Schlag auszuräumen. Ich hatte nicht vor, auch nur eine Sekunde länger um Freddy zu trauern. Er mochte durchaus gute Gründe gehabt haben, aber wenn ich das früher gewusst hätte, wenn Andrew dieses Geheimnis nicht für sich behalten hätte, wie viel freier wäre ich dann gewesen! All die Jahre hatte ich einem Phantom nachgeweint, das nie existiert hatte. In Wahrheit hatte es mir nie zugestanden, mich nach Freddy zu sehnen, meine Hoffnungen in ihn zu setzen. Das tat schon eine andere Frau für ihn. Und all die selbstlosen, aufopfernden Gedanken, die ich ihm gewidmet hatte, hatte er nie gebraucht, schließlich bekam er bereits welche von seiner Frau. Eine Welle der moralischen Empörung durchfuhr mich und riss jeden Gedanken an Freddy mit sich fort, zusammen mit der Vorstellung, dass es sich dabei je um Liebe gehandelt haben könnte. Natürlich nicht. Ich schnaubte trocken, als sich auch noch die letzte meiner Illusionen sich in Luft auflöste wie Nebel in der Sonne. Es ging so schnell, dass es fast schon obszön war.

»Tut mir leid«, sagte Andrew. »Aber dann wiederum auch nicht wirklich. Ich hatte ja keine Ahnung, dass du dich all die Jahre so dermaßen in die Sache mit Freddy hineingesteigert hattest. Ich dachte, du hättest ihn längst vergessen. Aber Graham ... Graham hat mit mir gesprochen.«

»Graham? Graham hat dir meine Geheimnisse verraten?«

»Nein, nein, kein Grund, dich aufzuregen. Nichts dergleichen. Ich habe ihn ausgefragt. Ich hatte nämlich bemerkt, wie er dich ansieht. Äußerst verräterisch. Und auf meine Frage, ob da irgendetwas zwischen euch läuft, hat er geantwortet, dass dein Herz einem anderen gehört. Da konnte ich mir schon denken, wen er damit meinte. Dafür musste man nicht gerade Detektiv sein, ich habe es sofort erraten. Sei ihm nicht böse, Rosie. Ich finde, du solltest ... du solltest ihm eine Chance geben. Das wäre doch wunderbar – und zwar für uns alle! Dann wärst du wirklich meine Schwester, ein offizieller Teil der Familie.«

»Hmpf«, war alles, was ich darauf erwidern konnte.

»Und Mutter würdest du Graham und mir damit auch vom Hals halten. Sie versucht es schon wieder, weißt du? Sie kann die Kuppelei einfach nicht sein lassen. Ständig versucht sie, mich dazu zu bewegen, dich zu umwerben, und Graham möchte sie auf die Tochter der Carruthers ansetzen. Sie plant insgeheim eine Doppelhochzeit für uns.«

»Ich bezweifle ernsthaft, dass sie sich darüber freuen würde, wenn Graham und ich ... na, wenn sich da irgendetwas zwischen uns entwickeln würde. Für ihn hat sie größere Pläne.«

Andrew winkte ab. »Glaub mir, er wird dieses Mädchen nie heiraten. Das hat er mir wörtlich so gesagt. Er ist nur viel zu nett, um es Mutter ins Gesicht zu sagen.«

»Und wenn sie von dir und Usha erfährt, dann bekommt sie einen Anfall!«

Er zuckte nur mit den Schultern. »Da kann man nichts machen.« Er hatte schon länger nicht mehr von Usha gesprochen. »Aber Rosie, willst du das mit Graham wirklich immer noch nicht in Erwägung ziehen?«

Ich zuckte ebenfalls mit den Schultern. Das war mir alles zu persönlich, um es jetzt mit ihm zu diskutieren. Zuerst musste ich selbst über meine Gefühle Klarheit gewinnen, sie neu sortieren und die erloschene Glut dessen, was ich einst als wahre Liebe angesehen hatte, aus meinem Herzen entfernen, um dann die Kraft zu finden, das Feuer neu zu entfachen. Diesen Weg musste ich allein gehen.

Und so wurde Andrew allmählich wieder der Alte, er kam wieder auf die Beine, fand seine Stimme, sogar sein Lachen wieder. Und den Weg zu Usha. Fünf Wochen nach seiner Heimkehr war er bereit. Er wiederholte, was er schon am ersten Tag gesagt hatte: »Ich muss zu ihr, Rosie. Begleitest du mich?«

»Aber natürliche begleite ich dich!«, erwiderte ich. »Ich kann es kaum erwarten, sie wiederzusehen.«

Ich erinnerte mich daran, dass Graham ebenfalls mit mir nach Indien hatte reisen wollte, allerdings hauptsächlich, um Luke zu besuchen. Aber das war vor Andrews Rückkehr gewesen, als wir noch geglaubt hatten, der Kleine hätte keinen Vater mehr. Jetzt wurde Graham dort nicht länger gebraucht. Andrew und Usha konnten nun alles selbst klären, und ich würde zwischen ihnen vermitteln, falls das nötig sein sollte. Was die beiden betraf, so schien der Weg vor ihnen nun endlich frei zu sein. Die nächste Hürde, die es zu nehmen galt, war natürlich Tante Silvias Schockreaktion, aber darum würden wir uns, wie Andrew schon gesagt hatte, kümmern, wenn es so weit war.

Am Abend, bevor Andrew und ich nach Indien aufbrachen, verabschiedete ich mich von Graham. Seit meinem Gespräch mit Andrew hatte sich zwischen uns nichts verändert. Graham hatte keinen weiteren Versuch unternommen, mich zu unwerben, geschweige denn, dass er mir einen zweiten Antrag gemacht hätte. Tatsächlich verhielt er sich mir gegenüber so sehr wie ein Freund und Bruder, dass ich mich schon fragte, ob sich seine Absichten und Gefühle für mich vielleicht geändert hatten, just seitdem ich mehr für ihn zu empfinden begann. Welch Ironie des Schicksals, wenn dem so wäre! Aber jetzt schloss er mich in die Arme und hielt mich fest, richtig fest. Am liebsten wäre ich für immer so stehen geblieben. Es fühlte sich einfach nur richtig an. Wärme und Zärtlichkeit stiegen in mir hoch, und gleichzeitig ein Gefühl von Leere, die sich danach sehnte, ausgefüllt zu werden – von ihm. Ich wünschte mir, er würde mich küssen, aber das tat er nicht. Schließlich lachte er leise, wir lösten uns voneinander, und er sagte: »Gute Reise, Rosie, und viel Glück. Ich hoffe, die Dinge wenden sich für Andrew endlich zum Guten. Er hat ein bisschen Freude verdient.«

Haben wir das nicht alle, dachte ich. Aber stattdessen sagte ich nur: »Leb wohl, Graham, und danke für alles.«

KAPITEL 42

Zuerst begaben wir uns nach Shanti Nilayam, wo wir uns den ganzen Tag von der langen Zugreise erholten, die uns von Colombo aus über die Küste Ceylons nach Norden und dann über die indische Küste nach Madras geführt hatte. Auch das fühlte sich wie eine Heimkehr an. Mir wurde klar, dass Shanti Nilayam selbst ohne Pa, der mich willkommen hieß, auf eine Art mein Zuhause war, wie Newmeads es niemals für mich sein konnte – es sei denn, ich heiratete einen der Huxley-Söhne und zöge dann als neue Hausherrin ein. Aber der einzige Huxley, den ich noch heiraten konnte, war Graham, und der hatte keinerlei Interesse am Teegeschäft, würde das Anwesen also nicht erben. Dafür kam nur Andrew infrage, dessen Zukunft wir gerade wieder in die richtigen Bahnen lenken wollten – Bahnen, die Tantchen als höchst problematisch empfinden würde. Aber es musste sein.

Zu Hause wurden wir von Thila wie immer bestens umsorgt, und bald schon reisten wir weiter nach Vellore. Andrew war sichtlich nervös. Er hatte Usha keinen Brief geschickt, um sie vorzuwarnen. Ursprünglich hatte ich ihr schreiben wollen, hatte es mir aber letzten Endes anders überlegt. Ich hatte mich schon genug in die Angelegenheiten dieser jungen Liebenden eingemischt. Sie sollten auf ihre Art zueinander finden und ihre eigene Geschichte schreiben. Allerdings hatte ich Andrew ihre Briefe gezeigt, insbesondere die Worte der Zuversicht, die sie in ihrem letzten Brief geschrieben hatte:

»Er ist nicht tot! Wäre er tot, würde ich es im Herzen spüren. Ich wüsste es. Ich weiß, dass er am Leben ist und zu mir zurückkehren wird. Wir sind miteinander verbunden. Er wird zurückkehren.«

Andrew war völlig überwältigt davon gewesen. »Ich glaube, dass es ihr Vertrauen in unsere Verbindung war, das mich am Leben gehalten hat, Rosie. Damit hat sie mir die nötige Kraft gegeben, selbst über die Entfernung hinweg.« Und obwohl er ihr nicht schrieb, behielt er ihren Brief bei sich, um ihn immer wieder zu lesen. In den Wochen seiner Genesung war ihm Ushas Brief der größte Trost, und ich glaube, er gab ihm auch die Kraft, um wieder auf die Beine zu kommen. Die Narben seiner Gefangenschaft würde er nie loswerden, auch sein Humpeln nicht, aber immerhin konnte er sich Ushas Liebe gewiss sein, und das gab ihm Halt. Allerdings lagen noch weitere Hürden vor ihm: Würde Usha ihm erzählen, was sein Bruder ihr angetan hatte? Das war ihre Entscheidung. Ich hatte mir fest vorgenommen, mich nicht mehr einzumischen. Als wir aber in Madras den Zug nach Vellore bestiegen, kamen ihm Zweifel.

»In ihrer Erinnerung ist alles anders, Rosie. Ich bin nicht mehr der gesunde, stramme junge Mann von früher. Sieh mich doch an, ich bin ein Wrack! Sie wird enttäuscht sein, da bin ich mir sicher. Die Zwangsarbeit hat mich um gut zwanzig Jahre altern lassen. Ich weiß gar nicht, was ich zu ihr sagen soll.«

Darauf drückte ich lächelnd seine Hand und versicherte ihm, dass alles gut werden würde. Das glaubte ich wirklich. Es musste einfach gut werden. Diese beiden verdienten ein Happy End. Ja, der Weg, den sie vor sich hatten, war sicher lang und steinig, aber das Schlimmste lag doch wohl hoffentlich hinter ihnen. Nein, nicht *hoffentlich*. Das Schlimmste lag *eindeutig* hinter ihnen, denn was konnte schlimmer sein, als die berüchtigte Todeseisenbahn?

Wir hatten Hotelzimmer gebucht, aber bevor wir diese bezogen, holte uns Pater Bear, den ich von Madras aus angerufen hatte, mit seinem altertümlichen *Morris Oxford* in Vellore vom Bahnhof ab, und nahm uns mit zu sich nach Hause. Er begegnete Andrew zum ersten Mal, und die beiden waren sich auf Anhieb sympathisch. Pater Bear schloss ihn in seine mächtigen Bärenarme, noch bevor ich sie einander förmlich vorstellen konnte – was danach auch gar nicht mehr nötig war. Ich hätte mich daran erinnern müssen, dass Pater Bear keinen Sinn für überflüssige Formalitäten hatte.

Er wohnte in einem kleinen, ziemlich heruntergekommenen Bungalow mit einem wild wuchernden Garten und entschuldigte sich sofort für den Zustand seines Zuhauses. »Ich hab' keine Zeit für den ganzen Kram da«, erklärte er und gestikulierte in Richtung des Gewirrs aus Rosensträuchern, die dringend zurechtgestutzt werden mussten, und der durchhängenden Bougainvillea, die eine Stütze nötig hatte. Dann drehte er den Schlüssel herum und die Eingangstür schwang quietschend auf.

»... außerdem bin ich mein eigenes Dienstmädchen und mein eigener Koch, noch dazu kein besonders begabter – von meinem mageren Lohn kann ich mir keine Hilfe leisten! Bitte entschuldigt das Chaos!«

Das Wohnzimmer sah schäbig aus: Die Wände hätten einen neuen Anstrich vertragen können, das Mobiliar war alt und abgewetzt und die Anrichte und der kleinen Esstisch waren von einer Staubschicht überzogen – und dennoch haftete allem eine heimelige Atmosphäre an, so als wäre der Raum ganz und gar von Pater Bears Herzlichkeit durchtränkt. Andrew und ich nahmen in den durchgesessenen, ausgeblichenen Polstern zweier Sessel Platz, und nachdem er uns mit Tee und Milk Bikis versorgt hatte, ließ Pater Bear sich in den dritten fallen.

»Der Grund, warum ich euch zuerst hierher statt ins Hotel bringen wollte«, erklärte er, »ist der, dass ich mich vorher ein wenig mit euch unterhalten wollte, um euch ein bisschen vorzubereiten.« Dabei sah er Andrew an.

»Usha ist eine anständige junge Frau«, fuhr er fort. »Ich bin über die Jahre ständig mit ihr in Kontakt geblieben, und sie ist … sie ist …« Er hob die Hand und führte Daumen und Zeigefinger zu einem Ring zusammen, um »erstklassig« zu signalisieren. »Ich kenne ihre Geschichte«, sagte er dann. »Ich weiß über alles Bescheid. Sie ist zum Katholizismus konvertiert und hat mich als Mentor angenommen. Ich weiß, was ihr widerfahren ist. Sie hat es überwunden und aus dieser schlimmen Situation das Beste gemacht. Ich weiß, dass sie dich liebt, Andrew, und dass sie all die Jahre auf dich gewartet hat. Aber eines solltest du wissen.«

Er hielt inne und blickte abwechselnd Andrew und mich an.

»Du musst wissen, dass sie ein Kind hat. Und dass du nicht der Vater bist. Und dass sie dafür keine Schuld trifft: Sie hat dich nicht betrogen, denn sie liebt dich wahrhaftig. Aber mehr noch als für das Überdauern eurer Liebe, Andrew, mehr noch als für dein Überleben, hat Usha vor allem für eines gebetet: dass sie ihr Kind eines Tages selbst großziehen kann. Der Junge ist ein wahrer Quell der Freude, ein aufgeweckter kleiner Kerl, und sehr intelligent. Sie darf ihn nicht besuchen, aber sie beobachtet ihn oft durch den Zaun beim Spielen, und sie liebt ihn mehr als alles andere. Das musst du wissen, Andrew, denn eure Zukunft hängt vor allem davon ab, wie du dich zu diesem Jungen stellst. Darüber solltest du dir klar werden, bevor du sie triffst.«

Noch bevor Pater Bear seinen letzten Satz beendet hatte,

schüttelte Andrew langsam den Kopf und sagte dann: »Ich weiß. Ich weiß, dass sie ein Kind hat und dass es nicht von mir ist. Und ich weiß, dass sie dieses Kind liebt. Ich weiß, dass sie eine Mutter ist und dass der Junge unschuldig ist, dass sie ihn liebt und dass er nichts für die Umstände seiner Zeugung kann. Wenn sie mich in ihrem Leben haben möchte, Pater ... möchte ich sie beide in meinem.«

Pater Bear stand auf, zog Andrew vom Sessel hoch und nahm ihn erneut in den Arm, diesmal so fest, dass er ihn dabei anhob und hin- und herschaukelte.

»Genau das wollte ich hören«, sagte er. »Also, machen wir uns auf den Weg.«

Pater Bear hatte für Andrew und mich zwei Einzelzimmer in einem Hotel im Stadtzentrum gebucht, wo wir nun eincheckten und unser Gepäck abluden. Da es schon Mittag war, gönnten wir uns im Restaurant des Hotels eine Mahlzeit aus Reis und Sambar, die auf einem *Thali* serviert wurde. Danach chauffierte uns Pater Bear zu dem Schwesternwohnheim, in dem Usha seit ein paar Jahren wohnte. Er ließ uns wissen, dass er über ihre Arbeitszeiten Bescheid wusste. Zurzeit übernahm sie im *Christian Medical College Hospital* in Vellore die Nachtschichten, was bedeutete, dass sie im Morgengrauen nach Hause kam und den Vormittag über schlief.

»Inzwischen wird sie schon wieder auf den Beinen sein«, sagte Pater Bear, während er das Auto an der Straße vor dem Wohnheim abstellte. »Rosie, du kommst mit. Männer dürfen da nicht rein – nicht mal ich, ein respektabler katholischer Priester!«, lachte er. »Aber du, Rosie, du darfst rein. Weißt du was, verrat ihr noch nicht, dass Andrew hier ist. Andrew, du kommst hinter uns her und wartest im Garten.«

Das Wohnheim sah ziemlich trostlos aus und hatte, so wie Pater Bears Bungalow, einen neuen Anstrich bitter nötig. Das hohe Gebäude erstreckte sich über sechs oder sieben Stockwerke und hatte zur Straße hin Balkone, an deren Geländern

Wäscheleinen befestigt waren, von denen bunte Saris, Bettlaken und Kissenbezüge zum Trocknen in der Sonne hingen. Vor dem Gebäude befand sich ein kleiner Garten mit einem Sitzbereich unter einer von Bougainvillea überwucherten Pergola: ein kleiner Metalltisch und drei unbequem aussehende Stühle. »Setz dich da hin und warte auf uns«, sagte Pater Bear zu Andrew. »Und du komm mit, Rosie.«

Pater Bear drückte auf einen Knopf an der Eingangstür, die daraufhin von einer älteren Nonne im Habit geöffnet wurde. Als sie ihn erkannte, strahlte sie über das ganze Gesicht.

»Pater Bearach!«, rief sie aus – seinen vollständigen Namen hatte ich nach all den Jahren schon so gut wie vergessen. »Wie schön, Sie zu sehen! Gut sehen Sie aus!«

»Sie auch, Schwester Magdalena!«, erwiderte Pater Bear. Dann zeigte er auf mich. »Und die Kleine hier ist eine langjährige Freundin von Pflegerin Ruth.«

Erstaunt sah ich Pater Bear an. »Als sie zum Christentum konvertiert ist, hat sie sich umbenannt. Aber es macht ihr sicher nichts aus ...«

Er konnte seinen Satz nicht beenden, denn Schwester Magdalena hatte mich bereits am Arm gepackt und führte mich schwatzend in den Eingangsbereich. Ich drehte mich um und lächelte Pater Bear an, der noch immer an der Schwelle stand. Ich winkte ihm zu, um ihm zu signalisieren, dass ich verstanden hatte: Für mich würde Usha immer Usha bleiben.

Die Schwester geleitete mich zu einem geräumigen Aufenthaltsraum und bedeutete mir mit einer vagen Geste, Platz zu nehmen. Überall waren kleine Sitzgruppen mit Tischen und Stühlen, wo die Schwestern offenbar ihre Besucher empfingen. »Ich glaube, sie ist schon wach. Vermutlich frühstückt sie noch mit den anderen Schwestern im Speisesaal. Ich gehe sie holen. Wie war Ihr Name noch mal?«

»Rosie«, sagte ich, während ich mich hinsetzte. Sie nickte und verschwand, wobei sie die Tür hinter sich offen ließ. Ich hörte ihre Schritte auf einer hölzernen Treppe, die am Ende des Flures nach oben führte.

Nach weniger als drei Minuten hörte man wieder das Klappern von Schritten, diesmal die Treppe hinab, dazu Stimmen, und dann, dort an der Tür, stand sie plötzlich da: Usha.

»Rosie!«, rief sie und fiel mir um den Hals. Unser Wiedersehen trieb mir Freudentränen in die Augen. Ich hatte Usha nicht mehr gesehen, seit ich sie als junges, schwangeres Mädchen voller Sorge in Shanti Nilayam zurückgelassen hatte. Jetzt war sie eine Frau, eine Mutter, eine Krankenschwester. Sie war sichtlich ein völlig anderer Mensch geworden. Nach unserer herzlichen Umarmung stieß ich sie sanft von mir fort, um sie zu begutachten.

»Usha!«, sagte ich. »Du bist schöner als je zuvor!«

Darauf lachte sie, was sie gleich noch hübscher erscheinen ließ. »Danke, Rosie, du bist aber auch aufgeblüht! Du siehst fantastisch aus! Wie schön, dich zu sehen! Danke, dass du gekommen bist. Was führt dich den ganzen Weg von Ceylon aus hierher? Bist du gekommen, um Pater Bear zu besuchen?«

So viele Fragen! Statt sie alle zu beantworten, nahm ich ihre Hand. »Usha! Komm mal mit. Ich habe eine Überraschung für dich.«

Ich führte sie den Korridor entlang, durch die Eingangstür und in den Garten. Von der Tür aus konnte man das Innere der Pergola nicht einsehen. Gehorsam ließ sich Usha von mir über den ungepflegten Rasen führen, bis wir den Eingang der Pergola erreicht hatten. Andrew erhob sich.

»Oh!«, rief Usha, dann versagten ihr die Worte. Einen Moment später lagen sich die beiden in den Armen.

»Komm mit«, sagte Pater Bear und führte mich taktvoll zur Straße.

KAPITEL 43

Andrew und Usha verbrachten den gesamten Nachmittag damit, sich endlich richtig kennenzulernen. Pater Bear fuhr uns zu unserem Hotel zurück, nachdem Usha von Mutter Agnes, ihrer Vorgesetzten im Wohnheim, die dort ein recht klosterähnliches Regiment führte, die Erlaubnis eingeholt hatte. Sie durfte erst mit Andrew mitgehen, nachdem Pater Bear felsenfest versprochen hatte, sie keinen Moment aus den Augen zu lassen. Ich war dabei und bemerkte, wie er Mutter Agnes zuzwinkerte.

»Ich betreue Pflegerin Ruth schon seit vielen Jahren an Eltern statt«, erklärte er ihr, »und es wird höchste Zeit, ihre Hochzeit zu arrangieren. Das hier ist ein anständiger junger Mann aus einer angesehenen Familie«, fuhr er fort. Später erzählte er mir, dass auch Mutter Agnes wie so viele Nonnen vom Hinduismus zum Christentum konvertiert war und diese Sprache, diese Tradition entsprechend verstand. Mit einem Nicken hatte sie ihre schweigende Zustimmung gegeben, also fuhren wir los.

»Ihr beide müsst euch aussprechen«, sagte er zu Andrew und Usha, die auf der Rückbank saßen, Händchen hielten und einander unablässig anblickten. »Leider gibt es in Vellore kaum

Parks oder Gärten, in denen ihr spazieren gehen könntet, also werden wir stattdessen einfach ins Hotel zurückkehren.«

Das *Broadlands Lodge*, unser Hotel, war Mitte des achtzehnten Jahrhunderts erbaut worden und, so Pater Bear, einst der Wohnsitz eines Nawabs gewesen. Schon als wir morgens kurz dagewesen waren, um einzuchecken und unser Gepäck abzuladen, war mir der altertümliche Charme des Gebäudes aufgefallen, der an eine noblere Ära erinnerte, in der Indien noch von Mogulen beherrscht wurde, eine Ära voller geschmückter Elefanten und juwelenbehängter Prinzen mit Turban und Säbel auf stattlichen Hengsten, voller verschleierter, in feinste Seide gekleideter Prinzessinnen, die in Sänften auf dem Rücken von Elefanten sachte hin und her schaukelten. Genau hier, erfuhr ich von Pater Bear, in diesem nun von Bäumen beschatteten Hof, hatte man damals die Elefanten gehalten.

An drei Seiten des dreistöckigen Gebäudes waren Hotelzimmer untergebracht. Sie gingen auf blau gestrichene Holzbalkone hinaus, von denen aus man einen wunderschönen Ausblick auf Hof und Garten hatte, wo es einen kleinen Teich mit munter plätschernder Fontäne in der Mitte und sogar einen kleinen Kinderspielplatz gab. Die vierte Seite des Hotels zeigte in Richtung Auffahrt und Straße, und der ornamental verzierte Steinbogen, der den Eingang markierte, war tatsächlich hoch genug, dass ein Elefant darunter hindurchgepasst hätte.

Und hier in diesem herrlichen Innenhof, unter dem leuchtend roten Palasabaum, dem strahlend gelben Goldregen und dem violetten Palisanderbaum, inmitten von Hibiskus, duftendem Oleander und Bougainvilleen, neben der plätschernden Fontäne, umtanzt von flatternden Schmetterlingen und begleitet vom Gesang eines Bülbül-Vogels, machte Andrew Usha endlich einen Heiratsantrag, und Usha nahm ihn an. Sogar ein Pfau stolzierte an ihnen vorbei. Dieser Garten hatte wirklich alles, was ein Verehrer sich nur wünschen konnte. Der perfekte Ort für einen Antrag.

Pater Bear und ich saßen im Hotelrestaurant im Erdgeschoss, von wo aus man den Garten sehen konnte, und bekamen alles mit. Andrew ging tatsächlich vor ihr auf die Knie. Vor unserer Abreise in Colombo hatte er noch einen Ring gekauft. Und als er diesen Usha nun präsentierte und sie ihm strahlend die Hand entgegenstreckte, damit er ihn ihr anstecken konnte, wechselten Pater Bear und ich einen triumphierenden Blick. Wir hatten es geschafft! Mit vereinten Kräften hatten wir dieses Paar, das jetzt schon so lange füreinander gekämpft hatte, endlich zusammengeführt. Ein paar andere Restaurantbesucher wurden ebenfalls Zeugen des Antrags und klatschten. Und niemand, kein einziger der hellhäutigen Gäste, schien sich im Geringsten daran zu stören, dass Usha Inderin war. Dieser Moment war die Bestätigung dafür, dass Liebe wirklich alles bezwingt und Herzen zum Schmelzen bringt.

Als Andrew und Usha sich später zu uns an den Tisch setzten, besprachen wir das Organisatorische. Ushas sehnlichster Wunsch war es jetzt vor allem, Luke, den Sohn, den sie schon seit er ein Baby war, nicht mehr in den Armen gehalten hatte, zu besuchen und ihn Andrew vorzustellen. Und dann gab es noch andere wichtige Formalitäten, um die wir uns kümmern mussten.

»Ihr solltet so bald wie möglich heiraten«, sagte Pater Bear. »Ich werde euch trauen. Ein paar Tage brauche ich aber noch.«

Andrew runzelte erstaunt die Stirn. »So bald schon? Ich hätte gedacht, dass sich das noch ewig hinzieht! Was ist mit dem Aufgebot und den ganzen anderen Formalitäten? Müssen wir darauf nicht noch warten?«

Aber Pater Bear schmunzelte nur und schüttelte den Kopf.

»Lasst das nur meine Sorge sein«, sagte er und erklärte dann, dass es, wenn es gute Gründe dafür gab, durchaus möglich war, sich vom Bischof eine Dispens vom Aufgebot erteilen zu lassen. Und da er den Bischof persönlich kannte, musste er nur mit ihm sprechen, um eine solche Dispens zu erhalten.

Gesagt, getan. Die Geschwindigkeit, mit der die Hochzeitsvorbereitungen vonstattengingen, war geradezu schwindelerregend, aber Pater Bear hatte recht: Sie hatten beide schon so lange gewartet, sie waren beide durch die Hölle gegangen, warum sollten sie nun also auch nur einen Tag länger als nötig warten? Welchen Vorteil könnte ihnen eine in die Länge gezogene Verlobung schon bringen? Sicherlich konnte man die vergangenen Jahre – seit 1942 – de facto als Verlobungszeit werten, da sich beide absolut sicher gewesen waren, einander heiraten zu wollen, zumindest wenn man davon absah, dass Andrew zwischenzeitlich an Ushas Treue gezweifelt hatte.

»Aber ich habe nie aufgehört, sie zu lieben!«, sagte er jetzt mit Nachdruck. »Es hat mir das Herz gebrochen, das mag sein, aber nur, weil ich mir absolut sicher war, dass wir füreinander geschaffen waren. Ich konnte es einfach nicht fassen.«

Nachdem alle Vorbereitungen getroffen waren, wurden Usha und Andrew in einer kleinen Kapelle auf dem Gelände des *Christian Medical College Hospitals* getraut. Usha trug ein einfaches weißes Kleid, das sie in einem christlichen Brautgeschäft in Vellore von der Stange gekauft hatte, Andrew trug einen maßgefertigten Anzug, den ein mit Pater Bear befreundeter Schneider für ihn angefertigt hatte. Pater Bear sah in seinem schwarzweißen Habit, wie er selbst sagte, äußerst erhaben und beeindruckend aus. Bis auf mich und drei von Ushas engsten Freundinnen aus dem Schwesternwohnheim waren die Kirchenbänke leer.

Ich war in meinem Leben bisher nur auf wenigen Hochzeiten gewesen: ein paarmal während meiner Kindheit in Madras und dann zwei- oder dreimal bei Freunden der Huxleys, alles pompöse Feiern, die mich relativ kaltgelassen hatten. Aber nun war es mein bester Freund Andrew, der das heilige Eheversprechen gab: »Ich, Andrew David Huxley, nehme dich, Ruth Maria Chettiar, zu meiner angetrauten Ehefrau. Ich will dich lieben, achten und ehren alle Tage meines Lebens, in guten wie in schlechten Zeiten, in Gesundheit und in Krankheit, bis dass der Tod uns scheidet.«

Nach so viel Leid, Kummer und Hoffnung, war es endlich vollbracht. Eine Träne rann mir über die Wange und in mir stieg eine solche Welle von Emotionen auf, dass ich fürchtete, gleich wirklich loszuweinen. Aber ich konnte es gerade noch unterdrücken. Dann war es vorbei und schon zwängten wir uns schon wieder auf die Rückbank von Pater Bears Auto. Pater Bear trug bereits wieder seine zivile Alltagskleidung. Nur der weiße Piuskragen ließ noch auf die würdevolle Rolle schließen, die er soeben gespielt hatte. Er war wirklich ein außergewöhnlicher Priester.

Es stand außer Frage, wo wir nun hinfahren würden. Auf diesen Tag hatte Usha lange geduldig gewartet. Jetzt hatte sie sogar noch vier Tage länger abgewartet, um Luke nicht nur endlich sehen und in die Arme schließen, sondern gleich mitnehmen zu können. »Ich hätte es nicht ertragen können, ihn zu besuchen und zu halten und ihn dann im Waisenhaus zurückzulassen«, hatte sie erklärt, also hatte sie lieber noch abgewartet.

Sobald Pater Bear seine Klapperkiste vor den Toren des Waisenhauses geparkt hatte, stürmte uns aus den offenen Türen des Gebäudes eine Schar schreiender Kinder entgegen. Lachend streckten sie die Arme nach uns aus und versuchten, uns alle auf einmal zu umarmen. Eine Nonne eilte ihnen hinterher und rief: »Kinder, Kinder! Benehmt euch! Geht dem *Sahib* und seiner Frau nicht auf die Nerven, sonst suchen sie keinen von euch aus!«

Aber wir waren nicht hergekommen, um uns ein Kind auszusuchen. Stirnrunzelnd blickte sich Usha um. »Wo steckt er?«, fragte sie Pater Bear. »Wo ist Luke? Ich kann ihn nirgends sehen!«

Die Nonne antwortete: »Oh, dieser ungezogene kleine Bengel! Er möchte nicht adoptiert werden! Er ist mit Anna-Marie drinnen.«

»Bringen Sie uns zu ihm, Mutter Maria«, sagte Pater Bear. Sie bedeutete uns mit einer schnellen Geste, ihr zu folgen, und führte uns alle in das Gebäude hinein. Durch einen kurzen Flur erreichten wir ein Klassenzimmer, in dem die niedrigen Tische und Schulbänke zu langen Reihen angeordnet waren. An dem größeren Pult im vorderen Teil des Raumes saß eine Lehrerin, die ebenfalls eine graue Schwesterntracht trug, und las. Offensichtlich war sie an diese Art von Aufruhr gewöhnt und wartete nun darauf, dass die Kinder zurückkamen. An einem der hinteren Tische saßen zwei Kinder: ein Junge von ungefähr vier Jahren und ein Mädchen, das etwas älter zu sein schien. Der Teint des Jungen hatte einen hellen Goldglanz, den man in Indien wohlwollend als *weizenbraun* bezeichnete. Die Haut des Mädchens war von einem dunklen Tamarindenbraun.

Wieder bildete sich ein Kloß in meinem Hals, als Usha und Andrew nun Hand in Hand auf die Kinder am hinteren Tisch zugingen.

»Hallo, Luke!«, sagte Usha unglaublich sanft. »Ich bin deine Mummy! Ich bin hier, um dich nach Hause zu holen!«

»Nein! Nein, nein!«, schrie Luke, wich vor ihr zurück und rettete sich in die schützenden Arme des Mädchens, das ihn fest umklammerte und Usha böse anfunkelte. »Du darfst ihn nicht mitnehmen! Er gehört mir!«

Pater Bear trat nun hinter mir an die Szene heran und seufzte. »Das habe ich schon befürchtet«, sagte er. »Die beiden waren schon immer unzertrennlich.«

Dann wandte er sich mir zu: »Wir lassen sie das wohl besser alleine regeln. Usha, bleib du hier und sprich mit beiden. Erklär

Anna-Marie, warum sie Luke gehen lassen muss. Komm mit, Rosie.«

Er führte mich aus dem Klassenzimmer und in ein kleines Büro am Ende des Flures.

»Was ist denn los?«, fragte ich. »Warum möchte er nicht adoptiert werden? Ich dachte immer, alle Waisen wünschen sich ein richtiges Zuhause?«

»Das liegt an Anna-Marie«, seufzte er. »Sie hat ihm diese Angst vor der Adoption in den Kopf gesetzt. Ohne sie wäre er schon längst adoptiert worden.«

»Und Anna-Marie ist deine ...«

Er nickte. »Genau, sie ist meine Tochter. Und ich garantiere dir, ich habe sie nie bevorzugt. Ich habe sie nie merken lassen, dass sie für mich etwas ganz Besonderes ist. Aber ...«

Er holte tief Luft und seufzte. »Für mich war immer klar, dass ich sie hierbehalten wollte. Mir ist inzwischen bewusst, dass das ziemlich egoistisch von mir war, andererseits wäre es möglicherweise ohnehin so gekommen. Vielleicht ist dir schon aufgefallen, dass etwa die Hälfte der Kinder hier eurasischer Herkunft sind und vergleichsweise helle Haut haben. Diese Kinder werden fast immer zuerst adoptiert, sowohl von den indischen als auch von den wenigen englischen Paaren, die auf der Suche nach einem Kind sind. Hellhäutig und männlich, dann gehen sie weg wie geschnitten Brot.«

Er hielt inne und wischte sich den Schweiß von der Stirn. »Obwohl auch Anna-Marie gemischter Herkunft ist, ist ihr Haut dunkel. Das kommt vor: Bei einigen der Kleinen sieht man auf den ersten Blick nicht, dass ein Elternteil europäisch ist. Sie unterscheiden sich überhaupt nicht von den indischen Kindern. Sie gelten als zweite Wahl. Und die Mädchen will eh keiner. Tja, sowohl dunkelhäutig als auch ein Mädchen: also dritte Wahl. Das hat mir also sowieso schon in die Hände gespielt. Und dann habe ich, als sie so drei oder vier Jahre alt war, einen Fehler gemacht. Ich habe Anna-Marie gesagt, dass sie nie adoptiert würde, dass *das hier* ihr Zuhause sei und ich mich immer um sie kümmern würde. Näher an die Wahrheit bin ich nie drangegangen. ›Ich bin Pater Bear!‹, habe ich gesagt. ›Also auch dein Vater.‹ Das habe ich nur gesagt, um sie darüber hinwegzutrösten, dass sie vermutlich nie adoptiert würde, aber sie hat mich beim Wort genommen. Fast als hätte sie die Wahrheit gespürt. Sie wollte nie von hier weg, sie hat akzeptiert, dass hier ihr Zuhause ist. Aber dann kam Luke. Und ich habe noch einem Fehler gemacht. Ich habe Luke hierhergebracht, als er noch ein winzig kleines Baby war. Und Anna-Marie kam auf mich zu gerannt und hat geschrien: ›Pater Bear! Pater Bear! Zeig mir das Baby!‹ Da habe ich mich zu ihr hinuntergebeugt und ihr das Baby gezeigt, und von dem Moment an war sie hin und weg. Seitdem findet sie, dass er ihr gehört.

Als danach zum ersten Mal wieder ein Paar gekommen ist, um ein Kind zu adoptieren – meine Güte, was war sie ungezogen! Sie hatte bis dahin regelmäßig geholfen, sich um ihn zu kümmern, hat ihn gewaschen und gefüttert, und da hat sie ihn dann einfach aus seinem Bettchen genommen und sich mit ihm versteckt, bis das Paar wieder fort war! Mit den Jahren hat sie dieses Versteckspiel perfektioniert – und nicht nur das, sie hat Luke auch dazu gebracht, sich vor potenziellen Adoptiveltern so schlecht zu benehmen, dass sie ihn danach gar nicht mehr wollten. Er hat Wutanfälle bekommen, sie mit allem möglichen beworfen, ist auf Bäume geklettert, abgehauen. Ein Paar hat er sogar mal angepinkelt! Wir sind allmählich schon daran verzweifelt. Tatsächlich hatten wir schon aufgegeben, je ein Zuhause für ihn finden zu können. Aber jetzt muss er natürlich gehen. Sie wird verzweifelt sein, aber es wird Zeit, dass sie der Realität ins Auge blickt. Sie kann sich nicht ewig an ihm festklammern. Sie muss akzeptieren, dass er sein eigenes Leben vor sich hat. Und jetzt, wo seine echten Eltern hier sind, ist es ja eh entschieden. Er wird mitgehen müssen, da kann schreien und treten, so viel er will.

»Oh, Pater!«, seufzte ich. Es sah für mich ganz so aus, als wäre der ansonsten immer so weise Pater Bear in seinem eigenen Leben ins Straucheln geraten. Er hatte seine eigenen Bedürfnisse – in diesem Fall ein kleines Kind, seine Tochter – über die seiner Schutzbefohlenen gestellt. Er hatte sie also doch bevorzugt. Auf eine Art und Weise, die außer ihm und ihr niemand mitbekommen hatte, hatte er sie spüren lassen, dass sie für ihn etwas Besonderes, dass sie seine Tochter war. Ich hatte keine Ahnung, wie seine kirchlichen Vorgesetzten das auslegen würden, war mir aber ziemlich sicher, dass er sich im religiösen Sinne versündigt hatte. Das Ganze war eine äußerst verzwickte Angelegenheit, und es stand mir nicht zu, über ihn zu urteilen, aber tief im Herzen spürte ich, dass Pater Bear falsch gehandelt hatte und dass Usha – und Andrew – gerade den Preis dafür bezahlten.

Falls Usha wirklich geglaubt hatte, sie könnte einfach so hereinschneien, Luke einsammeln und dann in die Flitterwochen fahren, hatte sie sich mächtig getäuscht. Während meines Gesprächs mit Pater Bear in dessen Büro hatte Schwester Maria die beiden weinenden Kinder und Usha in einen komfortabel ausgestatteten Besucherraum mit Sofa und Spielecke geführt. Dort kniete Usha nun vor den Kindern, die sich immer noch weinend aneinander klammerten, auf dem Boden. Auf den Bodenfliesen lag unbeachtet eine aufgerissene Packung Milk Bikis. Wir hatten eine ganze Tasche voll für alle Kinder hier mitgebracht. Usha hatte eine Packung für Luke und Anna-Marie herausgenommen, aber offenbar hatten die beiden sich nicht so leicht bestechen lassen. Im Hintergrund stand Schwester Maria und wrang ängstlich die Hände.

Als wir das Zimmer betraten, blickte Usha verzweifelt zu uns hoch.

»Er möchte nicht mitkommen ... er möchte nicht von ihr

getrennt werden!«, rief sie, bevor sie sich wieder dem kleinen Jungen zuwandte. »Luke!«, flehte sie ihn an. »Ich bin deine Mummy! Ich bin deine echte Mummy! Und sieh nur, du hast sogar einen Daddy!« Dabei zeigte sie auf Andrew. Aber Luke umklammerte Anna-Marie nur noch fester und vergrub sein Gesicht an ihrer Brust. Und sie funkelte Usha böse an: »*Ich* bin seine Mummy! Und das dort drüben ist unser Daddy!« Sie zeigte auf Pater Bear, der immerhin so viel Anstand hatte, zu erröten.

Schwester Maria schaltete sich ein. »Es ist wirklich schwierig, Pater. Natürlich könnten wir sie mit Gewalt voneinander trennen, aber das würde später nur neue Probleme bereiten. Aber keiner von den beiden ...« Sie beendete den Satz nicht und zeigte stattdessen nur auf die beiden Kinder, die sich eng aneinander schmiegten.

Und doch konnte ich nicht umhin, zu bemerken, wie Luke hin und wieder den Blick von Anna-Marie abwandte. Waren das etwa Zweifel, die ich in seinen Augen sah? Da ich ihn überhaupt nicht kannte, konnte ich das nicht mit Sicherheit sagen, aber es war klar, dass Anna-Marie die Anführerin dieser naiven Rebellion war. Jetzt trat Pater Bear auf sie zu und kniete sich vor seine Tochter.

»Anna-Marie!«, sagte er. »Du musst Luke gehen lassen. Seine echte Mummy ist gekommen, um ihn mitzunehmen. Du warst so ein braves Mädchen, hast dich wie eine richtige Mummy um ihn gekümmert, aber jetzt ...«

»Ich *bin* seine Mummy!«

Pater Bear sah Usha entschuldigend an. »Sie hat sich um ihn gekümmert, seit er ein Baby war, sie ist den Schwestern hier zur Hand gegangen. Er war sozusagen wie eine lebendige Babypuppe für sie. Das ist ihr wohl leider ein wenig zu Kopf gestiegen. Vermutlich meine Schuld, ich habe sie zu sehr verwöhnt. Das haben wir alle.«

»Aber er ist nicht ihre Puppe, das muss sie doch einsehen!«, rief Usha, die langsam ärgerlich wurde. Dann wandte sie sich wieder an Anna-Marie und sprach diesmal recht streng mit ihr: »Anna-Marie, du bist nicht Lukes Mutter. Du bist ja selbst noch ein Kind, und er braucht jetzt seine richtige Mutter. Tut mir leid, aber ich werde ihn jetzt mitnehmen. Du musst ihn gehen lassen und dich von ihm verabschieden.«

»Nein! Nein! Nein!«, schrie Anna-Marie und drückte Luke nur noch fester an sich.

Usha blickte zu Pater Bear hoch. »Können Sie denn gar nichts dagegen tun?«

»Können wir uns kurz unterhalten? Alleine?«, erwiderte er. Usha nickte und blickte Andrew an.

»Andrew auch«, fügte Pater Bear hinzu. »Er ist schließlich auch betroffen.«

Damit verließen die drei das Zimmer, gefolgt von Schwester Maria, die mir mit einem Nicken signalisierte, dass ich nun hier die Verantwortung trug. Die beiden Kinder entspannten sich und lösten sich langsam voneinander. Ich setzte mich neben ihnen im Schneidersitz auf den Boden.

»Hallo!«, begrüßte ich die beiden und lächelte sie nacheinander an. »Ich bin Tantchen Rosie. Ich bin eine alte Freundin von Pater Bear.«

Anna-Marie musterte mich misstrauisch. »Du siehst aber gar nicht alt aus!«, stellte sie fest. »Du hast ja nicht mal weiße Haare!«

»Ja, aber ich kenne ihn schon ganz, ganz lange! Da warst du noch gar nicht auf der Welt!«

»Bist du auch hier, um Luke mitzunehmen? Das darfst du nämlich nicht!«

Wie überredete man eine störrische Fünfjährige, die von ihren Argumenten hundertprozentig überzeugt war? Allein der Versuch erschien mir aussichtslos. Also hob ich stattdessen die achtlos weggeworfene Packung Milk Bikis auf. Obwohl sie an einem Ende aufgerissen war, fehlte noch keiner der dünnen, rechteckigen Kekse. Ich nahm den ersten heraus und hielt ihn Anna-Marie hin. Zuerst zögerte sie und überlegte offensichtlich, ob es in Ordnung war, ein solches Zugeständnis zu machen und die Leckerei zu genießen, aber dann griff sie endlich danach, woraufhin Luke ihrem Beispiel folgte. Sie kauten beide auf ihren Keksen herum, während sie mich schweigend beobachteten.

Dann beschloss ich innerhalb eines Sekundenbruchteils, mich einzumischen. Ein neutraler Dritter konnte schließlich manchmal ein hilfreicher Vermittler sein. Und die Rolle der Vermittlerin hatte ich in dieser Familie ja immerhin von Anfang an innegehabt.

»Weißt du«, versuchte ich zu erklären, »diese Dame da … sie ist wirklich Lukes Mummy. Das war sie schon immer, aber bis jetzt konnte sie ihn noch nicht zu sich nach Hause holen. Aber sie liebt ihn von ganzem Herzen.«

»Ich liebe ihn auch!«

Dann fing sie an, bitterlich, herzerweichend und völlig verzweifelt zu weinen. Ganz spontan breitete ich meine Arme aus, in die sich Anna-Marie schließlich resigniert fallen ließ. Einfach so. Sie sackte in meine Arme und weinte und weinte, sie verhielt sie sich nicht mehr wie eine Mutter, die ihr Kind beschützen wollte, sondern wie das Kind, das sie ja tatsächlich war, ein Kind, das sich nach mütterlicher Zuneigung sehnte. Sie war nur noch ein hilfloses Häufchen Elend, das sich an die erstbeste Person klammerte, die ihr diese Zuneigung geben konnte.

»Ich möchte auch eine Mummy haben!«, schluchzte sie. »Das ist ungerecht! Ich will meine Mummy! Wo ist *meine* Mummy? Warum hat Luke eine Mummy und ich nicht? Warum kommt *meine* Mummy nicht, um mich abzuholen?«

In diesem Moment regte sich irgendetwas in mir. Etwas Gigantisches, eine riesige, klare Welle des Begreifens, eine Art Instinkt vielleicht, eine Eingebung, ein Wissen, eine Erkenntnis. Vielleicht war es genauso ein Gefühl der wunderbaren, herrlichen *Erkenntnis,* das an jenem Tag vor so vielen Jahren über Usha und Andrew hereingebrochen war und ihnen klargemacht hatte, dass sie einander *einfach vorherbestimmt* waren. Ich wusste es einfach.

Aber wir brauchten Geduld. Jetzt flüsterte ich dem Mädchen ins Ohr: »Ich glaube, eines Tages wird dich deine Mummy auch abholen, Anna-Marie. Du musst dich nur noch ein Weilchen gedulden.« Darauf lachte ich, freudig und aufrichtig. Ich wischte ihr die Tränen mit meinem Schal ab und küsste sie auf die Stirn.

Sie schniefte. »Versprochen?«

»Versprochen!«

»Hand aufs Herz?« Dabei legte sie sich die Hand auf die Brust, und auch ich legte mir die Hand auf die Brust und bestätigte: »Hand aufs Herz.«

Und von jetzt auf gleich entspannte sie sich vollkommen und wirkte wie ausgewechselt. So saßen wir zu dritt auf dem Boden und spielten mit den herumliegenden Spielsachen. Die beiden Kinder aßen die gesamte Packung Milk Bikis leer, was ich ihnen vermutlich nicht hätte erlauben sollen, aber es war ja auch nur eine kleine Packung, ein besonderer Leckerbissen zu einem besonderen Anlass, denn heute hatten beide Kinder ihre Mummy gefunden. Und von Sekunde zu Sekunde schloss ich Anna-Marie mehr ins Herz.

Ein paar Minuten später kehrte Pater Bear mit Usha und Andrew zurück. Worüber auch immer sie gesprochen hatten, es schien zu keiner Lösung geführt zu haben. Alle drei blickten düster drein, und Pater Bear hob bei Betreten des Zimmers mit strenger Stimme zu sprechen an: »Anna-Marie, du musst Luke ...« Er hielt abrupt inne, als ich aufsprang und strahlend auf die beiden Kinder zeigte, die fröhlich auf dem Boden spielten.

»Alles ist gut«, sagte ich. »Luke kommt mit dir mit, Usha.«

Sie sah mich an und begriff. Dann ging sie in die Hocke

und streckte die Arme aus. Luke sprang auf, ließ sein Spielzeug links liegen und rannte quer durch das Zimmer auf sie zu.

* * *

Später im Hotel, als Pater Bear schon aufgebrochen war und Usha Luke gerade oben im Zimmer ins Bett brachte, saßen Andrew und ich auf der Hotelterrasse und ließen den turbulenten Tag bei ein paar *Stengahs* Revue passieren: die Hochzeit, den Konflikt und schließlich die Adoption. Da erzählte er mir, was die drei gemeinsam besprochen hatten beziehungsweise was zu besprechen sie versucht hatten.

»Pater Bear wollte uns dazu überreden, beide Kinder zu adoptieren«, sagte er. »Er wünscht sich auch für Anna-Marie ein Zuhause, eine Familie. Ich weiß nicht, warum sie ihm so besonders am Herzen liegt ... aus irgendeinem Grund scheint er sie zu bevorzugen, glaube ich. Er hat versucht, uns zur Adoption zu überreden, aber Usha hat Nein gesagt. Sie fand, das wäre Anna-Marie gegenüber nicht gerecht, weil sie immer an zweiter Stelle bliebe. Es ist Luke, der ihr wichtig ist, und sie hält es für falsch, ein anderes Kind nur aus einem Gefühl der Verpflichtung heraus zu adoptieren. Es tue ihr leid um Anna-Marie, hat sie gesagt, aber sie finde es einfach nicht richtig. Aber es sieht ja ganz so aus ... Keine Ahnung, wie du das angestellt hast, Rosie, wir waren schon dazu bereit, die beiden mit Gewalt auseinanderzureißen, aber dann hattest du uns die Arbeit ja auf wunderbare Art und Weise schon abgenommen. Der Kleine hat sich richtig darauf gefreut, mit uns mitzukommen.

Die Erinnerung rief mir ein Lächeln ins Gesicht. Lukes Strahlen, als Usha ihn im Waisenhaus in die Arme schloss, war herzerweichend gewesen.

»Also«, sagte ich, »dann könnt ihr drei jetzt ja endlich eure Flitterwochen genießen.«

KAPITEL 44

Ich ließ die drei in Shanti Nilayam zurück, dem perfekten Ort, um einander kennenzulernen. Sie hatten vor, zwei Wochen dort zu bleiben, vielleicht auch länger.

»Bleibt, solange ihr wollt«, sagte ich.

Zwei Tage lang blieb ich noch bei ihnen. Am zweiten Tag, während Andrew mit Luke an den Strand ging, hatten Usha und ich endlich Gelegenheit, uns ausführlich über alles auszutauschen, uns richtig auszusprechen und unsere Freundschaft wieder aufleben zu lassen. So ausgiebig hatten wir uns schon seit Jahren nicht mehr unterhalten – seit 1942 nicht, als sie mit Luke schwanger gewesen war und ich sie hier zurückgelassen hatte. Es fühlte sich so an, als würde sich der Kreis nun schließen.

Zuallererst entschuldigte ich mich bei ihr dafür, sie so falsch eingeschätzt und geglaubt zu haben, sie hätte mir, Pater Bear und Thila absichtlich vorgegaukelt, dass Andrew der Vater ihres Kindes war, eine Täuschung, die spätestens nach Andrews Rückkehr aus dem Krieg sowieso ans Licht gekommen wäre.

»Ich hätte es besser wissen müssen«, sagte ich, während wir

auf der kühlen Veranda saßen. »Ich hätte dich um eine Erklärung bitten sollen, statt einfach so von der erstbesten Schlussfolgerung auszugehen.«

»Ist schon in Ordnung. Das war die naheliegendste Schlussfolgerung. Wer hätte je vermutet ...« Sie erschauderte und
beendete den Satz nicht.

Nach einem kurzen Moment des Schweigens fragte ich sie
vorsichtig: »Wirst du es Andrew erzählen? Du weißt schon ...
wer es war?«

Sie schüttelte den Kopf. »Nein. Was soll das bringen? Das
würde ihm nur noch mehr Leid bereiten. Victor war sein
Bruder, und er trauert um das, was sie füreinander waren.
Warum sollte ich ihm das nehmen? Dadurch wäre nichts
gewonnen, es würde nur alles verderben – vielleicht sogar seine
Beziehung zu Luke.«

»Aber wenn er wüsste, dass Luke eigentlich sein Neffe ist?
Wäre es das nicht wert?«

Wieder schüttelte sie den Kopf. »Nein ... warum sollte es?
Ich glaube, er wird Luke auch lieben, ohne von ihrer Verwandtschaft zu wissen.«

»Und was tust du, wenn er dich direkt danach fragt? Wenn
er wissen will, was passiert ist?«

»Wenn er fragt, dann werde ich ihm erzählen, es sei ein
englischer Gast im Haus der Harrisons gewesen und dass ich
damit abschließen möchte, dass ich darüber nie wieder sprechen möchte.«

Dabei beließ ich es. Usha würde schon einen Weg finden,
wenn es so weit wäre. Also sprachen wir über andere
Themen: über Anna-Marie, Pater Bear, meine Zukunft als
Medizinstudentin. Über ihre Vergangenheit und Zukunft als
Krankenschwester, über ihre Rückkehr nach Newmeads als
Andrews Frau. Darüber, wie Tante Silvia wohl reagieren und
wie das Wiedersehen mit ihren Eltern und ihren Brüdern
Satish und Karthik verlaufen würde. Sie hoffte, sich endlich

mit ihnen aussöhnen und den Familienkonflikt begraben zu können.

Vom Tod ihres ältesten Bruders, Yogesh, hatte sie bereits erfahren. Ich erzählte ihr von Kannan, ihrem kleinen Neffen. Sie freute sich darauf, ihn kennenzulernen. Für sie bedeutete die Rückkehr nach Newmeads eine Rückkehr nach Hause. Für mich auch. Aber nur in gewisser Weise.

Nach Hause? Wo war ich denn überhaupt wirklich zu Hause? Tatsächlich spürte ich, dass es hier war, in Shanti Nilayam, und ich hoffte, dass Pa irgendwann wieder hier wäre, damit ich regelmäßig zu Besuch kommen konnte. Aber im Moment gab es Gründe, weshalb Ceylon nach mir rief, und ich freute mich auf meine Rückkehr.

Zunächst *Cinnamon Gardens*. Ich kam gegen Abend in der leeren Wohnung an, aber es gab Hinweise darauf, dass jemand hier wohnte, und ich wusste auch, wer dieser Jemand war. Ich konnte es riechen: Der Duft Ceylons folgte Graham auf Schritt und Tritt – diese unbeschreibliche Mischung aus Zimt und Zitrone und Kardamom und Ingwer, die einem überall auf der Insel in die Nase stieg. Vielleicht war das, was ich zu riechen meinte, aber auch nur meine Einbildung. Möglicherweise war es gar kein wirklicher Duft, sondern nur Grahams Präsenz, die das Apartment ausfüllte und mein Herz nun vor Vorfreude schneller schlagen ließ. Ich wusste, dass Graham wieder im Krankenhaus arbeitete. Früher oder später würde er nach Hause kommen. Also wartete ich auf ihn, kochte eine leckere Mahlzeit und lauschte.

Endlich, gegen zehn Uhr abends, hörte ich, wie der Schlüssel im Schloss herumgedreht wurde. Das Licht im Wohnzimmer ging an. Die ganze Zeit über hatte ich im Dunkeln gesessen und gewartet, geträumt und mir die Zukunft ausgemalt, und es gelang mir kaum, die Aufregung im Zaum zu halten. Der glückliche Ausgang von Ushas und Andrews Geschichte hatte in mir die Sehnsucht nach meinem eigenen Happy End geweckt, das mir hoffentlich unmittelbar bevorstand. Falls Graham nicht ... aber nein. Graham war ein Ausharrer, kein Draufgänger. Ich wusste, dass alles gut werden würde.

Ich stand auf. Auf seinem Weg ins Zimmer blieb Graham plötzlich wie angewurzelt stehen. Der Ausruf des Erstaunens erstarb ihm auf den Lippen, als er meinen Blick bemerkte, mit dem ich ihn bat, nichts zu sagen. Und dann stand ich direkt vor ihm. Und dann ging ich vor ihm auf die Knie und streckte ihm meine Hände in einem Namaste-Gruß entgegen. Einen Ring hatte ich nicht. Graham hatte sich, als er einfach so um meine Hand angehalten hatte, nicht an gesellschaftliche Konventionen gehalten, ich würde das auch nicht tun. Er hatte mir den ersten Antrag gemacht, nun war ich damit an der Reihe – auf meine Art. Ich hob meine aneinandergelegten Hände noch ein Stück höher, sah ihm tief in die Augen und fragte: »Graham, ich weiß, ich bin ein bisschen spät dran, aber möchtest du mich *immer noch* heiraten?«

Darauf kam er aus dem Lachen gar nicht mehr heraus und zog mich zu sich hoch, und als ich in seinen Armen lag, wusste ich, dass ich mein Happy End bekommen hatte – nur dass es kein Ende war. Sondern ein Anfang.

Wir redeten bis tief in die Nacht. Während des Festmahls, das ich für uns vorbereitet hatte, erzählte ich ihm von Usha, Andrew und Luke. Und ich erzählte ihm von Anna-Marie. Ich hatte nicht die geringste Sorge, dass Graham mir bei meinem Vorhaben im Weg stehen würde. Als ich Anna-Marie eine Mutter versprochen hatte, hatte ich ihr im Stillen und an seiner statt auch einen Vater, Graham, versprochen. Jetzt besiegelte er meinen Entschluss.

»Selbstverständlich werden wir sie adoptieren!«, sagte er. »So bald wie möglich. Sobald wir verheiratet sind, reisen wir hin und holen sie ab.«

Mein ganzer Körper kribbelte vor Vorfreude. »Ich kann es kaum erwarten, Pater Bear davon zu erzählen!«

»Und ich kann es kaum erwarten, deinen Pater Bear endlich kennenzulernen!«, neckte er mich. »Glaubst du, er würde uns ebenfalls trauen?«

»Warum nicht? Nichts wäre mir lieber. Eine Hochzeit im engsten Kreis, vielleicht sogar in Shanti Nilayam. Und Pa muss natürlich dabei sein.

»Und Mutter und Vater und Andrew. Und Usha.«

Bis spät in die Nacht hinein schmiedeten wir Pläne. Im September würde ich mich an der Universität einschreiben. Alles war perfekt. Wir hätten eine *Ayah* für Anna-Marie und ein Haus mit Garten, vielleicht sogar direkt hier: Das Haus ließe sich leicht in ein Einfamilienhaus zurückkonvertieren, und hinter dem Haus gab es bereits einen wunderschönen Garten, in dem Anna-Marie mit ihren zukünftigen Geschwistern – denn wir wünschten uns auf jeden Fall noch mehr Kinder – spielen konnte. Die Wochenenden und Ferien würden wir in Newmeads verbringen. Die Plantage würde Andrew übernehmen, Usha wäre die Frau des Hauses.

»Im Moment kann ich mir nur noch nicht wirklich vorstellen, dass Tantchen sonderlich erfreut sein wird. Weder über Andrews Hochzeit noch über unsere. Ihr habt beide die falsche Frau geheiratet.«

Graham machte eine wegwerfende Handbewegung. »Ach, Mutter wird schon noch die Kurve kriegen. Bei ihr wird alles nicht so heiß gegessen, wie es gekocht wird. Die Hauptsache ist doch, dass zwei ihrer Söhne überlebt haben. Wen kümmert es da schon, welche Frauen sie sich aussuchen?«

»Vielleicht hast du recht«, sagte ich. Und dann: »Ach, da fällt mir noch was ein! Kannan!«

»Wer ist Kannan?«

Kannan war bei Grahams Rückkehr schon wieder zur Schule gegangen und war nicht zu Besuch gekommen. Graham kannte ihn also noch gar nicht, und ich hatte ganz vergessen, ihm von Kannan zu erzählen – sowohl er als auch Andrew hatten so viel zu berichten gehabt. Aber das holte ich jetzt nach: Ich erzählte, dass Yogesh im zweiten Kriegsjahr gefallen war, und von Kannans Mutter, Yogeshs Witwe, die bei Sunita und Rajkumar wohnte und in der Teefabrik arbeitete.

»Kannan und Luke sind Cousins«, sagte ich. »Kannan ist ein paar Jahre älter, aber wir müssen dafür sorgen, dass die beiden in Kontakt bleiben.«

Und so unterhielten wir uns die ganze Nacht, schmiedeten Pläne und bauten Luftschlösser. Hatten wir denn nie von dem Sprichwort gehört: *Der Mensch denkt, Gott lenkt?*

Als wie wahr, als wie zutreffend sollte es sich noch erweisen. Aber in dieser Nacht gaben wir uns unseren Träumen, unserer Euphorie und unserer Sehnsucht nach einem Happy End hin. In den frühen Morgenstunden gingen wir endlich ins Bett, und ich schlief in seinen Armen ein. Mehr war gar nicht nötig, wir konnten warten. Vor uns lag ein ganzes Eheleben. *Rosie und Graham* war die Evolution von *Rosie und Freddy.* Eine erwachsene Liebe.

KAPITEL 45

An diesem Samstag nahmen Graham und ich den Zug nach Kandy, und von dort aus fuhren wir mit dem Bus weiter nach Newmeads. Ich war ein wenig nervös: Nicht genug damit, dass wir Tante Silvia über unsere eigene bevorstehende Hochzeit in Kenntnis setzen mussten – vor uns lag auch die schwierige Aufgabe, sie an die Tatsache heranzuführen, dass Andrew bereits mit Usha verheiratet war. Wie würde sie das aufnehmen? Sowohl sie als auch Onkel Henry missbilligten Mischehen aufs Schärfste, und zu allem Übel stammte Usha auch noch aus der Dienstbotenklasse. Das waren gleich zwei Tabus, die da gebrochen wurden.

Aber wir hatten nicht nur Tante Silvia, sondern auch Onkel Henry unterschätzt. »Dann ist es eben so«, seufzte sie, als Graham an diesem Abend die Neuigkeiten über Usha und Andrew verkündete. »Wer bin ich, mich zu beschweren, wenn meine Gebete erhört wurden und mein Sohn lebendig nach Hause gekommen ist? Vielleicht ist es wirklich alles Gottes Wille, und ich kann für seine sichere Heimkehr nur auf ewig dankbar sein.«

Onkel Henry nickte. »Genauso ist es. Hauptsache, er lebt.«

Graham und ich tauschten einen vielsagenden Blick. Das war deutlich besser gelaufen, als wir erwartet hatten. Aber Tante Silvia war noch nicht fertig. »Ich glaube, letzten Endes hatte deine Mutter recht, Rosie. Und dein Vater auch. Das liegt wohl daran, dass sie in Indien aufgewachsen sind, mit indischen *Ayahs,* und die Sprache hier wie ihre Muttersprache sprechen konnten. Lucy hat mir oft erzählt, wie sehr sie den Duft und den Klang von Indien liebt. Sie hatte es einfach im Blut. Sie hat sich den Menschen hier zugehörig gefühlt und überhaupt keinen Unterschied zwischen sich und ihnen gesehen, sie hat auch von ihnen gelernt, wann immer sie konnte. Sie hat oft betont, wie viel wir Engländer noch zu lernen hätten – die Vorstellung, wir könnten eine überlegene Rasse sein, hat sie entschieden abgelehnt. Darüber haben wir uns oft gestritten, und immer bin ich aus diesen Diskussionen irgendwie mit einem unguten Gefühl herausgegangen. Irgendwie habe ich gespürt, dass sie recht hatte, obwohl ich die Lautere mit den schlagkräftigeren Argumenten war. Mit deinem Vater verhält es sich genauso. Wie oft habe ich mich über Rupert unverhohlen lustig gemacht! Aber jetzt ist mir bewusst geworden, dass er uns, auf seine Weise, dabei geholfen hat, diesen Krieg zu gewinnen, gerade *weil* er diese ganzen tamilischen Kontakte und Sprachkenntnisse hat. Rupert hat mal zu mir gesagt, dass Menschen einfach immer nur Menschen sind, und dass man schon tiefer graben muss, um den Sinn unserer Existenz hier auf Erden zu begreifen. Diese schreckliche, grässliche Zeit, die wir durchlebt haben, hat mich gezwungen, tiefer zu graben. Und wenn Andrew seine große Liebe gefunden hat, tja, dann müssen wir das eben akzeptieren und damit leben.«

»Ich weiß nicht, ob dir die anderen Plantagenbesitzer dabei so einfach zustimmen werden, Liebling!«, wandte Onkel Henry ein. »Aber das werden wir ja sehen. Vor ihm liegt eine große Aufgabe, und das alles hier wird eines Tages ihm gehören. Und du, Graham – ich nehme an, du hast kein Interesse daran und wirst dich in Colombo niederlassen.«

Graham nickte. Endlich hatten er und sein Vater sich ausgesöhnt. Daraufhin ließen wir auch die nächste Neuigkeit aus dem Sack: unsere Verlobung. Wieder war ich mir unsicher, wie Tante Silvia darauf reagieren würde, aber auch hierbei hatte ich sie unterschätzt. Sie freute sich für uns, und Onkel Henry ebenso. Die beiden ließen sogar die Champagnerkorken knallen.

»Ich hatte mir immer gewünscht, du würdest einen meiner Jungs heiraten«, sagte Tantchen, als wir miteinander anstießen, »ich hatte nur nicht erwartet, dass es Graham sein würde. Für ihn hatte ich andere Pläne.«

»Du und deine ständige Kuppelei!«, kommentierte Onkel Henry, woraufhin wir alle lachten und Tantchen rot anlief, und wieder erfasste mich eine Welle vollkommener Behaglichkeit.

»Also, wann und wo wird eure Hochzeit stattfinden?«, fragte Tante Silvia und nippte an ihrem Glas. Natürlich liebte sie Hochzeiten, und ich wusste sofort, dass sie, nachdem Andrew sie schon vor vollendete Tatsachen gestellt und ihr so die Möglichkeit genommen hatte, sich einzubringen, umso erpichter darauf sein würde, bei der Organisation von Grahams Hochzeit aus allen Rohren zu schießen – insbesondere, da sie auf gewisse Weise ja auch die Mutter der Braut war.

Ich enttäuschte sie nur ungern, aber es musste einfach sein.

»Wir werden in Shanti Nilayam heiraten«, sagte ich. »Nächste Woche zieht Pa dort wieder ein und, na ja, ich kann mir einfach keinen geeigneteren Ort für uns vorstellen. Außerdem möchte ich, dass Pater Bear uns traut.«

»*Was?* Dieser Katholik?«, rief Tante Silvia. »Schlimm genug, dass Andrew eine papistische Hochzeit hatte! Aber du, Graham?«

»Das spielt doch gar keine Rolle«, sagte ich, »zumindest

nicht für mich. Ich würde mich auch auf eine hinduistische Zeremonie einlassen, solange Pater Bear sie abhält!«

»Hmpf!«, grummelte Onkel Henry. »Ich habe gehört, das Schlitzohr ist sowieso ein halber Hindu.«

»Ich hatte noch keine Gelegenheit, ihn kennenzulernen«, sagte Graham, »aber ich freue mich schon darauf. Rosie zufolge ist er ein faszinierender Mensch.«

»Dein Vater war hier zu Besuch, während ihr fort wart, Rosie!«, sagte Tantchen. »Er war enttäuscht, dass du nicht hier warst, aber wir hatten einen netten kleinen Plausch. Er hat sich so verändert. Ich hatte ihn immer für hoffnungslos altmodisch gehalten, aber das ist er gar nicht.«

Ich lachte. »Das war nur deine falsche Wahrnehmung«, erwiderte ich. »Du hast ihn halt sofort in eine Schublade gesteckt. Da passt er aber nicht rein!«

»Ich kann es kaum erwarten, ihn kennenzulernen«, sagte Graham.

Ich drückte seine Hand, und er erwiderte die Geste. Einen Partner zu haben, mit dem man voll und ganz auf einer Wellenlänge liegt, ist wahrlich das schönste Gefühl auf Erden. Ich wusste, Pa und Pater Bear würden ihn sofort ins Herz schließen, und er sie auch.

»Wir wollen so schnell heiraten, wie es sich einrichten lässt«, sagte Graham. »Ihr seid selbstverständlich beide herzlich eingeladen, aber wir werden wirklich nur im kleinsten Kreis feiern.«

»Wisst ihr«, erklärte ich, »es gibt da ein kleines Mädchen, dem ich ein Versprechen gegeben habe. Und ich kann sie nicht ewig warten lassen.«

Wieder grummelte Tantchen, sagte dann aber: »Natürlich werde ich für diese Mini-Hochzeit nach Indien reisen.«

»Ich auch«, schloss sich Onkel Henry an. »Nichts auf der Welt könnte mich von der Hochzeit meiner eigenen Tochter fernhalten.« Und bei diesen Worten wurde mir ganz warm ums Herz.

»Und später, wenn ihr euch eingelebt habt, müssen wir ausgiebig in Newmeads feiern«, fuhr Tante Silvia fort. »Darauf bestehe ich. Das wird die Hochzeit des Jahres unter den Plantagenbesitzern, und damit lassen wir diese grauenvolle Zeit dann auch ein für alle Mal hinter uns. Das müssen wir mit all meinen Freundinnen und Freunden feiern. Sie würden mir nie verzeihen, wenn ich ihnen einen Anlass zum Feiern vorenthalten würde. Vielleicht könnten wir sogar einen Ball organisieren ...«

Und ich sah ihr an, wie ihr Kopf zu schwirren begann, als sie sich von dieser Vorstellung mitreißen ließ.

KAPITEL 46

So vieles musste noch geplant werden!

Zunächst einmal musste ich Pater Bear informieren, da er von unseren Plänen ja noch gar nichts wusste. Es gab noch keine Telefonverbindung nach Indien, aber schriftlich konnte ich mich sowieso besser erklären.

Sie ist so ein liebes kleines Mädchen, Pater Bear, und als ich sie in den Armen gehalten habe, da wusste ich, dass sie genau dort hingehört. Ich glaube, du weißt mittlerweile selbst, dass sie jemanden braucht, der nur für sie da ist, jemanden, der sie liebt und für sie sorgt, eine besondere Bezugsperson. Das ist auch der Grund dafür, warum sie so an Luke gehangen hat, was keineswegs gesund war. Diese Bezugsperson kannst du für sie nicht sein, und daran, was du Andrew und Usha vorgeschlagen hast – dass sie sie ebenfalls adoptieren – merke ich, dass dir das inzwischen selbst bewusst geworden ist. Selbst das beste Waisenhaus kann keine Familie ersetzen, und genau das ist es, was Graham und ich ihr geben können. Ich habe ihr ein Versprechen gegeben, und ich möchte es so bald als möglich einlösen. Aber zuerst müssen Graham und ich heiraten ...

könntest du das ebenso schnell organisieren wie Ushas Hoch-
zeit? Gib mir Bescheid, welche Dokumente du dazu benötigst,
und vielleicht können wir die Zeremonie ja sogar schon in ein,
zwei Wochen in Shanti Nilayam abhalten.

Pater Bear antwortete postwendend, und sein Brief sprudelte förmlich über vor Freude. Wir lachten darüber, wie
begierig er war, alles so schnell wie möglich über die Bühne zu
bringen und Anna-Marie ein schönes Zuhause zu geben. Er
schlug uns einen Termin in zwei Wochen vor, und wir
stimmten zu.

Als Nächstes mussten wir Andrew und Usha schreiben, um
ihnen alles zu erzählen und dafür zu sorgen, dass sie noch
mindestens bis zur Hochzeit in Shanti Nilayam blieben. Auch
sie reagierten hocherfreut.

Und dann mussten wir noch Ringe besorgen und die Klei-
derfrage klären – nicht nur für uns, sondern auch für Tantchen
und Onkel. Die beiden hatten verkündet, für die gesamte
Hochzeit aufkommen zu wollen.

Ich versuchte, dagegen zu protestieren. »Wirklich, es wird
doch nur eine ganz kleine Feier, das ist die Mühe und die
Kosten gar nicht wert!«

»Unsinn, Liebes! Nur weil wir die Hochzeit in kleinem
Kreis feiern, muss sie nicht zwangsläufig glanzlos werden!«

»Das natürlich nicht, aber ich kann einen Tag vorher nach
Madras fahren und mir bei Spencer's ein hübsches Kleid auszusuchen. Selbst im Krieg hatten sie immer die neueste Mode
und ...«

»Davon will ich nichts hören! Du sollst ein traumhaftes
Hochzeitskleid bekommen, Rosie, mein Schatz! Und ich kenne
eine Schneiderin mit flinken Händen, die das innerhalb von
einer Woche herbeizaubern kann. Für dich nur das Beste!«

»Aber ich möchte wirklich nicht ...«

»Unsinn, Liebes! Man heiratet nur einmal, da ist das Beste

gerade gut genug. Außerdem haben wir alle lange genug unter diesem grauenvollen Krieg gelitten, da haben wir uns ein bisschen Glanz und Gloria wirklich verdient. Und Graham lassen wir einen neuen Anzug schneidern.«

Und so schleppte sie mich also zu ihrer Schneiderin, wo wir durch einen Katalog mit verschiedensten Schnitten blätterten und alte Magazine mit Brautkleidern durchforsteten, bis wir uns schließlich für ein Modell entschieden hatten. Und ich musste zugeben, dass es umwerfend aussah. Mehrere Fahrten nach Kandy und mehrere Anproben später wurde es zusammen mit dem Schleier in einer separat angefertigten Hülle verpackt, sodass wir abfahrbereit waren. In einem Anfall von Spendierlaune hatte Tantchen auch Andrew Geld geschickt, damit Usha und er, die unsere Trauzeugen sein sollten, sich ebenfalls angemessen einkleiden konnten. So viel Pomp war mir unangenehm – das war genau das Gegenteil von dem, was Graham und ich geplant hatten – aber Tante Silvia ließ sich nicht davon abbringen. Für sie war es die letzte Gelegenheit, für einen ihrer Söhne die Hochzeit zu organisieren, und dass ich auch noch die Braut war, übertraf all ihre Erwartungen. Nein, es würde zwar keine große Hochzeit werden, aber wir würden uns darum nicht weniger festlich kleiden, und einen Fotografen, Blumen und ein Festmahl gab es auch.

Da also alles auf eine ziemlich traditionelle Zeremonie hinauszulaufen schien, fragte ich mich, ob Anna-Marie nicht unser Blumenmädchen sein könnte, aber Pater Bear meinte, dass sie das überfordern würde und es besser wäre, wenn sie einfach nur dabei sein und zuschauen könnte, Thila würde sich während der Zeremonie um sie kümmern.

Und so heirateten Graham und ich. Pa führte mich mit Tränen in den Augen zum Traualtar. Mein Kleid war traumhaft, und sogar ich, die ich mich sonst herzlich wenig um Mode scherte, konnte mir einen kleinen Freudenschrei nicht verkneifen, als ich mich zum ersten Mal im Spiegel sah. Das Kleid war aus exquisiter weißer Pochampalli-Seide aus der namengebenden, für ihre Seidenweber bekannte Stadt in Andhra Pradesh. Das Mieder, Elfenbein auf Weiß, bestand aus edlem Ikat-Stoff. Das Kleid hatte einen herzförmigen Ausschnitt, Dreiviertelärmel aus Spitze, einen langen Schleier und einen weit ausgestellten Rock, und es saß wie angegossen. Als ich zum Altar schritt, um meinen zukünftigen Mann zu begrüßen und mit ihm das Ehegelübde abzulegen, fühlte ich mich, als würde ich auf Wolken schweben. Wie hatte ich je daran zweifeln können, dass dies der Mann war, mit dem ich mein Leben verbringen wollte? In diesem Augenblick war mir, als würden mir Flügel wachsen.

Und dann war alles so schnell vorbei. Bis auf das extravagante Kleid war es uns tatsächlich gelungen, den Rest der Zeremonie bescheiden zu halten, vermutlich dank der Tatsache, dass wir in Indien waren. Hätten wir in Ceylon geheiratet, hätte Tantchen es sich bestimmt nicht verkneifen können, alle ihre Plantagendamen, Bridge-Partnerinnen und Chorfreundinnen samt Töchtern dazuzuladen. Hier in Madras kannte sie niemanden, was ein Geschenk des Himmels war. Das festliche Buffet, das sie aus dem *Connemara Hotel* bestellt hatte, war opulent und gleichzeitig überschaubar, da ja nur die Familie, Pater Bear und Thila davon essen mussten.

Der Höhepunkt des Tages – nicht ganz, aber fast – war das Wiedersehen zwischen Luke und Anna-Marie vor der Zeremonie. Sie sprangen sich regelrecht in die Arme und ließen sich, unter Thilas wachsamen Auge, während der gesamten Trauung nicht wieder los. Luke hatte sich verändert: Er hatte ein wenig zugelegt, sodass er nicht länger wie ein ausgemergelter Waisenjunge aussah, und auch die Apathie in seinem Blick war verschwunden. Jetzt strahlten seine Augen mit seinem Lächeln um die Wette und er zeigte sich äußerst gesprächig. Anna-Marie hingegen wirkte noch immer zu dünn und blickte misstrauisch und ängstlich um sich. Auch für sie war dies ein großer

Tag. Als ich sie sah, ging ich zu ihr in die Hocke, nahm sie in den Arm und flüsterte ihr ins Ohr: »Ab heute bin ich deine Mummy.« Ich lachte, als sie mich daraufhin nicht mehr loslassen wollte, und rief Thila herbei, um mir zu helfen.

»Ich kann erst deine Mummy sein, wenn ich verheiratet bin!«, erklärte ich ihr. »Und dazu musst du mich jetzt gehen lassen.«

Also ließ sie mich endlich los.

Später, als wir alle gegessen hatten und Tantchen und Onkel mit Andrew und Usha zu einem Spaziergang aufgebrochen waren, und nachdem Pater Bear ohne den Talar endlich wieder wie er selbst aussah – wie eine herausgeputzte, ordentliche Version seiner selbst – unterschrieben Graham und ich die Adoptionspapiere und wurden offiziell zu Anna-Maries Eltern. Damit begann für uns alle ein neuer Lebensabschnitt.

Wie schon Andrew und Usha vor uns wollten auch Graham und ich unsere Flitterwochen in Shanti Nilayam verbringen, und genauso wie die beiden diese Zeit mit Luke verbracht hatten, wollten auch wir Anna-Marie bei uns haben. Während dieser Tage wuchsen wir nicht nur als Ehepaar, sondern auch als Familie zusammen, und wir hießen dieses kleine Mädchen, das so plötzlich in unserem Leben aufgetaucht war, herzlich willkommen.

Ich hatte dem Tag, an dem Andrew und Usha nach Ceylon aufbrachen und wir Anna-Marie und Luke wieder auseinanderreißen mussten, sorgenvoll entgegengeblickt, aber das stellte sich als unbegründet heraus: Anna-Marie konzentrierte sich nun voll und ganz auf ihre neue Familie und ließ uns keine Sekunde allein, außer wenn sie schlief. Sie schien Angst zu haben, dass wir sie wieder verlassen könnten, also versicherte ich ihr immer wieder, dass wir das nicht tun würden und dass

Graham und ich immer für sie da wären, dass sie jetzt richtige Eltern hatte.

Es war ein langwieriger, aber sehr sanfter und dankbarer Prozess.

»Ihr schickt mich wirklich nicht zurück?«, fragte sie immer wieder, und ich beschwichtigte sie jedes Mal aufs Neue: »Nein, Anna-Marie. Wir sind deine Mummy und dein Daddy. Wir gehören zusammen. Wir geben dich nie wieder her. Bald fahren wir in unser neues Zuhause. Du bist unsere Tochter.«

Unser neues Zuhause. Auf absehbare Zeit war das *Cinnamon Gardens*. Bis wir das Gebäude wieder zu einem Einfamilienhaus umgebaut hatten, würden wir zunächst in einer der Wohnungen wohnen. Aus dem Garten wollten wir eine kleinere Version der Gärten machen, die wir so gut kannten. Aber wir würden auch häufig nach Newmeads fahren, denn dort lebte Luke, Onkel Andrew, Tante Usha und die frisch gebackenen Großeltern. Anna-Marie hatte nicht nur Eltern, sondern eine ganze Familie gewonnen.

Schließlich gingen unsere Flitterwochen zu Ende. Graham hatte für die Hochzeit Sonderurlaub bekommen, allerdings nur für eine Woche, und die war schnell vorbei. Wir zogen in *Cinnamon Gardens* ein und machten die Wohnung zu einem Zuhause. An unserem zweiten Wochenende dort fuhren wir zu dritt nach Newmeads. Ich dachte, dass es schön wäre, wenn Anna-Marie ein wenig Zeit mit Luke verbringen konnte und wir im großen Familienkreis zusammenkommen und gemeinsam in die Zukunft blicken würden.

Und so kam es, dass wir an diesem verhängnisvollen Abend alle dort waren.

. . .

Wir saßen alle zusammen auf der Veranda, nippten an unseren *Stengahs* und redeten wie sonst auch über Gott und die Welt – wobei: nicht ganz alle, sondern nur Onkel Henry, Tante Silvia, Andrew, Graham und ich. Usha war noch nicht dabei, denn wir wechselten uns jeden Abend damit ab, die Kinder ins Bett zu bringen: Sie schliefen gemeinsam im Kinderzimmer und ließen sich vor dem Einschlafen gerne noch eine Gute-Nacht-Geschichte vorlesen. Es war noch früh am Abend, kaum acht Uhr, aber es war schon dunkel. Die Geschöpfe der Nacht hatten bereits ihren unaufhörlich fiependen, krächzenden, zirpenden Chor angestimmt. Und plötzlich mischte sich noch ein weiteres Geräusch in das vertraute, vergleichsweise gedämpfte Durcheinander: drei hohe, laute, unmittelbar aufeinander folgende Schreie. Der Wechselkuckuck.

»Dieses Vieh!«, rief Tantchen. »Es ist zurück!«

Wir hatten ihn schon ewig nicht mehr gehört. Mir schauderte. Ich mochte diesen Vogel nicht. Er kam mir immer wie ein böses Omen vor, dieser wahnsinnige, immer panischer werdende Schrei. *Meine Augen sind fort! Ich erblinde!* Oder was auch immer er mit seinem verzweifelten Klagelied ausdrücken wollte. Diesmal erklang der Ruf so laut, als säße der Vogel direkt hinter der Veranda, vielleicht versteckte er sich in einem der Frangipani-Bäume.

Aber dort blieb er nicht lange. Bald schon hörten wir ein lautes Flattern und dann, ein paar Minuten später, ertönte der gleiche Schrei von viel weiter weg.

»Gott sei Dank ist er fort!«, sagte Tantchen. »Einmal hat eins von den Viechern eine geschlagene Stunde vor meinem Fenster ausgeharrt. Ich habe kein Auge zugetan!«

»Ich bin als Kind immer davon aufgewacht! Mitten in der Nacht. Das hat mir jedes Mal eine Heidenangst eingejagt. Dann habe ich mich immer zu Amma ins Bett verkrochen. In der Nacht vor ihrem Tod habe ich den Schrei ebenfalls gehört.«

Andrew blickte in Richtung Tür, dann auf seine Uhr. »Ich frage mich, wo Usha bleibt«, sagte er.

»Wahrscheinlich liest sie ihnen eine Geschichte nach der anderen vor.« Ich lachte. »Vielleicht rezitiert sie ihnen gerade das gesamte *Mahabharata*. Oder sie ist eingeschlafen.«

Genau in diesem Moment schlug einer der Hunde an, wie es sonst nur vorkam, wenn jemand das Tor zum Anwesen öffnete.

»Ich hoffe, es kommt niemand zu Besuch«, sagte Onkel Henry. »Mir steht gerade überhaupt nicht der Sinn danach, den Gastgeber herauskehren zu müssen.«

Aber dann ging das wilde Bellen in jenes Winseln über, das Hunde von sich gaben, wenn sie einen Vertrauten begrüßten.

»Wer in aller Welt kann das nur sein?«

Die Glöckchen an der Verandatreppe klingelten dreimal. So kündigte sonst nur Victor seine Ankunft an, alle anderen läuteten nur einmal.

»Da läuft es mir jetzt aber eiskalt den Rücken herunter«, sagte Tantchen. Bei mir fühlte es sich so an, als krabbelte mir eine Spinne den Arm hoch. Ich bekam eine Gänsehaut. Dann Schritte – es mussten schwere Schritte sein, denn normalerweise hörte man nichts, wenn jemand über die Fliesen der Veranda lief.

Und dann eine Stimme. Eine für meinen Geschmack viel zu vertraute Stimme. Eine Stimme, die es in dieser Welt eigentlich nicht geben sollte. Mein ganzer Körper verkrampfte sich, so als würde ich zu einer Statue erstarren. Es war Victors Stimme.

Und es war Victor. Leibhaftig. In brauner Cordhose und schwarzlederner Pilotenjacke, mit Cordmütze und schweren, abgelaufenen Stiefeln stand er vor uns und grinste von einem Ohr bis zum anderen.

»Na, da sieh einer an ... die ganze Familie beisammen, das ist ja das reinste Begrüßungskomitee!«, rief er. Da war er wieder, dieser selbstgefällige, arrogante Tonfall, den außer mir niemand zu bemerken schien. Noch immer starr vor Schreck sah ich dabei zu, wie Tantchen ihm kreischend um den Hals fiel. Auch Onkel Henry erhob sich, aber er wartete, bis er an der Reihe war, denn nachdem Tantchen sich von Victor gelöst hatte, stand schon Andrew in den Startschuhen, um seinen großen Bruder breit grinsend zu umarmen und ihm auf den Rücken zu klopfen. Graham warf mir einen kurzen Blick zu und erhob sich mit offensichtlichem Widerwillen. Es war schließlich sein Bruder. Ob es ihm gefiel oder nicht, er musste ihn nach seiner Rückkehr aus dem Reich der Toten willkommen heißen. Aber er wusste schon, dass ich damit meine Schwierigkeiten hatte. Ich selbst blieb demonstrativ sitzen.

Alle schrien wild durcheinander. *Wir dachten, du wärst tot! Man hat uns gesagt, du wärst tot! Wie hast du ... wann hast du ... wo bist du ... was ist passiert?*

Aber Victor war mit der Begrüßungsrunde noch nicht ganz durch. Mit dem altbekannten mokanten, höhnischen Grinsen blickte er mir direkt in die Augen und sagte: »Und du, Rosie, willst du mich denn gar nicht begrüßen? Freust du dich etwa nicht, mich zu sehen? Bekomm ich keine Umarmung von dir?«

Widerwillig stand ich auf, gab ihm die Hand und setzte mich wortlos wieder hin. Es wäre wenig sinnvoll gewesen, jetzt eine Szene zu machen. Glücklicherweise überschüttete Tante Silvia ihn gleich mit neuen Fragen und lenkte ihn so von weiteren Kommentaren ab.

»Lass mich dir einen Drink einschenken«, sagte Onkel Henry und verschwand ins Haus. Ich wollte auch aufstehen und reinlaufen, um Usha zu warnen, aber ich hatte das Gefühl, am Stuhl festzukleben, als würde mich ein überwältigendes, irrationales Grauen niederdrücken, so als wüsste ich, was uns noch erwartete. Außerdem wollte ich mitbekommen, wie er überlebt hatte.

Victor nahm neben seiner Mutter auf dem Sofa Platz und begann zu erzählen.

»Ich war in Trincomalee stationiert ...« Sofort unterbrach ihn Tantchen und rief: »Trincomalee! Dann warst du also all die Jahre über direkt hier in Ceylon?«

»Na, nicht ganz, Mutter! Ich war am *China Bay Airport* stationiert ... dort hatte die *Royal Air Force* eine Militärbasis eingerichtet, um die Japsen zu bekämpfen. In gewisser Weise war ich also dort, aber meistens war ich unterwegs und bin Einsätze geflogen. In Spitfires – die besten Flugzeuge der Welt!«

»Also warst du all die Jahre immer in der Nähe! Und trotzdem hast du uns nie besucht!«

Victor lachte. »Trincomalee ist nun mal nicht Colombo. Das liegt ganz auf der anderen Seite der Insel. Da hätte ich nicht mal eben für ein Wochenende herkommen können!«

»Aber du musst doch mal Fronturlaub gehabt haben! Einmal bist du da ja auch hergekommen!«

»Ja, aber das hat kein gutes Ende genommen, nicht wahr? Um ganz ehrlich zu sein, Mutter, hat mich nicht wirklich viel nach Hause gezogen. Den Urlaub habe ich immer lieber mit meinen Kameraden in Trincomalee verbracht. Größtenteils Australier, die keine Familie in der Nähe hatten. Trinco ist ein guter Ort, um ein bisschen Dampf abzulassen.«

Darauf lachte er, so als wollte er seine Mutter explizit wissen lassen, dass er Besseres zu tun gehabt hatte, als sie zu besuchen. Es war ein aufgesetztes, gefühlloses Lachen. Ich hasste ihn mehr denn je. Dann schaltete sich Onkel Henry ein: »Aber du hättest doch an deine arme Mutter denken müssen! Die ganze Zeit über war sie ganz krank vor Sorge um dich, und dann auch noch die Nachricht von deinem Tod ...«

»Tja, da konnte ich aber ja wohl nichts dafür. Ihr müsstet doch eigentlich wissen, dass ich neun Leben habe. Ihr hättet die Hoffnung eben nicht sofort aufgeben dürfen!«

Wieder lachte er spöttisch.

»Also, was ist passiert?«

»Das wollte ich ja gerade erzählen, Vater. Nur Geduld! Also, ich war gerade mit meinem Geschwader auf dem Weg nach Burma«, begann er. »Und irgendwo über dem Golf von Bengalen haben uns die Japsen angegriffen. Ein brutaler Angriff. Zwei Flugzeuge habe ich abstürzen sehen, meine Kameraden Howard und Duncan, beide Australier.« Hier hielt er inne und schluckte schwer, wie um einen Gefühlsausbruch zu unterdrücken. Sogar ich hatte für einen Moment Mitleid mit ihm. Seine Mutter griff nach seiner Hand, aber er zog sie fort, holte tief Luft und setzte von Neuem an. »Meine Maschine wurde ebenfalls getroffen. Ich hab's gerade noch geschafft, die Kabine zu öffnen und mich aus dem Flugzeug zu retten. Gerade noch rechtzeitig, bevor es in einem einzigen Feuerball ins Meer gestürzt ist.«

»Ach du lieber Gott!«, rief Onkel Henry. »Da hattest du aber Glück!«

»Oh, Victor!«, jammerte Tante Silvia. Sie weinte, aber Victor ignorierte sie und fuhr mit seiner Geschichte fort. »Ich hab' versucht, meinen Fallschirm zu öffnen, aber er hat sich erst kurz vor dem Aufprall entfaltet ... da war ich gerade mal noch etwa dreißig Meter von der Meeresoberfläche entfernt. Das war bestimmt auch der Grund, weshalb die anderen Piloten den Fallschirm übersehen haben, sie haben zu weit oben Ausschau danach gehalten. Ich bin im Wasser gelandet und hab' mich aus den Seilen gekämpft. Ich hatte Glück, die Andamanen waren nicht weit weg. In der Ferne konnte ich Land erkennen und hab's geschafft, hinzuschwimmen.«

»Und die Japsen haben dich nicht entdeckt?«, wollte Onkel Henry wissen. »In den Andamanen hat es von denen doch nur so gewimmelt!«

»Tja, wenn dem so gewesen wäre, dann wäre ich jetzt wohl nicht hier, um euch meine Geschichte zu erzählen«, antwortete Victor. »Gestrandete Piloten haben die umgelegt, ohne mit der Wimper zu zucken, und ja, die Andamanen und die Nikobaren hatten sie da schon besetzt, da hätte ich also wirklich vom Regen in die Traufe kommen können. Aber ich bin an einer der kleineren, abgelegeneren Inseln gestrandet. Um die hatten sich die Japsen gar nicht gekümmert. Das war Glück.«

Als er in seiner Erzählung so weit gekommen war, entspannte er sich sichtlich. Danach erzählte er bruchstückhaft weiter, wobei er immer wieder von Tantchen und Onkel, manchmal auch von Andrew, unterbrochen wurde. »Den ersten Tag hab' ich nur von Kokosnüssen gelebt. Aber ich hatte ein paar Verbrennungen erlitten und hatte Sorge, sie könnten sich entzünden, also hab' ich nach Hilfe gesucht.«

»Ein großes Risiko!«, rief Onkel Henry. »Was, wenn du den Japsen in die Arme gelaufen wärst? Du hättest im Versteck bleiben sollen.«

»Lass ihn doch ausreden!«, schimpfte Tante Silvia. »Erzähl weiter, Schatz.«

»Ich hab' also die Insel erkundet ... mit allergrößter Vorsicht, versteht sich. *So* dumm bin ich auch wieder nicht, Vater!« Er warf Onkel Henry einen bösen Blick zu. »Aber da waren keine Japsen, auf der ganzen Insel weit und breit kein einziger. Und dann bin ich auf ein Dorf gestoßen. Die Bewohner haben sich um mich gekümmert. Sie hatten Kräuter, mit denen sie meine Verbrennungen geheilt haben. Mit den anderen Inseln standen sie überhaupt nicht in Kontakt, auch nicht mit den Japsen. Sehr nette Menschen.«

Er kicherte. »Sie haben mir sogar angeboten, eine ihrer Töchter zu heiraten! Das Angebot habe ich selbstredend angenommen. Ich bin also ein verheirateter Mann! Es ist an der Zeit, mir mal zu gratulieren. Vater bin ich übrigens auch!«

Graham und ich tauschten einen vielsagenden Blick aus. Ich hob die Augenbrauen, er schüttelte langsam und tadelnd den Kopf. Ich konnte Victors scherzhafte Frivolität nicht ausstehen. Er verhielt sich seinen Eltern gegenüber, die so schrecklich um ihn getrauert hatten, absolut respektlos. Und ihnen dann auch noch auf eine solche Art davon zu erzählen, dass er jetzt eine Frau und ein Kind hatte ...!

Aber wie vorher auch schien das niemanden zu kümmern. Diese Neuigkeiten ließen alle kalt, es zählte nur, dass Victor *am Leben* war. Dafür musste ich wohl Verständnis haben: So war das eben, wenn man Kinder hatte. Man sieht über Charakterschwächen hinweg oder erfindet Ausreden dafür. Das ist die Macht der Liebe, und alle Kinder brauchen Liebe. Wenn aber, wie bei Victor, alles unterschiedslos immer nur entschuldigt wird, kann das aus einem Kind ein Monster machen.

»Aber warum hast du uns denn nichts gesagt? Warum hast du uns keine Nachricht geschickt? Das Kriegsende hast du doch bestimmt mitbekommen ... Warum hast du da nicht ...?«

»Also, wie gesagt war die Insel komplett isoliert. Wir hatten keine Ahnung, was in der Außenwelt vor sich ging, dass der Krieg vorbei war. Irgendwann sind die Nachrichten dann aber doch zu uns durchgedrungen: die Sache mit der großen Bombe. Dass die Japsen kapituliert haben. Das war vor ungefähr vier Monaten.«

»Vor vier Monaten! Aber warum hast du uns denn nichts geschickt? Warum bist du nicht gleich nach Hause gekommen?«

Victor winkte mit einer schnellen Handbewegung ab. »Ich hab' doch gerade gesagt, dass ich eine Frau habe! Und die war halt schwanger ... ich wollte das Baby abwarten, noch ein bisschen was davon mitbekommen. Von meiner Tochter. Ja, Mutter, du bist jetzt Großmutter!«

»Aber du hättest uns doch wenigstens wissen lassen können, dass du noch am Leben bist! Wir haben um dich *getrauert*, Victor!« Zum ersten Mal ließ Tantchen so etwas wie einen Vorwurf durchscheinen, aber selbst das perlte einfach an ihm ab wie Wasser vom Gefieder einer Ente.

»Ach, Mutter! Was für eine Energieverschwendung. Ihr hättet eben die Hoffnung nicht aufgeben dürfen. Immerhin habt ihr mich Victor genannt ... da hättet ihr es doch eigentlich wissen müssen!« Er lachte schallend, zog seine Mutter grob an sich und setzte ihr einen Kuss auf die Stirn. »Ihr müsstet doch wissen, dass ich unverwüstlich bin!«

In diesem Moment öffnete sich die Wohnzimmertür und Usha trat ein.

»Tut mir leid!«, sagte sie fröhlich. Sie hatte uns den Rücken zugedreht, um die Tür hinter sich zu schließen. »Ich bin eingeschlafen!« Dann drehte sie sich zu uns herum. »Und die Kind...« Sie verstummte abrupt. Ich sprang auf, um sie ins Haus zurückzuscheuchen. Schon längst hätte ich zu ihr gehen sollen, um sie vorzuwarnen, aber Victors übermächtige Präsenz hatte mich gelähmt.

Auf Ushas Gesicht machte sich blankes Entsetzen breit, vermischt mit bodenloser Abscheu und abgrundtiefer Verachtung. Wie ich wirkte sie wie gelähmt, wie vom Schlag getroffen stand sie da, ihr Gesicht eine Maske des Schreckens, die Bände sprach. Victor ging völlig darüber hinweg.

»Sieh an, sieh an, wer gesellt sich denn hier zu unserer Feier? Meine kleine Freundin Usha ... das war doch der Name, oder? Sagt bloß, Andrew hat sie auch noch angebohrt!«

Andrew war nun der Dritte, der zu Stein erstarrte. Ich beobachtete die Szene. Während Usha und Victor einander anstarrten, blickte Andrew vom einen zum anderen, und ich konnte sehen, wie sich sein Gesichtsausdruck veränderte, als er eins und eins zusammenzählte und unmissverständlich zwei herausbekam. Andrew hatte verstanden. Usha machte auf dem Absatz kehrt und flüchtete ins Haus.

Innerhalb weniger Sekunden brach Chaos aus. Andrew stürzte sich auf Victor. »Ich bring dich um! Ich bring dich um, du Bestie! Du Monster! Ich weiß, was du getan hast! Ich bring dich um!«

Er raste vor Wut und Verzweiflung und mir war klar, dass er es ernst meinte. Ich sprang auf ihn zu und versuchte, ihn wegzuziehen, aber er schüttelte mich ab. Auch Onkel Henry sprang auf und sagte, wenn auch wenig hilfreich: »Aber, aber! Was ist denn hier los?« Graham versuchte derweil, Victor von hinten zu packen, aber dieser stieß ihn fort, als wäre er nur ein lästiges Insekt. Victor war stark, sehr stark!

Tantchen schrie und kippte einen griffbereiten Wasserkrug über den beiden aus, aber das nahmen sie gar nicht wahr. Inzwischen kämpften sie richtig miteinander, sie rangen sich gegenseitig zu Boden, sprangen wieder auf und zogen einander hinunter, bis sie nur noch ein Knäuel aus Armen und Beinen waren. Obwohl ich den Anblick kaum ertragen konnte, musste ich wie gebannt hinsehen. Ich schlug die Hände vor den Mund und rief, genauso vergeblich wie Onkel eben: »Aufhören, hört auf! Andrew! Hör auf!«

Aber sie ignorierten mich völlig. Jeder Versuch des Eingreifens war zwecklos. Das hier war ein Kampf auf Leben und Tod, der nichts mehr mit dem scherzhaften Gerangel aus ihrer Kindheit gemein hatte. Ihre Gesichter, wenn man sie denn gelegentlich zu Augen bekam, waren verbissen und hasserfüllt. Arme, Beine, Köpfe, Körper waren ein einziges Knäuel aus Gliedmaßen. Mal am Boden, mal aufrecht: Es schien ewig so weiterzugehen, während wir vier Zuschauer sie vergeblich darum anflehten, voneinander abzulassen.

Usha, die den Aufruhr bemerkt hatte, erschien wieder in der Tür. Mit einem Schreckensschrei rannte sie zu Andrew und versuchte, ihn wegzuziehen. Aber Victor griff mit seinem muskulösen Arm ein und schubste sie zu Boden, als wäre sie ein Streichholz.

Tatsächlich war das ein ungleicher Kampf. Victor hatte während seiner Jahre im Exil zwar ganz offensichtlich Masse und Muskeln aufgebaut, aber er war nicht mehr der starke, stramme Kerl von einst. Vielleicht lag es am fehlenden Training, er schien sogar einen leichten Bauchansatz zu haben.

Andrew hingegen, der zwar immer noch ziemlich mager

und körperlich ausgelaugt war, war viel stärker als zuvor. Und doch war es nicht Körperkraft, die ihn im Kampf antrieb. In ihm loderte eine Wut, gegen die sogar Victors Muskelkraft machtlos zu sein schien. Er war ein junger Rachegott, ein reines Kraftpaket. Offensichtlich war er gut im Zweikampf ausgebildet worden, denn er hatte einige Tricks in petto. Früher hätte ihn Victor allein durch seine körperliche Überlegenheit auseinandernehmen können, das war jetzt anders.

Victor musste begriffen haben, dass reine Muskelkraft gegen diesen übermächtigen, von einem reinen, unverfälschten Wunsch nach Rache angetriebenen Zorn nichts ausrichten konnte. In diesem Moment hatte er wohl innerlich kapituliert. Er drückte Andrew weg, aber dieser geriet nur kurz ins Wanken und stürzte sich erneut auf ihn, wie ein Tiger auf seine Beute. Victor wich ihm gekonnt aus, fast so, als hätte er den Kampf aufgegeben, als würde er diese letzte Herausforderung nicht annehmen. Aber dann schlug er zu.

Schnell und fest wie eine dünne Holzkante schnellte seine Hand vor und traf Andrews Nacken. Es war ein blitzschneller Hieb. Als sich die Szene später wieder und wieder vor meinem inneren Auge abspielte, sah ich ihn jedoch wie in Zeitlupe.

Andrew stürzte zu Boden. Dort blieb er liegen wie ein schlaffes Lumpenbündel. Schwer atmend stand Victor über ihm und blickte ungläubig auf ihn herab. Onkel Henry, Tante Silvia und ich schrien gleichzeitig auf. Usha rannte kreischend auf Andrews reglosen Körper zu, beugte sich über ihn und legte ihr Ohr an seine Brust. Sie schüttelte ihn und schrie: »Steh auf, Andrew! Steh auf! Bitte! Steh auf!«

Victors Schockstarre hielt keine drei Sekunden an. In der vierten Sekunde machte er auf dem Absatz kehrt und rannte los. Die Hunde jagten ihm bellend nach, zweifellos hielten sie das für ein famoses Spiel.

Und innerhalb eines einzigen Wimpernschlags fiel unser Wolkenschloss wie ein Kartenhaus in sich zusammen.

KAPITEL 47

Was vor einer Minute noch Chaos gewesen war, verwandelte sich nun in ein regelrechtes Inferno. Graham setzte Victor nach und verschwand ebenfalls in der Finsternis. Onkel Henry befand sich in Schockstarre, er stand einfach nur da und raufte sich die Haare. Tantchen und Usha knieten neben Andrew, ohrfeigten ihn, brüllten ihn an, er solle wieder zu sich kommen, beugten sich über ihn, um nach seinem Herzschlag zu hören, weinten und schrien, alles zugleich. Nach weniger als dreißig Sekunden kam Graham schon wieder zurück. »Es hat keinen Zweck, ihm barfuß nachzulaufen«, sagte er. Dann kniete er sich ebenfalls zu Andrew, hob einen seiner schlaffen Arme und fühlte nach seinem Puls. Endlich regte sich Onkel Henry: »Wir müssen einen Krankenwagen rufen! Einen Arzt!«, schrie er.

»Ich *bin* Arzt«, erwiderte Graham ruhig. Dann kam er hoch in die Hocke. »Es tut mir leid, aber man kann nichts mehr für ihn tun.« Voller Entsetzen sah ich zu, wie er kreidebleich und mit zitternden Händen aufstand. Trotzdem blieb er ganz ruhig.

»Usha, Mutter, ihr müsst mit dem Schreien aufhören«, sagte er leise. »Ihr weckt noch alle auf.«

Und tatsächlich stand nun Sunita auf der Schwelle, um nachzusehen, was es mit dem Lärm auf sich hatte. Auch sie blickte entsetzt auf die Szene, bevor sie leise von hinten an mich herantrat und mir ins Ohr flüsterte: »Miss, wie kann ich helfen?«

»Vielleicht einen Schluck Brandy für alle«, war alles, was mir einfiel. Sie huschte wieder ins Haus. Ich fühlte mich wie betäubt. Ich konnte kaum sprechen, geschweige denn mich bewegen. Ich war verwirrt. Alles war so schnell gegangen, innerhalb eines Wimpernschlags.

»Was hat er getan? Wie konnte er ...? Ich habe es gar nicht gesehen!«, schluchzte ich, ohne mich konkret an jemanden zu wenden.

»Ein Karateschlag«, antwortete Graham. »Erinnerst du dich noch daran, wie Victor vor Jahren in Kandy Karate trainiert hat? Und Vater es für Verrat hielt, eine japanische Kampfkunst zu erlernen? Genau das war es wohl. Ein schneller Schlag in den Nacken. Wenn man weiß, wie man ihn ausführt, ist er tödlich. Victor wusste das offensichtlich.«

»Aber ... aber warum? Wollte er ihn ... hat er ihn mit Absicht ...?«

»Ich glaube, es war ein Reflex«, sagte Graham. »Warum hätte er das tun wollen? Aber Andrew war nicht zu bremsen und Victor war dabei, den Kürzeren zu ziehen. Ich glaube, er hat einfach die Nerven verloren und den Schlag ausgeführt.«

Er sprach ganz ruhig und sachlich, ohne die geringste Aufregung, und das half uns dabei, ein wenig ruhiger zu werden. Aus dem Wohnzimmer kam Sunita mit einem Tablett voller Gläser, die bis zur Hälfte mit einer bernsteinfarbenen Flüssigkeit gefüllt waren. Sie reichte es herum, und jeder nahm sich ein Glas.

Graham zog seine Mutter, die jetzt leise vor sich hin wimmerte, behutsam von der Leiche weg, bevor er noch vorsichtiger Usha unterfasste und von Andrew wegführte. Er setzte die beiden nebeneinander aufs Sofa und wandte sich dann Onkel Henry zu.

»Wir müssen die Polizei rufen«, sagte er.

»Na, na, jetzt aber mal langsam«, stotterte Onkel Henry. »Wir sollten nichts überstürzen. Zuerst einmal müssen wir uns eine Geschichte zurechtlegen. Wir sollten eine gute Erklärung parat haben.«

Graham runzelte die Stirn. »Was willst du da denn noch groß erklären? Ein Kampf mit tödlichem Ausgang. Ein Mann hat einen anderen Mann erschlagen. Was willst du dir da verdammt noch mal zurechtlegen?«

Einen Moment lang starrten die beiden einander schweigend an, und in diesem Moment tat sich eine unsägliche Kluft der Zwietracht zwischen ihnen auf, die unüberbrückbar genug war, um die gesamte Familie zu spalten.

Onkel Henry, der sich offenbar schon etwas zurechtgelegt hatte, sagte: »Wir müssen einfach nur behaupten, dass es ein Fremder war, irgendein Herumtreiber, vielleicht ein Einbrecher, der uns überrascht hat. Niemand weiß, dass Victor zurückgekommen ist. Offiziell ist er tot. Wenn wir alle den Mund halten, würde ihn niemand je verdächtigen. Wir waren heute Nacht die einzigen Zeugen seiner Anwesenheit und dieses ... dieses Vorfalls. Wir könnten sagen, Andrew hätte versucht, einen Einbrecher aufzuhalten und wäre dabei getötet worden. Niemand würde das weiter hinterfragen. Als Familie müssen wir alle zusammenhalten, dann kann Victor später zu uns zurückkommen, sobald sich die Wogen geglättet haben.

Graham funkelte ihn wütend an. »Du willst also alles vertuschen? Und verlangst von uns, dass wir lügen?«

»Na, wir haben doch keine andere Wahl! Victor ist immer noch dein Bruder, Graham. Unser Sohn. Wir können ihn da nicht mit hineinziehen. Das ist völlig unnötig. Warum sollten wir ein Skandal vom Zaun brechen, wenn es eine plausible Erklärung dafür gibt?«

»Ein Verbrechen zu verschweigen, ist selbst auch ein Verbrechen. Ich werde die Polizei rufen. Und zwar sofort.«

Onkel Henry trank seinen Brandy auf ex, schleuderte das Glas in den Garten und stellte sich zwischen Graham und die Tür. »Ich werde meinen eigenen Sohn sicher nicht der Polizei ans Messer liefern!«, brüllte er. »Wir können Andrew nicht wieder zum Leben erwecken, aber wir können geschlossen auftreten, um Victor zu schützen. Deinen Bruder, Graham!«

»Nein. Victor muss sich für seine Tat vor Gericht verantworten. Er hat jemanden umgebracht, noch dazu seinen eigenen Bruder. Wir können ihn nicht ungeschoren mit einem Mord davonkommen lassen.«

»Mord!«, schrie Tantchen. »Dafür wird man ihn hängen!«

»Nein, nein, kein Mord. Totschlag! Notwehr!«, rief Onkel Henry. Mit dem Unterschied, dass er nicht schluchzte und weinte, war er auf seine Art genauso bestürzt wie Tantchen. Er blickte mit wilden Augen umher, und es war offensichtlich, dass sich seine Gedanken überschlugen und er verzweifelt versuchte, sich an diesen oder jenen logisch möglichen Strohhalm zu klammern. »Aber selbst dafür wird man ihn jahrelang einsperren! Ich kann doch nicht meinen eigenen Sohn ins Gefängnis wandern lassen!«

Graham schrie: »Dein Sohn hat seinen Bruder getötet! Meinen Bruder! Deinen Sohn! Er ist ein Mörder – warum siehst du das nicht ein?«

So hatte ich Graham noch nie zuvor erlebt. Aus seinen Augen stoben Funken und er baute sich drohend vor Onkel Henry auf, der nun zurück brüllte: »Wie kannst du so etwas nur sagen? Er ist dein Bruder! Das war Notwehr! Du kannst deinen eigenen Bruder doch nicht hinter Gitter stecken! Den einzigen Bruder, den du noch hast! Du Verräter!«

»Schhh«, machte ich vergeblich. »Die Kinder!« Ich gab Sunita ein Zeichen, die fassungslos mit dem leeren Tablett in der Hand am Rande des Geschehens stand. Sie eilte davon, um sich um die Kleinen zu kümmern. Sie durften Andrews Leiche, die noch immer auf dem Boden ausgestreckt lag, auf keinen Fall zu Gesicht bekommen.

Jetzt wurde Onkel Henry vom Zorn übermannt, was ihm neue Kraft verlieh. Seine letzten Worte hatte er Graham laut entgegengeschrien, was Graham nun erwiderte: »Und schon immer dein Liebling! Männlich, unerschrocken, viril, der Inbegriff eines Mannes, so hättest du dir deine Söhne alle gewünscht, aber Andrew und ich, wir waren ja Schwächlinge, Weicheier! Aber eins sage ich dir, Vater, Victor war grausam, brutal, hinterhältig und bösartig. Das war er schon immer, und du hast es immer nur ignoriert und ihn bis zur Lächerlichkeit verzogen.«

Die Situation eskalierte zu einem ausgewachsenen Streit, und die beiden brüllten förmlich um die Wette. So hatte ich Graham wirklich noch nie zuvor erlebt: Diese Seite hatte er bisher sorgsam unter Verschluss gehalten, und selbst jetzt zeigte er sie erst, nachdem er bis aufs äußerste provoziert worden war. Immer wieder rief ich, er solle aufhören und sich beruhigen, aber ausnahmsweise ignorierte er mich. Auch Tante Silvia schrie sich die Seele aus dem Leib und verlangte, dass sie aufhören.

Aber dann erhob sich Usha.

»NEIN«, sagte sie leise, ruhig, aber sehr bestimmt. Als der Streit ausgebrochen war, hatte sie aufgehört, zu schreien und zu weinen und stattdessen nur mit schreckgeweiteten Augen zugesehen und zugehört, wie sich Graham und Onkel Henry verbal die Köpfe einschlugen. Mit einem einzigen Wort brachte sie die beiden zum Schweigen. Ihr Blick hätte töten können.

»Nein, ich werde nicht lügen. Victor hat meinen Mann umgebracht. Ich will, dass die Wahrheit ans Licht kommt. Ich will, dass er dafür bestraft wird.«

In Anbetracht der Tatsache, dass sie noch vor wenigen Minuten nahezu hysterisch gewesen war, sprach sie nun beeindruckend ruhig und sachlich. Tantchen, die nur mehr leise vor sich hin geweint hatte, fing von Neuem an zu kreischen. Dann tauchte Sunita mit einem neuen Tablett voller Brandys auf. Einen Moment lang herrschte Stille, während sich jeder von uns ein Glas nahm. Der Alkohol brannte im Mund, aber er half. Sofort spürte ich, wie ich mich wieder unter Kontrolle bekam. Jetzt ergriff ich das Wort.

»Ich stimme Usha zu«, sagte ich. »Wir dürfen nicht lügen. Der Gerechtigkeit muss Genüge getan werden.«

Graham nickte. »Außerdem könnte es gut passieren, dass er nicht nur wegen Totschlags vor Gericht kommt. Wenn Usha aussagt. Vater, du weißt ganz genau, wovon ich spreche. Er hat mehr als nur eine Straftat begangen. Er muss sich vor Gericht verantworten. Er steht nicht über dem Gesetz.«

Er funkelte seinen Vater an, der sich endlich geschlagen geben musste und sofort in sich zusammensackte.

Graham und ich tauschten einen kurzen Blick und ein schiefes Lächeln aus. Es war gut zu wissen, dass er aufseiten der Wahrheit stand. Ich ging zu Usha, setzte mich neben sie und nahm sie in den Arm, was sie erwiderte. Wir rutschten enger zusammen. Als ich spürte, wie sie zitterte, legte ich ihr meinen Schal um die Schultern, obwohl ich genau wusste, dass es nicht Kälte war, die sie zittern ließ, sondern der Schock. Die abgrundtiefe Verzweiflung.

Tantchen, die, während sie ihren Brandy hinunterkippte, für ein paar Sekunden verstummt war, begann nun wieder zu kreischen: »Gerechtigkeit? Was heißt hier Gerechtigkeit? Es war Notwehr! Andrew hat angefangen!« Und dann, als ihr wieder einfiel, dass Andrew ebenfalls ihr geliebter Sohn war – und tot –, brach sie erneut in lautstarkes Schluchzen aus. »Mein Sohn!«, keuchte sie. »Meine Söhne! Die Todesstrafe! Man wird Victor hängen! Oh, Gott steh mir bei! Und deck endlich mal jemand Andrew zu! Ich ertrage es nicht, ihn so zu sehen.«

»Ich rufe jetzt die Polizei in Kandy an«, verkündete

Graham bestimmt. Er entfaltete eine der dünnen Wolldecken, die für kalte Nächte auf der Korbschaukel bereitlagen, und breitete sie über Andrews Leiche aus.

»Lasst uns alle ins Haus gehen. Komm mit, Mutter.«

Er half seiner Mutter auf die Beine und führte sie, die vor Weinen kaum einen Schritt vor den nächsten setzen konnte, ins Wohnzimmer. Sie tat mir so leid: Einer ihrer Söhne war tot, und der andere war gerade erst von den Toten auferstanden, nur um vielleicht bald schon der schlimmsten aller Strafen gegenüberzustehen. Aber jetzt gerade hatte Usha die oberste Priorität. Untergehakt gingen wir ebenfalls ins Wohnzimmer, wo wir nebeneinander auf dem Sofa Platz nahmen.

Uns stand eine lange Nacht bevor.

Die Polizei kam noch vor Sonnenaufgang. Sie kamen in einem zivilen Auto an, gefolgt von einem Polizeibus, in dem die Leiche abtransportiert wurde. Wir wurden einzeln verhört. Onkel Henry und Tante Silvia verweigerten die Aussage. Onkel sprach für sie beide: »Wir möchten zuerst mit einem Anwalt sprechen.«

Graham, Usha und ich erzählten die Wahrheit, wobei wir allerdings einen Teil der Vorgeschichte aussparten. Später kehrten wir zu dritt mit den Kindern nach *Cinnamon Gardens* zurück.

Damit war das Familienzerwürfnis komplett.

Aufgrund von Grahams, Ushas und meiner Aussage wurde eine Großfahndung auf der gesamten Insel in Gang gesetzt. Alle Häfen und Flugplätze wurden in höchste Alarmbereitschaft versetzt. Victors Abbild prangte groß auf den Titelblättern der Zeitungen.

Vier Tage später klingelte das Telefon: Onkel Henry rief an. Er sprach mit Graham.

»Sie haben ihn gefunden«, sagte Graham, nachdem er den Hörer wieder auf die Gabel gelegt hatte. »Sie haben ihn auf dem Grundstück der Familie einer seiner Ex-Freundinnen entdeckt. Er hatte sich im Schuppen ihres Vaters verkrochen.«

Der Ruf der Huxleys war stark angekratzt. Keine Freundin oder Ex-Freundin wollte Victor jetzt noch in Schutz nehmen.

SHANTI NILAYAM, DREI MONATE SPÄTER

In jener entsetzlichen Nacht wurde eine tiefe Kerbe in den Stammbaum der Huxleys geschlagen, welche die Familie entzweite: Auf der einen Seite Tante Silvia und Onkel Henry, auf der anderen Seite Usha, Graham und ich. Letzten Endes war Graham das Harz, das den Schnitt wieder versiegelte. Usha hatte über ihre Vergewaltigung durch Victor die ganze Zeit Stillschweigen bewahrt. Sie sagte, es gebe keinen Anlass, die Geschichte neu aufzurollen, die, sollte sie doch ans Licht kommen, den Namen der Huxleys nicht nur beschmutzen, sondern ein für alle Mal ruinieren würde. Victor stünde dann nicht nur wegen Totschlags, sondern auch wegen Vergewaltigung vor Gericht.

So wie die Dinge gerade standen, würde sein Anwalt auf Notwehr plädieren – schließlich hatte Andrew ihn tatsächlich zuerst angegriffen. Falls allerdings herauskam, *warum* Andrew auf Victor losgegangen war – dann hätte wohl kaum jemand noch Mitleid mit ihm. Er hatte die Verlobte seines Bruders vergewaltigt: eine verabscheuungswürdige Tat von einem verabscheuungswürdigen Täter.

Außerdem war es inzwischen relativ sicher, dass die Harrisons im Falle eines Vergewaltigungsprozesses als Zeugen vorgeladen und auch aussagen würden, womit die ganze

Angelegenheit an die Öffentlichkeit gelangen würde. Das wollte niemand – weder die Huxleys noch Usha.

»Usha wird sich dazu nicht äußern«, berichtete Graham seinen Eltern. »Sie könnte es zwar, aber sie wird es nicht tun. Und das solltet ihr beiden ihr hoch anrechnen. Ihr Mann wurde umgebracht, und euer Sohn ist der Mörder, euer Sohn hat sie vergewaltigt. Sie könnte sich jetzt ganz einfach an ihm rächen, aber das möchte sie nicht. Das muss euch klar sein, und dafür solltet ihr Usha dankbar sein. Wenn sie sich dazu äußern würde, würde unser Name vollends in den Schmutz gezogen werden. Das wollt ihr doch sicher nicht?«

Dieser Vorfall war zwar der Skandal des Jahres, aber immerhin konnte die Familie die Angelegenheit erhobenen Hauptes durchstehen. So war es nur ein brutaler Streit zwischen zwei Brüdern, der tödlich ausgegangen war – ein tragischer Unfall. Das war letztlich die Version, auf die wir uns geeinigt hatten. Notwehr – keiner wusste, warum Andrew aus heiterem Himmel auf Victor losgegangen war! Vermutlich war es dabei um eine Frau gegangen. Aber nicht um Vergewaltigung. Von Vergewaltigung war nie die Rede.

Und mit der Zeit wuchs die tiefe Kerbe zwischen Tantchen und Onkel auf der einen und Usha, Graham und mir auf der anderen Seite langsam wieder zusammen. Jetzt, da Andrew tot war, Victor vor Gericht stand und Graham wieder seiner Arbeit als Arzt nachging, hatten Tante Silvia und Onkel Henry nur noch uns. Es gab keinen Sohn mehr, der die Plantage hätte übernehmen können. Schlussendlich verkauften sie sie an die Carruthers, ihre Nachbarn, die ohnehin vorgehabt hatten, sich zu vergrößern, und planten anschließend ihren Ruhestand. Wo sollten sie diesen verbringen? Vielleicht in Eastbourne?

Letzten Endes entschieden sie sich dagegen, denn hier in Ceylon lebten nun einmal alle, die ihnen von ihrer Familie noch geblieben waren: Graham und ich. Und jetzt, da sie über Ushas Vergewaltigung und die daraus resultierende Schwangerschaft Bescheid wussten, hatten sie ja auch noch Luke, Victors Sohn, ihr erstes leibliches Enkelkind, und ein zweites war auf dem Weg – denn Usha war wieder schwanger, diesmal von Andrew. Also beschlossen sie, hierzubleiben und sich mit Usha und uns auszusöhnen.

Als Graham und ich verkündeten, dass wir nach Shanti Nilayam Umziehen würden und uns Usha begleiten wolle, war die Zukunft besiegelt: Tante Silvia und Onkel Henry würden ebenfalls nach Madras ziehen und dort einen Bungalow ganz in unserer Nähe zu kaufen. Die Chettiars würden sie mitnehmen: Sunita und Rajkumar, und wenn sich Satish und Karthik anschließen wollten, dann auch sie.

So zogen wir also alle miteinander nach Madras. Graham, ich und Anna-Marie zogen bei Pa ein, der nun wieder zu Hause lebte. Er hatte damit begonnen, das verfallene Gebäude auf dem hinteren Teil des Grundstücks, in dem einst die Bediensteten untergebracht waren, zu einem hübschen Häuschen mit drei Schlafzimmern für Usha und Luke umzubauen, die zwischenzeitlich mit bei uns im Haus wohnten.

Drei Schlafzimmer sollten es werden, weil uns noch eine Idee gekommen war: Kannan und seine Mutter, die wie Usha verwitwet war, konnten ebenfalls einziehen. Schließlich waren Luke und Kannan Cousins ersten Grades – wie wunderbar es doch wäre, wenn die beiden miteinander aufwachsen könnten! Ihre Mütter konnten sich dann abwechselnd um die Kinder kümmern, sollten sie irgendwann arbeiten gehen. Und da Anna-Marie mit uns im Bungalow auf der vorderen Grundstückshälfte lebte, wären damit alle drei Kinder vereint.

* * *

Oberflächlich war also Frieden eingekehrt, dieser schien in mir jedoch eine innere Unruhe zu wecken, die mir nachts den Schlaf raubte.

»Du musst die Vergangenheit verarbeiten«, erklärte mir Pa. »So etwas vergisst man nicht einfach so von einem Tag auf den anderen. Du musst damit abschließen. Das alles hat sich in dein Unterbewusstsein gebrannt: Um es zu verarbeiten, musst du einen Schritt zurücktreten und es aus der Entfernung betrachten. Behandle es wie eine Geschichte, wie einen Roman, in dem die Protagonistin von Anfang an dasselbe durchlebt wie du.«

»Die ganze Geschichte?«

»Ja, die ganze Geschichte, von Anfang an. Schreib sie auf.«

Und genau das tat ich.

VIER MONATE SPÄTER

Und jetzt habe ich sie zu Ende erzählt. Ich habe alles aufgeschrieben. Hier ist sie also, meine Geschichte, in greifbarer Form, ein knapp fünfzehn Zentimeter hoher Stapel vollbeschriebener Seiten, der hier neben meiner Schreibmaschine liegt. Ich fühle mich erleichtert, habe Frieden gefunden. Pa hatte recht: Alles aufzuschreiben war eine Art Therapie für mich. Es ist, als hätte ich die Vergangenheit abgeschüttelt und auf einen Stapel Papier gebannt.

Pa hat mir noch weitere Methoden beigebracht, mit dem Schmerz umzugehen, was mir jetzt eine große Hilfe ist. Mein Herz schlägt nicht mehr so hektisch und meine Atmung hat sich wieder beruhigt und ich weiß, dass das alles vorbei ist.

Das alles aufzuschreiben hat meinen Geist beruhigt und alles in Relation gesetzt. Ich werde nicht mehr so stark von Gedanken und Ängsten geplagt und schlafe wieder ruhiger. Jetzt geht es vor allem darum, nach vorne zu blicken und auf den Ruinen der Vergangenheit ein neues Leben aufzubauen. Krieg ist grausam, aber er ist nie das Ende. Das Rad dreht sich weiter, und aus den Trümmern des Alten erwächst neues

Leben. Diese Geschichte mag vielleicht abgeschlossen sein, und doch geht sie noch weiter, so wie alles immer weitergeht.

Graham arbeitet jetzt als Arzt im *Madras Central Hospital*, und bald schon wird er seine Ausbildung als orthopädischer Chirurg wieder aufnehmen – der Krieg hatte dieses Vorhaben zwischenzeitlich auf Eis gelegt. Und endlich kann auch ich mit meinem Medizinstudium beginnen. Ja, ich werde ebenfalls Ärztin werden!

Bald nachdem wir wieder nach Hause gezogen waren – denn dies *ist* unser Zuhause – erreichte uns ein Brief von Pater Bear:

... wie ich schon in meinem letzten Brief an euch angedeutet hatte, habe ich darüber nachgedacht, selbst ein paar große Veränderungen vorzunehmen. Ich brauche eine neue Aufgabe, eine neue Herausforderung, eine neue Mission. Ihr und die schrecklichen Ereignisse der letzten Jahre habt mich auf eine hervorragende Idee gebracht.

Dieser Krieg hat so viele Frauen zu verarmten Witwen gemacht, und Witwen erwartet in Indien ein schlimmes Schicksal. Von all den alleinerziehenden Müttern, die unschuldig verführt, vergewaltigt und dann mittellos zurückgelassen wurden, ganz zu schweigen. Die schrecklichen Schicksale der armen Mütter in Irland und die Art, wie sie von der Kirche behandelt wurden, waren ursprünglich der Grund dafür, dass ich nach Indien gekommen bin. Damals habe ich versucht, mich dagegen aufzulehnen, aber daraufhin hat man mich einfach nach Indien versetzt. Für mich persönlich schließt sich hiermit also der Kreis.

Ich habe mich umgesehen und ein wunderbares, altes Gebäude in Tindivanam entdeckt, das nur einen neuen Anstrich, leichte Renovierungsarbeiten, eine neue Küche und ein paar Bäder nötig hat. Dann ist es wieder so gut wie neu – ein Zuhause für Witwen oder alleinerziehende Mütter mit ihren Kindern, wo sie sich gegenseitig unterstützen und sich gemeinsam um die Kinder kümmern können, genauso wie ihr es Usha und Sita ermöglicht habt. Tindivanam ist ganz in der Nähe von Madras, also werde ich nicht weit von euch weg sein, sodass ich – selbstverständlich nur mit eurer Erlaubnis – mit Anna-Marie in Kontakt bleiben kann ...

Als Pa den Brief zu Ende gelesen hatte, brach er in lautes Gelächter aus. »Dieses alte Schlitzohr!« war alles, was er dazu sagte.

Nach wie vor schlafe ich manchmal schlecht, aber es ist deutlich besser geworden. Immer wenn ich den unheimlichen Schrei des Wechselkuckucks höre, schrecke ich noch immer auf und muss weinen. Ich weine um die, die wir verloren haben, ich weine wegen des Schmerzes, den wir alle erleiden mussten. Ich trauere noch immer um Andrew, aber nichts und niemand kann ihn zurückbringen. Und ich hasse Victor unverändert, aber das Gericht wird ihm seine gerechte Strafe schon zukommen lassen. Ab und an frage ich mich sogar noch, was wohl aus Freddy geworden ist.

Pa sagt, dass ich jetzt, nachdem ich alles aufgeschrieben habe, die ganze Geschichte, den gesamten Papierstapel, verbrennen muss, um alles hinter mir zu lassen. Das werde ich auch tun. Vielleicht. Oder vielleicht auch nicht. Oder *noch* nicht. Graham möchte zuerst noch alles lesen. Aber meine Geschichte ist an dieser Stelle zu Ende: Hier liegt sie, ein ordentlicher Papierstapel, und ich schreite nun befreit einer neuen Zukunft entgegen.

Und doch ... gibt es da noch einen kleinen, losen Faden, der mir keine Ruhe lässt, der mich innerlich kitzelt. Vielleicht werde ich ihn nie abschneiden können. Vielleicht aber auch doch.

EPILOG

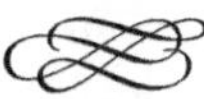

SECHS JAHRE SPÄTER

Liebe Rosie,

ich hoffe, du bist wohlauf, und dass sich dein Leben zum Guten gewendet hat. Ich nehme an, dieser Brief von mir ist das Letzte, was du gerade erwartest. Bestimmt hast du mich längst vergessen. Aber ich hatte dir damals versprochen, ich würde dir schreiben – das waren meine letzten Worte an dich, daran erinnere ich mich genau! Also schreibe ich dir jetzt diese Zeilen. Ich konnte nie gut mit Worten umgehen, aber ich möchte es trotzdem versuchen und mich erklären. Ich werde mich kurzfassen.

Ich hatte Andrew gebeten, dir nichts davon zu erzählen, allerdings nicht, um dich zu hintergehen, sondern weil ich alles ins Lot bringen wollte: Ich bin verheiratet, Rosie, und das war ich auch schon zu dem Zeitpunkt unserer Begegnung. Meine Frau und ich kennen uns seit unserer Kindheit. Wir waren eng befreundet, ein bisschen so wie du und Andrew, nur mit dem Unterschied, dass wir, kurz bevor ich mich mit sechzehn in den Krieg gestürzt habe, geheiratet haben. Sie war so alt wie ich, und sie musste mich heiraten, damit sie anschließend bei meiner Mutter leben konnte. Unsere Hochzeit und meine Mutter haben sie beschützt. Unter normalen Umständen hätten wir nie geheiratet, dazu waren wir noch viel zu jung.

Als ich dir begegnet bin, da wusste ich, dass ich mich nach dem Krieg scheiden lassen würde. Ich wollte die Ehe annullieren lassen. Das schreibe ich dir, damit du weißt, dass du für mich keinesfalls nur ein netter Zeitvertreib warst. Ich war felsenfest davon überzeugt, als unverheirateter Mann zu dir zurückzukehren, sobald ich die Angelegenheit bereinigt hätte. Aber der Krieg hat mir einen Strich durch die Rechnung gemacht. Es gibt einen Grund dafür, warum ich all die Jahre über geschwiegen habe ...

Die Einzelheiten tun hier nichts zur Sache – ich möchte dich nur wissen lassen, dass ich bei einem brutalen Angriff der Japaner eine schwere Kopfverletzung davongetragen habe. Weil man mich für tot hielt, wurde ich zurückgelassen. Aber ich war nicht tot. Ich wurde von Burmesen entdeckt und gesundgepflegt. Allerdings hatte ich mein Gedächtnis verloren, ein schwerer Fall von Amnesie. Alles, meine komplette Vergangenheit, war ausgelöscht: meine Kindheit, meine Jugend, das Mädchen, das zu Hause auf mich wartete – und auch du.

Das mag wie eine Lüge klingen, aber genau so ist es gewesen. Dieser Zustand hielt sechs Jahre an, und in dieser Zeit baute ich mir ein neues Leben mit einer völlig neuen Identität auf, ja ich lernte sogar eine neue Sprache. Und dann geschah etwas, das mir meine verlorenen Erinnerungen zurückbrachte. Daraufhin habe ich mich bei den britischen Behörden gemeldet und wurde in meine Heimat zurückgeführt.

Dort bin ich dem Mädchen von damals wiederbegegnet – und Rosie, ich konnte sie nicht einfach so im Stich lassen. All die Jahre hatte sie auf mich gewartet, hatte nie aufgehört, mich zu lieben. Wie hätte ich sie einfach so verlassen können? Liebe bringt neue Liebe hervor. Ich war also ein verheirateter Mann in meinem Heimatland. Und das bin ich auch heute noch. Ich weiß, das alles klingt wie an den Haaren herbeigezogen, aber es ist tatsächlich genau so passiert, und es war eine äußerst dramatische Erfahrung. Mehr als diese kurze Zusammenfassung kann ich dir nicht geben. Ich hoffe, du kannst es annehmen und mir verzeihen.

Ich vertraue darauf, dass auch du glücklich mit jemandem verheiratet bist, der dich verdient. Dein Mann muss ein sehr glücklicher Mensch sein. Mit uns hat es nicht sollen sein. Aber ich werde dich niemals vergessen.

In Liebe

Freddy

Vielen Dank dafür, dass ihr euch dazu entschieden habt, *Eine indische Rose* zu lesen. Ich hoffe, ihr habt den Einblick in Rosies Leben genossen. Falls ja, möchtet ihr vielleicht auch über meine neuesten Veröffentlichungen auf dem Laufenden gehalten werden, was ihr ganz einfach tun könnt, indem ihr euch unter nachfolgendem Link anmeldet. Eure E-Mail-Adresse wird nicht an Dritte weitergegeben und ihr könnt euch jederzeit wieder abmelden:

www.bookouture.com/bookouture-deutschland-sign-up

Und falls euch das Buch gefallen hat, wäre ich euch sehr dankbar, wenn ihr es an Freunde, Familie und in den sozialen Medien weiterempfehlt – und vielleicht möchtet ihr ja sogar eine Rezension schreiben, um eure Eindrücke mit anderen Leserinnen und Lesern zu teilen.

Ich freue mich immer, von meiner Leserschaft zu hören, und ihr seid herzlich dazu eingeladen, über Facebook, Twitter, Goodreads oder meine Website mit mir in Kontakt zu treten. Ich würde mich wirklich freuen, von euch zu hören, und ich verspreche, zu antworten.

Vielen Dank

Sharon Maas

DANKSAGUNG

Es war nicht leicht, an historische Dokumente über die Lebensumstände in Sri Lanka während des Zweiten Weltkriegs in Asien zu kommen. Während es über den Kriegsverlauf, über Bombenangriffe, Evakuierungen und dergleichen ausreichend Fakteninformationen gibt, ist über den damaligen Alltag fast nichts bekannt. Darum war ich hocherfreut, als ich über das Buch *Baggage Reclaimed* von Alasdair Scott Sutherland stolperte, dessen Eltern diese Zeit tatsächlich miterlebt hatten. Alasdair war es nicht nur gelungen, die tragische – und sehr berührende – Geschichte seiner Eltern aus Dokumenten und Briefen zu rekonstruieren, sondern er erklärte sich auch dazu bereit, mit mir zu korrespondieren und meine Wissenslücken zu schließen. Dafür, dass er sich die Zeit dazu genommen hat, möchte ich ihm herzlich danken. Alle verbliebenen faktischen Fehler gehen nicht auf ihn, sondern allein auf mich zurück – wobei ich zugeben muss, dass ich mir bei ein oder zwei kleineren Details künstlerische Freiheiten herausgenommen habe.

Und selbstverständlich möchte ich mich bei den unermüdlichen Mitarbeiterinnen und Mitarbeitern von Bookouture bedanken, die das Buch hinter den Kulissen auf Hochglanz poliert haben. Während der Pandemie haben sie im Homeoffice gearbeitet, was sie aber keineswegs davon abgehalten hat, dieses Buch allen Widrigkeiten zum Trotz in die Welt hinauszutragen. Mein besonderer Dank gilt meiner großartigen Lektorin Lydia Vassar-Smith sowie Jacqui Lewis, Jane Donovan und Ami Smithson. Außerdem möchte ich mich noch bei Sarah Hardy für ihre unschätzbare Arbeit bedanken, mein Buch der Leserschaft zugänglich zu machen. Ebenfalls herzlichen Dank an Kim Nash und Noelle Holten.

Und zu guter Letzt: Danke an meine Familie, an meine Tochter Saskia, meinen Sohn Miro und meinen Schwiegersohn Tony, die mir hinter den Kulissen den Rücken stärken. Ohne euch wäre ich verloren.